有爱的青春陪伴者

太源街

澜璘 —— 著

江苏凤凰文艺出版社

图书在版编目（CIP）数据

太源街 / 澜璘著. -- 南京 : 江苏凤凰文艺出版社, 2025. 1. -- ISBN 978-7-5594-3145-5

Ⅰ. I247.5

中国国家版本馆CIP数据核字第2024FY1665号

太源街

澜璘 著

责任编辑	王昕宁
特约编辑	娄 薇
出版发行	江苏凤凰文艺出版社
	南京市中央路165号，邮编：210009
网　　址	http://www.jswenyi.com
印　　刷	天津睿和印艺科技有限公司
开　　本	880mm×1230mm 1/32
印　　张	11.5
字　　数	489千字
版　　次	2025年1月第1版
印　　次	2025年1月第1次印刷
书　　号	ISBN 978-7-5594-3145-5
定　　价	42.80元

江苏凤凰文艺版图书凡印刷、装订错误，可向出版社调换，联系电话025-83280257

目录
contents

第一章	姓甚名谁	/001
第二章	我们好像只能这样了	/030
第三章	咱们有缘香港见	/066
第四章	有情食个苹果都能饱	/093
第五章	只要对象是我，就这么简单	/121
第六章	而他，满脸写着不甘心	/162
第七章	其他的交给我	/194

目录
contents

第八章	只要你转身，就能看见我	/236
第九章	我们终将会相遇	/279
番外一	他超爱	/323
番外二	确实很难顶	/329
番外三	这是一场盛大的冒险	/334
番外四	所谓生活，总是无常	/341
番外五	你永远是我最大的宝贝	/347
番外六	独家记忆	/357

第一章

/ 姓甚名谁

暑气蒸人，蝉鸣疲软，七月份的路海已经一只脚踏入了滚烫盛夏。

时间接近傍晚，但倔强的骄阳不肯轻易落幕，撑着最后一丝气力攀悬在半空。落日余晖，风光无限，只是酷热高温下实在令人无心驻足欣赏。

与室外的火炉不同，佑禾大厦二十一楼的琴房里正"呼呼"开着冷气，清凉舒爽，不见一丝燥热。

周皓茵捏起一块绒布细细擦拭着她的中提琴，从琴颈到指板，一个角落都不放过。

"Miss 温，我收拾好了。"

"弦线上的松香粉也别忘了擦一擦。"温静语边收着琴谱边说，"下节课咱们约的是早上时间，如果计划有变我会提前通知你。"

"OK！"周皓茵扣好琴盒，抬头问，"Miss 温，你等下还有课吗？"

温静语轻轻摇了摇头，也拎上自己的琴盒，应道："没有了，今天你是最后一节课。"

"那我们一起下去呀。"

"好。"

电梯里，周皓茵仔细复盘着自己今天这节课的表现。她已经在温静语这里上了两个星期的中提琴私教课，因为本身就有小提琴基础，到目前为止进度还算不错。

走出大厦，热浪扑面袭来，两人不由得加快了脚步。

临别之际，温静语不忘嘱咐她这位刚上高中的学生："茵茵，持弓的力道还要再沉一些，回家有空多练习，顺便研究研究谱子。你的中音谱号还有待加强，今天错了好多。"

中提琴和小提琴的谱号完全不一样，相较于没有基础的新手，周皓茵需要适应的东西更多。

瞧着她一脸无奈的样子，温静语安慰似的拍了拍她的肩膀，说出来的话却很无情："下节课我们直接上泰勒曼的协奏曲，你做好心理准备。"

"Oh，No……"周皓茵撇撇嘴表示苦恼，这个年纪的少女直白坦诚，情绪都写在脸上。

一阵暖风吹来，裹挟着夏日独有的炙热气息，温静语拨开挡住视线的发丝，准备道别。

"Miss 温，天气这么热，要不你跟我一起坐车走？"

周皓茵指了指路边一辆奢华的黑色 SUV，经典的黄金腰线和小金人车标很是惹眼，车窗贴了黑膜，看不清车内光景。

"没事，我朋友来接我了。"

正说着话，一道嚣张又急促的喇叭声自身后响起。温静语回头一看，好友张允菲居然直接将她那辆 911 停在了大厦正门口。

"嗨。"张允菲从驾驶座探出头来，摘下墨镜，笑着打招呼。

周皓茵的眼睛都看直了。

"Miss 温，你男朋友？"

温静语忍不住扬起嘴角，她一直觉得自己一米七的身高在南方女生里已经算是出众，但张允菲比她还要高八厘米，再加上那一头叛逆短发和中性穿搭，两人走在路上总有人以为她们是情侣。

"是女朋友。"她边开着玩笑，边揉了揉小姑娘的头顶，"去吧，我也要走了。"

目送着周皓茵上了那辆车，温静语也转身打开了跑车的副驾门。她看着不远处表情有些无奈的保安人员，提醒道："菲菲，这里是车辆禁行区，你不能每次都停在这里。"

"慌什么？"张允菲不以为然，"整幢大厦都是梁肖寒的，我就是横着停在正门口都没事。"

听到这个名字的时候，温静语有片刻恍神，她不打算接这话。

发动机的轰鸣声响起，车子汇入主干道车流。

"刚刚跟你说话的是你学生？哪家千金啊？好家伙，顶配库里南，整个路海都没几辆。"张允菲感叹。

温静语低头划拉着手机，不咸不淡道："跟你一样的有钱人。"

"不敢当，我暂时还买不起。"

拐个弯就是红灯，张允菲踩下刹车后，侧眸打量着好友的脸色，语气试探："你和梁肖寒是怎么回事？梁总天天微信轰炸我啊，说你把他拉黑了。"

"别理他就行。"温静语连头都不抬一下，表情平静。

"吵架了？"

"没有。"

张允菲垂眸思索了一阵，貌似明白了。

"因为那件事？"她挑眉，"满城皆知风林集团的梁总一怒为红颜，还搞得你连乐团的工作都丢了，是有些冲动，可他也是为你出头啊。"

温静语原是路海交响乐团的中提琴手，这半年来遭到了一名乐团同事的严重骚扰，电话短信不间断，更过分的是尾随跟踪，因为没造成什么实质性伤害，报警了也是不了了之。

梁肖寒知此事之后，二话不说把人打进了医院，对方伤得不轻，据说还是某位领导的儿子，整件事处理起来就有些复杂了。虽说最后麻烦得到了解决，可温静语在乐团也没法继续待下去了,她主动辞职,从乐团离开后找了家音乐机构当中提琴私教老师。

"不是因为这个,"温静语否认,"好赖我还是分得清的。"

红灯转绿,张允菲轻叹一口气,松开刹车踩下油门。

"谁让你当初不听劝非要回国,待在柏林多滋润啊,现在满意了,好好一个中提首席跑去给小孩子上课。"

"挺好的,比乐团的工资高多了。"

"我信了你的邪,你会在乎这点钱?"

温静语沉默不语,望着窗外倒退的街景,思绪有些纷乱。

晚饭结束后,两人各回各家。温静语和父母同住,她保持着夜跑的习惯,打完招呼,换了一身黑色运动服就出了门。

盛夏的夜晚并没有凉快多少,地面还残留着白天暴晒后的余温,暑气难消,其实这会儿跑步并不舒服。温静语刚想减速,兜里的手机突然开始振动。

她以为是母亲崔瑾的电话,心想自己这才出来多久,看到来电显示后,她的心却莫名颤了一下。

这串号码她怎么会不认得,是梁肖寒那位尽职尽责的助理。

"喂。"

"静语姐。"电话接通后,方励有些激动,"江湖救急。"

温静语闭了闭眼,深吸一口气再缓缓吐出。

"怎么了?"

"梁总喝醉了,可能……需要您过来一趟。"

"你们直接把他抬上车不就行了,我过去能帮什么忙?"

方励的语气为难:"也没醉到这种程度,意识还是有的,就是不听劝,只有您能搞定他。"

温静语沉默,电话那头更是紧张。

"静语姐……"

她揉了揉眉心,最终妥协:"地址给我。"

方励发来的定位是路海市一家高级私人会所,在寸土寸金的市中心独占了一整幢殖民时期遗留下来的欧式建筑,不对外开放,只接受会员引荐。

出租车到达目的地,等在门口的方励连忙上前迎人。

温静语付完钱下车,目光不自觉被门口那一溜儿锃光发亮的豪车吸引,再定睛一瞧,其中一辆黑色的库里南跟周皓茵上的那辆几乎一模一样。

她觉得张允菲说错了,这车在路海出现的频率还是挺高的。

方励在前头带路,领着她在会所内畅行无阻,侍应生们都毕恭毕敬地弯腰致意。

会所很大,连空气中的香氛都弥漫着一股目中无人的味道。温静语是直接过来的,夜跑衣服没换,长发高高地束在脑后,一身运动打扮显得和这里格格不入。

但她根本不在意，反正等会儿解决完那个人的事情她就直接离开。

方励带着她上了四楼，长廊尽头是浮华厚重的雕花双开门，他抬手敲了几下，有侍应生从里面拉开大门。

和走廊的昏暗沉静不同，房间里灯火通明，扑鼻而来的是一阵浓烈烟草味，还夹杂着幽幽的脂粉香气。

温静语微微蹙眉，那一牌桌的人听到动静后也齐刷刷地望过来。

"梁总。"方励向着其中一个男人颔首提醒。

"哟，能治您的人总算来了。"

有人出声揶揄，梁肖寒斜了个眼风过去，掐断手里的烟，下一秒就起了身。

"抱歉各位，失陪一下。"

男人迈开长腿，边整理着衬衫袖口，边朝着温静语走去，直勾勾地盯着她，墨色瞳仁里含着不加掩饰的笑意。

温静语气得牙痒痒，这人眼神清明，步伐稳当，哪里有一丝喝醉的疲态。她懒得理他，转身就要走。

"温温。"

梁肖寒眼疾手快地擒住了她的小臂，身后大门同时合上，挡住了众人探究的目光。

两人就站在走廊正中央。

温静语甩开他的钳制，语气讥讽："看来方励这人也不能轻易相信了。"

"不用这招的话，你什么时候才能理我？"

"既然梁总没什么问题，那我就先走了。"

"急什么。"

梁肖寒挡住温静语的去路，男人高大的身影遮住了头顶的光源，温静语陷在一片阴暗中，有些看不清他脸上的表情。

"手机拿来。"他朝她伸手。

"干吗？"

梁肖寒失笑，言语间带着妥协意味："你动不动就删我微信的毛病能不能改？请问这次又是哪里惹到您了，温公主？"

温静语眉心一跳，脑海中闪过一些画面，但也只是淡淡地应了一句："没有。"

"那不就得了。"

趁她不注意，梁肖寒拿走了她握在手里的手机。

"还给我。"

温静语有些恼怒，踮脚想去抢回来，结果对方长臂一举直接晃开，身高的悬殊让她束手无策。

手机密码没变，还是温静语的生日，梁肖寒不费吹灰之力就解锁了。他打开微信界面，把自己从黑名单里释放出来，又顺手点了个置顶，这才满意地将手机还给她。

温静语没好气地夺过来，动作幅度有些大，惯性原因让她不由自主地往后趔趄了几步。

梁肖寒还没来得及拽住她，温静语就感觉自己的后背撞上了一堵温热又坚实的胸膛。

低沉悦耳的男声旋即从头顶传来。

"小心。"

温静语身子一僵，只感觉到一双大手将她的肩膀虚虚扶住，然后又很快松开。

意识到自己撞了人，她连忙先出声道歉，都怪这走廊的地毯太吸音，身后一点动静都听不见。

梁肖寒伸手把温静语扯到自己身边，缓缓开口道："不好意思，周先生。"

"不要紧。"

温静语抬眼望去，视线冷不防和那人撞上。

男人很高，穿着一件板型和材质都极其考究的黑色衬衫，袖口半卷，领子微敞着，顶上两颗纽扣没扣，露出锋利喉结和冷白肌肤。

就算是在走廊顶灯这样的死亡光线下，那精致立体的五官依旧清晰可辨，尤其是英挺剑眉下的一双锐利眼眸，和梁肖寒这种深情脉脉的桃花眼完全不同。

不知是不是错觉，温静语总觉得他盯着自己的目光里带着一丝不加掩饰的探究。

短暂的交汇过后，男人朝他们微一点头，迈着步子走向了尽头的房间。

看来是梁肖寒的座上宾。

温静语的思绪归位，也无意在此久留。

"我回家了。"

"进去坐一会儿，晚点我送你回去。"

"不用。"

梁肖寒使出了撒手锏："肖芸女士今天兴致好，烤了很多蛋糕和饼干，我跟她说你在我这里，她非要派人送一份过来，现在应该在路上了。"

肖芸是梁肖寒的母亲，待温静语向来亲厚。

在她犹豫踌躇之际，梁肖寒已经拽上她的手腕往房间里走了。

和先前满室缭绕的青雾不同，此刻房间里的烟味散去了不少。牌桌上围着六七个人，温静语一眼望去，除了走廊上被她不小心撞到的那个男人，其余都是脸熟的。圈子就这么点大，梁肖寒身边来来往往的也都是这些面孔。

"喝茶？"

梁肖寒没有急入桌，而是亲自把温静语迎到了休息区的沙发上。

"矿泉水就行，喝了茶晚上睡不着。"

"好的，温公主。"

他这声打趣引来了边上几位美女的侧目。她们是那帮男人带来的女伴，温静语一个都不认识,也不打算加入她们的交谈。

梁肖寒递完水后也返回了牌桌,从休息区这个角度望过去能看得很清楚。

那一摞摞夸张堆高的筹码像是即将倾颓的大厦,随着局势被不断推翻后又潦草地垒起。温静语意兴阑珊地观察着,还真捕捉到了一丝别样氛围。

他们好像对那位周先生尤其上心。

不像其他人都是女伴围绕,男人的身后只站了一名西装革履的男子,看身形和气质也不像是保镖,不过那毫无表情的坚毅脸庞倒是挺有威慑力的。

中途,西装男接了个电话,神情终于有一丝松动迹象,他俯身对男人耳语了几句。

"伤得严不严重?"

男人垂眸时眼睫落下浅淡阴影,脱口而出的居然是一句粤语。

"说是让您最好回去一趟。"西装男同样用粤语回应。

"好。"

桌上的押注已经进入白热化,公共牌亮出了四张,而男人面前那两张底牌他只粗略瞄了一眼。

"不好意思,临时出了点状况,今晚只能先到这里了。"

他从座位上站起身,修长手指翻下衬衫袖口,将镶着银边的云母纽扣扣好。

众人纷纷停下手里的动作,也跟着站起身来。

"Michael,你留下结算。"他叮嘱完西装男后,若有所思道,"至于这副牌。"男人极淡的目光在室内掠过半圈,最后将焦点定格在了温静语身上。

"让这位小姐替我。"

突然被点到名的温静语有些茫然和错愕,指尖对向自己,不确定地问:"我?"

"周先生怕是选错了对象,她看不懂这些。"梁肖寒晃了晃手里的冰酒,出声解围。

"无妨,赢了归她,输了算我的。"

侍应生取来男人的外套,他接过后朝众人颔首致意,先行离开了房间。下一秒,大家的注意力都集中到了温静语的身上,这让她颇有种骑虎难下的感觉。

"请。"叫 Michael 的西装男伸手示意了一下空出来的座位。

"还是算了吧。"温静语怎么想都觉得不合适,"我真的一窍不通。"

先不说她的牌技如何,这屋子里的人平时玩得有多大她是清楚的,再说那位周先生与她非亲非故,这样冒险的托付,她实在是担待不起。

Michael 依然坚持:"没关系,这一局结束便好。"

温静语下意识和梁肖寒对视了一眼,男人挑了挑眉,然后轻轻点头。

算了,人家正主都不在意输赢,她又有什么好紧张的。

回合已经轮到了温静语这方下注,抱着破罐破摔的心态,她连底牌都没看,直接把眼前那一堆筹码全部推了出去,气势十足,干脆利落。

已经有人在倒吸凉气。

"温公主,你玩 all in 啊?"

说话的是本地集团东城建筑的少东家冯越,他爱凑热闹惯了,喜欢跟着梁肖寒这样喊她。

温静语平淡地应道:"早结束早回家。"

"牛,不愧是你。"冯越摸了摸鼻尖,他反正没有跟注的勇气。

只要有人 all in,那接下来的人就必须 all in。在座其他人也纷纷选择放弃,除了梁肖寒。

他盯着温静语,露出一种意料之中但又觉得好笑的表情,接着把自己的筹码也全部推上。

"梁总,舍命陪君子啊。"冯越摇了摇头。

最后一张公共牌翻出,梁肖寒首先亮牌,是个花牌对子,属于不好也不差。

所有人都抱着看好戏的心态,根本没期待能有什么惊天大反转。事已至此,温静语一咬牙将底牌甩了出去。

现场顿时鸦雀无声。

好一手抢眼的同花顺。

…………

纵使有再多的心理准备,可到了真正结算的时候,温静语依然被那串数字吓得不轻。Michael 走之前希望她能提供一个账户,被她婉言拒绝。

老话说得好,无功不受禄,平白无故掉下一块这么大的馅饼,她连多看一眼都觉得是在占人便宜。

闹剧结束,房间里的人一个接着一个离开,冯越却留到了最后,他体内的八卦因子即将喷涌而出。

"你说这个周容晔到底是什么来历?"他问完梁肖寒又转身看向角落的方励,"方助理,查清楚了吗?"

方励面有愧色,摇了摇头:"是我能力不够,现在明面上的情况你们也都了解了,铂宇资本的总部在新加坡,三年前那宗轰动一时的跨国酒店收购案就是他们操作的,那位周先生是香港人,至于其他私人信息,抱歉,暂时查不到更多。"

坐在沙发上玩手机的温静语听得很清楚,心里有些意外周先生居然是香港人。她突然想起自己那个古灵精怪的学生,一样是香港同胞,周皓茵那口浓郁的港普简直太有辨识度。

冯越"啧"了一声,皱眉道:"看着岁数跟我们差不多啊,年纪轻轻的,能把事业做到这个地步,你说他背后没有资本我都不敢信。"

"无所谓,只要他给出的价格足够好看就行。"

没有外人在场,梁肖寒慢慢浮现了略显疲惫的神色。

风林集团有意向出售一座甲级写字楼用于套现,铂宇就是他们的一个目标买家,最近梁肖寒为了这件事情没日没夜地奔波周旋,好不容易才和铂宇集团的领导人周容晔搭上了线。

烂摊子太大,收拾起来没有想象中那么容易。

回程路上是司机开的车，温静语和梁肖寒坐在后排，一个看着窗外，一个合眼假寐。

"那小子没再来找过你吧？"梁肖寒指的是那个骚扰跟踪的乐团同事。

"没有。"

男人轻蔑地哼笑了一声："还算识相。"

"都被你教训成那样了，怎么敢再犯。"

梁肖寒睁眼，侧头发现温静语依然专注地盯着窗外街景。她的脖颈白皙修长，背影总带着一种心无旁骛的沉默。

她后脑勺上扎高的马尾有些松了，梁肖寒突然鬼使神差般地伸手将那根黑色皮筋扯了下来，如瀑长发瞬间散开。

温静语有些恼怒地回头，瞧见他正一脸得意地将皮筋缠在手指上。

多少年过去了，无论梁肖寒现在的身价和地位如何，他只要做出这种炫耀表情，温静语就会意识到，这人还是当年那个坐在她后排，喜欢捉弄她的男同学。

"还我。"她摊开掌心，语气轻讽，"都几岁的人了。"

梁肖寒不为所动，低声唤道："温温。"

"干吗？"

"你还是披着头发好看。"

"发什么神经。"温静语低声骂了他一句，迅速抽走皮筋，然后不着痕迹地套在手腕上。

将她送到家后，梁肖寒果然拿出了肖芸做的甜点。承袭了肖女士万事要做到滴水不漏的性格，连包装袋都精致得像奢侈品。

爸妈已经睡下，客厅只留了一盏夜灯，温静语将纸袋搁在餐桌上，转身回房洗了个热水澡。等她从浴室里出来的时候，手机屏幕上赫然显示着几个未接来电，是周皓茵打来的。

温静语不知道她这个点找自己会有什么事情，连头发都没顾得上吹干，立刻回了电话过去。

忙音响了好几阵，没有人接听，就在她打算挂掉重拨的时候，那头突然有了动静。

"茵茵，怎么了？"

因为担心，她的语速有些快。

"是温老师吗？"

温静语瞬间愣住。

居然是一个男人的声音。

担心是自己眼花打错了电话，温静语立刻将手机从耳边撤开，瞄了一眼通话显示，确实是周皓茵的号码。

"请问你是？"

"打扰了，我是周皓茵的家长。"

对方可能在室外，清冷嗓音混着微弱的风声，听上去不太真切。

"刚才的电话是茵茵打的,她不小心受伤了,说明天有您的早课,想请假延后。"

温静语抓住了重点:"受伤了?很严重吗?"

"没事,现在在急诊室处理。"

男人的语气听上去十分镇定,想必没有什么大碍,温静语悬着的心慢慢放了下来。

"请假没问题,让她先好好休息,我重新排个课表就行。"

"麻烦您了。"

"没关系。"

通话结束后,温静语有些懊悔自己没再仔细问问,作为周皓茵的提琴老师,她私心希望对方伤到的不是手。

也就过了三天的时间,当她这位学生额头贴着纱布出现的时候,温静语还是不免惊讶了一下。

"怎么搞成这样的?"

因为被排到了下午最早的课,周皓茵没来得及午休就赶了过来,夏日午后容易犯困,她的神情也有些恹恹的。

"Miss 温,我好倒霉,洗澡的时候在浴室滑倒了。"她指了指自己的额头,"缝了三针。"

温静语叹了一口气:"你应该多休息几天,不急这一时。"

"那不行。"周皓茵打开了琴盒,"一天不练琴只有我自己知道,三天不练的话,连路过的小鸟都能听出我退步了。"

温静语笑了,她确实赞同这个说法。

"那今天我们直接上协奏曲?"

周皓茵握着琴弓,颇有种视死如归的感觉,点头道:"来吧!"

这堂课一直持续到下午三点半,温静语对她的表现很满意,看得出她回家下过苦功夫,读谱速度也有了很大进步。

被不常夸人的温老师表扬,周皓茵离开时连脚步都带风。

司机就在楼下等她,待她上车后,并没有直接往家里开,而是把她送到了隔着三个路口的铂宇集团办公大楼。

"周先生还有个会议没结束,让您先在办公室等他。"

周皓茵点点头。她当然有耐心等,垂涎了一个星期的高空西餐厅,周容晔答应今天下班后要带她去的。

只不过这顿晚饭好像还多了一个人,周容晔的助理也来了。

Michael 的中文名叫麦志杰,也是香港人,跟随周容晔多年,很了解他的习惯和脾气。

安静的车厢里,Michael 正坐在副驾上拿着平板电脑汇报数据。周皓茵竖着耳朵听,大致就是那些股市收盘后的信息,对她来说实在枯燥无聊。

"还有件事，风林集团那边透了一点口风出来，他们对华印中心的期望报价是二十八个亿。"

"港币？"

Michael 清了清嗓："人民币。"

后排的周容晔连眼皮都没抬一下，扯出一丝漫不经心的笑容，随口问道："你觉得这个价格如何？"

"讲真，偏高。"Michael 又在平板电脑上点了几下，"据我所知，投标的公司不多，有几家还想退出。"

华印中心位于路海市最繁华的中央商务区，地理位置很好，但周边同等级的写字楼数不胜数，相比之下，华印中心的建造年份也不算新，因为隶属于风林集团，所以噱头大了点。

"现在急的是他们。风林和钟氏的那份对赌协议很快就要到期了，股票却一直下跌，想找买家套现没那么容易。"周容晔收起手机，眼睛瞥向窗外，"再拖一阵看看。"

晚高峰虽迟但到，马路上的车越来越拥挤，司机也不由得放慢了速度。

身旁的周皓茵已昏昏欲睡，周容晔盯着她额头上的纱布，突然喊了一声："茵茵。"

"怎么了？"小姑娘蓦地睁开眼。

"打算几时返港？"

周皓茵揉了揉眼睛，皱眉抱怨："不是吧小叔，家里老豆一直催，已经够烦人了，现在连你都要赶我走？"

周容晔挑眉："这么不想回家？"

"开学就不得闲了。"周皓茵随即换上谄媚笑容，"这是我最后的自由时光。"

周容晔知道家里对她向来严格，只有在自己这边的时候她才能随心所欲地做些事情。

"没有赶你走，你可以一直留到假期结束。"

周皓茵称赞他善解人意的同时，发现去餐厅的路有点不太对劲。她没记错的话，那家西餐厅在城东，也就是他们回家的方向，可现在车子却朝着城西前进。

"小叔，我们是不是走反了？"她满脸疑惑。前方路口她再熟悉不过，佑禾大厦就在左手边，那是她每次练琴上课的地方。

"没走反，拐个弯可以上高架。"

"那不就绕路了？"周皓茵还是不理解。

这会儿前排司机忍不住把注意力放到了后排两人的对话上，其实他也不太理解，老板只要在这个点下班，都会要求他从这条路走，这样做明明就是绕了远路。

周容晔没有回答，而是将视线放到了前方那座露天的人行天桥上。

从佑禾大厦出来，离得最近的地铁站就在马路对面，这座天桥是必经之路。

信号灯变红，司机平稳地踩下刹车，天桥近在眼前。

"哎？Miss 温！"周皓茵惊讶地指着天桥上一道纤细身影，"那是我的中提琴老师!"

女人穿着一袭白色的亚麻连衣长裙,左肩挎着一个棕色琴盒,脚步不快不慢。晚风轻拂着那张沉静面容,带着几缕乌黑顺滑的发丝不断擦过她高挺的鼻梁,但她也只是偶尔抬手拂去,好像这燥热的天气根本招惹不到她半分。

除了周容晔,另外两人也因为周皓茵这声惊呼抬起了头。

Michael几乎是瞬间就认出了温静语,她昨晚那把果断的 all in 让他到现在都印象深刻。

他转移目光,透过后视镜悄悄打量着周容晔。

本以为跟了老板这么多年,他的任何心思和举动都能猜出个一二来,但Michael此刻却开始深深怀疑自己。

周容晔眼底酝酿的深意,他确实看不懂。

星期日的上午,温静语睡了个满足的懒觉。

她今天没有排课,可以在家休息一整天,清醒后也不着急起床,只想躺着玩会儿手机。

时间接近十点半,楼下院子里突然传来一阵熟悉的犬吠声。温静语一愣,立刻从床上弹了起来,还没来得及换掉身上皱巴巴的睡裙就迫不及待地跑下楼。

崔瑾早已守在门口,院子里牵着狗的人正是温静语的表姐,后头还跟着她那位爱凑热闹的亲姑姑。

"圈圈!"温静语高兴地朝着那只大金毛张开双臂。

狗狗见到了主人,立刻兴奋地扑上来。

严格来说,这其实是梁肖寒的狗,高二那年他因为看了《忠犬八公的故事》这部电影,一时兴起买下这只狗,但万万没想到肖芸对狗毛严重过敏,说什么也不肯让他养。无奈之下,梁肖寒只能把狗托付给温静语。

原本说好只是寄养一个暑假,结果一拖再拖,在温家一养就是十多年,温静语也就顺理成章地变成了圈圈另外一位主人。

"圈圈"这个名字还是他们一起取的,因为它小时候老爱咬着自己的尾巴转圈。

上个月表姐八岁的儿子来家里玩,对圈圈喜欢得不行,于是表姐将狗借回去养了几个星期,直到今天才送回来。

看着和狗闹成一团的温静语,崔瑾忍不住出声提醒:"见到长辈先打招呼,都多大的人了还这么不像话。"

作为航天航空大学的二级教授,崔瑾说话自带威严,就算温静语今年已经二十八岁了,但只要崔老师一开口,她立刻梦回学生时代。

"姑姑好,表姐好。"她讪讪地起身问候。

"哎呀,静语,怎么感觉你又瘦了?"温裕芬上前拉住她的手,脸上笑成一朵花,"最近过得怎么样?有没有交到男朋友啊?"

温静语在心里暗叹,姑姑这见面台词还真是百年不变。

果不其然，到了茶桌上温裕芬也没停下这个话题。

"我跟你说啊，这回的小伙子真的不错，是我邻居老戴的亲戚，在电力局上班，有房有车有编制，人也长得周正。"

崔瑾笑着点点头，劝她先喝了面前那杯茶。

温裕芬痛快地将茶水一饮而尽，转头望向温静语："你看看你表姐，一毕业就结婚了，转眼孩子都那么大了，自己还这么年轻。"

"表姐运气好。"温静语中肯地评价。

"运气成分肯定也是有的。"温裕芬笑完，又苦口婆心地劝她，"有时候眼光不要太高了。过日子嘛，细水长流安安稳稳最重要，我知道你身边都是有钱朋友，但你看看那帮人，哪个是定得下心的……"

这番说教持续了半个多小时，温静语秉持着左耳进右耳出，绝不生气红脸的原则，愣是安安静静地从头听到了尾，也不发表任何意见。

临走前，表姐把她拉到一旁，汗颜道："不好意思啊小妹，你别听我妈瞎扯。"

"没事，姑姑也是为我好。"

温静语划拉着微信界面，列表里多了一个人，就是刚刚温裕芬介绍给她小伙子。

"去见见也挺好，如果成不了，那就当多个朋友多条路。"

温静语弯了弯嘴角："行。"

送走客人后，她突然有种打完一仗的解放感，整个人陷在松软的沙发里，随手刷新着微信聊天群里的动态。

那是个三人组成的群，里面有她和张允菲，以及梁肖寒。

温静语的交际圈很小，朋友也不多，张允菲是她的初中同学，梁肖寒是她的高中同学，这两人算是她生活中最亲近的朋友了。在她的带动之下，三个人也经常聚在一块儿。

群里张允菲放了一张餐厅介绍图，是最新上榜的黑珍珠三钻，她询问他们下周六有没有空一起吃晚饭。

梁肖寒说应该没问题。

温静语捧着手机思考良久，回了一句"没有时间"，张允菲立刻问她有什么行程。

她不紧不慢地打下四个字：要去相亲。

另一边，崔瑾正准备回房间看书，她瞧了眼坐在沙发上出神的温静语，宽慰道："要是觉得为难就别去了，反正也是卖你姑姑一个面子，她介绍的人说实话我还不怎么放心。"

"没事，就当解闷了。"

温静语一副不甚在意的样子，崔瑾也没什么好交代的了，点点头转身上了楼。

这时扔在沙发上的手机突然一振，温静语解锁打开，是一则微信消息。

梁肖寒：跟谁相亲？

温静语盯着那则信息看了大概有十分钟，梁肖寒见她不回，又发了一个问号。

这时家里阿姨切了一盘水果送过来,温静语道完谢后,低头在手机上敲字:你很好奇?

那头秒回。

梁肖寒:关心一下,毕竟这年头奇葩多。

温静语:家里长辈介绍的。

梁肖寒:那就行,保护好自己。

温静语盯着末尾那则消息,突然无力地扯了扯嘴角,露出一丝兴味索然的笑容。

她都不知道自己这样的试探有什么意义,对方可是梁肖寒,能指望他有什么反应呢?

答应好的见面不能爽约,转眼到了周六,相亲对象把地点定在了一家粤式茶楼,并声称自己九点半之前一定到。

温静语是个很有时间观念的人。她起了个大早,简单化个淡妆,换了条黑色的无袖针织连衣裙就出门了。

因为是休息日,市内的交通状况暂时还算不错,只是炎热天气依然不给人好脸色。温静语从地铁站出来的那一瞬间感觉整个人都要被灼灼烈日晒穿,等她走到茶楼的时候,额头上也冒出了细汗。

服务员将她引到一个靠窗的位置上,直到沁凉的空调风捎走身上那股燥热,她才慢慢缓了过来。

时间将近九点半,温静语并没有见到相亲对象的人影,手机上也没收到任何消息。她点了一壶茉莉花茶兀自喝着,一半茶水下肚,那人依然没有音信。

温静语对这场见面本来就不抱什么期待,眼下对方迟到了这么久,她连那点应付的心思都荡然无存了。

算了,来不来都无所谓。

这家茶楼在路海市的口碑一直不错,她想着自己也不能白跑一趟,干脆唤了服务员下单。正报着点心的名字,隔了一扇竹帘屏风的身后突然传来一道男声,低沉醇厚。

"麻烦您,这里添个水。"

温静语觉得这声音莫名耳熟,她下意识回头,可惜竹帘不透光,她看不到那个位置上的人。

店内员工训练有素,一边帮温静语下单,一边回应着那桌:"您稍等,马上就来。"然后偏头又问,"小姐,还有什么需要的吗?"

温静语的注意力被拉了回来:"就先这样吧,谢谢。"

"好嘞。"

服务员收起点菜单子,转身取了一壶热水,再往竹帘后头走去。

快见底的茶壶被重新斟满热水,里头的普洱叶子顺着热流打了个漂亮的旋。

"谢谢。"蒋培南说完又朝自己对面那人打了个响指,"跟你说话呢,走什么神？"

周容晔端起骨瓷杯抿了一口，眼尾轻挑："你继续。"

"我说你今天怎么有闲饮早茶？平时喊你都没动静。"

蒋培南是广州人，与周容晔在英国留学时相识，两人一见如故，毕业后周容晔去了新加坡，而他则跟随着家父的脚步来到了路海。

当年周容晔动了在内地开拓市场的心思，在蒋培南的游说之下，最终选择了路海这个国际化大都市，铂宇能在本土成功落地，蒋培南也是出了一份力的。

"好歹是周末，透口气的机会总是有的。"

蒋培南笑："你消遣时间的方式还是太单一，不如我给你介绍几个有意思的去处。"

"你能有什么好去处？"周容晔睨他，轻嘲的笑意悬在唇边，"已婚人士就别说大话了。"

蒋培南被周容晔一句话噎住。周容晔是了解打蛇打七寸的，他总能轻而易举击中别人的要害。

座位旁边就是一面通透的全景落地窗，可以看见马路上来往不息的车流，如同脉络里窜动的血液，急切而匆忙。

路海是个节奏极快的城市，但依然快不过更南端的香港。

"阿晔，"蒋培南突然正色道，"有返港的计划吗？"

周容晔抬眸，微笑着淡声问："你也变成我大哥的说客了？"

"启文哥确实找我聊过。"蒋培南无意隐瞒，"路海这边现在也不需要你时刻盯着了，你尽可以回港大展拳脚……"

他话说到一半，不远处突然传来类似瓷器落地的迸裂声，动静不小，几乎将全店的目光都吸引了过去。

就近的服务员立刻上前查看，原来是一个穿着格子衬衫的男人碰碎了过道上的花瓶。

"先生，您没有受伤吧？"

格子衬衫男面露不快，但四周探寻的目光太过集中，他不好当场发作。

"你们店的摆设有问题，以后注意点，也就是我不跟你们计较。"

这一幕从头到尾都落在了温静语的眼里。事实很清楚，花瓶是搁在案几上的，格子衬衫男自己不看路才将其撞翻。

她微微蹙眉，不声不响地看着那个格子衬衫男朝自己走来。

"温静语小姐是吗？"格子衬衫男拉开椅子在她对面坐下，"不好意思啊，迟到了一会儿。"

"没事。"温静语扯出一丝略敷衍的笑容。

"我叫徐礼峰，微信上都自我介绍过了，详细的我就不说了。"

他突然把车钥匙往桌面上一扣，还特意露出车标。

"路上太堵，出发前还去加了个油，这才来晚。"

"可以理解。"

温静语说着给他斟了一杯茶，顺手推过去。

"你到多久了？"徐礼峰问。

"没多久。"温静语看了眼手机屏幕上显示的时间，"也就三十六分钟而已。"

徐礼峰尴尬一笑："你还挺幽默的。"

"还行吧。"温静语也配合地扬了扬嘴角。

其实两人加了微信之后除了第一天打招呼就没怎么聊过天，更算不上熟悉。

徐礼峰的相亲经验充足，很自然地开始找话题："温小姐平时都有什么兴趣爱好？"

"没什么特别的，就练琴。"

"哦，我看到了，你朋友圈有照片，会拉小提琴。"

外行分不清中提琴和小提琴的区别很正常，类似的误会司空见惯了，温静语也不打算解释。

徐礼峰又问："你家里应该就你一个女儿吧？"

这话勾起了温静语的兴趣，她反问："为什么这么说？"

"学乐器肯定烧钱啊，你要是再多个哥哥或弟弟就明白了。"

温静语品味了半天才慢慢反应过来，合着他的意思是，如果家里有男丁的话，那这些培养的精力就不是花在她身上了？

她突然笑了，还笑出了声。

"徐先生。"温静语端详着手里的茶盏，眼皮子都不抬一下，"溥仪都退位了。"

"啊？"徐礼峰不解。

"我是说，大清早亡了，您脑袋后的辫子有空该剪剪了。"

这话说得直白又露骨，面对温静语这样毫不掩饰的阴阳怪气，徐礼峰一时有些下不来台。

亲戚告诉他这回相亲的姑娘家里条件很好，让他把握机会，但现在看来，这样冲的小姐脾气一般人还真消受不起。

徐礼峰心里堵着一团气，仰头灌下一大口茶，若有所指道："听说令尊是路海附一医院的院长，母亲又是大学教授，家里想必是不差钱的。我呢，恰好对这些都不怎么看重，要求也不高，勤俭持家肯定最基本的，也只有这种女人才会过日子。"

末了，他又将温静语从头到脚打量一遍。

"不然怕是金山银山都要败完。"

温静语认真地听完了这些话，对眼前这个男人也有了全面认识。

瞧着衣冠楚楚，皮囊之下谁知是人还是鬼。

"不好意思啊，我这人跟您刚好相反，特别看重物质，一点苦都吃不了，最怕就是没钱花。以您的条件来看，咱们实在是不搭。"

语毕，她又掏出手机扫了扫桌面上的付款二维码。

"担心您有经济压力，我已经把单买了。"她拎上拎包，站起身，"还有点事儿先走了，您慢用。"

"哎，你这人！"

徐礼峰没料到温静语会这么不给他面子，胸口那股气越堆越胀，直接伸手挡住了她的去路。

"你把话说清楚，我大老远赶过来，你就这态度？"

茶楼里座无虚席，很多人都在注意他们这桌的动静。有那么多双眼睛盯着，温静语倒不怕徐礼峰会做什么出格的事情。

她掠了他一眼，语气冰冷："你是什么态度，我就是什么态度。"

徐礼峰嗤笑一声，也站了起来，言行间有无赖之意："想走也行，把来回的油费给我报销了。"

温静语没想到他会无耻到这种程度，默默叹了一口气，正准备一顿输出，有人却在此时打乱了她的节奏。

"需要帮忙吗？"

又是那道熟悉的男声，温静语几乎是立刻就回了头。

离她三步开外，一个身形高大的男人正定睛看着她，眉宇沉沉，目光锐利。

难怪会觉得熟悉，居然是那位周先生。

说到底，温静语跟他也只是一面之缘而已，算不上相识，但比起那个徐礼峰，她宁愿跟周容晔扮熟人。

如果想尽快脱身，找周先生相助或许是个不错的选择。

温静语没扭捏，轻抬下巴示意着正前方拦路的徐礼峰，有些无奈道："他不让我走。"

周容晔瞥了徐礼峰一眼，但也仅是一眼，而后连余光都懒得施舍。他抬步来到温静语身旁，与她并排保持了一拳的距离，侧头沉声道："走吧。"

窗外明媚的阳光越过落地窗照了进来，温静语就在此时对上了周容晔的眼神。离得这么近，她的注意力也被带偏了，她发现他的瞳色偏浅，泛着粼粼的棕褐光芒。

似乎看穿了她的走神，周容晔忽然很轻地勾了下嘴角。

像是埋在心口的一根弦被人用手指缠住，温静语眉心跟着一跳，立刻撇开视线。

"你是谁啊，管什么闲事？"

徐礼峰对突然出现的周容晔感到莫名其妙，只是话虽然问出了口，却不见有人回应他。

眼看徐礼峰就要伸手拽人，周容晔顺势换了个位置，将温静语挡在后面，然后抬手虚虚护住她的肩膀，但实际并没有碰到。

都说最强的轻蔑就是无视，徐礼峰就这么干看着周容晔把人带走了，对方却连句话都不屑跟他讲。

他气急，想追上去，可下一秒肩膀就被一股大力死死摁住，让他不得不一屁股坐回椅子上。

"又是谁啊？"徐礼峰恼怒。

出手的正是蒋培南。

在周容晔英雄救美的间隙，他在旁边饮着茶优哉游哉地看完了整场好戏。

难怪这小子跟他讲话的时候这么心不在焉，原来是身在曹营心在汉。

"我好心劝你啊，"蒋培南拍了拍徐礼峰的肩，"不该惹的别惹。"

踏出茶楼的那一瞬，热辣的日光便毫不留情地往人脸上扑，离开室内冷气，身上就跟点了火似的开始发烫。

温静语抬手挡了挡晃眼的阳光，转身对周容晔道谢："刚才谢谢您。"

"不客气。"

这时一辆岩灰色的宾利飞驰稳稳地停在他们面前，司机下车打开了后座车门。

"周先生。"

周容晔朝司机点了点头，又问温静语："去哪里，要不要送你一程？"

温静语摇了摇头："不麻烦您，地铁站就在附近。"

周容晔也没勉强，说了声"好"。

"那我先走了。"

"路上小心。"

也许是烈阳刺目，周容晔盯着那抹离开的纤细背影，忍不住眯了眯眼睛，紧接着转身上了车。

几分钟后，蒋培南也跟了上来。

车子缓缓向前行，窗外街景撤退得极慢。蒋培南眼尖，一下就瞧见了人行道上正朝着地铁站走去的温静语。

他偏头看向好友，男人直视前方，目光平静。

"阿晔。"

蒋培南忽然笑。

"是该动动你的凡心了。"

…………

这场荒唐相亲的结局最终还是传到了温家父母的耳朵里。

大早上的，温静语刚在餐椅上坐下，人还没彻底清醒，崔瑾就开始盘问了。

"到底怎么回事？你姑姑昨晚就给我打电话了，说对方好像挺生气，我想听听你是怎么说的。"

温静语打了个哈欠，刚想给自己盛碗粥，父亲温裕阳就立刻把提前晾好的南瓜粥给她端了过来，脸上也是一派好奇的表情。

都说如果想知道自己在亲戚的眼里是什么样子，只要看对方会给自己介绍什么样的对象就行了。温静语没打算隐瞒，一五一十全交代了。崔瑾听完立刻就变了脸色，温裕阳的表情也很是微妙。

毕竟是自己的大姑子，又碍着丈夫在场，崔瑾忍着没把话说得难听："以后这种相亲局就没必要去了，真想找男朋友的话，让你爸介绍几个他们单位的好小伙儿。"

"可别。"温静语立刻拒绝,"我对医生不感兴趣,忙起来三天两头都见不着人影。"

崔瑾理所当然地往温裕阳身上甩了个白眼,后者立刻为自己的职业正名:"话不是这么说的啊,我们医院的大好青年在婚恋市场还是很受欢迎的,据说心外科还有人跟明星结了婚。"

"吹牛吧。"温静语笑。

崔瑾立刻接话:"我看也是。"

温裕阳一噎。

"说正经的,你也别有什么心理负担,谈恋爱结婚又不是买菜,我和你爸是绝对不会催你的。二十八怎么了,我像你这个年纪的时候还在实验室里埋头苦干,女孩子更要以事业为重。"

一切都在温静语的意料之中,崔瑾说着说着又把话题偏到了工作上。

别的父母关注子女婚恋,崔老师就不一样了,她更看重温静语的职业发展。

其实从乐团辞职之后,温静语并没有什么解脱的感觉,一颗心反而吊在了半空,因为她无论怎么解释,崔瑾都觉得她现在这份私教工作是临时的,哪怕工资比乐团给的高出好几倍。

"你接下来什么打算,总不能一直这样混日子吧?"果不其然,崔老师的著名提问又来了。

温静语囫囵吞了两口粥,又看了眼时间,下一秒立刻从座位上起身。

"你们慢吃,我早课要迟到了。"

说完,她也不给崔瑾反应的机会,拎上琴盒急匆匆地出了门。

到佑禾大厦的时候刚好八点半,其实她今天根本没什么早课,倒是与几位学生家长约好了要见面。

来机构咨询的家长无非就是为了孩子未来的艺考,大环境下竞争激烈,乐器表演专业的门槛也越来越高。

像钢琴、古筝这样的传统热门乐器虽说择校余地大,但学的人也多,考场往往秒变神仙打架的修罗场。

俗话说得好,隔行如隔山。学乐器的孩子基本都有童子功,临时转专业显然不现实,要投入的精力和时间成本太大。

这批来找温静语的家长很明显开拓过思路,他们的孩子都是从小练习小提琴的,如今小提琴也算是个炙手可热的专业,相同赛道上优秀的人很多,但中提琴就不一样了。

作为一种常年被小提琴和大提琴夹在中间的乐器,别说是教中提琴的老师,就连知道这个专业的人都少之又少。

一听说机构来了个乐团的中提首席,这帮家长哪里坐得住,千方百计地找到了温静语。

"温老师，我们家孩子六岁开始学的小提琴，现在转中提还来得及吗？不过，他小提琴拉得一般般。"

这位家长刚说完，另一位就立刻接上话："我们家孩子也是，但他年纪稍微大了点，今年已经上初三了，想赶上艺考这趟车应该没问题吧？"

温静语坐在一旁安静听着，家长们你一言我一语，她很难有插上话的机会。

等到他们都倾诉得差不多了，温静语才开口："小提琴确实可以转中提琴，虽然两者的外形看着相似，但还是存在区别的，首先就是尺寸，中提琴更大也更重。"

她又强调了一点："并不是说小提琴拉不好就可以转中提，虽然共通，但难点不一样。中提琴手除了需要具备小提琴手的一切技能，对于指法和力度的要求更高，这就要看孩子的自身条件如何了。"

温静语看了看手里的排课表，建议道："各位可以先让孩子们来上一堂体验课，毕竟兴趣才是最好的老师，他们的自我意愿还是很重要的，合不合适，要试过才知道。"

好不容易送走家长们，原本拥挤的商谈室瞬间变得空空荡荡，温静语正想伸个懒腰，前台姑娘就拿着她的手机走了进来。

"温老师，辛苦了，你的手机落在琴房了，刚刚响了好几声。"

"谢谢啊。"

温静语接过手机，上头显示着好几个未接来电，全是梁肖寒打来的。

她顺手拨了回去。

"喂。"

"在干吗呢，温公主？"

"我还能干吗，在琴房。"

梁肖寒调侃："那我得尊称一声'温老师'了。"

"说重点。"温静语根本不跟他客气。

"晚上有时间吗，一起吃饭？订了御茗轩的位置，有你念了很久的头手黄油蟹。"

温静语挑眉："几点？"

"六点半，我提前在门口等你。"

"好。"

到了下午下班时间，温静语简单补了个妆才出发。

御茗轩是四季酒店旗下的中餐厅，离佑禾大厦有二十多分钟的车程，晚高峰路况差，等温静语到达酒店门口的时候时间刚刚好。

出租车司机刚把车停稳，泊车人员还没来得及靠近，等在门口的梁肖寒就抢先一步替她打开了后座门。

"温公主，您请。"他笑得没皮没脸。

私底下怎么打趣都行，有陌生人在场的情况下，他还要这样喊她，这让温静语略感羞耻。

她是出了名的冷脸,略带攻击性的明晰五官以及清冷气质的加成,导致她不笑的时候就是一副看起来很难接近的模样,这是上高中时班里同学对她统一的初印象。

梁肖寒一开始不是坐在她后排的,两人同在一个小组,作为组长的温静语负责收作业,可梁肖寒每回都要拖,甚至找各种借口不交。

性格使然,温静语根本懒得催他,总是默默掐着时间点,收不上来她也不强求。渐渐地,她对梁肖寒的所作所为习惯了,好几次甚至直接忽略他。

梁肖寒抱怨她脾气臭,温静语也不会解释。

时间一久,他就给她起了个"温公主"的昵称,说她跟傲慢的公主一样,太难伺候。

这一喊就是十多年。

餐厅挨着酒店的后花园,要穿过大堂再拐一条长廊。

前方就是客房部直梯,温静语背着琴盒,和梁肖寒并肩走着,她身旁这人刚说到高中趣事,下一秒却突然噤了声。

她抬头望去,梁肖寒还没来得及撤下的笑容就凝在嘴边,甚至黑眸里已经浮起一层坚硬冰凌。

温静语顺着他的视线望去,有两道紧紧依偎的身影正从客房部电梯走出,直直地朝着他们这个方向而来。

她暗吸一口气,那两人她也认识。

其中那位人高马大的中年男子正是梁肖寒的父亲梁韫宽,而他怀里搂着的女人,居然是梁肖寒的前女友——施雨濛。

难怪梁肖寒瞬间变了气场,这泼天的狗血终究是洒到了他的头上。

很显然,那两人也看见了他们。温静语不希望在公共场合生事,低头拽了拽梁肖寒的衣角,暗示他加快脚步。

人倒是被她拽动了,只是步伐缓慢,慢到可以忽略不计。

她悄悄观察着梁肖寒的脸色。好歹是在商场摸爬滚打过的人,此刻震惊和愤怒的情绪已经被他收敛无痕,取而代之的是唇边那抹若有似无的讥讽笑意。

梁肖寒突然抬手揽过温静语的肩膀,将她牢牢扣在自己的臂弯里,然后毫不掩饰地直盯着前方那两道身影。

似乎在反击,又像是在光明正大地围观他们的笑话。

温静语身子微僵,不只是因为梁肖寒突如其来的亲昵动作,还因为梁韫宽和施雨濛投射过来的眼神,一个尴尬,一个嫉恨。

如果八点档的狗血电视剧缺人设和剧情,那她觉得此时此刻擦肩而过的四个人简直再合适不过。

甚至梁肖寒还可以提供台词。

"真是普天之下,无奇不有,老子居然捡儿子的剩饭吃。"

温静语百分之百可以确定,他说话的音量足以让那两人听清。

她无奈地闭了闭眼,只能拽着他再次加快脚步。两人拐到长廊的时候,梁肖寒才松开她的肩膀。

男人卸下隐忍,终于控制不住爆了粗口。

温静语知道他在气什么,施雨濛不是重点,不过寥寥数月的露水情缘,梁公子自然不会放在心上。

梁韫宽才是那根可以引燃他的导火索。

"我忙前忙后跑断腿,就为了收拾他搞出来的那堆烂摊子。没有金刚钻还偏要揽瓷器活。我外公当初也不知道怎么想的,选了这么个人当女婿,还把产业全部托付给他。"

许是怒极,梁肖寒说到一半停下来歇了口气。

"你也看到了吧,狗改不了吃屎,人也不会变的,那老东西的劣根基因早该在我这里停止了。"

他越说越偏离,温静语听着皱起了眉:"何必贬低你自己。"

"他们十几岁就认识了。"

梁肖寒指的是梁韫宽和肖芸。

"你说,他们当初的感情是真的吗?"他讪笑,"如果是真的,那感情这玩意儿未免也太轻贱。"

温静语沉默,这是长辈的私事,冷暖自知,她没办法也不适合做评价。

就在此时,长廊尽头突然晃出一道人影。

"找你半天了,怎么在这儿杵着啊?"冯越话音刚落,又瞧见梁肖寒身旁的温静语,"哟,咱们温公主也来了啊。"

温静语有些吃惊,梁肖寒在电话中并未提及其他人的名字,原来今天的晚餐并不是两人独享,而是一场热闹聚会。

她不过是受邀嘉宾之一。

事已至此,任凭她的心绪再怎么百转千回,至少表面要保持安定从容。

"冯总,又见面了。"

"你老是这么客气,跟着肖寒喊我'冯二'就行。"冯越边说边朝着他们招手,"赶紧过来吧,重要人物也在路上了。"

进了包厢之后,温静语用余光扫视了一圈。圆桌上依然是那些熟悉面孔,只是比起上次,这回少了莺莺燕燕们的陪衬,她反倒成了全场唯一的女性,也变成了最不自在的人。

梁肖寒的情绪收拾得很干净,脸上又挂起游刃有余的表情,好似刚刚在走廊失控的那个人不是他。

"小姐,需要帮您存放物品吗?"服务生的轻柔询问唤醒了走神的温静语,人家指的是她的琴盒。

"谢谢,不用了。"

"那我再给您寻一张椅子来,就放在您身后可以吗?"

这个提议再好不过，温静语点头表示感谢。

服务生前脚刚跨出去，方励后脚就跟了进来。他和梁肖寒对上眼神，领首道："梁总，人到了。"

包厢里高谈阔论的杂音戛然而止，梁肖寒带头从位置上站了起来，其他人纷纷效仿，并做出一副迎接姿态。

虽不知道即将登场的是何方神圣，但温静语也不好意思干坐着。她打算起身，偏偏实心木椅太沉，地毯又有阻力，用正常力气根本推不开。

就在她跟椅子较劲的刹那，门口传来了动静。

"周先生，蒋先生，有失远迎。"

"梁总客气了。"

温静语呼吸微室，缓缓抬起头，那位贵客的视线也恰好扫了过来。

是周容晔。

对视只持续了短短的两秒钟，温静语的尴尬却达到了前所未有的高度。

她卡在座椅和圆桌之间动弹不得，根本来不及起身。

所幸其他人的注意力都不在她这边。周容晔和他身旁那位也很快被迎入席中，温静语一口气还没松完，抬眼就发现那两人坐在了自己的正对面。

这是个避无可避的角度。

上次相见还是在茶楼，周容晔出面替她解了围，温静语觉得自己于情于理都应该和他打声招呼。

刚进门那会儿是个好机会，只可惜眼睁睁错过了，现下众人的焦点全放在他身上，左右都是忙着跟他搭话的人，温静语压根插不上嘴。

再看看其他人的态度，这帮公子哥儿平日里个个都是眼高于顶的，何曾对谁这样重视过，想必周容晔的身份和地位并不简单。

也罢，太过生硬的问候反而显得刻意，说不定还会徒增误会，她还是老老实实当个透明人比较好。

温静语低头摆弄手机，刚打开微信就发现周皓茵给她留了消息。

一句话还没看明白，那个去给她找椅子的服务生正好回来了。温静语将怀里的琴盒递给服务生，又顺势让人家帮忙把自己身下的木椅往后挪一挪，她一直被卡住的姿势才终于得以解脱。

只是这动静似乎引起了某些人的关注。

"请问这位是？"

坐在对面的蒋培南突然开了口，他手心朝上，对着温静语的方向微微示意了一下。

"这位啊，那就要让我们梁总来介绍了。"冯越笑得很有深意。

"是吗？"

蒋培南也弯起嘴角，眼风刻意掠过身旁的周容晔。

那人沉稳得像一座山，表情找不出丝毫破绽，蒋培南由衷地佩服他的定力。

与此同时，被点到名的梁肖寒正打算说话，温静语就率先站起了身。

她觉得自我介绍这种事情没必要借他人之口。

"您好，我是温静语，温度的温，安静的静，言语的语。"

蒋培南自认为阅人无数，光看温静语的外表，他以为这位怎么着也是个清高的冷美人，没想到这么落落大方、不卑不亢，反而显得他有些局促。

担心唐突佳人，他也打算立刻起身。

只是蒋培南连腰都没来得及抻直，下一秒身旁的人就有了动作。

众人屏气凝神，眼瞧着周容晔从座位上站起来。

他调整视线与对面的女人持平，下巴微敛，语气自然："你好温小姐，我们又见面了。"

紧接着周容晔端起了面前的青花茶盏，朝她微微颔首："以茶代酒。"

温静语根本没料到他会主动打招呼，内心的真实反应和在座其他人一样，有些难以置信。

在她愣神之际，周容晔依然耐心等待着她的回应，哪怕此刻有这么多双眼睛盯着。

"你好，周先生。"

不容多想，温静语也立刻端起自己的茶盏。两人就这么隔着圆桌，朝着对方遥举了一下杯子，然后饮尽。

"上回太匆忙，没来得及自我介绍。"

周容晔的普通话说得很好，发音字正腔圆，温静语再次疑惑他香港人的身份。

"我叫周容晔，周到的周，容易的容，耀晔的晔。"

"日字旁的晔？"

"对。"

"光明灿烂，是个很好的字。"

周容晔也不吝啬自己的笑意，扬唇道："多谢。"

两人的你来我往早已让围观群众瞠目结舌。有人拍了拍冯越的手臂，低声询问："梁少这位女伴什么来头啊？"

冯越也是一头雾水："我不知道啊。"

他把目光转移到梁肖寒身上，那位的表情更加精彩。

等到两人再次落座，服务生也进了包厢开始布菜。温静语将灰色餐布摊开，放在腿上铺好，没去在意梁肖寒时不时投射过来的目光。

直到那人自己忍不住开口。

"你什么时候跟他这么熟了，还私底下见过面？"

梁肖寒坐在她右侧，问这话时他的上半身不自觉地往左倾斜。

温静语卷了卷真丝衬衫的袖口，平静答道："就相亲那天。"

梁肖寒差点碰翻手边的水杯。

"……你和他相的亲？"

"想什么呢。"温静语斜他一眼，"借你吉言，那天真遇到奇葩了，恰好碰见周先生，是他替我解的围。"

梁肖寒皱眉："什么奇葩？"

"就一个思想意识还没跟上现代社会的奇葩。"温静语不甚在意。

梁肖寒仰头喝了一大口水，语气也有些不耐烦："以后能不能不去参加这种无聊相亲了？没一个正常人。"

温静语垂眸沉思，并没有接话。

"回答我。"

梁肖寒用肩膀轻轻撞了撞她，这动作细微且迅速，也只有关系亲近的人可以做得自然。

"你用什么身份要求我？"

温静语突然的发问让梁肖寒顿时语塞。他偏头对上她的眼睛，那双清透瞳仁里居然没有任何玩笑痕迹。

如果不是场合原因，这天怕是已经聊死了。

"请问这份蟹是直接上还是分盘上？"

端着精致托盘的服务生出现在他们身后，适时打破了这个凝滞的僵局。

温静语循声回头，陶瓷餐盘里正卧着一只金灿肥美的头手黄油蟹，个头和品相都是上乘。

"这份直接放这儿吧，其他人的处理好再上。"梁肖寒屈指点了点温静语前方的桌面。

待服务生将餐盘放下，摆好吃蟹工具后，桌上有眼尖的人注意到了这幕。

"哟，梁总怎么还区别对待啊？"

那头冯越随口接上了话："你可别醋，也就温公主有这待遇。"

最开始出声打趣的人不太了解温静语和梁肖寒的关系，但听冯越这么一说，立刻自作聪明下了结论："还真是，梁总身边来来往往，我只记住了温小姐这么一位，其他女人我可从没见他正儿八经地带上席面来啊。"

"咱们没法儿比，就之前那位拍古装剧成名的女明星，叫什么来着我忘了。不过不重要啊，那样的姿色换作一般男人绝对顶不住，咱们梁总不还是说断就断了？"

"这叫百花丛中过，片叶不沾身。"

…………

在场的都是男性，讲起话来荤素不忌，女人自然就成了他们最顺嘴的谈资，不起这个头还好，那话匣子一打开就是没完没了，完全不在意桌上除了他们还有一位女性的存在。

温静语几乎是瞬间就失了胃口。

那黄油蟹被梁肖寒拆成几件摆在她的面前，香气四溢，光泽诱人，却勾不起她的半点食欲。

她不明白，难道只有这样的话题才能给男人带来成就感吗？

女人是他们挣面子的利器？

未免太过庸俗，太过愚蠢。

然而此刻，在场的除了温静语，脸色谈不上好的还有另外一位。

蒋培南偷偷打量着周容晔的表情。这人从刚才起便一言不发，只专注自己眼前的食物，无论是餐具摆放还是用餐速度都极其讲究。

倒不是他要贯彻什么食不言寝不语的准则，而是压根不想和这群人搭话。

"好了，差不多得了。"

梁肖寒终于出声制止，他接过服务生递来的湿毛巾，擦了擦刚收拾完螃蟹的手。

坐在他身旁的温静语始终敛着眸子，银质餐叉被她拿起又放下，梁肖寒知道这人的耐心在慢慢消耗殆尽。

"少揭我老底。"他突然抬臂揽过她的肩，笑骂那个一直多嘴的人，"我就这么一个要好的朋友，把她吓跑了你赔？"

此话一出，席间笑声更是连成了片。

不过，梁肖寒总算是开了口，温静语的身份也有了解释，那些无端猜想被驱散之后，大家的话题也逐渐转移了方向。

"不要理他们，都是些玩笑话。"梁肖寒收回手，低声安抚。

温静语拾起餐巾擦了擦嘴，脸上没什么表情："我去趟洗手间。"

包厢里就有内置洗手间，但她还是毫不犹豫地踏出了房门。

长廊尽头有一扇月洞门，连接着酒店后花园，仿的是苏式园林的意境，里头还有一汪清浅的人工湖，养了几十尾色彩艳丽的锦鲤，是个打发时间的好去处。

温静语置身其中却无心欣赏，她出来只是为了透口气，顺便想个提前离开的理由。

早知是这样的聚会，打死她都不会来。

并不是自视清高，她和梁肖寒虽然认识了十多年，但两人的交友圈完全不同，也没法融入到一起。

她明白有些话就是场面上的虚与委蛇，真要往心里去倒显得她太过较真。

可她最近的心态确实出了点问题，情绪起伏也越来越大。

因为手机落在了包厢，温静语无事可做，蹲在湖边，打算把这一湖的鱼数完就去告辞走人。

数到十八的时候，月洞门外传来了一阵清晰的对话。

"梁肖寒，你真的和她在一起了？"

这声带着怒气的质问不是来自别人，正是施雨濛。

"跟你有关系？"男人的声音带着轻视和不屑，"少烦我，没事赶紧滚。"

施雨濛哼笑："你还真是烂人一个。"

梁肖寒并不气，半边身子倚着墙，随意摆弄着手里的打火机，时不时掀开盖子擦擦火，好像施雨濛说什么都激不到他。

"还是比不上你。眼见在我这儿没戏了，转身就傍上了老头子，怎么，迫不及待想当我小妈?"

施雨濛被他这话刺得脸色青一阵白一阵,稳下心绪后,立刻回击:"我是不怎么样,那你呢?连自己喜欢谁都不肯承认,你又算什么男人?"

月洞门和人工湖离得不远,温静语缓缓起身,躲到一棵造景的罗汉松后面。

"你别这样看我,难道我说得不对吗?"施雨濛的口气咄咄逼人,"在一起的时候我就纳闷了,什么狗屁朋友,你以为我看不出来?为了她你什么人不敢得罪啊?当初我弟出事的时候,我是怎么求你的?你心软过吗?我不让你跟她联系,你就直接跟我提分手?"

她的脸上突然挂起讥讽笑意,不知是针对面前的男人还是自嘲。

"梁总,你的一腔深情可千万别白费了,温静语知道吗?"

梁肖寒收起了漫不经心,表情变得晦暗阴沉:"你要是敢去找她胡说八道的话,那就别怪我不客气。"

"果然被我说中了。"施雨濛冷笑,"你俩挺配啊,互相装傻,乐在其中。就是可怜了梁总未来的女朋友,注定要被蒙在鼓里要得团团转,也不知道你们之间谁更硌硬。"

温静语站在树后,原本直挺的肩膀在此刻却像卸了力气似的微微耷拉着,明明是盛夏夜晚,她却如置冰窖。

那两人接下来的对话,她已听不清了,而施雨濛刚才那番话就足以令她难堪。

梁肖寒问她为什么总是拉黑他的联系方式,这就是原因。

连旁人都能看得一清二楚,更何况是身在局中的她和他。

梁肖寒要是只把她当作普通朋友,温静语的反应也没这么坚决,可她能明显感受到他的区别对待。如果说小时候是因为懵懂分辨不清,那么现在大家都有了成年人的判断能力,感情的细微变化稍稍用点心都能察觉得到。

谁都不愿意自己男朋友身边还存在一位模棱两可的女性"好友",她并不想因为这种事情受人指摘。

那两道声音早已消失,温静语盯着脚边的景观灯发了会儿愣。直到受不了夜间蚊虫的侵扰,她才缓缓抬步离去。

走到包厢门口时,她并没有进去,而是转头对守在门外的服务生说道:"麻烦您,能帮我把那个位置上的挎包和琴盒拿出来吗?还有一部手机。"

她指了指自己坐过的座位,刚好这会儿梁肖寒也不在,是个开溜的好机会。

取了私人物品后,温静语没有一秒犹豫,立刻离开了酒店。

这间酒店位于湿地公园内,进出只有一条主路,她没有打车,而是沿着青石板铺成的人行道散步。

夜幕低垂,天边月晖被薄雾遮住,还突然刮起了大风。

起初温静语并没有在意,直到额头和手臂感受到雨水滴落的凉意时,她才不得不加快脚步。

雨越下越大,砸在沥青路面上溅起密集水花。

除了两旁的行道树,这条路上根本就没有避雨的地方,温静语只能抱着琴盒提速狂奔。她记得路口转角有一个公交车站,那是最近的避雨点。

被打湿的衣物粘在身上不太舒服,温静语无所谓地扯了扯,她更在意自己的琴盒。

公交车站的顶棚是不锈钢板,珠帘似的雨幕砸在上头发出噼里啪啦的响动,闭眼听时,特别像交响乐团谢幕后台下观众爆发的掌声。

明明是挺狼狈的处境,温静语笑自己居然还有心情发挥想象力。

她掏出手机想打个车,估计是天气突变的原因,打车软件上排队等车的人居然有一百多位。

就在她犹豫是继续等待还是直接放弃的时候,滂沱大雨中,一辆岩灰色的宾利急停在公交站前,车牌号码瞧着有些眼熟。

紧接着,后座车门被打开,一把黑色大伞率先探了出来。伞面撑开的刹那,犹如黑夜中绽放的玫瑰。

男人的皮鞋和裤脚瞬间被雨水打湿,可他并不在意,步伐迈得坚定,目标明确清晰。

温静语就这么看着周容晔离自己越来越近。

他慢慢抬起伞面,先露出的是锋利喉结,然后是流畅的下颌线,紧抿的薄唇,顺直的鼻梁,最后是一双敛起锋芒的深邃眼眸。

"雨很大,我送你回去。"

温静语有片刻失神。

昏暗光线下,人真的很容易恍惚,她觉得周容晔仿佛是从天而降的。

不见停歇的雨势以及皮肤上泛起的阵阵寒意,这一切都让温静语没有更多选择,她道了声谢后,跟着男人坐进了宾利车后排。

"披上吧。"

周容晔捡起自己放在副驾上的西装外套递了过去,连带着一包开了封的纸巾。

温静语身上的真丝衬衫还滴着水,她看了看周容晔那件昂贵外套,怕是也沾不得水,这一犹豫就没伸手去接。

"小心感冒。"

见她没动静,周容晔干脆上手替她披好。

"谢谢。"

温静语感慨,自己好像总对他说这句话。

前排司机的驾驶技术很稳,车子开出湿地公园上了主路,他出声询问:"周先生,先去哪里?"

周容晔让他先直行,然后转头问温静语:"你家在哪里?"

斜风骤雨有规律地拍打在车窗上,模糊了道路两旁光怪陆离的灯光,街景像一幅被水汽洇湿的油画,瞧着有些不真实。

"中山北路的嘉和名苑,顺路吗?"

司机瞧了眼导航显示屏，还没来得及开口，周容晔就接上了话："顺路。"

"麻烦您了。"

"不客气。"

车厢里安静下来，车载音响被适时打开，肖邦的降B小调《夜曲》缓缓流淌而出。

温静语握着那包纸巾，颇有耐心地擦拭着琴盒的角角落落。虽然刚才她已尽力维护，可盒子表面还是不可避免地淋了些雨。为了彻底放心，她又打开盖子检查了一遍琴身。

周容晔将她温柔细致的动作收进眼底，目光有些意味深长。

"你拉的是中提琴。"

短短一句话让温静语毫无缘由地心颤了一下。

他用的居然不是疑问句，而是肯定句。

"你怎么知道？"她惊诧地抬头望向他。

因为她不说，别人总以为她拉的是小提琴。

相似的外表，仅仅大了七分之一的尺寸，又有谁会在意。

像这样笃定的答案她还是第一次听到。

周容晔并没有回应，只是很轻地扬了下嘴角。

肖邦的《夜曲》已经播完切换，下一首前奏刚放出来的时候，温静语就知道了，是亨德尔的《帕萨卡利亚舞曲》，还是她无比熟悉的小提琴、中提琴二重奏版本。

看来周容晔也偏爱古典乐，温静语以为这就是他了解弦乐的原因。

另外，她还有个好奇的事情。

"你也回家吗？饭局应该还没结束吧。"

"那你呢，为什么提前离席？"

温静语没想到他会反问，似是而非地找了个借口："嗯……有点无聊。"

周容晔挑了下眉："挺巧，我也这么觉得。"

这话说完，两人都忍不住相视一笑，眼神短暂相触后又很快分开。

不知为何，温静语总觉得周容晔在某些方面和自己有着诡异的默契。

回家的路程过半，梁肖寒的电话终于打了进来，语气急切。

"你人呢？服务生说你走了？"

温静语看了眼时间，距离她离开酒店已经过去了半个多小时。

她随便找了个借口："崔老师找我，我怕有急事就先回去了。"

梁肖寒的担忧渐渐散去，他还以为席面上那些玩笑话惹恼了她。毕竟"温公主"的别名不是白叫的，温静语生起气来谁的面子都不会给。

"你好歹跟我说一声，让司机送你，这么大的雨你是怎么回家的？"

温静语捏着手机，用余光瞥了一眼身旁的周容晔。男人姿态放松，双手交叉环胸，正合眼靠在椅背上休息。

她咽了咽嗓，缓声道："打车。"

打的还不是一般的车。

"出租车还是网约车？车牌号告诉我。"

这个问题温静语还真回答不了，那一串连号数字听起来就不对劲。

"我到家就告诉你。"

担心梁肖寒继续追问，温静语很快挂了电话。

二十分钟后，车子停在了嘉和名苑正门口。司机本想直接开进小区，但被温静语婉拒了。

这么招摇的一辆车，不管是被爸妈撞见，还是被左邻右舍看到，解释起来都是一件令人无比头疼的事情。

"已经够麻烦你们了。现在雨也变小了，我可以自己走进去。"温静语将身上的西装外套脱下还给周容晔，整理好挎包和琴盒就准备下车。

前排司机已经替她打开了后座车门。

"等等。"周容晔将搁在脚边的黑色长柄伞递给了她，"别淋雨。"

温静语看了眼天色，接过来后问道："那这伞到时候怎么还给您？"

路灯昏黄的光晕透进车厢，但依然不能让人看清全貌，周容晔一半的脸隐匿在黑暗中，低沉嗓音让温静语想起了音色最接近人声的中提琴。

"还会再见的。"他说。

第二章

我们好像只能这样了/

痛快的热水澡洗尽了身上的潮意和疲惫,担心第二天真的会感冒,温静语回房前还泡了一杯热乎乎的红糖姜茶。

刚在床上躺下,门外就传来一阵响动,连带着狗的哼唧声。温静语跳下床赤着脚去开门,圈圈立刻甩着它那条毛茸茸的尾巴闯了进来。

"圈圈,这么晚还不睡觉。"她摸了摸它的脑袋。

圈圈向来黏她,温静语干脆把它的狗窝垫子拖进房间,让它今晚就睡在自己床边。

安顿好圈圈之后,温静语又躺回床上开始刷手机。梁肖寒后来又打了几个电话,她在微信上报了平安就没打算回电过去。倒是周皓茵的消息,她一直没看完。

温静语仔细浏览了一遍,周皓茵说自己又报了马术课,可是时间跟提琴课有冲突,而且马场距离远,如果从市区来回的话两边的课都赶不上。

所以她问温静语可不可以抽出时间去家里给她上课,课时费可以翻倍。

第二天到机构,温静语仔细研究了一下自己的课表,然后给周皓茵打了个电话。

"茵茵,我看了下我的排课,如果按照原来的时间我可能没有办法去家里教你,因为还有其他学生的课需要协调。要不我帮你咨询一下其他老师,看看他们能不能配合你的时间?"

电话那头周皓茵瞬间泄了气:"不行啊 Miss 温,我就是冲着你来的,只想上你的课。是不是课时费的问题?我这边可以再加钱,毕竟要求是我先提出来的,确实有些失礼。"

"不是钱的问题。"温静语失笑,"机构的其他老师也很优秀,你可以相信我的判断。"

周皓茵有些急了,一直说"No"。温静语没想到小姑娘对自己这么依赖,心里还是有些感动的。

温静语扫了眼办公桌上的日历,默默做了个决定,提议道:"或者你周五周六有时间吗?那两天是我的休息日,我可以去家里教你。只是这样安排的话,你一个星期的课都要压缩到这两天了。"

周皓茵欣喜若狂:"可以可以,当然可以!"

"不怕我的魔鬼训练?"

"严师出高徒!"

两人嘻嘻哈哈地聊了一阵,事情就这么快速地定了下来。

通话结束后,周皓茵发来一个地址,月央湖壹号,是路海市出了名的稀有别墅区,上半年挂牌出售的一栋花园洋房打破了国内别墅的成交价纪录。

温静语盯着那个定位,眼神微动。

世界上真有这么巧的事,梁肖寒家也在这里。

月央湖其实是一个景区,三面环山,紧邻市区,不管是公交车还是地铁都可以直达,交通线路十分成熟。

两年前温静语辞了柏林乐团的工作回到国内,考驾照的事情就一拖再拖,她回想起自己那惨不忍睹的驾考经历,感叹科目二简直就是她的一生之敌。

抱着这辈子或许都考不出驾照的心态,温静语早已把路海市的公共交通探索透彻,对各条线路烂熟于心。

从她家出发去月央湖壹号,地铁三号线就可以直达,如果是乘公交车的话则需要在中途换乘一次,时间和路程都要翻倍,但好处是可以饱览市区到月央湖景区沿途的风景。那一路鸟语花香,绿树成荫,是游客首选的网红路线。

和周皓茵约的时间在上午九点半,温静语起得早,毫不犹豫地背着琴盒上了公交车。

辗转了五十多分钟,下了公交车之后,还要顺着短坡走一段路才能到达月央湖壹号的正门口。许久没来,这一片的景色依旧那么赏心悦目。

门口的保安对她进行了身份登记,因为是超低容积率的别墅区,如果不想在烈阳之下走到气喘吁吁,还得依靠摆渡车。

刚报完门牌号坐上车,周皓茵的微信就来了,她担心温静语找不到位置。

茵茵:Miss温,要不要我出来接你?

就在温静语低头回消息的瞬间,一辆岩灰色的宾利从她身旁驶过。

再抬起头时,眼前的景致变得越来越熟悉。

往左拐就是梁肖寒的家,只不过他平时都住在市区,肖芸倒是一直都住在这里。

温静语正盘算着什么时候去看望肖芸,摆渡车就在分岔路口右拐了。

南区十八号,周皓茵告诉她的位置。

车子刚在庭院大门前停稳,一道清脆女声就激动地响起:"Miss温!"

温静语顺着声音抬头,周皓茵正站在二楼的露天阳台上冲她挥手。

她也抬起手臂招招手,对司机道了声谢后,拎着琴盒下了车。

气派的雕花铜门缓缓打开,映入眼帘的是一大片修剪整齐的草坪。温静语感叹周家人或许都有些艺术细胞,这庭院里的绿植造景打理得错落有致,意境十足,比温裕阳自己瞎捣鼓的那片花园强太多了。

草坪左边是车库,她一眼就看见了那辆黑色库里南,工人正拿着水枪冲洗轮胎上的泡沫,并排停着的还有一辆传说中的保时捷918Spyder。

"欢迎欢迎！"

周皓茵欢脱地奔下楼，跑到温静语身边，挽起了她的手臂。

"茵茵小姐，准备茶还是咖啡？"家政阿姨边询问边给温静语递了双干净的室内拖鞋。

"Miss 温，你想喝什么？还有牛奶和鲜榨果汁。"

"红茶吧，谢谢。"

两人来到客厅，房子里的装修也尽显主人的高雅品位，没有金碧辉煌、夸张浮华的暴发户装饰，色彩统一协调，家具简洁大气。

虽然风格低调，但温静语看得出每一处都是下足了功夫的，越是这样看不出价钱的设计往往越令人咋舌。就拿墙上那幅抽象的装饰画来说，她在去年的佳士得秋拍上见过，起拍价就是八位数。

"这里是我小叔家，我平时要是有假期就会过来短住。"周皓茵的表情有些唏嘘，"我小叔是个单身寡佬，过得好惨好孤独，家里没有一点人气。"

温静语对粤语单词一知半解，所以周皓茵的小叔是又寡又老吗？

但她转念一想，能住在这么艺术的房子里，寡老孤独好像也无所谓了。

家政阿姨很贴心，不仅上了热茶，还准备了一碟香脆的法棍香切片搭配松露黄油。但温静语没有太多心思细细品尝，只休息了十多分钟就抓着周皓茵开始上课。

因为一个星期的课压缩到了两天，时间安排很紧，午休过后又接着上到了下午五点多。

太阳做好了下山的准备，室外的炎热空气开始慢慢冷却。

"Miss 温，我一直很好奇，你应该也会拉小提琴吧？"

"会。"温静语边擦拭着琴弓边说，"其实我以前也是练小提琴的，五岁开始，十二岁转的中提琴。"

周皓茵感叹："哇，所以那句话是真的吗，所有中提琴手都是小提琴手来的。"

温静语笑："你呢，为什么突然想转中提琴？"

提到这个，周皓茵就头疼："香港的学校要求学生必修一样乐器，钢琴还不算数哦，所以我就选了小提琴。但你知道现在拉小提琴的人好多，我觉得没什么个性。"

说着说着，她又起了念头："Miss 温，我想听你拉小提琴哎，要试一试吗？"

"可是现在手边没琴。"

"我有！"

周皓茵说风就是雨，三步并作两步跑回了卧房，再回来的时候，手中果然多了一把小提琴。

温静语接过来，调了下音准，抬眸问她："拉一首什么好呢？"

相比中提琴，小提琴的独奏曲目简直数不胜数，周皓茵让她随意发挥。

"那就来一段我还记得谱子的吧。"

"好啊，好啊。"

哀伤悲怆的旋律响起,是电影《辛德勒的名单》的主题曲,温静语选取了小提琴独奏的部分。虽然很长时间没有碰小提琴,但温静语一点也不手生,甚至在没有谱子的前提下一个音都没有拉错。

周皓茵在一旁听得如痴如醉,她知道这样的技术需要时间和汗水的积累。

客厅里回荡着悠扬的音乐,周容晔在玄关就听到了。

司机停好车后就先行下了班,老板今天一反常态,回来得特别早,连带着他的回家时间也提前了。

家政阿姨接过周容晔脱下来的西装外套,刚想转头通知周皓茵,结果周容晔对她摇摇头,举起食指做了个嘘声的动作。

落地窗前的两道身影都背对着他。

温静语今天穿了一条湖蓝色的细吊带纱裙,衬得她原本白皙的皮肤更加透亮。她那头乌黑长发在脑后绾了个松松的髻子,背上漂亮的蝴蝶骨在架琴拉弓的动作下清晰可见。

随着最后一个音符落地,周皓茵屏住的呼吸也终于得以释放,她毫不吝啬地鼓起了掌。

除了她兴奋的赞美声,还有一道比较收敛的掌声自身后传来。

两人同时回头。

"小叔,你回来啦!"

周皓茵连蹦带跳地朝着沙发旁的男人跑去。

温静语则当场怔在原地,眼神里充斥着难掩的惊诧,甚至忘记要打一声招呼。

原来周皓茵口中那个单身寡佬的小叔,是周容晔啊。

…………

晚霞褪尽,墨色一点点浸染天幕。

温静语抵不住周皓茵的盛情邀请,留下来和他们共进晚餐。

坐到餐椅上时,她才缓过神来,逐渐消化了这个有些荒唐巧合的事实。不得不说,这叔侄俩和她的缘分还挺深的。

她悄悄打量着坐在她对面的周容晔。

饭前他回房间洗了个澡,换了一身浅灰色运动装才下楼,头发吹得半干,抛下平日西装革履的正经模样,气质也没那么凌厉了。看起来更年轻,倒有点像大学校园里受小姑娘追捧的帅气学长。

"我来正式介绍一下,Miss 温,这位就是我小叔,周容晔。"

温静语当然知道这位叫什么,连"周容晔"三个字怎么写的,她都一清二楚。只是周皓茵正儿八经的介绍让她有些不好意思坦白,于是不太自然地朝对面笑着说了句"幸会"。

或许是她看错了,周容晔好像盯着她勾了下嘴角,那眼神也是耐人寻味。

好在他并没有揭穿,当周皓茵介绍完温静语的时候,他还很配合地问了声好,就差没说"初次见面,请多指教"了。

"Miss 温,你多吃点,千万别客气啊。"

周皓茵觉得自己在这张饭桌上充当某种"中介"的身份,毕竟小叔和老师素不相识,只能靠她来调节气氛。

"谢谢你茵茵,不用特意照顾我,吃完了我自己再夹。"

温静语看着自己面前快堆成小山的食物,感慨小姑娘的热情总是那么直接。

周家做饭的这位阿姨手艺确实好,三个人八道菜。她以为这已经是全部,结果中途又端上来一道菜。

餐盘盖掀开的时候,还冒着热气,定睛一瞧,居然是清蒸黄油蟹。

周容晔漫不经心地推着餐桌转盘,温静语就看着那盘蟹离她越来越近,最后稳稳地停在她面前。

"多吃点。"

他这话是对她说的。

温静语突然回忆起那天的饭局,当时她胃口尽失,最喜欢的黄油蟹也一口没动,后来想想确实有些遗憾。

结果现在摆在她面前的这只个头更大。

"对啊,Miss 温,这蟹可香了,趁热吃。"

周皓茵直接连蟹带盘端下来摆在了温静语面前。她用余光瞄了眼周容晔,在心里感叹:美女果然到哪里都是受欢迎的,连小叔都学会主动照顾人了。

饭毕,温静语差点吃撑。

告辞的时候,周容晔也跟着她走出了别墅,温静语以为他是来送行的。

"我送你回去。"

说着,他解锁了车库里那辆黑色库里南。

"没关系,我打车就行。"

"这里很难打到车。"周容晔望了她一眼,带着莫名的笑意,"上车吧,温老师。"

月央湖壹号整体建在半山腰上,占地面积极大,光是在小区里行车就能把人绕晕。

温静语坐在副驾上腹诽,还好周容晔愿意送她,否则走到小区门口都是项费力的体力活。

"明天还有课是吗?"

周容晔把着方向盘,目不斜视地看着前方。

"对,茵茵以后的课都调整到这个时间,我来家里给她上。"

"从明天开始我让司机来接你,每周的星期五、星期六对吗?"

温静语想也没想就拒绝了:"乘坐公交车或地铁到这里都很方便,不需要这么麻烦。"

像是料到了她的反应,周容晔淡声道:"茵茵说你不肯收她额外的课时费,你为了给她上课牺牲自己的休息日,你就当司机接送是补贴吧。"

"给茵茵上课是因为我喜欢她,不用这么客气。"
"客气的人是你。"
前方小路要拐弯,周容晔单手流畅地打了把方向盘。
"我们也算是相识了,别太见外,温老师。"
他这一声声的"温老师"像是打趣,之前可都是一板一眼地喊她"温小姐"。
这让温静语不由自主地开始回忆,细细盘点着自己每次和周容晔打交道时的表现,毕竟对方现在是学生家长的身份,她希望自己塑造的是为人师表的好形象。
车子开到小区正门,出口的抬杆刚刚掀起,外面主路突然传来一阵嚣张的跑车声浪,那动静把温静语吓得打了个激灵。
她正在心里暗骂哪个缺德鬼大晚上的制造噪声,下一秒始作俑者拐了个弯就准备进小区。
看见车牌的时候,温静语的眼尾抽了一下。
那辆阿斯顿马丁DBS正是梁肖寒这个缺德鬼的座驾。
两辆车在正门口交汇,明知道视线有死角,梁肖寒看不到副驾上的她,但温静语还是下意识撇过头去。
自上次晚饭不告而别之后,两人就没怎么联系过,或者说是温静语单方面不联系,只有群里聊天的时候她才会出来回应几句。
梁肖寒应该是习惯了她的间歇性发作,私底下也没来追问。
温静语的恍神,被周容晔看在眼里。他瞥了一眼主驾后视镜,跑车尾灯已经消失在夜色中。

第二天周容晔果然派了司机来接人,是温静语上次见过的那位。
为避免误会,她依旧让司机把车子停在小区外围。上车前,她还特意跑了趟水果店,抱回一整箱新鲜荔枝,以感谢昨天那顿丰盛晚餐的邀请。
"Miss 温,这荔枝好甜。"周皓茵一颗接着一颗根本停不下来。
温静语也尝了一口,店主果然没吹牛。
"水果店老板说这是广东来的荔枝,也不知道真假。"
周皓茵嘴里的荔枝还没咽下去,立刻抢答:"广东的龙眼也好吃!"
温静语笑:"悠着点,小心上火。"
"Miss 温,等这个假期结束,我就要回香港了,你有空记得来找我玩,香港的水果也很丰富哦。"
温静语点点头,不经意问道:"那你小叔呢,也回香港吗?"
"他啊。"周皓茵擦擦嘴,"之前一直生活在新加坡,现在也难得回一趟香港,反正从我有记忆开始,他就不怎么在家。"
"你小叔普通话说得挺好的。"
温静语突如其来的一句话让周皓茵"扑哧"笑出声。
"Miss 温,你不会是嫌弃我普通话说得不标准吧?我已经好努力了。"
"绝对没有这个意思。"温静语连忙摆手,"我只是称赞一下你小叔。"

"称赞我什么?"

周容晔的声音从背后幽幽传来,把沙发上的两人吓了一跳。

"小叔,你怎么现在就回来了?"

周皓茵看了一眼时间,确定才下午一点。

"周末还不允许我偷个懒?"

周容晔给自己倒了杯水,仰头喝了两口,锋利的喉结上下滚动。

"刚刚Miss温赞你普通话说得好啦。你能说得不好吗,都是奶奶亲自教你的。"

温静语默默地捋了捋这其中的关系,周皓茵的奶奶,那就是周容晔的母亲。

"我母亲是京市人。"周容晔转了转手里的水晶玻璃杯,解答了温静语的疑惑。

"难怪。"温静语若有所思道,"有些字的发音比我强多了。"

"Miss温你是路海人吗?"周皓茵问。

"是的。"

"那你会说路海方言吗?"

温静语惭愧:"能听,但不怎么会说。"

从小学校里就只让说普通话,在家里崔老师和温裕阳也很少用方言交流,她为数不多的方言灌输都来自于年纪较长的祖辈。

"好可惜,我还想着你教我路海话,我教你说粤语呢。"周皓茵有些遗憾。

"你可以教我粤语呀,我觉得挺好听的。"

"是吧?"周皓茵蔫下去的表情立刻复活,"粤语有九声六调,学起来不容易哦,我们可以从简单的单词开始。"

"那你先教我几个。"温静语正襟危坐。

在一旁沉默不语的周容晔似乎对这个粤语小课堂也来了兴趣,他找了张单人沙发坐下,想看看周皓茵葫芦里卖的什么药。

"先来点最基础的,我觉得你肯定知道。"

周皓茵指了指自己:"像我这种女生一般怎么称呼?"

"靓女?"

周皓茵竖了个大拇指,又把目标转移到周容晔的身上,指着他问:"那怎么称呼他这种人呢?"

温静语愣了一下,慢慢蹙起眉,表情有些犹豫。

"真要说?"

周皓茵点头,周容晔疑惑。

"……单身寡佬?"

周皓茵突然捂着肚子爆发出放肆的笑声,泪水糊了眼前一片。

…………

回程依然是周容晔相送。

温静语坐在副驾上,脑子里还盘旋着几个小时前的死亡笑话。

她理解错误,周皓茵想让她说的其实是"靓仔",可她脑子短路,只能想起那四个字。

周容晔当时的表情实在精彩,温静语尴尬过后回味起来也觉得好笑,但她现在坐在人家的车上,有些情绪还是得适当收一收。

前方路口的绿灯开始进入倒计时,周容晔轻点脚刹,车速慢慢降了下来。

"真对粤语感兴趣?"他问。

温静语认真地点了点头。

"我可以教你。"周容晔扬起一抹无奈的笑,"别被周皓茵带偏了。"

"其实学习一门语言,从不正经的话开始好像比较能调动积极性。"

温静语想起了那些年被德语支配的恐惧,颇有感触。

周容晔挑眉,语出惊人:"那我们从脏话开始?"

温静语没想到这人开起玩笑来居然这么不着调。

车子停在路口等红灯,周容晔转头看她,似乎真的在征询她的意见。

温静语突然笑了,偏头看向窗外的瞬间有一辆白车呼啸而过,直接占用了非机动车道,引来路人一通大骂。

周容晔突然提问:"这个时候应该说什么?"

温静语果真在脑海里搜索起词汇,凭借着她对港剧模模糊糊的印象,有些不确定地开口:"扑街仔。"

驾驶座上传来一声轻笑,温静语立刻反思自己是不是说得太过分了。

谁知周容晔毫不吝啬地夸赞她。

"温老师,你基础确实不错。"

…………

虽是一时兴起的提议,但周皓茵对粤语小课堂当真上了心。

为了让温静语能有沉浸式学习的体验,她特地建了一个微信群,还把周容晔拉了进来。

作为群里最活跃的成员,除了日常用语和单词,周皓茵还喜欢发一些影视片段。她与周容晔的交流也是全程使用粤语,只不过会贴心地在下面用普通话再标注一遍。

抛开一本正经的粤语普及,周皓茵还喜欢在群里分享各种八卦,上至娱乐明星,下至同校学生。

有些话题确实有意思,温静语兴致来了也会和她聊得忘乎所以,甚至忽略了群里还有第三个人存在。

周容晔很少说话,也不会主动参与她们的拉话闲扯,若不是偶尔出现做一些对话示范,他简直就是透明人般的存在。

即便是这样,温静语觉得他的耐心也是数一数二的。

她和周皓茵经常动辄就是几百条的聊天记录,小姑娘还会冷不防地提一下周容晔,想让他发表看法。其实是打个马虎眼就能圆过去的事情,周容晔却总能在中途顺利接上话题,从不掉链子。

排除他二十四小时盯着群内动态的概率,剩下只有一种可能,那就是他把她们所有的对话从头到尾都看了一遍。

当了一段时间的群友,温静语和周容晔的关系在无形之中更近了一步,初识的拘谨和距离感也在慢慢消散。

而两人真正加上微信好友,是发生在几个星期之后的事情。

温静语每天除了夜跑还有一项任务,那就是遛狗。

遇到差劲的天气尚且可以偷懒不运动,带圈圈出门却是风雨无阻都要完成的事情。

作为一只十多岁的老狗,圈圈的体力大不如从前,温静语现在只会带着它在小区或者周边逛一逛,一人一狗饭后消食成了雷打不动的习惯。

这天晚上,温静语照例带着圈圈在隔壁的宠物友好公园散步。

遛狗人士经常在这一块区域活动,久而久之大家对彼此都熟悉了,也放心狗狗们相互接触。圈圈疯玩一阵后就要趴下来小憩,温静语给它喂了水,自己也坐在凉亭里休息。

她正在浏览周皓茵白天发在群里的消息,全是繁体字,其中有一个字温静语不太理解,她圈出来提问,但迟迟不见周皓茵回应。

结果收到了周容晔的好友添加提示。

温静语点了通过,对方秒回。

周容晔:茵茵的香港朋友来内地玩了,现在还在外面,估计没注意手机消息。

周容晔:"攞"就是"拿"的意思。

温静语没想到他这么重视小课堂的教学,随即回复了一句:谢谢周老师。

"周老师"是她对周容晔的戏称,对方不但没有意见好像还挺受用,于是这个称呼便越叫越顺口。

温静语忽然想起自己对周容晔的初印象,昏暗浮华的过道上,男人沉稳中带着一丝冷厉,而那令人绝对忽视不了的强大气场在无形之中增添了无法逾越的距离感。

但她现在的想法好像有了一些改变,周容晔似乎并不像表面看起来那么难相处。

或许跟她一样,只是容易给人"冷脸"的观感。

趁着这个开小灶的机会,她又发了几个繁体字过去,周容晔都十分有耐心地一一解答。

正在兴头上,对话框外有了新消息提示。

久未联系的梁公子终于来刷存在感了。

梁肖寒:?

温静语不知道他发个问号是什么意思,也回了个同样的标点符号。

梁肖寒:验证一下我是不是又被您拉黑了。

梁肖寒：在干吗？

温静语瞧了眼趴在脚边的圈圈，回道：遛狗。

梁肖寒：给我看看儿子。

温静语随手拍了张照片发过去。

梁肖寒：好像瘦了点，再拍几张。

"圈圈。"

温静语轻喊一声，金毛立刻抬头望她，毛茸茸的尾巴翘起来摇了几下，只是没有要起身的意思。

她找角度捧着圈圈的脸拍了几张，梁肖寒又兴致盎然地点评起来，然后话题渐渐落到了温静语身上。

梁肖寒：下周四有时间吗，冯二打算在鄢园办生日酒会，你和我一起去？

温静语：你朋友的生日会我就不凑热闹了。

梁肖寒：我朋友不也是你朋友？

温静语轻叹一声，又来这套。

他又在试图消磨彼此的边界感。

这种关系越来越扑朔迷离，就像中间隔了一层模糊粗粝的毛玻璃，不管怎么聚焦都看不清本质。

只能看谁先忍不住，然后下决心砸掉这层阻碍。

她一口回绝了梁肖寒的邀请，两人再次陷入一种无声的对抗和拉扯。

夜晚漫长，在公园里散心的人越来越少，温静语也打算起身回家，她牵着狗绳刚走到小区门口，兜里的手机又振了起来。

来电显示是梁肖寒的母亲，肖芸。

"喂，静语啊。"

"肖阿姨。"

"咱们有段日子没见了，最近还好吗？"

岁月待人向来偏心，肖芸的声音依然保持着很好的质感。

"挺好的。您怎么样？"

温静语夹着手机站到路灯底下，身旁的圈圈又在原地打转了，香槟色的光晕里两道影子偶尔重叠在一起。

"我还不错，就是挺想见见你的。"

肖芸语气轻快，隔着电话似乎都能看到她脸上的笑容。

"肖寒跟你说了吗？后天来家里吃饭。"

温静语微怔，方才梁肖寒应该是想提的，只不过在冯越生日这件事上她驳了他的面子，后面就不好开口了。

"后天晚饭吗？"

"是的。看来这小子又没好好传达我的意思。"

温静语避重就轻："我也想着去拜访您，一直没合适的机会，这样正好，那咱们后天见。"

"好好好，我等你。"

…………

温静语去见肖芸的那天恰好碰上第一堂公开课，来参加的就是之前那帮因为艺考想转中提琴的孩子。

为了保证最完整的体验和最优质的课堂效果，温静语按照学龄和人数排了几批小团课，家长可以参与旁听，结束之后立刻就能复盘交流。

由于中提琴尺寸的特殊性，对琴手身体条件的要求也有一定讲究，虽说大部分可以靠后天训练，但长臂大掌、手指修长的学起来肯定更加合适。

除此以外，兴趣和自控力才是重中之重。

温静语观察了好几轮。她发现有些孩子很明显是被赶鸭子上架的，不仅基础不够扎实，学习过程也不在状态，如果贸然转专业，对彼此来说都是不负责任的行为，她只能尽量好言相劝。

上完课接着又是耗费心神的商谈，好在没有其他课程安排，温静语舍弃了午休时间，终于在下午三点半结束所有工作。

她跑了趟商场，出来的时候手里大包小包拎着，打车到达月央湖壹号刚好五点整。

依然是摆渡车送进小区，途经岔路口，温静语下意识看了眼南区的方向。

不过，这回车子要往北区行进。

知道温静语今天来，肖芸从早上就开始盼了。这会儿在厨房听说人已经到了，她也顾不上手里炖了一半的虫草鸡汤，将勺子撇给保姆后就急着去门口相迎。

"肖阿姨，您怎么还出来了？"温静语将手中礼盒交给管家，连忙上前扶住肖芸的轮椅。

三年前肖芸出了一场严重车祸，导致双下肢永久性瘫痪，损耗太大，不管怎么精细保养，身体状况还是大不如从前。

"乖囡，我真是想你了。"肖芸盯着温静语的脸仔细打量，"越来越漂亮了。"

"您的气色也越来越好了。"

温静语帮忙推着轮椅，两人来到客厅。

"你爸妈呢，身体都好的吧？"

"托您的福，他们都很好。"

肖芸牵住她的手就不舍得松开，两个女人寒暄起来总有没完没了的话题。

"我每次看到你都在想，我要是有个这么漂亮体贴的女儿就好了。"

温静语笑："那您把我当成女儿不就行了。"

肖芸的话里有深意："还有比女儿更好的选项。"

她的暗示，温静语不是不懂。相识这么多年，肖芸待她总是比旁人亲切，只不过有些事需要两厢情愿。

说话间，切好的水果也被端了过来。肖芸又想着要去给温静语泡杯茶，她不愿意假手旁人，要亲自去茶柜取她珍藏的宋聘号普洱，谁都抵不住她的热情。

空闲之余，温静语打量起四周。

梁韫宽搬离月央湖壹号的事情她早已耳闻，刚刚进来的时候也没看见梁肖寒的身影，看来这顿晚饭就是她和肖芸两个人的聚餐。

她突然有种松口气的感觉，但同时又浮起怅然情绪。

晚餐是在六点多的时候准备就绪的。开餐前，肖芸似乎还在等人，当跑车声浪由远及近，在院子里乍然响起的时候，温静语心头蓦地一跳。

家政阿姨来餐厅通报："梁先生回来了。"

不可能是梁韫宽，只能是梁肖寒。

"终于到了，这人时间观念太差。"

肖芸嘴上虽然抱怨，欣喜的表情却是遮掩不住的，她立刻让人在温静语身侧的位置再添置一副碗筷。

梁肖寒进门后，先去洗了个手，边挽着衬衫袖子，边走到餐厅。

"今晚都有什么好菜？"

他朝温静语看了一眼，表情丝毫不见惊讶，好像早就知道她会出现。

"你自己看，快先入座。"肖芸招呼道。

梁肖寒很自然地在温静语身旁坐下，问道："几点来的？"

"五点。"

"干吗不叫我去接你？"

"你自己都迟到了。"

两人你一言我一语，展现出旁若无人的默契。

肖芸不动声色地观察着，此刻更加坚定了内心的想法。有些事情不得不由她出面，顺手推一把的能力，她还是有的。

晚饭结束后，她寻了个借口，把梁肖寒单独喊到露台上。

月朗星稀，清风拂面，月央湖这一带的夜间气温要比市区低几度，不冷不燥，体感刚刚好。

"我听说集团想把华印中心卖掉？这是你的想法还是你爸的？"

这些年肖芸已经很少过问公司的事情，她与梁韫宽不和人尽皆知，但好歹是几十年的夫妻，不管是整理感情还是分割资产，想要快刀斩乱麻远没有想象中那么简单。

"有他的也有我的。"

梁肖寒掏出烟盒，磕出一根咬在嘴里，再次摸兜却发现打火机落在了车上。

"少抽点。"肖芸皱眉。

"行。"梁肖寒淡淡一笑，把烟原封不动地捏在手里，"不出意外的话，能够接手华印的应该是铂宇资本，对方好像很了解我们现在的处境，就等着抄底价。"

"银行那边怎么说？"

梁肖寒双手撑着玻璃围栏，仰头轻呼一口气："还有三十亿港币，马上到期。"

关于这笔债务，还要从风林集团在香港联交所上市开始说起。

起初集团为了能够成功在港上市，已经历了多次并购重组，但梁韫宽的野心没有止境，盲目的自信促使他疯狂扩大经营规模，毫不收敛，即使是上市初期融到的资金也满足不了扩张需求。

资本市场变幻莫测，受国际大环境影响，在融资受阻的情况下风林集团还面临着一笔即将到期的高额债务。

一筹莫展之际钟氏集团向他们提出了一个办法，那就是风林集团接受钟氏的私募股权投资，并且以转债为基础，签署股份掉期的对赌协议。

双方锁定一个股票价格，三年为期限。若最终价高于初步价，风林集团将向钟氏收取款项；若最终价低于初步价，则由风林集团承担一切亏损，钟氏成为赢家。

如今这份掉期协议即将终止，局势却完全没有反转迹象。

风林集团目前的处境可谓是进退两难，华印中心的出售计划成为资金回笼的关键。

"你让方励找个时间来我这儿一趟，给成禹路的公馆寻个好买家，趁早出手吧。"

肖芸话音刚落，梁肖寒就立刻反对："那是外公留给你的私产，绝对不能动，就算卖掉也是杯水车薪，这事儿你别操心了。"

"要我操心的事难道只有这一件？"肖芸挪了挪轮椅的位置，拉近和梁肖寒之间的距离，"肖寒，我希望你能尽快结婚。"

一阵夜风路过，惊扰了枝丫上沉默的绿叶。

梁肖寒回头，和肖芸的目光交汇。母子俩的眼睛极像，都是容易给人深情错觉的桃花眼。

肖芸开门见山："不用我提醒吧。你知道钟氏打的什么主意，那老钟膝下只有一个宝贝女儿，我不想让你的婚姻成为筹码。"

梁肖寒张了张嘴，还没来得及说什么，肖芸又接上话："很多选择都是身不由己，但起码这一点我这个当妈的要替你守住。"

"结婚？"梁肖寒轻笑，"找谁？"

"你觉得静语怎么样？"

肖芸的直白让梁肖寒略感吃惊，但一切又都在情理之中。

这些年他交往过的女人肖芸其实一清二楚，但她从未表过态，他在外面胡闹肖芸也管不着，但绝不允许他往家里带人。

除了温静语。

"妈。"梁肖寒抬手搓了搓脸，"别跟我开玩笑了。"

"我没有开玩笑。"

"温温是我最好的朋友，哪有跟朋友结婚的。"

"你听听这话，你自己信吗？"肖芸不急反笑，"你是我儿子，眼珠子一转我就知道你想干吗。你敢说你对静语没有心思？"

梁肖寒盯着楼下花园的景观灯，沉默许久才开口："我不会结婚的，也没有人能拿这个来威胁我。"

"不要因为我和你爸的事产生阴影。"肖芸试图说服他,"静语是最适合你的人,如果现在不把握,你将来会后悔的。"

"适合又怎么样?"

梁肖寒身上的刺突然竖了起来,说话也开始变得尖锐。

"结婚是什么好事吗?换个方式折磨自己罢了。"

"你不要这么偏激。"

"我实话实说吧。"梁肖寒敛眸,"我没有专情的自信,不想害了她。"

"越说越离谱!"肖芸也动了怒,"你难道想一直这么玩下去?凡事都有因果轮回,你要是这么随便对待自己的感情,以后会尝到苦头的!"

梁肖寒轻讽:"那梁韫宽尝到苦头了吗?不是照样风生水起?"

肖芸气极,如果她现在手里有东西,就直接一把砸过去了。

"你说结婚就结婚,人家愿意吗?就算她愿意,我也不愿意。"

肖芸被噎得瞬间说不出话,一双手搭在毫无知觉的膝盖上,微微颤抖。

"肖阿姨。"

清冷女声在不远处响起,露台上的两人皆是一惊。

温静语不知道是什么时候出现的,她抱着一条轻薄毛毯慢慢走来,步伐沉稳,神色平静。

梁肖寒看着她越靠越近,不确定她是不是听见了刚才的对话,但温静语接下来的反应给了他答案。

她先走到肖芸身旁,将毛毯抖开披在对方的肩上。

"起风了,小心着凉。"

"静语……"

"肖阿姨,不好意思,刚刚那些话我都听到了。"

温静语抬眸,直直对上梁肖寒的眼神,毫不避讳。

"我也不愿意。"

离开梁家的时候,温静语让院子里的人都留步。

她面带微笑,丝毫不见窘迫。

肖芸尴尬得不知道该说什么才好,想把人留住但又怕温静语心存芥蒂,见她坚持要走,也只能推着轮椅到门口相送。

"肖阿姨,今天谢谢您的晚餐,保重身体。"

很礼貌的道别,唯独不说下次再见。

"静语,这么晚了,让肖寒送你吧?"

"没关系,打车很方便。"

温静语自动忽略梁肖寒略显阴沉的脸色,转身出了庭院大门,一抹烟青裙摆慢慢消失在夜色中。

"还愣着干吗?"

肖芸盯着自家儿子气不打一处来。

良久,梁肖寒像是游魂归位,反应过来后直接折回别墅,抓起车钥匙又冲了出去,跑车发动的声浪响彻整个北区。

小区路灯排列稀疏,光线只能用昏暗来形容,梁肖寒把车速放到最低,生怕错过温静语的身影。

最后他在南、北区的岔路口看见了温静语。

这么响的引擎声,这么刺目的车大灯,她愣是连头都不肯回一下。梁肖寒立刻把车靠边停下,还没来得及熄火就甩上车门,大跨步朝着前方的女人走去。

"温温。"

他在身后喊,她却仍然不给任何回应,坚定地朝前走着,修长脖颈和脊背挺成一条直线。

梁肖寒没了耐心,跑了几步追上去,伸手紧紧抓住温静语的小臂,用了最大力道,也不管她会不会疼。

"松手。"

温静语眼底的情绪和她的语气一样,沉静到可怕。

"不放。"梁肖寒的呼吸不太平稳,似乎在努力压着什么,"跟我谈谈。"

温静语低头看了看自己被他箍红的手臂,心里也知道这是个把话说开的好机会。

"行,就在这儿说吧。"

梁肖寒见她态度有回旋的余地,悄悄放轻了掌心力道,但依然不敢松手。

"刚刚那些话你别往心里去,我就是敷衍我妈,随口那么一说。"

"随口说出来的才是真心话。"

"不是。"

温静语眼里有薄薄笑意,脸上却是一副将眼前男人从头到尾都看穿的表情。

"那就怪了,你愿意跟我结婚?"

梁肖寒眸光微动,半晌后才开口:"温温,我承认我喜欢你,但结婚不一样。"

温静语若有所思地点点头,又问:"那恋爱呢?"

"你不觉得我们现在这样就很好吗?"

梁肖寒不知道该怎么解释,说出来的话有些混乱。

"恋爱或者结婚都不重要,毕竟谁都不能保证以后会发生什么,在一起了又能怎样?我太了解你了,如果我们最终以分手收场,你这辈子肯定都不会再联系我。但是朋友不一样,我们可以永远陪在彼此身边。"

温静语低着头听完这番话,再抬头的时候,眼神又是一片清明。她扯了扯嘴角,有些自嘲:"梁肖寒,我本来以为自己足够了解你,但现在看来我的理解还是太浅薄。"

"什么意思?"

"你以为我真的在意结不结婚?婚姻这种东西对我来说不过是锦上添花,没有我也不稀罕,但我确实没想到你是这样看待我们之间的关系的。"

温静语朝他走近几步，她庆幸自己今天穿了高跟鞋，气场不至于太弱。

"谁都不是傻子，我们早就越过朋友这条线了。"

梁肖寒的右眼皮一直在跳，情绪也随着她的话开始波动不安。

"我原以为你将这份感情看得很重，所以不敢轻易尝试改变。但现在看来是我想多了，你简直自私到离谱。"温静语眼底的温度逐渐冷却下来，"你凭什么觉得我会永远留在原地？"

"难道你能喜欢上别人？"梁肖寒干脆放手一搏，"你心里有我，所以你不会离开，不然你当初为什么愿意放弃柏林的工作回国？"

见她表情有所松动，梁肖寒继续步步紧逼："我们心里有彼此，这样不就足够了吗？"

温静语闭了闭眼，仿佛听到了什么荒唐至极的言论。

"所以呢？我就必须守着你，然后眼睁睁看着你游走在其他女人之间，到头来连句抱怨的话都没资格说？没必要这么侮辱我吧？"

她抬手戳了戳他坚硬的胸膛，指尖点在心脏的位置上。

"梁肖寒，你当我是什么？在外面玩累了转头就能回归的港湾？你未免太看得起自己。"

温静语觉得胸腔里的怒意慢慢地烧成一团灰烬。她觉得自己和眼前这人再无话可说，转身就要走。

梁肖寒被那双寒冷眼眸中的失望狠狠刺痛，抬步上前挡住她的去路。

"什么意思，要跟我做个了断？"

"就是这个意思。这样畸形的关系，我一秒钟都不想再维系下去了。你慢慢玩儿吧，我没那么好的闲情逸致陪你浪费生命。"

温静语用了大力推开他，梁肖寒的火气一下就蹿了出来。

"温静语！"

被喊名字的人很决绝，坚持要走。

僵持之际，对面南区的小路慢慢晃出两道光线，矩阵大灯夺目刺眼，温静语下意识低头，抬起手臂挡住眼睛。

黑色库里南很快切掉了远光灯，朝着岔路口缓缓驶来，最后在一棵银杏树下停稳。

"Miss 温！"熟悉的女声由远及近。

温静语抬眸，看见周皓茵从副驾蹦下来，迅速跑到自己面前。

"茵茵。"

"Miss 温，你眼睛怎么红了？"

周皓茵蹙眉，歪头换了个角度，想看得再仔细一些。

温静语清了清嗓，垂眸回避她的视线，缓了几秒之后，语气又变得跟平时一样正常："茵茵，这么晚你怎么出来了？"

"我还好奇你怎么在这里。"周皓茵眼神扫过她身后的梁肖寒，表情有敌意，

"这人是不是欺负你了？我刚刚看见他拽你。"

梁肖寒也很想知道这个突然冒出来的小姑娘是谁，刚想开口，结果注意力偏移，因为他看见了从库里南主驾下来的那道颀长身影。

"周先生？"他微微惊讶。

温静语忽地抬头，发现周容晔正朝着这边走来。他的目光在她身上停留了几秒，只是太过短暂，没什么有效交流。

"梁总，好巧。"

"好巧，您也住在这里？"

周容晔点头："我住南区。"

"小叔，你和他认识？"

周皓茵指着梁肖寒问这话，被周容晔严肃提醒："茵茵，注意礼貌。"

小姑娘撇了撇嘴，好像有些不服。她偏头去找温静语："Miss 温，你要不要和我们去吃甜品？"

"这个点，你们出门吃甜品？"

"对啊，我好馋那个焦糖梳乎厘，求了半天小叔才答应陪我出来。"周皓茵晃了晃她的手，"走吧？再晚就要关门了。"

温静语求之不得，她正想离开此地。

"走，我请客。"

周皓茵立刻咧嘴笑，挽上她的手臂就要走。

"温温。"

梁肖寒无奈的声音再次响起。冲动的火气早已消散，此刻他的心底渐渐浮起一丝恐惧，因为他知道温静语真能狠下心跟他断。

如果不是碍着其他人在场，他说什么都不会让她这样走掉。

温静语不想跟他拉扯，尽量好声好气道："我们都该冷静一下。"

梁肖寒有一肚子疑问，比如说她什么时候跟周容晔走得这么近了。

"天这么黑，你……"

"我会送她回去的。"周容晔突然开口。

他好像也无意在此寒暄，说完这句话后，朝着梁肖寒轻轻颔首，抬步跟上了先行离开的那两道身影。

上车前，周皓茵非要缠着温静语坐后排，周容晔也没意见。他自愿当起了沉默司机的角色，朝着导航标注的甜品店出发。

"Miss 温，刚刚那人是谁啊？"周皓茵语气试探，"……不会是你的男朋友吧？"

温静语很快否认："不是。"

先前激动的情绪早已冷却下来，此刻她的脑子一片空白，也不想浪费心力去思考她和梁肖寒的关系。

窗户纸已经捅破，两人今天把话说到了这个份上，想要再回到以往的相处模式，怕是不太可能了。

"那是朋友？你们吵架了吗？"周皓茵有一肚子疑问。

驾驶座上的周容晔瞄了眼车内后视镜，沉声道："茵茵，让温老师休息一下。"

"哦。"周皓茵撇撇嘴。

温静语拍了拍她的手，说了声没事，却更像在宽慰自己。

甜品店是周皓茵选的，位于市中心最热闹的商业街区。和月央湖的优雅静谧不同，这一带的夜生活显然才刚刚开始。

夜市繁华，停车位十分难找，周容晔让她们先下车进店，自己去寻空位。

周皓茵冲进店里，目标明确，点名要焦糖梳乎厘，另外还加了一杯凤梨梳打水。

"Miss 温，你想吃什么？"

菜单上的甜品琳琅满目，精致得像一件件微型艺术品。虽然赏心悦目，但在温静语的眼里这都是纯粹的糖油混合物。

甜味刺激多巴胺分泌，短暂又虚无的快乐。

"我就来一瓶巴黎水吧。"

下单后要先付款，温静语掏出手机准备结账，又想起还在停车的周容晔。

"给你小叔也选一个？"

"算了吧。"周皓茵耸了耸肩，"他不爱甜食，这些东西在他那里统称为'baby food'，拿来哄细路仔的。"

温静语莞尔，觉得这个调侃很形象。

梳乎厘需要现做，两人挑了个靠落地窗的位置坐着等。

这片街区美食店云集，到了晚上夜宵生意更是做得风生水起，热闹归热闹，也显得有些杂乱无章，路边还经常停着卸货的货车。

温静语坐在餐椅上托着腮，发呆似的望向窗外，貌似在欣赏这一片毫无景致可言的街道。

来往的人群一拨接一拨，像从没拧紧的水龙头里漏出来的水，周容晔的身影也终于出现在温静语的视线中。

很少有人像他一样连走路都能这么专心，不玩手机也不四处张望，姿态挺拔，沉稳从容。

总之是一眼就能在人群中辨认出来的焦点。

太过出挑，倒显得周围这种烟火气太重的纷杂环境配不上他了。

温静语盯得有些出神，反应过来的时候，那人已经走到了店外，和她就隔着一扇玻璃落地窗。

周皓茵也注意到了，她开心地朝着周容晔挥手。男人莞尔回望，但没有停下脚步，拐弯走进了店堂大门。

"茵茵说你不喜欢吃甜的，我就先给你拿了瓶水。"温静语将另一瓶没开封的冰镇巴黎水递给他，"或者你看看菜单上有没有感兴趣的，说好了我请客。"

周容晔接过绿色的玻璃瓶道了声谢，反问她："你怎么不吃？"

"这个点我一般不吃东西了。"

旁边的周皓茵盯着温静语纤瘦的身材感叹："想成为美女，果然都需要自律。"

"倒也不是。"温静语抿了一口水，"我睡眠质量不太好，睡前不敢吃太多东西。"

此时放在桌上的取餐器开始响动，周容晔主动起身，替周皓茵去取餐台拿甜品。

再折回来的时候，他的手里还多了一个纸袋子。

周皓茵眼尖，端走她的甜品盘子后，还要觊觎袋子里的东西。

"小叔，你现在越来越贴心了，给我打包了什么啊？"

周容晔看了眼那盘起码两人份的梳乎厘，打趣她："你能把这个吃完就了不起了。"

周皓茵一噎。

三人从甜品店离开的时候已接近夜里十点，美食街喧嚷依旧，温静语准备打辆车回家。

"太晚了，我们送你。"

周容晔说完便率先朝着停车的方向走。

"对啊，我可不放心美女单独回家。"周皓茵也牵住了温静语的手。

车子就停在隔壁大厦的露天停车场，掉头后直接往中山北路开。送过温静语这么多次，周容晔对嘉和名苑的位置已十分熟悉，不再需要导航。

车厢隔音，车速平稳，周皓茵歪头靠在椅背上，没多久就睡着了。

周容晔把车载音响的音量调低，温静语还是能听出来，这是格拉祖诺夫的《挽歌》，她前不久刚让周皓茵练过谱。

清醒着的两人全程没有说话，周容晔专心开车，温静语闭目养神。到达目的地的时候，周皓茵依然沉浸在梦乡里。

库里南照旧停在小区外围，下车时温静语尽量放轻动作，生怕惊扰了后排熟睡的人。她绕过车头，走到驾驶室外想道别，结果周容晔也下来了，手里还拎着那个甜品店的纸袋。

"这个给你。"他把纸袋递给温静语，"偶尔放肆一下也能收获快乐。"

温静语微怔，她没想到这份甜品是给她打包的，有些受宠若惊。

"谢谢。"

"不客气。"

目送车子走远后，温静语也转身回了小区。

前方那盏路灯可能是重新换过灯泡，亮得尤其突出，她站在明朗的光线下，忍不住打开了纸袋。

透明包装盒里静静躺着一块歌剧院巧克力蛋糕，造型规整，边角利落，严肃中又透着一丝有趣，是很像周容晔会选择的款式。

温静语突然想起周皓茵说的话。

Baby food, 哄小孩儿的。

⋯⋯⋯⋯⋯

时间在热风和蝉鸣声中悄悄溜走，周皓茵的假期即将进入尾声。

她回香港的日期已经确定，下星期就要动身。周皓茵对此百感交集，温静语也产生了不舍情绪。

经过一个暑假的相处，两人的关系早已超越了师生之情。

刚入职音乐机构的时候，温静语并没有大肆宣传，很多人都是冲着中提首席的名气来的，在此之前甚至连她长什么样，在哪个乐团待过都不知道。

当初周皓茵也是指名要她辅导，温静语以为周皓茵和其他人一样，没想到第一次见面周皓茵就兴奋地告诉她，说自己不止一次看过她的演出。

中提琴和小提琴不一样，不仅独奏曲目少，在交响乐团里也是半隐身的存在。外行把中提琴声部当成小提琴声部是常事，就算是首席也没什么露脸机会。

很难想象有人会冲着中提琴去听交响乐。

直到周皓茵拿出路海交响乐团的纪念徽章时，温静语才勉强相信。

经过一段时间的相处，温静语发现小姑娘虽然活泼好动，但学起琴来是十分认真刻苦的，她经常有自己独到的见解，也喜欢分享心得。渐渐地，温静语对周皓茵也就越来越上心。

教学时间虽短，但她希望茵茵能真正领略到中提琴的魅力。

上完最后一堂课，周皓茵提出要和温静语正式吃一顿饭，算是庆祝也算是给自己饯行。

周容晔让助理替两人提前订好了餐厅。看在粤语小课堂的情分上，周皓茵顺便也邀请他出席，就这样，三人学习小组终于有了一次正儿八经的聚餐。

望着高级雅致的餐宴，周皓茵却笑不出来了。

"小叔，你存心的吧？"她眼睛死命盯着白瓷盘里的菜，有些难以置信，"我都要回香港了，你带我来吃叉烧？"

倒也不是普通叉烧，还是蜜汁黑毛猪叉烧。

周容晔为自己开脱："Michael 拣的餐厅，不关我事。"

周皓茵翻白眼："麦叔整我吧。湘菜、川菜、东北菜，那么多种类，他偏偏拣个粤菜？"

"可能怕你思乡。"温静语意味深长。

周容晔点头："有理。"

看着眼前两人一唱一和，周皓茵也没了脾气。

"算了，看在美女的分上，我原谅你一次。"她瞪完周容晔，又立刻笑眼弯弯地望着温静语，"Miss 温，你今晚真的好靓哦。"

为了这顿晚餐，温静语还特意扮了一下，水粉色的波西米亚长裙加上披肩长鬈发，她的冷白皮总能撑起各式各样的艳丽颜色。

周皓茵在来的路上已经狠狠夸赞过一番,在她心里,温静语不仅属于第一眼美女,还属于耐看型美女。

"小叔,你觉得呢?"

被突然点到名的周容晔有些出神,温静语则是些微尴尬。

一个没想到要去评价对方,一个没想到要被对方评价。

"好看。"

不管周容晔得出的结论是出于真心还是敷衍,温静语都很感谢他给的台阶。

其实她是一个不怎么习惯被称赞的人。

从小家里的教育都是让她要学会低调和谦虚,成长过程中父母虽有鼓励,但方式都比较含蓄,这直接影响了温静语的性格。

这么直白的话她听着确实有些脸热,但心里是高兴的。

就像赞美花,花会开得更热烈。

晚餐在温馨融洽的气氛中完美落幕,周容晔还要回公司开越洋视频会议,铂宇办公大楼和嘉和名苑在同一方向,他可以顺路捎上温静语,周皓茵则由家里派来的车专程接送。

临别前,温静语答应周皓茵下星期会去给她送机,两人这才依依不舍地分开。

周容晔喝了点红酒,回程路上是司机开的车,温静语终于见到了那辆久违的岩灰色宾利。

这是他第几次送自己回家,她已经数不清了。

虽然加了微信好友,但两人私底下很少聊天,要说了解还真算不上。

这段时间因为周皓茵的提琴课,他们基本每个周末都会见面。三人在场的情况下尚且有点谈天说地的氛围,可周皓茵一消失,两人面对面的交流迅速减半。

令温静语感到奇怪的是,和周容晔的每次相处都令她如沐春风。

按道理说,她很少能跟异性相处得这么融洽,除了那个恼人的梁肖寒,生活中温静语几乎没有异性朋友。

可能这一切都归功于周容晔自带的分寸感,不管是说话还是做事,他总是给人留下足够的空间和尊重,偶然也会开点无伤大雅的小玩笑,但不会让人觉得冒犯。

温静语突然有些唏嘘,周皓茵这一走,她和周容晔往后怕是没什么见面的机会了。

"空调温度还行吗?"

周容晔顺手调整了一下后排空调的风力大小。

温静语看了眼自己身上的吊带裙,应道:"没关系,我比较怕热。"

"下星期你看情况,如果实在抽不出时间也不用去送机,茵茵有点任性。"

温静语摇头:"我既然答应了她,那肯定会去的,我也很想送送她。"

周容晔眉梢轻扬,又道:"到时候报个位置,我让司机来接你。"

这次温静语没有拒绝,她应了声好,车厢重新归于沉寂。

轿车在市区道路穿梭,路过铂宇集团大厦的时候,温静语忍不住望了一眼。

这两座对望双子塔是由著名的华裔建筑设计师Jerrfy Kwong亲自操刀设计，当初概念图一经公开就引起了不小的轰动，前所未有的关注一直持续到大厦落地建成。

窗外景色转瞬即逝，她不着痕迹地收回目光，视线掠过身侧男人。周容晔好像很喜欢黑色衬衫，袖口微收，露出一小截白皙腕骨，上面戴着一只透明的理查德米勒腕表。

温静语见过不少有财力的成功人士，但像周容晔这种品位和取向都击中她心意的人，从来没有遇到过。

她暗想，会听古典乐的男人果然不一般。

到达嘉和名苑后，周容晔下车道别，他目送着温静语走进小区，直到那道身影变得模糊才转头离去。

夜风轻轻拂面，吹得发丝四处飞扬，温静语下意识捋了捋耳边碎发，这一伸手才发现左耳的耳坠不见了。

为了搭配今天这身裙装，她特地挑选了一副同样具有异域风情的长耳坠。那是她在尼泊尔旅行时淘来的，银镀金镶嵌普通蛋白石，胜在款式，倒也不算贵重。

可能是在餐厅掉的，也可能是在路边告别的时候脱落的。

温静语摸了摸空荡荡的左耳垂，只能自认倒霉。

时间很快到了下周，距离周皓茵回香港的日子满打满算还剩三天，温静语那个神龙见首不见尾的闺蜜张允菲终于出现了。

张允菲毕业后就开始帮忙打理家族生意。因为从事的是珠宝行业，需要参加各种展会，当空中飞人就成了她的生活常态。

这段时间她忙得脚不沾地，也是凑巧，温静语仔细一问才知道她去香港参加珠宝展了。

电话里张允菲怨声载道，说自己回来要睡上个三天三夜。结果飞机一落地，她就直接跑去了隔壁岭溪市的温泉度假酒店。行动力满分的她打听了温静语的排课计划，二话不说替好友订好了动车票。

于是在周一下班的晚上，温静语拎着临时收拾出来的换洗衣物，赶鸭子上架似的匆匆忙忙跑去了动车站。

张允菲是在其他机场落地的，没有开车，温静语到站后就由酒店派车来接人。

不得不说，她这位闺蜜对于吃喝玩乐的事情确实在行。出发前，温静语还在纳闷，泡个温泉至于跑到岭溪来吗？可当她瞧见那座建在深山里的艺术酒店时，又默默感慨跑这么一趟好像确实值得。

与其说是酒店，这里倒更像个体量庞大的度假村，温泉只是其中一个噱头，除此之外，还有马场和高尔夫球练习场，甚至包含了三家不同风格的农场有机餐厅。

张允菲提前订好了位置，她们今晚要吃的是云南菜。

铜锅米线、松茸焖饭，特色美食应有尽有，两人点了满满当当一大桌，也不在乎能不能吃得下，目的就是为了彻底放纵。

餐厅布置得很有情调，原木装修，音乐环绕，还有户外座位，兴致来了甚至可以点一杯特调鸡尾酒小酌一下。

温静语捧着冰镇的香茅柠檬茶，狠狠吸了一大口才过瘾。

"你怎么找到这种好地方的？之前从来没听说过。"

张允菲自得一笑："就说你不懂享受吧，整个酒店都在试营业，没有正式对外开放，我也是朋友给的套票。"

"难为你能第一时间想到我，愿意带我来享受。"

温静语刚打趣完，餐厅服务生就端着一碟造型精致的甜点走了过来，满脸堆笑。

"抱歉打扰，这是我们后厨自制的鲜花饼，免费请两位品尝。"说着她又掏出两张卡纸，"这是调查问卷，两位要是有时间的话能帮忙填一下吗？因为我们还在试营业，各位的建议或者意见非常重要。"

"没问题，你放着就好了。"张允菲对笑容甜美的女生特别有耐心。

好友跟服务生聊天的间隙，温静语的眼风掠过餐厅正门，很明显愣了一下。

她居然看见了周容晔？

为了确认不是自己眼花，温静语猛眨了一下眼睛，这回终于看清楚了。

真的是周容晔。

他今天穿了一身浅色休闲装，宽肩窄腰，修长挺拔，看着没有平时那么正经严肃，神情也很是松弛。

同行的那几位应该是他的好友，其中一人温静语有印象，好像姓蒋。

几位男士谈笑着走进餐厅，服务生立刻上前迎接，找了个角落的长桌将他们迎入座。

"我填好了，该你了。"

服务生只给了一支笔，张允菲写完后顺手将笔递给温静语。

温静语扫了一眼调查问卷，上面的内容并不多，只有四五个问题。她有些心不在焉，匆匆在选项上打了钩，将卡纸叠在桌上。

"你拿去投吧，服务生说问卷箱就在前台那里。"

张允菲说完转身指了个方向。温静语顺势望过去，前台离那张长桌特别近，她立刻就看见了周容晔的背影。

不知怎的，温静语不太想走过去，心里那丝微妙的紧张感来得莫名其妙。

她把这一切都归咎于自己的社恐发作。

"你去吧。"她将问卷推给张允菲。

"你去，你去。"好友摆摆手，嘴里也没闲着，"我这冰激凌再不吃就要化掉了。"

温静语继续拖延："那等会儿走的时候再给。"

"现在去呀，说是有限量小礼物可以领，去晚了就没了，我想看看是什么东西。"张允菲不遗余力地催着。

温静语经不住她念叨,最终败下阵来。

她拿起两张调查问卷,磨磨蹭蹭地起了身。

从她们这个位置走到前台,中间要越过六七桌。

温静语捏着卡纸,走得极其缓慢。

出门在外,遇见熟人应该如何自如地打招呼,这一点她好像从小到大都没有修炼成功。视线中,那张长桌离得越来越近,她的社交焦虑也越来越明显,只能尽量低着头,企图蒙混过关。

"温小姐?"

蒋培南的惊呼声终究没让她逃过这一劫。

温静语悄悄做了一次深呼吸,转头时脸上已经挂起了一副同样讶异的表情。

整桌的人都在盯着她,包括回头的周容晔。

"嗨,好巧。"她抬手做了个打招呼的动作,做完又在心里暗骂这个姿势看起来实在是蠢。

周容晔已主动站起身:"温老师,好巧。"

温静语今天穿的平底鞋,跟他说话时得仰着头。她弯了弯嘴角:"好巧,你们也来这里玩啊。"

周容晔瞥了一眼蒋培南,这间酒店的老板正饶有兴味地坐在那里看他的好戏。

"对,朋友邀请。"

"我也是。"

周容晔挑眉,突然问了句题外话:"哪位朋友?"

温静语没多想,指了指靠窗的第三桌:"和我闺蜜一起来的。"

男人此刻的呼吸正在慢慢放松,这是任何人都不可能察觉到的细小变化。

被一整桌的人注视,温静语有落跑之意。

"我先不打扰你们了,慢用。"

周容晔看出了她的不自在,点头默认。温静语朝着众人莞尔一笑,然后立刻转身去了前台。

另一边正在埋头苦吃的张允菲压根没注意到这一幕。整碗芒果雪葩下肚,她撑得在原地发愣。

直到温静语拎着一个小纸袋回来,她才灵魂归位:"送的什么?"

"自己看。"

温静语把袋子递给她,里面是两小罐可以即食的油浸鸡㙡菌。

"赚了,这玩意儿巨美味。"

温静语庆幸好友的专注力永远放在食物上,如果让张允菲看到周容晔,保准要把她摁在桌上盘问。

餐厅提供的纸巾已经用完,温静语的手上沾了点油渍。她指了指张允菲身后的背包,问道:"菲菲,你那儿有纸巾吗?"

"有的。"张允菲将背包拿到身前,突然想起了什么,"我的天,差点忘了。"

她神秘道:"我从香港给你带了好东西回来。"

"什么好东西,手串还是项链?"

以往张允菲参展回来总会给温静语捎些珍珠、母贝之类的首饰,甚至还有昂贵的彩宝。

"咱能不那么肤浅嘛,比那些玩意儿好多了。"

张允菲将纸巾递过去之后,又从包里掏出一沓东西,看起来像是宣传册之类的文件。温静语擦好手,接过来一看,厚厚的册子上赫然写着几个大字——

香港培声管弦乐团。

底下还有几张英文加繁体字的个人资料表和申请表。

温静语心里隐约有了预感。

"还记得我跟你提过的那个日本朋友吗?山田知子,也是拉中提琴的,她就在这个乐团。"张允菲观察着好友的表情,继续道,"香港培声不需要我再介绍吧,你肯定比我了解,知子说他们乐团打算明年整体扩编,你要不要去试一试?"

温静语默默翻看着手册,思绪万千,说不心动是假的。

香港培声,她当然知道,在整个亚洲地区都算得上是非常具有代表性和领导地位的乐团。

张允菲接着劝:"温温,我知道你最喜欢乐团的工作,刚辞职那会儿你就算不说,我也看得出来你不开心。路海这个咱们不待也罢,但不能坐以待毙吧?"

她指尖点了点册子的右上角,那里有一个蓝白相间的旗帜图案,是鼎鼎大名的香港致恒集团的标志。

"培声跟内地乐团的体系不同,背靠大集团,致恒就是首席赞助。我话糙理不糙啊,这种财大气粗的背景,能接触到的平台和资源绝对不一样。"

"这个消息太突然了,你让我慢慢消化一下。"温静语紧紧捏着册子,心潮涌动,"菲菲,谢谢你替我着想。"

"你跟我客气什么。"

张允菲说完又指着表格上的注意事项,提醒道:"报名截止十月底,面试在十二月份,你想好了就抓紧时间准备。"

"好。"

温静语点点头,妥帖地收好那一沓资料。

这不是个头脑一热就能做的决定,她需要回去好好考虑。

张允菲手里的套票包含了一晚的汤屋别墅。与公共泡池不同,别墅里可以尽情享受独立的庭院私汤,不受外界干扰。

晚饭结束后,两人打算回房泡汤。做入住登记时,前台也被张允菲的外表迷惑了,以为她和温静语是情侣同行,还热心地赠送了两套温泉泳衣。

同样的乌龙闹过不止一次,每回都有全新体验。

虽然是临时出行,但温静语准备充分,下池子前轻松地换上自己带来的衣物,而那套泳衣则顺理成章地交给张允菲处理了。

月光如水,阶柳庭花,露天的私汤温泉冒着氤氲雾气。

水面刚好没过温静语的肩膀,她懒散地靠在天然岩石上,憋笑地看着换了泳衣,却站在岸边迟迟不肯下来的好友。

"想笑就笑吧!"

张允菲揪着粉色的蕾丝裙摆,决定破罐破摔。

"菲菲,你身材真的很好。"温静语发自内心地赞扬,"粉色出乎意料地适合你。"

水花随着张允菲赌气的动作飞溅四周,温静语终于破功,清脆笑声回荡在庭院中。

抬头就是灿星皓月,空气中弥漫着植物的馨香,这样清幽雅致的私密环境让人很轻易卸下防备,彻底放松身心。

闺蜜之间总有聊不完的话题,张允菲顺着气氛,问出了最好奇的一件事。

"咱们仨那个群,你为什么退了?"她不自觉地放柔声音,"梁肖寒又惹你了?"

前段时间她太忙,空闲下来后想关心关心朋友近况,结果发现温静语不声不响地退出了三人群。

张允菲以为温静语和梁肖寒又闹别扭了,可奇怪的是,这回梁肖寒居然一句话都没说,也没来找她询问温静语的情况。

相处多年,张允菲就算是个再迟钝的人,那两位之间的暗流涌动她也能察觉出一二。

只是她明白再亲近的关系也存在分界线,温静语不提的话,她就不会过问,感情这种事旁观者永远无法感同身受,也不好插手做什么评价。

可最近种种异常现象都在表明,横亘在那两人中间的休眠火山似乎有喷发之势。

有些东西就跟咳嗽一样,藏都藏不住。

既然张允菲问起,温静语也不打算隐瞒,反正她找不到更好的倾诉对象。

半盏茶的工夫,她就把那天在梁家发生的事情一五一十讲清楚了。

张允菲先是一脸的难以置信,渐渐回味之后,立刻翻了个大白眼:"不是,我知道梁肖寒这人向来不太靠谱,但怎么会浑蛋到这个程度啊?"

她越想越气,忍不住爆了粗口:"什么意思啊他,吃着碗里的看着锅里的?做青天白日梦吧,天底下还有这种好事?"

温静语低头盯着粼粼水面,温泉蒸腾出来的淡淡硫黄味让她觉得有些迷眼。

"我也不懂他。"

张允菲知道她说出这句话的时候心里有多无奈。

"那他后来找过你吗?"

"微信上找了我几次,我没理。"温静语又回想起什么,"我家小区他也来过几趟,坐在车里没下来,我也不想去打招呼。"

就算是漆黑深夜,那辆招摇的阿斯顿马丁想认不出来都难。

"干得漂亮,千万别理他。"

不管是从关系亲疏还是个人感情来看,张允菲都是无条件站在温静语这一边的,更过分的话她还没说出口,因为当事人的内心一定更加挣扎。

关系发展到这个地步,有些食之无味,弃之可惜了。

对梁肖寒的控诉进行到一半的时候,温静语放在岸边的手机在疯狂振动,第一通没被她接起,第二通又立刻呼了进来。

离手机比较近的张允菲最先发现,她顺手将其递了过去。

屏幕上闪着崔老师的来电提示,不知是不是第六感作祟,温静语按下接听键的时候莫名有些紧张。

"妈,怎么了?"

崔瑾的声音有些颤,但语气似在隐忍:"你现在赶得回来吗?"

来岭溪之前温静语跟父母打过招呼,这么晚了崔瑾问这种问题,想必是遇到了急事。

"发生什么了?"她心里升起不好预感。

崔瑾话音中带着一丝不易察觉的哽咽:"快回来吧,圈圈好像快不行了。"

温静语手一抖,手机差点滑进池子里。她立刻从水里站起身,强迫自己冷静:"您慢慢说。"

"晚上我带它去散步,一开始还好好的,后面好像就有点走不动道儿了,精神也不太好。回家之后我去洗澡,出来的时候,圈圈就趴在那里抽搐,我赶紧将它送去宠物医院。医生说是急性心脏病,现在还在抢救。"

温静语的呼吸变得急促,眼泪几乎是立刻冲出了眼眶。

她心里很清楚,圈圈这种年纪的老狗,不一定能挺过这一关。

"别急,我现在就回来,拜托医生一定要全力抢救。"

挂掉电话,她连忙上岸,由于动作太急,脚底打滑差点摔出去,幸亏张允菲眼疾手快从身后扶住了她。

"温温,怎么了?"

刚刚的对话听着太吓人,张允菲也是心慌得不行。

温静语抬手抹了一把泪,她抓住张允菲的小臂,借力让自己站稳。

"圈圈出事了,我现在必须赶回去。"

度假酒店建在山上,远离市区,这个点别说是打车,出了正门连个人影都看不见。

就算现在能赶到动车站也来不及了,最后一班去路海的车刚在半小时前出发。

张允菲试着联系酒店客服,希望他们可以借派一辆车。工作人员收到消息后说需要时间协调,确认好了再回复她们。

可温静语等不了了,对她来说多等一秒钟都是煎熬。

她换好衣服,也不在意湿着的头发,抓上手机就跑出了房门。还在打电话的张允菲没来得及反应，转头好友就不见了踪影。

汤屋别墅错落有致地排列着，酒店为了营造意境，刻意将路灯分布得很稀疏。四周昏暗，门前小径的地埋灯成了最亮光源。

温静语边走边打开叫车软件，可能是这里的位置实在偏僻，不管是出租车，还是网约车都没有任何回应。

着急的同时，她不自觉加快了脚步，从这里到酒店大堂，还有很长一段路要走。

"温温，你等等我！"

张允菲的声音从身后传来，温静语捧着手机下意识回头，可依然没停下匆忙的步伐。

恍神之际，她的肩膀好像撞到了什么硬物。对冲的力量先是让手里的手机甩了出去，紧接着她的身子也控制不住倾斜，眼看着自己就要摔向坚硬地面，温静语的惊呼声还堵在嗓子眼里，下一秒她的腰肢就被一股大力揽住。

男人遒劲有力的手臂稳稳托住她，顺势往怀中一带，扶正了她的身子。

昏暗光线下，温静语看着周容晔往旁边撤了两步，又俯身捡起地上的手机，然后交还到她手里。

山间夜风裹挟着沁人凉意，不同于晚餐时的打扮，男人套了一件薄薄的冲锋衣，又是他钟爱的黑色，显得整个人清俊挺拔。

"温老师。"

这是温静语第二次撞到他了，周容晔调侃的话还没来得及说出口，就发现眼前的女人脸上挂着未干的泪痕。

他的心脏轻轻一抽。

"你怎么了？"

或许人在无助的时候总会抛却一些逻辑和分寸，周容晔耐心且关切的问候让温静语在不知不觉中，脱口叫出了他的名字。

"周容晔。"

是略带颤音的轻唤，也是她第一次连名带姓地喊他。

周容晔有些愣，他稳下心绪，沉声应道："你说。"

"帮帮我。"不知为何，在见到周容晔的那一刻起，温静语就笃定他绝对会帮自己。

她简单交代了缘由，他也没多问，只说了句"跟我走"。

去酒店大堂的路上，周容晔打了个简短电话，不到五分钟，那辆锃亮的黑色库里南就稳稳地停在了大门口。

穿着制服的工作人员将钥匙交给他，又递了一个印有酒店标志的纸袋子。

紧随其后的张允菲盯着周容晔高大宽阔的背影，心里冒出了千百个疑问。但现在不是好奇的时候，她加快脚步跟上，和温静语一起坐进了后排。

车子启动后毫不犹豫地往山下开，导航终点是路海市的一家宠物医院。剩余距离六十五公里，需要耗费一个半小时。

温静语又给崔瑾打了个电话，她询问圈圈此刻的情况，得到的回复依然是不太乐观。

"别担心，圈圈向来很坚强。"张允菲轻拍好友的后背，低声安抚。

"明明昨天它还好好的。"温静语拭了拭眼角，"怎么会突然这样？"

她回忆起圈圈这几个月来的身体状态，确实有食欲下降、体重减轻的现象，但她自然地把这一切都归咎于天气太热，而且狗狗年纪大了，她根本没往深处想。

自责和内疚的情绪一起涌来，温静语疲惫地闭上了眼。

车子下山后又走了一小段省道，再过一个十字路口就能上高速了。

趁着等红灯的空隙，驾驶座上的周容晔把酒店给的纸袋子递到了后排。张允菲主动接过，里面居然是几条干净毛巾，还有两瓶未开封的矿泉水。

"你们擦一擦头发。"

周容晔盯着倒计时的信号灯，并未回头。

如果不是他提醒，张允菲几乎都要忽略了她和温静语还在滴着水珠的头发。

她暗想，这男人未免也太细心了。

"谢谢。"

"不客气。"

红灯转绿，车子拐弯后直接往收费站驶去。

张允菲的头发短，稍微蹭几下就半干了，但温静语披散的长发已经将她的肩膀全部洇湿。

担心她着凉，张允菲将其中一条毛巾垫在了她的肩膀上，另一条留着给她擦头发。温静语偏头道谢，鼻音有些浓重。

刚上高速十分钟，车厢里安静的氛围就被车载电话的来电提示音打破，周容晔按下接听键，蒋培南火急燎燎的声音立马炸开。

"你去哪里了？换件衫要这么久吗，一个钟过去了，你还来不来？"

"你们继续，我回趟路海。"

"这个点？没搞错吧你，出什么事了？"

"没什么，临时状况。"

蒋培南那头的声音开始嘈杂起来。他不知道周容晔的车里还有人，意味深长地调侃道："不会是为了你那颗'凡心'吧？"

"挂了。"

"晔仔，别太心急啊，上吊还要喘口气……"

周容晔没给他继续说下去的机会，直接切掉了通话。

后排两人屏气凝神。张允菲听不懂粤语，一句对话都没明白；温静语虽是一知半解，但也知道周容晔肯定是为了送她回路海，推掉了自己的事情。

其实他只要帮忙安排一辆车就行，这么突然又冒昧的请求，他居然没有拒绝，甚至亲自相送。

"周先生，今晚谢谢你。"温静语是发自内心地感谢。

在她们看不见的角度，周容晔单手点了点眉心。

喊他名字不是喊得挺好吗，又改回来了。

"还有五十多分钟才能到。"周容晔瞥了一眼导航,"休息一下吧。"

车子在高速上疾驰,一行人到达宠物医院的时间比预计的要早。

周容晔刚把车停稳,温静语和张允菲就急匆匆下了车,直接往医院大厅奔去。

只见崔瑾一个人坐在诊疗室外的休息椅上,手里还握着圈圈的狗绳。而温裕阳先前被医院召回,此刻正在做紧急会诊,并不知晓这个消息。

"妈,圈圈怎么样了?它在哪里?"

温静语很紧张,双手攥拳,指甲在掌心上掐出凹痕。

"静语。"

崔瑾抬头,一双红肿的眼显然是哭过的,她轻轻摇了摇头:"医生说没办法了。"

温静语深吸了一口气,无力地在崔瑾身旁坐下。她现在脑瓜子"嗡嗡"响,心脏也是坠坠地疼,仿佛要被硬生生拽出来往地上摔。

负责诊治的医生刚好出现,张允菲立刻上前与他沟通,得知圈圈现在被安置在观察室里,已经没有了心跳和呼吸。

饶是张允菲这种从来没养过宠物的人都接受不了这个结果。十多年的陪伴,圈圈对温家人来说早已是亲人般的存在。

突如其来的分别,温静语甚至没有见到圈圈最后一面。

她坐在椅子上缓了一会儿,接着起身去了趟观察室,出来的时候,双眼红得厉害,脸上也没什么血色。

宠物医院提供了几张名片,上面都是宠物殡葬的联系方式,如果有需要直接打过去就行。

温静语盯着那几串电话号码,沉默的脸上看不出什么表情。

"我去打个电话。"说完,她就走出了宠物医院。

温静语找了个转角的巷子,就紧贴着医院。巷口没有路灯,只有一家二十四小时便利店散发着荧荧的光。

温静语没有按照名片上的联系方式拨出去,而是先从通讯录中找出了梁肖寒的号码。

等待通话的提示音响了很久,即将挂断的时候才被人接起。

温静语还没来得及开口,那头就传来了一道悦耳的女声。

"喂。"

尾音上扬,带着漫不经心。

温静语心一沉,将手机从耳边拿到眼前瞟了一眼。她没有打错,是梁肖寒的手机号。

那边又"喂"了好几下,开始不耐烦起来:"听得见吗?不说话,我挂了啊。"

"梁肖寒在吗?叫他接电话。"

温静语连最基本的礼貌用语都省略,但对方好像也不怎么在乎。

"他啊,喝得烂醉,已经睡下了,现在没办法跟你说话。"

那女人还好心建议道:"要不你跟我说,等他醒了我替你转达?"

温静语直接掐断了电话。

脚边有一个被人随手扔掉的空啤酒罐,她盯着那个绿得发亮的易拉罐,视线越来越模糊,鼻腔也被酸涩之意占满。

半晌,她突然泄愤似的将易拉罐一脚踩扁,又狠狠踢到墙边,不管不顾地蹲下身子,埋首痛哭起来。

巷子昏暗,没人会发现角落里蹲着一道崩溃的身影。

温静语哭得肆意。她很少这样外放情绪,但眼下她控制不了自己,或者说根本不想控制,甚至盼着自己就这么哭晕过去才好。

时间静静流逝,号啕过后变成了隐忍啜泣。

便利店的自动门响起"欢迎光临"的提示音,连带着风铃也被人撞得"哗啦"作响。几分钟后,同样的声音再次出现,是有人从便利店走了出来。

温静语保持着抱膝的蹲姿。渐渐地,她觉得自己跟前那点少得可怜的光线突然消失了。

阴影笼罩,然后一件黑色冲锋衣披在了她的肩上。

带着淡淡的雪松香味,清冽好闻。

莫名有一股熟悉感,却又说不上来。

温静语从臂弯里抬起头,只见周容晔也在她身前蹲下,修长手指掐着一包纸巾,还有一盒粉色包装的草莓软糖,朝她递了过来。

"吃颗糖吧。"

温静语以为周容晔已经走了。

刚刚那一场旁若无人的宣泄也不知道被他看去了多少,她都不用照镜子,自己现在这副模样一定狼狈至极。

理智逐渐回笼,温静语脸皮薄,有些不好意思地撇开头。

周容晔察觉到她的心思,将东西塞到她手里就率先起了身。

蹲得太久,温静语不敢起太急,弯起半个身子后,缓了一会儿才站直,结果大脑还是一片眩晕。

她背过身去,拆开纸巾擦掉脸上乱七八糟的泪痕,又怕弄脏周容晔的外套,动作十分小心谨慎。

整理完仪表之后,温静语晃了晃糖盒,一颗淡粉色的糖果滚到掌心,毫不犹豫地被她送进嘴里。

清香酸甜,是可以治愈人心的味道。

"现在好点了吗?"

隔着一步的距离,男人始终在耐心等候。

温静语点头,开口时声音有些哑涩:"您怎么还没走?"

周容晔的车就停在路边,她们在宠物医院的那会儿他就在车里等。

"想看看还有什么可以帮忙的。"

"没事。"

心里的惊涛骇浪已经差不多平复,该面对的现实还得接着面对。温静语将身上外套扯下,双手递了过去。

"今晚真的麻烦您了。"

周容晔接过衣服搭在臂弯上,淡声道:"感谢的话你已经说了很多遍了。"

温静语当然也发现了:"我好像经常跟您说谢谢。"

此刻张允菲已寻到了巷口,温静语出去太久没回来,她有些担心。

"温温,联系好了吗?"

张允菲指的是宠物殡葬。

因为刚刚那通大哭,温静语还没顾得上联系。她将手里的名片匀了两张给张允菲,让张允菲帮忙一起询问。

周容晔瞥见卡片上的内容,心下已了然。

"需要帮忙吗?"他问。

温静语摇了摇头:"也没几张,我们自己打就行了。太晚了,已经耽误您太多时间,快点回去休息吧。"

周容晔也没坚持留下来,只是走之前他给温静语递了一张字条,上面是他的私人号码,刚刚在便利店写的。

"微信我不常看,这是我的内地号码,有事可以直接打。"

求周容晔办事,这是其他人想都不敢想的事情。

温静语目送周容晔离开,脑海里乱如麻的情绪莫名被理顺,人也镇定了下来。

圈圈后来被带回了家。

往常活蹦乱跳的金毛现在只能静静地躺在它的狗窝里,若不是冰冷僵硬的身躯,温静语以为它只是单纯睡着了。

她在客厅里陪了圈圈一整夜。

宠物殡葬已经联系妥当,明早八点就来接,送到郊外的一座农场。

温静语坐在沙发上缄默许久,最终还是给梁肖寒留了言。说到底,圈圈也是他的狗,该通知的不能落下,至于能不能赶到,那就是他的事情了。

一夕天翻地覆,第二天朝阳还是会照常升起。

酒店套房内,梁肖寒是被一阵急促铃声吵醒的。他迷迷糊糊地摸到掉在地毯上的手机,也没看一眼来电显示,哑声接起:"喂。"

"您好,正品海外代购,假一赔十……"

梁肖寒烦躁地掐断了电话,眯眼看了看时间,才七点半。

现在连诈骗的都这么卷了,这个点就上班。

被人扰了清梦,梁肖寒也没有继续睡的心思。只是宿醉威力太强,他的太阳穴突突跳个不停,脑袋昏沉得像被人打了一拳。

昨晚冯越组了个酒局喊他。正好最近心情烦闷,于是他想也没想就去了,来的都是些老朋友,一伙人直接喝到断片。

他踉跄着摸索到浴室，冲了个澡才算彻底清醒过来。

梁肖寒裹好浴巾，正擦着头发，酒店房间的门突然被人刷卡打开了。

"醒了？"是一道略带不屑的女声。

梁肖寒皱了皱眉，走出浴室一看，果然是钟毓，钟氏集团董事长那位宝贝独生女。

"给你叫了酒店早饭。"

钟毓淡淡地往梁肖寒身上掠了一眼，也不在意他现在除了腰间那条浴巾未着寸缕。

"你哪儿来的房卡？"梁肖寒捡起沙发上的衬衫和裤子往身上套。

"真不记得了？"钟毓调侃，"昨晚干的好事全忘了？"

盯着梁肖寒变化莫测的表情，她忍不住大笑出声："真不经逗。你可真行啊，喝成那副样子，要不是我大发慈悲帮忙，你指不定要在大街上过一夜。"

"这房你开的？"

"不然呢？"钟毓挑眉，"好好感谢你那位尽责的助理吧。"

梁肖寒的脸色瞬间阴沉了下来，看来是方励干的好事，至于是谁指使的，他不用脑子都能猜出来。

这段时间梁韫宽一直旁敲侧击地在试探，梁韫宽和钟氏两边都有撮合他和钟毓的意思，简直防不胜防。

钟毓才不管梁肖寒的臭脸，踩着高跟鞋朝他靠近，掏出手机打开了自拍模式。

"低头，我够不着你。"

"干什么？"

"废话那么多？"

钟毓踮脚揽上他的脖子，梁肖寒被迫俯身，只见相机快门一闪，一张自拍照新鲜出炉。

用来应付家里老头的素材收集完成，钟毓也不打算久留。离开之前，她提醒道："对了，昨晚替你接了个电话。你还挺有情调啊，备注的什么公主。"

梁肖寒眉心一紧，立刻抄起桌上的手机翻看通话记录，"温公主"三个大字赫然在上。

"谁允许你乱接我电话的？"他是真的发了怒。

被吼的钟毓吓了一跳，反应过来之后也是大为光火："凶什么凶，有毛病吧你！"

梁肖寒懒得理她，因为紧接着他又看见了温静语留的微信消息。

他不敢想象她昨晚都经历了什么，一颗心瞬间揪了起来，这样恐慌的情绪前所未有。

在恼怒的钟大小姐甩门走人之前，梁肖寒已经抓起车钥匙冲出了房间。

酒店的地下停车场，跑车发动的轰鸣声响彻车库。梁肖寒用温静语给的地址设了个导航，接着回了个电话过去。

那头很快接起。

"温温。"梁肖寒的声音放得很软,"对不起,我现在就过来。"

温静语"嗯"了一声,淡定得出奇。

此刻,她人在农场,圈圈的遗体刚刚交给了宠物入殓师,要给它做外表整理,崔瑾和温裕阳守在门外等待。

挂掉电话后,温静语踱步到室外,在一棵高大的杉树下驻足,眼神聚焦在几米开外的砖房上。

圈圈会在那里被火化。

这里的宠物殡葬做得十分专业,还很人性化,大约等了二十分钟,工作人员出来告诉她可以进行遗体告别了。

"再等等,还有一个主人没到。"

说来也是奇怪,天气预报明明说今天要下雨,可到了这会儿还是艳阳天,湛蓝天空中不见一丝阴霾。

又过了半个小时,梁肖寒终于匆匆到场。

车子急停在砖房外面的碎石路上,车轮卷起一阵细石沙砾,毫不留情地拍打在挡泥板上。

他从驾驶座出来,握着手机四处张望,很快发现了站在杉树底下的温静语。

梁肖寒看着她朝自己走来,想张口说些什么,却被她直接打断:"先进去吧。"

几平方米的入殓室里,圈圈躺在一张桌子上,它被整理得很干净,四周还围了一圈鲜花。

崔瑾和温裕阳俯身摸了摸它,红着眼眶出了房间,把剩下的时间留给温静语和梁肖寒。

梁肖寒似乎还没从圈圈突然离世的消息中反应过来,温静语从他身旁越过,先一步上前告别。

她低头亲了亲圈圈毛茸茸的头顶,以为在昨晚就流尽的热泪又滚了出来。

"圈圈,好狗。"温静语轻轻拍了拍它冰冷的身子,在旁边放了一个它平日里最爱吃的罐头。

说完自己想说的话,她也离开了房间。等到梁肖寒出来,她看到他的眼尾也是一片通红。

宠物火化的过程比较快,再与他们见面时就剩一罐小小的骨灰。工作人员告诉他们,可以亲手在农场里种一棵树,把骨灰埋在树下,任何时候都可以过来悼念。

温静语接过那罐骨灰,交到了梁肖寒的手里。

"你决定吧。"

白云轻风下,圈圈最终与一棵桃树为伴。

所有仪式完成之后,崔瑾和温裕阳先行离开,因为他们看得出那两人似乎还有话要谈。

隔了一段日子没见,真正面对面的时候却不知道该如何开口。

"昨晚我喝醉了。"梁肖寒站到温静语身侧,脸上说不清是懊恼还是烦闷,"接你电话的只是一个朋友。"

担心说多错多,他停下来等着温静语的反应。

"你干吗跟我解释,没必要。"温静语是淡然到没什么情绪的语气。

"温温……"

"你还记得吗,圈圈是我们一起去买的。那是我第一次逃晚自习,也是最后一次。"

温静语微眯着眼,感受着从草场那头吹过来的细风,轻柔又绵长,像某种荡到心底的告别。

时间仿佛回到了那个青涩的夏天,那会儿梁肖寒已经是温静语的后桌了。

和埋头学习的温静语不同,梁肖寒当时沉迷于各类电影和电子游戏,是名副其实的不务正业。

《忠犬八公的故事》的后劲太足,他久久不能释怀,终于在某天做了个脑热的决定,他要养一只狗。

心动不如行动,梁肖寒立刻搜了一家大型宠物店,打算晚自习翘课去看看,没有养宠物经验的他急需一位能够提供建议的陪同人员。

问了同桌,被无情拒绝,于是他把目标转移到了前桌温静语的身上。

她向来是好学生,但是话不多,脾气也不怎么样,就连扎高的马尾都透着一股清冷傲气。

梁肖寒抻开长腿,踢了踢她的课椅。那道预料中略带不耐烦的眼神飘了过来,她转头问:"有事?"

"晚自习别上了。"梁肖寒眸中带着笑意,"我带你去看狗。"

"狗?"

"对,可爱的小奶狗,去吗?"

可能是傍晚的瑰丽晚霞实在迷人,温静语盯着眼前堆成山的试卷,听着教室里"呼呼"转动的风扇声,那瞬间她居然觉得梁肖寒的提议不错。

"走吧。"

她干脆到连梁肖寒都愣了愣。

两人翻墙逃出学校,直接打车去了那家宠物店。

可惜店里并没有梁肖寒想要的同款秋田犬,他看了一圈有些失望,正想走人,温静语扯了扯他的衣角,指着角落里一只看起来有些瘦弱的金毛。

"你觉得它怎么样?"

梁肖寒望过去,觉得那狗看起来没什么气场。

"你不觉得它的眼睛很亮,很倔强吗?"温静语忽然笑,"跟你有点像。"

梁肖寒冷哼一声,但还是朝着金毛走了过去。

狗起初是梁肖寒在照顾的,到了周末或者假期,温静语会抽空去梁家看它。直到肖芸的过敏变得严重,才不得已将圈圈送到了温静语家。

于是探望圈圈的人就变成了梁肖寒。

因为这只狗,两人之间有了共同话题,或者说是一个心照不宣的秘密。

可现在,这个最紧密的联结也消失了。

"梁肖寒。"温静语面无表情的脸上终于浮现出一丝遗憾,"我想这段日子足够让彼此冷静了,当恋人我们确实不太合适,可是再做朋友的话也很奇怪。"

她轻叹:"我们好像只能这样了。"

第三章
咱们有缘香港见 /

那天的分别自然是不欢而散。

梁肖寒不同意温静语的结论，或者说是不接受。

可对于温静语来说，失望是积攒出来的，就像松散的雪花一片片压实，到最后承受不住重量轰然坍塌。

她不在乎梁肖寒是什么想法，因为她自己已经有了决定。

看不到未来的路不需要硬着头皮往前走。

圈圈的离开是一个沉重打击，但规整的仪式结束之后，压在温静语胸口的石头就骤然落地了。原来郑重的告别真的有用，能给人喘息的机会。

再隔一天就是给周皓茵送机的日子，周容晔后来给温静语打了个电话，想让她好好休息，不必勉强。

但温静语是个言出必行的性格，她依然坚持要去。

见面之前她跑了趟专柜，给周皓茵买了条漂亮裙子当作临别礼物，当然还有另外一个目的。

她回想起和周容晔的对话。他帮过她太多次，而谢谢两个字似乎不足以回报对方，于是她打算也给他挑样东西。

周容晔的礼物实在难选，他根本就不缺什么，便宜的怕对方瞧不上眼，太贵的东西又过分夸张。

温静语连百度都用上了，思前想后，最终去万宝龙给他挑了一支贵金属系列的墨水钢笔。冰蓝色的钻石切割笔身，掂在手里很有分量。

送机的那天，周容晔果然派了司机来接她。还是之前那位，一来二去，温静语和他也算是熟悉了，上车之前主动打了个招呼。

作为周容晔的专属司机，除了老板，他从来没有专程去接过任何人，温静语是第一位。

车子到达路海国际机场刚好是下午三点，距离周皓茵登机还剩一个半小时，温静语找到她的时候，那姑娘正一个人坐在咖啡店里喝下午茶。

"Miss温！"周皓茵也发现了她，兴奋地冲她招招手。

温静语点了一杯冰摩卡，两人并排坐在吧椅上。

"怎么就你一个人，你小叔呢？"温静语没看见周容晔的身影。

周皓茵呷了一口咖啡，答道："本来是和我一起出发的，但他有个临时会议，现在应该在路上了。"

温静语捧着杯子点点头。

"Miss 温。"周皓茵看着她,表情有些复杂,"狗狗的事情,我听小叔说了,你别太伤心哦。"

温静语弯了弯嘴角:"没事了。"

"谢谢你今天来送我。"

"怎么突然客气起来了?"

两人相视一笑,温静语莫名觉得自己刚刚说话的语气有点像某人。

又聊了一会儿,温静语把准备好的礼物交了出去。周皓茵喜出望外,对新裙子简直爱不释手,同时她也发现了另一个包装精美的礼品袋。

温静语晃了晃袋子:"这是给你小叔的。"

"他也有礼物?"周皓茵惊讶。

"嗯。"

温静语突然有些不好意思,她不知道该怎么向周皓茵解释送礼的初衷。

你小叔经常帮我忙?听上去好像有点奇怪。

周皓茵显然会错了意,她拉长尾音"哦"了一声,眯着眼打量温静语,摆出一副若有所思的表情。

"想什么呢你?"

"我没想什么呀。Miss 温你在想什么?"

温静语被反将一军,瞬间说不出话,周皓茵忍不住哈哈大笑。

"聊什么这么开心?"

突然出现的男声扯走了两人的注意力。

周皓茵率先回头,看见来人笑得更欢:"在聊你啊小叔。"

周容晔挑眉:"聊我?"

说完,他就看了温静语一眼,对方神色如常地朝他打了声招呼。

不知是不是刚刚和周皓茵聊得太激动,温静语的脸颊有轻微泛红的痕迹。状态看起来还不错,至少表面找不出那天失魂落魄的影子。

"聊你什么时候才能到。"周皓茵没把刚刚那些打趣的话抖搂出来。

"不好意思,我迟到了。"

"都是自己人就别见外了,我和 Miss 温都不怪你。"

温静语送到嘴边的咖啡差点溢出来,要正经论起来她才是那个外人吧?

离登机时间越来越近,周皓茵也准备过安检了。她的行李不多,两个箱子托运,身上就一个背包,行动很方便。

温静语和周容晔站在安检口外目送她。

快走到门边的时候,周皓茵却突然回头,她举起手机朝那两人喊道:"Miss 温、小叔,看这里!"

被点到名的两个人皆是一愣。周皓茵趁他们恍神之际,迅速按下了相机快门,满足地朝他们比了个"耶"的手势,然后头也不回地进了安检通道。

没过一会儿，粤语小课堂的群里就上传了一张照片。

是温静语和周容晔的合照。

两人靠得很近，温静语一米七的个子在周容晔的身旁居然显得有些娇小，因为是抓拍，彼此的表情都有些许错愕，但五官没有变形，颜值依然突出。

周容晔是直接从公司过来的，一袭黑色西装衬得他眉目俊朗，身姿挺拔。而旁边的温静语则是白色衬衫搭配白色阔腿裤，一头长发柔顺地垂在肩上，气质温柔。

周皓茵对此做了五个字的评价：你们好登对。

温静语在看到消息的第一时间几乎是立刻就偏过头去，她不太敢去看周容晔的反应。

尴尬，实在是太尴尬了。

周皓茵则完全不管照片上两位主人公的心态，她继续不停地在群里发着各种表情包，越来越起劲。

爱心发射，亲亲动图，总之什么羞耻发什么。

就仗着他们现在奈何不了她。

周容晔单手插兜，微眯起眼盯着那张合照，不动声色地点了保存。

"小孩子爱捣蛋，别介意。"

温静语回过神来，干笑道："怎么会介意呢。"

但这话一说出口，她就感觉不对劲，好像她很满意这张照片似的。

于是她立刻补充："茵茵开玩笑呢。"

周容晔也顺着这个台阶下，不再多做评价，将手机锁了屏塞回兜里，语气轻松："走吧，我送你。"

此刻机场的停车区里，Michael 正紧张地坐在驾驶位上。周容晔的司机不在，他是临时做代替的。

他还记得老板在会议室里的冷脸。

周容晔轻轻抛下一句"效率太低"，底下几个主管就纷纷变了脸色，瞬间草木皆兵。

那气场颇有黑云压城之势，比中央空调吹出来的冷风还容易降温。

周容晔不是个怒形于色的人，他发火的时候不会大声斥骂或者行为过激，永远都是一副沉稳持重的模样，将情绪控制得很好。

但这不代表别人不怵他，作为他的下属，Michael 更愿意被骂得狗血淋头。怎么着都好过这种不声不响的低气压，像凌迟似的。

当他在内心忐忑一会儿要怎么做收盘汇报的时候，周容晔和温静语的身影就出现了。Michael 盯着后视镜里越走越近的两个人，惊讶地发现周容晔的心情似乎还不错？

等他想下车开门的时候，周容晔已经主动打开了后座车门，迎着温静语让她先上车。

一路上，Michael 都在偷偷观察老板的神色和语气。

他总算搞清楚这三百六十度的大转变是为何了，肯定是因为那位温小姐。

"谢谢你那天送我回路海。这是一份小礼物，浅浅表达一下我的感谢之情。"温静语将拿了一路的礼品袋递给了周容晔。

"送我的？"

温静语点点头："拆开看看？"

精美的绒盒里躺着一支冰蓝色的钢笔，周容晔小心取出，掂在手里仔细观察。精致笔身和他修长有力的手指互相辉映，很是养眼。

温静语解释道："我不太会挑礼物，也不知道该送什么。这个你或许能用得到，办公的时候签签字什么的。"

周容晔嘴角的弧度很温和："谢谢，我正好缺一支钢笔。这支很漂亮，我会好好用的。"

前排的 Michael 听到这话差点没绷住，周容晔办公桌上那些动辄几十万的限量版钢笔原来真的是摆设吗？

车子最后停在了佑禾大厦，Michael 一抬头就看见了那座人行天桥。

老板下班绕远路走的世纪谜团，在此刻总算是彻底解开了。

醉翁之意不在酒，周容晔所求的不过是那一瞥的偶遇。

Michael 突然想起一句老话，英雄难过美人关……

周皓茵离开后，温静语的休息日也回归正常。

日子好像变回了以前的模样，一日三餐，上班下班，没有什么特别之处。

张允菲给的那份手册和报名表被她收在化妆台的抽屉里，思虑再三，温静语还是把这件事跟父母坦白了，想倾听他们的建议。

崔瑾架着老花镜研究了二十多分钟，最终表示同意并支持，倒是温裕阳有不同想法。

"她好不容易从德国回来，在路海才安生了两年吧，这转头又要去香港了？"

"只要是对事业发展有好处的，在哪儿都一样。"崔老师看得很开。

温裕阳终究是心疼女儿四处奔波，对此持保留态度。

"不用管你爸，正事儿上男人就爱优柔寡断，他的意见不重要，反对也无效。"

在医界叱咤风云的温院长被怼得一句话都不敢说。

温静语因为崔老师的总结陈词笑出了声，但心中的决定也呼之欲出。

反正她现在无牵无挂，香港培声，不如去试试。

有了想法之后，温静语立刻开始报名。她整合好个人资料，连同报名表用电子文件发送到了乐团邮箱，很快就得到回复。

她的简历直接通过初审，可以参加十二月份的面试，指定的考试内容也随邮件传了过来。

除了乐团指定的曲目和视奏，还要准备能全面反映个人能力的技巧性作品，限时五到十五分钟。

温静语是最不怕考试的，从得到回复的那天开始，她的下班时间就全部用来练习了。

距离面试还剩一个半月的时候，路海已进入了深秋。

霜降那天，财经新闻的版面被一则重磅消息占领。铂宇资本以二十三亿人民币的价格抄底华印中心，一举成为下半年价格最高的单宗商用物业交易。

有博主指出风林集团此举是为了套现，以偿还此前欠下的巨额债务，但这个数字还不足以填上窟窿，因为接下来的局面对于风林来说无疑是雪上加霜，他们和钟氏的对赌协议失败了，这直接导致风林蒙受了两亿美金的损失。

一波未平一波又起，更加令人大跌眼镜的消息随之而来。

风林和钟氏同时宣布了梁肖寒和钟毓的婚讯。

和狂欢吃瓜的群众一样，婚讯里的两位主人公也是通过新闻才知道自己被安排了。

与此同时，风林集团董事长办公室的大门紧闭，里面隐约传出争执声，还伴随着重物落地的闷响。若不是地毯吸音，此刻的动静怕是已经闹到天翻地覆。

秘书室里人人自危，手中需要批复的文件堆积如山，但是谁都不敢冒险敲门打扰。

刚刚小梁总是带着一身怒气闯进去的。

当梁肖寒再从那扇门里走出来的时候，脸色比先前还要沉郁。他目不斜视，连步伐都透着一股生人勿近的可怕气场。

有人壮着胆子，用余光瞥了一眼那扇虚掩的办公室大门，只见茶水连同茶叶倾洒了一地，厚重地毯上还散落着瓷器碎片，冲突的激烈程度可见一斑。

离开公司后，梁肖寒淤积在心口的怒火依然没有消退。他回想起梁韫宽刚刚那副无可奈何的表情，脚下油门也踩得更重。

跑车疾驰在高架上，引擎声犹如一头凶猛巨兽的嘶吼。

梁肖寒找到钟毓的时候，那位大小姐正在五星级酒店里优哉游哉地品尝着下午茶，似乎一点都没有被从天而降的婚讯困扰。

"你这什么表情，去杀过人了？"钟毓端着描金的骨瓷茶杯，斜眼睨着他调侃。

梁肖寒在对面的软椅上坐下，难以置信地望着她："你还有心思喝下午茶？"

"不然呢？"钟毓无所谓地耸耸肩，"我也去找我爸大闹一场？"

她从甜品架上选了一碟造型精致的马卡龙，再缓缓推到梁肖寒面前。

"有用吗？梁少爷。"

梁肖寒冷笑："不然坐以待毙？"

钟毓收敛起脸上风轻云淡的表情："还没认清现实吗？你觉得这样的结果，是我们可以反抗的吗？"

她见梁肖寒无言以对，突然笑了："该装乖的时候就得装乖，至少目前我没有办法抛弃钟氏小姐的身份和生活。手上连张底牌都没有，拿什么去斗争？"

梁肖寒沉默了半晌，渐露妥协之意。

"钟毓，其他的我都能给，但是结婚不行。"

"梁肖寒，这话你对我说了也是无效。"钟毓抿了一口茶，再次抬眼，"对婚姻突然这么看重,你该不会是想要爱情吧?这可不像你的作风。"

梁肖寒眸光一闪,反问:"难道你就愿意跟我结婚?"

"跟谁结婚对我来说不是关键。如果你想搞砸这门婚事,尽管去做就好了,不需要征询我的意见,输也好赢也罢,我都不在乎。"

钟毓直视着他,眼底一片清明。

"但也别妄想我会和你统一战线,听话女儿的角色,我还得继续保持。"

…………

两人婚讯的热搜排名在傍晚时分又上升了几位,甚至超过了娱乐圈流量小生的恋情热度。这显然是被人刻意操控过的,风林和钟氏的股价也在刺激下水涨船高。

佑禾大厦的琴房里,温静语结束了下午最后一堂课。送走学生之后,她来到休息区接水,前台姑娘和教钢琴的陈老师也在。

那两人的交谈声太清晰,温静语想忽略都难。

"华印中心被卖掉的时候,我还以为咱们这佑禾大厦也会易主呢,没想到啊,都这世道了,还有结婚抵债这一招?"

陈老师嘬了一口茶,意味深长道:"这你就不懂了吧,靠卖楼能撑多久啊?现在好了,都成一家人了,说不定钟氏还能注资帮一把,怎么算都是风林赚了呀。"

"陈老师你倒是提醒我了,你说现在这股票还值不值得入一手?"

前台姑娘转身就要去找手机,结果发现了站在饮水机旁的温静语,她随口问了一句:"哎,温老师,等会儿要不要一起去吃晚饭?陈老师说附近开了一家羊蝎子火锅,味道不错。"

"是呀,一起去吧。"陈老师附和。

饮水机的加热灯跳了,温静语边拿着杯子接水边回答:"你们去吧,我今天有晚课,叫个外卖就行了。"

"那我们给你打包回来?"

"不用,太麻烦你们了,谢谢啊。"

等那两人离开后,温静语才端起杯子。她低估了茶水的温度,没吹气就往嘴里送了一口,结果舌尖被冷不防烫了一下,像针扎似的,又麻又痛。

晚课一直持续到八点多,下班后温静语直接打了辆出租车回家。

路海的气候总是很极端,似乎只存在夏天和冬天,而在这深秋的末尾,晚上要穿一件夹棉外套才能阻挡寒意的侵袭。

空气湿度很高,月牙隐在薄纱般的云层之后,看来一场大雨在所难免。

出租车不能进小区,温静语付完钱就匆匆下了车。她想赶在雨水倾盆前进家门,闷着头走路,自然就没注意到马路边那辆瞩目的暗蓝色跑车。

她拎起琴盒还没走几步,门岗旁突然闪出一道黑影,紧接着她的手腕就被人大力擒住。

温静语抬头看清来人，怒意便从胸口直蹿而出。

"干吗啊你？"

她语气不善，梁肖寒却丝毫不在意，低头问道："现在有空吗？我想和你谈谈。"

"没空的话，你会放开我？"温静语盯着自己的手腕。

"不会。"

门岗处人来人往，两人堵在路中间十分显眼。

温静语叹了口气，随手指了指路边一棵行道树，妥协道："去那儿说吧。"

天气转冷，枯黄的树叶开始打卷掉落，有些半绿的叶子甚至还没走到生命尽头，也跟着毫不留恋地脱落，匆忙地与树杈枝干划清界限。

这是一种无声且急不可耐的分离。

温静语踩着地上的落叶，头也不抬地问："有什么事？快说吧。"

"你现在跟我讲句话都这么不耐烦了？"梁肖寒脸上泛起心痛和无奈。

温静语答非所问："快下雨了。"

"温温。"梁肖寒上前一步，拉近彼此距离，"我绝对不是狡辩，那个婚约我根本不知情，新闻爆出来之前一点消息都没有，我也是被通知的那一方。"

见她不说话，他的语气也急了起来："我不会和她结婚的。"

"我当然知道。"温静语露出一副了然神情，"婚姻这种东西怎么拴得住梁少爷？但是你跟我说这些干什么，和我有关系吗？"

"温静语。"

梁肖寒这一声连名带姓的轻唤终于让她抬起了头。

路灯昏黄，树影斑驳，搅乱的情绪开始浮浮沉沉。

"我们结婚吧。"

一句不够，他还要再强调一遍："跟我结婚，好不好？"

温静语心一怔，瞬间出了神。她居然从那双黑眸里找到了认真的痕迹，真是难得。

只是这种深情话语在此刻显得有些荒诞，就好比离了弦的箭或者泼到地上的水，想在中途反悔，怕是回天无力。

"你是不是太小看我了？"温静语尽量让自己沉住气，"你愿不愿意跟她结婚是你的事情，我不是你的避难所。"

"我不是这个意思。"

梁肖寒俯下身，扣住她的肩膀，似乎在努力证明言语里的真挚感情。

"以前说的那些浑话我都认，那是因为我不想被掌控。但是我现在想得很清楚，我喜欢你，想跟你在一起，想跟你结婚。"

"受到冲击后的大彻大悟？"温静语突然嗤笑，"人是不会轻易改变的，你现在只是冲动而已。"

"那要怎么证明我不是冲动？我说的都是真话。"

"梁肖寒，有些承受不起的担子别往身上硬扛。你现在对我说的这些话，你负不了责任的。"

"怎么负不了责?就明天,明天我们去领证。"

温静语拼命压住的怒火一下就被勾了出来,她甩开他的手,冷声道:"逃了和钟氏的婚约跟我结婚,然后呢?风林现在的局面,大家都很清楚,你能坐视不管?我可没那么大的本事,也帮不了你。"

梁肖寒被她的语气激到,破罐破摔起来:"不管了,我也懒得管了,风林是死是活都和我没关系。"

天气突变,不知从何而来的一阵疾风卷起了地上的落叶和灰尘,原本干燥的地面被豆大雨珠一点点浸润,街景瞬间变得模糊。

"你做不到的。"

温静语说完便转身,场面已经够戏剧化了,没必要再淋一身雨。

"怎么样你才能相信!要我现在就打电话退婚吗?"

梁肖寒伸出去的手被温静语迅速躲开,紧接着"啪"的一声,他的左脸挨了结结实实的一巴掌。

"好歹做了这么多年朋友,我本来想给彼此留点余地,你别太过分了。"

温静语愤恨地盯着他,胸口起伏,微喘着气,连眼眶也在迅速泛红。而她眼前的男人似乎被这一巴掌打蒙了,愣在原地,一脸震惊。

大雨滂沱,树荫虽然能遮挡一部分,但两人身上的衣物也在迅速变湿。

谁都没有注意到,对面的街边停了一辆岩灰色宾利。

周容晔坐在后排,唇线拉得平直,沉默不语地望向窗外。

刚刚那场面被他尽收眼底。

前排司机大气不敢出,若不是车厢里还缓缓流淌着轻音乐,他甚至怀疑时间都要随着气氛凝结成冰了。

老板今晚加班,从公司离开后特意交代要绕路来这里,他知道这儿是温小姐的住处。

雨淅淅沥沥地下着,车门解锁声突然响起,只见周容晔探身下车,一脚踏入雨幕,绕到后备厢抽了一把雨伞出来。

在司机还没反应过来的时候,他已经打着伞朝街对面走去了。

目标明确,毫不犹豫。

那把黑色大伞最终挡在了温静语的头顶。

"为什么又淋雨?"

温静语循声蓦然回头,周容晔就站在她的身后。

"周先生?"梁肖寒以为自己看错了,借着昏暗光线,他又确认了一遍,的确是周容晔。

"梁总。"

周容晔朝梁肖寒点点头,撑着的那把大伞依旧坚定地替温静语挡着风雨,而他自己露在伞外的肩膀已经被雨水洇湿。

"你怎么来这儿了？"

温静语立刻转身，一脸难以置信地望着他。

周容晔很淡地勾了下嘴角，没有回答她的问题，而是递出一块熨烫平整的灰色方巾。

"先擦一下自己的头发，再擦它。"他下巴微抬，示意她护在怀里的琴盒，温静语立刻心领神会。

"谢谢。"

她接过方巾，还是那股淡淡的雪松清香。

看着交谈自然的两人，梁肖寒心里瞬间涌起怪异的感觉，他想起在月央湖壹号碰面的那次。

当时他就好奇了，温静语和周容晔是这么熟悉的关系吗？

刚刚的争执仿若一场幻觉，温静语盯着梁肖寒湿透的上衣，抢在他出声之前说道："你回去吧。"

话音落下，她没再看他，像在心里做了某种不可反悔的决定。

最终她还是说出了口："……以后别联系了。"

树下那道高大身影晃了晃，梁肖寒暗自苦笑，他还是低估了她心硬的程度。

"周先生，我没带伞，你能送一送我吗？"

周容晔直视着温静语的眼睛，发现那潋滟眸光里有恳求之意，仿佛他是她溺水前唯一能抓住的稻草。

他当然拒绝不了。

"走吧。"

望着即将离开的两人，梁肖寒再也按捺不住，理智和面子都成了身外之物。

"温静语，你跑什么？"他再次喊了她的全名，"我在跟你求婚。"

周容晔还在场，温静语没想到梁肖寒一点都不避讳，居然这么直截了当。

风林和钟氏的新闻铺天盖地在网上挂了一整天，周容晔不可能不知道，况且铂宇和风林还是交易伙伴，梁肖寒自认为的孤注一掷，其实给了温静语很大的难堪。

白天官宣婚讯，晚上就来跟她求婚，置她于何地？

温静语不肯回头看他，沉下去的肩膀好像在宣告她的决心和倔强。

她坚决道："我不愿意。"

"真要划清界限？"

梁肖寒问出这句话的同时，他觉得自己整个人也随着这个雨夜不断塌陷，然后化为地上的一摊泥泞。

"对。"

最后一根细绳断裂。

梁肖寒自嘲一笑，眼底情绪逐渐灰败，杂糅成绝望。

"行，你别后悔。"

朦胧雨幕下，引擎声突兀响起，像一头冲破牢笼的发怒凶兽，狠狠撞入黑夜，所过之处溅起水花阵阵，引来遭殃路人的尖叫与责骂。

周容晔沉默地撑着伞，目睹了全过程的他自始至终没有发表任何评价。

雨声淅沥，他听见温静语轻轻叹了一口气。

进出小区的人很多，过了门岗之后，正中央便是一座石雕喷泉，越过喷泉再往里走，有三条岔路向内部延伸，去温静语家的路在右手方向。

灰砖地面浸了水之后变得湿滑，两人又撑着同一把伞，因此走得很慢。

路灯被绿植包围，光线影影绰绰，偶尔有野猫从灌木丛中钻出，弓着身子很快又消失不见。

周容晔一直用余光观察着温静语。

她的眼角有湿意，抬手拭去后又若无其事地放下，很好地维持着表面的静默无声。

"不好意思，让你见笑了。"

她的主动坦言让周容晔有些意外，他把伞面抬高了一点，淡声道："不会。"

除了这两个字，他再也没说什么。

温静语低头感叹，不愧是周容晔，对他人的私事不会追问，不会好奇，给人留足了面子和余地。

她和梁肖寒之间缺少的，正是适当的距离。

一路无言总归有些尴尬，温静语提起了周皓茵："茵茵最近还好吗？"

周皓茵回香港之后就很少更新社交动态，温静语怕打扰她学习也没怎么主动联系。

"挺好的，开学就忙起来了。"

"一段时间没见，还挺想她的。"

"有空你可以去香港找她。"

周容晔这话倒是提醒了温静语。十二月份确实有一趟香港之行，但她没说出口，一来是不想麻烦人家招待她，二是因为培声的面试她还没有十足把握。

再往前走几步，映入眼帘的那幢三层别墅就是温静语家。大门口的灯亮着，很显然是父母在等她。

周容晔把她送到庭院门外就停下了脚步，温静语盯着他手里的长柄伞，突然想起一件事。

"你等我一下！"

说完她就将手遮在头顶，转身奔回了家。

周容晔很有耐心地在路边等。她家院子里有一棵茂密的桂花树，浓郁甜蜜的香味浸染了空气，越过围墙护栏弥漫一路，沁入心脾。

只是下过这么一场大雨之后，那满枝丫的桂花都扑簌簌掉了，洒满四周草坪，像蛋糕上点缀的糖霜。

温静语再出来时，她的手里多了一把长柄黑伞，是周容晔之前借给她的，一直忘记还。

"谢谢你的伞,然后这个是送你的。"

她将一罐装着干桂花的密封玻璃瓶递了出去,又指了指院子里的树。

"看见那棵桂花树了吗?我妈妈亲自晒的,还好摘得早,现在都掉完了。"

周容晔不着痕迹地把伞遮到她头顶,又将罐子捧在手里端详。小小的花满到了瓶口,依然保留着金黄色泽,光是这么看着就已经能感受到香甜了。

"谢谢你,还要谢谢你的妈妈,她是懂得留住美好的人。"

温静语一愣,莞尔笑开。

"她听到会很开心的。"

周容晔将罐子和伞仔细收好,准备告别。

"那就不打扰你了,下次再见。"

温静语不知道他说的下次再见是什么时候,毕竟周皓茵不在,两人没什么单独见面的理由。

况且她还有个疑问,周容晔为什么会在她家小区门口出现?

或许只是巧合,她也不好意思再问一遍。

耳边的雨声早已在不知不觉中变小,薄雾消散,月晖渐渐露出真容。

温静语还是点了点头,轻声道别。

"下次见。"

流光易逝,深秋在万物凋敝中慢慢转为隆冬。

那次决绝的分离之后,温静语把梁肖寒的联系方式全部删除了,就连微博关注都无情移除。他也没有再像以前那样找过她,雁断鱼沉,两人彻底划清了界限。

温静语的日子重归安稳,上课下班,准备面试,没有什么惊天动地的事情。

而梁肖寒和钟毓公开婚讯以后便频频携手出席各式各样的场合,两人高调到连彼此亲眷的婚礼都会一起露面,梁、钟两家的关系看起来板上钉钉,牢不可破。

张允菲曾打过几回电话表达关心,她惊讶的是温静语似乎没什么特别感触,只能在心底叹服好友收回感情的效率和速度。

这个问题,温静语仔细想过。

关于她心中所谓的遗憾,最开始可能是因为心动没有修成正果,但到后来她慢慢发觉,她最惋惜的还是两人多年情谊落了这么个支离破碎的下场。

就像她听过的一首歌里唱的那样,情人和陌路总要选一边站,这就是对她和梁肖寒最好的诠释。

时间来到十二月,温静语的乐团面试终于提上日程。

出发去香港的前一晚,崔瑾特地在家里烧了一大桌好菜,算是为温静语加油打气。而温裕阳的态度没什么变化,他直言如果面试没通过的话就抓紧时间回来,在路海找个音乐学院当大学老师也挺好。

他这话一出口,立刻就被崔瑾骂乌鸦嘴。崔老师趁此机会在饭桌上再次强调了事业对于女人的重要性,这样的考前总动员对温静语来说也算是狠狠激励了。

她向机构请了三天事假,在面试前一天搭乘下午的航班落地了香港国际机场。

和路海的气候不同，香港的冬天并不寒冷，上飞机前是零度，下飞机后直接变成了十九度，温静语突然产生了提前过春天的错觉。

她只带了一只小小的行李箱，琴盒随身背着，行动还算方便。

港铁线路四通八达，温静语要下榻的W酒店在九龙站，搭乘机场快线就能直达。

办理完入住手续恰好赶上日落时分，从房间的全景落地窗望出去就是维多利亚港。残阳晚霞风光大好，她多拍了几张照片，发到家庭群里供大家欣赏。

张允菲昨晚把山田知子的联系方式推给了她，就是那位培声乐团的日本团员。温静语用Whatsapp联系上了知子，她不会日语，对方的中文也不行，两人只能用英文沟通。

知子是个热情外放的性格，得知温静语到港后，她当即约了见面。两人在尖沙咀碰头，去厚福街找了家居酒屋享用晚餐。

狭小的空间里座无虚席，热烈的交谈声此起彼伏，其中夹杂着粤语和其他各国语言。对于初次见面的两人来说，这样的环境确实有助于消除尴尬。

半扎生啤下肚，她们对彼此的情况已经大致了解。知子又向温静语简单介绍了培声乐团的现状以及人员构成，很多都是手册上不会有的信息。

温静语受益匪浅，一高兴将整扎啤酒都喝了个精光。知子担心她喝多影响明天的面试状态，但见温静语面不改色地端坐着，到嘴边的话就变成了对她高深酒量的赞叹。

第二天的面试地点依然在尖沙咀，在邻近维港的香港文化中心。

作为亚洲顶尖的古典管弦乐团之一，培声的体系也十分完善，除了像致恒集团这样的大企业赞助，港区政府也是资助方，为其全职乐团的身份打下了很好的基础。

温静语想加入的愿望越来越强烈。

面试从上午十点开始，应聘者络绎不绝，都是来自世界各地的优秀乐手，竞争的激烈程度不言而喻。

温静语报名前浏览了一遍岗位空缺，中提首席已有固定成员，她退而求其次，报了个联合首席的职位。

说是联合首席，但也讲究先来后到，单论团内资历，她肯定是稍落下风的。

但温静语不在意，她更看重乐团整体的氛围。

因为准备充分，整个过程十分顺利。考官仔细看了她的履历，问她报名的时候有没有心理落差，温静语做了诚实回应。看那几位的表情，应该是对她的答案非常满意。

知子在面试场外等待，温静语一出来，她就立刻迎上前去，简单交流后，两人的心里都有了不错的预感。

一件大事结束，知子提议去庆祝一番。温静语佩服她的乐天派，毕竟最终结果未出，这事儿就不算真正落地。

但一想到明天就要返回路海，她便赞同了知子的决定。

两人找了一家港式打边炉，就在K11大厦附近，生猛海鲜配上冰爽柠茶，一顿晚饭吃到九点多。

翌日，知子也到机场相送，温静语打从心底感谢她的全程陪伴，邀请她有空来路海做客。知子笑着说："我在香港等你的好消息。"

飞机降落在路海国际机场是上午的九点四十分，与之相差了一个小时的赴港航班上，周容晔和Michael正坐在头等舱里，面色一个比一个凝重。

就在昨天夜里，周容晔接到了周皓茵的电话，听筒里小姑娘的声音带着哭腔，语气激动。

"小叔，你快点回来吧，我老豆又进医院了！"

…………

养和医院的VIP病房内，空气湿度和温度都调节得刚好。

周启文正合眼躺在病床上挂点滴。

窗外就是跑马地风光，只是此刻天公不作美，明明是下午两三点的光景，天色却阴沉得跟傍晚一样，乌云压城，闷雷乍响，一场阵雨在劫难逃。

周容晔到的时候，周启文还没醒，他的秘书陈诗影守在病房外等候。

"周生。"

见到来人，陈诗影颔首问好。

"辛苦了。"周容晔也朝她点点头，"现在情况怎么样？"

"感染性心内膜炎。医生说是换瓣手术的后遗症，昨天夜里烧到了三十九度，体温一直降不下来。周太和茵茵小姐都吓坏了，好在今早总算退烧。"

"太太现在在里面吗？"

"不在。周太中午送完煲汤后就去茵茵小姐的学校了，说是下午有家长活动，估计要晚上才能过来。"

陈诗影话音刚落，走廊尽头就来了一位西装革履的男职员。他手里捧着一个厚厚的文件袋，里面都是一些需要周启文亲批复的文件。

周容晔朝身后的Michael说道："你替Fiona做个交接。"

陈诗影连忙摇头："我没关系。"

"你去休息一下吧，眼底都发青了。"Michael绕过她接走文件，招呼着男职员去了休息区。

陈诗影被劝着离开后，又过了十多分钟，周启文才慢慢转醒。

这会儿外头已经下起暴雨，像是隐忍许久后的宣泄，雨势又急又猛，淋得路上行人措手不及，连屋檐下的鸽群也被惊动。

"阿晔。"

见到来人是周容晔，周启文苍白的脸上是掩饰不住的惊喜。

"大哥。"周容晔替他调整好病床高度，让他可以以一个相对舒服的姿势靠坐起来。

"你怎么突然返港？"

"你都住院了，我怎么坐得住？"

"又是茵茵给你打的电话吧。"周启文感叹，"她依赖你总是多过我和佩婷。"佩婷就是周启文的太太，姓柯。

"好在她懂事知道联系我，不然以你和大嫂的性格，肯定要隐瞒。"

"阿晔。"周启文招呼他坐到自己病床边上，"既然你回来了，那有件事我想同你商量。"

周容晔心中已有预感，但出于对周启文的敬重，他还是让大哥先开口。

"我这个身体你也明白，经不起太大的折腾。为这件事你大嫂已经同我闹过好几次，她不想我过度劳累，每回我留在公司加班，她都要黑脸。"

"大嫂与你感情深厚，自然比旁人多操一份心。"

周启文见话题讲开了，便顺口说出心声："前些日子佩婷与我交心谈过一次。她对我的身体状况感到担忧，和医疗团队商量后，替我联系了克利夫兰医学中心，希望我能赴美治疗休养。"

周容晔点头赞成："这样也好。那边的心脏外科确实是顶尖的，公司事务可以暂时交给手底下的人去打理，你的身体最重要。"

"阿晔，你还没明白我的意思。"周启文解释，"如果赴美，我和佩婷就不打算回来了，茵茵的学业也可以在美进行。"

周容晔微微皱眉："移民？"

周启文没有否认。

"我其实很清楚自己的状态，这些年越来越力不从心，年纪大了，也不想拼搏折腾了，只想过点轻松自在的日子。"

"你才五十出头，这提前退休的念头未免觉得太早。"

周启文笑："周家还有你这样的后生，我大可以安心退休。"

见周容晔沉思不语，他又道："阿晔，我们的父母离开得早，你是我唯一的牵挂。这些年来给你的自由从来不设条件，可是不管你走到哪里，身上要背负的责任始终如影随形，因为你姓周。"

虽然兄弟俩相差了二十岁，但血缘是个奇妙的东西，他们眉宇间有太多相似之处，眼神也是一样的深邃锐利。

"除了你，我不放心任何人接手致恒。那是父母留给我们的产业，你知道我的性格，如果不是经过慎重考虑，我也不会轻易向你开口，我明白这个决定会让你做出一些个人牺牲。"

周启文盯着弟弟的脸，脑海中还是他小时候的模样。

"阿晔，回家吧。"

周容晔从病房离开后，护士就进去给周启文换药了。他轻轻关上房间的门，Michael正在休息区等他。

刚刚他对周启文做出了承诺，处理完内地的工作，他会在春节后彻底回到香港。

铂宇现在的业务已经不需要他操心,反而接手致恒成为最麻烦的事情,周容晔很少涉及家族事务,一旦插手,一切就相当于从头开始。

老板的表情平静无波,Michael 看不出他的情绪。

"周生,君亚的廖生致电,问您晚餐有没有时间见面。"

周容晔返港的消息走漏得太快,几位私下关系好的朋友立刻就找上了门。

晚餐地点定在湾仔,是位于瑞吉酒店二楼的中餐厅"润"。酒店连接着鹰君中心的空中走廊,周容晔的目光被过道上的广告屏幕吸引。

佳士得香港的秋季拍卖会将在这个星期举行,预展和拍卖都在湾仔会展中心,广告做得铺天盖地,各类艺术品和珠宝的照片占满了屏幕。

Michael 顺着他驻足的角度望去,周容晔的目光停留在一只天然帝王绿的翡翠手镯上,看来是起了兴趣。

"这个品相和成色,确实值得收藏。"Michael 评价道。

周容晔没把这话听进去,因为他压根不是为了收藏。

他的脑海中浮现出温静语的模样,还有她那截白皙细腻的手腕,不管是持弓还是抚琴,都莫名养眼。

这只镯子就应该套在她的腕上,否则都不算成全这抹艳绿。

"去打听一下这场在几号。"

"好。"

Michael 的效率很高,提前完成了安排,拍卖会那天周容晔亲自到场。

随场出行的还有陈诗影,Michael 对此略感惊讶:"你怎么来了?"

"董事长派我来的,他让我以后跟你一起负责周生的日常事务。"

看来周启文是做足了准备。

毫无悬念,那只作为压轴出场的翡翠手镯最终以八千三百万港币的价格成交,被周容晔顺利收入囊中。

所有流程都走完之后,镯子由专业的安保公司负责护送,运到了周容晔位于半山干德道的家里。

Michael 和陈诗影早早到场,就为了近距离欣赏藏品的风采。

镯子通身翠绿,有种有色,干净无裂,光是瞧一眼都要被那纯粹欲滴的浓艳颜色给吸走。

"再过几年,它的价格肯定还能涨。"Michael 自信地断言。

陈诗影捧着手机说:"报道出来了,已经有人在猜是谁拍下了这只镯子,还好是托人匿名出价。"

周容晔将镯子从软锦盒中取出,掂在手里瞧了几眼,突然道:"Fiona,麻烦你过来一下。"

等陈诗影过去,周容晔让她伸出手腕,然后拿着镯子比画了一下,又端详了一会儿。

陈诗影连大气都不敢出，手心微微冒汗，生怕一个不注意碰碎那镯子。

"圈口好像有点大了。"周容晔喃喃自语。

Michael和陈诗影惊得大眼瞪小眼，两人面面相觑。

这玩意儿难道是拿来送人的？

然而身在路海的温静语也万万没有想到，这只镯子的主人居然是她。

…………

在距离春节只剩十天的时候，温静语接到了周容晔的电话。

对方邀请她共进晚餐，说是周皓茵要托他转交礼物，温静语欣然应允。

丽晶大厦五十二楼的高空餐厅里，花瓣烛台，音乐美酒，处处渲染着浪漫和优雅。虽然这家法餐做得非常出色，但温静语觉得和周容晔单独置身于这样的环境中，还是过分暧昧了。

毕竟周围那几桌一看就是夫妻或情侣，甚至还有人搞了个小型的求婚仪式，将戒指藏在蛋糕里。方法虽然老套，效果却十分显著，被求婚的女孩子感动得一塌糊涂。

温静语和周容晔跟着其他人一起为他们鼓掌祝贺，小小插曲结束之后，餐厅里的食客们又恢复了低声细语的交谈。

服务员先上了头盘，阿拉斯加蟹肉伴柚子啫喱，上面还搭配了特级鱼子酱。几口就能用尽的食物，空盘撤下后，周容晔拿出了一个黑色纸袋。

"这是茵茵送你的礼物，说要感谢你上次送她的裙子。"

温静语接过之后也没细看，把袋子放在了身旁。她和周皓茵早在微信上聊过，知道里面是一个最新季卡包，小姑娘还给她塞了很多巧克力。

"这是我的礼物。"

周容晔又递出了一个袋子，尺寸不大。

"你给我的礼物？"温静语惊讶。

"很奇怪吗？"周容晔笑，"你上次也送了我钢笔，这算是回礼吧。"

温静语偷偷松了口气，推辞道："太客气了，我那是真心感谢你对我的帮助，真的不用回礼。"

"茵茵的能收，我的就不行？"

他是会抓重点的，一句话就让温静语噎住了。

周容晔很满意她的反应，从容地将纸袋推了过去。

"里面是什么？"

"打开看看。"

纸袋里装着一个质地上乘的深色木盒，做工考究精美。温静语看不出木料材质，但摸着很是顺滑温润。

盒盖掀开还有一个黑色绒布袋，手指触到的东西坚硬冰凉，看清实物之后，温静语倒吸了一口凉气。

即便周遭环境昏暗，翠绿手镯也依然散发着摄人心魄的光泽。

那抹绿像是要荡到人的心底去。

温静语对翡翠没有研究，但在张允菲的耳濡目染之下也知道这种成色的镯子难遇难求，价格肯定不便宜。

她心跳得厉害，尤其是面对这种看不出价的东西。

"不行，这个我不能收。"温静语将镯子小心地放回木盒中，"这肯定很贵吧，对这些我还是略有研究的。"

她撒了个小谎，其实她根本看不懂。

周容晔挑了下眼尾，半信半疑地试探："你懂翡翠？"

温静语心虚，嘴上却是乱说一通："类似品相的，得大几十万了吧。"

她觉得自己已经报了个十足夸张的价格。

周容晔突然很轻地弯了弯嘴角，解释道："这个没么值钱，托朋友在缅甸淘的，原产地你懂的，批发价。"

"还有这种好事？"温静语突然来了兴趣，"多少钱淘的？"

周容晔在思考报个什么样的数字她才不会有心理负担。

几番斟酌之后，他居然脸不红心不跳地脱口而出。

"八千。"

"……八千人民币？"

温静语又看了一眼镯子，惊讶道："这么赚？"

"对。"

温静语对此深信不疑，忍不住感叹："还是周总有门路，还记得我那位朋友吗？在温泉酒店和宠物医院见过面的姑娘，她家就是做珠宝生意的，下次正式介绍你们认识，你还可以给她内推一下渠道。"

周容晔点点头。

其他没什么问题，只是让他内推批发价八千块的纯天然帝王绿翡翠，实属有些为难了。

"这回你可以放心收下了吗？"

温静语权衡了一下，这价格和她送的那支钢笔差不多，如果再次拒绝，周容晔很可能会怀疑她在嫌弃这个礼物。

总之不能驳了人家的面子。

"那我就不跟你客气了。"温静语将木盒盖好，"以后真的不要再破费了。"

周容晔嘴边漾起一抹笑，只因她说的话里有"以后"。

晚餐的主菜是法国蓝龙虾，摆盘精巧，造型别致，温静语忍不住拿出手机拍了几张照片。等她拍完后，周容晔也切入了今晚的主题。

这一餐，其实是他返港前的告别。

"等这个春节过完，我就要回香港了。"

温静语以为他是出差，或者单纯地探望亲人。出于礼貌，她接上话："去多久？代我向茵茵问个好。"

周容晔隔了一会儿答道："未来大部分时间可能就待在那边了。"

这句话让温静语反应了几秒，然后才慢慢理解了其中的意思。
"这是要回香港工作了？"
"嗯。"
消息来得突兀，温静语忽然不知道该说些什么。
原来天底下真有这么巧的事。
但是培声的录取结果要到年后才出炉，暂时不确定的事情，她不会贸然说出口。
"挺好的，香港毕竟是你的故乡，回去还能多陪陪家人。"
蓝色玻璃杯里的柠檬水即将见底，侍应生很有眼色地过来替两人加水。
周容晔颔首道了声谢，又突然问温静语："你觉得挺好吗？"
温静语下意识地"嗯？"了一声，不太明白他这话的含义，笑着反问："不好吗？"
难道他不想回香港？
周容晔端起杯子抿了一口水，答非所问："欢迎你来香港玩，让我和茵茵也能尽一尽地主之谊。"
温静语暗想，说不定她还真的要去，而且不是游客这么简单。
既然他说春节后就要走，那想必这顿晚饭就是临别前的最后一餐。
面对周容晔，温静语说不清心里那丝隐约的怅然若失是因为什么。她对人际关系向来看得很淡，生活本来就是在不断的别离中前进的，来来往往，去留自在。
能让她上心的，只有亲人和朋友。
或许她和他之间的关系早已上升到了朋友的高度。
朋友要离开，感到遗憾是正常的。
手边的高脚杯盛着晶莹酒液，温静语单手捧起，朝对面的男人微微示意。
"敬你一杯，咱们有缘香港见。"
周容晔的眸中盈满笑意，抬手与她碰杯。
"随时恭候。"
…………

到家后，温静语先去洗了个澡，躺在床上敷面膜的空当，她又被那个木盒子吸引了。
她随手将盒子搁在了梳妆台上。
在餐厅里不好意思端详太久，这会儿夜深人静，倒不如拿出来细细欣赏。
温静语只开了一盏台灯，她撷起镯子小心翼翼地凑近光源，再次被那通身的碧绿光华折服。
从前她不感兴趣，这是头一回体会到翡翠的魅力。
温静语拍了几张照片，顺手发给懂行的张允菲。等她洗完脸擦好护肤品再回来，手机里已经塞满了好友的新消息提示。
张允菲：？？？！

她很是激动：你上哪儿搞来的？

温静语：一个朋友送的。

文字交流似乎已经满足不了她，张允菲直接打了个电话过来。

"你把话说清楚，请问什么样的朋友会送你满色帝王绿？"

"帝王绿？"温静语将镯子凑到眼前，"不可能吧。"

听她语气确实是完全不知情，张允菲又仔细翻看起照片。虽然光线不怎么样，拍得有些灰，但她的眼睛还没瞎。

"这不是帝王绿是什么？"

"说是在缅甸淘的，才八千。"

张允菲此刻的心情如同跌宕起伏的过山车，被高高抛起又重重甩下，脑袋都在发晕。

"完了，这个人绝对被骗了。"

"被骗了？"

"缅料，满色帝王绿，这个玻璃种，八千？"

张允菲甚至发出了嘲讽的笑声，她继续给好友科普："如果这只镯子是纯天然的 A 货翡翠，那么八千后面起码还得加个万，拍卖级别的。你朋友绝对被骗了啊，就算是染色注胶的 B 货、C 货也不值八千啊。"

温静语蹙眉："那这是假翡翠？"

"如果你不说价格，光看图片我还得犹豫一下，你那朋友也不懂行吧？"

温静语觉得周容晔根本没必要拿一只假镯子骗她，如果张允菲所说属实，那周容晔肯定也是被人忽悠了。

她唏嘘，到底是什么人这么大胆敢忽悠到他的头上。

"温温，假镯子可不兴戴啊，对身体不好。"

"好。"

温静语又拿起来细细打量了一番。这件事不太好告诉周容晔，毕竟是人家的一片心意，他肯定也是被蒙在鼓里的。

但不得不说，就算是假的，这只镯子也美得无与伦比，当一件观赏品也挺好。

她将镯子重新放回木盒，顺手塞进梳妆台的抽屉里，没细听电话那头张允菲自言自语的嘀咕。

"还真是不能小瞧现在的技术，以假乱真到这种地步了啊……"

…………

春节后的第一个周五是大年初六，也是周容晔回香港的日子。

航班订在下午三点半，蒋培南抓着这点零碎时间跟周容晔约了个午饭，算是饯行。

用餐地点在鄞园，周容晔向来不挑食，蒋培南便自作主张选了一家极难预订的私厨川菜。

看排菜单时，他给每道菜都备注了微辣。可即使是微辣，那红艳油亮的卖相依然彰显着川菜的威力，蒋培南吃到嘴唇微肿，额头也冒出了细汗。

而身旁的周容晔却面不改色，他笑蒋培南："就这点功力还要吃川菜。"

"我有时真是怀疑你港人的身份。"蒋培南朝他竖大拇指，"干吃辣椒，真有你的。"

周容晔往他杯子里添了茶水，提议道："小辣都不适合你，下次该点BB辣。"

蒋培南哼笑，为了反击他的嘲讽，故意勾出另一个话题。

"你这一走，'凡心'怎么办？"

周容晔不语，而是将视线转向窗外。餐厅的庭院里也种了几棵桂花树，只是没有温静语家那棵高大茂盛。

"这么靓的女仔，不怕人家转头就交男朋友？"蒋培南继续刺激他，"阿晔，两地往返这么方便，异地恋不是问题。"

周容晔突然偏头问他："你怎知人家就一定愿意同我拍拖？"

蒋培南一时语塞。这个假设在他这里根本就不成立，毕竟拒绝周容晔这样的男人，听上去就很不可思议。

"只要你肯，再稍微低个头，还愁追不到女人？虽然据我多年的观察分析，你修的很有可能是无情道。"

周容晔抿了一口茶，好半晌才不慌不忙地出声："要是她心里有别人呢？"

"不应该啊……我私下替你打听过，冯越说她是单身啊。"蒋培南震惊，"那人是谁？"

"是谁不重要。"

因为那人也快没有机会了。

"阿晔，有些事就该速战速决，做人别太情圣。"蒋培南劝他，"你知道你这种形象在电视剧里是什么定位吗？"

"什么？"

"深情隐忍的炮灰男二。"

…………

同一时间，远在市郊的温静语突然打了个大喷嚏，她顺手摸了摸右耳，好像还有点发热。

也不知道是谁在念叨她。

"感冒了？"崔瑾给她递了一张纸巾。

温静语接过来擤了擤鼻子，答道："应该不是。"

她和父母一大早自驾来了观松山，中午就留在山上的寺庙里吃斋饭，下午还得跟着二老去焚香拜佛，行程安排得满满当当。

山上温度低，寒意重。崔瑾担心女儿真的会感冒，立刻摘了自己的围巾给温静语裹上，还顺带提醒她："赶紧把羽绒服的拉链拉上。"

快三十岁的人了，在母亲眼里她依然是个不懂保暖的小孩子。温静语弯唇笑了笑，依言照做。

085

寺里的斋饭味道极好，食材新鲜，造型简朴，却比外头任何一家以素食为噱头的餐厅都来得美味。

温裕阳将最后一勺鲜菇豆花汤倒进温静语的碗里，提醒她："喝汤暖身。"

"可是我好像有点撑。"

"佛观一粒米，大如须弥山，别浪费粮食。"

温静语只好点头，但是她喝得很慢。

反正此行目的就是全家人出来散心，一顿饭磨磨蹭蹭吃了一个多小时，谁都没催促彼此。

温静语搁在桌上的手机振动，是粤语小课堂微信群里的消息。她和周皓茵有一搭没一搭地聊了一整个上午，这会儿周皓茵正在询问周容晔的登机时间，对方却迟迟没有答复。

他今天就要回香港了。

温静语有些心不在焉，将手机不停地开锁、解锁，这一切举动都落在崔瑾眼里。

"一直盯着手机，对什么事这么上心啊？"

"啊？"温静语心口一跳，默默低头，"没什么。"

崔瑾没再追问，起身去付饭钱，反倒是一旁的温裕阳朝她挤眉弄眼："男朋友？"

温静语哭笑不得："您别乱说啊，不是。"

三人饭毕，绕到后山的小径上遛了一圈，权当消食。路过香堂时，崔瑾大方地投了香火钱，捧回一大包线香，一行又回到寺里，准备礼佛。

作为方圆百里之内最有名的寺院，闲云寺每天往来的香客络绎不绝，香火旺盛，在春节期间造访的信众更是不计其数。

温静语跟在父母后头，依照顺序在每一座佛殿内上香许愿，奈何中午喝了太多水，走到弥勒佛殿的时候，她终于憋不住了。

"爸、妈，我去上个洗手间。"她站在两人身后悄声说。

崔瑾双手合十，闭眼答道："待会儿我和你爸先往前走，你回来后自己把没拜过的菩萨挨个儿拜一遍，香我们替你点了。"

"好。"

洗手间的位置比较偏僻，出了正殿大门还要穿过一片茂密竹林，去的路上还有几个人，等温静语解决完出来的时候，鹅卵石小路上一个人影都瞧不见了。

不知是不是心理作用，她感觉竹林里的温度更低，于是加快了脚步，想立刻回到温暖的佛殿内。

正走着，温静语隐约听见了一阵窸窣响动，是从竹林深处传来的。

她还没来得及仔细分辨，那动静很快就变成了男女的嬉闹声，紧接着是令人面红耳赤的喘息，并且越来越清晰。佛祖脚下居然有人行事如此大胆，温静语耳根发烫，也无心窥探，只想抓紧时间离开。

她刚准备撒开腿跑，结果一不小心绊到了路边碎石，整个人重心不稳差点摔出去。"

溢出口的惊呼已无法收回，也不管那对鸳鸯有没有发现她，温静语立马低头冲出了竹林。直到正殿大门出现在眼前，她狂跳的心脏才渐渐平复下来。

拜他们所赐，温静语接下来的状态一直在心不在焉和胡思乱想之间徘徊，她闷着头一个殿接着一个殿地走，连自己拜的是送子观音都没发现。

她跪在蒲团上叩了三下，抬头才惊觉神位牌上的字。

她心虚地起身，赶紧让位给下一个香客，转头却看见一个最不想看见的人。

有些巧合总是过分荒谬，梁肖寒和他那位貌美的未婚妻正站在殿外。不知是单纯路过还是准备进来，他们身后还跟着方励和一个脸生的黑衣人。

梁肖寒也发现了温静语，目光毫不遮掩地停留在她身上。

看着温静语从送子观音殿里出来，梁肖寒情绪更是复杂，有疑惑，有隐隐的怒意，还有欲言又止。

温静语压下心中微起的波澜，只掠了一眼就偏开脸，迈着坚实的步子从他们身旁擦肩而过，没打一声招呼，全程冷淡得像个陌生人。

钟毓挽着梁肖寒的手臂，立刻察觉到那衣料下的肌肉紧绷，抬眸便发现他的视线正紧紧跟随着一道绰约背影。

她一下就来了兴趣。

"瞧你这失魂落魄的样子，如果我没猜错的话，刚刚走出去的那位就是温公主吧？"

"跟你有什么关系？"

钟毓对梁肖寒的态度完全不在意，她"啧"了一声，若有所思道："你这位公主的嘴巴严不严实？"

梁肖寒终于转头看她，沉冷目光里带着质问。

"刚刚在竹林里的事，好像被她撞见了。"

梁肖寒冷笑："钟大小姐确实'不同凡响'，也不看看这是什么地方。"

他用余光扫过那位寸步不离的保镖，轻讽道："让你那位情郎小心点，被逮住可没好果子吃。"

钟毓却是一副无所谓的模样："灯下黑嘛，不然你也试试？现在冲上去追还来得及。"

梁肖寒懒得跟她掰扯，撇开她的手就要往反方向走，只是没走出去几步又折了回来。

"她这个人对别人的闲事向来不感兴趣，我劝你也不要去招惹。"

钟毓愣了一下，突然大笑，又怕那位盯梢的听见，凑近了轻声说："我真是替美女不值，梁总自我感动的模样确实有意思。"

梁肖寒眼尾一抽，怒瞪她一眼，钟毓反倒笑得更夸张。

而此刻温静语正在寻找父母的身影。

离开送子观音殿后，她也没什么心思礼佛了。可寺庙太大，穿了好几条长廊都没找到崔瑾和温裕阳，她正想打个电话问问，手机却自己响了。

来电显示有些令人意外，居然是周容晔。

"喂，周先生。"

"温老师。"

走廊上来来往往的人多，温静语握着手机退到了角落。

"你去机场了吗？"她还没来得及查看群里消息。

"嗯，马上就要登机了。"

温静语缓声道："一路顺利，平安落地。"

"谢谢。"

温静语以为周容晔要挂电话，结果他冷不防地问："你是不是掉了一个耳坠？"

"耳坠？"

她蹙眉想了一会儿之后突然醒悟，马上接话："对对，是掉了一个。我们吃粤菜那次我戴过，上面嵌了一颗蛋白石，你捡到了吗？我连耳坠掉在哪里都不知道。"

电话那头的周容晔此刻正坐在贵宾候机室里，他手心躺着一枚银镀金的蛋白石长耳坠，细想这东西应该就是温静语的，因为没有别的女人上过他的车。

"我下午在车里捡到的，卡在座椅底下。"

温静语感到庆幸，她还是很喜欢这副孤品耳坠的。

"幸好你捡到了，我以为掉在哪个路边了，那真是有去无回。"

周容晔问她："我要怎么还给你？"

这确实把温静语给难住了，她在山上，他在机场，根本没办法面交。

她斟酌道："要不你回香港后寄给我？"

电话那头没有立刻回应，温静语又说："运费我出。"

她听见了周容晔的轻笑声，有些不明所以。

"那……下次你来路海了再给我？"

"我倒有个办法。"

"什么办法？"

"温老师，"周容晔的语气带着一点懒散，"有空来香港自取吧。"

温静语愣了愣，也笑出声。

原来周容晔还会开这种玩笑。

见她不答，他又正经地追问："你觉得怎么样？"

贴在耳边的手机振动了下，温静语放下查看，是她的电子邮箱来了新消息。

她突然开始紧张。

"你稍微等一下。"

温静语说完这句话后，闭眼祈祷了一下，比刚才的礼佛要虔诚得多。

邮箱打开，是香港培声乐团传来的最新邮件。她深吸一口气，缓缓点开，直接跳到最后一行字开始浏览。

"正式聘用"几个大字赫然在上。

这种感觉就像冲破厚重云层的艳阳,霞光万丈,熠熠生辉,让她的世界一下就充满了光明和希望。

温静语根本控制不住嘴边越来越浓的笑意,她重新将手机贴回耳边,"喂"了一声。

"怎么了?"周容晔问。

"我决定了。"

"什么?"

"我亲自来取。"

…………

面试通过的消息第一时间传到了张允菲的耳里。比起温静语,她的反应更是有过之而无不及,人还没入职,她就已经开始计划要去香港看好友的演奏会。

高兴之余,温静语想起了山田知子,那个无私帮助她的日本姑娘,此刻肯定也在等待她的消息。

温静语截了一张图发过去,知子果然很兴奋,连声道恭喜。她还分享了很多照片,有练习室,有音乐厅,还有声部成员们的聚餐合影,以便温静语提前熟悉未来的工作环境。

新生活即将开始,一切都是未知数,却令人充满了期待。

培声的合同将从今年九月份开始生效,温静语要加入的第一个音乐季就在九月启动,也就是说她留在路海的日子满打满算还剩半年。

虽说时间充裕,但要做的事情很多,除了准备资料申请工签,温静语还要对现有工作进行收尾和交接。她并没有马上辞掉音乐机构的工作,而是和负责人做了提前沟通,让机构可以在过渡期寻找新的任教老师。

听说温静语要走,机构的同事们十分不舍,尤其是平时和她关系比较好的前台姑娘,对方哭丧着脸,惋惜自己即将失去一个优秀的午饭搭子。

就连一些家长也闻讯赶来了机构,直言温老师这一走,他们孩子的学业也没了保障。

负责人很无奈,温静语确实是机构的一块金字招牌,但人家有更好的发展和去处,他也没办法强留,只能劝她尽量推迟辞职时间,给学生们一个缓冲过程。

温静语是个责任心很强的人,也向来赞同体面分别,她答应负责人留到今年七月份。

寒来暑往,流水无情,又是一个燥热盛夏。

这半年来温静语的日子过得很平淡,交际圈还是那么大,除了和张允菲约见面约吃饭,她也没有其他娱乐活动。

粤语小课堂的微信群已经很久没有动静了,周皓茵说自己正在准备出国事宜,她将在下半年和父母移居美国,大事小事压了一堆,所以就不怎么上微信。

周容晔就更不用想了,他的时间本就金贵,社交动态万年不更新,根本没办法了解他的生活。

温静语从不主动打扰他,反倒是他会偶尔给她的朋友圈点个赞,问一问她的近况,但也就是些朋友间最普通的寒暄。

关于即将去香港的事情,温静语并没有告诉他。

她的社交状态比较独特,见得到面时或许能侃侃而谈,但隔着一两千公里和电子屏幕,那条社交天线好像就偃旗息鼓了。

以前是因为有周皓茵在中间做媒介,让温静语察觉不到她和周容晔的距离,但现在她很明显地意识到,两人的生活其实很难产生交集。

所以人生这趟旅途中,绝大部分都是匆匆过客。

她的日子虽平静,但总有人过得精彩轰动。

梁肖寒和钟毓的婚礼提上了日程。

两家的联姻早就博了许多眼球,这场婚礼更是吸引了众多媒体的关注,其中也不排除主动炒作的嫌疑。

张允菲是最先收到请柬的,温静语本以为自己不可能在受邀之列,最后却发现梁肖寒用了个迂回的办法。他给她的父母寄了一张请柬,上面清楚写着"邀请温裕阳先生一家三口"。

张允菲对此嗤之以鼻,温静语反倒心如止水,因为她看见了婚礼日期。

可能是命运的眷顾和帮助,八月十五日,那正是她动身去香港的日子。

为了表达自己的愤慨之情以及对友谊的忠贞,张允菲随即声明自己不会去参加。

温静语宽慰道:"一码归一码,我和他的事情牵扯不到你。"

成人世界的规则要懂得变通,不像上学那会儿,好朋友跟谁绝交就一定要跟着照做,况且张家也是从商的,生意场上多条人脉永远没有坏处。

至于温家父母,温静语表示自己无法出席,他们去了也不方便,到时候随个份子就行。

于是在八月十五日这天,张允菲的手里还多了两个大红包,一个是温家父母的,另一个是温静语的,都让她代为转交。

飞香港的航班在下午,张允菲和温家父母一起送温静语去了机场。

他们到的时间早,还能在出发层磨蹭一会儿,趁着崔老师和温院长去卫生间的工夫,张允菲将温静语扯到一旁,愤愤道:"你是什么品种的冤大头啊?还给他们送红包?"

温静语淡声回答:"我爸妈还不知道我和梁肖寒的事情,我要是不随个礼,他们该怎么想?"

张允菲听完这话,觉得好像有点道理。

告别来得很快,入安检之前,崔瑾和温裕阳拉着温静语叮嘱了很多话,但一想到去香港也就是两三个小时的航程,伤感瞬间就没有那么强烈了。

临别前,张允菲拉着大家来了张合影,顺手发了条朋友圈。她的心向来大,这会儿还没发现什么异常。

直至她赶往结婚会场的时候，才隐约察觉到事态不对。

下午五点整，那时温静语正在候机大厅里徘徊，距离登机时间还剩半个小时，她去星巴克点了杯咖啡，打算坐下来慢慢等。

第一口咖啡还没送进嘴里，张允菲的电话就呼了进来。

"完了完了。"听她的语气似乎发生了什么大事。

"怎么了？"

"我发了条给你送机的朋友圈，忘记屏蔽梁肖寒了！"

"所以呢？"温静语不解。

张允菲压低了声音："仪式六点半开始，现在整个会场的人都在找他啊。婚礼要开始了，新郎却突然消失了，你说他是不是去追你了？"

"怎么可能啊？"温静语想想都觉得荒谬，"不可能的。"

"我也希望是我多想！不然真的要出大事……"

挂完电话后，温静语莫名开始不安。

梁肖寒虽然在很多事情上没有正形，但婚礼这种大事他应该不会开玩笑。

可张允菲这么一说，她的心里又没了底。

正当她犹豫着要不要直接关机的时候，搁在桌上的手机突然开始疯狂振动，温静语吓了一大跳，差点打翻手边的咖啡。

虽然删了梁肖寒所有联系方式，但那串号码她还是能一眼认出的。

她立刻掐掉，下一秒那个号码又在屏幕上闪了起来。

紧接着梁肖寒的短信也进来了：再不接，我就报警。

这个人疯了。

温静语知道他说得出就做得出，不再犹豫，按下了通话键。

"你在机场？"

不等她回答，梁肖寒继续追问："你要去哪儿？"

听得出他情绪激动，温静语只能尽量让自己好声好气："你好像不应该在这个时候关心这些。"

"温静语，你可真行。"梁肖寒怒极反笑，"我知道你不想见我，但已经到这个程度了吗，直接离开？这是要去哪儿，柏林？"

"不是因为你，别想太多。"

"我就一句话，"他重重吸了一口气，"你不能走。"

不排除梁肖寒有飙车的可能性，因为油门加速的声音在听筒里特别清晰。

温静语听得心惊肉跳，又觉得荒唐。

"梁肖寒，我离开路海，要去哪儿，跟你半毛钱关系都没有。至于咱们之间，如果你还念着以前的情分，那就好聚好散，我做我该做的事，你过你该过的日子，给彼此留点回旋的余地，说不定日后碰见了还能客气地打声招呼，明白吗？"

电话那头沉默许久，温静语以为他想通了，谁知梁肖寒再次开口时，声音居然有些颤抖。

"温温。"

他还像从前那样喊她，不同于刚刚的震怒，姿态放得很低。

"我们不能就这样算了，你给我点时间，好吗？我一定会把这些事情处理好的，和钟毓结婚只是暂时的，相信我，行吗？"

温静语叹气："你好像还是不明白我们之间的问题出在哪里……"

"不，我明白，我马上就到机场了，你别走，我们见一面，好不好？"

梁肖寒的语气近乎哀求，傲慢如他，不曾对谁放下过身段。

可即便这样，温静语也没表现出一丝感动，反而越来越冷静，思路也越来越清晰。

"不用做这些无谓的事，我马上就要登机了。你赶紧回去吧，车子不要开太快，别拿自己的命不当回事，我也不想做这个罪人。"

她的心硬如磐石，梁肖寒根本无计可施。

绝望似潮水般排山倒海而来，淹没了梁肖寒的呼吸和心跳，他哽咽道："温温，我错了，你回来好不好？我们从头开始。"

就在此刻，广播里的登机提示也响了起来，梁肖寒清清楚楚地听到了"香港"二字。

"我登机了，挂了。"

梁肖寒心中大骇，车子已经下了机场高速，前方路口的信号灯变红，他反应过来狠狠踩下刹车，可半个车身还是冲出了停止线。

他难以置信："你要去的地方是香港？"

温静语见无法隐瞒，干脆直接承认："对。"

"为什么要去香港？"

梁肖寒已经失去了理智，大声吼道："因为周容晔？因为他，是不是？"

温静语苦恼地揉了揉额头。也不怪梁肖寒多想，她和周容晔的碰面已经被他撞见好几次，现在又要飞去香港，很难不让人误会。

"不关他的事，别张口就来。"

温静语也烦了，消耗着最后一丝耐心劝道："你真觉得我们的关系正常吗？我们没缘分，能在一起早就在一起了不是吗？错过了时机，那就各自朝前看。大家都是成年人，要为自己的选择负责任，不是所有事情都有回头机会的。你现在把钟毓一个人留在婚礼现场，这又算什么呢？做个男人吧。"

梁肖寒往方向盘上重重砸了一拳。信号灯已转绿，他却没有踩油门的心思，后方车辆开始不停地按喇叭催促，被他通通忽视。

男人眼眶泛红，灵魂已困入绝境。

"温静语，你敢走一个试试！"

登机队伍越来越短，温静语捏着手里的登机牌，毫不犹豫地抬步向前。

她和他之间的感情早已畸变溃烂，变成一个不连根拔起就永远无法痊愈的伤口，总要有人先喊结束。

温静语要当那个先喊结束的人，而她的心也从未像此刻这样坚定过。

"梁肖寒，少发点没用的疯。"

第四章

/ 有情食个苹果都能饱

　　香港国际机场。
　　下飞机的那一刻,海风便夹杂着独有的咸味迎面而来,将人从头裹到尾,宛如一条刚上岸的鱼。
　　光是气候差别就能让温静语立刻意识到,她已经不在路海了。
　　香港的夏天闷热潮湿,冷气打得跟不要钱似的,从摆渡车到进入机场大厅,温静语实实在在地体验了一把冰火两重天的感觉。
　　下榻酒店在港岛中环,是富有传奇色彩的文华东方。
　　酒店房间正对着皇后像广场,因为是周末,路边聚集了野餐消遣的菲佣,而且一坐就是一整天,场面热闹,从窗户往外望,左手边还能瞧见香港大会堂和一角的维港夜景。
　　温静语洗了个澡,坐在落地窗前不声不响地发了会儿呆。
　　不同于之前的游客心态,这回她是真的要在这里生活了。
　　香港一直是个包容的多元化城市,温静语不知道自己能不能适应,解脱释放的情绪中还带着一丝茫然。
　　来到新环境,最重要的就是朋友。
　　知子得知她已落地,立刻约好了明天吃饭的地方。
　　温静语在地图上查看了定位,退出的时候不小心划开微信界面。浏览一番之后,她最终打开了粤语小课堂的三人群。
　　消息记录还停留在半个月前。
　　群里聊天并不频繁,周皓茵已身在美国,如果她不出来说话,那温静语和周容晔也基本是潜水状态。
　　来到人家的城市,总归是要打声招呼的。
　　她在对话框里敲下几个字,正要发出去却突然犹豫,她也不知道自己在纠结什么,片刻后还是将内容删掉,点开周皓茵的头像,单独发了私信。
　　温静语:茵茵,你那边是早上吧?早上好。
　　她对着窗外拍了一张照,附言:我在香港。
　　远在地球另一端的周皓茵好不容易早起一回,刚睁开眼就被这个突如其来的消息给惊到了。
　　周皓茵:Miss 温,你来香港了?
　　温静语:对。

周皓茵：来旅游？

温静语：工作哦。

周皓茵更不淡定了，想问的问题一箩筐。当她得知温静语的工作内容之后，更是顾不上回复对方，二话不说先给周容晔拨了个电话。

估计是在公司加班，周容晔的私人号码没有反应，周皓茵又把对象换成了Michael。

夜晚九点的金钟道，高耸入云的办公楼群依旧灯火通明，致恒总部也不例外。Michael握着手机，敲了敲周容晔办公室的大门。里面的人没回应，他只好壮着胆子直接推门而入。

周容晔手里捏着平板电脑，整个人陷在柔软的真皮办公椅里。他背对着门口，听见动静后将椅背转了个方向，头也不抬地说道："Michael，我现在不饿，你不要再问。"

Michael捂着手机听筒，表情有些为难："周生，茵茵小姐的电话。"

周容晔这才将视线从平板上挪开，问他："什么事？"

"说是急事，要亲自同您讲。"Michael将手机递了过去。

刚把手机放到耳边，周皓茵亢奋的声音就瞬间贯穿听筒，她语速又快又急，周容晔根本听不清楚，不由得蹙起眉。

"茵茵，你慢点说。"

"小叔，你讲真话，Miss温是不是你安排来香港的？"

"温老师？"周容晔怔了下，抬手揉了揉发酸的太阳穴，"她来香港了？"

"不是你吗？那她为什么会进培声工作？"

一两句话解释不清，周皓茵直接截图了聊天记录。

周容晔的手机调成了静音模式，被压在一堆文件下面，他伸手捞出，大致看了几眼。

温静语不但来了，还要留港工作，进的居然是培声管弦乐团。

刚才的通话没切断，周皓茵火急火燎地催问："小叔，你真不知道Miss温来了？"

"我不知道。"

"我还以为你们总算有了进展，没想到人家真是单纯来工作的。"周皓茵好像叹了一口气，声音也弱了下去，带点恨铁不成钢的情绪，"算了，现在也算是近水楼台先得月，怎么做不用我教你吧？小叔，你能不能争点气啊，我的CP不能悲……"

站在一旁默不作声的Michael正偷偷打量着自家老板的表情。

Michael不知道周皓茵在电话里说了些什么，周容晔的脸色青一阵白一阵，表面看起来没多大反应，但手里揉纸团的动作却出卖了他。

"我知道了，先挂了。"周容晔把手机还给Michael，等人出去后，他在椅子上沉默了许久。

文件上的内容是一点都看不进去了。

她来了香港,却没告诉他。

周容晔抚了抚眉心,视线飘向笔筒,定格在唯一一支冰蓝色的钢笔上。他伸手将笔抽出,冰凉笔身接触到皮肤之后,温度也逐渐与掌心融合。

他拨通了内线电话。

"让Fiona过来一下。"

片刻后,办公室大门再次被推开,陈诗影走了进来。

周容晔提笔在纸上写了几道,然后递给她。

"明天你去找这位温小姐,她就住在MO,我的司机和车子都留给你用,这几天辛苦你帮衬一下,她刚来香港,应该有很多需要帮忙的地方。"

陈诗影接过来看了一眼,纸上是一串电话号码。

"请问这位是公司的客户,还是?"她需要知道对方的身份才能做出具体安排。

周容晔顿了一下,答道:"我的朋友。"

陈诗影点点头,将纸张收好。

"对了。"周容晔又提醒,"如果她问起来,你就说是周皓茵安排的,别提我。"

陈诗影虽有不解,但也不敢多问,她心下已有几分了然。

周容晔以往也让她安排过客户或朋友的行程,可女性朋友还是史无前例的第一次,重视程度也完全不一样。

她离开办公室前,周容晔还多交代了一句。

"下个礼拜去路海的行程先取消。"

"好。"

陈诗影走后,周容晔给蒋培南发了一条私信,那人的反应和料想中的一样激动。

蒋培南:什么意思?

蒋培南:熬了这么久,说不来就不来了?晔仔,看来你的思念还不够深啊。

周容晔:不用来了。

周容晔:她在香港。

…………

初来乍到,温静语在入职前要解决的事情有很多,最重要的就是租房搬家。

来港前她已经在中介平台上筛选了好多房源,考虑到通勤时间,选择的区域集中在中心地带。

作为全球房价最高的城市之一,香港的租金自然不会便宜,就算是偏远的一室独居也要近万元。温静语研究了许久,先选定了两个楼盘,一个在九龙大角咀,一个在港岛湾仔。

第二天起床后,她打算先去入境事务处办手续。换好衣服刚准备出门,她的手机就呼进了一个香港号码。

温静语接起,对方说的是普通话:"您好,请问是温小姐吗?"

"你好，我是。"

"不好意思，希望这个时间没有打扰到您，我是Fiona，是周皓茵小姐让我联系您的。"

"茵茵？"

"对，她说您刚来香港，让我来帮忙，有任何事您都可以交给我去办。"

对于这样细致的安排，温静语有些错愕。

"谢谢你，不用麻烦了，我自己应该可以。"

"不用客气的，温小姐，都是举手之劳。我已经在酒店楼下了，您慢慢来。"

温静语下楼后，果然在大堂看见了一道纤瘦身影。女人穿着深色的职业裙装，头发一丝不苟地盘在脑后，就连脸上的妆容也是无懈可击。

对方好像也认出了她，迎面朝她走来。

"您好，是温小姐吗？"

"是我。"

陈诗影望着眼前这位高挑美女，暗叹能让老板上心的果然不是一般人。

"请跟我来。"

酒店门口停着一辆港牌的劳斯莱斯幻影，迎宾人员替她们打开车门，两人坐进了后排。

陈诗影询问先去哪里，温静语报了个入境事务处的地址。

"还没自我介绍，我叫陈诗影，也可以叫我Fiona。"

陈诗影在心里斟酌，如果说自己是周皓茵的秘书，听起来好像太不真实，于是她想出了另一重身份。

"我是周皓茵小姐的生活助理。"

"你好，我是温静语，之前是茵茵的中提琴老师。"温静语和她握了握手，"太麻烦你们了，其实我自己去就行。"

"不麻烦。"陈诗影笑，"听茵茵小姐说您要租房？那还是有人陪同比较好，有些中介不太靠谱，我可以帮您把关。"

这一点确实有道理，温静语不太懂香港租房的规则，有个本地人随行能放心很多。

入境事务处在湾仔，事情办妥后，温静语直接联系了中介。她要看的其中一个楼盘就在湾仔，大家约在利东街见面，巧的是从事务大楼步行过去也就六七分钟的时间。

中介来得很快，是一位微胖的中年女性。

楼盘是建在利东步行街两旁的住宅公寓，分为好几座，外头闷热，中介带着两人先刷卡走进其中一座，在电梯里递出自己的名片。

"您好啊，温小姐，我是钟原地产的Mabel，之前在Whatsapp上联系过的。"她又递出几张印着房屋信息的纸，内容详尽，"这是今天要带您看的几个单位，可以先过目一下。"

温静语要看的户型其实大同小异，都是一室一厅一卫，香港住房面积以呎为单位，这些户型换算下来也就四十到五十平方米的大小，基本空屋出租，月租金却将近三万。

看了五六户之后，温静语开门见山道："Mabel，房子我都挺满意的，就是租金有点高。"

Mabel知道她身旁的陈诗影是本地人，也直言不讳："温小姐，这个地段您也看到了，呎价都要两万五哦，房屋状态又好，楼下就是喜帖街，不管是吃饭还是购物都便利，这个价钱很抵住了。"

"喜帖街？"

"利东街就是原来的喜帖街，拆除改造过了。"陈诗影解释。

温静语有些惊喜，谢安琪的《喜帖街》可谓是她的港乐启蒙曲之一，没想到现在就来到了实地。

"难怪楼下挂了那么多红灯笼。"

"是呀，这个楼盘就叫喜汇，住在这里也很喜庆的啦。"

见温静语心动，陈诗影提议道："Mabel，刚刚选中的那几个单位麻烦你同业主再谈一谈价钱，看看能减多少。我和温小姐再去考察下其他楼盘。"

Mabel称自己会尽力去谈。

从利东街离开后，一行人又去了大角咀。这边的租金稍低，但一房的户型更加狭小，对比起来，温静语还是更喜欢刚才的喜汇。

人果然不能心动得太早。

连着几个小时的看房十分耗费体力，晚上还跟知子约了饭局，温静语打算提前结束。

"Fiona，非常感谢你今天的帮助，改天我请你吃饭。"

"千万别客气，这都是我工作的一部分。回去后，我再帮您整理几个楼盘信息，到时候综合参考一下。"

回程的路上，陈诗影在车里发信息跟周容晔汇报今天的行程。

周容晔：她中意哪个楼盘？

陈诗影：温小姐好像最钟意湾仔的喜汇，但是对租金不太满意，已经让中介同业主去谈了。

天幕变暗，夜晚渐渐降临，中环的写字楼群披上了流光溢彩的外衣，繁华迷人眼的维港夜景再次登场。

陈诗影的手机有了新提示，她盯着老板发来的最新消息，有些瞠目结舌。

周容晔：那就查一下有没有在售单位，只要能立刻入手，加价都行。

…………

温静语赶到金钟太古广场的时候，知子已经在餐厅等候了。

许久未见，知子上来就是一个热情拥抱，温静语笑着回抱她。

入座后，侍应生拿来了菜单。这是一家泰国料理，蟹肉奄列和牛肉船面是经典,黄咖喱软壳蟹也是好评如潮,点完菜两人聊起了天。

这半年来,温静语的生活平淡到可以算得上乏味,相比之下,知子的乐团经历简直就是跌宕起伏。

而这一切都来源于团内八卦。俗话说得好,有人的地方就有江湖,这个道理放在哪里都行得通。作为乐团准同事,有些话题,知子就没打算避着温静语。

她为温静语梳理了一下团员之间的人际关系,细致到谁和谁有恩怨、谁和谁劈腿了都说得一清二楚,让温静语避免日后踩雷。

晚饭进行到一半,知子说得口干舌燥。温静语给她倒了一杯水,让她先歇口气,知子却向她问起了张允菲的近况。

张允菲就是她们的介绍人,谈起共同好友,两人之间的话题就更多了。

人总是不经念叨的,温静语落地香港,除了报平安就没和张允菲联系过,这会儿她和知子正聊着,张允菲的微信消息就跟阵雨似的铺天盖地地砸来了。

温静语抽空看了几眼,对方讲的全是昨天那场惊天动地的婚礼。

张允菲之所以没第一时间通传,是因为她被同桌的客人灌了个烂醉,到现在才勉强缓过来。

因为梁肖寒的突然消失,婚礼仪式直接宣布推迟,晚宴提前进行。

新郎不安分就算了,没想到新娘也是个不省心的。

梁肖寒没回来,钟毓只好独自在宴会厅内周旋。对于梁肖寒的行为,女方亲友表示了强烈的不满和质疑,而男方只能一个劲儿地赔礼道歉。

为了稳住局面,钟毓早已心力交瘁,情绪上来的她直接在半途退了场。

钟、梁两家都是要面子的,婚礼仪式耗费了不少人力和物力,自然不能开天窗,梁家甚至发动了保安出去寻人。等梁肖寒回到主会场的时候,已经超出了原定计划一个半小时。

再次登场的钟毓直接脱掉了婚纱,换上了一身最普通的T恤、短裤,就连伴娘的打扮都比她隆重许多,她明显在用这种方式无声抗议。

张允菲:好家伙,我就没参加过这么戏剧化的婚礼,都这样了还能交换戒指啊?真不是我嘴巴毒啊,说实话,这两人气场还挺搭的,一个赛一个的脸臭,控场的主持人都快哭了。

听好友复述这件事的时候,温静语完全是抱着看客的心态,就像谈论天气的好坏或者无关人员的八卦一样。

平静无波的内心在告诉她,她确实已经放下了。

翻篇的人和事,又有什么好在意的呢。

温静语收起手机,抬头继续和知子聊着未结束的话题,表情愉悦,语气轻松。

这顿晚餐吃得十分尽兴,从太古广场出来之后,知子提议在附近散步消食,温静语欣然应允。

穿过金钟廊再走到遮打花园,沿途都是摩天楼群。不计其数的跨国企业在这里驻扎,日夜不停,昼夜不息,掌握着每分每秒的经济动脉。

温静语仰头,此时此刻,她面前这幢大楼就给了她一种极其强烈的压迫感,玻璃幕墙的建筑体方正规整，直插云霄，宛如一个巨型的宝石盒子，极高的内透率让这个盒子看起来更加璀璨夺目。

大楼标志在顶端闪着光，蓝白相间的旗帜很是显眼，无论是谁站在这底下，都能深刻体会到渺小二字。

"这就是致恒集团的总部大楼，"知子为她做着介绍，"也是我们培声乐团迄今为止最大的赞助商，很气派吧。"

温静语点点头，抬手揉了揉后颈："确实，望得我脖子发酸。"

知子闻言大笑。

从这儿走到文华酒店就是两三分钟的事情，两人又逛到皇后像广场坐了一会儿，知子就与温静语原地告别了。

回到房间，温静语才有空翻阅 Mabel 给她留的信息。喜汇的业主中已经有几位松了口，只是让步的价格在一千上下浮动，距离她的心理价位还相差甚远。

Mabel 又给她介绍了几个楼盘，相约明天一早继续参观。

和头天一样，陈诗影和司机依然主动在楼下等待。盛情难却，温静语都不好意思拒绝，但有车确实省去了地铁换线的麻烦，还能多跑几个区域。

有了对比参照之后，选择困难症就更加严重了，要么是房子太旧，要么就是位置太偏，一天下来也没什么有效收获。

就在温静语打算退而求其次的时候，Mabel 带来了一个好消息。

那会儿她正躺在床上敷面膜，Mabel 告诉她喜汇有一个新的单位释出，业主急着放租，有很大的商量余地，第二天就能见面。

怕是空欢喜一场，去之前温静语并没有抱太大期望。

"这个单位在五座，是个高层房型。"

Mabel 领着温静语走，却不是往利东街的方向。

"五座不在这边吗？"

"这就是我要跟您说的唯一区别，五座是独立出来的，在旁边的太源街。"

太源街是一条保留着香港早年街市特色的步行街，以玩具出名，道路两旁除了食肆、商店，还有小摊商贩们的固定摊位，主要售卖一些工艺品和日用百货，热闹程度堪比赶集。

温静语原以为一整条街都是这样喧嚣拥挤，结果快走到底的时候，前方就立刻豁然开朗了起来，楼宇建筑看起来也更新更现代化。

"五座就在这里了。"Mabel 带着她站在一座高层住宅的楼下，又指了指尽头交错的大马路，"那条是皇后大道东，打车很方便的啦，地铁在我们来的那个方向，湾仔街市就在边上，下楼就能买到最新鲜的食材。"

温静语觉得这块地方不仅地理位置有趣，生活气息也是实打实的浓厚。

电梯停在了三十三楼顶层，一层分四户，Mabel 用钥匙打开了 D 室的门。

全屋干净通透，大扇落地窗，开放式的厨房，往里走就是客厅，还有独立的卧室和衣帽间，阳台外面没有建筑遮挡物，采光和通风都极好。

而且大件家具都齐全,有些封膜还没撕,看来是崭新的。

温静语不禁在心里打鼓,嘴上也直言:"Mabel,这间比我们之前看过的那几户都要好啊,价格不可能低吧。"

Mabel 神秘一笑:"好好彩(运气好)啊,温小姐,业主很好商量,他让你报一个心理价位。"

"我定价格?"温静语希望自己没有理解错。

"对啊,对啊。"

温静语在心里算了笔账,早些年父母给她在路海市中心置办了一套平层公寓,整租出去后一个月也能收万把块钱,可以当作这边的租房补贴,再加上她自己攒下来的积蓄和乐团工资,其实还是能负担得起的。

但是崔老师曾经说过,砍价一定要狠得下心,最好比自己的期望值更低,这样才不怕对方加码。

她试探着报了个离谱的价格:"两万?"

原租金两万九,她直接大胆地抹去零头。

Mabel 露出一丝讶异的表情,温静语猜想她职业生涯中应该没遇到过这样砍价的客人,正以为她会为难的时候,Mabel 却说自己先去打个电话问问。

过了几分钟再进来,Mabel 对她比了个"OK"的手势。

温静语觉得不可思议:"这就成了?业主没意见?"

她以为最乐观的情况也就是减个两三千。

"我说了业主很急嘛,今天就能签合同。"

合约签两年,最少住满十三个月,租金押二付一,中介费是月租的一半,还有交给政府的印花税,温静语咨询陈诗影之后确保了这些步骤都是正确的。

当她在合同上签下大名的时候,依然觉得不真实。

她的运气真有这么好吗?白捡一个大便宜。

Mabel 的动作很快,将钥匙交接完毕,她的工作就算是圆满完成了。临别前,温静语对她表示了真心感谢。

而此刻致恒总部的秘书室里,陈诗影也挂掉了电话,她离开工位,敲了敲周容晔办公室的大门。

"请进。"

Michael 正在汇报工作,周容晔抬手示意他暂停,对陈诗影出声道:"你先说。"

"都搞定了,合同也签完了。"

周容晔放下手中文件,问她:"没起疑心?"

陈诗影笑:"没有,这个中介的演技不错,很顺利。"

周容晔点点头:"别亏待人家。"

"您放心,佣金多给了两倍。"陈诗影又想起另一个问题,"过户手续在进行中了,原户主说最快月底就能办结,但温小姐那边希望给一个业主的联系方式,要留您的电话吗?"

"嗯，给她香港号码。"

"好。"

周容晔转头对 Michael 说道："明天让司机换辆车，温小姐应该要去采购家居用品了。"

"好的。"

等 Michael 从办公室出来，他特意绕了一趟秘书室，敲了敲陈诗影的办公桌，俯身小声询问："老板既然都把房子买下来了，为什么不干脆告诉温小姐，还要这么兜圈？"

陈诗影斜他一眼："傻佬，好在这件事没交代你去做，难怪你单身一万年。"

Michael 噎住。

翌日，温静语起了个大早，她跑到公寓里里外外做了次清洁，其实也没什么好收拾的，墙面和地板都干净得跟新的一样，但出于心理作用她还是亲自打扫了一遍。

与湾仔相隔了一个地铁站的铜锣湾就有宜家，陈诗影弄了一辆埃尔法商务车来，小件物品都可以当场买单拿走，大件或者缺货的就由宜家官方择日送货上门。

搬家的事情总算是办妥，温静语对于陈诗影连日来的帮助感激不尽，如果只靠她一个人的话，绝对不可能那么顺利。

温静语想兑现请客吃饭的承诺，却被陈诗影婉拒，对方再次强调这就是她的工作内容。温静语也没勉强，换了一种感谢方式，送了她一瓶潘海利根的香水。

至于周皓茵，温静语每天都在跟她交流搬家进度，同时大赞她这个生活助理的能力，然后这些话又被周皓茵原封不动地转述给了周容晔。

到了月底，陈诗影发现自己的账户上悄无声息地多了一大笔奖金。

时间转眼来到九月，温静语顺利办理了入职手续。由于对她的录用是免考察期的，这也就相当于她正式成为香港培声管弦乐团的一员。

虽说是香港的乐团，团内成员却来自世界各地，百分之八十以上不是本地人，像温静语这样来自内地的，除她之外就只有一位小提琴声部的女乐手。

在知子的引荐下，温静语和乐团成员的关系也在慢慢融合。因为早前有柏林乐团的经历，和这些外国友人打交道对她来说并不算难事。

新生活正在往好的方向发展，但有一件事情却始终悬在温静语的心上，特别是当她打开微信的时候，她的目光就会不自觉地停留在某个对话框上。

她和周容晔真的很久没联系了。

当初来港，温静语只知会了周皓茵。她想着周容晔迟早也会知道的，结果这人就跟销声匿迹了一般，一点动静都没有。

粤语小课堂的微信群早就沉了底，周皓茵与他们存在时差，平日跟温静语也是通过私信联系，这样一来就更加无法知晓周容晔的动向了。

连温静语自己都不明白，心里这股子困惑和混乱的感觉是从哪里来的。

可她做不到主动去联系周容晔，因为犹豫了一次，往后只会次次犹豫。

她仔细想过，或许是梁肖寒的话刺激到了她，他说她来港是为了周容晔，她就偏要证明自己跟周容晔的清白，虽然不知道这番避嫌的举动是要证明给谁看。

又或许是一朝被蛇咬，十年怕井绳，她很难再与异性建立起太亲密的友情关系。

反正周容晔也没来找她，说不定人家根本就不在意。

温静语的自我劝解向来奏效，而且乐团排练占满了她的时间，这种郁闷的感觉很快就被她选择性遗忘了。

搬进喜汇已一个多月，崔瑾三天两头就要弹一次视频，不为别的，她就是想看看温静语生活的新环境。

"你那些电器啊，里里外外都要仔细检查一遍，看看是不是有用，毕竟不是自己的房子，有些东西坏了就很麻烦，你又不会修。"

"您放心吧，我都住了一个多月了，没发现有什么问题。如果有损坏的，我直接找房东就行。"

"你那个房东人怎么样，是男的还是女的，好说话吗？"崔老师的新问题又来了。

温静语打开 Whatsapp 看了一眼。房东的联系方式是 Mabel 推给她的，852 开头的香港号码，连个头像和备注都没有，说话语气也根本看不出性别。

平时若没有特殊情况，双方根本就不会联系。

最近一次谈话就是温静语付房租的那天，她汇完款后提醒房东查收，对方只回了一句谢谢。

为了不让崔瑾担心，她编了个善意的谎言："房东人很好，是个很和善的阿姨，您放心吧。"

崔老师信了她的话，从这之后也彻底放宽心了。只是温静语怎么也没想到，她母亲居然有未卜先知的能力。

国庆节结束，香港的气温依然没有收敛趋势，这边的夏天都是超长待机，空气闷热不说湿度还大，只能靠空调和抽湿机续命。

这天温静语结束了排练，回家第一件事就是开空调，顺便把晾在阳台上的衣服收进来烘干，不然过了今晚绝对会有一股难闻的味道。

然而令她感到迷惑的是，空调虽然打开了，但室内温度一直没有变化，吹出来的风也不制冷。她反复开关试了好几次，弄到最后出风口居然滴起了水。

空调是壁挂式的，漏水的情况在几秒钟内迅速变得严重，一条水线直接顺着挡风板流了出来。温静语连忙拿起手机录下视频，然后立刻拔掉电源。

她找到房东的对话框，将视频发了过去。

温静语：业主您好，客厅的空调不制冷，还一直漏水。请问能派维修人员上门查看一下吗？麻烦您了。

对方很快就回复了：稍等，我找一下联系方式。

温静语发现房东居然贴心地用了简体字，说不定真和她想象中的一样，是位和善亲切的阿姨。

过了五分钟，房东发来新消息：现在方便来家里维修吗？

温静语：可以，谢谢。

消息的另一端，周容晔刚放下手机，忽然又想起一件重要事情，于是他叫住了准备离开办公室的 Michael。

"等一下，刚刚联系的那个空调维修工，是男的还是女的？"

"男的。"Michael 不知道老板为什么突然问这个问题，"怎么了？"

周容晔垂眸思索了片刻，下一秒直接从座椅上起身。

她一个独居女性，他实在不放心让一个陌生男人进入她的住所。

"我出去一趟。这些文件先别动，等我回来再处理。"

"那我让司机备车。"

"不用。"周容晔卷了卷衬衫袖口，"我自己去。"

从金钟道到太源街，开车也就是七八分钟的事情，当周容晔把车子停在喜汇五座楼下的时候，空调维修人员还没到。

他在车里坐了一会儿，脑海里过滤了无数遍两人再次见面时可能会出现的场景。

现在只要他上去，那房东这重身份便再也不可能隐瞒。

是惊喜还是惊吓，他居然拿捏不准。

前方的太源街集市喧闹依旧，喜汇五座对面多了一家小小的花店，是从隔壁春园街搬过来的，老店新开，热闹非凡。

周容晔盯着看了一会儿，然后将车子熄了火，下车走向花店。

三十三楼的公寓里，温静语正在整理冰箱。趁着维修人员还没上门，她打算先把晚饭要用到的食材准备好。

香港的物价不低，单从蔬菜就能看出来，超市里一根普通白萝卜都要三十多港币，贵得让温静语肉痛。

好在离家几步就有卖生鲜的街市，比起超市的价格要低很多，她不得不再次感叹这个房子真是租对了。

独居有一个特别明显的好处，那就是每一餐饭都可以按照自己的心意安排。不必考虑他人，多年的留学经验让温静语早已锻炼出了厨房技能，她尤其擅长各种汤面，讲究的就是简单快捷。

今晚她也打算烧碗面应付一下，洗菜的时候尤其专注，不舍得浪费每一片菜叶子。

洗到一半时，门铃乍响，温静语连忙停下手里的活，擦干手上水渍就去开了门。

"你……"

"好"字还没说出口，她抬眸望向来人，原地怔住。

隔了半年多没见的人，此刻居然就站在门外。

周容晔单手捧着一束鲜花，视线与温静语对上，深邃瞳仁含着明显的笑意。

他开口，声音低沉依旧："温老师，好久不见。"

温静语愕然,她还没捋清眼前的状况。

"等等……"

男人的出现让温静语始料未及,她抚着眉心笑了一下。

而周容晔就这么静静地看着她,颇有耐心地等待着她接下来的话。

"好久不见。"温静语终于说出了口。

"没忘了我?"周容晔玩笑道。

怎么会忘,她当然记得他。

两人相视一笑,时间和距离造成的生疏感竟随着周容晔这句调侃的话语消弭殆尽。

温静语问他:"你怎么知道我住在这里,茵茵告诉你的?"

周容晔将手中鲜花递给她,挑了下眼尾,模棱两可道:"我来看看空调哪里出了问题。"

话已至此,温静语觉得自己不需要再追问。很明显,他就是那位和善亲切的房东。

把人这么晾在门口不太合适,她捧着花,侧身让周容晔先进屋。

周容晔是第一次来这里,五百呎不到的地方,几眼就能望尽。房子被她收拾得很干净,物品摆放也是井然有序,空间利用率很高,丝毫不觉得逼仄。

温静语给他递了一双新拖鞋,转身才想起沙发上还放着一摞刚叠好的衣服,她又眼疾手快地拿回了房间,出来后给周容晔倒了一杯水。

有太多疑问,但她脑子转得快,先挑了一个关键的出来:"所以,Fiona应该不是茵茵的生活助理吧?"

周容晔坦白道:"她是我的秘书。"

果然,这世界上不会有那么多巧合,她恰好租到了自己喜欢的房子,房东还恰好就是周容晔。

"为什么要帮我?"温静语心直口快,"这个价格租给我,你会很吃亏的。"

周容晔望着她,眼底情绪似有沉浮,勾唇反问:"你觉得呢?"

温静语没往深处想,很快回答:"尽一尽地主之谊?"

周容晔悬在嘴边的笑有些意味深长,他不回答,温静语就当他是默认。

"什么时候开始漏水的?"周容晔站到了空调下面,这里刚好是客厅和卧室的交接玄关。

空调虽然关了,但偶尔还是有水珠从内部沁出来。为了不让地板沾水,温静语在正下方摆了一个塑料盆。

"下午回来开了一会儿就这样了。"温静语不忘提醒他,"别站那儿,小心滴下来的水弄脏你的衣服。"

"没关系。"周容晔看了眼时间,"维修师傅应该快到了,约的六点钟。"

"那你先坐一会儿,我给你泡茶。"温静语打开储物柜,那一罐罐茶叶全是她亲自带来香港的,"想喝什么?"

周容晔坐在沙发上,托着下巴,正儿八经道:"最贵的吧。"

温静语"扑哧"一笑,从其中挑出一袋牛皮纸包装的茶叶,也学着他的语气:"我这儿就没有便宜的茶。"

"对茶有研究?"

"略懂。"

周容晔突然想起上回的翡翠,她也是这么说的。

莫名想逗逗她,他故意道:"可是你这包茶看起来好像没什么特别的。"

温静语转身拿了一瓶矿泉水,倒进热水壶,按下烧水开关。

"这你就不懂了。"她晃了晃那个纸袋,"正宗的明前狮峰龙井,别看包装平平无奇,每年产量就那么一点,价比黄金,没有熟悉的茶商根本买不到,就这些还是我妈匀给我的。"

周容晔若有所思地点点头,这回听起来靠谱多了。

"你妈妈也喜欢喝茶?"

"对,我也是受她的影响,耳濡目染。"

水开了,温静语挑了一个宽口长饮玻璃杯,茶叶在热水的冲泡下慢慢舒展开来,颜色嫩绿,犹如刚采摘时那般新鲜,茶汤纯澈无杂质,龙井茶特有的清香扑鼻而来。

开封后的绿茶容易散味变质,温静语用夹子扣好。厨房的烤箱上面就是恒温酒柜,里面还空置着,温静语打算把茶叶存在那里。

奈何位置太高,她试了几次都摸不到把手,正打算去搬把椅子来,身后就压下一道阴影。

男人的气息铺天盖地而来,带着一丝若有似无的雪松清香。温静语觉得自己的五感被瞬间打通,变得敏锐警觉。

她不敢往后挪动半分,生怕撞上周容晔的胸膛。

一只手臂从她的身侧举高探出,衬衫袖口挽到小臂,露出的肌肉紧绷有力,青筋浮现。

周容晔替她打开了酒柜的门,然后伸出另一只手示意温静语把茶叶递给他。

"葡萄酒的保存温度通常在十几度,茶叶还要再低一点。"周容晔的声音从头顶传来,他顺手调整了酒柜的温度和湿度。

可能是两人挨得太近,温静语觉得周围的氧气有些稀薄,一口气很难顺到底。

直到门铃声拯救了她。

"应该是维修师傅来了,我去开门。"

走到门口,她整个人才放松下来。

维修人员带着梯子和工具进屋,拆开盖板捣鼓了一阵,不一会儿就找到了故障原因。

"里面的排水管塞了,通一通就好了,这空调是不是好久没清洗了?"

师傅讲的是粤语,语速又快,温静语没听懂,她下意识地望向周容晔。

"可能是吧。"周容晔应道。

"你是屋主吗?空调要经常清洗的哦。"

"这间屋我刚接手,那麻烦您把睡房的空调也清洗一下。"

温静语一脸迷惑,周容晔只给她翻译了一部分,让她去卧室把东西收拾一下,等等让师傅一块儿清洗。

冲排水管的时候需要有人在下面帮忙接脏水,温静语刚想上前,周容晔就拦住了她,拿走她手里的塑料盆。

"还是我来吧,"温静语盯着他身上干净平整的衬衫,"会把你衣服弄脏的。"

"没事。"周容晔坚持,"你去沙发那边待着,水会溅出来。"

水管里冲出了灰尘堆积物,卧室的情况要稍微好一点。这么一通清理过后,空调果然恢复了正常运作,只不过周容晔的衬衫也算是毁了,衣料上沾了星星点点的污渍,瞧着特别明显。

温静语拧了一条干净毛巾,让他试试能不能擦掉,结果周容晔根本不在意。

送走师傅后,温静语酝酿了一会儿,提议道:"那什么……要不你留下来吃晚饭吧?"

人家帮了忙,就这么让他走,她心里有些过意不去。

"临时也没准备什么,我打算烧个汤面,你爱吃面吗?"

周容晔抬腕看了看表盘,他能留在这里的时间已到极限,最近在准备股权变更的事情,周启文和他存在时差,视频会议只能在晚上进行。

"下次可以吗?今天确实来不及了。"

听完这话,温静语居然产生了一丝丝遗憾。

"行啊,那改天我请你吃饭吧,地方你选。"

周容晔垂眸思考了几秒,突然问:"可以是你做的吗?"

"嗯?"温静语有些意外。

"我不挑食,你做什么我就吃什么,面也可以。"

他一脸认真的表情,看起来不像是玩笑话。

温静语莞尔。

"可以。"

黑夜拉开序幕,中环的写字楼群依旧灯火璀璨。

致恒总部六十三楼,陈诗影已做好会前准备。当她得知老板回来的时候,随即拨通了内线电话,让楼层的专属餐厅立刻送餐。

距离线上会议开始只剩下不到二十分钟,留给周容晔的用餐时间不多了。

Michael要进办公室的时候,正好碰上送餐人员,他抬手帮忙挡住门板,让餐车先推进去,眼风往里一扫,瞥见了周容晔身上那件污渍斑斑的衬衫。

他心下诧异,嘴上也忍不住问了出来:"周生,您这是去做什么工了?"

周容晔解着袖口的扣子,淡声道:"修空调。"

Michael失语。

另一旁,正在布置晚餐的工作人员也听到了这话,手一抖差点将茶水满出杯口。他不知道老板还会说出什么语惊四座的内容,连忙加速完成手里的工作,然后马上退出了办公室。

一桌都是精致点心和清淡粥食,升糖快,能迅速补充能量。

见周容晔没什么反应,Michael 提醒道:"周生,吃点东西吧。"

"我先换件衫。"

周容晔说完就走进了内置的休息室,那里头放着他的备用衣物,再出来时,他已重新换了一身干净的。

Michael 看着他走向办公桌,捡起桌面上一颗红彤彤的苹果啃了起来。

那是周容晔离开前温静语洗好塞给他的,说在路上可以垫垫肚子。

Michael 对此并不知情,他只是奇怪,餐厅主厨都是经过精心筛选的,做菜水平不可能差,但周容晔好像并不感兴趣,那一颗苹果倒是被他吃出了珍馐美味的感觉。

"今晚的餐食不合您胃口吗?"

周容晔否认:"没有,挺好的。"

Michael 想说那您怎么一口不动,光啃苹果。

"杰仔。"周容晔突然喊了一声,这是他私底下对 Michael 的称呼,"有人担心你肚饿吗?"

Michael 顿住。

"这是温小姐给我的。"

Michael 失语。

周容晔那表情仿佛在说,这就是你我之间的差别。

Michael 觉得自己特别像站在路边、被人无缘无故踹了一脚的流浪狗。

好在这时陈诗影敲了敲门,探身道:"周生,刘律师已经到了。"

"马上来。"

"好。"

Michael 和陈诗影一起离开了办公室,身后大门一合上,他立刻吐槽:"老板已经彻底沦陷,有情食个苹果都能饱,我还是单身一万年吧。"

说完,他就愤愤地走了,留下陈诗影一头雾水。

距离致恒总部只有两公里不到的维港海滨长廊是个休闲运动的好去处,只要天气过得去,每晚都能聚集一大批夜跑的人,温静语就是其中一员。

这天她像往常一样,从金紫荆广场出发,朝着中环码头前进,快走配合着慢跑,很快就出了一身汗。

维港的晚风配合着两岸辉煌的夜景,让健身也成为一种享受。

码头游客如织,对岸就是尖沙咀,大多数人都是坐着轮渡往返港岛和九龙的。温静语慢下了脚步,靠在栏杆上稍作休息。

她现在这个位置,抬眼就能看到亮着粉色灯光的香港摩天轮,再往后还能看见致恒集团那幢耸入云霄的参天大楼。

不管是在内地还是香港,那个蓝白旗帜的出现频率都很高。

温静语对这个乐团的首席赞助商起了好奇心,她打开搜索引擎输入了致恒集团的名称。

作为本埠规模最大的地产发展集团之一,除了传统的房产及酒店,致恒的业务还触及能源科技和船舶港口等,光是子公司就有十多个,产业遍布全球。

她这一查才发现,路海最大的那几个高端商场也是致恒旗下的。

掌握着这个商业帝国的领导者恰好也姓周,温静语点开周启文的个人资料,内容很详尽,履历丰富,堪称传奇。

她又将注意力放在了人物关系那一栏,都是周启文的亲属,显示出来的人物并不多,除了父母和妻子,他还有一个弟弟。

奇怪的是,关于这个弟弟的介绍只有寥寥数语,别说是出生年月,就连一张照片都没有。

公开的只有他的姓名,叫周致。

哪个大家族没有秘辛,温静语见怪不怪。

她收起手机,沿着海滨长廊原路返回,快到湾仔会展中心的时候,张允菲来了电话。

闺蜜之间无非就是那些话题,除了别人的八卦,还有自己那点不得不说的离奇遭遇。

"这个男的简直了,要不是我爸朋友的儿子,我才不稀得见他。才见了一次吧,每天电话短信轰炸我,疯了吧他。"

温静语夹着手机,站在休息区的台阶上做拉伸。她听罢哂笑:"那你实话告诉他呗,别浪费他的时间,也别浪费你的时间。"

"我说了,没用。"张允菲的语气很是无奈,"他还给我送花,你知道吗?那么大一束红玫瑰,什么意图再明显不过了吧?"

"花?"

温静语心里突然"咯噔"一下,她想起上次周容晔来家里的时候也带了一束花。

她后来在楼下花店看见了同款,英文名叫"Orange Juice Rose",老板翻译了一个特别可爱的中文名,叫金小玫瑰。

"送花也不能代表什么吧,可能只是朋友间的礼貌和关怀呢?"

张允菲发出了很不屑的一声鼻音,反问道:"那送什么不行?送红玫瑰?"

温静语沉默。

她暗自嘀咕,金小玫瑰,和红玫瑰相差了十万八千里,跟张允菲这个情况肯定不一样。

"那你打算怎么处理?"

她问的是感情,张允菲以为她指的是花,爽快地答道:"我熬成玫瑰花酱了,泡水挺好喝的。"

温静语无语。

沿着博览道继续走,从会展中心回家只要十五分钟。晚上九点多,太源街的集市早已收摊,楼下花店居然还在营业。

看店的是个老伯,此刻正在打扫卫生,他手里捏着一把废弃的包装纸,收集起来准备装袋。

温静语盯着"春园花店"几个字,抬步走了进去。

"小姐买花吗?有没有什么可以帮到你?"

"我先看看。"

"好,你随意看咯,马上要收工了,便宜给你。"

温静语粗略扫了一圈,目光落在那一片橙色的玫瑰花上。

和普通玫瑰不一样,这种花的个头更小,一根枝干上有好几朵花苞。如果她没记错的话,这个品种应该叫多头玫瑰。

"请问……"她组织了一下语言,"哪种花比较适合送朋友?"

和料想中的不一样,老伯并没有马上给她做推荐,而是继续着手里的活,不紧不慢道:"只要看着喜欢,其实送什么都好。"

"不是每种花都有不同的花语吗?"

老伯倒是个实在人,笑道:"那也是人想出来的,怎么说都行,最重要的是心意。看见漂亮的花,谁都会开心的嘛,你说对不对?"

这一番解释让温静语的心境豁然开朗,都怪张允菲那通电话,让她过于敏感了。

"怎么样,考虑好了吗?"老伯问。

温静语指了指其中一束金小玫瑰,笑道:"就这个吧。"

…………

一周过去,再养护得当的鲜切花也失尽了水分。

温静语准备换花材的那天,某人来了电话。

周容晔挑的好时机,一天的排练结束之后,温静语正打算去湾仔街市逛逛,刚走到门口,他的号码就呼了进来。

"喂,周先生。"

"温老师,今晚有空吗?"

温静语没什么特别安排,顺口地回了句"有"。

周容晔停顿了几秒,直言道:"上次错过的晚餐,今天可以继续吗?"

"好啊。"温静语也很爽快,"只是……你确定要吃我做的东西吗?"

"确定。"他回答得不假思索。

街市门口熙熙攘攘,进出的人要么拎着购物袋,要么拖着轻便的小推车,只有温静语还两手空空。

她盯着入口处的台阶,问道:"我不了解你的口味,有什么特别想吃的菜吗?我可以试着做一做。"

电话那端的人还没开口,她又立刻补充:"不准说'随便',这是最难做的菜。"

周容晔闷笑,然后清了清嗓。

"就吃面吧。"

既然是请客吃饭,那就算是汤面也不能潦草应付。温静语买了一堆海鲜和筒骨,抓紧时间回家先把底汤熬出来。

公寓的厨房是西式标准,并且不设明火,电磁炉没法用砂锅煲汤,她想了个迂回的办法,转用电饭煲焖煮。

当指示灯跳到保温的时候,门铃也响了。

周容晔结束会议就赶了过来,一身西装还没来得及换下,要不是手里拎着两箱淡雪草莓,他这副打扮倒真像要出席什么重要晚宴。

温静语接过他手里的东西,将人迎进了门。

奶白的草莓泛着淡粉色的光泽,瞧着新鲜诱人。她心血来潮,念着草莓的港译词语,只是发音不太标准,周容晔耐心地纠正道:"士多啤梨。"

他吐字清晰,还放慢了语速,温静语很快就领悟了,跟着复述了一遍。

"温老师,你真的很有语言天赋。"

"公寓管家不太会说普通话,跟她交流的时候学习了不少。"

温静语倒了一杯水,周容晔道谢后接过,顺口调侃:"那看来我这个粤语老师已经被人顶替了。"

"没有,我还是很需要你的。"

她嘴快,说出这话的同时并没有察觉到不妥,直到周容晔的唇边浮起一抹笑意。

他点点头:"那就好。"

温静语尴尬得想钻地缝,干笑两声,转头就去了厨房。

周容晔脱下西装外套,随手挂在了餐椅上,又卷起衬衫袖口,露出一截清晰腕骨。

"需要我帮忙吗?"

温静语猜他是个十指不沾阳春水的主,边切着青菜边回应:"不用,马上可以开餐了,等着就行。"

大骨汤熬得鲜美醇厚,只要煮熟面条,再蒸两道海鲜、炒个蔬菜就好,她很快就能搞定。

公寓里弥漫着饭菜的香味,是最寻常的烟火气息。

晚餐准备得仓促,算不上丰盛,但胜在食材和味道。温静语给周容晔多加了一份面,他的碗更大也更深。

"委屈你了,第一次请你吃饭就是煮面条,也不知道合不合你口味。"

周容晔盯着那碗快要满出来的筒骨面,最顶上还铺着一个金黄的煎蛋。他笑道:"这不叫委屈,这已经是纵容了。"

温静语夸他会说话,又指了指两道海鲜,卖相看着很不错。

"这些都是从崔老师那里学来的。"她想起自己还没介绍过崔老师,又解释,"就是我妈妈,她做饭很好吃的,特别是这道青蟹蒸红薯,你一定要试试看。"

青蟹的个头不小，周容晔擦了擦手，夹起一个饱满的蟹钳，撬开后剥掉了顶上的硬壳，露出部分蟹肉，下一秒放进了温静语的碗里。

"怎么给我了？"

"女士优先。"

其实是周容晔观察细致，在月央湖壹号吃饭的那回还历历在目，她面对需要剥壳的海鲜，全程能动嘴就不动手。

温静语礼尚往来，夹了一块蟹肉最饱满的部位给他。

"今天你既然在这儿，那有件事我想找你聊一聊。"

"你说。"周容晔放下了筷子。

"不用这么严肃。"温静语弯唇道，"就是房租的事情，我仔细想过，感觉还是太占你便宜了，下次转房租我就按照原租金给你汇吧。"

周容晔蹙了蹙眉，看那表情就是想拒绝。

温静语不给他机会："一码归一码，亲兄弟还要明算账。"

沉默几秒后，周容晔拧起的眉头突然松了下来。

"温老师，如果你真的担心我吃亏，其实还有另外一个办法。"

"什么办法？"

他垂眼看着桌上的菜，提议道："比如，允许我偶尔来蹭一顿饭，就算是抵消了房租的差价。"

温静语吃惊："这不太好吧？"

怕周容晔误会，她连忙解释："我的意思是，我做的饭还值不了那么多钱。"

"怎么不值？味道很好，又是私人定制，完全是中餐版的 Omakase，全港只此一家。"

温静语哑然失笑，她好像发现了周容晔的新技能——诡辩。

"你如果想来吃饭，我随时欢迎，但是用这个方式抵房租，对你太不公平。"

餐桌不大，两人隔得很近，周容晔只要抬眸，温静语就能清楚观察到他的眼睛。

"温老师，这话要我说了才算。"

笑意在他的瞳仁里漾开，琥珀般的棕褐，看似清浅却望不到底。

"我觉得很公平。"

…………

周容晔的这套理论对温静语并不奏效。

她干脆向周皓茵要了个账户，到了转房租那天，直接将差价打到周皓茵那里，请周皓茵代为转交。

多留一手，周容晔就不好拒绝了。

租房这事儿，周皓茵早已有所耳闻。揣着一颗八卦的心，她找陈诗影将细节问了个底朝天，借着这个机会，终于可以好好调侃周容晔一番。

忽略两地时差，周皓茵直接弹了个视频过去，等待音没响几声，对方就接了。

"小叔好。"她还煞有介事地敬了个礼。

看视频中的背景,周容晔应该在他半山的家里,香港时间的早上八点,他已经是一派神清气爽的模样。

"还不睡?"

周容晔将手机搁在衣帽间的中岛台上,转身去柜子里挑领带。

"你见哪个后生仔八点就睡觉的?"

"小心长不高。"

周皓茵严重怀疑他在嘲讽自己。

"你老豆最近身体怎么样?"

"挺好的,他和我妈咪双宿双飞,日子过得好滋润哦。"

周容晔点头,顺手抽出一条黑色的暗纹领带,又抬手立起衬衫领子,动作行云流水。

"小叔。"周皓茵眯起眼看他,"抓紧时间吧,一个人看着好可怜,领带还要自己系。"

周容晔顿住。

"租房的事我都听说了啊,真有你的,追个女仔还能顺带收租,人财两不误。"

周皓茵这不带喘气的挖苦技能提高不少。周容晔第一次觉得无力招架,他无奈地弯了弯唇:"所以你有什么好办法?"

"你承认了哦!"周皓茵突然激动,拉近了镜头距离,"你在追 Miss 温?"

虽然她早有感觉,也拿这件事打趣过好几次,但周容晔从来没有正面回应过,眼下他总算给了个明确态度,周皓茵当然兴奋。

"小叔,要不要我回来帮你?"

周容晔单手扯了扯领结,眼风淡淡扫过视频画面,那头的周皓茵瞪着一双杏眼,咧嘴笑得正欢。

他顿时觉得荒唐,自己居然在向一个稚气未脱的未成年求助?还是恋爱问题?

"茵茵,好好学习,我先挂了。"

说完,他也不给周皓茵机会,直接掐断了视频通话。

手机屏幕重新弹回主桌面,周容晔顺手打开那个绿色的聊天软件,又点进某个对话框的头像。

温静语已经把最新发布的朋友圈给删除了,或者设置了仅自己可见,但他还记得内容。

凌晨一点多的时候,她贴了三张照片。

主角是那只已经去世的金毛,配文只有四个字:圈圈,想你。

人在深夜的时候总会冒出一些不可控制的念头,尤其是思念或者伤痛,等到太阳升起,天光大亮,这些情绪又会硬生生地打住。

周容晔想起了她那天的眼泪。

神思游离之际,家政阿姨在卧房外头敲了敲门,提醒道:"周生,车子已经备好了。"

"马上来。"

周容晔又瞥了一眼头像，才慢慢将手机收起。

自从加入培声乐团，温静语就坚持不懈地随团排练。有时候团内行程结束了，她自己还会留下来加训，从未迟到或请假。

一方面是为了磨合，另一方面则是为了十一月份的大师音乐会。

培声乐团的第五十二个音乐季早在九月份就正式启动了，除了十月份的勃拉姆斯交响曲全集，接下来最重要的一场演出将在十一月初举行，是由致恒集团冠名，培声特别计划的音乐大师系列。

届时将邀请著名的指挥家威尔斯先生，以及小提琴演奏家卡默林，在香港大会堂音乐厅进行专场表演。

而温静语除了参与声部演出，还有另外一项重要任务，那就是与卡默林合奏一首亨德尔的《帕萨卡利亚舞曲》。

这个环节在节目单上并没有公开，据说是卡默林个人提出来的安可表演，温静语也是他本人要求的合作对象。

所有人都不知道的是，卡默林与温静语其实是旧识，两人的缘分起始于柏林乐团，中间虽隔了几年没见，但陆续都有邮件来往。

音乐会的行事历都是提前制订好的，温静语也清楚卡默林会来香港做专场演出，可当他空降排练厅的时候，她还是忍不住惊讶。

好友重逢，感慨万千。

卡默林与温静语亲切自然的交流吸引了乐团其他人的注意，尤其是第二小提琴声部的一位男乐手。

巧的是那人也姓温，叫温卓俊，是个美籍华裔。知子说他特别受团里年轻姑娘的追捧，温静语对此深信不疑。

阳光英俊，还特别幽默健谈，仅凭这两项就已经是很大的魅力加成。

起初温静语以为他只是想通过自己接触卡默林，但情况发展好像超出了她的想象。

作为培声乐团的场地伙伴，位于尖沙咀的香港文化中心是成员们最常来的地方。某天排练结束后，温卓俊直接在场馆门口拦住了她。

"温，今晚有空吗？"

这不是他第一次搭讪，温静语淡声问道："有事吗？"

"其实也没什么事，"温卓俊耸耸肩，"就是想找家餐厅和你一起吃晚饭。"

一百米开外就是尖沙咀轮渡，斜对岸就是湾仔，只要坐船就能回家。温静语并不打算为了他搅乱自己的计划。

"不好意思，今晚我有其他安排。"

"那明天呢？"

"明天好像也没有。"

温静语连借口都懒得找，拒绝得干脆利落。温卓俊很少在这种事上踢到铁板，表情有些尴尬。

"所以你是完全不给我机会吗？"

对方问得直白，温静语也不打算绕弯子，诚实道："你可以这样理解。"

这种男生确实是受异性欢迎的类型，但不代表她也感兴趣。温静语向来相信自己的直觉，她从一开始就不太喜欢温卓俊的说话方式，总带着一种自命不凡的口吻。

好像只要他主动，就没有女生会拒绝他。

温卓俊悻悻离开后，一道女声突然从温静语身后响起，语速很快却清晰。

"最好离他远点，这人不是善茬。"

非常标准的普通话，温静语回头，居然是小提琴声部的那位内地女生。

她貌似在有意提醒，不过说完这话就直接走了，根本不给温静语深问的机会。

两人不是一个声部的，平日没什么交情。温静语不是会主动社交的人，那女生看起来也是默默无闻，从来不刷存在感。

但俗话说得好，无风不起浪。作为乐团新人，温静语觉得自己有必要把这声警告放在心上。

事情果然在不久之后得到了验证。

从十月中旬开始，太源街上的商店和摊位就陆陆续续开始售卖万圣节的周边产品了。

温静语早就发现了这个规律，她根本不用看日历，只要观察隔壁利东街的装扮，以及太源街商贩们摆出来的货物，立马就可以知道接下来要过什么节日。

香港的万圣节气氛十分浓厚，特别是十月三十一日的晚上。

兰桂坊这一带尤其繁华喧闹，人们穿着各种奇装异服，出没在酒吧和食肆，游走在大街和小巷，制造出"百鬼夜行"的盛况，尽情享受着万圣夜带来的自由释放。

温静语是被知子拉来凑热闹的，中提声部几个关系好的成员组织了一场酒局，就在大馆的 Dragonfly 酒吧，距离兰桂坊中心区域只有几百米远。

来之前她并不知道温卓俊也在场。

他朝她举了举杯，大方地打了声招呼，温静语也没什么好拘谨的，点点头算是问好。

今晚出来的人多少都做了点装扮，温静语只化了日常妆容，知子不肯放过她，非要拉着她去卫生间改妆。

等她们收拾完回来的时候，位置也被换过了，温卓俊坐到了温静语的右手边。

"你这扮演的是什么角色？"他主动起了话题。

"美杜莎。"知子抢答道。

其实她就是帮忙加深了眼影、拉长了眼线，让温静语看上去更美艳些罢了。

温卓俊藏着心思，接下来的时间里除了没话找话，还有意无意地对温静语劝酒。

这种此地无银三百两的戏码过于老套，温静语心中那股怪异的感觉越来越明显。她深信人与人之间是存在气场的，如果不合，最好的办法就是立刻保持距离。

所以她连最起码的敷衍都无意展现，寻了个借口想先走一步。

知子将她送到酒吧门口，有些不放心地问："要我陪你回去吗？"

温静语不想扫人家的兴，摇头道："没关系，湾仔到这里也就两站地铁，我自己回去就行。"

分别后，她直接离开了大馆，最近的地铁站是中环站，入口在毕打街，要走七八分钟。

第六感作祟，她总觉得有人在后头跟着。

温静语不由得想起了之前在路海的遭遇，就是这种被人跟踪的感觉，简直一模一样。

好像有一双眼睛无时无刻不黏上来，让人后背发凉。

这一带虽然热闹，大庭广众之下她暂时也不会有什么危险，但警惕心不可松懈，如果真的有人跟踪，那绝对不能让对方掌握自己的住址。

温静语当机立断，放弃了去地铁站的计划，而是折身原路返回。

这样热闹的集会当然少不了警力维护，隔几段路就能看见警察的身影，温静语安慰自己的同时也忍不住回过头去看。

这一眼让她本就悬着的心更加不安。

隔着一个十字路口，她竟然发现了温卓俊的身影，对方正直勾勾地盯着她。撞上温静语的视线后，他不但没有一丝慌乱，反而对着她弯了弯嘴角。

那道犀利眼神让温静语不寒而栗，她觉得自己就像被瞄准的猎物，在对方圈定的范围里根本无法逃脱。

温静语一边加快脚步，一边强迫自己冷静下来，同时她也在心中思考对策，纠结着是找机会打车离开，还是返回酒吧找知子？

不知不觉中，她已折回了大馆附近。

温静语顺着奥卑利街往前走，她记得不远处有个入口，只要穿过大馆的检阅广场就可以直接绕回酒吧。

沿途都是让人气喘的上坡，她冒的却是一身冷汗。电光石火之间，路边一辆黄色港牌的劳斯莱斯幻影忽然闯入了她的视野范围。

温静语睁眼细瞧，单字母"C"的特殊车牌号独一无二，当初陈诗影就是用这辆车带着她到处奔走的。

也就是说，这是周容晔的车，此时此刻，他很有可能就在附近。

这个认知让温静语心潮澎湃，宛如在黑暗中摸索许久之后终于找到了光亮的出口。

她一刻也不犹豫，笔直地朝着那辆车奔去。

车子没有熄火，驾驶座上还有人。温静语抬手敲了敲车窗，玻璃降下来后，露出的却是一张带着疑惑表情的陌生面孔，并不是上次那位司机。

"小姐，有事吗？"

温静语仰头张望，十米开外，温卓俊也停下了脚步。那人貌似没有离开的打算，依然观察着她这边的动向。

"请问周先生在吗？"

司机有些诧异："您是？"

温静语刚想解释，司机突然就开门下了车，朝她身后的方向微微颔首。

"周生。"

温静语猛然回头，吊着的一口气终于松了下来，像离岸的鱼寻到了水源。

她的心可以落地了，周容晔来了。

像万圣夜这样喧腾拥挤的夜晚，周容晔原本是不打算出门的。

只是他的好友廖家明三番五次提出邀约，非说大馆有一家日料得他心，夸得天上有地上无的，周容晔要是再拒绝的话就不太礼貌了。

谁知误打误撞，晚饭结束后竟然在这里碰见了温静语。

检阅广场的入口处，周容晔正顺着台阶往下走。

"温老师？"

两人只隔了几步的距离，温静语看到他的脸上露出了意外表情。

周容晔的身旁还跟着一个不苟言笑的黑衣壮汉，也是个脸生的，那气质看着不像助理，更像保镖。

"周先生，"温静语主动上前，言辞有求助之意，"能麻烦你送我一程吗？"

周容晔察觉到她的不对劲，放柔声音问道："怎么了？"

温静语脊背僵硬，眼神闪烁："有人跟着我。"

这话一落地，周容晔的脸色立刻沉了下来，神经也开始紧绷。

他不由得蹙眉，想着先安抚好温静语的情绪再说。只是他还没来得及开口，温静语似乎就有转身寻人的打算。

周容晔将她护在身前，马上出声制止："别回头，你告诉我就行，那人长什么样，穿什么衣服，或者有什么特征。"

虽然紧张，但温静语的逻辑还算清晰，她开始仔细回忆温卓俊的打扮："军绿色连帽卫衣，黑色运动短裤，黑白篮球鞋，梳背头，应该还在不远处，往荷李活道那个方向看。"

"阿中。"

被周容晔叫到名字的黑衣壮汉立刻心领神会，朝着温静语说的方位走去。

"你别担心，先上车。"

周容晔替她打开后座车门，等温静语上车之后，他也跟着坐了进去。

前排司机瞥了眼后视镜，问道："周生，回半山还是深水湾？"

"去湾仔太源街。"

车厢里的温度适宜，音乐舒缓。温静语揪了一个晚上的心渐渐被抚平，像是劫后余生一般。她闭上眼睛，将胸口憋着的那团气慢慢呼了出来。

周容晔替她拧开一瓶矿泉水，温静语接过来道了声谢，又狠狠灌下一大口。

"现在好点了吗？"

虽然有些后怕，但温静语还是点了点头。

她太懂那种滋味，就好像陷入一场似曾相识的噩梦，不是靠睁眼熬夜就能解决的。

当初在路海被人尾随的时候，温静语有很长一段时间都不敢走夜路，没想到好不容易摆脱了那场阴影，现在居然又重新上演一遍。

她都不知道是不是该怪自己运气太差。

周容晔见她脸色稍霁，又出声询问："那个人你认识吗？"

"认识。"温静语藏在袖口下的手轻握成拳，"是我乐团里的同事。"

"你们有过节吗？"

"我跟他根本不熟，要说过节的话也没有。"温静语摇头，陷入沉思，"顶多就是之前搭讪他在我这儿碰了壁，不至于吧……"

周容晔沉默了几秒没说话，眸子里的温度跟着降了下去。

"他叫什么？"

"温卓俊。"

确认完名字后，周容晔心里有了底。他不再打扰温静语，而是让她合眼休息一会儿。

夜晚道路畅通无阻，车子沿着坚尼地道向东行进，十分钟后，顺利到达喜汇楼下。

温静语此刻已经完全冷静下来，在车里的时候，她就想好了对策，逃避不是解决问题的办法，最好就是速战速决，大不了找温卓俊摊牌，搞清对方意图，总好过她一个人胡思乱想，担惊受怕。

司机替两人打开了车门，周容晔没往楼里走，他把温静语送到公寓大门前就止步了。

"回家记得把门反锁，有任何情况都可以给我打电话。"

简单一句话，却让温静语莫名心安。

"进去吧，晚安。"

温静语点点头，刚想开口，却被周容晔直接打断："不用谢，温老师。"

他的唇边浮起一丝笑意，那表情仿佛在说：我就知道你想说谢谢。

气氛一下变得松弛，温静语扬起嘴角，露出了今晚第一个笑容："晚安，周先生。"

目送温静语上楼之后，周容晔回到了车里。司机询问接下来的安排，他却让人家留下车钥匙就行，可以直接下班。

又过了十多分钟，他一直握在手里的手机开始振动，提示有电话呼入。

"周生，人找到了。"

周容晔闭眼靠在椅背上，空闲的那只手搭在左膝，食指指尖轻点。

他只有一个问题："名字。"

"温卓俊。"

黑夜难挨，但黎明终至。

第二天乐团还有排练，温静语用心拾掇了一番，化了个略带攻击性的妆容，尽量给自己营造出一种看起来就不太好招惹的氛围感。

下楼的时候，在前台守夜的公寓管家正好准备交班，她跟温静语关系不错，碰了面都会打招呼。

"温小姐，今天好靓哦！"

"多谢啦。"温静语拉了拉衣摆，给了个弧度完美的微笑。

管家上前几步，替她推开公寓大门，同时脸上挂起神秘表情："温小姐，昨晚送你回来的那位，是你男朋友？"

"啊？"温静语反应过来后，连忙否认，"您误会了，不是男朋友。"

管家立刻换上一副了然神情，笑着感叹道："这么执着的人真是少见，昨晚他在楼下守了一夜，今早天光才离开。"

温静语呼吸微窒，心跳突然漏了一拍。

"他昨晚没走？"

管家点头，指了指公寓大楼门口那块空地，应声道："没走，从你上楼之后，车子就一直停在那里。"

温静语诧异，她说不清此刻的感受，混乱又复杂。

唯一能确定的是，她左侧胸腔里的心脏在疯狂跳动，好像能听见血液从其中迸发出来的声音，热烈而清晰，并且不自控。

直到上了地铁，她游走的神思依然没归位，脑海里始终盘旋着一件事。

周容晔居然在楼下守了整整一夜。

心不在焉的结果就是坐过站，温静语本该在金钟站换乘荃湾线到尖沙咀，这一恍惚直接坐到了上环才反应过来。

赶到排练厅的时候，团员们差不多到齐了，奇怪的是，她并没有看见温卓俊的身影，侧面向小提琴声部的同事打听了一番，说他今天请了事假。

往后连着好几天，温卓俊都没有出现。

距离卡默林专场演出还剩下两天，乐团内部突然发出了一则公告，温卓俊被开除了。

理由很直白，有人匿名举报他职场性骚扰。

举报信还不止一封，社交平台上也有帖子在扒这件事，洋洋洒洒好几页的控诉，证据确凿，无力回天。

乐团管理层为了防止事态扩大，当机立断，马上解除了与温卓俊的合同，并且做出严正声明，表达了坚决反对此类行为的立场，希望全体成员引以为戒。

所以到最后，温静语甚至没来得及见上温卓俊一面，这个人就在她的生活中销声匿迹了。

松了一口气的同时，她也终于可以将全部心思都放在卡默林的演奏会上，否则每天来排练厅都是忐忑不安的，极其耗费心力。

时间来到十一月的第二个周五,致恒音乐大师系列正式拉开帷幕,威尔斯与卡默林专场在中环的香港大会堂音乐厅揭开了神秘面纱。

观众凭票入场,台下座无虚席。

演出开始前,培声交响乐团的成员们已经在各自的位置上坐定,专心调试着手里的乐器。

以观众席为基准,弦乐组在最前排,左边是第一小提琴和第二小提琴声部,右边是中提琴和大提琴声部,低音提琴紧随其后,管乐声部和打击乐靠在后排,除此之外,左右两侧还有竖琴等弹拨乐器。

作为联合首席,温静语和中提首席坐在声部的第一排,正面对着指挥的站位。

演出到点开始,作为整个乐团的首席,小提琴首席是单独入场的,由他带头,全体成员起立,朝着台下观众致意。

落座后的第一件事就是校音,所有乐器准备到位,指挥和演奏家才会出现。

随着威尔斯和卡默林的登场,现场爆发出了热烈掌声。双方互相致意后,观众席的灯光也暗了下来,整个音乐厅瞬间陷入寂静,所有人都屏息凝神。

第一组曲目是作为世界四大小提琴协奏曲之一的门德尔松《E小调小提琴协奏曲》,浪漫柔美,精妙绝伦,如同奔流不断的溪水。

中场休息后,紧接着又是第二组曲目,也是经典的布鲁克纳《降E大调第四交响曲》。

温静语将在安可时间出场。

对于观众来说,这是没有任何提前通知的惊喜安排,引人注目的是,台上二人的外貌也十分出众。

卡默林属于年少成名,到现在也不过三十出头,高鼻蓝眼,五官精致。站在他身旁的温静语虽着一身再简单不过的黑裙,但出尘脱俗的气质掩盖不住。

俊男靓女,再养眼不过的组合。

两人的配合十分默契,华丽的技巧加上稳健的台风,也算是彼此成全。

一曲终了,原本安静的音乐厅内瞬间欢声雷动,所有人都毫不吝啬地表达着赞美之情。现场掌声持续了五分多钟,温静语这个名字也在听众心里留下了深刻印象。

谢幕的时候,卡默林牵起温静语的手,两人一起弯腰向台下致意。为照顾到每个方向的观众,他们需要在台子上走一圈,朝底下堂座的观众致谢完毕后,就轮到楼上的楼座了。

温静语仰头,那瞬间就仿若磁铁相吸的南北两极,她的视线直接跌入一双深邃锐利的眼眸,然后就怎么也挪不开了。

周容晔也在回望她。

他实在是太显眼,就坐在楼座第一排的正中央,还是一身笔挺的黑色西装,面容沉静,气度非凡,与周围人群自然形成隐约的距离感。

温静语再度失神,无缘无故的紧张感又在心口弥漫,伴随着只有她自己才能听见的心跳声。

周容晔来了多久她并不清楚,她只是庆幸自己刚才的演出还算专心。

"温,今天非常感谢你。"

卡默林的声音唤回了温静语的思绪。她刚转身,这个高大的西欧男人就主动伸出双臂,与她拥抱。

明明是一个非常礼节性的动作,温静语却突然变得不太自在。

她轻轻回拥卡默林,目光却再次不可控制地望向了楼座第一排。

第五章
/ 只要对象是我，就这么简单

演出顺利结束，音乐厅后台堆满了鲜花，有亲友相赠的，也有观众和粉丝代为转交的。

卡默林的专场分两天进行，第二场定在后天，还是同一时间，同一地点，反正还有见面机会，温静语不打算久留，简单寒暄后就离开了音乐厅。

夜晚的温度比白天低，靠近海滨风也大，但十一月份的香港依然不算冷，多搭一件线衫外套刚刚好。附近这一带温静语已十分熟悉，穿过干诺道中，斜对面就是文华东方酒店，中环地铁站也在对面。

她挎着琴盒，低头走出大会堂，不远处的停车广场蓦然传来一阵突兀的喇叭声，又短又急促，像在打招呼。

温静语的注意力被吸引，她偏头一看，是那辆眼熟的劳斯莱斯。

后座车门打开，周容晔探身出来。他抚了抚西装上的褶皱，手里捧着一大束鲜花，倚在车旁笑着望向温静语。

停车场光线昏暗，他眼底的情绪意味不明。

一阵微风吹来，温静语紧了紧身上的外套，也看着他笑。

隔着一段距离，谁都没有先出声打招呼。最后还是周容晔先按捺不住，他抬步正想朝着温静语走去的时候，右侧通道突然晃出刺眼光线，一辆蓝银双拼迈巴赫强势地挡在了两人中间。

车子停得仓促，周容晔一时半会儿也没反应过来，硬生生地止住了脚步。

下一秒，迈巴赫的后车门被打开，未见其人先闻其声，一道清脆甜软的女声兴奋地响起："阿晔，真的是你！"

周容晔定睛一瞧，心中已升起不好预感。

来了位难缠的。

那姑娘下车的动作太急，穿着高跟鞋差点就要摔倒，还好扶住了一旁的车门。温静语站在对面看得非常清楚，姑娘疾走了几步，直接上前挽住了周容晔的手臂。

"你也来听卡默林的演奏会了是不是？刚刚散场的时候，我还以为自己眼花，没想到真的是你！"

"好巧。"

周容晔不着痕迹地抽回自己的手，接着背到身后去。

他抬眸朝温静语那边望去，她已经撇开了视线，表情有些不自然，好像在纠结是不是应该先离开。

"阿晔,你这捧花好靓,打算送给谁?"

周容晔微微拧眉:"Maggie,按照辈分,你应该随茵茵喊我一声小叔。"

叫 Maggie 的女孩子显然不太甘心,刚想出声争辩,结果嘴巴还没张开,周容晔就把她抛在了原地。男人绕过迈巴赫走向对面,目标非常明确,就是冲着会馆门口那个高挑女人而去的。

演奏会才结束,Maggie 认出温静语就是最后露脸的中提首席。

与此同时,温静语也在不着痕迹地揣度着现在的状况。

她听不清那两人的对话,也没理解他们之间的关系,见周容晔转头朝着她这边走来,那姑娘愣在原地貌似有些难堪。

司机劝姑娘上车,她这才涨红着脸甩上了车门。

所以这是什么情况?

温静语还在云里雾里之时,一束精致的那不勒斯蓝郁金香就捧到了她的面前。

"温老师,今晚的演出很精彩。"

和上次的金小玫瑰不同,这束花大到需要她双手才能抱起,周容晔显然是有备而来的。

"太感谢了。"温静语伸手接过,果然很沉,"你怎么没告诉我今天会来看演出?还送这么大一束花。"

周容晔玩笑道:"说了就不是惊喜了。"

"确实。"

不仅惊喜,还有一点"慌乱"。

当然这话温静语并没有说出口,因为连她自己都没理通这些情绪。

"明天有空吗?"周容晔突然问。

温静语恍了一下神,然后点头。

"后天我要出差,没办法过来捧场了,明天一起吃个晚饭吧,算是提前为你庆祝。"

他这话说得有理有据,滴水不漏,温静语找不到拒绝的理由。

第二天吃饭的地方也是周容晔选的,温静语不知道他从哪边过来,反正她准备出门的时候,对方就说自己已经在楼下了。

电梯里,温静语对着门镜理了理自己微卷的长发。她今天化了淡妆,换了一身白色的丝质连衣裙,不会太夸张但也绝对不敷衍。

喜汇五座的门口,周容晔站在一辆暗紫色的法拉利跑车旁,只给了个宽阔背影。他似乎在低头看手机,身子微弓,轻轻抵在车门上,是一副耐心等人的模样。

这跑车新得发亮,温静语没见他开过。

而与之相隔不到一米的地方还停着一辆黑色揽胜,驾驶座的车窗半降,里头的人她倒是眼熟,就是上次在大馆见过的那位黑衣保镖。

真是巧合,周容晔穿的也是白色,背部肌肉随着他的动作在衬衫料子下若隐若现，饱满紧致。

温静语低头看了看自己的裙子，不由得想起周皓茵以前戏谑的那句登对。

她忽然有些脸热。

"周先生。"

一声轻唤过后，周容晔缓缓回头。

他收起手机转身，唇边挂起一抹笑，然后替温静语打开副驾车门，做了个"请"的动作。

车子上了皇后大道东，拐弯开进告士打道，一路向西前行。

透过车内后视镜，温静语看见那辆黑色揽胜一直跟在后面，距离不远不近，不仔细瞧的话也很难察觉。

她收回视线，发现自己对周容晔产生的好奇心好像越来越重了。

而周容晔似乎也察觉到副驾时不时投射过来的眼神余光，他目视前方，主动挑起话题："温老师，你会开车吗？"

"不会……我好像跟方向盘有仇。"温静语惭愧道，"像你这种左右舵都能开的本事，我怕是下辈子都不敢想。"

香港的驾驶习惯与内地相反，车子靠道路左侧行驶。

周容晔轻笑一声，突然说了句"没事"，温静语以为他在安慰自己。

既然提到车，那她的问题也来了："我上次就好奇了，香港车牌是可以定制的吗？你的车牌为什么只有一个字母？"

"可以定制，单字母那块是拍卖的。"

"为什么是'C'？"

"周这个字的港拼是'Chow'，'C'是首写字母。"

"那我这个'温'呢？"

"Wan。"

温静语若有所思地点点头，跟着发了一遍音。

前方路口遇上红灯，周容晔踩下刹车后，问她："注意到这辆车的车牌了吗？"

温静语摇头，上车之前她还真没仔细看。

"是什么？"

周容晔侧头看她，眼含笑意："你猜。"

温静语抗议道："这怎么猜，有提示吗？"

周容晔笑而不语。他捉弄的痕迹太明显，温静语没想到他会使坏，但自己的好奇心确实被勾到了极致，要不是这会儿还在大马路上，她非得立刻下车一探究竟。

车子开进西区海底隧道往九龙方向行驶，周容晔却跟故意似的放慢了车速。温静语数着窗外一辆辆超越他们的出租车，忍不住腹诽，法拉利这个牌子算是砸他手上了。

出了西隧道，路也更加畅通，两人的目的地是位于柯士甸道西的丽思卡尔顿酒店。

酒店有帮忙泊车的服务。门童还没走过来，温静语就迫不及待地开门下了车，快步绕到前头去查看车牌。

白底黑字，是她再熟悉不过的英文单词——Viola。

…………

一百〇二楼的天龙轩，服务生领着两人入座。

位置正好挨着落地窗，海景无敌，可以俯瞰整个大角咀的货运码头，港口邮轮如织，夕阳半悬在空中，远远看着就像一颗澄亮的咸蛋黄，辐射出来的晚霞呈扇面分布，与天边暗色细细交融。

温静语有些心猿意马地盯着窗外，甚至连周容晔问她要喝什么茶都没听清。

"兰花香铁观音，谢谢。"她随手指了一个。

周容晔点头："就这个，谢谢。"

服务生走后没多久就先上了茶水，热气氤氲，清香扑鼻。

温静语没急着喝茶，而是靠在落地窗旁用手机拍摄夕阳，也似乎在用这种方式掩饰自己的走神。

她连按了十几下快门键，却连一张成片都没有细看。

用餐的时候，温静语将手机藏在桌面下，忍不住拉出搜索引擎的网页界面，再输入"Viola"这个单词查看释义。

除了中提琴这个意思，词典上还有"紫罗兰"的解释，她想起那辆跑车的外观，难道就是代表紫色这么简单？

"温老师，菜品不合胃口吗？"

温静语抬头对上周容晔探询的眼神，居然有些心虚。

"没有，很好吃。"她马上往嘴里送了一口菜。

周容晔没戳穿她，将这家的招牌蜜烧西班牙黑豚肉叉烧推了过去，说道："尝尝看，应该比路海那家粤菜餐厅做得好吃。"

温静语依言照做，叉烧油亮晶莹，肉质紧实鲜嫩，入口即化，确实担得起"招牌"二字。

只是她一口肉还没完全咽下，周容晔又来了句风马牛不相及的话，差点让她呛住。

"你有问题想问我？"

温静语暗叹，这人莫非有什么读心术。

但她表面不肯承认，摇了摇头："没有啊。"

周容晔若有所思地看着她，出声道："要是有好奇的尽管问，二十四小时答疑解惑。"

温静语顿住。

回程路上，她所有的注意力都放在了周容晔这辆跑车上，内饰的配色也很讲究，就连椅背的刺绣车标都是暗紫色。

在楼下告别时，温静语又不着痕迹地瞄了一眼车牌，她没拼错。

夜深人静，她辗转难眠，连褪黑素都不起作用了。

温静语很了解自己，心里要是挂着事儿是怎么也睡不着的。她干脆掀开被子坐起身，捡起床头柜上的手机，打开了聊天对话框。

她快速输进一行字，心一横直接发了出去。

温静语：为什么是"Viola"？

凌晨一点半，那人居然秒回。

周容晔：知道我为什么买这辆车吗？

温静语：为什么？

周容晔：这个配色叫作 Viola Hong Kong。

温静语突然松了一大口气，果然是她想多了，单纯就是跟这个颜色有关。

过了几秒，她握在掌心里的手机又是一振，熄掉的屏幕重新亮起。

周容晔：你难道不觉得，中提琴和香港这两个单词，很配吗？

…………

卡默林的两场专演都圆满结束，距离下个主题的演奏会开始前，团员们能有两天的休息时间。

香港最近天公作美，艳阳高悬，万里无云，最重要的是一点都不冷。马上就要进入十二月份了，每日的平均气温都有二十多度。如果白天出了太阳，只穿一件短袖完全不是问题。

同样的时节，路海的冬季就是来势汹汹的。温静语跟父母视频的时候，二老已经换上了夹绒外套，而她还是轻薄的一件。

对于一个土生土长的路海人来说，这样的冬天简直太过温柔。

碰上好天气，不出门的话就显得有些可惜。知子是个懂得玩乐的，跟张允菲简直如出一辙，她找了好多地方供温静语挑选，两人最后决定在钻石山的南莲园池碰面。

南莲园池是一座完全免费的庭院公园，从布局到建筑都仿造了唐代园林，里面开设了木结构艺术馆和奇石展览馆，除此之外还有可供游人休憩的咖啡馆、茶馆以及餐厅。

重要的是，这里还有个志莲净苑。作为香港香火最旺的寺庙之一，在这儿祈福许愿据说特别灵验。

温静语辗转了三条地铁线，最后在观塘线的钻石山站下车。知子比她先到一步，已经在中午准备就餐的素菜馆里等位了。

虽然是工作日，但志莲素斋的生意依然火爆。

餐厅被绿植环绕，巨大的玻璃幕墙紧贴着一个小型的人工瀑布，环境很是雅致。

温静语放眼望去，除了她们俩，其余客人皆是头发花白的长者，两个年轻人置身其中着实有些突兀。

她半信半疑地问:"知子,你确定这家会合我们的胃口?"

"放心吧。"知子对自己选择的餐厅很是自信,"来这里吃饭的都是本地人,味道绝对错不了。"

上的第一道菜是用豆皮制成的翡翠百福袋,温静语尝了一口,当下就认同地点了点头。

这些素菜瞧着清淡,味道却是十足的浓厚。

两人用餐到一半的时候,知子示意温静语往左手边看。

"你看嘛,还是有年轻人来的。"

在隔壁桌落座的也是两位年轻姑娘,温静语的注意力立刻被其中一位吸引。她身上那件粉白色的斜纹软呢外套瞧着很是眼熟,那晚在停车广场将周容晔拦下来的女孩子穿的就是同款。

知子也留意到了这件衣服。

"那好像是今年秋冬的走秀款?她怎么买到现货的,我上次看到还说要预订呢,六万多港币,好贵。"

温静语喝了一口珍菌八宝羹,不紧不慢地评价:"还挺好看的。"

"是呀。"知子也给自己盛了一碗汤羹,"要不咱们下午去海港城逛逛?我觉得这件外套挺适合你的,皮肤白,显气色。"

温静语笑了笑,朝着隔壁桌望了一眼,有些违心地说道:"还是算了,这牌子不是我的风格。"

知子听罢点头,又觉得哪里不太对劲。隔了半晌,她才反应过来。

温静语身上这件裙子,不也是这个品牌的吗?

…………

两人饭后在园子里散了会儿步,接着就直奔志莲净苑。

在香港这样寸土寸金的地方,能做到这种规模的寺院确实稀有。对比起路海那座建在深山的闲云寺,这里的周边环境不见得清幽,但胜在风格鲜明,和南莲园池一脉相承,也是仿唐建筑。

从大雄宝殿开始,沿着回字形游廊一路走,温静语和知子跟在其他香客身后,一边祈福一边投送香火钱。

逛到观音殿的时候,知子特别兴奋,虔诚地跪在蒲团上拜了好几拜。

"你求的什么?"温静语问她。

知子笑起来的时候两颗虎牙若隐若现,她答道:"求姻缘。"

温静语回忆起自己在闲云寺拜送子观音时闹出的乌龙,心想观音娘娘的业务还真是广泛,光是众生的婚恋问题都要操碎一地的心。

"你不求一求吗?"知子问她。

姻缘吗?温静语的心口突然轻轻一抽,思绪有些纷乱。

"还是不了,"她摇头婉拒,"顺其自然吧。"

命里有时终须有,命里无时莫强求。以前吃的教训已经足够多,她早就不看重这些了。

每个人的生活际遇都不一样,知子觉得在自己这些朋友里面,温静语属于特别风轻云淡的类型,能偶尔参加一下声部聚餐就算不错了,更别说那种目的性明显的联谊会。

知子虽然对此表示尊重理解,但她也希望温静语能放得更开一点。

"温,我知道中文有个词叫'佛系',但你看佛每天都要接收这么多信众的心愿,我们不应该更加积极吗?"

她朝温静语眨眨眼:"有个好地方,我们现在就去。"

在知子的带领下,两人来到了旺角的西洋菜街。她要带温静语去的居然是一家水晶店。

"这家店的手串特别灵。"知子顺手拣了两串水晶,"这个士多啤梨晶,再加一串红纹石,既能招桃花,又能挡烂人,相信我!"

温静语招架不住好友的热情,上手试戴了一下。水晶还挺衬她肤色的,虽然不信这些,但是当个纯粹的装饰品也挺好,于是她痛快地买了单。

店主是个跟她们年纪差不多的小姑娘,煞有介事地焚了一炷香,说是要给水晶净化消磁。

临走前,她还提醒温静语,要时不时拿出来晒晒太阳或者月光。

回家的路上,温静语一直盯着那两串珠子看。

能不能招桃花她不知道,反正运气肯定是没招来。

家门打不开了,因为她忘了带钥匙。

....

午后的阳光热烈,但吹到身上的风还是舒爽的,不会感到闷热。

这样的天气不仅适合出游,也适合户外运动。太平洋会的露天网球场里,周容晔挥完最后一拍就换了廖家明上场。

隔了大半年没摸网球拍,廖家明早已技痒,拦网对面的球手正是致恒集团的总经理许书霖,也是他和周容晔的多年老友。能在同一时间把这两位大忙人召集到一起,廖家明觉得自己也算有点本事。

回合开始前,许书霖打趣地说道:"家明,注意控制力道,别一激动把球打进海里。"

这块露天网球场就建在尖沙咀海滨,在太平洋会俱乐部的顶楼上,呈"一"字形延伸进维多利亚港,四周都是蓝莹莹的海水。

"看来阿晔手下留情了,你还有力气讲闲话!"廖家明说完又回头看着周容晔,笑得一脸荡漾,"不对,我是不是应该改口喊你周致了?"

周容晔拆着护腕,懒散地瞥了他一眼,似乎并不想搭话。

场上两人的技术不相上下,几个回合打得难舍难分。到了抢七局,还是许书霖略胜一筹。

"休息休息!让我缓口气。"廖家明讨饶。

等那两人回到休息区,周容晔给他们一人丢了一瓶水。

"我严重怀疑你在演戏。"廖家明望向许书霖,"跟阿晔打的时候,你完全不是这个状态,就因为他是你上司,所以明目张胆放水?"

许书霖擦了擦汗,笑道:"你这一句话同时得罪了两个人,你的意思是阿晔球技不行?"

廖家明败下阵来,他总是掉进这种坑,蹭了蹭鼻尖之后,立马换了个话题。"你们公司的事情怎么说,准备什么时候宣布?"

周容晔仰头喝了一口水,拧好盖子后,将矿泉水瓶捏在手里,不紧不慢道:"还没确定,不过应该快了。"

自返港以来,周容晔便在明面上以周家二公子的身份进入了致恒管理层,只是在公众面前还没有彻底露脸,消息一直封锁到现在。

周家的保密工作做得实在是好,在此之前,外头根本就不知道铂宇集团的周容晔就是周启文的亲弟弟。

为避免节外生枝,致恒集团替换掌门人这件大事一直都在秘密进行中,没有对外透露过半分,目前股权变更也进入了收尾阶段,就等着真正官宣的那一天。

"公开倒还好说,拣个合适的日子就行,现在最让人头疼的是那帮顽固。"许书霖感叹。

致恒如今就像一棵盘根错节的巨大榕树,垂向地面的枝干只要插进土壤里就能伸展存活,独木成林,枝繁叶茂,但也极其错综复杂,各股势力纠缠在一起,有好些都是资历颇深的股肱之臣,不管是说话还是做事,免不了都要给些薄面和余地。

像周容晔这样空降的后生,一时半会儿并不能让他们信服。

况且周容晔的处事方法和周启文完全不是一个风格,有些周启文能硬着头皮忍下来的事情,到了周容晔这里就通通不奏效了。

一旦上任董事局主席,他需要面对的声音和压力绝对比想象中的大。

"讲真,我太懂这种感觉了。特别是那种倚老卖老的,思想落后就算了,还喜欢教你做事。依我的看法,趁早换血才是正道。"

周容晔其实心里都清楚:"慢慢来吧,罗马也不是一日建成的。虽然难搞了点,但他们目前也是稳定集团的因素之一。"

廖家明对此深有感触,不忘提醒:"阿晔,别怪我想法阴暗,这样的关键时刻你一定要注意人身安全,有些人是不择手段的。"

"阿中现在每天都跟着他,应该出不了什么岔子。"许书霖望着球场外的一道身影。

"我觉得一个阿中还不够,再多调点人手来。"

"那阵仗未免太夸张,出门行街都不方便,像什么目标人物。"

"那话不是这么讲的……"

两人你一言我一语地又打起了嘴仗,周容晔默默退到一旁拿出了手机。

许久没打开微信,他最近一次更新朋友圈还是出差回来那天,只发了个落地香港的定位,设置仅一人可见。

经历了上次的明示，周容晔没有主动去找过温静语，他觉得凡事都讲究循序渐进，得给人家缓冲和思考的时间。

况且，她有没有品出其中的意思，他也拿捏不准。

温静语平时也很少发朋友圈，今天却一反常态地更新了好几组照片，看样子是趁着好天气和朋友结伴出游了。动态还没浏览到底，周容晔掌心里的手机就振了一下，新消息的发送者正是照片里的主人公。

温静语：Hello在吗？你那儿有没有备用钥匙？

温静语：我出门忘带钥匙了……

虽说她遇到了棘手问题，但周容晔盯着那几行字，心情却莫名舒畅。

很好，她没再用"周先生"或者是"您"这样的尊称。

他从休息椅上起身，动手收拾起球包和衣服，廖家明和许书霖对此表示不解。

"你干吗？这是要走？"

"嗯，你们打吧。"

廖家明拦住他的去路，语气不爽："不行啊，说好三局两胜，这第三局还没开始你就要跑？"

周容晔睨了他一眼，干脆道："我认输。"

廖家明噎住。

"晚饭地点你们随便选，我买单。"

"你遇到什么急事了？"

周容晔拎起球包，脸不红心不跳地丢下一句话，剩下那两人原地凌乱。

"去开个锁。"

…………

周容晔到达喜汇五座的时候，身后还跟着一个开锁师傅。

当初这套房子一经出租他就将所有钥匙都交了出去，一把也没剩下，想要开门只能找专业人士。

开锁师傅随身带了一个工具箱，装备十分齐全。趁着人家专心捣鼓门锁的空当，温静语和周容晔打了声招呼。

他今天和平时不太一样，一身运动打扮，浅灰色的棉质运动服配上白色的球鞋，利落挺拔，干净清爽。

头发应该是刚洗过，也没上发胶，两人偶尔靠近时，她还能隐隐闻到他身上有沐浴后的沐浴露香味。

温静语不知道怎么形容这种感觉，好像有些乖顺？

也就一个多星期没见，这会儿面对面，她居然有点拘谨，开始没话找话："出差回来了哈。"

"嗯。"周容晔点头，唇边浮起一丝清浅笑意。

温静语在心里默默深吸一口气，暗骂自己说话犯蠢。

这不废话吗？人都站在她跟前了。

"我今天出门太急,忘记把钥匙带身上了,回来的时候才发现。"

"下次换个密码锁吧,用钥匙开门确实不方便。"

"好主意。"

温静语转头便问起开锁师傅:"您能装密码锁吗?"

"可以啊。"师傅蹲下身子,貌似在工具箱里掏东西,"你自己买个锁来,我收上门费和装锁费。"

温静语想看看这师傅的手艺如何,只见他捣鼓一阵后,居然拿出了一张白色塑料卡片。温静语突然想起那个用卡开锁的传说,心下觉得这方法荒谬,绝对不可能成功。

结果打脸来得太快,师傅顺手将卡片插进门缝里,摇晃几下后,"啪嗒"一声,门居然开了。

温静语直接傻眼,这是什么不可思议的通用技术?

周容晔也大为震撼,他摸了摸眉心,若有所思道:"是该换把锁了。"

师傅利落地收起工具,颇有些功成身退的风范。他问两人:"一共五百,给现金?"

"五百?"温静语瞠目结舌。

她知道香港的人工贵,但这个价格着实有些夸张。

"对哦,里面还包含上门费。"

温静语虽不晓得行情,但人是周容晔叫来的,她也不好意思还价,可掏出钱包才发现里头的现金根本不够。

"支付宝或者微信可以吗?"

师傅摇头。

温静语刚想说她去家里找找看,在旁边一直没说话的周容晔收起了手机,突然出声:"用转数快(香港推出的快速支付系统)给你了,麻烦查收一下。"

师傅确认后道了声谢,就离开了。

温静语当然不能让周容晔出这个钱,她边换鞋边说:"你稍等下,我去拿现金给你,应该有的。"

人还没来得及往家里冲,她的手腕就被人擒住了。

那只大手干燥温暖,带着有分寸的力度,指腹在她手背上留下略微粗粝的触感,哪怕只是短暂几秒,存在感也很强烈。

温静语觉得相触的那片肌肤在发烫。

周容晔很快就松开了她,淡然道:"不用了。"

"那不行,五百也是钱。"

"既然如此⋯⋯"周容晔扬了扬眼尾,"不如去楼下冰室请我喝杯冻柠茶吧。"

温静语错愕:"那也太便宜我了吧?"

周容晔笑:"走吧。"

温静语经常光顾的那家冰室叫廉记,就在隔壁春园街。

去之前她特意开了一趟信箱,香港的水费和电费都会用信件的方式寄缴费单子,在任意一家711便利店都可以支付。春园街那家正好顺路,她打算直接把费用交了。

店员的动作很利索,扫完水电费后,温静语又充了八达通卡。拿钱的时候余光正好瞥到柜台底下的货架,那一溜五彩斑斓的糖盒很是吸人眼球。

周容晔以前就给她吃过草莓糖。

她迅速拿了一小盒包装上印着草莓图案的,顺手递给店员。

"要不要袋?"

这么一小盒糖还不至于用袋装,温静语拒绝了。后头还有人排队,她痛快地付了钱。

走出便利店的时候,她还没察觉到任何不对劲,这会儿春园街的人流量很大,周容晔就在门口贴墙处等着她。

温静语连看都没看,干脆地把那个小盒子递给了他。

"请你吃糖。"

"给我的?谢谢。"

周容晔微笑地接过,刚想拆掉外面的塑封,可当他看清包装上的印刷字体时,手里的动作瞬间凝滞了。

他清了清嗓,表情变得有些不自然。

"温老师。"周容晔眼底的笑带着揶揄,"这恐怕没法吃。"

"怎么了?"温静语不解。

周容晔把盒子递给她,温静语拿过来仔细一瞧,白皙的脸"唰"一下变得通红,且直接蔓延到脖子根。

包装盒上都是英文字,其中一个关键性单词印在了左下角。

Condom。

温静语连想死的心都有,她居然给周容晔递了一盒套套……

她觉得这事儿完全就是厂商的责任,怎么会有人把这东西的包装做得跟糖盒一样!字体还那么小,完全就是误导消费者。

周容晔看出了她的尴尬,也不忍心打趣,斟酌道:"要不……"

他刚想说要不拿去退了,结果被温静语突然打断。

"没事。"

温静语觉得自己当时的大脑肯定是短路了,她做出了一个日后回想起来就会后悔到捶胸顿足的举动。

她把那盒套套,果断地塞进了自己的衣兜里……

明亮的茶餐厅里,温静语坐在位置上,一直低头盯着菜单,哪怕看了好几遍都没看进去,总归还是脸皮薄的,刚刚的"社死"经历让她恨不得立刻遁地而走。

好在餐厅喧闹,萦绕在头顶的尴尬氛围可以消除不少。

"先生,小姐,需要点什么?"

服务生握着写字板,语速飞快,餐厅里生意太忙,他们都讲究效率。

"温老师?"

周容晔这一声轻唤才让温静语回过神来。

她依然不肯抬头,随手在菜单上指了指,敷衍道:"一杯冻柠茶、一个菠萝油,谢谢。"

这个时间段其实已经到了晚饭饭点,周容晔担心她吃不饱,又加了一份豉汁鸡扒捞公仔面和两个酥皮蛋挞。

服务生走后,他抬眼看了看对面的女人,那埋头的模样特别像一只鸵鸟。

除去中间没见面的那半年,两人其实也算认识挺久了。在周容晔的印象里,温静语是个遇事果决、亲疏分明的人,对熟人她从来不设防,对泛泛之交顶多给个礼貌微笑,态度截然不同,但一直得体懂礼。

她应该很少闹这样的笑话,所以一时半会儿下不来台也是正常的。

逗弄她的心思早已萌生,只是周容晔舍不得罢了,万一鸵鸟逃跑,他得不偿失。不如找个话题转移注意力。

"温老师,怎么没见你戴过那只翡翠镯子?"周容晔注意到她左手腕上套了两串水晶。

温静语打从心底感谢他,感谢他能选择性遗忘刚才的乌龙事件。

她抬手晃了晃,心虚地应道:"我戴东西不仔细,那镯子就怕一个不小心会被我磕碎。这水晶便宜,碰坏了也不可惜。"

周容晔点了点头,没起疑心。半晌后,他突然提醒:"你是不是还忘了一样东西?"

"什么?"

"耳坠。"

温静语恍然大悟,"啊"了一声。

"当初是你说要亲自来取。"周容晔的指尖轻点桌面,慢悠悠道,"结果来了香港你都没告诉我。"

关于这件事温静语是于心有愧的,听这人的语气,好像还有一丝丝抱怨的意味。

她摸了摸耳垂,用笑容掩饰尴尬:"那请问,我什么时候可以取呢?"

这时服务生刚好过来上菜,周容晔把碟子都往温静语面前摆,蓦地来了句题外话:"前些日子朋友送了我一只狗,我没养过,也不知道怎么照顾它,你能来看看吗?"

他话里有话:"顺便来取你的耳坠。"

"狗狗?"温静语微怔,眼睛里果然划过一丝光亮。

周容晔点头,又添了一把火:"它很可爱,想来吗?"

温静语沉默了一会儿,最终做了决定。

"来。"

…………

挑了个大好的晴日，周容晔特意派了司机去接温静语。

等她排练结束从文化中心走出来的时候，那辆劳斯莱斯已在门口等候多时。

越过海底隧道进入港岛，车子直接向南前行，再从香港仔隧道穿过。十多分钟后，车子驶入了靠海的香岛道，眼前那片湛蓝海域就是深水湾。

这一带温静语根本没有来过，沿途都是陌生风景。

拐个大弯进入深水湾道，一片浅色建筑映入眼帘，司机也随之放慢了车速。

另有一条单独小径连接着建筑，路的尽头，庭院大门缓缓推开，周家大宅也露出了全貌。

确切来说，这里更像一座庄园。

在香港这样寸土寸金的地方，居然还有比月央湖壹号占地面积更大的别墅。

司机将车子停在草坪前的空地上，立刻就有一个管家模样的中年男人迎上前来。他替温静语打开车门，笑容温和，普通话说得很好："您就是静语小姐吧？"

温静语道谢后下车，有些惊讶："您知道我的名字？"

"周先生特意嘱咐的，毕竟是来家里，叫'温小姐'这个称呼太生疏了。"管家迎着她往别墅里走，"周先生告诉您了吗？他刚动身出发，已经在回来的路上了，您先进去喝口茶吧。"

"好，他跟我说过了。"

门厅走廊比温静语想象中的还要长，几个菲佣路过看见她，纷纷停下来问好。怕是整个周家上下都已经通过气了，喊的全是"静语小姐"。

待温静语在客厅坐下，又来了个气质很好的家政阿姨，给她上了一壶清香的古树红茶和一碟中式点心。

"我叫阿彩，有事您喊我。"

温静语点头微笑："谢谢。"

周家虽大，但除了偶尔现身做家务的用人，似乎没有其他周家人在。温静语不知道周容晔平时是不是也住在这儿，一个人的话确实有些冷清了。

在客厅坐了十多分钟，茶壶里的水也喝了一半，温静语正打算起身松松筋骨，门厅处突然传来一声略显稚嫩的犬吠，还伴随着阿彩的惊呼。

"刚拖好的地，秉叔怎么又让它溜进来啦？脚都没抹净！"

温静语循声望去，只见一团毛茸茸的东西直冲客厅而来，速度飞快。

她定睛一瞧，居然是只三四个月大的金毛犬。

温静语的反应慢了半拍。

那金毛看见她的时候似乎也愣住了，急急刹停了脚步。狗绳还甩在身后，它吐着舌头，晃着尾巴朝温静语慢慢靠近。

这个时期的狗狗正处于成长中的尴尬期，很像人类的青春期，大多丑丑的。

但这只看起来比当时的圈圈要憨态可掬得多，至少身上还有点肉感。

温静语压下心中涌动的情绪，慢慢蹲下身子，金毛立刻贴了过来。

"嗨，你好呀。"

她轻声打完招呼，尝试着与狗狗接近。结果刚伸出手，金毛就主动将自己的脑袋顶到了她的掌心。

温静语差点鼻酸。

后脚跟进来的阿彩原本还有些担心,直到见到这一幕才稍稍松了口气。

这金毛是周先生带回来的,已经养了一个多月,简直是出了名的活泼好动,谁都控制不住它,这么乖巧听话的样子实在难得一见。

看来狗狗也是认美女的。

"静语小姐,它刚刚在草地里滚过,身上可能还有泥,别弄脏您的衣服。"

"没关系。"

温静语确实是不在意,她摸了摸金毛的下巴,问道:"它叫什么名字呢?"

阿彩回答:"周先生暂时还没给它取名。"

说来也是奇怪,这金毛好像对温静语特别感兴趣,温驯地趴在她脚边,怎么摸都可以,甚至躺倒翻出了自己的肚皮。

温静语莞尔:"我能带它去院子里玩玩吗?"

"当然可以。"

一听到"玩"这个字,金毛立马暴露出本性。它翻身起来蹦了几下,急得在原地打转。温静语好笑地捡起狗绳,领着它朝门外走。

傍晚的夕阳垂在半空,烧红了半边天幕。

金毛一见到草地就犹如解除封印的神兽,温静语还是低估了它的活力,明明看着不大的一只,爆冲起来的力量居然很足,她险些拽不住狗绳。

看来周容晔真的不懂怎么训狗。

奈何这金毛连个正经名字都没有,温静语想喊住它都没有办法,只能先顺着它的意到处游荡。

草坪中央有一座石雕喷泉池,往喷泉的右手边走,越上两三级石阶后地势拔高,蓄满水的露天游泳池就近在咫尺。

温静语今天穿了一双系带小白鞋,走到泳池边,才发现鞋带散开了,她观察了一下金毛的状态,可能是玩累了,狗也慢下了脚步。

"我绑个鞋带,你乖乖待在原地,不许往前冲哦。"

金毛回头看她,瞧那表情好像是听懂了。

温静语想考验考验它,慢慢蹲下身子,将狗绳松开放在地上,然后佯装开始系鞋带。

金毛围在她身侧转圈,嗅了几下之后突然顿住。温静语对上狗圆溜溜的大眼,心中渐渐升起不祥的预感。

不出所料,金毛在下一秒毫不犹豫地背叛了她的信任。

像故意设计好的节奏,在温静语低头的一瞬间,那金毛好似脱缰野马一般直接转身冲了出去,根本不给人反应时间。

简直令人好气又好笑。

温静语想去追,起身的同时却忽略了脚下。

她站的这块地方恰好紧挨着泳池,岸边有几块瓷砖老化松翘,卷起的边缘看起来不太显眼,但正好绊住了温静语。

她一个趔趄,整个人控制不住平衡向右倾斜。

惊呼声悬在了嘴边,伴随着水花四溅,温静语直直摔进了泳池。

"天哪!静语小姐!"

这动静吓到了不远处的阿彩,她怛然失色,连忙呼救。

温静语自顾不暇,耳边全是灌水声,一时间根本听不清岸上的嘈杂喧闹。

实在是太倒霉了,她不仅不会游泳,掉进的这片区域还是深水区。

被呛几口水是在所难免的,镇定下来后,温静语立刻仰头浮出水面呼吸,然后伸脚探了探池底。

还好,还能够到底,只是水面已经没到了她的肩膀。

对于不会游泳的人来说,此刻心里的恐惧只会被无限放大。

往前划就是浅水区,可温静语根本不敢动,她将双臂悬浮在水面上保持平衡。进退两难之际,她听见有人在喊"周生"。

身后的水被搅动,激荡的波纹一圈一圈递进,瞬间包裹住她。

有人下了水。

"温温。"

是周容晔的声音,带着掩饰不住的担忧。

"别怕,就在那里不要动。"

因为过于紧张,温静语自动忽略了他对自己的称谓,反正现在不管是谁,只要能立刻救她上岸就好。

"周容晔。"她带着颤音。

"我在。"

他话音刚落,温静语就感觉到自己的腰肢在水下被人大力揽住。当僵硬脊背贴上那堵温热胸膛的时候,她知道自己不需要害怕了。

"慢慢转过来。"

周容晔耐心地引导着她。待温静语与他面对面的时候,他朝她弯了弯嘴角,安抚的痕迹明显。

西装外套被他随手弃在岸边,黑色衬衫还没来得及脱就着急下了水,因为被水浸湿,衣料紧紧贴在他的身上,勾勒出饱满紧实的肌肉轮廓。

他的头发也湿了,水珠顺着额角缓缓而下,滑过流畅的下颌线,又滴进水面,荡漾起细小涟漪。

那涟漪似乎直接泛进了温静语的心里。

"抱紧我。"

抱?抱哪里呢……

抱胳膊好像没什么用,抱腰好像也不对。

不等温静语反应,周容晔直接面对面托起了她的腰。水里的动作不太稳,温静语吓得伸手搂住了他的脖子。

两人贴得太近,一点微小动作都能感受得一清二楚。彼此的呼吸就在耳畔,一下又一下,轻轻敲着耳膜,隐隐约约,那频率似乎比心跳声还要急促。

落水的恐惧感早就被抛到了脑后,取而代之的,是温静语胸腔内燃起的热意。

周容晔就这么抱着她慢慢移动到岸边,让她伸手就可以抓住泳池扶梯。

"小心点,慢慢爬上来。"阿彩盯着温静语的一举一动,满心担忧。

不仅是阿彩,此刻几乎所有人都聚了过来。有人手里拿着准备好的浴巾,见温静语安全上岸就立刻将其披在她的肩上,还有人递来暖身的热水。

温静语连声道谢。

可能是因为泳池里的亲密接触,也可能是因为出糗被众人围观觉得难堪,她脸上的热意更甚。

随后上来的周容晔也接过毛巾。他望了眼温静语身上湿透的衣物,边擦着头发边说:"阿彩,你带静语小姐去换身干净衣服。"

"好的,先换茵茵小姐的衣服吗?"阿彩默默在心里将两人的身高做了对比,有些犹豫,"给静语小姐穿的话会不会太小?"

温静语刚想说没事,周容晔就开口了。

"那就换我的。"

别墅三楼,温静语立在周容晔的卧房外,踌躇着不知道该不该进,还是阿彩替她果断地推开了房门。

"静语小姐,我就不进去了。左边是浴室,右边是衣帽间。周先生说柜子里的衣服您可以随便拿,冲个澡下来喝碗姜汤吧。"

"好,谢谢。"

阿彩离开后,温静语也进了卧房。明明是空无一人的房间,她却像生怕打扰到谁一样,脚步轻缓犹豫。

她环视了一圈,这卧房面积比她现在住的公寓还要大,装饰和寝具也彰显着主人强烈的个人风格,简约利落,是绝不拖泥带水的设计。

只是太干净了,不仅仅是字面上的意思,这房间看起来不像有人长住,没什么生活痕迹。

待温静语走进衣帽间的时候,她更加笃定了内心猜测,周容晔平时应该很少住在这里,衣服不多,好些连吊牌都没拆。

跟她自己的衣服比起来,周容晔的衣服大了不止一个码数。温静语翻翻找找,最后选了一件最简单的白色衬衫和一条亚麻色休闲裤。

身上潮湿黏腻得难受,温静语快速冲了个热水澡。

等到她下楼,周容晔已经换好衣服,神清气爽地端坐在客厅里了。那只罪魁祸首的金毛正怏怏地趴在他脚边,一副貌似已经挨过批评的样子。

温静语挽了挽衬衫袖子,顺着楼梯台阶慢慢往下走。

衣服大点倒无所谓,只是周容晔的裤子对她来说实在太长,腰也松了一大圈,好在她原本的裤子配了皮带,拆下来就能用,裤腿要想不拖地的话只能往上卷几道。

一套男装被她穿出了大码的感觉。

周容晔的目光一直跟随着她，温静语却不想抬头与他对视。

确切来说，是不敢。

台阶一级接着一级下，她的心跳也像加了速的鼓点，全身血液逆流。

这种不寻常的感觉在泳池的时候就很明显了。

温静语突然想起一个专业名词——吊桥效应。

人在遇到提心吊胆的状况时，心跳也会不自觉加快，如果这时恰好碰见另外一个人，那么自我就会错把这种由情境引发的心跳加速理解为对对方的心动。

泳池就好比吊桥，周容晔又恰好救了她，所以她现在的反常就是一种错觉。

嗯，一定是这样。

"过来喝点姜茶。"

周容晔取了个干净的骨瓷杯，斟了满满一杯递给温静语。

"谢谢。"

温静语接过杯子后，特意挑了左侧的单人沙发坐下，与周容晔之间隔着一只狗。

"这是你的耳坠。"

茶几上摆着一只精巧的深色木盒，周容晔顺手将其推到了她的面前。

这盒子和那只装翡翠手镯的很相似，材料瞧着也相同。温院长平时爱把玩一些木器手串，温静语拿给他瞧过，才知道这是上等的紫檀木。

她掀开盖盒，果然是那只遗失的耳坠。

温静语将耳坠取出，又把盒子还给了他，说道："这耳坠不值钱的，你有心了，还替我用这么好的盒子收着，太浪费。"

周容晔不语，半响后又将盒子推了回去。

"是你的就值得。"

他轻飘飘一句话，却让温静语好不容易敛起的情绪再起波澜。

气氛微妙之际，一直安静趴着的金毛准备换姿势，它站起身伸了个懒腰，将两人的注意力都引了过去。

"挺巧哈，你养的也是金毛。"

温静语微俯下身，不计前嫌地摸了摸金毛的头顶。

周容晔捧起杯子，吹了吹杯沿冒出的热气，不紧不慢地往嘴里送了一口，回答道："特意选的。"

不是说朋友送的吗，这朋友开宠物店的？还能选？

"金毛挺好的。"温静语心不在焉地打着哈哈。

"阿彩把事情经过都告诉我了。"周容晔睨了金毛一眼，语气有些无奈，"它太调皮了，平时连我也难以管教。"

温静语呷了一口姜茶，里头应该是搁了红糖，微微的辛辣中带着一丝清甜，暖身暖胃。

她手捧杯子，表示理解："这个年纪的狗狗就是这样的，皮是真的皮，但也聪明，从基础的开始好好教就行了。"

137

"你比较有经验,有什么好方法吗?"

"先给它取个名字呀,不然它都不知道你在喊它,更别说下达指令了。"

周容晔若有所思地点头。这时温静语的眼风扫了过去,金毛恰好抬头与她对视,那表情看起来很是无辜。

她突然笑了一声,想也不想地脱口而出:"这会儿倒装起来了,其实就是个典型的撒手没。"

"这个名字好。"周容晔突然开口。

"嗯?"

"就叫'撒手没'吧。"

....

温静语从周家离开的时候天已擦黑。

用完晚餐周容晔送她回湾仔,那辆紫色的"Viola"跑车再次现身。

回程的路与来时的路不一样,周容晔选了条山道,从黄泥涌峡道到司徒拔道,一路要经过无数个弯。

温静语有十足的理由怀疑他是故意的。

从上车起她就开始合眼假寐,好几次被晃到不得不睁开眼。每当她瞥向主驾,都能发现周容晔悬在嘴边的隐隐笑意。

这人有时候不正经起来也能让她咬牙切齿。

可能是感受到温静语愤愤的眼神,到了后半程,周容晔明显收敛许多,可这并不影响他的好心情。

有朝一日他居然也会觉得,被人直眉瞪眼是件这么开心的事情。

车子停在喜汇五座楼下时已经是夜里九点多,太源街的街市早已收摊,环卫车从庄士敦道进场,正做着洒水洗地的工作。

"那我先上去了。"

温静语下车时,手里还拎着袋子,里头是她自己的衣服,阿彩帮忙拿去清洗烘干,等到她告辞离开才拿出来。

所以她现在身上穿着的,依然是周容晔的衣服。

"衣服我会送去干洗,到时候再还给你。"

"不急。"

就在此刻,两人的手机同时振动,是周皓茵在微信群里呼唤他们。

周皓茵:小叔,Miss 温,我马上就要回香港啦!

温静语:嗯?

周皓茵:学校放圣诞假,我搭二十二号的飞机回来,你们来机场接我吗?

温静语看了眼她的航班信息,为难道:"怎么办,这个时间我恐怕不行。圣诞音乐会快到了,团里最近加班加点排练,根本走不开。"

周容晔将手机收回兜里,宽慰她:"没关系,你先忙你自己的事情。"

"那你替我跟茵茵解释一下。"

他点点头。

临别之际，周容晔并没有先走的意思，他目送着温静语进公寓大楼。

"哦，对了。"温静语刚想推玻璃门，又折回身，"圣诞音乐会，你想来吗？"

路灯下，周容晔倚着车门，姿态放松。

他弯唇笑："当然。"

"那我让同事匀两张门票出来，到时候你和茵茵一起来。"

"没关系。"昏黄光线中，周容晔的眉眼沉沉，"开票的时候就买好了。"

温静语惊诧，那起码是一个月前的事情了。

周容晔似乎对她的反应很是满意，缓声道："早点休息，我们平安夜见。"

今晚值班的公寓管家依然是温静语熟悉的那位，她见温静语迟迟没有推门进来，以为她需要帮助，立刻从前台走出来，绕到门口。

"温小姐，晚上好啊。"

温静语转身也打了个招呼："晚上好。"

公寓管家眼尖，一下就认出了倚在车旁的周容晔就是那位在楼下守了一夜的痴情仔。她以为自己煞了小情侣的风景，连忙道："你们继续，你们继续。"说着又退回了前台。

这举动引得温静语失笑，她摸摸耳垂，对周容晔说了一句"晚安"。

夜色如水，白日喧闹的太源街难得沉寂，三十三层的高楼之下，他与她对望。

"晚安。"

…………

作为年底最后一场演奏会，培声乐团对圣诞音乐会十分重视。

排练时间紧凑，温静语唯一的个人时间都压缩到了晚上，但她还是没有放弃夜跑的习惯。

从湾仔出发到中环的维港海滨长廊依然是她最常出没的地方，一般打个来回就能保证六七公里的运动量。

回家的路要穿过港湾道上的人行天桥，天桥连接着会展广场的商场，这里就有一家711，很多夜跑结束的人路过这儿都会光顾。

温静语站在冰柜前挑选饮品，她最喜欢的乌龙茶好像售罄了，正想看看有没有其他牌子的，背后就传来一阵突兀巨响，以及女人的惊呼声。

她捂了捂因受惊而狂跳的心口，回头看了一眼。

原来是垒在过道的置物筐被一位女顾客碰翻了，满地都是倾倒的货品，一片狼藉。

那女生背对着她，显然也是刚结束运动的样子，紧身衣，瑜伽裤，头上还缠着发带。

此刻她正因自己的失误不停道歉。

这么多东西收拾起来有些困难，温静语见她蹲在地上手忙脚乱，干脆上前帮忙整理。

"唔该。"

女生一直用粤语道谢,温静语低着头回了句"不用谢"。

双方抬头,四目相对的同时,彼此都很明显地怔住。

虽然她素着脸,打扮也和那天完全不一样,但温静语还是立刻认出来了,眼前这位正是在停车广场拦住周容晔的那个姑娘。

这样近看,她的年纪应该比周皓茵大不了多少。

"哎,你是……"女生也对温静语有印象,立刻切换成普通话,"培声的中提首席?"

温静语捡起地上的酸奶瓶,点点头。

"你好啊,我叫樊子欣,你也可以喊我 Maggie。我记得你姓'温'?"

"你好,温静语。"对方落落大方,她自然也不能扭捏。

"谢谢你啊。"

"举手之劳。"

两人一起动手,总算把置物筐归为原位。温静语也没了慢慢挑选饮品的心思,随手拿上一瓶矿泉水就去结账。

"和我的一起算吧。"叫樊子欣的女生说着就要主动付钱。

"没关系。"

温静语掏出八达通快速在机器上刷了一下。待她走出便利店的时候,樊子欣后脚也跟了出来,似乎还有话想说。

"我冒昧问一句,"樊子欣挡住她的去路,"你是阿晔的朋友吗?"

温静语看得出来,这姑娘也是个爽快性格,有什么就问什么,但太直接、太突然,她并不喜欢这样的对话方式。

"我觉得这个问题你应该去问周容晔,毕竟我们不熟,不是吗?"

论直白,温静语觉得自己也不差。

樊子欣皱了皱眉,反驳她:"可是你现在就在这里啊,你不能回答我吗?"

温静语不紧不慢地抿了一口水,弯唇道:"不能。"

气氛一下就变得微妙起来,温静语的回答直接勾起了樊子欣十二万分的好奇心。

如果只是普通朋友,那有什么不能承认的?

"可是阿晔他……"

樊子欣话音未落,温静语就出声打断:"不好意思,我还有事,先走了。"

她无意在此久留,微微颔首后,抬步就走。

樊子欣被甩在身后,想追上去却又不敢,她觉得温静语的气场压了自己不止一头。

"要不我们加个 Whatsapp!"她朝着那个倩丽背影大声喊道。

温静语头也不回,挥手做了个再见的动作,但她心里想的是,最好再也不见。

偏偏这世上就有事与愿违,她的期盼并没有成真。

平安夜这天，周容晔兑现了自己的诺言，他带着周皓茵出现在香港文化中心的音乐厅。

这次他选的不是楼座，而是和舞台几乎零距离接触的堂座第一排，并且还是正中间的位置。

温静语上台的时候一眼就看到了他们。

周容晔一如既往的淡然自若，朝她微笑致意。

而他身旁的周皓茵却差点抑制不住激动情绪，只是碍着交响乐的观赏礼仪，硬生生地把自己摁在了座位上。

演奏开始前，温静语偷偷给了她一个眼神。周皓茵立刻心领神会，Miss 温这是让她好好学习呢。

台上除了管弦乐团，还有合唱团的加入，第一幕直接用巴赫的《圣诞清唱剧》作为开场，将气氛推到高潮。

中场休息时，乐手们依次退回幕后，温静语这才有机会朝两人打招呼，但也只是简单地挥了挥手。

周容晔的目光落在连接后台的那扇木门上。

"小叔。"周皓茵抬起手肘轻轻撞了撞他，"魂要不见了。"

自从周皓茵知晓周容晔的心思之后，她的调侃就越来越频繁，也越来越不收敛，这甚至成为她生活中的一大乐趣。

周容晔屈指往她的额头上来了一记栗暴，毫不客气地威胁道："不想开派对了？"

"想的，想的。"

周皓茵和在港的朋友们计划了今晚的平安夜聚会，她还盛情邀请了温静语，等这里的音乐会结束就一起出发。派对场地就借用了周容晔位于半山的高层公寓，比起深水湾，那里靠近中心区，散场后方便大家回去。

"小叔，我正经问你，几时开始中意 Miss 温的？从她给我上课那时起？"周皓茵说着还自己回忆了起来，"不对，难道是第一次去看路海交响乐团演出的时候？所以你才次次陪着我？"

周容晔轻嘲："通通不对。"

"你快说呀。"

"叻女（聪明的女孩），自己慢慢猜。"

…………

演奏会散场的时候还不到八点，温静语收拾完东西离开音乐厅，那叔侄俩已经在停车场等候了。

"Miss 温，好久不见！"

周皓茵上前就是一个大大的拥抱，她像无尾熊一样缠着温静语，用肢体动作表达着自己的思念之情。

"茵茵，好久不见。"

温静语光顾着回拥她，连肩上的琴盒滑落都没注意，还是周容晔眼疾手快地替她托住。

"好了，该走了。"

周容晔不着痕迹地将周皓茵从温静语身上扯开。

"孤寒鬼。"周皓茵撇了撇嘴，骂他小气，转头立刻挽上温静语的手臂，"Miss 温，你和我坐后排！"

"好。"

车子进入港岛，绕过西环往上环的方向开，这一路又是上坡多，最后拐进了干德道一个住宅区的地下停车库。

温静语知道这个楼盘，港岛有名的大建面豪宅，两千多呎的户型就要租到二十万一个月，没想到周容晔家还是套空中别墅，光是二楼那个开放式的休闲区看起来就有整个喜汇公寓那么大。

派对布置已准备妥当，在周容晔的授意下，全都按照周皓茵的要求来。

轻音乐环绕，气球、彩条样样不落，客厅角落里还摆了棵巨大的圣诞树，上面挂满了琳琅满目的装饰品，节日氛围浓厚，愣是给这套房子换了个风格。

一行人刚走进玄关，一团毛茸茸的东西就冲了过来，而且目标明确。

温静语瞧着立马就要扑到她身上来的金毛，惊喜道："撒手没？"

"Miss 温，这名字是你取的吗？难怪它只认你。"周皓茵揶揄，"你看它的眼里都没有我和小叔。"

"因为它只认美女。"周容晔冷不丁丢下这一句话。

周皓茵噎住。

在车上周容晔错过了几个未接来电，这会儿他将人引到客厅，又嘱咐周皓茵："茵茵，你照顾下温老师，我去回个电话。"

"放心吧，小叔。"

回二楼房间要经过那棵圣诞树，温静语正站在树前和撒手没玩闹，她的注意力都在金毛身上，没发现周容晔出现在她的身后。

"随意参观，就当是自己家。"

不等温静语反应，他已经折身上了楼梯。

十多分钟后，周皓茵邀请的客人也陆陆续续来了，都是些跟她年纪相仿的朋友。招呼客人的同时她也没忽略温静语，一个接着一个地引荐，向大家介绍自己的提琴老师。

这头正聊得火热，门口突然传来一阵骚动，像是有什么重要嘉宾登场。

周皓茵回头一瞧，瞬间变了脸色。

"哪个戆鸠仔把她叫来了？"

光看周皓茵的表情就知道她肯定不开心。

来人正是樊子欣。为了迎合今天的圣诞主题，她化了个浓艳明亮的全妆，头上还戴着麋鹿造型的发箍，看起来俏丽活泼。

家政阿姨给她递上拖鞋，进了玄关之后，樊子欣就开始四处打量，似乎在找什么人。

周皓茵身旁的姑娘面露难色,语气有些歉疚:"不好意思啊茵茵,是我不小心发出去的消息……我忘了她也在那个群组里。"

樊子欣是周启文朋友的女儿,比周皓茵大四岁,两人从小认识,只是性格、脾气向来不怎么对付。

奈何她们朋友圈的重合度太高,有些场合实在避无可避。

周皓茵轻叹一口气:"没事,只要她别作怪就行。"

温静语听得一知半解。在她眼里,这些都是未出茅庐的孩子,对于他们之间的纠葛更是无心参与。她正想寻个上厕所的借口离开,结果樊子欣的视线也扫到了这边,大步流星地走了过来。

周皓茵突然抓住温静语的手,提醒道:"Miss 温,等会儿小叔下来,你一定要帮忙护着他。"

温静语一顿。

让她护着周容晔?这是什么逻辑。

但很快她就明白了。

樊子欣早就看见了温静语,但她并没有主动搭话,而是转头对周皓茵打起了招呼。

"茵茵,好久不见啊。"她又问,"你小叔呢?"

周皓茵皮笑肉不笑地扯了下嘴角:"不知道。"

"擎大眼讲大话,他肯定在家对不对?"

"我又没在他身上装监视器,难不成还要找根绳牵住他?"

说了不到三两句话,火药味就上来了。直到有人出面扯开了两人,气氛才逐渐放松下来。

"Miss 温,你看到了吧,不是我小心眼啊,这人真的不讲道理。"周皓茵坐在沙发上,气得用手扇风,"她老豆是我老豆最好的朋友,毕竟大我几岁,小时候我也敬重她,其实人不坏,除了公主病别的倒还能忍。"

茶几上摆了许多精致甜点和无酒精饮料,温静语给她递了一杯。

周皓茵接过后一口气喝了个干净,润润嗓接着道:"就从前几年开始的,她缠我小叔缠得紧,听说有段时间还追到新加坡去了。她老豆也狠狠批过她,但不奏效,小叔见到她就躲。"

温静语在一旁安静听着,也没发表什么感想。但她心下已了然,难怪每次见到樊子欣,对方张口闭口都是周容晔,怕是有些魔怔了。

"Miss 温,你说该怎么办?"

温静语也见过一些在感情上偏执死脑筋的人,但从来没有经历过,一时半会儿还真给不出什么有效建议。

"我觉得这个事情,可能还是需要你小叔出面解决,一次性讲清楚。"

"讲过了呀!"周皓茵有些激动,"你别看小叔对你是柔声细语的,其实他平时话少又冷情,绝对不给别人暧昧机会。"

温静语眉心一跳,周皓茵这话是在点她?

"依我看，不如给小叔找个老婆，最好是像你这样的，对方看了就会知难而退。"语毕，周皓茵又盯着温静语，眼神恳切，"Miss温，我说得对不对？"

温静语忽地笑了。她算是听懂了周皓茵的意思，这是想做个牵红线的月老。

"茵茵，人小鬼大。"

她这话刚调侃完，连接客厅的空中花园突然传来一阵犬吠，还夹杂着一声刺耳尖叫。所有人的注意力顿时都被吸引了过去。

在场有好些是十六七岁的孩子，温静语生怕哪个人出了意外，连忙起身过去查看。

只见撒手没正梗着脖子冲樊子欣没完没了地狂吠，家政阿姨在后头拼命扯住它的狗绳，就怕一撒手场面更加无法控制。

樊子欣一脸惊恐，缩在角落里根本不敢出来。

"撒手没，过来！"

温静语压低了声音呼唤它。

撒手没的耳朵随即动了动，收回了龇起的大牙，立刻换上另一副表情，前后简直判若两狗。

家政阿姨把狗绳递给温静语，心里终于松了一口气。

"受伤了吗？"温静语这话问的是樊子欣。

"没……没有。"受惊的樊子欣抚了抚胸口，"这狗什么情况啊？我摸它一下就突然发疯。"

撒手没虽然调皮，但跟人玩耍的时候向来很有分寸。这段时间周容晔正在尝试着训练它，也向温静语讨教了很多问题，可从来没听他提起狗子有什么过激行为。

凭借着多年的养犬经验，温静语猜樊子欣应该是做了什么激怒狗的举动。

"你摸的哪里？"

"就摸了一下背啊。"

周皓茵率先出声反驳："你撒谎，摸背它怎么可能凶你啊！"

一旁就有目击了全过程的人，也附和道："Maggie，我看见你摸的好像是尾巴哦。"

"那我就是看它可爱，想摸摸它嘛，结果它不理我，我追上去不小心扯到了尾巴，谁知道它这么凶！"

樊子欣心虚，也一下来了气。她突然望向温静语，厉声质问："这是你的狗狗吗？它为什么要针对我，没教好干吗带出来？"

虽说是周容晔的狗，但温静语对撒手没还是很上心的。听到樊子欣这样的评价，她皱了皱眉，正想反驳，身后却传来一道低沉男声。

语气冰冷，没什么温度。

"这是我的狗。"

"阿晔。"樊子欣看清来人，脸上有欣喜，但也有犹疑，"这是你的狗？"

周容晔并不想搭话。他一出现，原本趴在地上的撒手没立刻翻身起来，冲着他欢快地摇起尾巴。

一切不言而喻。

"狗狗的尾巴脆弱又敏感,保护自己是它下意识的举动,并不是针对你,见到任何狗狗都不能拽尾巴。"

为她着想,温静语还是好心提醒了一番。谁知樊子欣愣是一句话都没听进去,关注点严重偏离。

"阿晔,你的狗为什么这么听她的话?"

温静语暗叹,此人果然药石无医,难题还是留给周容晔自己解决吧。

"撒手没,走吧。"她扯了扯狗绳,撒手没立刻跟上。

"你等等!话还没说清楚。"

樊子欣不肯让温静语走,温静语的脾气也被激了出来。

谁还没点公主病?

"说什么?我和周容晔的关系?"也不管此刻正主就在边上,温静语意味深长地挂起一抹笑,"为什么要跟你汇报?就不告诉你。"

樊子欣噎住。

周皓茵没憋住直接笑出声。

盯着女人离开的背影,樊子欣终于绷不住了。

"她到底是谁?"

周容晔极淡地瞥了她一眼,眸子里没什么情绪,撂下一句话后转身就走。

"我也不告诉你。"

意外的小插曲已经闹出太大动静,温静语将撒手没安顿好,刻意避开人多的客厅,绕到了安静的厨房。

这里只有家政阿姨在忙活,周容晔找到温静语的时候,她正捧着一个玻璃杯喝水发呆。

"周生。"家政阿姨打了声招呼,识趣地离开。

周容晔站到她身旁,也给自己倒了一杯水,问道:"无聊吗?"

"还行,看他们玩也挺有意思的。"

厨房是开放式的,能看见餐厅里三三两两聚在一块儿玩桌游的小孩,嬉笑怒骂,好不热闹。

"都是小孩子,我也很难参与。"

温静语点点头,表示赞同。她想起之前那一幕,觉得还是有必要说开:"听说 Maggie 是哭着离开的,那会儿我说话也挺冲,给你添麻烦了,毕竟是你和茵茵的客人。"

说到底,樊子欣就是个被宠坏的小姑娘,年龄和阅历都跟不上,把温静语当成假想敌,一时钻了牛角尖。而她刚刚也不知道怎么回事,对着比自己小那么多岁的女孩子说怼就怼了。

好像有点幼稚。

温静语稍微有一点后悔，但也就是一点点。

"无所谓。"周容晔将玻璃杯搁在中岛台上，指尖敲了敲石纹桌面，"今晚除了你，其他人都不是我的客人，不用在意。"

温静语看得出来，樊子欣一走，他是松了口气的。

"这些小孩玩得那么开心，我们反倒闲着，不如来做点成年人该做的事？"

周容晔这话来得没头没尾，温静语只抓住了一个重点——成年人该做的事。

"啊？"

不用照镜子，她觉得自己现在的表情应该挺蠢的。

"紧张什么，想哪儿去了？"周容晔笑，"我的意思是，要不要来点酒？"

这人就差把"逗你玩"几个大字贴在脸上了。

温静语嗤笑一声，也顺着他的话说："好啊，来。"

"喝点什么，红酒、威士忌？"

岛台角落放着一个不大不小的水果篮，家政阿姨切完果盘后里头还有剩的。温静语拎过来瞧了瞧，突发奇想道："今天不是圣诞节嘛，咱们来做热红酒吧。"

"可以，要准备什么？"

温静语从篮子里挑出几个苹果和橙子，问道："有柠檬吗？"

"应该有。"

周容晔打开冰箱，找了一个新鲜柠檬递给她。温静语从刀架上取了一把水果刀，打算先处理原材料。

她的刀工不错，并且追求速度，刚洗净的水果表面沾了水珠，温静语一个没摆稳，差点切到自己的手指。

周容晔在一旁看得心惊肉跳，立刻制止："还是我来吧，你去拿红酒。"

温静语还没来得及回答，手上的刀就被他抽走了。

肌肤相触的那一刻，热意又起。

她清了清嗓问："酒柜在哪儿？"

"就在中岛台下面。"

温静语围着转了半圈才发现酒柜，她没心细看，随手抽了一瓶出来。

水果带皮切片，丁香、桂皮备用，再来一把冰糖和两枝迷迭香，混入红酒后，开小火慢煮。如果不想口感发苦发涩，切忌不能将红酒煮得太沸，待食材原汁和香味完全融入酒里就可以关火享用了。

因为水果切得太多，红酒也快倒完了，整锅热酒掂在手里分量十足。

一切都完成之后，温静语才注意到红酒瓶的标签。

她盯着白色标签纸上的法文字母细细一读，差点背过气去。

一九九〇年的罗曼尼康帝，就被他们这么随意挥霍了。

温静语悔得想捶胸顿足。她望着一旁云淡风轻的周容晔，哀怨道："你早就发现了吧，怎么也不提醒一下啊？"

"这不是煮得挺香的吗？"

热红酒的温度烫人，高脚玻璃杯的杯壁太薄，不适合当容器，于是周容晔从柜子里找了两个浅色马克杯。

果香浓郁，酒液晶莹，可能是罗曼尼康帝的威力，温静语笃定了这一锅绝对是无可匹敌的精纯佳酿。她小心翼翼地端起杯子，感觉浪费一滴都是暴殄天物。

温静语的酒量虽好，但也容易上脸。

红酒经过加热虽然挥发了部分酒精，但依然不能小瞧它的威力。大半杯酒下肚，她原本白皙的双颊就泛起了一层薄薄红晕，好似刚刚采撷的新鲜蜜桃。

反观一旁的周容晔，面色不改，气定神闲，丝毫不受酒精催化的影响。

"真羡慕你的体质。"温静语与他碰杯，出声调侃，"有点千杯不倒的风范了。"

周容晔却不以为然："可是我这样的，有时想装醉都难。"

温静语失笑，这话竟然无法反驳。

客厅音乐不知在何时调整了风格，欢乐的圣诞曲切换成粤语歌，张蔓姿的《深夜浪漫》接档王菲的《不眠飞行》，迷幻朦胧，氤氲了满室。

就连头顶的水晶灯都折射着细碎迷离的光晕。

可能是喝了酒的缘故，温静语觉得体内热意渐渐翻涌，她很想脱掉外套，但里面偏偏穿了一件细吊带背心，略显清凉。

场合不对，她只能先解掉外套扣子，这样敞着倒也能透气。

"很热吗？"周容晔注意到她的动作。

"有点，可能是喝酒喝的。"

"再给你倒杯水？"

"没关系。"

煮锅里的酒还剩下许多，干喝没有意思，温静语走出厨房，想找那几组玩游戏的借点道具。

周皓茵早已注意到这幕，伺机而动，立马冲上去给她塞了一个真心话大冒险的转盘。

周容晔也随了温静语心血来潮的举动，欣然加入这场只有他们两人的游戏。

石头剪刀布定输赢，输的人先开始。第一局就落到了温静语的头上，她划转盘的运气倒是不错，指针落在了粉色区块，上面写着"下家喝一半"。

周容晔爽快地接受惩罚，仰头将杯中本就只剩一半的酒一饮而尽。

轮到他的时候，指针落在了真心话大冒险，周容晔选择了真心话。

温静语双手交叉在胸前，眯起眼盯着周容晔细细思考。

这人就算在自己家里也是一副沉稳持重的模样，好像无论温静语问什么他都不会慌乱，看起来很难突破。

她灵光乍现，露出一丝神秘微笑："你睡觉的时候会打呼吗？"

周容晔微微挑眉，似乎没料到她会问这个问题。温静语暗自窃喜时，他却突然笑了。

"这个我该怎么回答你，我自己睡着了肯定不知道，除非身边有人能听到。"他抬手摸了摸眉角，"可是没有人跟我一起睡觉。"

温静语哑口。

"我要是回答了,你是信,还是不信呢?"

温静语被噎住,这总不能让她亲自求证吧?

也怪她自己,提什么不好,非要挑起"睡觉"这种话题。

温静语败下阵来:"……你赢你赢。"

"或者你换个问题?"周容晔好心建议,脸上却挂着属于胜利者的微笑。

"算了,我是遵守游戏规则的,问一次就是问一次。"

她举起杯子灌了一口酒,选择认输。

游戏一刻不歇地进行着,中途周皓茵送走了好几拨朋友。轮到她自己离开的时候,她还特意叮嘱了家政阿姨,千万不要惊动厨房里的两人。

而那两人确实也沉浸其中,煮锅里的酒快见底了,温度也跟着降了下来,与滚烫时的口感有所区别,更加香甜利口。

几轮下来,温静语的情绪也被调动了起来,好像比平时热络许多。转盘再次回到她手里时,她也划到了真心话大冒险。

"我也选真心话,你问吧。"

温静语微微仰头,端着一副无所畏惧的表情,似乎认定了这局周容晔会输。

周容晔也不着急,偏头望了她一眼,开口时漫不经心:"有没有喜欢的人?"

这话就像突然冒出来的一根细线,穿过温静语的胸膛,将她的心脏缠绕住再轻轻往上一提,打乱了跳动的节奏。

温静语突然觉得自己很没出息。

不就是个游戏,问这问题的人云淡风轻,她紧张个什么劲儿?

周容晔一定是因为想赢,所以才问这种问题。

温静语平复好心绪,从容答道:"没有。"

"真的?"

为了体现答案的真实,温静语扶着中岛台微微探身,朝周容晔凑近了一点,再次肯定道:"真的没有。"

灯光摇曳,酒意微醺,她的眸子染上了粼粼水雾。

周容晔与她对视,似在探究她话语里的真实性,又像在沉思。

两人顿时陷入了一场莫名又无声的拉锯战。

"好,我信。"

温静语扬起一丝得意微笑,直起身子,示意输家该喝酒了。

周容晔顺从地照做,下局该轮到他了。

轮盘快速转动,指针像有吸引力似的,又停在了真心话大冒险的区块上。

"我选真心话。"

合着今晚就是坦白局,两人硬杠到底,谁都不选大冒险。

客厅里依然放着粤语歌,前奏响起,是陈奕迅的《葡萄成熟时》。

也是应景,他们现在喝的就是红酒。

葡萄成熟,酝酿成酒。

温静语吁了一口气,斜眼睨着他,打算把刚才的问题原封不动地奉还。

"有喜欢的人吗？"

周容晔听到这句话的时候还低头敛着眸子，温静语看不到他的反应。

或许是酒劲上来了，等到他的视线再次扫过来，她居然看不懂那双锐利眼眸中的情绪，沉浮起落，深渊如海。

时间一分一秒流逝，歌词也唱到了中后段。

> 也许，丰收月份尚未到你也得接受
> 或者要到你将爱酿成醇酒
> 时机先至熟透
> …………

他不答，温静语就以为他退缩了。然而她自己的心也无缘无故悬着，就像一叶小舟，短促急浪就能将她卷起掀翻。

耐心即将告罄之时，周容晔开了口。

"有。"

…………

两人都喝了不少酒，回程是周容晔的司机相送。

温静语感到庆幸，如果此时此刻与她单独相处的人是周容晔，那她绝对一句有用的话都憋不出来。

酒精作祟，脑子里乱成了一团糨糊。

周容晔说他有喜欢的人。

温静语搞不懂自己听到这个答案时的感受，不是惊讶，也不是好奇，居然是失落。

她觉得害怕，因为她熟悉这种感觉。当初梁肖寒一个接着一个换女朋友的时候，她体验过这种滋味。

温静语不想承认也不敢承认，她对周容晔的感情似乎产生了偏离。

胸口堵着一团气，下不去也上不来，她干脆降下车窗，让新鲜冷风"呼呼"灌进来，以便清醒一下她这个糊涂又不争气的脑子。

吃过一次教训的人，怎么能在同样的问题上再次跌倒。

回想起这段时间的相处，两人的来往确实太过密切频繁，异性之间的暧昧总是来得意外又不理智，有人或许享受，但温静语不喜欢这种感觉。

像脆弱无根的浮萍，连固着能力都没有，只能随水漂流，没有结果。

现在他明确了自己的答案，他有喜欢的人。

温静语知道，是时候该打住了。

她很有信心，当初留在梁肖寒身上的心思被她收拾得干干净净利落，想必这次也不难。

首先就是要保持距离。

后来的几天时间里，周皓茵也主动找过她，想邀请她去深水湾的周家吃饭，被温静语找借口推掉了。

圣诞过完接着就是跨年夜，周容晔问她要不要来半山，在他家阳台上也能欣赏维港的烟花秀，不必跟拥挤的人群抢位，也同样被温静语拒绝了。

她的理由是需要接待来港游玩的朋友。这回倒不是借口，张允菲真的来了。

元旦的前一天，张允菲直接买了一张机票杀到了香港。

一年一度的维港烟花秀两人也没去凑热闹，而是在附近商超买了些冰酒，又在外卖软件上叫了一家秘鲁菜，中环Chullschick的烤鸡，张允菲念叨许久了。

公寓阳台的风景自然是比不过半山，小小的面积刚好容下两张椅子。

好友相聚，眼前人才是最重要的。

"怎么样，好吃吗？"温静语问的是盒子里的秘鲁烤鸡。

"好吃。"张允菲嘴巴没停下来，"香港的多国菜真的很正宗。"

"这么喜欢吃鸡肉，到时候带你去吃蔷红烧鸡，就在湾仔，包你满意。"

"感谢温老板。"

温静语嫌弃："道谢就道谢，爪子别伸过来，全是油。"

张允菲悻悻地收回手，余光瞥到她腕上的两串水晶。

"明天和知子吃饭，结束后带我去旺角啊，她都跟我说了，这家水晶灵得很。"

温静语调侃道："这么热情地拉客，我严重怀疑她是那家店的幕后老板。"

张允菲大笑，又问："你戴了挺久的吧。怎么样，灵不灵？有没有招到桃花啊？"

温静语低头摸了摸手串。她想起店主的提醒，水晶需要晒晒太阳或者月光，可是她一项都没有做到。

所以不灵了吧。

"说实话，目前为止还没招到桃花，连烂桃花都没有。"

张允菲反过来安慰她："可能是时间不够，心诚则灵，你要多给自己一点信心。"

"给什么信心。"温静语不甚在意道，"我一直都很相信自己，只是不信什么天赐良缘。"

"遇到你就信了。"

"借你吉言吧。"

两人相视一笑的瞬间，阳台外面，口哨声伴随着欢呼声突然响起，不绝于耳。这些声音来自于各幢住宅楼以及街上的人群，看来是零点倒计时了。

从这儿望出去，维港烟花的全貌根本看不清，只能隐约瞧见一点冒头的花火，但两人全然不在意，因为气氛足够热烈。

与此同时，在半山的家里，周容晔刚刚给温静语发完新年快乐的消息，只不过对方的态度不冷不热，客气地回了句"你也快乐"，连个事事如意的后缀都不带。

这样的情况从圣诞节之后就开始了，她似乎在有意躲着他。

阳台上，周皓茵正兴奋地拍摄着烟花秀的视频。她想让周容晔也过来看看，结果转身还没来得及开口，就看见他眉头紧锁的模样。

为情所困的男人挺惨的。

要不是她趁着假期回港，这样的跨年夜，只怕周容晔也是一人度过。

周皓茵收起手机，走回客厅，轻轻喊了声"小叔"。

周容晔一抬头就看见她满脸写着同情。

"Miss 温是不是不理你？"

叔侄俩相顾无言，一个发愁，一个愁上加愁。

"茵茵。"

周容晔怎么也没想到，自己有天会向一个未成年咨询情感问题。

"你说她会中意什么样的告白？"

…………

温静语真的带着张允菲去了旺角的水晶店。

知子因为私事要先行离开，临走前她特意嘱咐水晶店的老板，要好好给她们介绍手串的功效。

店主很快就认出了温静语："我记得你是一个月前戴上的？感觉怎么样？"

温静语委婉地说出实话："可能是时间不够，好像还没起作用。"

店主给了她一个眼神，突然神秘道："不要急，我预感你马上会有好事发生。"

信不信是一回事，但好话听了总是让人心情愉悦的。温静语一笑而过，这时张允菲也拎着她挑好的水晶走了过来。

"温温，这串好漂亮。"

"小姐好眼光。"店主接着介绍，"这款是超七水晶来的，黑金双色，磁场很强大哦。"

"有什么作用？"

"消除负能量，坚定心志，主要针对事业提升和财富积累。"

她话音刚落，张允菲还没做出反应，温静语就抢先回答了："这个适合我。"

说着，温静语就摘掉了手腕上的士多啤梨晶和红纹石，莞尔道："这可比招桃花靠谱多了。"

张允菲无语。

离开水晶店，两人又辗转去了尖沙咀的海港城。海运大厦三楼的天穴是知子认证的必吃日料，提前帮她们订好了位置。

油金鱼薄切鹅肝粒经常售罄，她们今天运气好，刚来就点上了。

张允菲往两人杯中添了热水，问道："春节回路海吗？"

"回的，不过得除夕当天回了，前一天有演出任务。"

"这么赶啊？那你在家待不了几天吧？"

"没事，到时候我爸妈会一起来香港，温院长年后正好要来这边出公差。"

"温院长的业务都拓展到这儿了？"张允菲玩笑道。

"想啥呢。"温静语抿了一口水，"说是两地医院启动了一个什么人才交流计划。"

"那敢情好，二老还能顺便看场你的演出。"

"还是别了。"温静语摇头笑，"你又不是不知道，崔老师只要往那观众席上一坐，我就跟上课似的，到时候连琴弓都拿反。"

张允菲被逗得哈哈大笑。

她突然想到一个问题："在我面前说就算了，以后在外头千万别把崔老师形容得这么可怕，不然你们温家未来的女婿怕是要临阵脱逃。"

温静语斜她一眼，揶揄道："未来女婿？在哪儿呢？快拉出来给我瞧瞧，迫不及待了。"

"温温，"张允菲眯着眼看她，"有些话别说太满哦，小心戏言成真。"

"我看你是被水晶店老板附身了。"

张允菲笑得更欢。

晚饭吃到一半，两人规划起后面几天的行程。张允菲回路海的机票是五号，可温静语的元旦假期只有三天，必然是不能天天陪着她的。

一个人逛街太无聊，温静语干脆建议她去行山，既能锻炼身体又能欣赏自然景观。

向来爱运动的张允菲欣然接受了这个提议。

在本地同事的帮助下，温静语给她推荐了位于西贡野郊公园的麦理浩径，从北潭涌出发，途经万宜水库，沿路风景绝佳。

在排练厅闷头读谱的时候，温静语收到了张允菲的照片反馈，碧海蓝天，青山奇石，此行确实值得。

她默默在心里记下了这条行山路线，想着自己有朝一日也要去一趟。然而麦理浩径还没来得及体验，她就误打误撞地走上了另一条路线。

好友返回路海之后，温静语又过起了按部就班的日子。整整一个星期，周容晔都没有消息。

也好，就这样慢慢拉开距离吧。

话虽如此，可温静语堵在心口的那团郁气依然没有消散，她需要找点事情来转移自己的注意力。

元旦后的第一个周末就是大晴天，空闲在家，温静语干脆把卧房的床品和沙发套拆下来清洗了一遍。

阳台面积小，搁一个晾衣架就满了，她只能往客厅里再支一个架子。

公寓里充满了洗衣剂的清香，阳光和煦，穿过落地窗倾泻在地板上，暖意十足，不闷不燥。

是个适合打坐冥想的午后。

温静语扯来一张瑜伽垫铺在窗边，合眼没几分钟，茶几上的手机就开始"嗡嗡"振动。

香港的骚扰电话也很是猖獗，她原本不想理睬，谁知对方不依不饶，一刻也不愿意停歇。

她捡起手机一看，居然是周皓茵的号码。

"喂，茵茵。"

"Miss 温！"周皓茵的语气高亢，"你在家吗？"

"我在。"

"那你快到阳台上来！"

"啊？"温静语不明所以，"我家阳台？"

"对呀，对呀。"

温静语不知道她葫芦里卖的什么药，将信将疑地起身，结果走到阳台上也没弄明白。

"然后呢？"

"Miss 温，你晒床单啦？蓝色的？"

温静语讶异："你怎么知道？"

电话那头传来周皓茵清脆的笑声，她揭开谜底："你快往宝云山的方向看！"

宝云山紧邻湾仔，与喜汇只相隔两条马路，公寓的阳台朝南，望出去就能看见部分山体。

"看见我了吗？我就在宝云道健身径！现在这个位置能看见你家阳台哎。"

为了挡住刺眼阳光，温静语将手遮在额头上方。她眯着眼尽力往宝云山的方向望去，确实能看见悬在半山腰的宝云道。

毕竟相隔了几百米的距离，在小径上徒步的人瞧起来就只有一个模糊小点，连衣服的颜色都难以分辨，更别说看清面容。

"茵茵，你是有千里眼吗？我根本看不到你。"

"啊，是我忘了，我有望远镜。"

温静语失笑。

"Miss 温，你要是不忙的话就来找我吧，我就在原地等你，怎么样？"

这样的晴日去爬爬山确实是个不错选择，但温静语有些犹豫。

"你一个人？"

"不是呀。"周皓茵停顿了一下，"还有撒手没！快点来吧，撒手没也想你了。"

担心温静语拒绝，她又撒娇："Miss 温，我明天就要走了，你真的不来见见我吗？"

这招确实奏效，温静语最终还是换了一身衣服选择出门。

穿过皇后大道东，再越过贤华街的大坡度阶梯，从坚尼地道的入口出发就能直接爬上宝云径。与周皓茵会合的地点在中段，温静语找到她的时候，确实瞧见了撒手没。

只不过还多了一道身影。

周皓茵没有告诉她，撒手没的主人也在。

与周皓茵活泼明媚的打扮不同，周容晔是一身黑到底的休闲服，全身上下唯一的亮色就是脚上那双白色运动鞋，清俊挺拔，站在那里沉默得像一棵松。

阳光晃眼,他脸上的黑超墨镜反着光,遮去了大半表情。

温静语腹诽,这是什么大佬出街的造型。

"Miss 温!"

周皓茵挥手打招呼的同时,撒手没也兴奋地朝她叫了几声,看得出它很想冲过来,奈何身上拴着狗绳,被某人无情控制。

"茵茵。"

温静语走近,又蹲下身子摸了摸撒手没的脑袋,狗狗开心得直往她怀里钻。

而在她看不见的角度,周皓茵用手肘顶了顶身旁的周容晔,给了他一个暗示眼神。

那意思很明显,人都帮你叫出来了,自己看着办吧。

和撒手没温存够了,温静语缓缓起身,朝着周容晔打了一声简短招呼:"嗨。"

也不等人回应,她直接撤到左边的站位,两人中间隔着一个周皓茵。

墨镜之下,周容晔的眼神有些无奈。

不知哪里惹到了她,这声招呼也是够敷衍的,对撒手没都比对他热情。

三人一犬顺着宝云道向东走。

这条健身径虽建在山上,但没什么坡度,一路平缓,既适合跑步也适合慢走。

天气太好,爬山的人很多,遇到狭窄的路段需要互相避让,撒手没的狗绳换到了周皓茵的手上。人多的时候,她就牵着狗先往前走,也不管身后那两人有没有跟上。

即使中间少了一个人,温静语也与周容晔保持着足够的距离,既没有对视也没有交谈。

她走在外侧,眼睛要么盯着前方,要么偶尔望一望山道护栏外林立的高楼风光,一副专注赏景的模样。

到底看进去多少,恐怕只有她自己知道。

走到湾仔峡道的岔路口时,对面方向突然出现了一批跑步的人,装备齐全,身前还别着号码牌,看来是哪个协会举办的马拉松比赛。

沿着山麓而建的宝云道弯曲迂回,常常过了一个弯道之后紧接着就是下一个,如果不留神,很容易撞到这群参赛者。

温静语有意避让,人就不得不往右边靠,好几次没来得及反应,差点崴脚。

周容晔一直看在眼里,每当她侧身让道,他就抬手虚护在她的身后。

事实证明他的做法是正确的。

行程过半时,前方又是一个大弯,刚晃出来的一名参赛者只顾自己闷头跑,根本不看路,温静语已经尽量往里侧躲,结果对方还是不可避免地撞上了她的肩膀。

温静语闷声吃痛,身子也不受控制地歪了歪。周容晔眼疾手快,立刻跨步上前抓住她的手臂,用自己的力量将人稳稳扶住。

与此同时,撞到人的参赛者也急忙停下道歉:"对唔住,对唔住!"

"没关系。"温静语的心态不错,摆摆手示意自己没事,"你继续跑吧,加油。"

参赛者心虚地点点头，余光瞥向她身后的周容晔。

他还是比较忌惮这个人，瞧这身打扮和那张冷若冰霜的脸，怕是哪家千金出门带的保镖。

等人走后，温静语对周容晔道了一声谢谢，接着又是无言。

"撞疼了没？"

"没事。"

温静语揉了揉肩膀，其实最痛的那阵感觉已经过去了。

"你走里面。"

周容晔默默地站到了外侧，这样即使有人突然冒出来也不会撞到她。

他的好意和关心总是那么顺其自然，不管是出于绅士举动还是特别关照，温静语都不太想领情。

有喜欢的人了还对她好，这行为简直似曾相识。

果然天下男人都是一个样。

温静语越想心里越不是滋味，脚下的速度也跟着快了起来，将周容晔甩在身后。

往前没走几步，消失许久的周皓茵和撒手没终于出现在视野范围内。

"Miss温，快点！快来这里！"

周皓茵举起双手跳了几下，一副着急忙慌的样子。

她和撒手没就站在一条上山石阶路的入口处。温静语凑近仔细一瞧，入口立牌清清楚楚写着"宝云道情人石花园"，应该是个可以祈福还愿的地方，路边就有供奉的香火。

"Miss温，这顶上有一块超级灵验的姻缘石，我们一起去瞧瞧？"

"是干什么的？"

"姻缘石当然是求姻缘啊。你不知道这块石头在香港有多出名，据说求缘得缘，求子得子……"

周皓茵话还没说完，就被身后突然出现的周容晔打断了。

"要去你去，她不需要。"

虽然隔着墨镜，但周皓茵也能立刻察觉到周容晔的目光就落在她身上，里头全是不满。

不对，这是什么情况？怎么不按剧本来？

周皓茵拼命给他使眼色："怎么就不需要了？Miss温也是单身，为自己的幸福祈个愿怎么了？还要征求你的意见？"

一旁的当事人还没发话，这叔侄俩眼见着就要吵起来了，温静语觉得有必要发表一下自己的看法，结果某人直接夺走了她说话的机会。

周容晔抬手摘下墨镜，眸光微动。

这回他注视的人，只有温静语。

"我就在这儿，她不用求。"

周容晔撂下这句话的时候，其余两人皆是一愣。

周皓茵的本意是想催促一下进度，顺便让两人去姻缘石沾沾灵气，氛围烘托起来之后，再找个借口让周容晔顺理成章地把人约走。

结果他根本不按商量好的套路出牌。

这么毫无铺垫地直接说出口，那后面的计划该怎么进行？

然而此时此刻，全场最迷茫的人应该非温静语莫属。

周容晔的话她貌似听懂了，但又没完全理解。什么叫作他在这儿，她就不用求了？

她想要更确切的答案。

温静语压制着狂跳的心脏，带着几分故意的语气："这姻缘石很灵验吗？那我要去瞧瞧。"

那半道上就有卖香烛的庙祝，她打算过去看看，只是还没来得及迈上台阶，一道身影突然就挡在了她的面前。

"根本不灵。"

周容晔与她对视，眼神坚定，丝毫没有让道的意思。

"你试过？"

"没有。"

"那凭什么这么说？"

在一旁看着两人来来回回的周皓茵早已失去了表情管理，她牵着狗默默低头，在暗地里为周容晔捏了把汗。

这还没告白，就杠上了？

单身寡佬果然不懂女人心，思路也清奇得可怕。

为了不让周容晔的爱情夭折在摇篮里，她还是选择上前打圆场。

"小叔，不就是个景点嘛。"说着周皓茵就将人扯到一旁，给温静语让开路，"Miss 温，你快去看看！我们在这里等你。"

等温静语爬上台阶之后，她立刻压低声音提醒："小叔，你到底在干吗啊？没看到刚才 Miss 温的脸色都变了吗？"

周容晔的表情也没好到哪里去，皱眉道："她好像一直在生我的气。"

"我们不是早就分析过了吗？你们玩的那个真心话大冒险，很有可能让她误会了。"

"所以我想直接告诉她。"

"有没有搞错啊，周生。"周皓茵往边上扫了一圈，"这里人来人往，那边还有一群阿公阿婆吹水，你确定要现在表白？那晚上的计划怎么办？TVB 都不敢这么演！"

确实是个没有情调，一点都不完美的场合。

周容晔有些懊悔，反思道："是我欠考虑。"

"到时我找理由先离开，你自己想办法约她，千万别搞砸。"

姻缘石的香火旺盛，排队祈愿的人很多，待温静语下来已经是十几分钟之后的事情了。

为了缓和气氛，周皓茵挂起甜美微笑，随口问道："Miss 温，感觉怎么样？"

"挺好的，我看大家都很诚心。"温静语将情绪收得很好，也弯了弯嘴角，"你说得没错，应该挺灵验的。"

她这话意有所指，视线却不肯与某人交汇。

饶是再迟钝的人，也能察觉到这平静表面下的暗流涌动，周皓茵觉得是时候给这两人腾出空间了。

"Miss 温，撒手没今天约了宠物医生要体检，我看时间差不多，就先带它走了，你和小叔再逛一逛？"

"茵茵，你去吧，不用操心我。"

临走前，周皓茵又给了周容晔一个眼神。

她从来都不知道，在商海杀伐果断、运筹帷幄的周容晔，面对感情问题时居然会这么沉不住气。

周皓茵和撒手没的身影远去后，温静语说出了今天见面以来最长的一句话："感觉这天要下雨，家里还有东西晒着，那我就先回去了。"

下午四点半的光景，太阳还没落山，碧空白云、清风拂面，哪里是要下雨的样子。

周容晔知道她在找借口，斟酌着试探道："一时半刻应该不会下，不如我们先去吃个晚饭？"

"不用了，我还不饿。"

"温温，我……"

完整的话还没脱口，温静语就打断了他。

"别这样叫我。"

周容晔愣在原地。他从来没有体会过这种感觉，心脏下坠的同时被刺进一根细密的针，那痛感是有延迟的，但每一寸都真实清晰。

等他反应过来的时候，温静语已经消失在转角。

周容晔没有多想，他知道温静语的脾气，哪里还顾得上这地点合不合适，赶紧把话说清楚才是关键。

他正要上前去追，身后就响起一阵急促喊声，也是从姻缘石下来的内地游客。

"帅哥，你有没有看见一位穿白色运动服的美女啊？"那游客晃了晃手上的东西，"好像是她的遮阳帽掉了。"

那帽子正是温静语的，她来的时候还挂在手上。

"我认识，给我吧。"

"啊？你确定？"

周容晔脸不红心不跳地答道："是我女朋友的。"

游客也没起疑心，满脸庆幸："那真是巧了！"

拿上帽子离开的时候，周容晔却犯了难。

温静语是朝来时方向返回的，可偏偏这方向是个三岔路口，她的速度又快，此刻早已不见了踪影。

抱着赌一把的心态，周容晔选择了最平直的那条路。

然而他的运气不太好，温静语抄了近路，走了最陡峭的湾仔峡道。

将近四十五度的纯斜坡，下山时想要保持身体平衡都难，温静语却一点都没放慢速度，三步并作两步一口气都没歇，连路人瞧着都觉得不可思议。

人在不理智的时候好像是能突破一些生理极限的。

温静语的心里较着一股劲，其实早已鼻酸。她怀疑自己上辈子一定欠了很多感情债，所以这辈子通通都要还回去。

说来也是奇怪，当初的梁肖寒她就敢去正面对质，可到了周容晔这里，她连把话说开的勇气都没有。

明明捅破了半层窗户纸。

她承认自己拧巴，脾气不好也没有耐性，就怕结果还是一样，所以选择临阵脱逃。

四五百米的斜坡，下来之后就是平缓的坚尼地道，温静语没往家里走，而是漫无目的地在路上闲逛，试图用这种方式放空情绪。

晃到庄士敦道的时候，繁华气息迎面而来，路上行人摩肩接踵，熙来攘往。

温静语放慢了脚步，开始重新观察这片街区。

这里是湾仔的中心区，也向来是游客钟爱的地方，喜帖街，和昌饭店，来来往往的叮叮车，以及那条时刻都热闹拥挤的太源街。

她就这样把自己抛在人群里，好似汪洋大海中的一滴水，随波逐流，走到哪儿算哪儿。

这方法果然奏效，心中烦闷排解不少后，她的胃口也跟着恢复了。

联发街对面有一家可以吃简餐的咖啡店，温静语经常在那里解决早饭，龙舌兰咖啡和牛油果酸种多士百吃不厌，不用费心就能直接点单。

一餐饭磨蹭到夜幕降临，咖啡店关门早，买单的时候温静语才发现自己的手机早就没电关机了，难办的是钱包也没带出门。

咖啡店老板和员工都与她相熟，摆摆手表示下次再给也无妨。她随即感慨人间还有真情在。

美食下肚，玩笑过场，情绪也平复得七七八八。

慢慢吞吞地回到喜汇的时候将近八点钟，公寓管家一见到温静语，立刻激动地迎上前。

"温小姐，你的电话怎么一直打不通呀！"

温静语拿出手机晃了晃，不好意思道："没电关机了，怎么了，是不是有我的快递？"

楼下前台一直负责代收快递，但是到付的包裹需要本人出面。

公寓管家突然变得支支吾吾，话也说一半藏一半。

"没事没事，你快点上去吧。"

温静语没多问，回家前还清理了一趟信箱。香港这边就连发广告都钟爱寄信，

158

半个月没整理，手中多了一大沓纸张。

电梯停在三十三楼，小心升降机门的提示音响起，温静语专注地看信，头也没抬地跨了出去。

结果这一脚，直接踩扁了一朵花。

不对，哪里来的花？

她疑惑地抬眼望去，惊诧得倒吸了一口气。

这十多平方米的宽敞过道，此刻已被鲜花淹没，连个下脚的地方都没有。

始作俑者正站在她家门口，好像很满意她现在的表情。

温静语怔得半天说不出话，还是周容晔先开的口。

"我还以为你不回来了。"

"这些，你弄的？"

"嗯。"

温静语难以置信道："你这是把整个花店都搬来了？"

"春园花店缺货，我只能把整条太源街上好看的花都买下来了。"

是谁说的，真诚是永远的必杀技。

"你买那么多花干吗？"

只有温静语自己知道，她的心都快蹦到嗓子眼了。

"我有话想对你说，你还愿意听吗？"

"你说吧。"

"你先过来。"

温静语看了看脚下，这花堆得真的连一丝缝隙都不留。

"我走不过去。"

"我也走不过去。"

气氛突然被这两句话打破了。

眼瞧着周容晔就要直接踩过来，温静语又连忙制止："你别动，我过来。"

从离她最近的那束花开始，温静语俯下身子，很有耐心地一束接着一束挪走，硬生生地辟出一条通道。

在距离周容晔只有一步的地方，她停下了动作。

两人之间恰好隔着一束金小玫瑰。

"你说吧。"

家门口的顶灯没开，她庆幸这一角比其他区域昏暗，至少能掩饰一下自己的紧张。

"你这段时间是不是在生我的气。"周容晔说的是肯定句。

温静语不想撒谎，但是又不想轻易泄露自己的情绪，反问他："为什么这么说？"

"你好像不太想搭理我。"

温静语腹诽，还不算迟钝。

"那你呢？"她依然端着一副沉着模样，好似自己才是占理的那一方，"你不是也没来找我吗？"

"每天都在加班处理工作，就为了空出这半天的时间。"

"就只是工作？"

"还有别的。"或许是光线缘故，周容晔垂眸看着她，微浅的瞳仁泛起柔和波澜，"在想要怎么哄你。"

像是棋局上各执一子的两方，他看似步步退让，却趁温静语不注意的时候，一招就破了局。

向来以冷静自持的温静语也终于沉不住气。

"你都有喜欢的人了，还哄我？"

空气凝滞了半刻，周容晔眼眸里慢慢盈满笑意。

"你有没有想过，我喜欢的人，就是你。"

温静语的嗓子里多了一点点颤音："真的吗？没骗人？"

周容晔突然俯身，把阻挡在两人中间的那束金小玫瑰挪到一旁，再起身时，他与她贴近。

近到只要温静语抬头，就能从他的眼里看见自己的倒影。

"嗯，喜欢你很久了，只有你。"

很明确的答案，没有模棱两可，没有似是而非，她是他唯一的偏爱。

酸涩之意从温静语的鼻腔里泛起，然后冲上她的眼眶。

"周容晔。"她轻唤，"爱情有这么简单吗？"

周容晔望着她泛红的眼眶，心脏好像也被人轻轻捏住，有些发酸，却甘之如饴。

她什么都不用说，他理解她的退缩，他明白她的犹疑。

"简单。"

他抬手将人揽入怀中，逐渐升高的体温熨帖着彼此，终于没有一点距离，严丝合缝。

温静语仰头看他的瞬间，周容晔也低下了头。

他轻轻蹭着她的鼻尖，呢喃道："只要对象是我，就这么简单。"

也不知道是谁先主动的，唇瓣相触的那一刻，四周的空气也被卷进旋涡，盘旋缠绕。

浅尝辄止似乎还不够，唇上的力度越来越重，彼此的气息也越来越乱，温静语意识到自己被人抵在了门板上，温热混着清冷雪松味，强势地压着她。

她好像快要呼吸不过来了。

"周……"

没说完的话被瞬间吞没，对方撬开她的唇齿，乘虚而入，勾得她舌根发麻，暧昧的水渍声在耳边响起，让人脸热心跳。

周容晔怕她磕到门板，一只手护着她的后脑勺，另一只手也没闲下来，与她十指紧扣。

不知过了多久，他才想起要给她换气的机会。

温静语被吻得双唇微肿，眼神迷离。

周容晔不肯放过她，又轻轻贴了上来，嗓音低沉喑哑："我能喊你'温温'了吗？"

"能……"

他还不满足："以后只有我能喊。"

温静语的神志都被他搅乱了，眼睫扇动，轻轻地"嗯"了一声。

周容晔轻啄着她的唇，只觉得自己的心都化成了一摊水。

第六章

而他,满脸写着不甘心 /

心无旁骛的两人,是被电梯到达的提示音打断的。

温静语被眼前男人吻得脑袋混沌,她差点就要忘了,他们现在还在公共区域的过道上。

她惊得立刻推开了周容晔。

电梯门打开的瞬间,一声来自年轻女人的惊呼也随之响起:"Oh my god!"

不用刻意确认,来人肯定也是被这满地的鲜花给震惊到了。

这位邻居温静语认识,一层四户,这个英国姑娘是 B 室的住户,就住在她斜对门。

"Rachel,晚上好。"

温静语看似自然地打了声招呼,其实脸上热意未消,心跳的频率也还混乱着。

而且周容晔还牵着她的手,没有松开的意思。

"温,这些花都是你的吗?"Rachel 兴奋又好奇。

"是的。不好意思啊,我马上收拾掉。"

为了保证住户的安全和便利,公寓明文规定过,公共区域是不能堆放任何物品的,也不知道周容晔用了什么招数说服管理人员。

"没关系,我觉得很漂亮,让人心情愉悦。"

Rachel 从温静语开辟的那条通道里越过,用钥匙打开了自家房门,转身前还不忘称赞一番:"温,你找了个懂得浪漫的男人。"

温静语脸上烧得更热,浪漫是浪漫了,只不过收拾起来貌似有些麻烦。

B 室的门一合上,她就转头问身旁的男人:"这么多花怎么办?家里也堆不下呀。"

这问题也难住了周容晔。那会儿他满心只想着要怎么哄人,买花的时候根本没考虑那么多。

"挑几束你喜欢的,其他的让人处理掉吧。"

"处理掉?它们刚刚替你立了大功,转眼就被无情抛弃?"

"嗯……"

"要不这样吧。"温静语突然来了灵感,"把这些花分给这幢楼的住户吧。跟大家分享我们的好心情,你觉得怎么样?"

"懂了。"周容晔若有所思地盯着她笑,"就跟发喜糖一样?是个好办法。"

怎么就扯到喜糖了呢,这人思维也挺能发散的。

温静语嗔道:"快来帮忙。"

她刚要蹲下捡花,结果被周容晔扯住:"温温,我饿了。"

"你没吃晚饭?"温静语惊讶。

"没有。"

"你不会一直在这儿等着吧……"

"嗯,我下山就过来了。"周容晔一脸诚恳,"怕等不到你。"

从分开起到现在,怎么说也有四个小时了。温静语有些心虚,在她享受美食的时候,周容晔正在她家门口煎熬……

"想吃什么?"为了弥补心中亏欠,温静语立刻摆出一副"无论你说什么我都会请客"的姿态。

周容晔却毫不犹豫道:"你做的。"

"好啊。"温静语也干脆,"那我们把这些花……"

"开门吧,这些我会找人来收拾。"

直到进了家门,温静语才意识到一个严重问题。她已经好几天没做饭了,冰箱里除了一把青菜和四五个鸡蛋,什么都没有。

"怎么办?"温静语面露难色,"总不能让你吃泡面吧,要不我们还是出去吃?"

"泡面也行。"

周容晔对食物没有太苛刻的要求,平日工作一忙起来他的三餐也是经常应付,况且这会儿已经饿过了头,什么都不挑。

"真的?那你还挺好养活的。"

温静语感慨完就开始在橱柜里翻找,所幸还剩下几包辛拉面,只不过在最上层,她拿不到。

周容晔见状靠近,伸手很轻松就够着了。他把辛拉面递给温静语,弯唇道:"我是很好养活,你不吃亏。"

温静语撕着包装袋,听罢,突然嗤笑一声:"我以前怎么没发现你说话这么贫?"

煮个泡面也就七八分钟的工夫,温静语生怕周容晔吃不饱,于是物尽其用,把冰箱里所有的鸡蛋都贡献了出来。

煎鸡蛋在面碗上垒成了小山,周容晔不由得想起她第一次为他做的那碗汤面。

"男朋友的待遇就是不一样,连鸡蛋都多了好几个。"

温静语拉了一条数据线,给手机充上电后,回应他:"你再翻翻底下。"

周容晔握着筷子一翻,面条底下果然还有乾坤,是一堆绿油油的青菜叶子。

"你知道吗?"温静语正色道,"在香港,只有爱你的人才会请你吃这么贵的蔬菜。"

温静语本想借机调侃一下他,脱口而出的话自然也没怎么过滤。等她反应过来的时候,周容晔已经抓住了重点。

"嗯，爱我的人。"

被人反将一军，温静语的耳朵又开始发烫。她故意提醒："快吃，面要坨了。"

手机充上电后开了机，屏幕被唤醒的一刹那，几十条未读消息和未接来电瞬间涌入。

这里头自然有周容晔发来的，只不过还有一位比他更加夸张。

看得出周皓茵很心急，从晚上六点多开始尝试联系温静语，好像对周容晔没把她约到家里吃饭这件事耿耿于怀。

温静语奇怪，她的重点似乎并不在这顿晚饭上，而是吃饭的地点，周容晔位于半山的家。

疑问是在最后几条消息里解开的。

周皓茵拍了好几段视频，言语间也有种豁出去的冲动。

"Miss 温，我带你看样东西。"

视频中，周皓茵拉了客厅所有窗帘，露出空中花园的全貌。

"小叔也没回我消息，我不知道他有没有成功跟你表白心迹。这些都是他准备的，还有今天的烛光晚餐。"

白天与黑夜接壤，高楼之外，维多利亚港的海水就像一面破碎镜子，被残存夕阳映照得金灿耀眼，波光粼粼。而在这醉心晚霞的背景前，偌大的空中花园居然被一片红色的玫瑰花海直接占领。

光是看视频里的画面，视觉冲击感就已经十足。

周皓茵将镜头对向自己，脸上虽有愁容，但言辞恳切："Miss 温，小叔真的很喜欢你，他今天就是打算跟你说明白的，但这个寡佬没什么感情经验，我怕他讲不清。"

说着说着，她就开始皱眉："我真是为这个戆居仔发愁……"

温静语开的公放，坐在桌子对面的周容晔听得一清二楚，一口面差点噎在嗓子里。

"别看了。"是略带无奈的语气。

温静语不知道周容晔居然为自己准备了这么多。女人多少是带点虚荣心的，视频前半段她确实感动得不行，但后半段周皓茵那副恨铁不成钢的样子也着实有趣。

她憋着笑问："那个居什么仔，是什么意思？"

"温温，不好的话不要学。"

"周老师，你以前可不是这么说的。"

温静语托着腮，摆出一副好奇学生的模样。周容晔盯着她看了半晌，露出一丝妥协的笑。

"真想知道的话，明天来半山。"

他又强调。

"你的那片花海，也要亲眼看一看才值得。"

…………

周皓茵的返美航班是在第二天晚上。

温静语排练结束后，先跟她约了个晚饭，然后一起动身去的机场。

周容晔今晚留在公司加班，距离周皓茵登机还剩不到一小时他才匆匆到场。

望着远处朝着自己走来的男人，温静语不得不感叹，这人总能保持一副英俊得体的模样，就算是工作到这个时间点，他身上的西装也整齐得没有一丝褶皱。

"你男朋友挺帅的。"周皓茵凑在温静语的耳边打趣。

"不是挺帅。"温静语强调，"是很帅。"

"Miss 温，你变了。"

"嗯？"

"变得好肉麻。"周皓茵做了个鬼脸，"但是我好喜欢。"

"茵茵。"被调侃的人立刻摆出提琴老师的架子，"记得好好练琴，下次视频抽查。"

周皓茵哑然。

而此刻，周容晔也慢慢走近了。

他站到温静语身旁，很自然地牵起了她的手，又看了眼腕表上的时间，提醒周皓茵："你是不是该进去了？"

周皓茵皱了皱鼻子，做了个"OK"的手势。

"我的任务圆满完成，看来某对小情侣也不需要我了。"

被她点到名的两个人对视了一眼，彼此都藏不住嘴边笑意。周皓茵简直要被这场面酸倒，但心里是愉悦的。

"Miss 温，小叔，那我进去了哦？"

真到分别时刻，温静语还是舍不得的。

"茵茵，一路平安，落地联系。"

"Miss 温，"周皓茵拎起背包，莞尔道，"希望下次回来我就可以喊你小婶婶了。"

说完，她又望向周容晔："小叔，你再努把力。"

然而周容晔端着一脸的波澜不惊，还是那句老套回复："代我向你老豆问好，然后，好好学习。"

安检口外，温静语和周容晔并肩而立，目送着周皓茵入关。

小姑娘走到门边又突然顿住，她回头，朝着两人举起了手机，咧嘴笑道："Miss 温，小叔，看这里！"

记忆如潮水般涌来，温静语忍不住扬起嘴角。这次她牵紧了周容晔的手，然后歪头靠在他的肩上，对着镜头比了个"耶"。

没过多久，粤语小课堂的群里上传了一张合照。

周皓茵：刚刚还有一句话忘了说。

周皓茵：请两位共同努力，争取早日生个 BB 给我玩玩。

"这孩子……"温静语的手心都快冒汗，"总是那么语出惊人。"

周容晔点了图片保存，客观地评价道："小孩子爱说实话，别介意。"
"……嗯？"
"我们走吧。"
温静语被人牵着往停车场的方向走，嘴上不肯罢休："你说清楚，什么实话，你脑子里在想什么呢？"
周容晔突然停下脚步，回头意味深长地看着她。
"我对自己女朋友还能想些什么？"
"周容晔，我发现你以前都是装的吧。"
温静语眯起眼，促狭地审视着他，给出一句真实评价。
"假正经。"
走到停车场的时候，温静语才发现有两辆车在等着他们。
"周生，温小姐。"
打招呼的是 Michael，他身旁还站着那个不苟言笑的阿中，见到温静语，阿中也跟着点头致意了一下。
至于她和周容晔的关系，无须解释，在场的人都已心知肚明。
这一路走过来，温静语的手就被某人牵着没有松开，想抽都抽不出来。
"让司机先送你回半山，我还要去一趟公司。"
温静语有些意外："这个点还要加班吗？"
周容晔捏了捏她的手心，安抚道："很快就回来。"
"那我等你。"
"好。"
他替温静语打开劳斯莱斯的后座车门，目送着她走远之后，才上了另一辆车。
回程路上阿中是司机，Michael 则坐在副驾上，时不时解锁手机屏幕，确认着工作群里的每一条新动态。
此刻他的内心是忐忑的。
和刚刚的氛围不同，周容晔一上车就开启了沉默模式，表情也算不上好，气场有些坚冷阴鸷。
Michael 腹诽，早知道就劝温小姐和他们乘一辆车走了。
从机场到金钟至少需要半个小时的车程，沿途会经过昂船洲大桥，夜幕下的海水黑沉平静，左手边就是占地面积庞大的葵涌货柜码头。
船舶密集，灯火通明，高高垒起的集装箱群就像一座巨型迷宫。
致恒旗下的港务公司就在此地设有分部。
周容晔收回目光，淡淡问了一句："邱总还没走？"
"没。"Michael 有些犹豫道，"Fiona 说他不听劝，自己闯进办公室了，说是……您不来，他不走。"
"那就让他慢慢等。"周容晔的语气听上去很平静，"阿中，绕一趟尖沙咀。"
"好，具体哪个位置？"
"往汉口道开。"

Michael 壮着胆子问了一句："周生，去那里做什么？"

"给温小姐买蛋挞。"

Michael 哑然。

因为绕路，一行人回到致恒总部的时候已经是九点多，六十三楼的办公室门外，陈诗影面带愁容。

"周生。"看到来人，她连忙迎上前，指了指身后那扇厚重大门，"抱歉，人一直在里面，我拦不住。"

"不要紧。"

周容晔也确实不着急，他脱下西装外套，又慢慢悠悠地松着领带扣结，转头对 Michael 说了句话，才抬步进了办公室。

陈诗影没听清，顺口问了一嘴："说的什么？"

Michael 没立刻回答，而是把手中的蓝色纸袋递给陈诗影。

"老板请客。"

陈诗影低头一看，这家烘焙坊在本地是出了名的，每一次去都是排队如长龙。

Michael 耸肩道："周生说，到点就敲门提醒。"

宽敞明亮的办公室内，周容晔一脚踏进去就闻到了浓郁呛鼻的烟味。他本人没有抽烟的习惯，对这种气味比较反感，能这么明目张胆在他办公室里吸烟的人，整个集团找不出第二个。

"忠叔。"周容晔随手打开了排风系统，"不好意思，来晚了。"

"哎哟，阿致。"

邱现忠见到来人，立刻从周容晔那张柔软的办公椅上起身，原本拧在一起的五官立刻舒展开来，换上了一副欣喜表情。

桌上没有烟灰缸，他只能将烟头掐灭丢进垃圾桶里。

"见你一面真是难，那个 Fiona 也是一问三不知，依我看还是趁早换掉。"

"她从毕业起就在周董身边工作，也是致恒的老人了，怎么好说换就换。"

周容晔不紧不慢地往办公桌的方向走，眼风轻轻扫过笔筒里那支冰蓝色钢笔，应该是被人抽出把玩过，笔帽没有盖紧。

"你看你看。"邱现忠立刻接话，"还是你懂人情，讲道理。"

"这么晚了，忠叔找我有急事？"

"阿致，那我就不兜圈了。"邱现忠摆出一张苦大仇深的脸，"那份人事任命你是知情的吧？你来评理，集团上下谁不知道，印尼那个项目早就被放弃了，现在不过一个办事处死撑着，说不定哪天就撤了，把我调过去又能起什么作用呢？明升暗降那一套，我还是懂的！"

周容晔看似在认真倾听，面上表情却未见一丝波澜。

他往办公椅上一靠，捡起笔筒里的钢笔细瞧，拧好盖帽后，又从抽屉里拿出细绒布，盯着笔身小心认真地擦拭起来，连眼神余光也不匀给邱现忠。

"我敬重您，才喊一声'忠叔'，但这种集团的人事任命您不应该找我谈。"周容晔终于抬眸看了他一眼，"这是越级。"

167

"阿致，话不能这么讲！"邱现忠激动起来，"我和你大哥是什么关系？就算他见到我也得喊一声'叔'。你不过一个暂时的代理，致恒还轮不到你说了算！"

可能是意识到自己的言辞过激，邱现忠随即又放软了态度："你的能力我自是认可，我也没想到铂宇是你一手创办的，但同致恒比起来，那根本就不是一个体量的。就算是你，操控起来也会水土不服。"

听到这儿，周容晔突然笑了一声，抬手示意道："继续。"

"虽说这么多年没见，但你还记得吗？小时候我抱过你的啊，还有你老豆，那是把我当亲弟弟对待的啊。"邱现忠拉开周容晔对面那张椅子坐下，打起了感情牌，"你大哥不在，如果现在把我支开，致恒又有谁能帮衬你？"

待他一口气说完，周容晔若有所思地点了点头。

"既然您把话都说到这个份上，那我也不见外了。"

邱现忠还以为周容晔终于想通，结果周容晔接下来的话让他大跌眼镜。

"不是不通情理，实在是致恒这点舞台不够您施展。"周容晔眼底的温度降了下来，"去年将军澳那块工地上闹出的动静，还有印象吗？查伍那帮人是怎么惹上的，应该同您脱不了干系吧？"

邱现忠震惊，这件事被压得滴水不漏，周容晔又是怎么知道的？

"恐怕还不止，毕竟黑白两道通吃的人才，偶尔出点岔子也在所难免。"周容晔毫不客气地讽道，"我大哥不动你，就是念着多年的情分。喊你一声'叔'，是因为周家的教养。现在情分和教养都用完了，你说该怎么办？"

邱现忠拼命提着的一口气也泄尽了。周容晔显然是有备而来的，该知道的不该知道的，怕是早就被他拿捏在手里。

周启文身体不好，致恒换人是迟早的事，本以为周家二公子隐身匿迹多年，掀不起什么风浪，集团内部派系又多，只要稍加操纵，呼风唤雨指日可待。

谁承想，来了个更加不好对付的。

硬来不行，只能换个思路。邱现忠的表情突变，卖惨道："既然你知道了，那我也不瞒你。印尼我是真的没法去，查伍与我有恩怨，那块地方也有他的势力，我会死得好惨的！"

周容晔并没有一丝触动和同情，只是好心建议道："忠叔这些年鞠躬尽瘁，致恒也从不亏待，隐退养老的本钱想必还是够的。"

"周致！"

就在这时，办公室大门被敲了几下，Michael推门而入。

"周生，时间到了。"

周容晔冲他点点头，又对邱现忠说道："我还有私事，必须先走一步。忠叔如果还是想不通的话，今晚这间办公室就借给你，想通再走。"

邱现忠不肯罢休："这事关乎我的生死，你什么私事能抵得上！"

"给我女朋友送蛋挞。"

邱现忠哑然。

"她脾气不太好，要是东西凉了，定要同我闹。"

邱现忠被气得脸色一阵青一阵白,守在门口的 Michael 早已憋不住笑,只能抬手虚掩着嘴唇。

离开前周容晔又撂下一句话:"我们要是真像你说的那样相熟,你就不会喊我周致。"

半山的高层公寓里,温静语正在空中花园欣赏夜景。

第一次来的时候她无心关注,周容晔说得没错,从这里望出去,维港的璀璨也可以尽收眼底。

高耸入云的摩天大楼宛如一个个晶莹发亮的宝石盒子,密集地堆砌在两岸,游轮闪烁着迷离的光晕,慢悠悠地晃荡在海面之上,好像没有目的地,只是为了今晚的夜色沉醉。

而站在这里,底下的繁华就变得若即若离,好像都与此刻无关,安静得连风声都未闻半分。

唯一张扬的,就是周容晔为她准备的这片玫瑰花海。

温静语看得入迷,连身后来了人都没有察觉,直到一件宽大的毛衣外套披在了她的肩头。

她回头看,果然是周容晔。

"你回来了。"

"嗯。"周容晔抬手揉了揉她的头顶,"站多久了?小心感冒。"

温静语笑:"太美了,怎么都看不够。"

"要是喜欢,天天都能看,怎么会看不够。"

周容晔话里有话,温静语可不上当,笑着睨了他一眼,继续赏景。

"饿不饿?给你带了蛋挞。"

"你还去买蛋挞了?"

温静语眼里闪起感兴趣的光。她对甜品没什么要求,既然是周容晔专程带回来的,说不定这蛋挞确实有特别之处。

"想吃。"

"阿姨拿去加热了,我们进去。"

回到客厅时,点心已经摆在了茶几上。温静语担心周容晔加班可能会忘记吃东西,先用叉子给他拿了一个。

挞皮酥脆,内馅柔软,香甜中带着一丝焦香,确实是她吃过的最好吃的蛋挞。

温静语沉浸在美食中,一口气两个就下了肚。周容晔看着觉得有趣:"还要再热几个吗?管够。"

"不了不了。"她摆摆手,"再吃就过分了。"

拿纸巾擦嘴的时候,她余光瞥见沙发上的琴盒,突然想起自己想做的一件事。

"我们等会儿还是去花园吧。"她捡起琴盒,言笑晏晏,"给你开一场独奏会。"

醉人海景作为衬托,温静语站在那片鲜艳花海里架起了她最熟悉的中提琴,饱满流畅的音符像诗一样,从她的手中变幻而出。

夜色之下，周容晔就这么安静地看着她，那一瞬间他突然理解了什么叫作情不知所起，一往而深。

一曲终了，温静语收好琴弓，故意考他："这首是什么曲子？"

周容晔顺着回答："《一步之遥》。"

"不错嘛，知道得还不少。"

"今天是什么日子？居然还有专场独奏会。"

温静语朝他勾了勾手指："过来告诉你。"

两人并肩靠在玻璃护栏旁，温静语突然神秘兮兮地从口袋里掏出一个东西，快速塞到了周容晔手中。

周容晔定睛一看，居然是个红包。

"我这几天经常看见有人给管家发利是封，我不知道香港这边的习俗是怎么样的，给你也准备了一个。"温静语脸上还挂着自得神情，"我这个不一样啊，不是十块二十块的小红包，你摸摸看，厚不厚？"

对于温静语给红包这件事，周容晔本就觉得有些意外。现下又被她这番话直接逗笑，他摸了摸红包的厚度，直言道："我女朋友好有钱。"

温静语不是因为被夸脸热，而是因为周容晔说的是"我女朋友"。

"又是独奏会，又发红包，嗯？"

温静语不好意思地偏开头，含糊道："哄哄你。"

"没听清。"

周容晔从背后揽住她的腰，将人往自己怀里带，凑在她耳边轻言："再说一遍。"

属于他的气息铺天盖地，耳郭上又传来温热柔软的触感，温静语只觉得一股电流窜过全身，腿脚一软，差点站不稳。

她转过身，抬手攀住周容晔的脖子，又在他的唇上啄了一口。

"下个星期就是春节了，我得回路海陪爸妈过年。"

周容晔懂了。

"这是刚在一起，就要让我忍受异地恋。"

温静语嗤笑："哪有那么夸张啊，也就几天，年后我就回来了。"

"那这点补偿不够，我再收点回来。"

说完，他的唇瓣就压了下来。不同于昨天那个炙热强势的吻，这次温柔又有耐心，先是慢慢地在她唇上研磨，然后轻柔地撬开齿关，一点点试探，一点点引导，直至两人的呼吸都不稳。

温静语脑海中只有一个想法，这人未免也太会亲。

等到周容晔好不容易放开她，她才有机会质问："说吧，哪儿学的？"

"无师自通。"

"不信。"

周容晔低头闷笑，又在她的额头上亲了一下。

"不要低估你男朋友的学习能力。"

听到"学习"二字,温静语才突然想起一件事。

"好啊你,直接给我带偏了。不是说今天过来就告诉我的吗?那个什么居仔是什么意思?"

"温温,教你一句别的好不好?"

周容晔专注地看着她,眼眸里似乎有浩瀚星河,温静语一下就被蛊惑了。

"什么?"

周容晔俯身,在她耳边轻声道:"我真系好中意你。"

…………

除夕这天,温静语要搭乘上午十点多的航班返回路海。

为了多陪周容晔一会儿,她打算把机票改签成下午,结果还是高估了除夕这天的航空运力,别说改签,能买到票就已经是运气。

当天早上七点多,周容晔就来喜汇楼下等她了,两人去了士丹利街的一家茶室,准备吃个早茶再去机场。

茶室一共分三层,有着几十年的经营历史,很好地保留了香港老式茶楼的风格,实木装饰,白色桌布,花彩玻璃,就连侍应生都穿着传统唐装。

自从来了香港,温静语就发现不管是餐厅还是茶楼,侍应生很多是头发花白的长者。

眼前这位老伯明显是和周容晔相熟的,将两人引到一楼靠墙的雅座之后,对方主动打起了招呼。

"周生,今日这么早哦。"

"难得得闲。"

周容晔把菜单递给温静语,后者摆了摆手:"看来你是常客,你做推荐吧。"

"好。"

菜单附带了一支铅笔,在想要的餐食名称上打完钩就可以交给侍应生了。点心上得很快,猪润烧卖、鲜虾多士、柱侯蒸排骨等,都是温静语爱吃的,店里的招牌是那两碗杏汁白肺汤。

等菜品上齐,周容晔将刚刚那位老伯唤了过来,又从挂在椅背上的外套口袋里取出一沓红包,嘱托他分发给其他员工。

"周生派利是啦。"老伯眉开眼笑,说了句吉利话,"新年快乐,恭喜发财。"

"新年快乐,阖家平安。"

温静语觉得有意思。待人走后,她也将双手伸出,脸上摆起谄媚笑容,有模有样地学着刚刚那句话。

"周生,恭喜发财,红包拿来。"

周容晔微笑地看着她,好像很受用她这副俏皮模样。

有些事果然要谈了恋爱之后才能发现,原来她人前人后的差别这么大。

"温温,新年快乐。"

温静语原本只是想开个玩笑,却没想到他真的给她准备了红包。和刚刚那些不同,这个红包的尺寸和厚度看起来就很不寻常。

掂在手里的时候能直接感受到分量,温静语忍不住感慨:"你真的好像一个人。"

周容晔挑眉:"谁?"

"散财童子。"

周容晔失笑。

这顿早茶用得很是尽兴,周容晔没带司机,从茶楼出来后,他亲自送温静语去机场。

一路上两人有说有笑,到了停车场温静语却突然不作声了,情绪也肉眼可见地消沉了下去。

周容晔看在眼里,他把后座的一个纸袋拎到前面,放在了温静语的怀里。

"路海肯定要比香港冷许多,下飞机之后记得先把外套穿上。"

温静语低头看了看自己的着装。出发前,她都没有意识到温差这个问题,周容晔居然比她细心。

纸袋里的衣服是崭新的,浅驼色的羊绒大衣和高领针织衫。

这个意大利牌子温静语买过,是做羊绒起家的,只是价格不太美丽,尤其是这件看似普通的骆马绒针织衫。当时她和张允菲还好奇过,什么神仙动物毛织出来的衣服要卖一万多美金。

"周容晔,你还真是散财童子啊?"她盯着那件针织衫觉得有些肉痛。

"散财就能哄你开心的话,那是最简单的事了。"

温静语腹诽,这是什么发言?

除夕来送机的人不在少数,在值机柜台换完登机牌后,温静语还想磨蹭一会儿,两人退到安静的角落,周容晔发现她的表情不太好。

"怎么了?"

温静语突然揽住他的腰,语气有些郁闷:"不想走了。"

周容晔将人抱住,捏了捏她细嫩的脸颊,闷笑道:"我以前怎么没看出来,你这么会撒娇。"

温静语又叹了一口气:"你怎么这样啊?"

"嗯?"

"马上要异地恋了,你还笑得出来?感觉你一点都不难过。"

"不是很快就能回来吗?"周容晔故意逗她。

温静语听罢从他怀里抬起头,眼里蓄着不满,半晌后放弃道:"算了算了,我还是早些过关吧。"

说完,她作势就要走。但周容晔不肯轻易放人,环着她身子的手臂还加重了力道。

"回家好好休息,多陪陪叔叔阿姨,我们很快就能再见的。"

见温静语不说话,他又亲了亲她的额头:"落地给我发消息,晚上我们煲电话粥,好不好?"

周容晔哄人的语气实在和软,温静语哪里抵挡得住,瓮声瓮气地"嗯"了一声。

出发层大厅人来人往,角落就算再隐蔽也不是私密场所,温静语消气后才反应过来,觉得有些不好意思。她从未料到自己有天也会在公共场合跟男朋友这么腻歪,以前这种小情侣把戏可都是她吐槽的行为。

入安检的时候,周容晔在外面目送她,挥手说完再见,温静语立刻背过了身,就怕多看一眼都会舍不得。

飞机在正午时分落地路海国际机场,出客舱门的那一瞬温静语就感受到了温差的威力,于是她立刻披上周容晔给她准备的外套。

崔老师和温院长亲自来机场接人,也给她带了御寒的衣物。

"还算聪明,知道加件衣服。"崔瑾边说着,边往温静语的脖子上缠围巾,"香港没那么冷吧?"

"当然,跟路海比起来那算是春天了。"

"奶奶和外婆这次都在我们家过年,她们在家等着你呢。"

"奶奶和外婆都来了?"

温静语暗想,好家伙,这下可热闹了。

她的爷爷和外公在几年前都已相继过世,留下的两个小老太就成了全家人的重点保护对象。

说来有趣,温静语的奶奶叫姜莲,外婆叫闵芝,名字听着倒是有异曲同工之妙,可是从经历到性格,这两人就没有一处共通的地方。

崔老师是路海本地人,生于书香世家,外婆闵芝也当了一辈子的人民教师。而温院长则是妥妥的农村出身,奶奶姜莲没有读过书,靠着几亩田地和刺绣的手艺供出了村里第一个大学生,在那个年代也算美谈一件。

姜莲和闵芝只要凑到一块儿,热闹程度堪比火星撞地球,综艺效果可以直接拉满。

这一点从温静语刚进家门的时候就体现出来了。

"奶奶、外婆,我回来了。"

"静语,我的宝贝。"姜莲是第一个迎出来的,"快进来,奶奶给你煮了面。"

"亲家母,孩子刚回来,让她休息休息,吃点水果就行。"闵芝紧随其后,手里端着一盘刚切好的苹果。

"上车饺子下车面,这是老规矩。"

"等会儿就要吃饭了,现在让她吃面,正餐还怎么吃?"

"吃一口就行了呀。"

温静语连包都没来得及放下,立刻上前打圆场:"好了好了,我都吃几口,行不?"

"行。"

两人异口同声。

午饭的时候，七零八碎的话题依然没有休止，崔老师和温院长自愿当起了捧哏的角色。

而温静语则抓住空当机会，在桌底下偷偷给周容晔发信息。

姜莲和闵芝的趣事，是怎么都说不完的。

温静语：奶奶又开始忆往昔了，她说当年村子里有好几个小伙儿同时追求她，你知道她为什么看中了爷爷吗？

周容晔：为什么？

温静语：她说村口有棵歪脖子大树，爷爷天天在那儿守着，只要奶奶路过，他就抱着树丫开始做引体向上。

温静语：光着膀子，大汗淋漓的那种，笑死我了。

周容晔：爷爷是懂魅力的。

周容晔：你想看吗？

温静语：什么？

周容晔：我做引体向上也很强。

温静语想象了一下画面，盯着那行字差点笑出声。她抬眼往饭桌上扫了一圈，好在并没有人注意她，于是又低头快速敲字。

温静语：那我还是喜欢外公那种"脑性男"。他是机械工程师，还写得一手好书法。

那头很快又有了回复。

周容晔：那你赚到了。

周容晔：我当年数学考试是第一。

温静语：全校？

周容晔：小组。

温静语终于憋不住了。

"怎么了？"崔瑾的视线先扫了过来，"还笑我，你小时候也出过不少糗事。"

闵芝刚刚在抖搂崔老师的黑历史。

温静语心虚地收好手机，说了句"没什么"。

热恋中的情侣总有很强的分享欲，一点点小事都想告诉对方，两人的信息你来我往，就这么聊到了天黑。

春晚开始前，一家人坐在书房喝茶。

温院长浏览着今年的春晚节目单，忍不住抱怨道："这语言类节目怎么回事，看标题好像全是跟婚恋话题有关的。"

闵芝是个紧跟时事的老太太，呷了一口热茶，才慢悠悠道："现在年轻人的结婚率和生育率都下降了，可不得抓着机会催。"

"要我说，现在的孩子就是想法太多。像我们那个年代，只要看对眼，热炕头一上孩子就出来了呀。"

温静语一口茶差点呛住。

姜莲的那套理论立刻被闵芝打断："亲家母，时代不一样了，不能用我们的眼光和角度来看问题了。"

"那你来说说看，这些孩子都是怎么回事？"

热烈的讨论再次登场，作为在场唯一一个小辈，这样的话题自然而然就扯到了温静语身上。

"我觉得像咱们家静语这种条件的，那追求她的男孩子肯定得排长队呀。阿瑾，你可得替她好好把关。"

温静语听罢立刻摇头："奶奶，没您说的那么夸张。"

坐在她身旁的崔瑾淡然道："我对她以后的对象也没什么特别要求，人要正直靠谱，别走什么歪门邪道，这是最重要的。"

温静语暗想，嗯，周容晔是个一身正气的好青年。

"身高、长相呢，过得去就行，毕竟过日子靠的不是一张脸。"

温静语又窃喜，那某人的外貌条件肯定大大超出崔老师的预期。

"也不要什么大富大贵的人家，差距不要拉得太大，比咱们女方差一点也不是问题，有钱人家的儿媳总归是不好当的，老话说的门当户对不无道理。"

"嗯，这点我十分赞同。"温院长接上话，"我就这么一个女儿，她要是能给我找个上门女婿更好。"

听到这儿，温静语的心里就开始打鼓了。

让周容晔变穷，让他当上门女婿，怎么听好像都不太现实。

结果崔老师接下来的话更是让她产生了危机感。

"静语，有一点妈妈要跟你强调，千万别远嫁。"崔瑾的表情突然变得严肃，忧虑万千，"不是我不通情达理啊。就拿最简单的事来说，不同地区的生活习惯和饮食习惯都不一样，你不见得能适应。"

温静语还没来得及反驳，闵芝就附和道："这点我支持你妈妈。嫁得太远，万一跟老公吵个架，受点委屈，你都没娘家人在身边撑腰。"

温院长和姜莲在一旁拼命点头。在这个问题上，长辈们的观点居然出奇的一致。

温静语忍不住问："那在你们眼里，哪些地区算远嫁呢……"

书房墙上就挂着一张小型的中国地图，书桌抽屉里还有崔老师的绘图工具。闵芝二话不说，转身就将那张地图摘了下来，架上老花镜，从抽屉里取出一个圆规。

在众人的围观之下，她以路海为圆心，用圆规在地图上打了个圈。

温静语凑近一看，心道不妙。

这圆也画得太小了，香港还差着十万八千里呢。

"依我看，最好就在这个圈里找。"闵芝干脆道。

温裕阳端详了一会儿，说了句"范围还是有点大"，又捡起圆规操作了一番。温静语不死心地瞧了一眼，这回干脆就锁在包邮区内了。

"这格局稍微有点小了吧……"她低声喃喃道。

"静语，那说说你的想法。"闵芝突然问。

崔老师平时的说话语气完全就是从闵芝这里继承的，突然被点到名的温静语打了个激灵。

"你来画。"温裕阳把圆规递给了她。

圆规不够大,温静语找了一支铅笔来。

在所有人的注视下,她目测了一下路海到香港的距离,然后以这个距离为半径,状似不经意地下笔画了个圆。

"静语,"闵芝推了推鼻梁上的眼镜,"你还对外国人感兴趣啊。"

这个圈把朝鲜半岛也包括进去了。

温静语给自己找补:"眼界要放宽点嘛。"

"那我觉得还是不行……"

几人又窸窸窣窣地讨论起来,在温静语没注意到的角度,崔瑾正若有所思地盯着她画的那个圈,好像看懂了一些东西,却没道破。

春晚开始后,大家都陆续转战到客厅。开头都是烘托气氛的声乐类节目,温静语不太感兴趣。她靠在沙发上,打开了和周容晔的聊天对话框。

她给他发了年夜饭的图,又问他除夕是怎么过的,结果这人半天没回消息。

直到小品节目都上了台,周容晔那边还是没有任何音信。

温静语疑惑,难道睡着了?但这个点睡觉未免也太早,何况还是除夕夜。

她不死心,又发了几条过去,到最后变成一个人的自言自语。

温静语:你睡着啦?

温静语:周周,晔晔。

温静语:小周周。

温静语:小小周。

…………

信息通通石沉大海,温静语半道又回了趟房间,拨过去的电话没有打通,语音居然提示用户已关机。

这是玩消失?

焦躁之中还夹杂着一丝担忧,温静语揣着复杂心情再次回到客厅。剩下的节目在演什么,她都看不进去了,手机被她放在身旁唤醒又锁屏。

闵芝和姜莲撑不到太晚,她们吃了几个刚出锅的饺子,看完戏曲节目就回房间休息了,崔老师和温院长都有早起的习惯,没等到零点倒计时也去睡觉了,于是客厅里就只剩下温静语一个人。

她怎么待得住,磨蹭一会儿也回了房间。

方才吃饺子的时候,衣服沾到了醋,温静语索性去浴室冲了个热水澡。家里开着地暖,她选了套轻薄的长袖睡裙换上,裙摆刚好垂到脚踝。

吹干头发再从浴室出来,她才发现手机上有几个未接来电。

全是周容晔打来的。

不容迟疑,温静语立刻拨了回去。没等对方说话,她先来一顿输出:"这么久没回,你哪儿去了?还说要煲电话粥,结果人都找不到。"

周容晔耐心地听她说完,才唤了一声"温温"。

他似乎在室外,听筒里有轻微的风噪声。

"你在外面?"温静语看了看时间,"在干吗呢?"

"嗯,在外面。"

"一个人?"

"一个人。"

温静语皱眉:"周容晔,你到底在搞什么?"

他低低笑了一声,突然问道:"温温,你们家什么时候又种了一棵桂花树?"

温静语惊讶:"你怎么知道啊?"

院子里确实多了一棵桂花树,温裕阳说原来那棵是丹桂,秋天的时候又找人移栽了一棵大金桂,说是品种不一样。

周容晔的语气不慌不忙,似在沉思:"这棵看起来,好像比旁边那棵矮了些。"

难以置信的感觉瞬间从温静语的脑海里闪过,她一下就从床上弹坐起来,捂嘴问道:"你在路海?"

周容晔低沉的声音透过听筒传来,像一缕果断的清风,划破了这漫长黑夜。

"下来吧。"

温静语不淡定了。她马上挂掉电话,从床上跳下,趿着那双粉色的毛绒拖鞋就冲出了房间。

她和父母都住在二楼,经过崔老师房间门口的时候,温静语下意识放轻了脚步。她尽量不让自己制造出响动,狂乱的心跳声却清晰得像是要冒出胸口。

下到一楼后,她像一只脱笼鸟雀,直接飞奔到玄关处,拎起立架上的大衣就往院子里跑。

冬夜昏沉,寒意沁人,温静语不知道周容晔在外面等了多久,反正她跨出门的时候被这低温激得打了个喷嚏。

走出庭院门,温静语朝左右都望了望,一眼就发现了那道颀长身影。

和早上见面时的打扮不同,周容晔换了黑色的高领毛衣,外面套着一件同色系的过膝大衣,衬得身姿挺拔,清俊儒雅。

他站在一盏路灯下,双手插兜,微微垂首看着地面。

香槟色的光芒将他的影子拉得很长,这一幕安静悠远,像法国老电影里的长镜头,昏茫夜色下,有人耐心等待着自己的恋人。

温静语控制不住嘴边笑意,毫不犹豫地朝他奔去。

"慢点,小心摔倒。"

周容晔边说着,边张开了自己的双臂,温静语几乎是跌进他怀里的。

熟悉的雪松香混合了冬夜的寒凉,再次萦绕住她。

"你怎么来了?"

她抬头望他,眼神晶亮,鼻头被冻得微微发红。

"怎么穿这么少?"周容晔看了眼温静语的着装,掀开大衣将她整个人裹进怀里,"我不是说了吗,我们很快就能见面。"

"那这也太快了吧。"温静语还是有些不敢相信。

周容晔失笑:"温温,谈不了异地恋的人是我。"

"我说呢,在机场分开的时候,你这么淡定。"温静语往他怀里蹭了蹭,搂紧他的腰,"原来留着这一招。"

"小别胜新婚,不是吗?"

温静语嗤道:"那你这'小别'也真是够'小'的。"

"嗯?"他的胸腔随着声音共鸣,微微震动,"说谁小?"

温静语一下噎住,脸颊开始发热。

她气愤地在他腰上掐了一把。周容晔也没躲开,而是低头啄了下她的嘴唇,提议道:"外面太冷了,我们去车里吧。"

刚刚太激动,温静语跑出来的时候忘了换鞋,连袜子都没来得及穿,脚上还是那双毛绒室内拖鞋。

是有点冷。

两人牵着手往小区门口走,周围好几户邻居都没休息,房子里灯火通明,看样子是准备守岁。

温静语心里有一丝丝紧张,生怕哪个邻居开门出来撞见他们。明明都是奔三的成年人了,这感觉却像瞒着父母偷跑出来约会的学生情侣。

黑色库里南照旧停在小区外围,好多人回老家过年了,马路空旷,临时停车区里只有这么一辆车。

周容晔打开后座车门,等温静语上去之后,他也坐了进去。关门按钮在边框上,车门自动合好,车厢立刻陷入一片昏暗寂静。

后排宽敞,两个人完全不挤。

"还冷吗?"周容晔问。

温静语摇了摇头,后排空调和座椅加热都打开了,身子一下就回了暖。

"你这样跑到路海来,家里人没意见吗?"

毕竟是除夕夜,应该是和家人团聚的时刻。

周容晔脱了自己的大衣外套,扔到副驾上后,应道:"茵茵和她爸妈都在美国,熟悉的亲戚也不在香港,无妨。"

"这样啊,那你父母也去美国了吗?"温静语想当然道。

车内没开灯,唯一的光源来自挡风玻璃旁的路灯。周容晔转头看着她,眉眼在昏暗中浮沉,看不清情绪。

"我父母在我念高中的时候就离世了。"

温静语从未听他谈起过自己的家庭情况,现下知道了这个消息,她是震惊的,紧接着心脏仿佛被揉成了一团,隐隐发疼。

"对不起啊……我不知道。"她有些手足无措,责怪自己的鲁莽提问。

"有什么好对不起的。"周容晔的语气听上去不甚在意,"都过去很久了,我没事。"

温静语不希望在这个夜晚还让他想起不愉快的回忆,便没有继续追问。

"你如果不来路海的话,就要一个人过年了?"

周容晔没有否认。

温静语心脏发酸的感觉越来越强烈,她轻声抱怨:"你怎么都不告诉我,早知道我就留在香港陪你了啊。"

"我这不是来了吗?"周容晔将人扯进怀里,"茵茵让我去美国过年,我没答应。"

"为什么?"

"明知故问。"

随着车内的温度升高,周容晔的吻也压了下来,细细研磨,极尽温柔。

温静语被他亲得浑身发软,整个人不自觉地往后仰。周容晔顺势将她放倒在座椅上,双手撑在她身侧,轻柔的吻也逐渐加重了力度。

喘息间,温静语抬手挡住了他的唇,声音也覆上了一层迷离:"周容晔,我严重怀疑你是故意让我内疚。"

"怎么还叫全名?"周容晔亲着她的手心,"微信上不是喊得挺好吗?现在喊一声我听听。"

"我怎么喊了?"温静语装傻。

"不想喊?"

周容晔轻笑一声,探手到她腰侧捏了一下。温静语立刻痒得往边上躲了躲,又被他拽回来。

"我错了,我喊。"

温静语妥协,嗓子也跟浸了水似的发软:"小周周,小小周。"

周容晔眯了眯眼,眸色加重。

"再说一个'小'字试试。"

"你威胁我……"

腰侧的温热又覆了上来,温静语最怕痒,立刻投降:"周周,阿晔,可以吗?"

"这还差不多。"

他再次含住她的唇瓣,低喃道:"大衣裹得这么紧,不热吗?"

还好有昏暗环境做掩护,温静语感觉自己的脸红得可以跟熟虾媲美。

"有点热……"

"那就脱了。"

"不行……"她嗫嚅道,"忘记穿内衣了……"

这话不说还好,她一说,周容晔就觉得自己脑子里紧绷的那根弦马上就要断了。

温静语的大衣里面只有一件薄薄的睡裙,刚刚抱她的时候,不经意间蹭过的柔软触感,原来是这个原因。

周容晔闭了闭眼,狠狠压下心中那团滚烫烈火。有些事需要循序渐进,他不想吓到她，于是主动替她裹好外套，将人抱到自己腿上。

"那就再亲一会儿。"

这个细致绵长的吻持续了多久，两人都没有概念，明明只是单纯接吻，温静语却累得跟登山了一样。

周容晔也没好到哪里去，有时克制才是一种极尽折磨。

两人好不容易才分开，唇上微肿和火热的感觉还十足清晰。温静语捧着男人的脸，指腹轻轻扫过他的眉眼、高挺的鼻梁，然后是柔软的唇瓣。

平日沉稳持重如他，此刻眼底居然有失控的痕迹。

"温温。"

周容晔脑子一热，大手摁着她的后颈，接着低头在那片白皙肌肤上啃噬了几下，粉色印记随即浮现。

温静语的脑中炸开了一团烟花，周容晔抬头之后，她才意识到他刚刚的举动。

"你明天出门，要么穿高领，要么只能围个围巾了。"他唇边浮起得逞笑意。

"故意的吧你……"温静语又羞又恼。

周容晔的笑意越来越浓。

"多好的新年礼物。"

从车上下来时，早已过了零点。

黑夜更沉，周容晔将温静语送回小区。站在庭院门外的时候，两人还搂在一块儿，谁都没有开口先说再见。

"你在路海待多久？"温静语腻着他，只觉得他身上的味道怎么都闻不够。

周容晔抚着她的后背，答道："后天走。"

"啊？这也太赶了吧。"

"只有三天的假期。"

"万恶的资本家。"温静语毫不客气地评价。

周容晔轻笑，问她："明天晚上有空吗？带你见见我的朋友。"

"哪个朋友？"

"蒋培南，还有印象吗？"

温静语在脑海中搜索了一下，恍然道："那位蒋先生，是吗？"

周容晔点头，忍不住调侃："看来你之前对我也挺上心的，连我的朋友都能记住。"

"哪有……"温静语不肯承认。

她偏头的时候，周容晔的视线就落在她颈侧，那个深色印记是他刚刚在车里弄出来的，此刻瞧着，心脏再次有了胀满的感觉。

他抬手，指腹在那印记上不经意地摩挲了一下，这动作直接让温静语脸上的热意炸开。

周容晔接收到她扫射过来的羞愤眼神，但在他看来，这跟娇嗔无异。

他不忍再逗她，低头道了声"晚安"。

大年初一的早晨，温静语是全家起得最晚的一个。等她洗漱完毕下楼的时候，大家都已经用完了早饭。

闵芝和崔老师坐在院子里晒太阳喝茶，温院长在客厅回顾着春晚重播，而姜莲则在厨房做她拿手的麻心汤圆。

温静语没惊动其他人，而是闻着味儿寻到了厨房。

"奶奶，早上好。"

"乖乖，起来啦？"姜莲手里还搓着汤圆，"早饭想喝粥还是吃汤圆？"

"吃汤圆。"

温静语盯着锅里的滚水疑惑道："您这是早就知道我要起来了？"

"等会儿你姑姑和表姐要来拜年，给她们顺手做碗甜汤。"

"难怪，宁宁也来吗？"

宁宁就是温静语表姐的儿子，过完年就九岁了。

"来的，来的。"

汤圆煮熟捞出，糖水里再撒点桂花，香味钻入鼻腔的时候就已经能感受到甜蜜了。温静语端着烫手的瓷碗走到餐桌旁，崔瑾正好进来拿热水壶。

"昨晚去哪儿了？"

崔老师冷不丁的一句发问，吓得温静语差点甩掉手里的白瓷勺子。

"没去哪儿啊。"她打算装傻到底。

"是吗？"崔瑾不慌不忙道，"我半夜起来倒水喝，看见你房间门大敞着，里头也没人。"

温静语暗骂自己还是不够缜密，出门太急根本没注意这些细节。

"哦，我想起来了，我去院子里透了会儿气。"

温静语说这话的时候恨不得把头埋进汤碗里，她不太会撒谎，根本不敢和崔老师对视。

崔瑾也没揪着这个问题不放，但她接下来的话却让温静语的心直接跳到了嗓子眼。

"家里暖气开得这么足，你穿这么厚的高领毛衣干吗，不热？"

本来不觉得，这下是真的热起来了。

温静语昨晚没细看，早上在镜前刷牙的时候，瞥到了一眼，那么暧昧又清晰的红痕，换作谁看到都得浮想联翩。

"不热。"

为了掩饰心虚，她不仅不抬头，还连着往嘴里塞了两颗汤圆，嘟囔道："一下没习惯路海的气候，有点怕冷。"

崔瑾没再说什么，拎着热水壶离开了餐厅。温静语吊着的那口气终于松了下来。吃完汤圆，她立刻折回自己房间，又跑到浴室镜前扯下领子端详了一会儿。

这痕迹怕是一两天都消不下去。

热着脸将自己甩回床上，温静语给始作俑者打了个电话，对方几乎是秒接的。

"喂，温温。"

"你在干吗呢？"

"在花园晒太阳。"

温静语低笑一声，周容晔问她怎么了。

"外婆没事也喜欢搬张椅子晒太阳，刚刚想象了一下你变成老头的样子。"

周容晔也笑："帅吗？"

温静语将通话开成公放模式，平躺在床上望着天花板。

"都成老头了还想帅到哪儿去？"

"那到时候你记得仔细看看。"

"什么时候？"

"我变成老头的时候。"

温静语握着手机，嘴边的笑容渐渐扩大。

"温温。"周容晔唤了一声。

"嗯？"

"几点能过来？"

大年初一都是各家串门拜年的日子，温家亲戚虽然不多，但有些流程温静语也不能幸免，下午还得跟着爸妈去表舅家走一趟。

"我尽量早点过来，陪你一起吃晚饭，好不好？"

为了安抚男友，温静语都没注意到自己的声音放得有多柔。而周容晔貌似很享受这种哄小孩的语气，要求也多了起来："那你喊我一声。"

怀里的被子都快被温静语卷烂了，她凑近听筒，语速很快："阿晔。"

"没听清楚。"

明明周容晔也不在身边，温静语却觉得心跳加速，她闭眼咬了咬唇，这次喊得特别清晰："阿晔。"

还没等到那头开口，床边却突然传来一道稚嫩童声："小姨，阿晔是谁啊？"

温静语当下的反应完全不亚于白日撞到鬼，她尖叫了一声，吓得汗毛倒竖，立刻从床上翻身而起。

电话打得太投入，她根本没发现房间里多了一个人。

"宁宁？你怎么在这儿啊？"

坐在地板上的宁宁手里还拿着一个高达玩具，他指了指房门，态度诚恳："门没关，我就自己进来了。"

温静语关掉扬声器，将手机凑近耳边，快速说道："等下再打给你啊。"

电话挂掉之后，她马上正襟危坐，开始重新审视这个小家伙。

"你都听到什么了？"

宁宁的记忆力特别好，从周容晔问她几点能过去开始，一字不差地复述了他们的通话内容。

温静语听得冷汗直冒,她感觉自己被一个小孩子拿捏住了。

"宁宁,小姨跟你商量个事儿啊。"温静语挂起自以为最和善的微笑,"你刚刚听到的那些东西,天知地知,你知我知,懂了吗?"

并不是拒绝在家人面前公开周容晔的存在,而是一想起昨晚书房里的讨论,温静语就没什么把握。

她需要一个更恰当的时机。

宁宁扑闪着一双大眼望着温静语,好像没太理解她话里的意思。

温静语败下阵来:"我给你买玩具,你帮小姨保密'阿晔'的事情,好吗?"

"好。"小家伙这回倒是理解得很迅速。

舒了一口气的同时,温静语又想起下午的行程。她答应周容晔要去月央湖壹号吃晚饭,饭后还要和他一起去赴蒋培南的约。

大年初一不着家,这个借口才是最难找的。

她盯着在地板上拆玩具的宁宁沉思了一会儿,计上心来。

好在只要有新玩具作保,这小孩儿的领悟能力就会变得特别强。午饭之后,温静语故意回避,跑进房间化起了妆。

而宁宁在客厅里开始了自己的表演。

"我刚刚听到小姨打电话了,她说晚上有同学会。"

表姐笑道:"你听错了吧,哪有大年初一开同学会的。"

宁宁摇头,非常肯定自己的答案:"我真听到了,她跟什么菲菲阿姨打电话的时候说的。"

有了这层铺垫,温静语再下楼告知时,这件事就变得十分顺理成章了。

于是下午从表舅家离开之后,崔瑾顺路把温静语捎到了地铁站。到达月央湖壹号的时候还不到三点,她想给周容晔一个惊喜,并没有提前告诉他。

许久没来,小区门口的保安都换了人,温静语坐上摆渡车,目之所及的景物还是那么熟悉。她想起自己当初每周都会来给周皓茵上课,而那时她和周容晔的关系还只是辅导老师与学生家长。

一年多过去了,什么都变了。

摆渡车即将驶到南区和北区的岔路口,她的目光不自觉地朝北区方向留意了几分,心中涌起物是人非的感慨之情,但也仅仅是感慨。

车子的速度并不快,正要转向的时候,通往北区的路口处突然传来一声诧异呼唤。

"静语?是你吗?"

温静语刚刚没仔细看,此刻再一抬头,发现喊她的人居然是肖芸。

肖芸坐在轮椅上,照顾她的保姆还是之前那位,两人发现温静语就随即在路边停下了。

出于礼貌,温静语让摆渡车司机停下,走过去打了声招呼:"肖阿姨,好久不见。"

近看细瞧,肖芸的脸色比以前差了不少,人看着也消瘦许多,苍老感一下子

183

就上来了。

"静语。"肖芸见到她很是意外,嘴角轻颤,"好久不见,我可记挂着你。"

不管温静语和梁肖寒现在的关系如何,肖芸对待她还是像以前一样亲和,那是长辈对晚辈发自内心的喜爱和赏识,无关其他。

温静语也不是什么狭隘之人,在她眼里,过去就是过去,那些不愉快早已变得无足轻重。

毕竟是真心待过她的长辈,此刻见到肖芸,她也没产生什么排斥的情绪。

温静语在轮椅前半蹲下,柔声道:"肖阿姨,新年快乐。您身体还好吗?"

不知为何,这一声问候让肖芸的眼里泛起了泪花。

"我还好,你还好吗?"她握住了温静语的手。

"我也很好。"

"听你爸妈说你去了香港,在那边工作还顺利吗?"

温静语点点头:"都很顺利,劳您挂心了。"

"好孩子。"肖芸拍了拍她的手背,"有空吗,要不要去家里坐坐?"

看出温静语的迟疑,她立刻解释道:"你放心,肖寒不在家。"

温静语释然一笑:"我就不去了,男朋友还在家里等着我呢。"

"男朋友?"肖芸难掩惊诧之色,"你交男朋友啦?"

"对。"

"他也住在这儿吗?"

温静语指了指相反方向,应道:"他家就在南区。"

"原来如此……"

"肖阿姨,如果没其他事的话,我就先走了。他等了我一天,怕他着急。"

肖芸也没什么理由能把人留下,只能遗憾道:"行,那你先去忙吧,下次有空的话来家里坐坐。"

温静语起身后,她又立刻让保姆把手上的篮子递过来。

"这些柑橘是从我自己院子里摘的,本来是想着到邻居家走动走动,刚好碰到你,这一篮你就先拿走吧。"

温静语立刻摆手:"您太客气了,这么多我怎么吃得完,您还是留着分给邻居吧。"

"静语。"肖芸莫名有些激动,声音发颤,"你拿着吧。"

这种心情很复杂,温静语看得出肖芸眼神中的歉疚,虽然她觉得这样的情绪没有必要,但还是于心不忍。

"那就谢谢您了。"她伸手接过竹篮,掂着有些沉重,"您保重身体。"

"你也是,好好照顾自己。"

道别之后,温静语重新坐上了摆渡车,继续往南区前进。

肖芸望着那道远去的背影,终于潸然泪下:"我当初是怎么说的,肖寒一定会后悔的。"

保姆给肖芸递上帕子,肖芸擦了擦眼泪,声音哽咽。

"如果听我的劝,他现在也不会和钟家那个闹到离婚的地步。"
…………

与此同时,被人念叨的温静语拎着篮子走进了南区十八号。

庭院里的景致随季节变幻,角落里的一株蜡梅凌寒独自开着,清高又倔强,颇有中式写意画的氛围。

家政阿姨见到她很是欣喜,连忙摆好室内拖鞋,接过她手里的篮子。

"这个很重,我们一起拎进去吧。"温静语换好鞋又问,"周先生呢?"

"周先生在书房。"家政阿姨已知晓他们的关系,又多说了一句,"等您很久了。"

"他在忙吗?"

"这个我不清楚,他说您要是到了的话,可以直接去书房找他。"

书房在二楼,温静语并不清楚具体位置,只能一间接着一间地找过去,终于在走廊尽头发现了虚掩着的门。

她轻轻推开那双扇木门,朝里望去,一眼就看到站在书桌前的周容晔。他微微俯身,双手撑着桌面,露出一个宽阔背影。

他好像在打电话,全程英文交流,但语气听上去并不严肃,甚至还有些轻松。

温静语盯着那道宽肩窄腰的身影,心里起了逗弄他的心思,于是蹑手蹑脚地走过去,双手缠上了他的腰。

周容晔显然没有察觉到她的靠近,被人搂住的时候,身子僵了一下,偏头看到来人是温静语,笑意立刻染上眼角。

"在打电话?"温静语用口型问他。

只是还没等到周容晔的回答,她就看见书桌上立着一个平板电脑,此刻摄像头正开着,屏幕里少说也有七八号人在线,有好些是外国面孔。

他在开视频会议。

意识到这一点的时候,温静语紧张得立刻收回了手。

刚刚她好像还不小心露了个脸?

周容晔给了她一个安抚眼神,轻声说"等我"。

温静语退到一旁,尽量远离视频画面的范围。但这个小插曲还是惹出了一点动静,她听见周容晔说了句"Girl friend"。

会议不知还要多久才能结束,在这儿待着也是无事可做,说不定还会影响到他,温静语悄悄退出了书房,打算回到客厅等人。

家政阿姨端上热茶,烟青色的壶承托着一把巧致的朱泥小壶,壶身和颜色都被养得极好,里面泡的是色浓甘醇的六堡茶。

肖芸给的柑橘也被摆上了托盘,和茶点并排放着,瞧着没什么违和感。

茶叶换了一道的时候,周容晔终于下了楼。

温静语坐在沙发上,拍了拍身旁的位置示意他坐过来,又在茶盘里选了一只茶盏。

"刚刚没有影响到你吧？"

周容晔接过她递来的热茶抿了一口，悠悠道："有影响。"

"嗯？"

"我提前解散了会议。"

他说得理直气壮，温静语哼了一声："春宵苦短日高起，从此君王不早朝？"

周容晔忍不住笑，眼里全是纵容："温老师的文学素养极高，连骂人都能引用诗句。"

朱泥小壶的容量不大，两三杯分净之后又要添水。这时周容晔的眼风扫到了托盘里的柑橘。

"你买的？"他记得家里只有草莓和冬枣。

温静语瞥了几眼，觉得自己没什么好心虚的，于是诚实道："小区里碰见了梁肖寒的妈妈，是她给的。"

说完，她就去看周容晔的反应。男人沉默了一会儿，表情却很平静。

温静语居然拿不准他的心思。

"就只碰见了他妈妈？"

温静语点头，眼神诚恳。

周容晔弯唇，抬手揉了揉她的头顶："想吃吗？给你剥一个。"

橘子带叶，瞧着新鲜饱满，色泽黄亮，确实很诱人。

"我给你剥一个吧。"

说着，温静语就伸手挑了一个最大的。橘皮略微发硬，掰开的那一瞬间，芳香辛辣的橘皮汁也沾到了手上，气味钻入鼻腔，颇有醒神的效果。

她往周容晔的嘴里塞了一片橘瓣，看着他嚼了几下，真挚地发问："怎么样，甜吗？"

周容晔面不改色，缓缓答道："有点酸。"

"是吗？"

温静语也掰了一瓣塞进嘴里，清凉汁水在口腔弥漫，其实客观来说，这橘子的品种不错，已经算很甜了。

她转头对上周容晔的眼神，那人双手环胸盯着她，似乎就在等一个评价。

温静语突然笑了。

"嗯，挺酸的。"

…………

晚饭就在家里解决，两人出门赴约的时候还不到八点。

温静语再次见到了保镖阿中，他出现的频率好像越来越高了，黑色轿车就稳稳地跟在他们身后。

和蒋培南见面的地点定在希阑酒店顶层的清吧，那里环境幽静雅致，私密性很高，适合朋友谈心小聚。

温静语知道，周容晔此行带着她去就是想做个正式介绍，她也没含糊对待，下午离家前还刻意打扮了一番。

驼色羊绒大衣搭配黑色紧身针织裙,乌黑长发用卷发棒烫了弧度,慵懒地披在肩上,巧致的珍珠耳坠衬得整个人温柔优雅,唇上的那抹红艳更是增添了一丝风情。

只是裙子是低领的,她不得已还配了一条丝巾。

电梯门镜里倒映出的男女并肩而立,不管是外形还是气质,都挑不出一点不相配的地方。

周容晔正低头回复着蒋培南的消息,那人早已到场等候。

而温静语的注意力则放在了电梯显示屏上,除了希阕酒店的标志,右上角还有一个蓝白相间的旗帜图案。

这是一间隶属于致恒集团旗下的五星级酒店。

电梯到达五十九楼,轿厢门缓缓打开,周容晔牵着温静语走了出去。

大年初一的晚上,酒吧里居然高朋满座,因为是清吧,作为背景声的音乐并不嘈杂,灯光也打得很有氛围,即使昏暗也能看清彼此的脸。

蒋培南在位置上冲他们招了招手。

"温小姐,别来无恙。"

温静语和他握了握手,微笑道:"你好,蒋先生。"

也许是周容晔提前做了铺垫,蒋培南对于两人的恋情并没有表现出太大的惊讶。

"今晚都能喝吧?"他翻着酒水单出声询问。

周容晔揶揄道:"不能喝来酒吧?"

"行啊。"蒋培南斜眼睨他,"有了女朋友就是不一样啊,气场都是两米八的。"

温静语在旁边听着,心想这是个比周容晔还爱贫嘴的。

"温小姐酒量怎么样,能喝吗?"蒋培南问。

"一般般。"温静语很谦虚。

说完这话,她就感觉身旁扫来一道带着笑意的视线,是来自周容晔的。

温静语回给他一个疑惑眼神,两人对视几秒之后,她瞬间懂了,笑着别开了脸。

很显然,他们都想起了圣诞夜那晚,当时温静语喝得比周容晔还多,这酒量不可能一般。

蒋培南停下手里翻单子的动作,看着这对完全把他当成空气的情侣,忍不住调侃:"两位,可以点单了吗?"

最后温静语只要了一杯 Martini,美其名曰小酌怡情,而两位男士则单开了一瓶路易十三。侍应生过来收单子的时候,周容晔递出了一张卡。温静语没看仔细,以为是存酒用的。

结果那侍应生收到卡后表情随即变了变,态度变得更加恭敬。过了一会儿连酒吧经理都亲自出场打了招呼,生怕招待不周。

夜越深，酒吧的氛围就越好，身旁的巨型落地窗能俯瞰繁华的城市夜景。

"大晚上出来喝酒，你太太没意见吗？"

蒋培南与周容晔碰了碰杯，应道："她知道我这段时间憋得慌，我拿你做理由，她才特意给我放了假。"

为了温静语能听懂，两人改成了普通话交谈。

"他上个月刚晋级为奶爸，每天都在家里陪太太坐月子。"周容晔转头对温静语解释道。

"蒋先生都当爸爸了？"

蒋培南挠头笑："看不出来吗？"

"完全看不出来。"温静语还是觉得神奇，"恭喜你啊。"

"谢谢。下次跟阿晔一起来家里玩，这么点大的宝宝还是很有意思的。"

话题不知怎么就扯到了这上头，蒋培南的话匣子一打开就停不下来，还煞有介事地向两人传授起带娃经验，温静语好几次都被他的幽默用词逗笑。

气氛正热烈时，走道上突然传来一个惊讶男声，还带着一丝犹疑语气。

"温公主？"

听到这个称呼的时候，温静语的心脏都跟着漏跳了一拍。她转头望去，喊她的人居然是冯越。

"真是你？"

"冯总。"温静语淡声打着招呼。

待冯越看清她身边人的时候，脸上的表情更是精彩，有震惊，有难以置信。

"冯二？怎么这么巧啊，你也在这儿喝酒？"

蒋培南和冯越比较熟悉，当初给梁肖寒和周容晔牵线搭桥的过程中，他没少发挥作用。

冯越很快敛起情绪，指着另一个方向："我也有帮朋友在一起喝。"

他这话音落下，温静语脑子里就有根弦瞬间绷紧。她状似不经意地朝着他指的那个方向瞄了几眼，好在并没有看到什么熟悉的身影。

在旁边一直没说话的周容晔将这一切收进眼底。

冯越和蒋培南寒暄了几句，又朝周容晔和温静语打了声招呼才离开。

"这冯二也是个有名的玩咖，听说前段时间在会所带了个姑娘走，被他未婚妻当场逮到，闹得不可开交。"蒋培南晃着手里的酒杯，犀利地点评道，"他们那个圈子，真没几个靠谱的。"

周容晔并没有对此发表什么看法，招手让侍应生过来添酒。

更加沉默的人是温静语，那冯越跟梁肖寒平时就像连体婴一样凑在一块儿，今天没让她撞上还真是运气。

不管是出于私心还是什么，她都不想让周容晔遇上梁肖寒，尤其是自己还在场的情况下。

毕竟身旁这位现男友对她以前那点"不提也罢"的感情经历是了如指掌的，甚至还当过围观群众。

所幸接下来的话题都与那群纨绔无关,可温静语还是不免走神。

紧接着,她放在桌下的手突然就被人握住了,温热有力。

温静语偏头去看,周容晔依然神色如常地和蒋培南聊着天,也没回望她,而是在桌底下轻轻摩挲着她的手背。

他总有让她安心的能力。

温静语回握住他,收起自己乱七八糟的情绪。

只是天不遂人愿,新年第一天就让她碰上了水逆,这个夜晚注定不能安宁。

温静语的视线中渐渐出现了一道高大身影,他的目标清晰明了,就是冲着他们这桌来的。

那男人就算化成灰她都能认出来。

好不容易松掉的神经又吊了起来,温静语忍不住皱眉的同时,梁肖寒已经站在了他们面前。

他只瞥了温静语一眼就挪开了视线,也不打算跟她说话,而是把注意放到了另一个人身上。

他面带微笑,眸子里却没什么温度。

"周先生,好久不见。"

如果不是刻意提起,温静语几乎不会想起梁肖寒这个人。

隔了太长时间没见,他的长相在她脑海里已经有些模糊了,以前伤神的种种也是无迹可循。

他好像瘦了点,五官轮廓也更加凌厉。都说一个人的眼神变化是最明显的,现在的梁肖寒少了几分桀骜,多了几分沉冷。

此刻他站在这里,回忆又像浪潮一般卷土重来,温静语没什么感今怀昔的触动,她只是警惕他此次过来的目的,以及她无时不刻不在关注的,周容晔的情绪。

"梁总。"

周容晔也礼貌地打了声招呼。比起温静语的戒备,他却是一副泰然自若的模样,好似一切都在他的掌控之中。

"今天真是热闹啊,刚刚还碰见冯越了,你们是一起来的吗?"

作为在场唯一一个不知晓内情的人,蒋培南对于梁肖寒的出现显然是喜大过惊。

"不是。"梁肖寒的嘴角扬起一抹弧度,"听说周先生在这儿,我才跑这么一趟。"

语毕,他瞧了眼蒋培南身旁的空位,问道:"和你们拼个桌,介意吗?"

问这话时,他盯着的人是周容晔。

"当然不介意,请便。"周容晔淡然回应。

温静语有些坐不住了。她张了张口想说些什么,但转念一想,梁肖寒压根没理她,她用什么理由赶人家走呢?

桌子底下,周容晔依然没松开她的手,还紧了紧力道以示安抚。

侍应生过来添杯,梁肖寒道了声谢后继续道:"今晚有些唐突了,酒费就记我账上吧。"

"不必。"周容晔晃了晃手中的窄口干邑杯,眼皮轻抬,"已经记过了,梁总尽管喝便是,不用拘束。"

蒋培南按捺不住,刚想插嘴说一句这里就是周容晔的地盘,但一想到好友的身份还暂未公开,悬到嘴边的话就变成了"都是朋友,千万别客气"。

"听说蒋总上个月喜得贵子,道一声晚来的恭喜。"梁肖寒与他碰了碰杯。

"感谢。"蒋培南举着杯子轻抿一口,"梁总呢?结婚也有些时候了,有身份升级的打算了吗?"

梁肖寒没急着回答。他垂首盯着杯中的琥珀色酒液,再抬头时目光掠过了斜对面的温静语。

"说出来不怕各位笑话,我和钟家那位正在办理离婚手续。"

此话一出,蒋培南的表情最是震惊,也下意识地问了句为什么。

梁肖寒不在意道:"迟早的事。"

短短四个字包含的信息量太大。众人皆知梁家和钟家是大张旗鼓的商业联姻,利益也跟着绑死,除非发生了什么严重的意外状况,这段关系应该是轻易不能改变的。

可这毕竟是人家的私事,蒋培南也不好刨根问底,打了几句哈哈就把这个话题晃过去了。

接下来的交谈内容十分正常,三个男人你来我往,聊的都是些商业圈里的新鲜事,言语间置换一些信息差,连一直沉默的温静语都渐渐放松了神经。

她觉得自己可能是太敏感了。

酒过三巡,蒋培南才渐渐品出气氛中的一丝不寻常。

从梁肖寒出现的那一刻起,温静语就没说过一句话,不但不打招呼,看起来还有些安静过头。如果他没记错,这两人不是多年好友来着吗?

而且周容晔也有一点不对劲,他酒量虽好,可平常都是点到为止,很少像今晚这样,只要是敬他的酒,通通来者不拒。

七百毫升的干邑白兰地才开封没多久,就在不知不觉中见了底。

温静语瞧在眼里,忍不住出声提醒:"少喝点。"

"没事。"周容晔宽慰她。

他看着她面前已经空了的鸡尾酒杯,又问:"要不要喝水?"

温静语点点头。

周容晔唤来侍应生,还特意嘱咐要常温水,不要放冰块。

"阿晔,你现在真是心细如尘。"蒋培南忍不住打趣,只不过他用的是粤语。

周容晔也接下了这句话:"当然,要看对象是谁。"

水端上来后,温静语道了声谢。她微微侧身,脖子上的丝巾在不经意间偏了位置。

而梁肖寒此刻的视线正好落在她身上。

那白皙皮肤上的暧昧红痕清晰又刺目,像一把利刃,毫无防备地捅进梁肖寒的心脏。

那双漆黑眸子蓦地缩了缩,卷起翻腾痛楚,手上紧握的力道像是要把酒杯捏碎。

好不容易敛起晃荡心神,梁肖寒才悠悠开口道:"周先生,听闻您酒量不错,我也想切磋切磋,今晚就是个好机会,不如我们喝个尽兴,不醉不归。"

被点到名的周容晔还没来得及反应,一直视梁肖寒为空气的温静语就抢先开了口,语气不耐烦:"谁要跟你切磋?"

她算是看明白了,梁肖寒虽然也喝了不少,但他一直在有意无意地给周容晔灌酒。是不是针对,她心里有数。

梁肖寒哂笑一声,他早已忍得牙根发紧。

这女人今晚从头到尾都在无视他,现在对他说出口的第一句话还是为了维护周容晔。

他心里烦闷,于是说出来的话也夹枪带棒:"怎么,你要挡酒?"

温静语正想发作,身旁的周容晔轻轻拍了拍她的背,柔声道:"温温。"

昏暗光线中,他的瞳仁明晰透亮,深蕴着一如既往的沉稳和坚定。

"让阿中先送你回去,好吗?"

明明是询问的语句,却透着一丝不容拒绝的口吻。

"我……"温静语并不想走。

周容晔显然知道她在想什么,说了句"没事的",然后捡起手机打了个电话。

不一会儿,阿中就来了。温静语不太情愿地起了身,临走前又叮嘱了一句别喝太多。

下行电梯里,她收到了周容晔的信息:别担心,明天见。

温静语怎么可能不担心,回程的路上她一直心神不宁,还暗骂了梁肖寒三百回合。

阿中将她送到小区门口之后就要告别。温静语拦住他的去路,要了人家的手机。

她低头在屏幕里输下一串号码,交代道:"这是我的电话,周先生要是喝醉了或者收不了场,你一定要打给我。"

阿中虽然不知道什么样的场面能难住老板,但还是点了点头。

与此同时,希阑的高空酒吧里,蒋培南彻底被刚才的场面弄迷糊了。

温静语对梁肖寒露出毫不掩饰的敌意,然后又被周容晔莫名其妙支走,到现在那两个男人居然明里暗里地开始拼酒。

一切就像拼图碎片,已经完整地摆在面前。至于怎么拼凑,就看他的想象力够不够大胆。

这场酒局持续到凌晨,离开的时候,最清醒的人居然是蒋培南。

周容晔的醉态虽然不明显,但他也是撑着最后一丝理智进的电梯。至于梁肖寒，还是方励赶到场扶着出去的，他的脚步已然虚浮，只是不服输强打着精神罢了。

阿中取了周容晔的车，停在酒店楼下等人。方励说他们的车也在边上，蒋培南确认两位爷都有人安排之后才安心离开。

然而，他还是放心得太早了点。

方励刚坐上驾驶室，梁肖寒居然直接坐进了副驾驶座，命令他一脚油门往前，斜着逼停了正准备出场的库里南。

若不是阿中反应及时，此刻怕是已经撞了上去。

"周生，没事吧？"

周容晔坐在后排，阿中转头去确认他的状态。

"没事。"

周容晔揉了揉酸胀的眉心，抬眼恰好看见梁肖寒从驾驶室里出来，满身酒气、脸色沉郁地走到他的车旁，抬手敲了敲玻璃车窗，似是有话要讲。

"周生。"阿中在征求他的意见。

周容晔冲他摇了摇头，缓缓降下车窗。

因为他喝酒不上脸，所以瞧着比梁肖寒要清醒许多。

"梁总还有事吗？"

后脚赶来的方励连声道歉，他想拉开梁肖寒，却发现这人根本扯都扯不走。

抛掉一晚上强装的镇静，梁肖寒借着酒劲不管不顾起来，冷声道："周容晔，乘人之危应该不是你的作风吧？"

"这话有意思。"周容晔听罢弯了弯唇，眼底却没有一丝笑意，"我挺好奇，我乘了谁的危？"

"温静语不在，你不用拐弯抹角。"梁肖寒嗤笑，"我跟她认识多少年，你才认识她多久？不过是被你捡了个乘虚而入的机会，你信不信，她最后还是会回到我身边。"

隐藏的乱流在空气里涌动，一触即发。

方励急忙过来救场："周先生，真是不好意思，梁总今天喝得有些醉，胡言乱语您别往心里去。"

周容晔好像并没有被这些话激怒，而是面容沉静，声线平稳地讽道："你们梁总醉没醉我不知道，满脸写着的不甘心倒是挺明显。"

方励有些错愕，一旁的梁肖寒已经俯身捂着胃，看样子是醉透了，难受的劲头也上来了。

"还是扶他回去早些休息，梦里什么都有。"

这话落下后，车窗也跟着缓缓合上了。

"阿中，走吧。"

"可是……"

阿中目视前方，微微蹙眉。那跑车的车头还侧挡着他们，这条出口通道并不宽敞，四周都是造景绿化带，两辆车并行已是极限。

周容晔合眼靠在车座椅背上，神情已浮上一丝倦意。

阿中刚想说自己下去让他们挪个车，后排就传来一道冰冷男声。

"那就撞开。"

第七章
其他的交给我 /

温静语回家之后一直没有睡着，阿中的电话是在凌晨两点多打来的。

他的语气很寻常，冷静阐述了周容晔喝醉的事实。

"醉得厉害吗？"

"刚从酒吧出来的时候还有意识，在车上就睡着了，到家之后吐了一回。现在不知道怎么样，还没有去看。"

温静语还是放心不下，决定现在就跑一趟月央湖。

"需要我来接您吗？"

"不用。"温静语起身去柜子里翻找衣服，"我直接打车过来更快。"

"那您上车之后记得把车牌号发给我。"

阿中知道，周容晔喝醉了没什么，大晚上的温静语要是出点岔子，后果只怕谁也承担不起。

"好，你到时候在小区门口迎一下我就行。"

在车上的时候，温静语给张允菲打了个电话。她无比庆幸自己这位好友是个典型的夜猫子，电话接通后，对方果然还醒着。

"菲菲，帮我个忙。"温静语开门见山道。

张允菲有些担心："大晚上的，怎么了？"

"我现在要出门，崔老师他们都睡了，我留言说你喝醉了要去照顾你。明早你要是接到我爸妈的电话，可千万别露馅儿。"

"哦哦，好的。"张允菲应完声才觉得不对，"哎，等等，你现在要出门？"

"对。"

"去哪儿啊？"

"下次再解释。"

张允菲看了眼时间，想确认自己没理解错温静语的意思："不回家了？"

"嗯，今晚不回家。"

温静语到达月央湖壹号的时候，那辆岩灰色宾利已经在门口等待。车子驶入南区，十八号的庭院大门缓缓推开，阿中直接将车子倒进了停车位。

下车后，温静语才留意到，边上的库里南被专用车衣罩挡了个严严实实。

别墅里大灯亮着，这会儿家政阿姨也没歇下，厨房还准备了小米南瓜粥，就怕周容晔胃吐空了会难受。

温静语进门后第一句话就问:"周先生怎么样了?"

"刚刚上去看过,人还在卫生间里,怕是又吐了一回。"

温静语接过家政阿姨手里的热粥和牛奶,又叮嘱道:"看看家里有没有解酒药。"

"应该是有的,我等下送上来。"

温静语点头:"辛苦了,送完药您快去休息吧。"

"好。"

周容晔的卧室在二楼,房间门虚掩着,等她推开进入一瞧,内置浴室的门果然紧闭着。

她将手中餐盘原地放下,敲了敲门板:"周容晔,你在里面吗?"

浴室里有动静,但被水声覆盖,听着不太真切。温静语问了几遍都没有人回应,又怕他出事,干脆转下了门把手。

才推开一点,门又被人大力关了回去,还从里面上了锁。

"温温,等一下。"是周容晔的声音。

"你还好吗?"

"没事。"

紧接着又是马桶抽水的声音,看来吐得不轻。

"需要我帮忙吗?"

"没关系。"

既然能回应,那想必还是有些自理能力的,温静语这才放下心来。

她重新端起餐盘四处打量,这卧室是个套间,外面是影音室,有沙发和投影,往里走才是睡床和衣帽间。

不管是设计还是装饰,都延续了周容晔惯来低调又精致的喜好。他应该是拍卖会的常客,温静语总能在一些意想不到的地方发现艺术拍品,就比如那张贝里安的云片柏矮桌,居然直接被他当成了茶几使用。

温静语放下餐盘的同时,家政阿姨也把解酒药送了上来,连带一小杯温水。又等了几分钟,浴室门终于传来开锁声,温静语下意识望过去,结果这一瞥看得她眼睛都发直了。

周容晔是赤着上半身走出来的。

他明显用水拍过脸,额前碎发已经完全被打湿,水珠沿着下颌角流到了脖子上,又有几滴顺着锁骨滑过胸肌,然后是紧致的腹肌,最后消失在人鱼线附近……

要命的是,他腰间的皮带也是松开的。

温静语从未这样近距离观察过男性的身体,何况还是这么有看头的身材,宽肩劲腰,肌肉比例刚刚好,皮肤看起来也很细腻光滑。

要不是周容晔此刻的醉态,她觉得自己还能再盯着欣赏一会儿。

他明显是强撑着意识,从浴室门口走到沙发旁的这几步看起来轻飘飘的。

"你这到底是喝了多少?"

温静语怕他摔倒,这样的大高个她可扶不起来,于是连忙上前挽住他的手臂。

周容晔干脆卸了力,长臂一晃圈着温静语倒在了沙发上。

男人的肌肉紧实,皮肤还带着凉意,倒下的那一刻硌得她生疼。

"温温……"

周容晔半个身子压着温静语,整张脸都贴在她的颈窝处,灼热呼吸萦绕着丝丝酒气。他应该是刷过牙了,酒气里还掺杂着沁人的薄荷香。

"你好重。"温静语艰难地将他扶起,但周容晔还是赖在她身上不动,"还难受吗?"

他看起来是真的没什么力气,眼睛闭着,长睫轻颤,面色透着一丝苍白。温静语抚了抚他的脸,果然和身上一样凉。

"吃点解酒药就去床上躺着好不好?这样会感冒的。"

好在周容晔的酒品不错,醉成这样也没有撒酒疯,顺从地让温静语给他喂下药,又喝了点粥,这才躺到了床上。

担心皮带的金属扣头会硌到他,温静语干脆替他将皮带从腰间抽走。

她发誓自己做这个动作的时候脑子里什么都没想,但抬眼看见周容晔这样毫无防备地横躺在柔软大床上,一股热意还是冲上了温静语的脸。

这男人现在看着,怎么都是一副予取予求,任凭欺负的模样。

房间里开着地暖,温度渐渐攀升。卧房里也不知用的是什么熏香,跟周容晔身上的雪松味十分相似,不是浓郁的味道,是隐隐约约飘散在空气里,时不时冒出来勾得人心痒。

温静语适时阻断自己的遐思,扯起被子将周容晔盖了个严实。

终于把人安顿好,她才想起自己的手机还落在客厅,下楼取了手机返回卧室的时候,周容晔身上的被子又被他掀开了,精壮的上身完全暴露在外。

温静语叹了口气,走近之后,想替他披一披被子,结果手腕突然被人擒住。

周容晔半睁着眼,有些迷离地喊了声"温温"。

他的眼形偏长,有些内双,褶痕浅淡,睫毛不密但很长,遮掩着氤氲眸色。

温静语一时竟然分不清他是清醒的还是迷糊的。

"怎么了?"

她俯身想去查看,谁知周容晔下一秒掀开了被子,顺手一扯,将人带到了床上。

"你别走。"

周容晔从身后拥住她,又用被子将两人紧紧裹住,被窝被他的体温烘得很暖,四周都是他铺天盖地的气息。

温静语失笑:"我没打算走。"

他闷闷地"嗯"了一声,然后就不说话了。

温静语转头用余光看他,果然又合上了眼。

时间已接近凌晨三点半,温静语探手关掉了房间里的大灯,只留下角落一盏昏沉夜灯。她借着一丝光线想拿起手机设个闹铃,结果屏幕就在这时猝不及防地亮了起来。

来电伴随着疯狂振动,颇有不达目的不罢休的架势。

虽然没有备注，但温静语知道是谁打来的。

她还没找他质问，这人就自己送上门来了，也好。

温静语按下通话键，放低嗓音"喂"了一声。

"温温。"梁肖寒的声音沙哑，穿过听筒打破了一室寂静。

"你是不是有病？"温静语压着音量，但毫不客气，"你给周容晔灌了多少酒？你到底想干吗啊？"

那头沉默了一会儿才开口："为什么不等我？"

"我说了我会处理好一切，我和钟毓马上就要离婚了。"和酒吧里的剑拔弩张不一样，此刻他的姿态放到不能再低，"温温，你不能一点机会都不给我。"

"我要给你什么机会？梁肖寒，你……"

温静语的话还没说完，身后突然探出一只大手，强势地夺走了她的手机。

周容晔压着沉冷声音，伴随着一丝显而易见的怒火，朝着听筒里干脆道："滚。"然后通话被直接挂断。

温静语的手机也被他扔到了地板上，发出突兀响声。

温静语愣住了。

她没见过周容晔生气的样子，平时哪怕是大声说话也从来没有过，今晚可能是借着酒劲，他的耐性和教养也抑制不了心口那股怒意。

"周周。"

温静语转过身子，和他面对面，刚想看清他脸上的表情，炙热的吻就压了下来。

周容晔自己都是天旋地转的，但他根本不给温静语思考的机会，湿软舌尖长驱直入，似乎要汲走她的所有氧气，让人晕在自己怀里才好。

到最后，温静语发现自己的嘴唇都被他咬得发痛。

周容晔放开她之后，什么话都没有说，将头靠在她的颈窝处。

温静语出门的时候随意找了一件套头卫衣，但也是加绒的款式，此刻被周容晔严丝合缝地抱着，滚烫呼吸喷洒在她的皮肤上，温静语很快就出了一层细汗。

"周周，我有点热。"

她扭了扭身子想透口气，但发现无济于事，这男人的胳膊太沉了。

"就睡这里，哪里都不许去。"

"我知道，但是我衣服太厚了，你这样抱着我好热，能不能让我先把手放到被子外面？"

"我要抱你。"

沟通完全失败，温静语干脆放弃，她里面还穿了一件吊带背心，只能想办法在被窝里先把卫衣脱了，否则她真的怀疑自己会中暑。

周容晔的胳膊就横挡在她腰上不肯撒开，温静语费了好大力气才将卫衣从身上扯下，毫不留恋地丢到地板上，这才舒服了一点。

床垫松软，热意灼人，肌肤紧贴，薄薄的吊带背心成了最后一层阻碍。

温静语可气地发现，自己居然睡不着了。

她垂眸一看，眼前的始作俑者已经传来了均匀的呼吸声。

温静语不知道自己是几点睡着的。

这一夜，她睡得很沉，恍惚间身旁的暖意离开了她，紧接着浴室又传来不太清晰的水声。她想醒来看看，但沉重眼皮根本抬不起来。

当她又要进入深度睡眠的时候，那股暖意便伴随着一阵海洋般清冽的香气再度围绕住她。

卧室窗帘的遮光效果极好，温静语完全从睡梦中睁开眼时，四周还是一片昏暗，这让她颇有种不知今夕是何夕的错觉。

她依然被人拥在怀里，只是抱着她的那个男人看上去神清气爽。

"醒了？"

周容晔半靠在枕头上，眼含笑意地看着她。

温静语含糊地"嗯"了一声，从被窝里伸出双手揉了揉惺忪的睡眼。

她这个动作有些稚气，带着一种刚睡醒时的毫无防备。看得她身旁的男人眸色渐暗，慢慢收紧了搂在她腰上的大手。

"几点了？"温静语的嗓子有些沙哑，音量很小。

"十一点了。"

周容晔边回答着，边吻着她的额头、脸颊，然后渐渐往下。

"嗯……我还没刷牙。"温静语挡着嘴不肯让他亲。

周容晔轻笑一声，又低下头，温热湿意贴在了她的锁骨和肩膀上。

温静语瞬间清醒了很多，她掀开被子一看，自己昨天穿的那条棉质长裤还在，但是上身就只剩下一件薄薄的吊带衫，而那只不太老实的大手正在她衣摆附近徘徊。

最重要的是，她的手臂好像蹭到了什么不可描述的东西。

周容晔的气息变得又沉又乱，他没穿衣服，露在被子外面的肌肉线条紧绷，皮肤也越来越烫。

温静语彻底醒了，她立刻推开那颗即将埋在她胸前的脑袋，翻身下床。

"都十一点了？"她用故作惊讶来掩饰失律的心跳，"我先去洗漱。"

奔向浴室的途中，温静语根本不敢回头看。门关上之后，她才把滑落肩头的细细吊带扯回原位。

镜子里的人长发散乱，脸上已是绯色一片，就连其他地方的肌肤都泛着轻嫩的粉。

冷静过后，她才意识到这里是周容晔的浴室，岛台上放着他的牙刷、口杯，旁边还有正在充电的剃须刀，一柜的男性护肤品。

他应该是早就起来了，替温静语准备好了新的洗漱用品，整齐地码放在高脚柜上。

温静语先用洗脸巾擦了一把脸，然后拆了新的牙刷挤上牙膏，结果刷到一半的时候，浴室门突然被人打开。

她含着满口泡沫，侧身望向来人。

周容晔裹着一件藏蓝色的浴袍，敞开的浴袍里面除了一件丝质睡裤什么都没穿,就这么靠在门框上饶有兴味地盯着她看。

温静语刷牙的动作没停,目光也在他身上流连,从那张英朗俊脸开始,然后逐渐偏离重点,划过腹肌之后又往下,最后落在了睡裤的某一处。

苏醒的念想好像还没有偃旗息鼓。

她立刻收回视线,佯装无事发生,低头漱起了口。

擦拭着唇边水渍的时候,关门声响起,温静语以为周容晔出去了,一口气还没松完,抬头就发现这人站到了她身后。

"怎么了?"她没话找话。

周容晔双手环胸,身子懒散地倚着一旁的高脚柜,浴袍依然没系上腰带,但他好像完全不介意温静语会看到什么。

"洗好了吗?"

"还没。"温静语对着镜子理了理额前碎发,"我在想要不要洗个头发。"

其实她昨晚在家洗澡的时候就顺带洗过了。

周容晔唇边漾起笑意,突然直起身子,朝她慢慢靠近。

"很香,不用洗。"他从背后揽过她的腰,在她发间落下一个吻,"温温,昨晚辛苦你照顾我。"

"还好,你喝醉了也挺乖的。"温静语说完又换上一副严肃表情,"但是以后不许这么喝了。"

她顿了顿,又道:"谁让你喝都不行。"

周容晔抬手将她脸侧的碎发拨到肩后,附在她耳边说:"好,什么都听你的。"

不知不觉中,两人又紧贴在了一起。周容晔身上有沐浴露的香味,混合着男性的荷尔蒙气息铺天盖地而来,温静语的呼吸再次变得不稳,她试图找回理智。

"你今天是不是要回香港了,几点的飞机?"

"不急,晚上才走。"

背心下摆已被推高,温静语极力不让自己去在意他手上的小动作,却没办法忽视身后一直硌人的触感。

"温温。"周容晔的声音也染上了一丝欲望。

他将她的身子翻过来,两人面对着面。

"我忘了准备。"

温静语的眸子水雾粼粼,显然也是动了情。

"准备什么?"一开口她才发现自己的嗓音也变了,颤得发软。

"草莓味的糖。"

他的暗示太隐晦,温静语一下没听懂,周容晔就这么直白地盯着她,等她真正反应过来的时候,热意直接冲上脸颊。

他说的是,草莓味的 Condom。

"所以你得帮帮我。"

温静语攀着他的肩膀,胸口随呼吸起伏,周容晔抓住了她的右手。

"可以吗?"

温静语不敢去看他的眼睛,她干脆把下巴搭在他的肩膀上,垂眸轻轻"嗯"了一声。

周容晔早就忍出了薄汗,他抱着人往后退,将温静语抵在墙上,然后引领她找到位置。温静语是第一次接触,她发现,不管是触感还是尺寸,都超出了她的想象。

而且好烫。

她捏得紧也不得要领,力道还没个轻重,周容晔疼得倒吸一口气,再次抓住她的手。

"要这样。"

浴室里的温度越来越高,混乱的喘息声也分不清是谁的。温静语一直不敢低头,周容晔哑着嗓子打趣她:"想不想看看?"

"……看什么?"

"看它为你稍息立正的样子。"

…………

温静语的内心天人交战,她当然是好奇的,但又觉得羞耻。周容晔看她煎熬,于是继续用没羞没臊的话哄她。

最终好奇心还是占了上风。

温静语快速地低了一下头,那一瞥好像被火灼烧似的。她迅速挪开视线,立刻把脸埋进周容晔的怀里,然后就再也不肯看了。

收拾残局时,温静语的手已经酸得抬不起来,小臂肌肉都发紧。周容晔拽着她走到洗手池旁,亲自为她打上泡沫,边洗边给她按摩。

他的睡裤也是没眼看了。

温静语脸上的热意未消,也不肯与周容晔对视,安静地享受着他的服务。

周容晔用干毛巾给她擦手的时候,突然提问:"你觉得怎么样?"

"嗯?"

"验货通过了吗?"

温静语羞赧道:"周容晔,限你半小时内不许跟我说话。"

周容晔嘴角的弧度在扩大,闷笑声震荡着胸腔。他俯身在她唇上啄了一下,终于决定不再逗她。

"收拾好了下楼吃饭。"

…………

周容晔先出了浴室,等温静语慢吞吞地走出去的时候,卧室里已经没了他的身影。

刚才的旖旎还历历在目,温静语望着正中央那张大床,脑海中又浮现出一些不可名状的画面,她立刻抬手拍了拍自己的脸颊。

昨晚扔在地板上的卫衣已经被好好叠起,搁在了床尾凳上。温静语捡起穿好,却发现自己的手机找不到了。

跑到外间影音室才发现，她的手机正摆在矮桌上，旁边还放了一部未拆封的同品牌最新款手机。

温静语疑惑地走过去，近距离观察才看到手机的右上角边框有一小块凹陷，应该是周容晔昨晚随手一扔的成果。

外观虽然有瑕疵，但一点都不影响使用，而且不仔细看都看不出来，还犯不着拿个新手机做补偿。温静语暗叹周容晔的心思太细腻，她的脾气虽说不怎么样，可也不至于因为这点小事就翻脸。

微信里有几条未读消息，是崔老师问她回不回家吃午饭，看来昨夜的借口找得很成功，爸妈并没有起疑心。

回完消息，温静语就打算离开卧室，新手机她没拿，依然摆在原位。

走到门口的时候，正好碰上家政阿姨，说是来取需要干洗的衣服，其中就包括了周容晔昨晚穿的那件外套。那件衣服被温静语顺手挂在了立架上，她怕家政阿姨注意不到，于是帮忙取下。

检查衣服口袋的时候，她从里面掏出了一张卡。

正是周容晔在酒吧里出示过的那张卡。

卡本身没什么特别的，白底银边，常规大小，拿在手里触感很好。

唯一吸引温静语的是卡面上的图案。

蓝白相间的旗帜，致恒集团的象征。

卡身翻到背面，没有任何特殊标识，只是在最底下有一小行文字：No.01 Chow。

无数个问号瞬间从温静语心底翻涌而起。

她记得，"Chow"是"周"的港拼，可是周容晔为什么会有致恒集团的东西？结合昨天酒吧员工的表现来看，这张卡的作用应该非同小可。

难道他是致恒的合作伙伴？那这个编号01又是什么意思？

正当她思维发散之际，家政阿姨抱着衣篓从浴室出来，朝她打了声招呼："温小姐，那我就先把衣服拿下去了。"

"好。"

温静语捏着手里那张卡，疑问像泡泡一样越吹越大，她决定还是亲自问一问周容晔。

餐厅里，丰盛午宴已经摆好了桌，叉烧拼脆鹅、酿焗鲜蟹盖、白灼响螺片、鸡丝炖官燕，全是色香味俱全的粤式珍馐，正中间还摆着一尾豉油清蒸的红纹老虎斑。

开餐在即，只是不见周容晔的人影。

温静语在家里晃了一圈没找到人，最后还是在院子的花架下发现了他。

和卧室里放浪不羁的形象不同，周容晔已经换了一身打扮，米白色的针织毛衣卷到袖口，露出一截清晰腕骨，手里捏着一只透亮的青瓷茶盏，偶尔抬手送到嘴边，目光远眺，停留在那棵盛放的蜡梅树上。

好一派庄重君子，风度翩翩的正经模样。

温静语靠近的脚步声引起了他的注意,周容晔朝她莞尔:"温温,过来。"

温静语紧挨着他坐下,右手插在兜里捏着那张硬卡,正想出声询问,谁知下一秒周容晔就掏出了手机。

"茵茵和她的爸爸妈妈想跟我们来场视频通话,可以吗?"

"视频?"

温静语有些错愕,周皓茵的爸妈,那就是周容晔的哥哥和嫂子。

他没有父母,那他们就是他最亲的家人。

"不方便的话,下次再聊也行。"周容晔说着就要收起手机。

"可以。"温静语摁住了他的手,"但是我连妆都没化,现在看起来还行吗?头发呢,乱不乱?"

"不乱。"周容晔轻抚着她的脸颊,"很漂亮。"

视频接通后,周皓茵先露了脸。她那边已是深夜,客厅的灯还大亮着。

"Miss 温,小叔!"她开心地冲镜头招招手,"新年快乐呀。"

"茵茵,新年快乐。"温静语也微笑地招手。

"Miss 温,我让我老豆和妈咪跟你打个招呼。"

"好呀。"

说着,周皓茵就开始调整镜头角度,还不忘提醒周容晔:"小叔,你往边上靠一靠,不要挡着 Miss 温的镜头,今天主要不是看你。"

周容晔哑然失笑。

周皓茵应该是找了个手机支架,镜头拉远后摆得很稳。温静语也适时调整了坐姿,让自己的脸尽量清晰地展露在镜头前。

屏幕那头也有了动静,先进入画面的是一个年轻妇人,穿着一件朱红色的圆领针织衫,头发干净利落地盘在脑后,鹅蛋脸柳叶眉,皮肤保养得极好,脸上的笑容很温和,气质更是优雅出众。

温静语感慨,周皓茵的眉眼和神韵简直像极了她的妈妈。

初次见周容晔的家人,她心里本来就紧张,但接下来入镜的这位却让温静语彻底震惊了。

这位气场十足,儒雅稳重的中年男人似乎有些眼熟。

如果她没记错的话……

这就是那位只能在搜索引擎和财经新闻上见到的商界传奇——周启文。

一场视频通话进行得很顺利。

和温静语想象中的不一样,周启文和柯佩婷都非常亲近随和,尤其是周启文,在他身上几乎感受不到什么高位者的架子。

视频途中,柯佩婷口渴了,还是他主动起身去倒的水。妻子说话的时候,他就盯着她看,满心满眼的爱意都快溢出屏幕了。

整个聊天过程都让温静语感受到了十足的尊重。

他们没有上来就打听温静语的工作和家庭,而是主动和她分享了许多与周容晔有关的趣事,甚至是生活中微小温馨的琐事。提到周皓茵在路海补课的那段时间，夫妻俩同样表达了真挚的感谢。

视频的结尾周容晔才有插话机会，然而他哥嫂交代得最多的是，一定要好好照顾温老师。

所以家风的重要性就体现在这里，周容晔是如此，他的家人也是如此。

最开始的惊诧在那十几分钟的时间里被慢慢消化磨平，温静语终于搞清了那张卡的来历。等到周容晔挂断视频，她才将兜里的卡掏了出来，轻轻拍在桌面上。

"周致？"

温静语好整以暇地盯着眼前男人，喊出这个对她来说十分陌生的名字。

这回惊讶的人变成了周容晔。

"你怎么知道这个名字？"

温静语用指尖点着卡面上致恒集团的标志，斜了斜嘴角："我还不傻，知道有搜索引擎这种东西。"

周容晔挑着眼尾："你还搜索过致恒？"

"拜托。"温静语睨他一眼，"致恒是我们乐团的首席赞助。"

"哦，是的，你不说我都忘了。"

温静语被他的风轻云淡给刺激到了，顿时气不打一处来，语气渐冷："你不觉得需要跟我解释一下吗？搞了半天，我连自己男朋友的真实身份都不知道，周致先生。"

最后四个字她咬得尤其重，兴师问罪的架势瞬间摆起，看起来不像在开玩笑。

"温温。"周容晔也收起了疏懒表情，认真道，"你知道的就是真实的我，周致不是真名，周容晔才是。"

一顿午餐的工夫，周容晔将周家的情况以及周致这个名字的来历都交代得事无巨细。

在周启文十九岁那年，周家父母老来得子，怀上了一对龙凤胎，其中一个孩子就是周容晔。

致恒集团成立于二十世纪七十年代，跨入九〇年代后正好处在旺盛的发展时期，商场上尔虞我诈，树大招风，难免有犯红眼病的对家。出于人身安全的考虑，周容晔母亲怀孕的消息并没有对外透露，保密工作一直持续到生产那天。

但不知道是谁先漏了口风，周家多了一对龙凤胎的事情被传到了外头。在周容晔的母亲产后坐月子期间，一伙绑匪看准了时机和安保疏漏，绑架了龙凤胎中的女儿，也就是比周容晔早出生五分钟的姐姐。

这件事在当时造成了很大轰动，纸媒兴盛的年代，各家报纸的头版头条都在争相报道。这给绑匪带去了很大压力，同时也给警方的侦破工作增添了非常多的麻烦。

后来人是找到了，但也没了生命迹象。刚出生的婴儿，还没来得及好好看一眼世界就在襁褓中断了气息。

此事对周家的打击非同凡响，周容晔的母亲在月子里急出了一场大病，自此之后身体状态每况愈下。

在已经失去一个孩子的情况下，对剩下的那个孩子就更是百般重视。很长一段时间里，周容晔都成为他们唯一的精神寄托。

为了保证他的安全，周家干脆对外界编了一个假名字，将他的个人信息彻底封闭。

而周容晔的母亲始终不放心他在香港生活，所以周容晔的童年有将近一半时间都是在母亲的家乡京市度过的。

在周容晔高中的时候，他母亲因为身体和心理的长期煎熬郁郁而终，爱妻如命的周老先生也在次年离世。

周容晔的身份藏得很好，去英国求学，再到新加坡，他用的都是真名字，也没人会把他和周家二公子联系在一起。直到如今回了香港，听从兄长的建议接触了家族事务，周致这个名字才慢慢地和他这个人有了关联。

但因为致恒换领导人这个举动的牵涉面太广，在官方正式公布消息之前，周容晔的身份都还是保密的。

温静语安静地听完这一切，内心久久不能平静。这样跌宕起伏的经历对她来说太不真实，也离她的生活太远。

虽然事情发生的时候，周容晔也只是个婴儿，但那毕竟是血肉至亲，不可能完全没有触动。现在为了她，他选择重新将这些伤口撕开展露，平静述说的表面下承受了什么，温静语不敢想象。

"周周。"

她轻唤着，眼神中流露出的哀戚和怜爱让周容晔心颤了一下。

他笑了笑，对她展开双臂，温静语毫不犹豫地从餐椅上起身，贴在他的怀里。

周容晔就这么搂着她去了客厅，自己靠在沙发上之后，又将人抱到了腿上。

正在做事的家政人员都很有眼色地离开，偌大的客厅里就只剩下他们二人。

"对不起，我应该早点跟你说明这些情况的。"

"你道什么歉。"温静语双手攀着他的脖子，微微皱眉，"我们在一起也没多久，本来就需要慢慢了解。"

周容晔蹭了蹭她的鼻尖，笑道："那刚刚是谁差点生气了？"

温静语莫名觉得理亏，况且她现在对他的愧疚之情上升到了前所未有的高度，想也没想就说了一句："虽然不能保证效果，但我会尽量改改自己的脾气。"

"不用改。"周容晔的视线挪到了她粉嫩的唇瓣上，"你脾气挺好的。"

"你认真的？"温静语还在思考这个问题，"我有时候好像是挺……"

她说话时嘴唇一张一合，周容晔不再压抑自己的心猿意马，低头把她后面的话通通堵住。这是个循序渐进的吻，温静语又坐在他的腿上，周容晔很快就有了感觉。

"温温，你是内疚了吗？"

"有点。"

"那就陪我去睡个午觉。"

他贴着她的唇，嗓音低沉惑人，好像带了一把钩子，若有似无地勾着温静语全身的感官。

然而温静语根本不敢动,她已经感觉到某个地方在逐渐壮大。

"周容晔。"她的脸颊开始发烫,"我怀疑你在 PUA 我,你的脸皮真是越来越厚了。"

他低低地笑:"对你需要什么脸皮。"

于是刚起床吃完午饭的两人,又回到了卧室。

房间里的遮光窗帘完全被打开,这会儿只拉上了薄薄的纱帘,光线充足,倒是打破了一些旖旎氛围。

两人和衣躺下,周容晔替温静语掖好被子,接着从背后拥住她。

温静语的心脏跳得很快,但过了好一会儿身旁的男人都没有动静,就只是搂着她,中间还隔着一层被子。

真就纯午睡?

她试探着清了清嗓,制造出一些琐碎声响,终于引起了周容晔的注意。

"怎么了?"

温静语诚恳道:"你不难受吗?"

可能是她问得过于直白,周容晔愣了愣,热意又胀了几分。

"难受。"

隔了几秒,她又喊了他一声,问道:"你跟别人,有过吗?"

"没有。"

"那你平时都是怎么解决的?"温静语是真的好奇。

周容晔闭了闭眼,忍住心中翻腾叫嚣的火焰,但理智最终还是落了下风。他扯开两人中间碍事的被子,将温静语抱了过来,让她跨坐在自己身上。

"你确定还要再跟我聊这个话题吗?"他眸子里的温度烫人,"手不酸了吗?"

浴室里的场景再次在脑海中浮现,温静语下意识缩了缩身子,但她忽略了自己现在的姿势,又不小心蹭到了某个地方。

周容晔倒吸一口气,困在牢笼里的野兽疯狂地捶打着禁锢,眼瞧着就要突破极限。

"周周。"温静语的瞳仁已经覆上了水色,她的手在他裤腰附近徘徊,"要不要我……"

周容晔眉头紧锁,如果温静语再碰他,他不敢保证自己还能不能坚持得住,毕竟手边没有措施,他不想让她发生一点点意外。

这个午睡的馊主意,简直就是搬起石头砸自己的脚。

周容晔突然爆了一句粗口,在温静语还没反应过来的时候,他立刻翻身下了床。

温静语有些蒙,看着那道紧绷僵直的身影头也不回地进了浴室……

周容晔回香港的航班订在晚上七点,最晚五点也要从家里出发了。

两人中饭吃得晚,下午那样一番折腾之后也不算太饿,于是临出门前,温静语亲自下厨烧了一碗汤面,和周容晔一起分着吃了几口。

上车时,温静语发现那辆被遮得很好的库里南不见了踪影。

"哎,车子呢?"她指了指旁边空着的车位。

周容晔不甚在意道:"拿去保养了。"

前排司机心生唏嘘,透过后视镜快速地朝后排瞥了一眼,老板说这话时简直就是风轻云淡,波澜不惊。

其实车子一大早就被拖去维修了。

谁又能想到那辆库里南的惨状,这么结实的车子,前脸和大灯撞得一塌糊涂,车漆直接从车头划到了侧面,光是单个部件的维修费用都可以买一辆车了,损失的价值怎么说都有七位数。

现在却被他一句轻飘飘的"保养"给盖了过去。

去程的路上,崔瑾给温静语打了好几个电话,但手机被她压在兜里一直没听见,到了机场才发现崔老师的未接来电。

温静语连忙回了个电话过去。

崔老师略显冰冷的声音从听筒那头传来:"电话也不接,大过年的这个家你不打算回了是吗?"

温静语的心"咯噔"一跳,立刻应道:"马上回来了。"

"抓紧时间,你表叔他们今天来路海拜年,晚上和姑姑一家约了吃饭,我们先出发去餐厅了,地点我已经发到你手机上,千万别迟到。"

挂掉电话后,温静语又低头瞧了瞧自己的着装,等会儿还得先回家换一身衣服。

"怎么了?"周容晔发现她的表情有些无奈。

"没什么,我妈妈的电话,催我去吃饭。"

"等会儿让司机送你。"

"好。"

温静语收起手机,周容晔盯着她的动作,挑眉问:"怎么没用那部新手机?"

"这手机没坏呀,还能用好久。"

"边角不是磕到了吗?"

温静语突然扬起嘴角,踮起脚伸手揽住周容晔的脖子,在他脸颊上亲了一口。

"那我更得好好留着,这可是你吃醋的证据。"

周容晔一愣,然后也跟着微笑,眼底又全是纵容和宠溺。他圈住她的腰,把人往自己怀里带,用下巴摩挲着她的发顶,问道:"什么时候回香港?"

"得初七以后了,到时候跟爸爸妈妈一起来。"

周容晔"嗯"了一声,又问:"我能来接你们吗?"

温静语顿了顿,她理解周容晔的意思,但一想到父母那番"不能远嫁"的理论,又怕他们会为难他。

她很了解崔老师和温院长,其实也不是完全不能变通的人,但需要时间突破,这也间接造成了她从小就是这样的性格,想要的东西不会直接跟父母开口,而是先旁敲侧击搞清楚态度再做决定。

温静语一时不知该如何解释，只能将脸埋进他的怀里，鼻息间全是他身上好闻的雪松清香，忍不住将他抱得更紧。

"没关系。"

周容晔轻抚着她的头顶，是跟她说的，又像是跟自己说。

"慢慢来。"

…………

司机将温静语送到嘉和名苑的时候让她先留步。

紧接着后备厢打开，在温静语瞠目结舌的表情下，司机拎出了六七个精致礼盒，说是周先生早就准备好的，要送给温家父母的新年礼物。

崔老师和温院长已经提前去了吃饭餐厅，闵芝和姜莲也不在家，温静语在小区物业管家的帮助下将这些东西运了回去。

除了常规的燕翅、鲍参，最醒目的是一只几斤重的金钱鳌鱼胶。温静语在香港也生活了一段日子，知道粤港澳地区钟爱食花胶，但这么大这么厚的她还是头一次见。

所以当晚餐聚会结束，一行人回到家里的时候，都被桌上这堆名贵礼盒给震惊到了。

温静语绞尽脑汁，正想着要怎么解释这些东西的来历，崔老师突然发话了："看来菲菲最近生意做得不错啊。"

温静语一顿。

也是，她报备的是去张允菲家，崔老师的逻辑没问题。

"这孩子每回都这么客气。你也真是的，人家给你，你就收啊。"崔老师嗔怪道，"你千万记得回礼，菲菲明天有没有空？让她来家里吃饭，刚好表叔他们上门做客，我多准备点菜。"

张允菲在温家向来不算外人，家里关系好点的亲戚也大半认识她，所以崔老师毫不见外地邀请她来参加家宴。

"好，我问问。"

于是大年初三的下午，张允菲准时准点地跑到温家来报到了。她倒不是为了这顿饭，而是那颗八卦之心已经膨胀得快要爆炸了，恨不得将温静语拷起来细细审问一番。

温家表叔携家带口来拜年，还领着两个六七岁的孙辈，家里一时间热闹得不行，再加上张允菲这个会活跃气氛的，更是逗得闵芝和姜莲合不拢嘴。

"菲菲，你怎么又拿东西来了啊？"崔瑾指着她拎来的礼物问道。

"啊？"

"你也太客气了，昨天拿了那么多东西，今天又拿。以后来家里什么都不许带，记住了吗？"

张允菲一脸不解，这时低头沉默的温静语忽然撞了撞她的肩膀。

多年的默契让张允菲立刻心领神会，她笑道："这些都是我爸妈的心意，您就收下吧。"

崔瑾笑着嗔了她几句才走开。

"等会儿要怎么解释，你好好想一想哈。"张允菲阴恻恻的眼神扫到了好友身上。

温静语嘴角扯起一丝笑，认命般地点了点头。

在客厅和长辈们寒暄一阵后，两人找借口上了二楼。可还没走到房间门口，温静语就发现自己的房门被人打开了。

表叔家的两个调皮娃娃也不知道是什么时候溜上来的，此刻正趴在温静语的梳妆台上瞎捣鼓，开了她几支口红，画得台面上到处都是印子。

温静语两眼一黑，可是对着这么小的孩子也不好发作，她尽量让自己和颜悦色："不可以在这里玩哦，楼下有玩具，你们去找婆婆要好不好？"

两个都是表哥的孩子，其中那个大点的晃晃悠悠地举着一个盒子，好奇地问道："小姑姑，这个是什么呀？绿绿的好漂亮。"

她手里的盒子开了盖，里面正是周容晔送的那只翡翠手镯，此刻不太稳地悬在边缘。

一旁的张允菲早就没了耐性，故意粗着嗓子吓唬他们："别人的东西不可以乱动，不然我就告诉你们老师咯。"

正在找孩子的表嫂这会儿也上了二楼，看到自家孩子闹出的动静，她连声道歉："不好意思啊静语，是我没看住他们，头一回人就不见了。"

她批评了孩子几句，从他们手里夺过盒子，离她近的张允菲顺手接了过来。

"你看看这些口红要多少钱，我转给你，真的不好意思了。"

表嫂的态度很诚恳，温静语的气也消了大半，她懒得计较："没关系，也不值几个钱。"

"那我去拿块布把你这桌子擦干净。"

"没事儿，我自己来。"

送走他们之后，温静语立刻关上了房门。收拾残局时，她发现坐在床上的好友一直没吭声。

"这么入迷干吗呢？"

张允菲正死盯着那只镯子，表情是说不出的纠结复杂。她没回答温静语的提问，而是突然翻身下床，以一种虔诚姿态将盒子小心地放在了被子上。

因为从事的是珠宝行业，她有随身带强光手电的习惯，就和车钥匙挂在一块儿。

温静语也停下了手里的事情，看着张允菲对那只镯子打起光。

半晌后，张允菲又以一种更虔诚的姿态，将镯子轻轻地摆回盒子，然后突然卸了力，跌坐在地毯上。

"姐妹。"她的声音有些虚脱，"我现在手心里全是汗。"

"怎么了？"

一直旁观的温静语也走到了床边,她看了眼镯子,问道:"是不是太假了?我看你表情就知道了。"

张允菲突然激动起来:"你根本不知道刚刚发生了什么,那两个小鬼的手要是稍微一抖,砸掉的可是一套千万级别墅。"

张允菲想到刚刚那一幕腿都要吓软了。

她扶着床沿,伸手也将温静语扯到地毯上,指着那只镯子说:"这玩意儿我用十个脑袋保证,绝对是真的。"

"啊?怎么可能?"温静语不信,"你不是说了吗?这是八千都不要的什么B货、C货。"

"谁送你的?"张允菲抓着她的手臂,语气坚决,"来,你让他给我找出八千块的帝王绿,哪里的渠道?我现在就买断。"

温静语看着她坚定的眼神,内心也开始动摇了。张允菲是行家,实物几乎没有看走眼的可能。

"你等等,我打个电话。"

"就在这儿打,开公放。"

温静语掏出手机,按下一串852开头的香港号码,在张允菲的注视下,她犹疑着拨通了电话。

没过几秒,那头就接了。

"喂,温温。"

这道低沉悦耳的男声响起时,张允菲就瞪大眼睛捂住了嘴。

有第三人在场,温静语不太自然地清了清嗓,问道:"你现在有空吗?"

电话那头好像有Michael的声音,周容晔对他交代了几句,说的是粤语,温静语就只听懂了一句"等等再过来"。

"有,你说。"周容晔的声音再次变清晰。

为了不耽误他的时间,温静语单刀直入:"你还记得你送我的那只镯子吗?"

周容晔顿了顿,道:"记得。"

"你多少钱买的?"

可能是听出她语气中的一丝不寻常,周容晔不答反问:"怎么突然问这个?"

"你快说,不许撒谎。"温静语是命令口吻。

周容晔只好换了个方式回答:"拍卖会上拍的。"

听到这句话的张允菲来了劲,她激动地拍了拍温静语的肩膀,用夸张口型无声地比画着:"看吧!我就知道!"

温静语吸了一口气:"所以,不可能是八千块。"

周容晔突然闷声笑了一下,揶揄道:"有兴趣开始研究翡翠了?"

温静语才不会被他带偏,抓住重点:"哪场拍卖会?"

张允菲早就做好了准备,等周容晔一开口,她就直接在搜索引擎上输入了拍卖会信息。那一整场就拍出了一只翡翠手镯,图片高清,和盒子里这只完全吻合,随便一搜报道都是满天飞,买家匿名,身份不详。

八千三百万，盯着手机的两人瞳孔里全是震惊之色，一时无言。

"温温？"

"周容晔。"温静语很难形容现在的心情，"你知道吗，刚刚这镯子差点摔碎了。"

对方好像不怎么在乎，淡声道："没事，碎碎平安。"

…………

电话挂断后，两人对着这只镯子都没了主意，就这么盯着发了好一会儿愣。

"不行。"温静语突然起身，"还是得找个地方藏起来。"

"等等。"张允菲又把她拽着坐了下来，露出一丝没有感情的微笑，"先交代清楚吧，关于你在香港偷偷藏了个大佬这件事。"

…………

在温静语讲述的过程中，张允菲的眼睛越瞪越大，也慢慢地将这个神秘人物和在宠物医院见到的那个男人重合在了一起。

"你说他就是铂宇的周容晔？还是致恒那个周家的二公子？"张允菲朝她竖起了大拇指，"温温，你这哪是找男朋友啊，你这是找了个财神爷啊。"

很快，张允菲又反应过来："买下华印中心的那个铂宇……我天，他肯定认识梁肖寒吧？"

温静语平静道："还是因为梁肖寒，我才认识的他。"

仔细想来是这么个道理，当时她还不知道周容晔就是周皓茵的小叔。

张允菲突然大笑，痛快道："我要是梁肖寒的话我得气死，给心上人和情敌牵线搭桥，这可真是他的福报。"

"你快别提了。"

温静语又将那天在酒吧的事情复述了一遍，张允菲听完脸色也暗下不少。

"不瞒你说，他先前一直找我打听你在香港的事情，但我没松口啊。也不知道他怎么想的，不怕他老婆生气？"

温静语敛眸："管他怎么想，反正跟我没关系。"

"也是。"张允菲调侃她，"有这样的男朋友，眼里怎么还容得下别人呀。"

这句话刚落下，房间门突然被人推开了，来人是温裕阳，喊她们下楼吃饭。

"爸，您怎么不敲门就进来了？"温静语心跳有些快，她不知道温院长有没有听见。

"不好意思，不好意思。"温院长主动道歉，"下次一定注意。"

张允菲知道温静语还没向家里坦白恋爱的事情，不停在边上偷笑，直到下楼前还在打趣她。

谁知，温静语突然转身严肃道："菲菲，以后你别叫我'温温'了，叫我'静静'好了。"

张允菲不解："这么突然？为什么？"

温静语玩笑道："我答应过我男朋友，只有他才可以叫'温温'。"

张允菲："……哪儿来的臭情侣！"

翡翠手镯最终被温静语锁进了崔老师的保险箱。

她还是很难消化这块绿色石头的价值,张允菲主动充当起入门导师的角色,并开始给她灌输这方面的知识。

返回香港的前一天,温静语收到了张允菲的邀请,相伴出席一场私人高珠展。

说得具体点,这其实是一场私密性极高的沙龙品鉴会,由珠宝私藏家以及各大珠宝商提供作品,互相分享珠宝投资和收藏的经验,受邀名额不对外开放。

活动在毗邻胜岚江的亦丰洋行大楼里举行,藏品分为公开售卖和纯鉴赏两种类型。在高级雅致的茶歇时分,受邀嘉宾均可以参与试戴。

这样的场合张允菲自然是游刃有余的,现场有大半都是她的熟人,推杯换盏,你来我往,淹没在社交的海洋里没有停歇。

温静语没有高谈阔论的天分,也不想打扰好友,于是选择退到角落默默欣赏。

精致透亮的玻璃展柜里,一串满绿圆珠翡翠项链吸引了她的注意。同样是翡翠,温静语就免不了在心里开始默默比较。

瞧得正出神时,那位说着"碎碎平安"的财神爷就来了电话。

"温温,我开完会才看到消息,你到现场了吗?"

温静语给周容晔留了言,告知了自己今日的行程。

"到了好一会儿了。"

"怎么样,有喜欢的吗?"

"我还不懂这里面的门道,谈不上喜不喜欢。"温静语目不转睛地盯着那串满绿珠子,忍不住感慨,"人还是不能看太多好东西,容易眼高于顶。"

周容晔来了兴趣:"怎么说?"

"现在我面前就摆着一串翡翠项链,可我怎么看都觉得没有你给的那只手镯透亮,你说我是不是太膨胀了?"

周容晔笑,突然插了句题外话:"你觉得我好不好?"

"好啊。"

"嗯,眼高于顶是好事。"周容晔悠悠道,"说明你也看不上其他男人了。"

温静语嗤笑一声:"阅读理解这方面,您是专家。"

"专家还有一个作用就是为你散财,有看中的就买。"

温静语握着手机,用半开玩笑的语气说道:"周容晔,你是不是早就对我有所图了?"

男人的轻笑声透过听筒传来:"何以见得?"

"我们当时没那么熟吧,你是怎么下得了手送那只镯子的?"温静语微眯起眼,"还是说,你对其他女人也是这样?"

"温温,这话有歧义。"

"嗯?"

"首先,除了你我没有过其他女人。"

周容晔还卖了个关子:"早有所图我承认,至于是什么时候开始的,你可以慢慢猜。"

"答一半留一半？"

"这叫情趣。"

温静语被他的理论逗笑，还想说点什么的时候，悬在嘴边的话却被一道清丽女声打断了。

听着有些耳熟。

"温小姐？"

温静语转头时，将眼神中的惊诧之色隐藏得很好。

"钟小姐。"

喊住她的人正是钟毓。

温静语记得自己只见过她一回，在闲云寺的送子观音殿外，她和梁肖寒并肩而立，明艳动人。

与之前的形象不同，钟毓今天穿着一身月白色的斜纹软呢套装，脚踩一双浅色羊皮平底单鞋，衬得整个人面容沉静，气质柔和了许多。

唯一不变的就是那双眸子里的傲气，不是虚张声势出来的，而是骨子里带的，与生俱来的自信。

这就导致她看人的时候，容易让人产生一种傲慢的错觉。

而在这一点上，温静语更是有过之而无不及。

她前一秒还是言笑晏晏，此刻面对不熟悉的人已然收起了外放情绪，肉眼可见的冷淡和疏离自动析出。

"还真的是你，我以为自己认错了人。"钟毓微笑道，"既然碰见了，有空聊聊吗？"

温静语手里的电话还没挂，周容晔听到动静后，唤了一声："温温，遇到熟人了吗？"

"不算。"温静语平静道，"晚点再打给你好吗？"

"好。"

将手机揣回兜里，她转身望向钟毓。

"钟小姐想和我聊什么？"

"你觉得这个好看吗？"

钟毓突然点了点自己面前的玻璃展柜，里头是一整套祖母绿宝石首饰，钻石作为陪衬点缀，造型别致，取名"海上繁花"。

"我不懂行，但光看样式的话，感觉稍微有些浮夸了。"温静语诚实道。

"温小姐果然是实在人。"钟毓挑了挑眉，"我刚才还试戴了一下，可惜皮肤不够白，撑不起这个颜色。"

说罢，她看了看温静语，又道："你的皮肤白皙又细腻，戴上的话应该很美。"

"多谢夸奖，不过这个不是我喜欢的类型。"

正说着话，活动现场的侍应生恰好举着托盘路过，香槟起泡酒泛着诱人光泽。

"两位需要吗？"

温静语取下一杯，道了声谢。

"谢谢，我就不用了。"钟毓婉拒。

侍应生走后，她站在展柜前静默了一会儿，突然出声："我怀孕了。"

有那么一瞬间温静语是惊讶的，但她没表现出来，侧头刚好对上钟毓的视线，后者垂眸看了看自己平坦的小腹。

"不是梁肖寒的孩子。"

这无异于一个重磅炸弹，温静语的表情终于出现了一丝松动。可她依然不知道该说些什么，感觉说什么都不太合适。

钟毓满不在乎道："下星期我就准备出国待产了，对外只说我们夫妻二人性格不合，婚姻无法维持。"

"其实我们早就拟好了一份离婚协议，附加条件对梁肖寒来说很不公平，但他全部答应了。只要时机成熟，我们就会找离婚的机会，没想到最后这个机会居然出现在我的身上。"钟毓自嘲一笑，忽然感慨，"如果没有这段婚姻，我们应该都能过得更好。"

"钟小姐为什么要跟我说这些？"

"他当时没有路可以选，或许我豁得出去的话就能把这件事搅黄，但我没那个勇气，直到我发现自己怀孕了。"钟毓抚了抚自己的小腹，"我一直觉得，这段婚姻可能就是你和他之间最大的阻碍，今天既然碰上了，我想有些话还是应该说清楚。"

杯里的酒已饮了一半，温静语盯着酒液内缓缓上升的气泡，问道："这些话是梁肖寒让你跟我说的吗？"

钟毓否认："你误会了，我和他平时都很少见面，更谈不上替他传话。"

"那我想钟小姐也误会了，我和他之间的问题自始至终都牵扯不到其他人，更与你们这段婚姻无关。"温静语仰头喝完杯底香槟，语气淡然，"自己想不清楚要什么才是最大的阻碍，然而已经发生的没办法改变，不如朝前看，你说对吗？"

钟毓盯着她，听完这番话，过了半响，忽然笑着点了点头。

"温小姐活得通透，我要是能早点想通的话也不至于此。"钟毓感慨，"梁肖寒确实配不上你。"

而会场另一边，一直跟人高谈阔论，聊得口干舌燥的张允菲终于注意到了这幕。

方才她只是觉得温静语身旁这道背影莫名眼熟，等她看清钟毓这张脸的时候，她惊得立刻放下手中酒杯，向正在交谈的人说了句抱歉，然后就朝着那个方向直奔而去。

如此焦急的时刻,她依然不忘温静语的玩笑要求，极不自然地喊了一声"静静"。

钟毓也发现了来人，并且感受到一束不太友善的防备目光。

"既然你的朋友来了，那我就不打扰了。"

钟毓走后，张允菲马上拽着温静语问："她找你干吗？没为难你吧？"

"没有，我们随便聊了几句。"

温静语的表情看起来轻松平淡，张允菲这才放下心来。

"菲菲。"

"嗯？"

温静语朝她竖了个大拇指："这声'静静'喊得极好。"

晚上回到家后，温静语先把第二天要带的行李收拾好，厚衣服都收了起来，放进箱子里的全是春装和夏装。

洗完澡躺在床上，她给周容晔回了电话。

"你还在公司吗？"

"没有，已经在家了。"

温静语卷着被子，慢慢开口道："下午我碰见的人是钟毓。"

"钟董事长的女儿？"周容晔换了一种问法。

"就是她。"

"嗯。"

"周周，"温静语喊了他一声，"你想知道我们说了些什么吗？"

她以为周容晔会好奇，谁知他干脆道："不想。"

温静语有些错愕，这话让她不知道该怎么接了。

两人都沉默了一会儿，还是周容晔先开了口："想看一看现在的维港吗？"

温静语故意赌气道："不想。"

周容晔笑了一声，他正站在空中花园的平台上，顺手对着夜景拍下一张照片，传给了温静语。

空气湿度极高，薄霾分散弥漫，氤氲笼罩着两岸的建筑群，高楼被挡住半截，看起来很像科幻电影里的场景。

"今晚的雾怎么这么大？"

单是看照片，温静语都觉得身上开始发潮黏腻。

周容晔看了眼天气软件，悠悠道："空气湿度百分之九十五。"

"路海却干燥得要擦护手霜。"温静语盯着床头柜，"我甚至开了加湿器。"

在香港的衬托下，路海倒有点北方城市的味道了。

"明天可能会下雨，你们几点的飞机？"

"还是下午的，落地要五点半了吧。"

"晚饭安排好了吗？"

"还没呢，我爸的行程应该是跟着他们医院团队，我和妈妈两个人随便解决一下就行了。"

"好。"

隔着听筒，温静语感受不出周容晔的情绪，但他的语气听上去很正常，找不到丝毫失落的痕迹。

她的心里还是有愧。

"给我一点时间，等我准备好了就把你介绍给爸爸妈妈，好吗？"

那头安静了几秒，随后周容晔的声音就伴随着电流的"沙沙"声传来，质感十足。

"温温，按照你自己的节奏来就行，其他的交给我。"

温静语发现，周容晔总有种让人愿意坚定跟随的魔力，好像在他眼里根本就不存在什么困难和阻碍。

虽然不知道他说的交给他是指哪方面，但她还是认真地回了一声"好"。

香港这场大雾困了一整晚都没有消散，到了第二天果然下起淅沥小雨。

温院长是随团队出发的，机票、酒店都是队内统一订的，温静语和崔瑾照着他的航班号买了机票，下午在机场碰面的时候，浩浩荡荡的一群人几乎占了半个航班。

因为目的地天气状况不好，航班延误，真正到达香港国际机场要比原定时间晚一个多小时。

下机后，温院长让母女俩跟着团队的大巴一起走。在转盘等行李的时候，温静语发现手机里有陈诗影的来电。

"晚上好。温小姐，我看到您的航班已经落地了，我就在接机大堂的A出口等您。"

不用想，肯定是周容晔安排的。

"好，一会儿见。"

电话挂掉后，温静语朝着崔瑾靠近了几步，斟酌道："妈，我朋友开车来接我们了。爸爸那边人多，跟我们去的也不是一个地方，一会儿我们就坐我朋友的车走吧。"

温院长晚上要同团队住酒店，温静语便让崔瑾跟着自己回喜汇。

崔瑾看了眼那乌泱泱的人群，便也赞同了温静语的安排。

"你香港的朋友，是乐团同事吗？本地人？"

"也不是同事，刚来香港的时候认识的，帮了我很多忙。"温静语模棱两可道。

好在这时行李来了，崔瑾也没深问，边拿箱子边说："真是有心了，还专程来接我们，等会儿请人家吃个饭吧。"

刚走到出口，温静语一眼就发现了陈诗影，对方朝她招了招手，身旁还跟着周容晔的司机。

"温小姐，好久不见，旅途辛苦。"

"你好，Fiona。"

温静语和她握了握手，两人脸上都挂着心照不宣的笑容。

"这位是我妈妈，姓崔。"

"您好，崔女士。"

崔瑾也和她握了握手："您好。"

陈诗影的交流方式和态度都让崔瑾起了疑问，但她也只是默默观察着，并没有多说什么。

司机主动要接过她们的行李，崔瑾连忙道："没关系，我们自己拿就行，箱子不重。"

"崔女士,您千万别客气,车子就在停车场,那我们过去吧。"

陈诗影在前面引路,温静语跟在后头心里却在打鼓。直到看见黑色埃尔法的时候,她才松了口气。

如果是那辆招摇的劳斯莱斯,她一时半会儿还真不知道该怎么解释。

车子出了机场,沿着北大屿山公路往港岛方向开。温静语坐在后排给周容晔发信息,跟他报备自己现在的行程。

"温小姐,两位的餐厅已经订好了,一会儿你们先去用晚餐,行李直接送到喜汇放在物业管家那里,这样安排可以吗?"副驾的陈诗影回头询问。

"好的,Fiona,真是麻烦你了。"

"不客气,分内的事。"

车子最后停在了中环的盈置大厦,餐厅就在大厦一楼,是米其林二星的营致会馆。

在位置上落座后,一直没发言的崔瑾终于忍不住开口了:"刚刚那个姑娘是你朋友?我看不是吧。"

"她是我朋友的秘书。"温静语翻着菜单,心里难免有些紧张。

"秘书?你朋友做什么工作的?"

温静语酝酿了一下,答道:"坐办公室的。"

兜里手机振了振,是周容晔发来的信息:到餐厅了吗?

温静语:刚到。这餐厅是你找的吗?

周容晔:嗯,我觉得你和阿姨应该会喜欢。

温静语:谢谢。

她又发了一个比心的表情包,接着问:你吃饭了吗?

周容晔:还没有,一会儿要见一个朋友。

温静语:好。

温静语:在点菜,那我先不回你了。

周容晔:好。

在餐厅经理的推介下,两人最终选择了八道菜的尝味套餐,基本囊括了餐厅的特色菜,随餐附赠两杯香槟。

晚市的生意很好,温静语一眼扫过去,雅致的餐厅里座无虚席。像她们这样两位来的客人不多,除了她和崔老师这桌,就只有斜对面那桌的男士是独身一人。

菜品上到一半,崔瑾和温静语在聊着此行的安排,温院长和团队要留到下周,但崔老师后天就得走。

"啊,这么赶吗?我们乐团下周就有演出,本来还想着让您和爸爸一起来看的。"

崔瑾将碟子里的葱爆乳龙虾肉剥出来后,和温静语那份还没剥的换了换,说道:"没办法,实验室那边还等着我。"

"我看你这大学教授也没比医生轻松多少。"

"这世界上哪有轻松的工作,你这个年纪就更别说了,要拼搏……"

温静语在心里暗叫不好,看来崔老师的"唯事业论"又要搬上台面了。她紧握着水杯,思考着要怎么巧妙地绕开这个话题,结果眼风一掠,看到斜对面那桌的男士突然起了身。

他挥手,喊了个让温静语肾上腺激素直线飙升的名字。

"阿晔,这里!"

廖家明是在下午接到周容晔电话的,这个神龙见首不见尾的工作狂突然说要邀请他共进晚餐。他在家也是闲得发慌,自然乐意。

周容晔到达餐厅的时候,他一身笔挺西装还没来得及换下,宽肩窄腰,长腿逆天,一派精英模样做得十足十,吸引了隔壁好几个姑娘的目光。

待他坐下后,廖家明又瞧了眼自己身上不成套的休闲装,开口调侃:"你成身大老板的行头,衬到我成个揾工的。"

周容晔扯了扯嘴角,没跟他贫。侍应生过来倒水,周容晔抬眸道了声谢,视线恰好和斜对面的温静语撞上。

两人的位置面对着面,她那双清透美眸里充满了震惊和疑问。

周容晔用含笑的眼神回应她。

"菜我点了一部分,都是之前试过的,你要不要再看一眼菜单?"

"不用了。"

"你今晚这么有闲?"廖家明斜起眼尾,摆出一副疑惑表情,"最近应该忙到踢晒脚吧,我听说邱现忠已经离开致恒了?"

周容晔握着水杯抿了一口又放下,修长指节敲了敲玻璃杯身,漫不经心道:"你消息挺快,他上星期离的职。"

"他肯乖乖走人?"

周容晔轻掀眼皮,应道:"他又不敢去印尼。"

廖家明反应了几秒,哈哈大笑。

"个扑街怎么敢!还是你有办法,对付这帮老嘢就是要快准狠,最难搞的解决了,剩下的也是一盘散沙。"

周容晔点点头:"不出意外的话,下个月就会公布消息了。我想在这之前该闹的也都闹完了,如果忍到那时还没动静的,往后也掀不起什么风浪。"

"下个月,那很快了。"廖家明激动之余又提醒道,"那邱现忠就不是什么正经人,不然你大哥怎么会忍了这么多年都没动他,你要小心他鱼死网破。"

"我有数。"

菜上来之后,廖家明又跟周容晔聊了聊身旁朋友的趣事。但他发现这人好像不怎么专心,眼风频频往另一桌扫,惹得他也忍不住回头看。

这一看,他立刻就明白了。

"确实是个靓女,但你也不用时时刻刻盯着人家吧?"

廖家明不理解,在他们一众朋友里,周容晔一直被戏称为"AO 一号",什么时候对女人这么感兴趣过?

"就是靓我才看。"他回答得倒是一点都不心虚。

廖家明立刻来了兴致："不是吧,看上人家了?"

周容晔笑而不语,这时搁在桌上的手机一亮,是温静语回他的信息。

温静语:这个芝士汁星斑烩伊面好好吃,你们那桌有吗?

周容晔:有。

周容晔:我能过去打个招呼吗?

周容晔:毕竟你妈妈在,我要是一直不作声的话感觉不太礼貌。

温静语收到消息后,抬头看了他一眼,又低头继续打字。

温静语:来吧。

周容晔收起手机,仰头灌了一口水,锋利喉结上下滚了滚,又捡起餐巾擦净唇边水渍,动作优雅流畅。

然后他突然起身。

"你去干吗?"廖家明问。

周容晔慢悠悠道:"去搭个讪。"

这句话从周容晔嘴里说出来的概率相当于火星撞地球,在廖家明难以置信的注视下,他就这么直接斜对面那桌走去,一刻都不带犹豫的。

然而此时此刻,温静语的心已经跳到了嗓子眼。在周容晔靠近的过程中,她也从位置上站了起来。

"怎么了?"崔瑾不明所以。

温静语直视着前方,手心微微冒汗。

她应道:"碰到个熟人。"

崔瑾还没来得及问是谁,身后就传来一道年轻醇厚的男声。

"阿姨您好,我叫周容晔。"

崔瑾有些惊诧地回头,当她看清眼前站着的是一个年轻帅气的小伙时,脸上的讶异更甚。

周容晔很高,打招呼的时候,他已经尽力俯身,但崔瑾坐在位置上还是得仰视他。虽说她是长辈,但这么坐着也不礼貌,于是她也起了身。

"你好。"崔瑾并没有搞懂状况,"静语,这位是?"

温静语和周容晔的目光对上,那人正好整以暇地望着她,似乎也在等待她的介绍词。

如果贸然说是男朋友的话肯定会把崔老师吓到,她想了个迂回的解释:"周先生是我学生的家长。"

"学生的家长?"崔瑾想了一阵后才了然,"哦,你在路海当中提琴老师那会儿是吧。"

"您喊我'小周'就行。"周容晔莞尔,"温老师教了我侄女一阵子,不但专业能力强,还很有责任心。"

"客气了,她还有很大的进步空间。"崔瑾朝周容晔微微一笑,"能这样在香港遇见真是挺巧的,你也是来旅游的?"

温静语立刻接上话:"妈,人家就是本地人。"

"是吗?"崔瑾微微惊讶,"普通话说得太好了,我没往这处想。"

"您过誉了。"周容晔谦虚道,"希望您在香港玩得开心,有任何需要帮助的地方都可以让温老师联系我。"

"谢谢,太客气了。"

"这是我应该做的,那就先不打扰您用餐了,晚餐愉快。"

周容晔颔首致意。等他离开后,崔瑾望了一眼坐在对面的女儿。温静语神色如常,只是加快了用餐速度,一副专心品尝美食的模样。

而另一头的廖家明早已看得目瞪口呆。待周容晔坐下,他敲了敲桌板,心急地问:"什么情况?你们本来就认识?"

周容晔盯着他,眸子里是藏不住的揶揄之色,不紧不慢道:"那是我女朋友。"不等廖家明反应,他又加了一句:"和我未来岳母。"

这顿晚餐的后半程廖家明根本没吃下多少东西,他在慢慢消化周容晔交了女朋友这件事。直到结账时,周容晔把斜对面那桌的单一块儿买了,他才渐渐有了实感。

离开餐厅后,廖家明不想轻易放周容晔走,刚想问他要不要找间酒吧续摊,周容晔就先无情地开了口:"你先走吧。"

"那你呢?"

周容晔低头摆弄着手机,面不改色地说:"我建议寡佬还是不要多问。"

这时,廖家明的司机刚好将车子开过来。周容晔朝他弯了弯唇:"慢走,得闲饮茶。"

上车前,廖家明终于忍不住破口大骂:"我饮你个鬼啊,藕线佬!最好给我百年好合!"

周容晔笑得肩颤,目送好友离开后,阿中也开着车靠边停下。

"周生,现在回去吗?"

车子在路边不能停太久,他立刻上了后座。

"先在附近随意转转。"

手机里是温静语刚刚发来的信息。

温静语:你怎么把单买了?我妈妈说要把钱给你。

然后是一笔转账。

周容晔没点接收,回道:别给我转了,你自己留着。

温静语:你收下吧,我妈说没有让小辈付钱的道理。

周容晔:在我这儿没有让岳母花钱的道理。

她发了个老板大方的表情包。

周容晔:回家了吗?

温静语:嗯,妈妈跟我一起回喜汇。

周容晔:打车还是坐地铁?

温静语：到湾仔就两站，坐地铁。

最近的中环地铁口就在两百米开外，温静语和崔瑾挽着手准备走过去，兜里手机又是一振。

周容晔：想见面吗？

温静语：嗯？

温静语：怎么见？

然而发完这条消息之后，他就再也没有回。

这个点的地铁站依然热闹拥挤。中环作为换乘站，人流量更是巨大，好在柴湾方向的列车隔几分钟就是一班，倒也不用等太久。

上车前崔瑾接了个电话，是温院长打来的。她们这列等车队伍人多又嘈杂，她握着手机朝温静语示意了一下，然后就往人少的方向背身而去。

温静语本想离开队伍跟上崔老师的脚步，但身后又拥入了一拨等车人群，她被围在中间，抬头再想找人的时候，已经看不到崔老师的身影了。

于是她给崔老师留了信息，各自上车，湾仔站 A3 出口见。

收起手机时，列车也进站了，温静语刚抬头，就在玻璃幕门的倒影里看见了一道熟悉的高大身影。

她以为自己出现了幻觉，正想回头确认，手就被人牵住了。

港铁的播报提示音恰好响了起来，列车门缓缓打开，周容晔牵着她随人流挤了进去。

两人找了个最角落的位置站着，周容晔将温静语圈在自己身前，替她挡住了源源不断涌入的人群。

"你怎么在这儿啊？"

温静语仰头盯着身前的男人，眼里的情绪又惊又喜。

列车启动，惯性原因让她趔趄了一下，周容晔刚好顺手将人揽进怀中。

他眼神炽热，俯身低语："温老师，想见你一面不容易。"

温静语突然被这话逗笑。她扫了一眼男人的着装，穿着高定西服挤地铁，怕也是他的头一遭。

"你是上来碰运气的？要是我妈妈在旁边，你就打算默默跟到站？"

"跟到站，再去公寓楼下等。"

温静语忍不住调侃："周生，你很痴情啊！"

"我愿意。"

没有任何预兆，阴影随着他的话语笼罩而下，温热的吻顺势压了下来。

温静语颤了一下，这儿还是公共场合，她下意识用手抵住男人的坚硬胸膛，却发现根本推不动。

周容晔单手撑在车厢壁上保持平衡，另一只手将她搂得更紧，贴着她的唇喃喃道："只有两站，别浪费时间。"

他们站的这个地方刚好是个死角，周容晔高大的身子能完美挡住其他乘客的视线，温静语缩在他的怀里，但还是紧张到不行，这种隐秘的刺激感让她心跳如擂鼓。

湿软舌尖很容易就撬开了她的齿关,长驱直入,在口腔里轻轻划过一圈,温静语嘤咛了一声,身子控制不住往后仰,整个背都贴了冰凉的车厢壁上。

那只原本抵着男人胸膛的手也渐渐松开,转而拽住他的西装衣领,在平整的布料上留下狼狈褶痕。

他吻得专心又细致,时而恶劣挑逗,时而故意退缩。温静语被折磨得不行,腿也开始发软,只能紧贴着身前这个唯一倚靠。

地铁车厢里的风很大,周容晔全替她挡住了,乱流在空气中躁动不安,列车的呼啸声充当了背景音,掩盖了两人不太平稳的呼吸。

到金钟站的时候,列车顿了一下,急停的瞬间,温静语的下唇不小心磕到了他的牙齿,好像是破了皮,隐隐作痛。

地铁的播报声在头顶响起:"下一站,湾仔。"

温静语原以为周容晔总该放过她,没想到他又低头在她的唇上轻轻舔舐,温软舌尖带过细小伤口,连心脏都开始发麻。

接着更加炙热的吻卷土重来。

意识涣散间,温静语听见他轻声低喃。

"还剩一站。"

地铁列车到达湾仔站的时候,温静语才看见崔老师回复的信息。

崔瑾因为打电话错过了这班车,上的是后面那一班,两人将按照原计划在A3出口碰面。

从车厢里出来,温静语才发现在不远处默默跟随的阿中。

两人离开等车月台,站在扶梯旁的角落里,她好笑地望着周容晔。

带保镖挤地铁,可真是难为他了。

"你们怎么回去?"

他风轻云淡道:"再坐回去。"

温静语盯着周容晔的衣襟,原本平整熨帖的西装硬是被她拽出了褶皱,仿佛在无声宣告着刚结束的那场荒唐。

脸上热意轻泛,她抬手象征性地在那衣料上抚了抚。

"明天我打算陪妈妈到处逛一逛,她后天就要走了。"

"这么赶?"

他说话时突出的喉结微微滚动。温静语的目光随之流连,手心一紧,刚理好的衣襟又被她用力扯住。

周容晔的身子被带得朝前倾了几分,两人的距离再次被拉近。

这突如其来的动作让他有些意外,但很快,深邃眸子里便泛起了清浅笑意。

"怎么了?"

温静语似笑非笑地看着他,唇瓣轻启:"后天晚上来找我。"

这话里有深意,周容晔的心脏好像被人轻轻捏了一下,又胀又酸。

逗弄她的心思萌生，他故意装傻，凑近了问："来干什么？"

温静语不吃这套，斜了斜嘴角："也没什么，从路海带了点新茶叶，想请你喝杯茶罢了。"

"喝茶？"

周容晔挑眉，收了收搭在她腰上的大手，顺着话说道："挺好的，越喝越精神，我们可以一整晚都不睡觉。"

温静语认输。

周容晔很满意她吃瘪的样子，扬唇笑："温老师，记得好好休息，我等着后天喝茶。"

…………

温静语在出站口与崔瑾会合。

马路对面就是太源街，两人在人行道上等绿灯。

隔壁南洋银行的广告招牌很亮，崔瑾在光线下注意到温静语的嘴角有一块小破皮。

"你嘴巴怎么了？"

"嗯？"温静语下意识摸了摸嘴唇，瞎扯道，"不小心咬到了。"

崔瑾皱眉责备："就是不长记性。跟你说了多少次不要老是咬嘴唇，会得唇炎的。"

温静语腹诽，也不是我咬的。

她嘴上还是乖乖应道："知道啦崔老师，下次注意。"

红灯转绿，信号灯急促的提示音"噔噔"响起，两人穿过庄士敦道往太源街走。清扫车刚离场，地面沾了水渍有些湿滑。

太源街两旁有一些是老旧的唐楼，生活气息很浓。

崔瑾仰头张望，问道："这里治安还好吗？"

"您放心，很安全的，警察晚上还会巡街查证件。"

"嗯，但太晚还是不要出来了。"

喜汇五座近在眼前，看起来气派现代化多了，与那些老楼形成强烈反差。

走进公寓大楼，崔瑾又问："你那个房东怎么样，还好相处吧？"

"很好啊。"温静语从前台拉出两人的行李箱，"最近这一带的房租猛涨，我那房东也没提过涨价。"

确切来说，是某位房东不肯收她房租。

年前转房租的时候，周容晔居然连带着之前几个月的一起给她退了回来，招呼也不打一声，温静语发现之后又给他汇了过去。两人来来回回僵持不下，周容晔拧不过她，干脆把银行卡悄悄塞进她的包里。

还找了个冠冕堂皇的理由，让她替他守守财。

温静语不管他是什么想法，依旧按时打房租，弄得周容晔很是无奈。

回家之后崔瑾又帮着打扫了一遍卫生，因为只有一间卧室，所以母女俩今晚要睡在一起。

温静语已经记不清自己有多少年没和崔老师一起睡觉了,她独立得早,上小学后就有单间睡房,成年之后更是没什么机会。

像今晚这样的相处就显得尤其珍贵。

温静语洗完澡回房的时候,崔瑾已经在床上,她架着一副老花镜半倚着床靠,手在笔记本电脑上"哐哐"码字,应该是在整理她那些文献资料。

"妈,我换夜灯了啊。"

"你换吧。"

温静语关掉顶灯,打开了床边的落地灯,接着掀开被子钻进床,伸手抹匀了脖子上的护肤霜。

她往崔瑾的笔记本电脑屏幕上瞥了一眼,净是些她看不懂的数据。

崔瑾见女儿百无聊赖地开始刷手机,便一心二用地找了个话题:"咱家对门那个薛阿姨的女儿洪雪你还记得吧,在温哥华上大学的。"

温静语在脑子里转了一圈,回答道:"有点印象,是不是瘦瘦小小的,戴副眼镜?"

"就是她。今年过年人家把男朋友领回来了,是个外国人,那国家的名字我一时半会儿还想不起来,挺长一串。你薛阿姨一下子接受不了,天天在群里抱怨。"

温静语现在对"男朋友"三个字特别敏感,所以听完这些话的第一反应就是,崔老师是不是在点她。

"您放心啊,我找的对象肯定得是咱们自己国家的人。"

崔瑾托了托鼻梁上的眼镜架,若有所思地盯着温静语,目光锐利。

"有对象了?"

温静语划拉着手机屏幕的手指突然凝滞了一下,半响没吭声。

她确实有意无意地想引出这件事,所以晚上周容睢要过来打招呼的时候,她也没拒绝。她知道对付崔老师最好的办法就是渗透,只要拿下崔老师,温院长那边就事半功倍了。

温静语放下手机,往崔瑾身上贴了贴,试探地问道:"妈,您觉得在餐厅跟咱打招呼的那个小伙子怎么样?"

崔瑾接着敲键盘,目不转睛地说道:"那是你男朋友吧。"

她用的是肯定句。

温静语的神经还是紧了一下,崔老师的语气听着不咸不淡,她拿不准母亲的态度。

"什么都瞒不过您。"

崔瑾笑了一下,又继续道:"晚上来接咱们的那个小姑娘,是他秘书?"

温静语立刻竖起大拇指:"崔女士真是神算子。"

崔瑾停下了手里的动作,顿了几秒后,干脆把电脑合上。温静语知道她这是要来一场走心交谈了,于是默默地做着和盘托出的心理准备。

"他是香港人?"

"对。"

"今年多大了？"

"比我大三岁。"

"家里有兄弟姐妹吗？"

"有一个哥哥。"

崔瑾点点头："人长得倒是挺周正的，也有礼貌。"

温静语窃喜，但忍着没表现出来。

"他是做什么工作的？"

温静语有些犯难，周容晔这样的背景不管放到哪里都是相当炸裂的。眼瞧着地区这一关就要有所突破，可千万别卡在了家世这一块，崔老师一时半会儿不一定能消化得了。

于是，她含糊其词道："开公司的，什么投资都涉猎一点，在香港和路海都有业务，能两地跑。"

"自己开公司？"崔瑾有些惊讶，"那是挺有本事的，你看看人家，年纪还这么轻。"

温静语接话接得很快："是的，他比我有上进心多了。"

崔瑾有些无语地斜了温静语一眼，温静语立刻笑开。

"妈，您觉得他怎么样？"

"第一印象还可以，但就见了这么一面，也没说上几句话，我能觉得怎么样。"崔瑾说话向来实诚，"你是怎么想的，我要是不问的话，你就打算一直瞒着？"

温静语垂眸，放软了语气："过年那阵你们聊到了这个话题，态度不是都很坚决吗？不希望我找个离太远的，怕你们反对，我就忍着没说。"

崔瑾嗤道："这会儿开始装乖巧了。"

温静语低着脑袋。

"我还不了解你，自己有主意得很，我们要是反对的话，你就会跟他分手？"

"不会。"

崔瑾笑了笑，叹了一口气："父母是永远赢不过子女的。其实当年我跟你爸在一块儿的时候，你外婆是很反对的，最后不还是这么过来了。"

温静语是第一次听母亲提起这些。

"什么远不远嫁的，其实说到底是我们离不开你，但你总有一天是要过自己的日子的。我们就是想为你规避一些风险，希望你的人生能走得顺一些。"

崔瑾摘下了眼镜，眼角细纹随着表情而动。温静语这么近看才发现，母亲的鬓角多了好几缕白发，应该是很长时间没去染黑了。

"你跟谁在一起、结不结婚，那始终都是你自己的事情，我们不急。"崔瑾顿了顿，"先处处看吧。"

温静语知道崔老师这是松口了，还没来得及开心，又听见崔老师叹了一声气。

"怎么了？"她的心情也是七上八下的。

"我就是有点担心。"

"担心什么？"

崔瑾望着温静语，摸了摸她的头顶。

"怕你在感情上受伤。"

不知为何，听到这句话后，温静语的眼眶就开始发热。她靠在崔瑾的肩膀上，喃喃道："我不会让自己受委屈的。"

卧室静谧，灯光柔和，母女俩的谈心很彻底，只是这温情还没延续几分钟，崔瑾又突然想到另一个重要问题。

"还有一点我要提醒你。"

"嗯？"

"记得做安全措施。"

温静语不知道自己有没有理解错崔老师的意思，有些僵硬地从她肩膀上离开，坐直了身子。

"怎么？"崔瑾转头看她，"都是成年人，这种话题有什么好避讳的。"

"没……"温静语抬手摸了摸眉心，"就是有点突然。"

崔老师在某些方面的直白程度远超她的想象。

"这种事情很正常。谈恋爱了那自然就可能会发生，不是什么羞于讨论的话题，你们措施要做好，为你好也是为他好。"

温静语觉得自己的耳根都开始发烫。

夜深以后，身旁的崔瑾早就进入了睡眠状态，温静语却怎么都睡不着，但不敢翻来覆去的，生怕搞出动静吵醒崔老师。

她干脆打开手机，将亮度调到最低。

已经是凌晨一点半，她点开周容晔的聊天对话框。

温静语：你睡了吗？

几秒后，对方就回复了。

周容晔：还没有，在看电影。

他发来一张照片，四周昏暗，只有投影仪开着，巨型幕布上正在播放法国电影《触不可及》。

周容晔：睡不着？

温静语：嗯，好像失眠了。

周容晔：我也没睡着，所以起来看电影。

温静语：你为什么睡不着？

对话框上显示着"对方正在输入"，温静语盯着那几个字，隔了一会儿居然还没有动静。

温静语：嗯？

周容晔弹来了一条两秒钟的语音。

温静语将播放模式切换成听筒，然后把音量调到最低，将手机靠近耳边。

周容晔低沉又磁性的嗓音穿透黑夜，带着一丝让人抓心挠肝的故意。

"我想喝茶。"

…………

因为崔瑾只留一天,所以温静语将这一整天所有的时间都安排得满满当当。

晨起后,母女俩先去了巴路士街的 Fineprint 咖啡厅,吃完招牌烤三明治后,再坐六号公交车到达浅水湾沙滩。

从城市景观到自然风光,这一路只用了不到二十分钟。

来的时间久了,温静语就更能深刻体会香港的魔力。

这里既有纸醉金迷的繁华,又有人间烟火的市井,但二者并不冲突,而是相互融合,相互映衬。

有很多矛盾的东西可以在这里得到很好的衔接,上一秒明明置身于钢筋水泥的森林,下一秒就能立刻感受海风阳光的抚慰。离开密集的住宅群,转头就能呼吸野郊公园的新鲜空气。

宁静与喧嚣共存,这也是崔瑾的直观感受。

从浅水湾离开后,温静语又带着她去了尖沙咀,在香港文化中心兜了一圈。参观完她平日的工作地点,崔瑾的心就更踏实了。

午饭随意找了间茶餐厅,温静语询问下午的安排。

"爸爸他们今天好像在圣保禄医院,我们要过去看看吗?"

"我先问问他有没有时间。"

说完,崔瑾就打了个电话。通话不过几分钟,温院长说午休时间可以见个面。

圣保禄医院位于铜锣湾,于是两人饭后带走了几份下午茶,直接打车去了东院道。

温院长带领的是专家组,也是团队里资历最深的几个主任级医师,有好些是温静语认识的阿姨和伯伯。最让她感到意外的是,队伍中居然有一个年轻帅哥,听他们交流才知道人家已经是心外科的副主任医师了。

抓着空当机会,温静语拿出手机查看信息,她和周容晔已经断断续续聊了一上午。

温静语:我爸的团队里居然有帅哥,还是个副主任医师,太稀奇了。

周容晔:有多帅?我看看。

温静语悄悄地拍了一张,虽然有些模糊,但还是能看清长相。

她问:怎么样?

周容晔:还行。

周容晔:就是看着比我老成。

她刚打字,对方又是一条:体力肯定没我好。

温静语只能用竖着大拇指的表情包回应他。

周容晔:不信?

周容晔:那明晚见分晓。

温静语热着脸退出了对话框。

他有意无意的撩拨从昨晚就开始了,温静语本来觉得这事儿没什么,反正也是水到渠成,但周容晔好像生怕她忘了似的,明里暗里都在提醒明天会发生点什么。

并且时间越近,她的紧张感就越强烈,其中还夹杂了一丝不能言说的期待,很是折磨人。

这就导致温静语又成功失眠了一晚。

崔瑾回路海的航班在上午,周容晔的司机一早就在楼下等待了。温静语顶着昏沉的脑袋把崔老师送去了机场,回程路上司机问她要去哪里。

"把我送回喜汇吧,谢谢您。"

此时此刻,她急需一个回笼觉来唤醒自己眩晕的灵魂。

待温静语再次从睡梦中醒来,时间已经过了正午,今天的天气一般,并没有出太阳。

她睁着惺忪睡眼看了看略显凌乱的床铺,还是起身换了一套床品,拆下来的那套洗净后直接烘干。

家务活一旦做起来就是没完没了,公寓里充满了洗涤剂的清香,温静语又将家里重新布置了一下,换了花材,点了香薰。

这一切结束之后,天色也擦黑了,周容晔的未读信息来了好几条。

周容晔:温温,还要再等我一会儿。

周容晔:我让家里送了晚饭过来,你先吃。

温静语看了眼时间,六点半。

温静语:没事,你慢慢来。

晚饭是派人从半山送过来的,黑松露野菌饺、虫草海螺炖鸡汤、血燕莲子千层酥,怎么看都是养生又滋补的食材。

吃到一半的时候,窗外突然下起了雨,温静语又忍不住看时间,这才过去半个多小时。

都说等人的过程是最煎熬的,温静语也有点坐立难安。将碗筷收拾干净后,她冲了个澡,再回到卧室,目光不自觉飘向了角落的行李箱。

回香港前张允菲往里头放了一份礼物,她知道里面是什么,看了一眼就脸红心跳地塞回去了,再也没打开过。

这会儿袋子又被温静语拿了出来,她捧着那几层薄薄布料去了浴室。

穿上之后,她才发现玄机。黑色的蕾丝布料近乎透明,纤细的吊带好像一扯就会坏掉,内裤她更是研究了半天才看明白,那是一条双侧绑带丁字裤。

总之该遮的地方一点都没遮到,甚至还有点欲盖弥彰的味道。

温静语从没试过这么大胆的款式,对张允菲心生敬佩的同时又在想,这样穿是不是太过火了。

就在她纠结该不该换掉的时候,玄关门铃乍响。

温静语吓了一跳,也顾不上换不换,赶紧将睡裙套好就离开了浴室。

门一打开,温静语看见的是一个淋了雨的周容晔。

他的头发半湿,搭在臂弯里的西装外套被雨水洇了一片,衬衫领子敞到了第二颗纽扣,还有几滴水珠顺着下颌滑进颈窝。

有些狼狈,又有些性感。

"怎么回事?"

温静语侧身让他先进门,然后抬手替他擦了擦额角。

周容晔捉住她的手亲了一下。

"路口有事故,车子开不进来。"

"那你就淋雨来了?"

周容晔盯着她,眉眼沉沉,嘴边悬着笑意。

"我不想等。"

温静语有些不自然地避开视线,嘟囔道:"那你也不撑把伞。"

周容晔没解释,他就算下了车也没想起这回事,满脑子都是快点见到她。

"我先去擦一下。"

说着他就往浴室的方向走,而温静语则折回卧室去给他取干净毛巾。

浴室刚被用过,镜子上还有半截水雾,浴液残留的花香味幽幽萦绕。周容晔的目光停留在岛台上,那里搁着一套淡粉色的文胸和内裤,布料看着轻薄柔软。

"你用这个擦吧。"

温静语拿着毛巾走到浴室门口,眼睛余光也发现了自己换下还没来得及收起的内衣。

她轻轻吸气,伸手将那套内衣拎起来揣进怀里。

周容晔没急去接毛巾,视线一直黏在温静语身上。她的睡裙瞧着也很柔软,长度垂过膝盖,露出一截白皙细长的小腿,脚踩着一双浅色露趾毛绒拖鞋,连脚背都是白嫩的。

"怎么了?"温静语晃了晃手里的毛巾。

谁知周容晔居然开始解自己的衬衫扣子,精壮胸膛随着他的动作渐渐显露。

"我还是直接洗澡吧。"他脱衣服的动作没停,手也搭在了腰带的扣子上,"要一起吗?"

温静语将毛巾往他身上一甩:"谢谢啊,我洗过了。"

周容晔顺势扯住她的手腕,俯身在她耳边深嗅了一下,语气带点戏谑:"难怪这么香。"

温静语垂眸,目光又不自觉落在了他的裤腰附近,扣子解了,拉链刚扯到一半。

反应起得有些明显。

她突然恶作剧般伸手去摸了一下,周容晔身子微震,紧接着被人无情地推开,浴室门转眼就关上了。

门外传来女人淡然的声音:"好好洗啊,洗得不香不许出来。"

周容晔低笑一声。

在深水湾跌进泳池的那回温静语穿了周容晔的衣服,那套衣服送去干洗之后就一直忘记归还,眼下正好派上用场。

温静语将衣服挂在门把手上,叮嘱了几句才转身去客厅。

浴室传来的水声让人心猿意马,她手里拿着遥控器不停换台,但依然不知道自己看进去了什么。

周容晔的西装外套被随意丢在沙发上,定制的面料娇贵,温静语顺手捡起,想找个衣架挂起来,她拎起来一抖就看见了口袋处凸起的形状。

她伸手一掏,还是大包装的……

温静语没仔细研究过这个东西,她拿近细看,上面标注了很多文字,她一下就注意到了那个 Size,最大号。

浴室的水声停了,门把手突然转动,温静语心里一悸,立刻把盒子塞回去,西装外套也没来得及整理,又被她扔回了原位。

周容晔湿着头发走出来,手里拿着毛巾擦着脑袋,有水珠溅在地上。

温静语替他插好吹风机,重新坐到沙发上。

"温老师,茶呢,没泡吗?"

温静语听出了周容晔语气里的故意,抬头就看见了他揶揄的眼神。

她微笑:"当然有。"

说完,她就起身去冰箱里拿了一瓶乌龙茶饮料,"砰"地放在茶几上,大方道:"随便喝,管够。"

周容晔笑得胸膛震颤,逗弄也点到为止,打开吹风机吹起了头发。

吹风机的"呼呼"声就在耳畔,温静语无视某人一直黏在自己身上的目光,捡起遥控器又开始换台。

她平时其实很少看本地台,对频道也不怎么了解,屏幕跳到十八台的时候突然出现了一行字。

本节目只适合十八岁或以上观众收看。

这难道是什么深夜成人节目?

温静语的好奇心一下就被勾了起来,反正周容晔现在背对着电视机,她就看一眼他应该不会发现。

顿了几秒之后,画面变黑,温静语放慢了呼吸。

然后屏幕里,出现了几匹赛马……

"有点失望?"周容晔的声音突然从头顶传来。

温静语佯装镇定:"没有啊,我知道是什么,赛马会嘛。"

周容晔也不戳穿她,关掉吹风机后,坐到她的身边,重新拿起了遥控器。

"我来给你找。"

说着他长臂一晃,把温静语揽进了怀里。

他用了她的沐浴露,身上的香味和她一样,被温热的体温慢慢烘着,荡人心神。

温静语贴着他,伸手圈住了他的腰,闻着他身上的味道。

"温温。"周容晔低头亲了亲她的头顶,"你想看这种?"

温静语抬头,直播频道已经被切了出去,点播页面上赫然显示着"限制级电影"几个大字,往下的一列图片更是看得人面红耳赤。

眼看着周容晔就要点进去,她立刻死死摁住他的手,嗔道:"谁说我想看了啊？是你想看吧。"

周容晔闷笑，将人捞过来摁在自己腿上，指腹摩挲着她粉嫩的唇瓣，低声道："我想看的是你。"

这个坐姿让温静语不得不分开双腿，睡裙也卷了上去。周容晔的眼神变暗，一只手轻轻揉着她的软腰，另一只手扣住她的后脑勺，炙热的吻就压了上来。

只要碰到她就不行了，理智也抛到了脑后。

这一次的吻比以往任何一次都要激烈，温静语被亲得狠了，呼吸也被堵住，好几次喘不过气，微微眩晕的感觉袭来，人也被放倒在沙发上。

她的睡裙跑到腰上，周容晔低头，目光像是燃了火，小腹紧绷。

他低头在她耳畔问："温温，穿给我看的吗？"

温静语这才想起自己穿的是什么，脸"腾"地就红了，但依然不肯松口承认。

"你要把我搞疯。"

身体突然悬空，她被周容晔打横抱了起来。

卧室里没有开灯，但窗帘敞着，外头的光亮透进来，雨依然下个不停。

周容晔把她放在了床上，细碎的吻一点点落下，从额头开始，划过眉心，落在耳边的时候，他突然对着她的耳垂咬了一口。温静语颤了一下，喉间溢出的声音酥软。

"周周……"

"嗯？"

温静语很紧张，不肯说话。

"怎么了？"

周容晔听不得她的声音，理智在悬崖边游走，但温静语还有些放不开，于是他往后退了一点，再俯下身。

他的声音带着蛊惑："这回该轮到我帮忙了。"

温静语的手被他扣着，连反抗的力气都没有，起初的羞耻感退去之后，意识也开始涣散。迷蒙间，她看见周容晔起了身，暖意离开，她不想让他走，抬手将他拉住。

"我去拿东西。"

温静语知道他要拿什么。

"柜子里有……之前买的草莓……"

周容晔轻笑，低语道："宝贝，那个太小了。"

时间被无限延长，变得脆弱易折，窗外的斜风细雨也没有停歇的架势。周容晔吻着她的唇，吻去她眼角渗出的泪，用尽好话去哄，恨不得将一颗心掏出来给她。

不知过去了多久，温静语觉得自己即将虚脱的时候，这雨才堪堪止住。

两人抱着躺了一会儿，温静语累得连眼睛都不想睁开。周容晔去浴室拧了一块热毛巾，替她清理狼藉。

手边没有任何能看时间的东西，但温静语猜测也就是十多分钟的光景，那人又把她捞了起来。

"你都不用休息的吗?"她声音带着浅浅哭腔,"要不我去热东西给你吃?那鸡汤还剩一大半呢。"

"我用不着。"周容晔抵着她,嗓音沉沉,"那是给你补的,怕你没力气。"

"……周周,我现在就没力气了。"

男人根本不肯放过她,厚着脸皮说道:"没事,不用你动。"

…………

温静语不知道该如何形容这漫长一夜。

就像是漂荡在狂风巨浪中的一叶扁舟,浪急时她被高高掀起抛向空中,浪潮退去时她又随波逐流直至搁浅,无谓时间,不知目的。

她只记得自己最后是瘫软在周容晔怀里的。他抱着她去了浴室,而她连手都不愿意抬一下,怎么睡着的都不知道。

早上是被附近工地的动静吵醒的,隔壁春园街在造新楼,八点不到就开始动工了。

温静语有些不耐烦地翻身,手一抻才发现枕边空空荡荡。

她一下子清醒不少,迷茫地睁开双眼。窗帘依然紧闭着,空气里似乎还残留着昨夜温存的痕迹,但周容晔居然不在。

房间外面好像有说话声。

温静语捡起睡裙套好,趿着拖鞋慢吞吞地走出去,揉了揉眼睛再睁开时,发现家门居然大敞着。

周容晔背对着她,光瞧那直挺的背影都是一派神清气爽的模样。他靠在玄关的矮柜上,正和工人师傅聊着天,顺便监督人家换锁。

"周周。"

温静语开口才发现,自己的嗓子貌似在昨天夜里喊哑了。

周容晔循声回头,看见温静语睡眼惺忪地立在那儿,连拖鞋的左右脚穿反了都没有察觉。

他好笑道:"怎么这么早就醒了?"

说这话的同时,周容晔朝她走了过去,将人完全挡在自己身前。

温静语的睡裙领口在昨晚被他扯松了,要掉不掉地耷拉着,露出一大片白皙肌肤,那一道道被自己折腾出来的痕迹十分醒目。

"你在那里干吗呢?"

"换个密码锁,原来那个太不安全了。"

周容晔抬手抚了抚她有些蓬乱的长发,接着把人往浴室里领。

"你先洗漱,等下吃早饭。"

到这会儿温静语都是一副好商量的模样,直到她进了浴室。

周容晔在心里掐着时间,大概有个十来秒钟,浴室门果然被推开了,温静语飘来一道幽怨眼神,皱眉瞪着他,耳根也是通红。

"怎么了?"周容晔明知故问地笑问。

温静语没理他,转头跑回房间换了一件半高领的卫衣,接着再去洗漱。

那头师傅已经装好了门锁，让周容晔过去设置密码。

他敲了敲浴室门板，问道："密码等你出来再弄？"

"你想一个吧。"温静语在刷牙，声音含糊。

等她整理好出来的时候，换锁师傅已经离开了。周容晔正在餐桌上布置早饭，看包装的样子应该又是半山那边送过来的。

"密码是什么？"温静语在餐椅上坐下。

"0324。"

这也不是他们两人的生日，温静语不解："这是什么数字组合？"

"凌晨最后一次。"周容晔取了餐具，不紧不慢道，"就是在这个点结束的。"

温静语领悟完这话的含义之后，脸上热意"噌"地蹿了上来，她埋头决定不再搭理他。

"温温？"

"你快别说话了。"温静语有些咬牙切齿。

她一会儿拿叉子，一会儿又拿纸巾，卫衣的领口宽松，周容晔站在她身后，稍微一低眼就能看见那摆动下露出的暧昧红痕。

温静语刚夹起一个虾饺皇，人却突然被带离了餐椅，手中食物也掉到了桌上。

"你干吗？"

"吃早饭。"

周容晔抱着她就往卧室走。

"早饭不是在那里吗？"

"先吃点别的。"

"……周容晔！"

"我轻点。"

…………

从家里出来后，温静语马不停蹄地奔往尖沙咀。

今天是乐团恢复排练的第一天，她却差点因为某人迟到。周容晔把司机和车子留给了她，到文化中心时距离排练开始只剩下不到十分钟的时间，温静语心急下车，将琴盒落在了后座。

好在司机并没有离开，温静语拿了琴盒，刚关上车门，斜后方就突然插进了一辆黑色的 GMC 商务车，速度有些快，把她吓了一跳。

和这车的气势一样，从车上下来的也不是一般人。

为首的是一位短发女士，只见她穿着一身橄榄绿风衣，脚踩六七厘米的高跟短靴，脸上架着一副厚重的黑超墨镜，身后还跟了两三个助理模样的工作人员。

温静语觉得这人莫名眼熟。

而那位女士经过温静语身边的时候有个非常明显的停顿动作，虽然隔着墨镜，但那道探究的视线却遮掩不住。

她看了看温静语，又转头看了看那辆劳斯莱斯。

温静语虽然疑惑，但也没时间耗，低头加快脚步走进了文化中心正大门。

去排练厅需要搭乘直梯，温静语刚按下电梯上行键，在门口遇见的那个女人就站到了她身边。

等待的时间有些煎熬，轿厢门打开，女人微微伸手，让温静语先进。

排练厅的楼层灯亮起，短发女人和她身旁的工作人员依然没有动作，看样子他们去的是同一个地方。

她的神秘面纱是在她进入大厅那一刻揭开的。

团队人群一见到她就开始骚动不安，久违现身的乐团经理也亲自上前迎接。女人摘了墨镜，温静语这才看清那张美得很有攻击性的脸。

居然是祝文荟，华语乐坛屹立不倒的常青树，出道二十多年依然人气不减的港籍女歌手。

许是在保养方面下了苦功夫，她看起来跟实际年龄非常不符。

知子拎着琴盒在温静语身旁坐下，目光也一直追随着祝文荟，她问道："你看公告了吗？'港艺集萃'的慈善晚宴上我们乐团要与她同台合作。"

"公告？"温静语一头雾水，"我好像很久没有整理邮箱了。"

"昨天晚上发的，群里也有消息。"

"是吗？那是我疏忽了。"

温静语略感心虚，昨晚她还在云雾里飘着呢。

"港艺集萃"是一个香港本地的非牟利性组织，多年来一直承担着商界和艺术界之间的桥梁角色，每年都会以慈善晚宴的名义，争取更多商界力量来支持和赞助艺术团体。

培声乐团不仅是受邀嘉宾，还是晚宴的压轴演出方，和祝文荟的合作应该是多方讨论的结果，重视程度不容小觑。

今天的排练任务并不繁重，焦点都放在了祝文荟身上。她很有耐心，向乐团成员做了详尽的自我介绍，也展示了自己的选曲与唱功实力，气氛融洽，合作愉快。

温静语在团队里向来话不算多，当其他人侃侃而谈的时候，她基本都在边上看着，也不找什么存在感。

可不知道为什么，她总觉得祝文荟的目光一直有意无意地落在自己身上。

从排练厅离开时已接近傍晚，维港的夕阳再次登场，晕染在天边的晚霞迷醉得不真实，吸引游人不断为之驻足沉沦。

温静语站在码头的梯台上给周容晔回信息，排练的时候这人就消息不停，她还没来得及看。

周容晔：几点结束？

周容晔：要不要我来接你？

周容晔：我把撒手没从深水湾接过来了，你好久没见它了。

周容晔：今晚跟我回家？

……………

温静语笑着翻完那一条条消息，又看了眼时间。

温静语：看来周老板的工作也不忙，一天到晚就光顾着看手机了。
温静语：我要和温院长见个面，晚饭也在那边吃了，结束后你来接我吧。
收起手机后，她招手拦了辆出租车，目的地是位于跑马地的养和医院。
自交流计划启动以来，温裕阳就一刻都不得闲，每天都要带着团队在不同的医院奔波，连温静语的住所都没空去，结束后回到酒店还要接看开研讨会。
他们团队今晚组织聚餐，温静语这才有机会和温院长坐下来好好吃顿饭。
况且她还是带着任务去的。
跟崔老师摊牌是第一步，温静语主要想弄清温裕阳的行程，想在他回路海之前，找个时间安排他和周容晔正式见个面。
车子停在山村道，付完钱后，温静语给温裕阳打了电话，对方让她直接来中院六楼。
六楼主要是心胸肺外科、眼科以及肝脏外科，温院长此刻正在移植中心听报告，他让温静语先去休息区的沙发上等待。
玩了几把消消乐之后，温静语又开始百无聊赖地刷片单。温院长应该不会这么快结束，她打算找部美剧消磨时间，好不容易选中一个犯罪悬疑的题材，低头正输着片名，安静的走廊里突然响起一道迟疑男声。
她吓得差点把手机甩出去。
"温温？"
那声音太熟悉，但出现在此时此地又实在不合理，温静语以为自己出现了幻听，惊得立刻从位置上站了起来。
梁肖寒正站在几步开外望着她，目光灼灼。
"梁先生，这边请。"
护士朝着诊室的方向示意了一下。温静语扫了一眼，是心胸肺外科，梁肖寒的手里还拿着一个大号文件袋。
她张了张嘴，一时半会儿也不知道该说些什么。
两人面对面站着，气氛有些凝固。梁肖寒没等到温静语的回应，看了她几眼，最终还是先拐进了诊室。
温静语稍稍松了一口气，同时又在内心冒起无数个疑问，像成团打结的线球，理不清头绪。
梁肖寒进去的时间并不长，莫约十多分钟后就出来了。他跟护士说了几句话，等人离开就朝着温静语这边走来。
真皮沙发柔软舒适，两人并肩坐着，中间隔了一个人的距离，却像隔着一个银河系。
温静语没有先开口的打算，她垂眸盯着瓷砖地面，脑子是完全放空的状态。
半晌过去，梁肖寒还是出声了："把我的电话都拉黑了？"
温静语沉默，并没有否认。
梁肖寒不意外她的态度，这人决绝起来本就是让他望尘莫及的。
两人一时无言，突然"哗啦"一声，他搁在沙发上的文件袋掉落，滑到了温静语脚边，里面有几张影像学片子抖了出来。温静语瞥到几眼，俯身替他捡起，再放回沙发上。

又过去几秒，她终于肯说话。

"生病了？"

"不是我。"

梁肖寒身体前倾，双肘抵在膝盖上，有些苦恼地揉了揉眉心。

"是我妈。"他转头望着温静语，眼里有疲色，"肺癌。"

第八章

只要你转身，就能看见我 /

这两个字的冲击力很强，温静语一下子消化不了。

"肖阿姨她……"

"肺鳞癌四期，上星期查出来的。"

温静语回忆起过年时在月央湖与肖芸的那次偶遇，她整个人的状态瞧着确实是大不如从前了，身体也消瘦得厉害。

可怎么也想不到她是生病了，还是这么严重的病。

"内地医院已经不建议她动手术了。本来身体就差，她还不肯化疗。"梁肖寒瞥了一眼文件袋，"朋友引荐的，香港这边的药和设备上得比较早，想着来看看有没有其他治疗方案。"

"那她现在人在香港吗？"

"在路海。这边只承认他们自己医院的报告，所以过段时间还得把她接过来重新做检查。"

温静语点点头。毕竟是一直善待她的长辈，对于肖芸生病这件事，她还是感到痛心和惋惜。

至于梁肖寒，她是真的没什么话要讲，每次碰面都是剑拔弩张，能这么心平气和地坐下来仿佛已经是很久之前的事情了。

"你呢，身体不舒服吗？"梁肖寒面露忧色。

"等我爸。"

"温叔叔也在？"

话正说着，温院长也出现了，他身后还跟着徐主任一行人，站在过道上张望了一会儿，看见梁肖寒的时候也很是惊诧。

"温叔叔，好久不见。"梁肖寒主动起身打招呼。

"小梁？"

温裕阳看看他，又看看温静语，后者背对他们站着，像是在观望窗外风景，并没有要加入交谈的打算。

"你怎么在这儿？"

梁肖寒晃了晃手里的文件袋，解释道："来给我妈找医生。"

"你妈妈生病了？"

"肺的问题。"

温裕阳主攻的是肝胆胰，而团队里的徐主任刚好就是胸外专家，温裕阳把他留了下来，让其他人先走。

"我和你崔阿姨都挺记挂她，怎么突然生病了？"温裕阳接过他手里的袋子，边翻着报告边问，"怎么没想着来找我？"

"我妈就是在路海附一做的检查，一个星期前才确诊的，您工作忙，怕麻烦您。"

"你和静语都是这么多年的老同学了，说什么麻烦不麻烦的，太见外了。"

徐主任发现了报告单底下的签名，了然道："是刘主任的患者吧？"

"是的。"

徐主任推了推眼镜，看到病理结论的时候，和温裕阳简单交谈了几句。

温裕阳转头对梁肖寒说道："这样吧小梁，你等下跟我们一起去吃饭，饭桌上咱们再好好聊一聊。"

"会不会打扰到你们？"

窗前那道身影依然背对着他们，梁肖寒眼风扫过，朝她看了一眼。

"不会，我们也就是吃个便饭，一起去。"

温裕阳话音刚落，温静语就喊了他一声。

"爸。"她拎起沙发上的琴盒，一副打算离开的架势，"要不然今天你们先去吃吧，我明后天再来找您。"

"你有急事儿？"温裕阳不乐意了，"潘叔叔他们知道你要过来吃饭，昨天挑了好久的餐厅，你现在突然说不去的话很不礼貌。"

"我……"温静语一时半会儿找不到好的借口。

"一起去吧，静语，都是自己人。"徐主任讲话向来比较直白，"这位不是你的老同学吗？你不去的话，他一个人对着我们也尴尬的呀。"

梁肖寒知道温静语在纠结什么，他承受着胸口涌上来的钝痛感，表面不动声色道："温叔叔，还是下次吧，我找个时间亲自去拜访您。"

"好了，都一起去。"温裕阳摆了摆手，"静语，有什么事暂时搁一搁，先去吃饭。"

徐主任看了眼群组消息，发话道："走吧，他们都已经出发了，咱们打车过去。"

"坐我的车去吧。"梁肖寒拿出手机，"我让司机开过来。"

"行，那敢情方便。"

温静语见这饭局避无可避，也只能妥协，但她依然有自己的倔强。

"爸，餐厅地址发我，我打车过去。"

"车子坐得下。"梁肖寒沉声道。

温静语的目光始终不肯与他交会。

"我先走了，爸您别忘了发定位给我。"

说完，她也不给那三人说话的机会，拎着琴盒就往电梯厅的方向去了。

梁肖寒望着那道远去的身影，第一次尝到拳头打在棉花上的滋味。

晚餐地点在北京道，温静语到的时候，饭桌上已经坐满了人，除了角落里那位年轻帅气的副主任医师，其余都是她熟悉的叔叔阿姨。

大家见到她都很兴奋。温静语一时间成为饭桌上的焦点，直到温裕阳他们后脚赶来，她才摆脱这个有些热情过度的社交场面。

"小梁，你往里坐。"温裕阳指了指温静语身旁的空位，"我给大家介绍一下啊。这位是梁肖寒，是我们家静语的高中同学，也是我看着长大的孩子，今晚恰好遇见了，就喊来一起吃个饭。"

温院长介绍完毕，众人便亲切地和梁肖寒打起了招呼。在座的都是路海附一医院元老级别的人物，听完梁肖寒母亲的病情，大家瞬间你一言我一语地讨论了起来，气氛俨然变成了病情研讨会。

期间温静语一直低着头，专注地吃着自己碗里的食物，也不插话。除非桌上有人点到她，她才会礼貌地回应几句。

梁肖寒就坐在身旁，她怎么都觉得不自在。

"要吃这个吗？"

桌盘转动，一道溏心鲍辽参停在了他们面前。

"不喜欢。"

温静语刻意忽略那道菜，夹了一块旁边的炸虾多士。

梁肖寒也夹了一块，放进嘴里的时候，觉得不对劲。他皱了皱眉，刚想提醒，温静语已经咽下去了。

"温温，这里面有花生酱，你不能吃。"

温静语当然知道，只是她嚼得快，吞下去的时候才感觉出来。

她暗暗安慰自己，就这么一小块，应该死不了。

"你可别这么叫我。"温静语捡起餐巾擦了擦嘴，语气淡漠，"只有我男朋友可以这么喊。"

说完，她也懒得看梁肖寒的反应，起身准备去上个厕所。

走到过道碰见了那位副主任医师，他好像在给自己的老婆孩子打电话，语气温柔耐心，和他那副冷如霜雪的外表简直截然不同。

温静语洗完手，再折回过道时，他也刚好结束通话。

"您好，陆医生是吗？"她主动上前搭讪。

被喊到名字的陆辛杨收起了手机，眼皮轻掀，又恢复了生人勿近的模样。

"有事吗？"

"不好意思啊，我有件事想麻烦您，等会儿回包厢咱俩能换个位置吗？"

温静语早就观察过了，这位帅哥的座位离梁肖寒最远。

陆辛杨没问原因，也不感兴趣，就淡淡地回了句"行"。

温静语连声道谢，回包厢后，让侍应生给两人换了副新碗筷。有人注意到这边的动静，问他们为什么换位置。

"那边空调风大，陆医生人好，愿意跟我换个位置。"

然而谁都没有注意到，此刻梁肖寒的脸色比空调吹出来的风还要冷。

宴席过半，温静语看了看时间，想着自己在长辈面前也算露过脸了，是时候找个机会先走一步，于是拿出手机开始给周容晔发消息。

温静语：周周，你在哪儿？

半盏茶的工夫，那头回了过来。

周容晔：还在公司。你结束了吗？

温静语：其实还没有，但是我想走了。

温静语：你要是没空的话，我打车也行。

周容晔：给我发个位置。

温静语发去了餐厅定位，又捏着手机发了会儿呆，觉得有些事还是该告诉他。

温静语：今晚我和爸爸的同事们一块儿吃饭。

温静语：在医院碰到了梁肖寒，他也在。

这回隔了好久都没有动静，温静语拿不准周容晔的反应，有些心烦意乱起来。刚想着要不要出去给周容晔打个电话，手机就振了振。

周容晔：等我。

看到这两个字后，温静语才安下心来。她等了十多分钟，随口扯了个乐团要加班排练的理由，朝饭局上的长辈们提前道别。

餐厅在朗廷酒店里，温静语猜想周容晔应该没有那么快到，出门后又沿着北京道晃了一会儿。

这一带购物中心云集，对面有1881，后头的广东道又有海港城，这个点正是逛街购物的高峰期，游人如织，连步行道都显得有些拥挤。

温静语决定还是老老实实地回到酒店门口等。

可她没料到梁肖寒也出来了，刚想转身，那人就急切地喊住她。

"温……"梁肖寒顿了一下，"你回哪里？我送你。"

"不用。"

温静语扯着肩上的琴盒带子，只期盼周容晔能快点来，以及身旁这人赶紧消失。

"你不用这么避着我。"梁肖寒忍着眼底的黯然，"难道我们之间连朋友都没得做了？"

"算了吧。"温静语扯了扯嘴角，"不尴尬吗？"

"为什么是周容晔？"他突然问。

"为什么不能是他？"

"你知道他是谁吗？"梁肖寒提高了音调，"一个连背景都查不清楚的人，你怎么敢的？和他那样的人在一起，你不怕被骗得连骨头渣子都不剩吗？"

温静语冷笑一声，腹诽这人又开始犯病管她闲事，那股懒得应付的劲头又上来了。

"周容晔是什么样的人我一清二楚，用不着你评价也用不着你操心，管好你自己就行。"

"我们之间一定要这样说话？"

或许温静语小瞧了那块炸虾多士的威力,她的喉咙有点堵,脖子上的皮肤也开始发痒,忍不住抬手挠了挠。

梁肖寒注意到了,立刻担心地问:"是不是过敏了?"

温静语没理他,心情本来就浮躁,现在更是烦上加烦。

就在这时,前方路口响起一阵嚣张的跑车声浪,那辆挂着"Viola"港牌的暗紫色法拉利吸足了路人眼球,也把温静语和梁肖寒的注意力都吸引过去了。

红灯过后,车子急停在朗廷酒店的门口。

周容晔半降下车窗,眼风淡淡掠过,偏头朝外喊了一声:"温温,回家。"

温静语一刻也没犹豫,打开副驾的门就坐了进去。

"周容晔。"梁肖寒压抑着内心翻腾的闷痛,喊住了主驾上的人,"她对花生过敏,记得让她吃药。"

一直没给他眼神余光的周容晔终于偏过头,男人眼底的情绪冷若冰霜。

"不劳你费心。"

车子离开尖沙咀往港岛方向行驶,经过西隧道的时候,遇上了一小段拥堵。前方疏通之后,跑车又开始加速,窗外后撤的路景混沌模糊,像在急切地摆脱着什么。

周容晔开得有点快,温静语紧紧抓着安全带,还是没忍住喊道:"周周。"

听到这声,周容晔才稍稍松开了油门,车速很快降了下来。

他目视前方,单手撑着方向盘,用另一只空出来的手伸向副驾,掌心朝上。

温静语领悟了他的意思,主动牵住他的手,下一秒就被周容晔牢牢反握住。

光看表情猜不出他此刻的情绪,只是唇线拉得平直。

进入港岛车子继续向东前行,路口遇上红灯停下来,周容晔的视线也终于扫了过来。

因为过敏反应,温静语的脖子上起了一小片红疹,看着十分难耐,她刚想抬手去挠就被周容晔制止了。

"忍一忍,带你去医院。"

"没事,等会儿路过药店买个过敏药就行。"

周容晔没说话。红灯转绿,他又开始加速,车子最终停在了司徒拔道的港安医院。门口就有迎接的护士,简单询问温静语的情况之后,将她带到休息室,等待分配问诊的医生。

好在进食的量不大,温静语的过敏反应不算太严重,医生给她配了内服药以及外用药,护士将所有药装好之后给她送了过来。

"包装上面都有服用说明,但你回家后还是要打上面的药房电话做进一步确认哦。"

"好,谢谢。"

温静语拿着缴费单子走出去,周容晔已经在收费窗口等她了。

"给我吧。"

"没事,我自己来。"

因为没上保险,几盒药加诊金就要一千多港币。

周容晔抬眸看了看她,总算扯出一丝笑:"你跟我客气什么。"

说着,他接过她手里的单子,转身刷卡付了钱。

回到半山的时候已经是九点多。家政阿姨今天休假,在家留守的撒手没听到玄关动静很是兴奋,甩着耳朵就冲了过来。

有段时间没见了,温静语发现狗长大了不少,身子也更加结实了。它嘴里还叼着一个玩具球,于是温静语领着它去客厅玩闹了一阵。

"温温,先去洗澡。"周容晔检查着袋子里的药,有需要外敷的。

"好。"

温静语将玩具球放下,去了二楼卧房。因为她没带换洗衣物,所以洗完澡出来之后穿的是周容晔的睡袍。

客厅里,周容晔已经把药和水都准备好了,招手唤她过来。

温静语吞下药丸,又被人抱到了腿上,脖子上的红疹她看不见,周容晔准备帮她涂外敷药。

"药房的电话打了吗?"她拿起袋子,看了看贴在上头的便笺。

"打过了。"

周容晔用棉签蘸了点药膏,小心又仔细地在那片发红的肌肤上轻按。冰凉膏体接触到皮肤的一瞬间,温静语觉得火辣瘙痒的感觉顿时缓解不少。

"周周。"

"嗯?"

温静语忍不住去勾他的脖子,还没抱上,又被周容晔拎着坐直了。

"乖,还没涂完。"他又沾了点药膏。

"那你快点。"

"怎么了?"

"我要抱你。"

周容晔扬了扬嘴角,往刚刚涂药的地方轻轻吹着气,问她:"舒服点了吗?"

温静语的脖子特别敏感,平时周容晔亲这里的时候,她都会发软,现在这呼气加上药膏带来的凉意更是弄得她心猿意马,身体的本能反应让她无法忽视。

也不管这药有没有涂完,她搂着男人的脖子就吻了上去。

唇瓣相触的那一刻像是被点燃的引线,舌尖勾缠的力道越来越重,两人都有点失控,好像恨不得将对方完完全全地拆吃入腹。

温静语身上的睡袍不知在何时滑落,胸口的凉意很快又被灼热的温度覆盖。她觉得自己的心脏都被紧紧捏住,呼吸也变得困难起来。

沙发虽然宽敞,但也不够两人平躺,周容晔干脆面对面地将她抱在腿上。

温静语微喘着气,手心滚烫,忍不住收紧了力道。

周容晔闷哼了一声,将她摁在怀里,凑在她耳畔蛊惑道:"温温,自己来。"

温静语仰着脖子,迷蒙视线中,头顶的水晶灯在她眼里晃得浮浮沉沉,好像被带进了一场神魂颠倒、支离破碎的梦境,时间和空间都在坍塌压缩,最后跌入另一个发亮的世界。

两人的状态都很亢奋,周容晔又缠她缠得紧,中途光是换套就换了两次。结束后,周容晔抱着她去浴室重新洗了一遍,再躺回床上的时候,温静语觉得自己累得都睁不开眼。

"你先睡。"

周容晔俯身在她额头上亲了一口,然后替她掖好被子。

"你呢,不睡吗?要去干吗?"

"我要等一个电话,没那么快。"

"工作上的事情吗?"

"嗯。"

温静语点点头,周容晔替她关了卧室里的灯,转身离开的时候,合上的房门也挡住了过道透进来的光亮。

室内陷入一片昏暗。

温静语以为自己很快就会睡着,却没想到越来越清醒。她不是一个认床的人,况且这床上还有周容晔的气息。

她一直很好奇周容晔身上的雪松清香是从哪里来的,也不像是香水,因为连床品和房间的熏香都有这种味道。

直到上次问过家政阿姨她才知晓,家里连洗涤剂都是找调香师调配过的,每个月的备品都从欧洲空运过来,而且周容晔只要这一个味道,这喜好坚持了好几年。

躺在床上翻来覆去睡意全无,温静语终于忍不住坐起来。她打开台灯,拿起手机看了看时间,居然又过去了半个小时。

不知为什么,她心头隐隐缠绕着一丝不安,像踩在透明的玻璃桥上,明知脚底下有足够支撑,却总臆想一个不小心就会坠落下去。

温静语干脆下了床,周容晔既然没空陪她,那她哪怕去找部片子打发时间也好。

这套房子的放映厅在二楼的开放式休闲区,从上往下望能看到客厅全景,温静语还没来得及坐下,就隐约瞧见空中花园里有一道身影。

除了周容晔不可能是别人。

温静语下了楼,凑近才发现周容晔正坐在户外的庭院藤椅上,指间夹着一根只燃烧了一小截的雪茄,似在垂眸沉思,总之没有第一时间察觉到她。

"周周。"

这声轻唤才让他回过神来。

周容晔放下了手里的雪茄,回头问道:"怎么下来了?"

"睡不着。"

温静语找了张离他最近的椅子坐下,往桌上那只镏金的雪茄烟槽瞥了一眼,随口问道:"怎么开始抽这个了,我记得你不是不抽烟的吗?"

"朋友送的,打开试试。"

夜间的气温稍低几度,但更深露重,潮意不减。周容晔瞧了瞧温静语荡在睡袍下那双光裸的长腿,出声道:"我们进去吧。"

"不急。"温静语坐在原位不动,"我们聊聊吧。"

周容晔也由着她,问道:"聊什么?"

温静语转头望着他,似乎想从那张平静的面容下找到一丝破绽。

"你不开心。"这是她得出的结论。

周容晔浅笑:"没有。"

有时候否认的痕迹太明显,反倒显得不真实,温静语自然不相信他的话。

"因为梁肖寒?"她一点都不拐弯抹角。

周容晔没有立刻回答,烟槽里的雪茄已经熄灭。他捡起裁刀,将燃尽的那一段毫不留恋地剪下。

"温温。"他的语气依然冷静,"我有时也做不到平常心。"

温静语细品着他的话,果然,他还是在意的。

她低头,指尖缠绕着睡袍的腰带,淡声道:"你不信我。"

"没有,是我自己的问题。"

温静语知道,他一直都把自己的情绪控制在能掌握的范围里,哪怕此刻再介怀,也不会搬上台面不依不饶。

情绪稳定是好事,可隐忍不发不代表问题就能解决。

"我有时甚至希望你脾气能坏一点,或者干脆发一顿火。"

与他不同,温静语不喜欢憋着,任何感情都需要宣泄的出口。

"我不知道你介意的是哪一方面,我和他的关系?我和他现在连朋友都算不上。"温静语在内心梳理了一通自己今天的表现,她不觉得有任何值得误会的地方,"在医院碰见他,不是我愿意的,晚饭也不是我邀请的,哪怕他执意要来找我,我也没办法控制他的行为。"

她甚至还主动换了座位,论避嫌,她觉得自己已经尽力。

"我知道。"周容晔安抚着她,"和这些没关系。"

"所以你在气什么呢?"温静语不理解,"你不说的话,我真的不知道,我也猜不到。"

夜晚静谧,无风无声,像一潭沉闷的湖水,停滞不前。

有些话周容晔不愿说出口,总感觉太矫情,但他自己也理不清这种莫名其妙涌上来的烦闷,堵在胸口上不来下不去。

好像只要遇到跟温静语有关的事,他就做不到绝对的沉着冷静。

"温温。"周容晔眼底的情绪杂糅着一丝无奈,"我甚至不知道你对花生过敏。"

他说这话时的语气有些复杂,自责、遗憾。

"所以你是觉得,你还没有他了解我?"温静语轻轻吁了一口气,"我和他认识十多年了,这样的时间跨度我怎么改变呢?如果可以的话,我也希望先遇见你,但是我有什么办法?"

温静语说着，委屈也立刻涌了上来。

"我始终觉得，我们的感情就是我们两个人之间的事，干吗要在意其他人？"

周容晔看见她微微泛红的眼眶，心脏也跟着一阵抽痛，他自己那点情绪瞬间落了下风。

与此同时，周容晔搁在桌子上的手机也开始振动，他伸手按掉，没隔几秒电话又打了进来，纠缠不休。

"你先接吧。"温静语转头拭了拭眼角。

周容晔捡起手机，走到几步开外，是Michael打来的电话。

温静语盯着那道宽阔背影，只听见他说了几句简短的话，基本都是单音节的字，以及一句"机场见"。

周容晔收起手机转身，表情隐匿在昏暗里。

"我明天要飞一趟美国，可能没那么快回来。"

温静语心一坠，看来让他和温院长见面的事情要暂时搁置了，还好今天吃饭的时候没来得及提。

"好。"她平静地应道。

周容晔上前将人拥入怀中，哄道："我们不要吵架。"

"我也不想跟你吵架。"

温静语不着痕迹地从他怀里退出来，敛眸掩饰自己的失落。

"我今晚先回湾仔吧。"

说完，她就转身往客厅走，打算回卧房换衣服。

周容晔立刻跟了上去，迅速抓住她的手腕。温静语没回头，似乎听见他很轻地叹了一声气。

"你留在这儿，我不打扰你。"

…………

温静语睡得并不安稳。

夜里三点多的时候，她醒过一次，周容晔并不在身边，他说不打扰就是真的不打扰，一整晚都没有回卧房。

这一觉睡得断断续续，熬到天亮也是身心俱疲。

温静语猜想他应该是歇在了哪间客房，然而事实并非如此。

"先生昨晚应该在书房，也不知道有没有熬夜，早上我去整理房间的时候，软椅上还有毯子。"

家政阿姨将刚煮好的鲜虾云吞端上桌，又道："温小姐您尝尝，一大早现包的，我再去倒一杯豆浆。"

"谢谢。"

高汤打底，紫菜和鱼蛋为辅，碧绿的葱花漂在上头作为点缀，瞧着很有食欲。

温静语接过勺子先喝了一口汤，清甜鲜美，暖胃醒神。

"先生是几点出门的？"

"一个小时之前就出发了，说是十点多的飞机。"

温静语看了眼手机屏幕,才八点出头。

也就是说,七点钟的时候,周容晔就出门了。这个时间赶飞机绰绰有余,甚至有些太早。

家政阿姨递来满满一杯现磨豆浆,盯着温静语的汤碗,笑道:"您要是吃到了'散架'的云吞,那一定是先生包的。"

"他还包云吞了?"

温静语诧异,她一直觉得与厨房有关的东西都是跟周容晔不搭边的。

"是啊,早上他看到我在忙活,还特意过来帮手,本来要做韭黄馅的,他说您喜欢吃虾。"

温静语捏着勺子往汤碗底下挖,果然有几个卖相不太好的,一煮就破皮了。

"先生难得动手,虽然技术不怎么样,但也是对您的一片心意。"家政阿姨打趣道,"您放心吃,肉馅是我调的。"

温静语也跟着笑了,她挑了个已经完全"露馅"的放进嘴里,味道居然不错。

"晚餐您想吃什么?我提前准备。"

"不用麻烦,我今天应该会排练到很晚,到时候直接回湾仔了。"

周容晔不在,这四五千呎的房子住着有些空旷,温静语还是想念喜汇那个小公寓,一个人窝着刚刚好。

"那您还回来吗?"家政阿姨指了指趴在她脚边的撒手没,"还有狗狗,需要让人送回深水湾吗?"

撒手没瞪着圆溜溜的大眼看着温静语,样子有些无辜。她俯身摸了摸它的脑袋,弯唇道:"您把它的东西收拾一下,到时候我带走吧。"

家政阿姨应了声"好",转头接着去忙活了。温静语边吃早餐边查看手机里的未读消息,周容晔的聊天框并没有动静。

看来某人心结未消。

温静语搅着碗里的云吞,忍不住腹诽:小气鬼,喝凉水。

然而她嘴里的这位"小气鬼"出门后并没有直接赶往机场。

周容晔把自己的司机留给了温静语,一大早和阿中开着车先去了湾仔太源街。到达五座楼下的时候,两人从后备厢里搬出好多东西,把公寓管家都给惊到了。

"周生,这是准备搬过来住了?"管家与他已经相熟,上前搭了把手。

周容晔道了声谢,玩笑道:"我倒是想搬过来,那也得温小姐先同意。"

管家望着电梯缓缓合上的轿厢门,低声唏嘘:"真是好难得的痴情仔。"

东西送到三十三楼后,周容晔让阿中先回车里等他。走之前,阿中瞥到了那些箱子里的东西,他不知道自己有没有看错,竟然都是些日用品和吃食。

事实上,他并没有看错。

周容晔算了算自己的出差时间,怎么也要小半个月,在这段无法相见的日子里,说不定温静语就不愿意待在半山。

上次来的时候,他就注意到了,可能是温静语的乐团工作越来越忙,她没时间去采购,喜汇的冰箱里只有几罐沙拉酱,洗发水和沐浴露也快空瓶了。

这么早没有购物中心开门,东西都是他直接从半山的家里带过来的。

将所有物品归置好以后,周容晔坐在沙发上给自己倒了杯水,他的视线飘到了茶几上。

角落里堆着一沓培声乐团的节目手册,包含了新乐季开启以来的每一场演出介绍,一场演奏会就有一本手册,温静语收集了一大摞。

周容晔的注意力放在了顶端那本蓝皮笔记本上。

温静语给他看过,里面都是她抄录的一些乐谱,还有她喜欢的歌词。

周容晔再次翻开本子,里头清秀工整的笔迹和她的人一样,挺拔精神,干净利落。

造物主给了她一双巧手,拉得一手好琴,也写得一手好字。

见字如面,周容晔的心越发柔软。

其实,他出门前回卧房看了一眼。温静语还睡着,也不知道做了什么不如意的梦,秀气的眉毛微微拧着,身子蜷缩成一团躺在床侧,显得他那张床更大了。

望着眼前熟睡的人,周容晔居然滋生出一种无可奈何的感觉。

他拿她没有办法。

意随心生,心随动动,而他的心早就只随着她动,线在温静语的手上,他没有主动权。

笔记本的后几页又多了几段新歌词,温静语的喜好很特别,像她这样的古典乐乐手却对一个摇滚乐队情有独钟。

看样子又是那乐队出了新歌。

歌词很抒情,周容晔被其中一句话吸引。

能产生共鸣的时刻往往可以在自己身上找到真实写照,他盯着看了一会儿,探身从置物筐里拿出便笺和笔,挥手将那句话复写了一遍,夹进了笔记本里。

知道周容晔的航班时间后,温静语就一直盯着手机。

从家里到文化中心,她不知道唤醒了多少次屏幕,终于在十点半收到了对方的登机消息。可惜那会儿她正在排练,看到信息的时候已经是正午。

温静语和知子在茶餐厅解决午饭,她吸了一口冻柠茶,缓缓敲下几个字。

温静语:到了报一声平安。

收起手机后,知子聊起了排练的事。

"下午那个祝文荟又要来了,我现在想到她便头疼,你看她那天回去之后就要换曲。"

"可能艺术家对作品都比较执着吧,所以要求也高。"

知子边切着盘子里的西多士边问:"她很有名吗?我之前在日本,也没怎么听过粤语歌和中文歌。"

温静语思忖了一会儿,答道:"她在我爸爸那个年代就已经出名了。小时候我听过她的歌,放到现在也还是经典。"

知子做出祈祷状:"希望她不要太难搞,临时换曲真的很伤神啊。"

温静语点点头，心里却想着另外一件事。

温院长过两天就要回路海了，他一直都挺喜欢祝文荟的歌，如果能给温院长要个签名，说不定他会很开心。

为了以后考虑，多拍拍温院长的马屁准没错。

下午回到排练厅，祝文荟带着她的团队早早到了场。和知子料想中的一样，她又在选曲问题上纠结了好久，连乐团的音乐总监都出动了，一张歌单翻来覆去地研究。

已经有团队成员在悄悄抱怨，温静语倒没什么感觉，反正都是练，她全程都很淡然。

然而让她意外的事情还在后头。

樊子欣居然来探班了，看着好像是与祝文荟相识，两人相谈甚欢。

温静语怎么也没想到会在这里遇见她。

圣诞节的那场针锋相对还历历在目，当时她还不是周容晔的女朋友，此刻再见到樊子欣，她的心境也产生了变化。

有些说不上来的别扭。

排练中途有半小时的休息时间，乐团里有人专门带了拍立得，在祝文荟的同意之下一起拍照留念。气氛瞬间被带动起来，想合影的人都凑到了一块儿，俨然变成一场小型的粉丝见面会。

有同事问温静语要不要过去拍一张，她想到了温院长，便也加入了合影队伍。

樊子欣一直陪在祝文荟身旁，她的视线多次与温静语撞上，但两人都无意搭理对方。直到合影轮到温静语，樊子欣才将注意力放在她的身上。

负责拍照的同事已经举起相机，温静语还没来得及走过去，祝文荟却突然出声了："不好意思，我不愿意和这位小姐合影。"

此话一出，犹如陡然砸向湖面的巨石，毫无征兆，掀起阵阵波澜。

现场原本在聊天的人全都噤了声，大家的目光纷纷集中了过来，有震惊，有疑惑。

温静语也有些错愕，但她很快就平复好心绪，冷静地问道："请问我能知道原因吗？"

祝文荟的眼神扫了过来，如果温静语没看错的话，那里头有审视，还带着一丝不屑。

总之是让人不太舒服的感觉，并且莫名其妙。

"温小姐是吗？我觉得你还是不要多问了。"

她这番模棱两可的话更加激起了众人的窥探欲，温静语觉得自己突然被划到了一个对立面，处境尴尬。

"您是前辈，所以我姑且喊您一声'祝老师'。"温静语的声音听上去很平和，"我想我们之前并没有见过，也没有交集，您这话来得很是突兀，也很奇怪。"

说罢，她又看了看在边上围观的同事们。

"大家都很好奇，我也想听听看到底是哪里出了问题。"

祝文荟脸上挂着微笑，许是医美的后遗症，那笑容看上去有些僵硬。她扬声道：“你确定要在这里说？”

"不行吗？"温静语也没退缩。

氛围一下子变得拔刃张弩，有人掏出了手机开始录像。祝文荟的助理见状立刻出面打圆场，而旁边的樊子欣却是冷眼旁观，一言不发。

这场小闹剧最终还是没有进行下去，温静语的脾气却一下被勾了出来，于是排练结束后，她在停车场拦住了祝文荟。

樊子欣也在，但她顾不上这么多。

"我想您应该给我一个合理的解释。"

祝文荟止住了要上车的脚步，将手中的提包甩给助理，转身质问：“周启文是你什么人？”

温静语更不明白了，这和周启文又有什么关系？

祝文荟见她一脸的困惑，嗤笑道：“别装了，你上的那辆车，全港谁不知道那是周家的座驾。我真没想到你年纪轻轻居然本事不小，这个Kevin真是年纪越大越糊涂。”

虽然荒谬，但温静语总算是听明白了。

这人是把她当成了周启文养的小三？

得出这个结论之后，温静语的气反倒消了不少。

虽然不想给周容晔添麻烦，但她也不是忍气吞声的性格。

"我确实认识周家人。"说着温静语朝一直不作声的樊子欣看了一眼，“听您的口吻，跟周先生应该相识，如果真好奇我们的关系，不如直接去问他本人。”

祝文荟晒笑："你当我是傻的吗？他人在国外，偷摸在本地养个女人，我直接去问他就会如实承认？"

温静语也不恼，从容地应道：“您在演艺圈多年，应当深刻理解‘人言可畏’这四个字。泼脏水容易，但凡事都要讲究证据，一张嘴就随意给别人扣上莫须有的帽子，我看您那‘德艺双馨’的人设怕是很难立住。”

祝文荟没想到她会正面反击，一时也下不来台，恼怒道：“那你倒是拿出证据来啊，证明你和周启文没有那层关系。”

温静语听完不怒反笑：“凭什么要我给证据？这种事难道不是谁主张谁举证吗？”

"你！"祝文荟气得脸一阵青一阵白，“真是牙尖嘴利！”

"文荟姐，气坏身子不值得。"

樊子欣见局势不对，终于肯说话了，她哄着祝文荟别计较，让祝文荟先上车。

温静语冷笑，这下倒不装哑巴了。

她无意和两个戏精多做纠缠，转身就要走人。

而那头樊子欣将祝文荟送上车后，立刻喊住了温静语：“你等等！”

她穿着高跟鞋，连走带跑的瞧着有些不太稳。温静语突然止住脚步的时候，她差点撞上人家的背。

"你又有何贵干？"

樊子欣踩着高跟鞋才勉强与温静语视线持平，她扯了扯身上的套裙，微仰起下巴，让自己看上去尽量带足气场。

但这在温静语眼里就是虚张声势。

"我知道你跟他在一起了。"

樊子欣的语气里藏着不甘。周皓茵早在私人IG账号上晒过这两人的合照，好像生怕她看不到似的，还刻意手滑标记她。

"所以呢？"

"所以我刚刚就是故意不替你解释的。"

温静语轻笑一声，斜睨她："你还挺实诚。"

到底是年纪小，樊子欣看她这一脸风轻云淡的表情，情绪很快就掖不住了。

"我就是不懂，凭什么是你？"她泫然欲泣，"我等了他这么多年，为了他不惜和家里闹翻也要跑去新加坡上学。你又为他牺牲过什么呢？这不公平。"

"如果你要用牺牲多少来衡量一段感情，那就不可能有公平。"

"可是你懂他吗？你根本就没有我了解他。"樊子欣擦了擦眼角的泪，"他创办铂宇的时候没倚仗周家半分，拉投资见客户，没完没了的酒局，多少次醉倒都是我送药过去的。他不喜欢苹果、不吃河里的鱼、最讨厌绿色，这些你都知道吗……"

樊子欣滔滔不绝地说着有关周容晔的一切，很多都是温静语未曾听闻甚至没想着要去了解的事情。

樊子欣看似处在弱势，却以一种高姿态向温静语展示着她没见过的周容晔。

好像无时无刻不在提醒着温静语，周容晔过去的人生中并没有她的一席之地，她也永远不可能参与进去，那些鲜为人知的细节都要通过另一个女人的诉说才能获知。

他们再相爱，那段空白也不可能弥补得了。

温静语表面淡定从容，内心却因为这些话产生了剧烈动摇。

那是一种陌生但是强烈的情绪，从最深处冒出来，张牙舞爪地挥舞着触角，爬过身体的四肢百骸，连带着控制不住的烦闷和怒意，像燎原之火一样将她里里外外烧了个透彻。

同时她又觉得难过和悲哀好似潮水一样涌上来，将燃烧过的地方通通浇灭，剩下一堆灰烬和废墟。

温静语到此刻才明白，这种感觉叫作妒忌。

发疯一样妒忌。

她甚至都没有去和周容晔求证，光是樊子欣这些似是而非的话都能对她造成冲击。

过去就算梁肖寒换女友换得再勤，温静语也从来没有体验过这种滋味。她以为自己一直都会是这样，可以将心牢牢掌控在自己手里。

谁知现在三言两语就能让她妒火中烧，心神恍惚。

原来她对周容晔的感情已经到了这种地步,丢盔弃甲,直指腹地。
"樊子欣。"
被叫到名字的人正沉浸在自己的情绪里,被温静语突然出声打断,她的眼神和表情都有些迷茫。
温静语毫不偏移地盯着她,语气沉冷,字字清晰。
"他是我的,你想都别想。"
…………

薄暮冥冥,昼夜交替。
温静语回到湾仔的时候天色已晚,周容晔的司机把撒手没捎了过来,正在五座楼下等她。
再看见这辆劳斯莱斯的时候,她又想起祝文荟那些话。
坐这车去上班确实招摇,周容晔这次去美国想必是和他上任的事有关,关键时刻她不愿意给他带去任何一点麻烦。
况且祝文荟当着那么多同事的面这样一闹,落人口舌是难免的。
于是温静语告知司机,从明天开始不用接送她。
"可是周生那边……"司机很是犹豫。
"没关系,你就说是我坚持要求的。"
她态度坚定,司机也无可奈何。
温静语牵着撒手没回了家。进家门的那一刻,撒手没还有些拘谨,东嗅嗅西看看,对什么都感到好奇,熟悉之后便开始没头没脑地撒欢。
"这段时间要委屈你跟着我了。"温静语往它的食碗里倒水,"这里虽然比不上你的千呎豪宅,但是我可以带你出去遛弯儿。"
或许是听懂了温静语的话,撒手没兴奋地原地转了几圈,吐着舌头咧着嘴,一副微笑天使的模样。
光是这么看着它,温静语的心情都变好了。
收拾完狗狗的东西就要开始整理家务,这会儿她才发现家里好像有些不一样。
她摆在沙发旁边的零食架子原本已经没有存货,现在却被巧克力和什锦饼干填得满满当当,浴室里的洗漱用品也换新过了,就连柜子里的卷纸都补齐了。
直到温静语打开冰箱,看见冷冻柜里的云吞之后,她才明白这位做好事不留名的"田螺姑娘"是谁。
温静语很难形容当下的感觉,像心脏被人轻轻捶了一拳,热流涌上来,然后瞬间胀满,同时一股酸涩冲上了鼻腔。
她和周容晔从昨晚到现在的较劲早就变得没有意义了。
刚合上冰箱门,客厅就传来"哗啦"响声。
温静语回头看,撒手没应该是馋她放在茶几上的宠物肉干,半直着身子探上去,不小心把那一摞节目手册给打翻在地。
意识到自己做错了事情,撒手没立刻撤到一旁,心虚地趴在地上。

温静语不忍教训它，俯身收拾起那一地狼藉。

她的蓝色笔记本被甩到了远处，温静语过去捡起，发现一张橙色的便笺纸飘在地上。

翻到背面，只写着一句简短的话，字迹磅礴大气，苍劲有力。

这句话特别耳熟，好像是她摘抄的某句歌词。

"只要你转身，就能看见我。"

温静语眼眶发热，她拿出自己的钱包，将便笺纸小心妥帖地收进了夹层。

她想起了周容晔昨晚在花园里的黯然身影。

当时他又是什么心情呢？面对自己和梁肖寒的过往，他应该也是束手无策，甚至比她今天面对樊子欣的时候还要无奈。

理解的前提是感同身受，温静语尝过这种滋味后，一下就懂他的反应了。

她对着冷冻柜里那几袋云吞拍了照片，传给周容晔后，附言道：你包的云吞好丑。

发完这话，她自己都忍不住笑了，一想到那人要在飞机上坐十几个小时，落地后还要被打击，于是又加了一条。

温静语：但是我会吃完它。

收到周容晔的回复已经是第二天早上六点半，那会儿温静语正带着撒手没在宝云健身径晨练。

周容晔：温温，我到了。

周容晔：好好吃饭，吃完了再让阿姨给你做。

前方就是休息区，温静语停下脚步，牵着狗绳，找了张休息椅坐下，给撒手没喂了点水后才打开手机。

温静语：我不要。

周容晔：嗯？

温静语：我要吃你包的。

周容晔：……下次记得一句话讲完。

清晨的宝云道并不冷清，早起晨练的人很多，温静语抬眼的瞬间就有一对结伴的情侣从她面前经过。

女孩子好像有点跟不上，她的男朋友立刻放慢速度绕到她的身后，用手轻轻撑着对方的背让其借力。两人相视一笑，空气里都是翻涌的甜蜜。

温静语羡慕的同时心里泛起酸意，她只能跟脚边的撒手没对视。

温静语：我想听你的声音。

隔了大概五分钟，周容晔的语音通话就弹了过来。

"喂。"

低沉磁性的嗓音穿透听筒，明明才一天没见，温静语这会儿听到他的声音却觉得遥远。

见她没动静，周容晔又喊了一声："温温？"

"嗯。"

温静语说话的腔调里带着一点鼻音。

"感冒了？"隔着听筒都能想象到周容晔在皱眉。

"没有。"温静语擤了擤鼻子，"可能起太早了，早上有点凉。"

"起这么早干吗？"

"遛狗。"

周容晔哼笑一声："果然我这前脚一走，你后脚就带着撒手没离家出走了。"

"没有……"温静语垂首盯着地面，"你不在，我不想睡你的床。"

"为什么？"

因为会疯狂地想念你。

温静语的心一抽一抽的，像一张被揉皱的纸。有些情绪涌上来就止不住，让她浑身发软。

她胡诌道："因为你的床太大了，我睡着冷。"

香港这天气怎么算得上冷，周容晔自然不相信她的话，但也没戳穿。

这时有新消息进来，他抽空看了一眼。

"温温，为什么不让司机送你？"

"我坐地铁也很方便。"

"早上地铁人这么多，挤来挤去的……"

"周周。"

温静语突然打断他的话。

"怎么了？"

泪水突然泛滥成灾，滴在地上变深绽开，洇成小小一片。

"我想你。"温静语不再压抑，"我后悔了，昨晚不该那样说话的，我应该抓紧时间抱抱你，早上一起来你就走了，我都没见到你，但现在想见又见不到……"她带着哭腔，话说得断断续续，还有些语无伦次。

周容晔从来没见过她这么失控的样子，听着她的声音，他的心也跟着下坠，扯得生疼。

但同时也是开心的，说明她在乎他，很在乎。

带着这种既心痛又隐隐享受的复杂情绪，周容晔都不知该怎么安抚才好。

而温静语不知道的是，此时此刻，在大洋彼岸的另一端，三五个黑衣保镖在机场大厅围成圈背对着一个角落，谁都不敢转身。

因为他们的老板好像在哄女朋友，语气温柔到令人难以置信，是平时根本不敢想象的稀奇场面。

有人斗胆竖着耳朵听了一句。

他说："宝贝等我回来。"

…………

温裕阳准备启程回路海的这天，肖芸也落地香港了。

两位长辈应该是提前联系过的，说要碰个面，于是上午温院长带着温静语在永丰街找了家咖啡店。

梁肖寒带着肖芸到场的时候,温静语主动去门口迎接。她帮忙将轮椅推进店里,但没跟梁肖寒打招呼,也没理会他始终追随的眼神。

"温院,真的好久没见了。"肖芸有些激动。

"是好久没见了,我和阿瑾都念着你。"温院长和她握了握手,"旅途辛苦,现在身体状态怎么样?"

"劳您挂心,一切都好。"

趁着两人寒暄,温静语起身去了前台,梁肖寒后脚跟了上去。

"您好,一杯 Dirty、一杯 Flat White,还要一瓶矿泉水。"温静语看着牌子点单。

"好的,请问这位先生是一起的吗?"服务生指的是梁肖寒。

"一起的,给我一杯冰美式吧。"

"好的,其他还有需要的吗?"

"没有了。"

"您好,总共一百五十八。"

温静语掏出钱包的同时,梁肖寒已经将卡递了出去。她也懒得客气,拿着单子转身去了取餐台。

等餐的客人很多,温静语立在角落,梁肖寒则站在她一步开外。

隔了半晌,他试图搭话。

"最近工作忙吗?"

温静语低头刷着手机,悠悠答道:"还行。"

"你们乐团近期有演奏会吗?"

"有啊。"

"几号?"

"那日子多了去了,你自己去查行事历。"

温静语的语气不咸不淡,像在应付一个问路的路人。

梁肖寒耐心地问道:"你觉得哪场最值得看?"

温静语终于抬起眸子,偏头看他:"有手机吗?"

梁肖寒愣了一下:"有。"

"会下载 App 吧?"

"……会。"

"城市售票网,自己查。"

这时咖啡也出餐了,温静语没再和他多说一句话,端起托盘就往位置上走,将唯一一瓶矿泉水放在了肖芸面前。

"谢谢你啊,静语。"肖芸微笑道。

"您客气了。"

温静语说完就在温院长身旁坐下,梁肖寒坐在了她的对面。

"其实这边医院大概率也还是会建议你做化疗和放疗。"温院长端起咖啡喝了一口,"香港这边新药上得快,确实有优势,到时候方案出来了,你还是可以跟刘主任再沟通沟通的，我已经打过招呼了。"

"真是太麻烦您了，其实我自己觉得在路海治一治就算了，咱那边的医院也够好了。"肖芸看了梁肖寒一眼，"就是孩子操心，我生这病，最辛苦的是他。"

"那是肯定的，咱们这些孩子都有孝心。你要是不想小梁辛苦，主动配合治疗就是对他最大的安慰了。"

梁肖寒赞同道："温叔叔说得对，如果这边的方案出来，还是化疗的话，你就别多想了，好好配合，千万别像之前那样闹着不肯治。"

"知道了，说得好像我怪不懂事的。"肖芸嗔笑，"温院，您是下午的飞机吗？"

温裕阳抬腕看了眼表盘上的时间，应道："是的，下午三点多，来得及。"

"温叔叔，到时候我让人送您去机场吧。"

梁肖寒话音刚落，一直顾着喝咖啡不出声的温静语终于发话了："不用了，我男朋友的司机会来接送。"

温裕阳明显愣了一下，不小心将手边的咖啡弄洒了几滴。温静语不慌不忙地抽了张纸巾替他擦净。

她早就做好了心理准备，此刻也并不慌乱。

"静语，你那男朋友也在这儿？"肖芸微微惊讶。

"是的，就是上次跟您提起的那个。"温静语莞尔。

温裕阳的表情更丰富了，合着温静语有男朋友这事儿连肖芸都知道了，就他被蒙在鼓里。

但现在这场合也不方便扯着女儿追问，他只能不动声色地在一旁观察。

"他在这边工作？"肖芸不着痕迹地朝梁肖寒瞥了一眼，"他现在有空出来见见吗？我们都挺好奇的。"

"他是本地人，平时就上上班。"温静语端起咖啡抿了一口，不紧不慢道，"不巧的是，这段时间他刚好出差了，不然我还真得让他来见见你们。"

对面的梁肖寒像失语了一般沉着一张脸，而身旁的温裕阳虽然装出一副淡然模样，实则竖着耳朵快要好奇死了。

温静语这个始作俑者倒觉得这场面实在有意思。

"那真是可惜了，本来还想看看是什么样的优秀小伙儿能把你追到手。"

瞧肖芸的样子是真挺遗憾的，温静语也不扭捏，下一秒掏出了手机，说道："我这儿有他的照片，给您瞧瞧。"

温裕阳清了清嗓给自己找存在感，温静语忍不住弯唇笑，举着手机往父亲那边凑了凑。

这第一眼自然是要留给准岳父的。

温裕阳斜眼盯着那发亮的手机屏幕，这会儿他没戴眼镜，看得有些不真切，刚想把脑袋凑过去看个仔细，结果下一秒手机就抽走了。

"肖阿姨，您看。"温静语把手机递了过去。

肖芸笑着接过来，照片是一张合影，好像是在机场拍的。

镜头里，温静语笑得很灿烂，被她挽着的那个男人高大挺拔，英朗清俊，是无论放到哪儿都很抢眼的长相。

肖芸盯着看了好一会儿,脸上的笑容慢慢凝滞。

这人怎么看着有点儿眼熟?

"肖寒,你看看。"肖芸撞了撞梁肖寒的胳膊,把手机放到他眼皮底下,"这是不是铂宇的那谁?姓周?"

梁肖寒自然知道是谁,用余光瞄了一眼,抿着唇没说话。

"他是姓周。"温静语主动接上肖芸的话,"周容晔。"

"啊,对对,是这个小伙子啊。"

肖芸在内心感慨,人家要相貌有相貌,要背景有背景,样样拿得出手,而自家儿子光是离过婚这一点就比不过了,看来是真的没什么希望了。

"温院,您好福气啊,静语给你找了个很优秀的女婿。"

被点到名的温院长其实连女婿的脸都没看清楚,但听到肖芸这样夸赞,他也莫名觉得长脸,顺着她的话打哈哈,说实在是过奖了。

揣着满肚子疑问,在机场的时候,温裕阳终于憋不住了,他将温静语带到角落,第一次用这么严肃的语气拷问她。

"你什么时候交的男朋友,我怎么从来没听说过?他叫什么来着?周什么?"

"周容晔。"

"对,你们认识多久了?交往多久了?哪儿的人……"

温院长的问题滔滔不绝,最后被温静语用一句话噎了回去。

"您回家找崔老师吧,她全都能给您解答。"

那一刻,温院长体会到了被全世界抛弃的滋味。

…………

与香港的气候不同,克利夫兰的冬天尤其漫长。

今天是个难得的大晴日,周容晔穿了一身浅驼色的高领毛衣,坐在院子里和周启文喝茶晒太阳。

"前两天才下过雪,你穿得太少了,快去加件衫。"

周容晔修长的手指捏着一只彩金鹧鸪斑的建盏瓷杯,弯唇笑道:"后生仔不怕冻。"

周启文嗤笑一声,懒得理他,抬手将一碟点心推了过去。

"这是茵茵前段日子学烘焙的成果,你尝尝。"

青花蓝的玻璃托盘里摆着精巧的玛德琳蛋糕,周容晔拿了一块放进嘴里,细品后,点头道:"不错,总算有了一技之长。"

除了提琴,周皓茵学其他东西几乎都是半吊子。周启文听懂了周容晔话里的揶揄之意,跟着哈哈大笑。

"你和温老师最近怎么样?相处得还愉快吗?"

周启文刚问完这话,周容晔搁在桌子上的手机就振了振,后者解锁屏幕,抬手炫耀道:"一刻也离不了。"

问话的人哑然。

"我先回消息。"

信息确实是温静语发的。

温静语：我洗完澡躺在床上啦。

温静语：对了，我今天向温院长坦白了你的事，他好像一时半会儿没反应过来，要回去慢慢消化。

周容晔：这么突然？

温静语：其实我没告诉你，崔老师也早就知道了。

周容晔：什么时候的事？

温静语：上次吃完饭她就猜出来了，根本瞒不住。

温静语：你别慌，崔老师对你印象很好。

她打字速度奇快，周容晔一句话没输完，她又发了过来。

温静语：温院长那边你也别担心，他自我攻略一级棒。

周容晔：温温，你让我觉得自己很像一个躲在你身后的男人。

温静语：尽管躲吧，我的后背给你靠。

还发了个拍肩膀的表情。

周容晔失笑。

旁边的周启文将一切尽收眼底，扬了扬嘴角没说话。等到周容晔放下手机，他才开口："阿晔，集团的一桩大事已经落地，你对自己的人生大事有什么规划？"

"我？"周容晔挑了挑眉，眼里满是柔情，"我没什么大愿望，只想和她结婚。"

他的直白让周启文愣了愣，但又觉得是意料之中。

"那得看温老师的意思了，你要加把劲。"

兄弟俩举了一下茶杯，相视一笑。

就在这时，柯佩婷从别墅里走了出来，步伐又急又快。

她的语气也很是焦灼："阿晔，你知道那件事了吗？"

"什么事？"

"温老师告诉你了吗？在排练厅发生的事。"

柯佩婷的表情不太好，周容晔盯着她，皱眉道："大嫂你说。"

看周容晔的反应，明显是不知情，柯佩婷心里更没底了。

"都怪我那个八婆闺蜜，就是祝文荟，前些日子她说自己有件事憋着一直没讲，今天终于被我套话套出来了。"

她顿了顿，看了眼周启文，继续道："她去文化中心排练的时候看到温老师从那辆'C'牌车子下来，就以为她是你大哥的……然后就在排练厅闹了一场，让温老师有些下不来台。"

那个难听的词，柯佩婷说不出口，她眼风扫过，周容晔的眉宇已经沉了下来，眼里泛起寒意。

"我已经狠狠批过她了。她这个人就是这样，盲目冲动，见风就是雨。这件事估计给温老师带去了不小的困扰。"柯佩婷觉得难为情,"阿晔,我替她给你道个歉,真是对不起,确实是她做错了。她自己也说了,根本没想到那是你的女朋友,这人有时就是太真性情……"

"这哪里是真性情?这就是个傻嗨。"周启文难得说粗口,将茶盏重重一放,"早就提醒过你,要同她保持距离。"

"大嫂。"周容晔的声线冰冷,"这事与你无关,不用自责。"

柯佩婷张了张口,看到周容晔的脸色后,又噤了声。

他们家这个小叔不轻易发火,可一旦生气,让他动怒的对象就不会太好过。

"祝文荟也不需要跟我道歉,她要做的是跟我女朋友道歉。"

周容晔想起司机跟他说的话,说温静语坚持不让他接送,也不愿说明原因,现在想来很有可能与这件事情有关。

还有她那天失控的眼泪。

周容晔的心像被剜了一刀,绞得生疼。

"道歉信,录视频,当众宣读,一样都不能少。"

柯佩婷暗吸一口气,面露难色:"阿晔,她毕竟是公众人物……"

"她是什么角色与我无关。"

周容晔眸子里的冰层更厚,说出口的话也是无情。

"如果做不到,我有的是办法让她永远在镜头前消失。"

…………

温静语怎么也没想到,祝文荟居然会主动向她道歉。

经历那次不欢而散之后,两人就没有过任何交流,就算在排练厅里碰见也权当对方是空气。

终于在这天,祝文荟带着她的团队在傍晚时分匆匆赶到,并且让所有人都留步。排练厅中央被清空,大家都以为是祝文荟准备了什么特别节目。

温静语无意凑这个热闹,正想转身离开,祝文荟的助理却拦住了她。

"温小姐,可否给十分钟的时间?"

然后,温静语就莫名其妙地进了那个围观的圈子,并且站在了最前排的中心位。

祝文荟今天的打扮一改往日风格,脸上的妆不浓,甚至可以说是素净,身上穿的也是最普通的T恤、牛仔裤,一点都看不出明星的架子。

只见她往包围圈内一站,垂首从口袋里掏出一张折叠整齐的白纸,深吸了一口气之后,缓缓将纸展开。

有眼尖的人注意到,旁边居然还有工作人员在录像。

"很抱歉占用了大家的时间,今天我之所以站在这里,就是想对自己前段时间做出的鲁莽行为进行反思,希望大家做个见证。"她顿了顿,"以及向温静语小姐说一声对不起。"

包括温静语在内,现场所有听得懂中文的人都有些愕然,底下不乏交头接耳的声音，但很快大家就屏息凝神，静待她接下来的话。

"由于我个人的主观臆断和偏见，在没有求证事实情况的前提下，对温静语小姐产生了非常恶劣的揣测，并且进行了言语上的攻击，对她造成了不可磨灭的影响与伤害。在此，我郑重向温静语小姐致以最真挚的歉意。"

说到这儿的时候，祝文荟还朝着温静语的方向鞠了一躬。

事情走向超出了众人的想象，在场当然有人目睹了"合影"事件的全过程，但多的是不知情的，根本赶不上吃瓜的速度。

连温静语都有些摸不着头脑，这举动实在不像祝文荟的风格，像她这种自尊心极强的人能做到当众道歉，一定是下了莫大决心的。

这背后必然有无法反抗的推力。

念完中文后，祝文荟居然还用英文复述了一遍，充分照顾到了团内全体人员，可谓是诚意满满。

"至此，本人希望能够得到温小姐的谅解。"

她望着温静语，眼神有些失焦，眸底情绪平静无波，像一只失去斑斓羽毛的颓废孔雀。

此刻所有人的重心都往温静语身上转移了，现场安静得连一根针掉在地上都能听得见。

得饶人处且饶人。虽然不知道祝文荟为何幡然醒悟，但温静语觉得做到这种程度，也差不多该收场了。

"我接受祝老师的道歉。谨言慎行，彼此互勉。"

总算有了交代，不光是祝文荟，连录视频的助理都松了一口气。

原不知培声乐团卧虎藏龙，惹上了不该惹的人，今天来排练厅之前她都替祝文荟狠狠捏把汗。

然而事情远没有结束，第二天乐团内部就放出了消息，祝文荟因为私人原因，将退出此次"港艺集萃"的联合演出。

其他人或许不敢言说，但知子是必然要抓住温静语刨根问底的。

碰上公休日，两人中午在铜锣湾找了家专门吃鸡煲火锅的餐厅，烟雾缭绕，门庭若市，烟火气很重，也适合八卦闲聊。

"那天的情况我都没理清，祝文荟到底为什么要针对你？"

真实原因荒谬且难以启齿，温静语只能模棱两可地编了个借口："我们在停车场起了点小摩擦，稍微闹了几句。"

"就因为这个？"知子愣住，连嘴里的食物都忘记吞咽。

温静语喝了口冰饮，点点头。

"这该让我怎么评价呢？"知子放下了筷子，"你说她会做人吧，就这么点破事她都要为难你；你说她不讲礼貌吧，她还因为这点事情当众跟你道歉了，真是个非常矛盾的人。"

温静语心想，我这个当事人也很蒙。

"不过，她退出了也好，就她那些稀奇古怪的要求，我还宁愿多练几遍勃拉姆斯。"

知子绘声绘色地演绎着排练时团内各个成员的反应,温静语被逗得呛了好几口水。

她今天笑容很多,心情也很好,因为周容晔要回来了。

算一算时间,天黑之前飞机就能落地。

餐厅的挂壁电视机里正滚动播放着本地新闻,其中最重磅的一条消息莫过于致恒集团董事局换届,周启文卸任主席一职,由周家二公子接棒,成为新一代的集团领导人。

更令大众感到诧异的是这位周家二公子的真实身份,"周致"这个名字变成了历史,而"周容晔"这个名字将在今日成为全港最关注的焦点。

知子托着下巴感慨:"要不是这个新闻采访,我真的不会相信,他也太年轻太帅了吧?"

"谁?"温静语背对着电视,不知道她说的是哪一个。

"致恒新上任的董事局主席啊,你回头看。"

温静语扶着椅背转身,电视画面正切换到周容晔回答主持人提问的环节。

采访是提前录制的,周容晔穿着一身笔挺西装,和主持人面对面坐着,剑眉星眸,气宇不凡,说话时唇含笑意,语速平缓,内容也是直击重点,没有半分累赘。

他说粤语时的感觉很不一样,连带着那深刻锐利的五官都多了几分柔和。

这段画面温静语从早上开始就看了好几遍,连周容晔下一句话要说什么她都能接上,此刻在喧嚷的餐厅里回温,她的内心又有不同感受。

周围有好些细细碎碎的声音都在讨论他,像知子这样感叹惊为天人的不在少数,隔壁还有一桌姑娘在激动交谈,言语间的爱慕之意直接又热烈。

"你说他有没有女朋友?"知子发自内心地感到好奇,"像他这样的男人很难再找出第二个了吧,也不知道什么人可以拿下他。"

温静语往锅里扔了几个丸子,慢悠悠道:"有女朋友了。"

"啊!谁啊?"

温静语掀起眼皮,指了指自己:"我啊。"

知子愣了几秒之后,大笑:"可以可以,要不然这样吧,一三五归你,二四六归我,咱们谁也别抢,你觉得怎么样?"

看她的反应,这是完全不信。

温静语弯唇道:"行啊,那我得回去问问他同不同意。"

知子笑得更大声了。

一顿饭磨磨蹭蹭吃到下午两点多,温静语先回了趟湾仔。中午的鸡煲火锅味道有点大,她干脆洗了个澡。

换衣服的时候,温静语站在柜子前斟酌了很久,她的目光停留在一条苔藓绿的真丝吊带裙上。

她记得很清楚,自己对绿裙子的执念缘于凯拉·奈特莉主演的电影《赎罪》。这面料还是从意大利淘来的,特意找了一家私人工作室量身设计定做。

只不过成品出来以后,温静语一次都没有穿出去过,一是找不到恰当的场合,二是她觉得这裙子对自己来说意义非凡。

但把裙子带在身边已经成了她的习惯。

温静语的脑海里突然浮现出樊子欣那句话——他最讨厌绿色。

讨厌绿色是吧。

那她偏要穿,看他还讨不讨厌。

…………

出门前温静语在外头加了一件黑色的长款风衣,又收拾了几套换洗衣服,直接出发去了半山。

公休日家政阿姨也不上班,但她知道周容晔今天要回来,小情侣半个多月没见面,喝点酒最能调节气氛,于是她出门前还贴心地准备好了配餐,满满一大盘的熟成火腿拼干酪。

温静语找了个玻璃花瓶,将来时从太源街捎带的鲜切玫瑰剪枝装瓶,所有东西摆上角桌一布置,氛围感瞬间升起。

周容晔在半小时前给她发了落地香港的消息,这会儿应该已经从机场出发回港岛了。

客厅里电视开着,新闻台翻来覆去滚动的还是那些消息。温静语闲来无事,刚想拿起遥控器换台,画面却突然切换到直播间,主持人略显严肃的面容跃然入目。

"下面为大家插播一则突发新闻……"

温静语不知道自己是怀着什么样的心情将这则新闻看完的。

西九龙公路往西隧道方向发生了一起严重车祸,一辆渣土车与一辆劳斯莱斯相撞。从现场直播的画面来看,渣土车侧翻倾倒,有将近半个车身挤压在劳斯莱斯的车顶上,车辆损毁严重,目前死伤不明。

直播镜头清晰不摇晃,当车辆尾部单字"C"的黄色港牌一闪而过时,温静语的大脑一片空白。

她手中的遥控器跌到了地上,人像是被瞬间抽光所有力气,恐惧从脚底升起蔓延至头顶,浑身发凉颤抖。

就这么在原地愣了半响,温静语反应过来的时候,立刻想去拿手机,结果脚下发软一个踉跄,大腿外侧不小心撞到了茶几边角。

痛意横生,她的眼泪也倏然掉了出来。

但是这种痛楚让她的脑子清醒了几分,顾不上检查伤处,她立马给周容晔打了个电话。

语音提示该用户已关机。

不管打多少遍得到的回复都是一样,她联系不上他。

温静语的手在控制不住地发抖,她打开通讯录,拉出了陈诗影的号码,对方的电话一直被占线,打给阿中也是一样,无人接听。

她还想到了 Michael，可是这会儿才意识到，她好像连 Michael 的电话号码都没有。

周容晔的音信就像是丢进大海的碎石子，不见踪影，无迹可循。

温静语不想坐以待毙，也根本坐不住，她一把捞起桌上的钱包，连室内拖鞋都没来得及换就冲出了家门。

上了出租车之后，司机被她满脸泪痕、精神恍惚的样子给惊到了，担忧地问她要去哪里。

可温静语连具体位置都不知道，只能报了个西九龙公路的方向，让人家先出发。

手机被她紧紧捏在手里，握得虎口泛白，连来电时产生的振动都被忽略。

屏幕显示的是一串陌生号码，温静语失神地接起。

"喂，温温，是我。"

听筒里响起熟悉的男声，在此刻仿佛天外来音。

滚烫热泪滑过脸颊，温静语抬手拼命捂住嘴，只有这样才能不让自己失控。

"你在哪里？"周容晔的语气很是焦急。

可温静语的喉咙像是被堵住了一般，短时间内情绪大起大落，她根本说不了话，开口就是哭腔。

周容晔也听出来了，立刻安慰她："温温，你是不是看到那个新闻了？你别怕，我不在那辆车上，我没事。"

内心崩溃仿佛找到了宣泄的出口，温静语终于忍不住哭出声音，哽咽着喊了一声"周周"，可是上气不接下气，说不了完整的话。

"别怕宝贝，我很安全。你身边现在有人吗？有人的话，把手机给他好不好？"周容晔心急如焚，但眼下也只能耐心哄着。

温静语把手机递给出租车司机，对方和周容晔交流了几句之后，把手机还给了她，然后车子掉头换了方向。

"温温，我不挂电话，我们马上就能见面了，你别哭。"

温静语握着手机拼命点头，没意识到周容晔根本看不见。

车子驶向金钟，最后停在了花园道。

此刻致恒集团总部的正大门已经被媒体围得水泄不通，那辆被撞得面目全非的劳斯莱斯引起了轩然大波，致恒这位新上任的董事局主席的人身安全在顷刻间成为众人最关注的焦点。

下车后，温静语只能守在角落。她找了个石雕花坛坐着，前方全是举着镜头大炮的记者，围得里三层外三层。虽然有安保人员在维持秩序，但场面还是有些混乱。

既然周容晔说马上就能见到，那她就相信他，只要安静等着就好。

手中的电话还没挂断，周容晔此刻正在另外一辆车上，他好像在跟身边的人说话，冷静地交代着一些注意事项。

约莫十多分钟后，通往集团大楼的道路尽头出现了四五辆黑色轿车，自动排成整齐的一列，护着中间一辆崭新锃亮的劳斯莱斯。

各路媒体蓄势待发，立刻将镜头准备好，当车阵在正门口停下时，闪光灯和快门声像细碎的银河一般起伏伏，连成一片。

前后几辆车的安保人员先现身，挡住拥挤人群，在中间开辟出一条通道，随后劳斯莱斯的车门被打开，男人长腿一迈，探身出来的同时，四周立刻躁动起来。

"您现在状态如何？您当时在现场吗？"

"请问事故中车上人员的情况如何？"

"周生，看一下这里！"

…………

周容晔没有回答任何问题，他单手解开了西装外套的扣子，另一只手握着手机放在耳边，坚毅眼神正在四处打量。

"温温，你在哪里？"

"北面花坛。"

越过人群，两人的视线在空中交汇，周围的景物都变得虚化了。

温静语望着那道颀长身影，热意又涌上了眼眶。

他没事，他安然无恙。

她那颗揪得快要破碎的心脏终于可以落地了。

"温温，背过身去。"

虽然不知道周容晔想干什么，但温静语还是乖乖照做了。

时间一分一秒流逝，胸腔里的心跳声越来越剧烈，她感觉到有人从背后靠近。

然后头顶光线突然被挡住，一件带着雪松清香的西装外套从天而降，替她挡住了所有或探究或诧异的目光，以及频率越来越夸张的快门声。

周容晔展臂将人揽入怀中，仿佛此刻尽心护着的是他最珍视的宝贝，不允许旁人半分窥探。

温静语就这样被他用西装裹着，跟随他的脚步往致恒总部大楼走去，一路畅通无阻。

媒体的镜头只能捕捉到那风衣底下的一抹绿色裙摆，飘逸荡漾。

还有眼尖的人注意到，周容晔那辆新换的劳斯莱斯也挂了定制车牌。

这回变成了三个字母，应该是个汉语拼音。

WEN。

…………

路过那么多次，温静语还是第一次踏进致恒总部。

与外部规整方正的建筑结构有反差，内部设计灵活多变，最瞩目的是大厅中央长达几十米的大型扶梯，上下并排通行八条扶梯，可直达六楼。

蓝白相间的旗帜图案悬在大理石墙体上，无论从哪个角度看过去都清晰分明。

周容晔牵着温静语从正厅大堂穿过，一路上都有职员停步打招呼，他微微颔首致意，只是握着温静语的那只手越发加重了力道，好像生怕她会退缩抽离。

两人走的是专属通道，安保人员刷卡打开私人电梯，其他人留在门外，只有周容晔带着温静语走了进去。

　　轿厢门一合上，自动隔绝了外界所有视线和声音，私密且安静。

　　"周周……"

　　温静语晃着周容晔的手喊他，不过剩下来的话还没得及说出口，男人就突然伸手揽过她的腰，把人往电梯角落里带。

　　"是不是把你吓坏了？"

　　周容晔的下巴抵在她的头顶上，将人紧紧抱在怀里，然后抬起右手轻抚着她的后脑勺，一下接着一下顺着头发，温柔至极。

　　"嗯……"

　　温静语不能去回想当时的心情，每回忆一次胸腔好像都要跟着狠狠撕裂一次。

　　她抬手搂住他的腰，就在同一时刻，周容晔也低头吻了下来。

　　这是一个极尽缠绵的吻。

　　隔了半个月没见，两人再次触碰到对方的时候都有些兴奋，从一开始的浅尝辄止逐渐演变成激烈深入。

　　温静语被抵在电梯门镜上，长发散乱，嘴唇也被咬得微微吃痛。周容晔似乎要掠夺走她胸腔内的所有空气，搅得她天翻地覆，头晕目眩。

　　暧昧的水渍声在轿厢内回荡，温静语的瞳仁里泛起了未名浪潮。

　　"想我吗？"

　　周容晔去亲她的耳朵，手上的小动作也开始变多，且不老实。

　　恍惚间，温静语看见显示屏上的数字在不断跳跃，距离顶楼越来越近，她的心跳也越来越快。

　　这人疯了，这还在电梯里。

　　温静语双腿打战，双手攀上他的脖子，用轻柔的声音提醒他："快到了。"

　　"这么快？"周容晔嘴边悬起使坏的笑容，"我还没开始，你就要到了？"

　　等温静语反应过来他在说什么之后，脸上已是绯色一片。她捶着周容晔的肩膀，羞愤道："我是说电梯！"

　　六十三楼的指示灯亮起，在轿厢门打开之前，周容晔才不情不愿地放开她，伸手替她整理好了滑落到腰际的风衣，而他自己的西装早就扔在了地上。

　　"周生，温小姐。"陈诗影正在门外迎候。

　　周容晔弯腰，毫不在意地捡起西装外套，摸了摸温静语的头顶，柔声道："温温，你先去办公室等我好吗？"

　　楼下那群记者不会轻易离去，还需要他去应付。

　　"好。"

　　周容晔甚至都没出电梯，等门重新合上的时候，温静语才意识到他走这么一趟只是为了送自己上来。

　　"温小姐，请跟我来。"

　　陈诗影在前面带路，脚下地毯柔软吸音，穿过长廊和秘书室之后，尽头是一扇厚重的双开木门。

偶尔有挂着工作牌的员工路过，见到温静语，都礼貌地打了招呼，但绝不会多加打量，分寸感很强。

门往里推开，办公室宽敞明亮，设计简洁硬朗，应该是重新调整布置过了，从沙发桌椅到办公用品，处处都彰显着周容晔的个人风格，这让温静语产生了一种强烈的归属感。

虽是陌生的环境，但她并不会感到局促。

"您先随意坐，我去给您倒杯水。"

陈诗影说完就转身去了茶水间，再出来的时候，手里端着一杯温水，还有一碟现烤的黄油曲奇饼干。

温静语站在沙发旁，接过那杯水后，道了声谢。

"您之前给我打电话的时候，我的手机已经快被那些媒体来电挤爆了，所以开了免打扰模式。"陈诗影对此感到抱歉，"您一定吓坏了吧。"

"确实吓到了。"温静语心有余悸，"看到新闻的时候，我脑子里一片空白。"

关于这次车祸，陈诗影的内心其实有一个不太当讲的猜测，但她能想到的，周容晔肯定已经想到了，而且这些话不可能对着温静语说。

这可是老板心尖上的人，周容晔都舍不得让她皱一下眉头。

"您别担心，周先生可能没那么快结束。您可以先休息一下，那后面就是休息室。"陈诗影指了指办公室左侧的一扇内置门，"马上就到饭点了，我让餐厅先准备起来，粤菜可以吗？还是说您有其他想吃的。"

温静语没什么胃口，她扯了扯嘴角："辛苦你了Fiona，我还不太饿，吃点饼干就好了。"

"那不行，正餐不能少，一会儿周先生回来要责怪我的。"为了缓解温静语的情绪，陈诗影故意用了玩笑语气。

温静语自然要承她的情，点头答道："那就按你说的安排。"

陈诗影走后，温静语才有空细细端详这间办公室的陈设。

两三米长的大班台办公桌背海面山，紧贴着全景落地窗，从这儿望出去的维港又是不同风光，有种会当凌绝顶的不真实感。

温静语慢慢靠近，目光飘向了桌面。那上头有一整排胡桃木笔架，而她送给周容晔的那支冰蓝色钢笔则被单独放在一个笔筒里，底下用细绒布垫着，被养护得很好。

她抽出那支笔，弯腰在周容晔的办公椅上坐下，靠着椅背闭眼想象他平时办公的样子。

室内恒温，真皮软椅的包裹性很好，温静语渐渐放松了下来，竟然就这样睡着了，钢笔也从手中滑落掉到了地毯上。

陈诗影到点领着送餐人员过来，一开门就发现了办公桌后头熟睡的身影。她立刻撤回脚步，轻轻带上办公室的门，让餐车先停在外面等待。

直到周容晔上了六十三楼，刚想推门而入的时候，陈诗影叫住了他。

"周生,温小姐睡着了。"

周容晔往餐车瞥了一眼,点了点头。

"有事直接打内线,不重要的事情先不要喊我。"

陈诗影了然,应了声好。

进了办公室之后,周容晔顺手就上了锁,只是动作下意识放得很轻缓。

温静语整个人陷在办公椅里,双手交叠在胸前,侧歪着脑袋,双眸紧闭,纤细的身影瞧着有些单薄。

周容晔捡起地上的钢笔,俯在她身旁凑近了看。

温静语睡得不太安宁,眉头微皱,眼睫轻颤,手指还不时地抽动几下,像是做了噩梦。

"温温?"他轻唤着,想把她从不好的梦境里扯出来。

结果熟睡的人儿没什么反应,周容晔又不忍心直接吵醒她,只能蹲下身来,轻抚着她的脸颊,试图从外部给一些安慰。

"周容晔。"

温静语这一声喊得含糊又急切,还带着一丝慌乱,终于在下一秒直接睁开了眼。

眸子里还氤氲着水汽,她有点分不清现实和梦境。

"醒了?"

温静语眨了几下眼睛,因生理刺激产生的泪水沾在睫毛上。她抬手揉去,看清了眼前的男人。

确认周容晔是真实的之后,她什么话都没说,撇了撇嘴,直接上手去抱。

刚才的梦实在太可怕,面目全非的轿车,殷红的鲜血,而她踩在那一地七零八落的碎玻璃碴上,却怎么也找不到周容晔的身影。

此刻从梦境脱离,失而复得的情绪与隐隐的后怕纵横交错,压得温静语喘不过气来。

只能这样紧紧搂着他,以此来推翻和遗忘那些恐怖画面。

周容晔轻拍着她的后背,蹲得太久身子有些发麻,他干脆将她从座椅上抱起来,自己转身坐下后,又把人放在了腿上。

"做噩梦了?"

"嗯。"温静语埋首在他颈窝里,声音闷闷的。

"没事了。"周容晔安抚道,"我在这里。"

发生这种事情已经够让他费神,温静语不想让他担心,点了点头没再说什么。

这样赖在他怀里,那根紧绷的神经也松快了许多。

"今天怎么穿得这么漂亮?"

周容晔也想转移话题,眼神落在了她里头那条真丝吊带裙上。

温静语也低头看了一眼,裙子领口开得很深,从周容晔这个视角望下去,肯定能瞧见大好风光。

"想穿给你看的。"

话虽是这么说，但她还是故意紧了紧领子。

"那把外套脱了给我看看。"周容晔擒住她的手腕，凑在她耳边低语。

然后热意就从领口滑了进去，温静语瑟缩了一下，语气带点故意："你不是最讨厌绿色吗？就这么随便看看吧。"

周容晔一愣，问道："你哪里得来的情报？"

温静语撇了撇嘴，不太情愿地说："樊子欣。"

"你还见过她？"

裙子下摆已经被推高，凉意突如其来，又被温热覆盖。

温静语极力忽略自己苏醒的感官，冷静道："她可找我说了挺多的，说你不喜欢苹果、不吃河里的鱼、最讨厌绿色，最……"

她话还没说完，周容晔就轻笑起来。

"你笑什么？"

周容晔低头轻触着她的唇瓣，喃喃道："这些全是我骗她的，谁知道她会来跟你瞎扯。"

温静语的舌尖被他勾着，声音也含混不清："……真的？"

"在新加坡的时候，她经常来公司找我，吃了很多闭门羹，送的食物都被退了回去。偶尔运气好堵到我，我只能说她送的那些东西都不合胃口，包括那个绿色的饭盒。"

"那她说你应酬喝醉，还给你送药。"

"装的，为了打发她走。"

"那……"

"温温，不要因为一个无关紧要的人耗费心神。"

周容晔的声音也染上了一层喑哑，湿软的唇瓣贴在温静语的锁骨上，然后肩带也随之掉落。

"我不挑食，也不讨厌绿色。"他一边说着，一边手还在她的裙摆上打了个转，"所以你这样穿，我很难做个正人君子。"

"……这里是办公室。"

"我锁门了，不会有人进来的。"

温静语突然被抱起放在了办公桌上，两人面对着面，周容晔长腿一伸，带动座椅滚轮与她贴近。

这又是什么新花样？

"温温，你这裙子的设计有问题。"

"哪里？"

周容晔抬眸，眼底幽暗渐浓，目光沉沉："很不方便。"

温静语瞬间领悟到他的意思，这裙子的下摆有点鱼尾造型，推到膝盖就很难往上了。她刚想说拉链在背后，这人的手就探了过来，从他捏紧那纤薄布料的力度来看，意图再明显不过。

"不行！"

266

话音刚落,只听见"刺啦"一声,缝线崩断,裙摆成了脆弱飘荡的两片。

"……周容晔。"温静语气得快要跳脚,"你把裙子扯坏了!"

"我早就想这么做了。"

他嘴边的笑意恶劣,探身覆了上来,不给温静语继续抱怨的机会。

迷离恍惚间,温静语听见会客区的壁挂电视机被他打开了,音量还调到最大。她想回头看,却被周容晔捏住下巴扳了回来。

"专心点宝贝。"

"……你开电视干吗?"温静语的呼吸急促,嗓音发颤。

周容晔继续逗她:"怕你一会儿声音太大,稍微遮一下。"

"……浑蛋。"

"现在才知道?"

满室的缱绻氤氲,电视里却播放着正儿八经的探索频道。

古木参天的远山森林里,一条神秘又蜿蜒的河流从中穿过,两岸生机勃勃,郁郁葱葱,因为林间湿气重,朦胧的云雾不停地从河面升腾环绕。

一艘竹船从远处驶来,顺着河水往下游走,一开始尚且顺利,但河道曲折多变,遇到窄小之处便难以突破,只能耐心调整位置,再借着河水的冲刷向前挺进。

如此耐心地来回往复,探索任务才能在这深山里继续进行。

一个多小时的节目已经接近尾声,可温静语还在那云雨中穿梭浮沉。

和她不同,周容晔依然穿戴整齐,只是额角偶尔滴落的汗水会透出一丝狼狈。

温静语早已疲软,控制不住向后仰时,又被周容晔顺手捞回来,就是不让她躺下。

他附在她的耳畔,缠着她喊他的名字,同样的问题来来回回问了好几遍,似乎永远得不到满足。

"温温。"

周容晔隐忍着那座即将喷薄而出的火山,低沉的嗓音带着哑涩。

"说你爱谁。"

温静语怎么受得了,她捧着他微微汗湿的下颌,眼神随意识变得涣散,但出口依然坚定清晰。

"周容晔,只爱周容晔。"

…………

一场荒唐结束,周容晔抱着温静语去了内置休息室。

他一身西装勉强还算齐整,只是裤腰附近痕迹斑驳,无法入眼。反观他怀里的温静语,那件应该称之为"布条"的绿裙子松垮地搭在身上,要掉不掉地遮着,衬得她肤白胜雪,视觉冲击力十足。

若不是周容晔发现她的腰都被自己掐红了,此时此刻怕没那么容易收场。

两人都收拾好之后,温静语盯着自己身上才穿了一次就牺牲的裙子,又愤愤地骂了一句"浑蛋"。

"浑蛋不是也让你舒服了？"

周容晔环着胸，笑得有些没脸没皮。

温静语发现这人说荤话的本事越来越强了，回想起刚刚他附在她耳边呢喃的那些让人脸热心跳的话，立刻就要抬手去捂他的嘴。

周容晔捉住她的手腕，亲了亲手心，指着休息室里的衣柜道："怎么办，你也只能换浑蛋的衣服了。"

最后温静语又是穿着他的衬衫和休闲裤走出来的，裤腰太大，她只能两手提着，看起来像偷穿大人衣服的小孩，样子有些滑稽。

周容晔感受到了她扫射过来的嗔怨目光，笑着朝她靠近，然后利落地解了自己裤腰上的皮带搭扣，抽出来往温静语的腰上围。

"给我了你怎么办？"

温静语双手平举，享受着周容晔的一对一服务。

周容晔低头替她系着皮带，玩笑道："没办法，最差的情况也就是走着走着裤子掉了。"

温静语想象了一下那个画面，终于笑出声。

"解气了？"周容晔捏了捏她的脸，"解气了就过来吃饭。"

餐车已经被推了进来，餐食还冒着热气，大虾喇沙和肉骨茶的香味传来时，温静语的胃口终于苏醒了。

她在会客区的沙发上坐下，发现周容晔还在那办公椅上待着，好像没有要过来吃饭的意思。

"你不吃吗？"

周容晔手里翻着文件，快速抬眼看了下："在飞机上吃过了，还不饿。"

温静语这才意识到几个小时前他刚下飞机。

"你都不用倒时差的吗？"温静语喝了一口汤，嘟囔道，"哪儿来那么旺盛的精力……"

她以为自己的声音已经够轻，谁知后头那句话还是被周容晔听到了。

"我精力好不好，你不知道？"他嘴角浮起一抹略显顽劣的笑容，"看来体验得还不够深刻。"

温静语想转移话题："过来吃点吧，这么多我一个人也吃不完。"

"没事，我等下回家吃宵夜。"

这话乍一听没什么问题，当她对上周容晔那意味深长的目光之后，才立刻反应过来这"宵夜"的深层含义。

温静语抽出一张纸巾揉成团，朝着办公桌后头的男人砸了过去。

"没完没了了你！"

周容晔也不闪躲，似乎还挺享受她恼羞成怒的样子。

离开的这段时间里，周容晔需要处理的事务堆积如山，加班也是在所难免的。

吃完饭后，温静语就坐在沙发上安静地等他。办公室大门偶尔被推开，有职员抱着新的文件进来，又有人拿着他签好的资料离开。

与人交谈时，他总是那么耐心和煦，碰到棘手问题也只是微微蹙眉，不会厌烦或者斥骂，还总能一针见血地指出问题关键，将不怒自威做到了极致。

看得出这些员工都很服他，不是因为身份或职位给的压迫感，而是发自内心地敬重。

沙发是背对着办公桌的，温静语转身，双臂交叠趴在沙发靠背上，就这么搭着下巴专注地盯着周容晔看。

她腹诽，自己以前绝对是瞎了眼，否则怎么会被梁肖寒这种人动摇。

如果能早点遇见周容晔就好了。

思绪不断发散，她又想起当初相亲时他出面替她解围。可周容晔瞧着不是那种会管闲事的人，他为什么要帮她呢？

还有在会所那次，他无缘无故把自己必赢的牌让给她，素不相识的人为什么要白给这么大一个便宜？

疑问越来越多，温静语早已神游在外，可是目光却一直没有偏移。

周容晔握着那支冰蓝色钢笔在纸面上签下最后一个字，然后递给在桌前等待的职员。待办公室大门一合上，他立刻抬起了头。

"温温，你这样盯着让我很难专心做事。"

"嗯？"

温静语像是游魂归位，直起身子的时候，才发现手臂都垫麻了。

周容晔玩笑道："你的眼神太炙热。"

温静语清了清嗓，突然问："周周，我们以前见过吗？"

这个突如其来的问题让周容晔愣了愣，他弯唇："以前是多久的以前？"

"就是我们还不认识的时候。"

周容晔垂眸思索了一阵，又掀起薄薄眼皮，瞳仁里闪过一丝捕捉不到的希冀。

"如果我说见过的话，你还记得吗？"

"啊？真的见过？什么时候？"

温静语的反应太明显，都不用深问，她肯定没印象。

周容晔也不答了，他起身捡起衣架上的西装外套，然后径直绕到沙发前，把温静语拎了起来。

"怎么了？"温静语云里雾里。

"回家。"周容晔在她头顶上落下一个吻，"没吃饱，回家吃宵夜。"

"……你还没回答我！"

"不重要。"

车子疾驰到半山，打开家门的那一刻，温静语就被人摁在了玄关的墙壁上。

周容晔似乎一刻都不想等，缠绵的亲吻结束后，就想直接进入主题。这突如其来的举动让温静语有些不适应，她抓着他的背挠了几下以示反抗。周容晔又不得不停下来，温柔又耐心地侍弄着，直到怀里的人化成一摊水。

温静语的背抵着玄关顶灯的开关，头顶上的灯也随着她的每一下承受变得忽明忽灭。

"这灯……灯要坏了。"

"那换个地方,你想去哪里?"

男人的声音低沉蛊惑,温静语觉得这人好像被什么刺激到了,仿佛妖精化身,要将她吞吃得连骨头都不剩才肯罢休。

"不行……"她拼命咬住嘴唇,将某些声音狠狠吞下,"阿姨……阿姨还在家。"

"阿姨不在,她以后不住家了。"周容晔故意在她耳边吹气,嗓音也绷得很紧,"所以想去哪里就去哪里,客厅、厨房,还是阳台?"

温静语觉得自己犹如一个封闭的火炉,周容晔这些没羞没臊的话在不断给她添火升温,简直要让她热到爆炸。

见她忍着不肯回答,周容晔便直接将人托着抱起,往客厅走的时候也没离开她。

颠晃之中温静语强撑的意识也快散架了,谁知到了客厅,周容晔也不肯放她下来,转念道:"这里试过了,再换一个地方?"

最后温静语被放在了厨房的岛台上,模糊视线中,周容晔伸手将领带扯下,然后绕过她的眼睛,在脑袋后面绑了一个结。

"你要干吗……"她发颤道。

下一秒,周容晔就把她从台子上抱了下来。

他亲了亲她的嘴角,低喃道:"试试这样是不是更有感觉。"

温静语觉得自己就是一尾被压在砧板上的鱼,她扶着岛台边缘没什么力气地趴着,额角渗出的汗和发丝缠绕在一起,不出片刻就浸湿了那条深蓝色的领带。

她承认,黑暗视线和感官的双重刺激下,她很快就缴械投降了。

直到被人抱去浴室清理的时候,她还在微微发抖。

周容晔身体力行地证明了自己精力旺盛,但温静语就不行了,沾到枕头的那一刻她很快就昏睡了过去。

再次醒来的时候已经是凌晨,她翻身换了个睡姿,手往边上一摸才发现周容晔不在。

明明睡前两人还抱在一起。

睡意消散,温静语揉着困倦的眼睛四处打量,终于在卧房的阳台上看见了周容晔的身影。

他好像在打电话,阳台的移门没有关紧,风漏进来掀起薄薄纱帘,连带着他的身形都变得有些模糊。

而此刻周容晔正在和远在大洋彼岸的周启文打电话。

这场车祸闹出的动静太大,事情也透着蹊跷和古怪。周容晔派了人去跟进消息,意外的是据说那辆渣土车的刹车片被动过手脚。

结合渣土车的行驶路线来看,也很难说这一路有没有跟踪的嫌疑。

这头周容晔刚挂掉和周启文的通话,身后就响起了温静语的声音,软绵绵的,一听就是没有睡饱。

"周周。"

周容晔见她睡裙单薄,于是伸手将人揽入怀里,低头问:"怎么醒了?"

"嗯。"

温静语闭眼靠在他的胸膛上,鼻息间全是他身上清冽的浴液香味,忍不住深吸了几口气。

"你在和大哥打电话吗?"

"这都能听得出来?"

温静语轻轻地弯了弯嘴角:"我的粤语水平突飞猛进好吗?"

"戆居居。"

温静语瞬间睁眼,探手掐着他的脸骂道:"我知道这个词的意思,你在说我傻。"

周容晔闷笑:"嗯,看来也没完全傻。"

温静语懒得跟他计较,身子一歪又倒在了他的肩上。

"温温,搬过来和我一起住吧。"

他这个突然的提议并没有让温静语感到意外,后者勾唇道:"说,预谋多久了?"

浴室里的那些瓶瓶罐罐全换成了她日常惯用的,就连周容晔的衣帽间也被清空了,一副要大张旗鼓彻底改造的架势。

"想了很久了。"周容晔用下巴轻轻摩挲着她的头顶,"喜汇可以一直留在那儿,让人定期过去打扫就行。"

"为了以后吵架让我有个去处?"

"就算真的吵架,被扫地出门的也是我。"周容晔掐了掐她的腰,不赞同道。

温静语立刻调侃:"周总这么有觉悟?"

下一秒,周容晔收起了玩笑表情,眼里盈满认真:"温温,我的身份被公开了,有时候会不可避免地遇到一些复杂状况,把你放在身边我才能安心。"

虽然他没有说明这些状况都包括了什么,但温静语即使不问也能理解。

和周容晔沉默地对视了几秒之后,温静语突然踮起脚,在他的唇上落下一个轻飘飘的吻。

她眉眼弯弯:"周先生,同居快乐。"

这场惨烈车祸最终造成一死一伤,渣土车司机当场就没了生命体征,而劳斯莱斯的司机命大,当时渣土车主要倾轧的部位在后座,他因此逃过一劫。

命是保住了,但司机的全身有多处挫伤和骨折,目前在医院治疗休养,由致恒集团官方出面,承担了他所有医药费以及后续的康复费用,还另外赔偿了一大笔慰问金。

这段时间媒体算是给足了致恒热度,一个话题炒到透顶的时候,焦点又偏移到了另外一个方向。

周容晔拥着温静语往致恒总部大楼而去的那张照片被人扒了又扒。

因为没拍到温静语的正脸,只有风衣底下那一抹令人遐想的裙摆,港媒还给她起了个"绿野仙踪"的绰号。

小瞧了这群记者的敬业程度,甚至有人昼夜不息,踩点蹲守。

终于在某天被他们拍到了一张不算清晰的合照。

那会儿周容晔和温静语难得都有时间,两人相伴去超市采购了一番。穿着都很低调,温静语甚至还戴了口罩,没承想还是被逮了个正着。

记者一路跟到半山,盯着两人一直在同一辆车上,进了小区之后就再也没出来。

第二天标题就变成了"致恒大佬罕见放闪,行街拍拖辟室谈情"。

温静语看着那则报道笑了很久。她由衷佩服港媒的想象力,只是这有趣并没有维持多久,事情发展到后面就渐渐变了味。

有人开始深挖温静语的真实身份,那块崭新的车牌便再次进入了大众视野。周容晔为此不惜舍弃花了两千多万才拍下的单字母车牌,"WEN"这个字母组合的含义似乎变成了重要突破口。

一时间谣言四起,猜什么的都有,其中编得最像模像样的就是说周容晔看上了一位温姓的内地女明星。

恰好那女星与温静语身形相似,再结合她最近的通告和行程,众人好像笃定了她就是传说中的那位"绿野仙踪"。

也不知是不是刻意为之,这位温姓女星在出席公开活动时,只要媒体问及此事,她总是三缄其口,态度模棱两可,暧昧不清。

热度终于在一个月之后被炒到了顶点。

一年一度的香港国际电影节在四月初正式拉开了序幕,温姓女星也带着自己的作品随主创人员抵港参加。

在作品首映当天,她穿着一袭拖地的苔藓绿真丝吊带裙现身,与观众会面的同时赚足了关注度,有人立刻发了网图,底下评论热火朝天。

明明连一张正脸合影都没有,却好像坐实了她就是周容晔女友的身份。

对于此事,向来不透露私人感情生活的周容晔主动回应过一次,他明确表示自己与这位女星并不相识。可惜这番说辞并没有什么说服力,甚至到了他人眼里就变成了避嫌,此地无银三百两的气氛越来越浓厚。

谣言荒谬,温静语表面风平浪静,看不出什么情绪波动,实则内心反应大得很。

这股压抑的醋意终于在某一夜爆发了。

当时她和周容晔正坐在放映厅里想找部电影看看,点开华语片集还没翻几页,就看到了那位温姓女星主演的作品。

周容晔转了个身想去抱她,结果一不小心压到遥控器,投影幕布上立刻跳出了画面。

女明星那张巧笑嫣然的脸成倍放大在两人面前……

温静语上一刻还扬起的嘴角立刻就垮了下去,她推开周容晔就要起身。

"去哪儿?"

"不看了,这电影太难看了。"温静语冷声道,"谁爱看谁看吧。"

这究竟是哪门子的飞来横醋。

周容晔望着她负气离开的背影,觉得好笑又无奈,只能关掉投影回房间哄人。

看来他得找个机会为自己正名了。

四月中旬,"港艺集萃"慈善晚宴在港岛希阆酒店隆重举行。

作为培声的首席赞助以及宴会地点的提供方,温静语早就知道周容晔会代表致恒在今晚出席。

知子从别处得到了风声,在后台兴奋地拉着她说道:"听说致恒那位周总也会来,我倒要好好瞧瞧,究竟是上镜帅还是见光死?"

"真人帅。"温静语毫不犹豫地回答。

知子习惯了她这种说话方式,无所谓地点点头:"OK,看来你又见过了他,有这种好事也不叫上姐妹。"

"今天不就叫上你了吗?"

知子给了她一个白眼,温静语忍不住扬唇笑。

好友之间的玩笑无伤大雅,让她头疼的是其他八卦的声音。

前场应该是准备就绪了,该到场的嘉宾都已经入座,后台来来往往有好多工作人员,不免就有人议论这位炙手可热的年轻掌权者。

一聊到周容晔的感情状况,那位温姓女星的名字又出现了,风言风语传多了,假的东西好像也越说越真。

温静语看似在检查手里的琴弓,实则竖着耳朵听得入神。

离谱的是,居然有人说自己曾经目击过他们的约会场面,用词夸张,描述得神乎其神,连温静语都差点相信了。

虽然知道这些都是假的,但她胸口堵着的那团气还是上不来下不去。

直到乐团登台致意,当温静语看见嘉宾席正中央那个显眼的英俊男人时,心里竟然产生了一种想要把他推倒再狠狠占有的冲动。

周容晔全程都在关注她,自然也感受到了她火烧似的目光,有些不解地挑了挑眉。

现场人多,没人察觉到他们之间的暗流涌动,但温静语完全能看懂周容晔的微表情,这人在问:"怎么了?"

她也回了个眼神,仿佛在说:"你最好别多问。"

校音结束,温静语收起心绪和视线,完全专注在眼前的乐谱上。

她没看见的是,周容晔的身旁突然换了一道身影。

梁肖寒落座的时候,周容晔连眼皮都没抬一下,只是微不可察地皱了皱眉,将其他情绪收敛得很好。

他早就知道这人也在场，邀请名单上有风林集团的署名。

能进入这场晚宴的嘉宾都有身价门槛，和钟氏解除婚约后，风林应该元气大损，但现在看来，瘦死的骆驼终究是比马大。

两个男人并排而坐，彼此的气场好像有些不合，与周围隔开了一道看不见的屏障，只有他们处在这冰封的空间内，随时都有一触即发的可能。

就这么沉默了许久，还是梁肖寒忍不住先开了口。

"你就是这样对待她的？"他的声线冰冷，直切主题，"看着媒体那样花样百出地编排你的感情，你就没有考虑过她的感受？"

周容晔不怒反笑："梁总指手画脚的毛病看来又犯了。"

"周容晔，你的私事我管不着，你要是不能好好对她，就别耽误她。"梁肖寒继续道，"你现在的身份随时都会将她推向风口浪尖，我比你了解她……"

周容晔单手撑着额头，淡声打断了他的话："你是觉得我会像你一样，遇到一点阻碍就想着先抛下她？"

梁肖寒一时语塞。

周容晔也没看他，依然直视着舞台上那道绰约身影，目光没有挪开半分。

"她现在是我的，懂这个意思吗？"

"那又如何？"

周容晔冷笑了一声，说出口的话也是无情，戳人肺腑："意思就是，你与她相识的那十几年都是泡影。"

梁肖寒的表情终于有了裂痕，他搭在腿上的手也不自觉紧攥成拳。

"你比我了解她又怎么样？到最后还不是换来她一句不愿意。"

此刻台上演奏刚好结束，乐团已经准备谢幕退场，整个大厅里掌声雷动。

温静语再抬眼时，立马就对上了周容晔的目光，那人正微笑着给她鼓掌。只是温静语在看清他身旁坐着梁肖寒的时候，还是露出了一丝诧异。周容晔却朝着她轻轻摇了摇头以示安抚。

演出环节落幕后，主持人就登场了，乐团成员们也陆续从后台撤离，绕到了主会场后排观摩晚宴接下来的流程。

除了主办方上台致辞，作为重量级嘉宾的周容晔自然也会被点到名。当他那一长串头衔被主持人报出来的时候，现场响起了更热烈的掌声。

一道挺拔身姿从嘉宾席中央出现，瞬间吸引了在场所有人的注意力。

与此同时，后排的知子正抓着温静语的手臂兴奋道："我看见了，我看见了，这背影秒杀我啊！"

等到周容晔拿着话筒开口的时候，不仅是知子，在场好多年轻姑娘都坐不住了。

温静语有些心浮气躁，想把周容晔藏起来的欲望更加强烈了。

除了常规的发言，周容晔还表示在未来的时间里，致恒集团会起好带头作用，加强力度支持香港各大艺术团体的发展。其中他特意提到了培声乐团，并保证致恒一直都会是其最强有力的后盾。

此番话一出，乐团成员情绪高涨，欢呼声不绝于耳。

主持人趁热打铁，引出了一个话题："感觉您同培声乐团之间的联系好紧密，我有注意到，您好像以个人名义捐赠了一把 Christopher 中提琴给乐团的成员？"

周容晔点头，说了声"对"。

台下懂行的人都倒吸了一口气，Christopher 是迄今为止最出名的意大利制琴师之一，经他手打造的中提琴总数量绝对不超过十把，有记录的拍卖成交价格就没有低于四千万美金的。

以往也有不少匿名人士或者社会团体通过"港艺集萃"的计划向乐团捐赠乐器，但像这样价值不菲的收藏级别乐器很大概率上只会借出。

看来这位新上任的致恒董事局主席出手确实阔绰。

主持人也对此感到好奇："请问这其中有什么特别原因吗？"

周容晔笑了笑，下一秒切换成了普通话。

他的语气自然到仿佛在谈论今天天气如何。

"哄女朋友的，再不哄我就要被扫地出门了。"

这话就像是平地乍响的一声惊雷。

众人惊诧，人群里响起了细碎的议论声，也不知是谁先带头鼓起了掌，那连锁反应便像引燃的导线一样，现场瞬间就被掌声淹没。

主持人也没想到，自己随口说的一句话竟然能套出这么劲爆的消息。看台下反应，他知道这个环节跳不过去了，于是立刻接上话："所以您的意思是，这位温……"

他没记住名字，刚想低头去看手里的提示卡，周容晔就耐心地出声提醒："温静语。"

"啊，对，所以培声乐团的温静语小姐就是您女朋友？"

"是。"

"那本尊此刻一定也在现场哦？"

乐团里有人起哄，喊了一句"Here"，前排许多目光便纷纷朝后聚焦。

作为事件主人公的温静语早已愣在原地。

她根本没想到周容晔会直接在这样的公开场合宣布他们的恋情。当所有人的注意力都集中过来的时候，她一下子也不知道该如何应对，不过那张白皙的脸还是迅速染上了一抹绯红。

身旁的知子已呈目瞪口呆状，她愕然："不是吧朋友，你来真的？"

情绪缓冲过后，温静语的嘴角渐渐浮起一丝笑容，她目视前方，缓声道："比珍珠还真。"

知子没听懂她这句突然冒出口的中文，但从她的表情来看，这事儿应该假不了。

乐团所在的后排位置与主舞台有一定距离，温静语甚至都不太能看清周容晔的五官，更别说眼神交流。但就像心有灵犀似的，两人都隔空遥望了一眼，仿佛在确认对方的存在。

发言环节的时间有限,这个话题很快就被带过了,主持人又提了几个惯例问题,周容晔都回答得游刃有余。

直到他走下台,依然有人沉浸在刚刚的插曲中。

此番动静一出,那些网传的谣言便不攻自破,原来此"温"非彼"温",那块车牌也终于有了解释。

晚宴进行到后半段,所有正式流程走完之后便是自由的酒会时间。

这种大佬云集的场合实属难得,有好些都是日常不可能见得到面的人物,社交能力强的行动派早就做好了准备。

杯觥交错,衣香鬓影,会场瞬间被各种高低起伏的攀谈声和酒杯清脆的碰撞声包围。

或许和"周容晔女友"这层身份有关系,就连温静语也不能幸免。她在心里默默数着,前方这个端着酒杯想过来打招呼的人已经是今晚第五个了,她知道自己是时候该躲一躲了。

应付完最后一个人,温静语立刻将手中的空酒杯递给侍应生,然后提起裙摆就往宴会厅的外围走去。

这里连接着酒店的高空全景露台,虽然人也不少,但胜在透气,还能俯瞰城市夜景。

温静语找了块有绿植遮挡的角落,半倚在玻璃护栏上,闭眼放松。可能是她太投入,身旁偶有人经过,但最多也就是朝她打量几眼,谁也没敢贸然上前打扰。

这其中就包括了梁肖寒。

为了配合交响乐团的演出,她今天是一身黑色,裙子微微拖尾,下摆随风飘荡,到了腰线部分又利落收起,衬得腰身不盈一握。

她的样子逐渐与梁肖寒记忆中那个扎高马尾、穿校服的女生重叠在一起,外貌好像没有发生太大的变化,只是更加成熟妩媚了。

可现在看着,却又感觉什么都变了,有点陌生,也离他越来越远。

温静语是再次睁眼的时候才发现他的。

梁肖寒就站在几米开外,手里举着一个玻璃酒杯,身边围了两三个外国面孔的男士。他和他们自在地交谈着,眼神却时不时落在她的身上。

温静语没兴趣去探究他目光里的深意,掠过一眼之后就偏开了头,内心更是毫无波澜。

她现在满脑子都是周容晔,从酒会开始的那刻起,他就被一群人围着,也不知道什么时候才能脱身。

盯着底下夜景欣赏了大概有五六分钟,手包里的手机终于振动了。

周容晔:温温,在哪里?

温静语:露台。

发完消息,她又倚着护栏,吹了会儿风。直到一件带着余温的西装外套裹上她的肩头,温静语的瞳仁才恢复晶亮。

她立刻转身,果然是周容晔,那双只看着她的眼眸里盛满了能让人溺毙的温柔与纵容。

"你来了。"

"这么大的风,小心头疼。"

温静语很想搂着他,可是周围人来人往,这男人又惹眼,好多道视线都跟着飘了过来。

周容晔似乎看穿了她的小心思,露出一丝了然微笑,直接伸手把人揽了过来。

"犹豫什么呢,想抱就抱。"

温热大手贴在她腰侧摩挲,甚至还有逐渐往上的趋势,多了西装外套作为遮掩,这人的动作愈加放肆起来。

虽然知道别人看不见,但温静语还是按住了他的手,没什么气势地警告着:"稍微收着点……"

她那点力气对周容晔来说根本微不足道,一下就挣脱了她的钳制。

"慌什么,反正现在所有人都知道你是我的女朋友了。"

话虽这么说,但周容晔也不再逗她,把手抽了出来,再隔着外套将她圈在怀里。

此刻露台上的氛围灯全都打开了,脚下城市夜景璀璨,空气里弥漫着浓郁的爵士乐,这应当是个很有情调的夜晚。

"消气了吗?"周容晔低头,替她理了理鬓边碎发。

温静语装傻,并且不肯承认:"嗯?我什么时候生气了?"

"不是吗?"周容晔笑,"那就怪了,我还以为你刚刚在台上要用眼神杀死我。"

温静语不说话。

"还有前几天是谁说的,打死都不看华语电影了?这要是放在古代,你给华语片定的可是诛连九族的大罪。"

温静语被他说得双颊发热。

她确实因为一个素不相识的人吃了好几天的飞醋,并且这种感觉完全不受她自己控制,可眼下承认的话未免也太失面子。

"我没有。"她依然嘴硬。

"小没良心的。"周容晔忍住想敲她额头的冲动,"看来还是对你太好,就该让你体验体验这种感觉。"

温静语听懂了他话里的意思,眯眼道:"好啊你,开始翻旧账了。"

周容晔挑眉不语,算是默认。

他这副理直气壮的样子却突然把温静语逗笑了,不过细想他的话也有道理,只有经历过和对方一样的处境,才能真正感同身受。

"周周。"

"嗯?"

温静语葱白的指节搭上了他的肩膀,隔着衬衫又从锁骨划过,最后落在那尖锐的喉结下方,倏然扯住了他的领带。

周容晔被迫微微俯身,两人的距离拉到不能再近,气息瞬间交缠在一起。

"梁肖寒一直在边上看着我们呢。"

他当然知道,那束沉冷目光就没挪开过。

"所以呢?"

温静语莞尔,粉嫩的唇瓣轻启:"我们气死他,好不好?"

不等周容晔反应,她柔软的唇就贴了上来,一开始是蜻蜓点水,后来是没什么技巧地研磨着。

周容晔没闭眼,以往都是他在引导她,难得她主动一回,他当然要好好享受。

温静语吻得专心,只是不够娴熟,那湿软的舌尖拼命想要撬开他,结果好几次都磕到了牙齿,到最后居然有些恼火起来,拽着周容晔领带的那只手也加重了力道。

这个旁若无人的接吻因为周容晔的身形阻挡,在有些角度是看不见的,但这一幕却清清楚楚落在了梁肖寒的眼里。

周容晔的余光瞥见了那人黑沉的脸色,以及僵硬离开的背影。

等到怀里的人亲得没力气了,他才彻底反客为主。沉重呼吸间,他的眸子也覆上了一层清浅笑意。

嗯,没白疼。

第九章

/ 我们终将会相遇

　　自从温静语住到了半山,撒手没便一直跟着他们两个人。只要有空,温静语都会带着它出门散步。

　　"港艺集萃"的慈善晚宴圆满落幕,紧随其后的还有这个乐季的压轴演出。

　　温静语的个人时间越来越少,每天回来得晚也没多余精力,遛狗的事更是指望不上周容晔。

　　撒手没正在长身体,对于活动量的需求只增不减,把它关在家里也是憋得难受。思前想后,温静语决定还是先把它送回深水湾。

　　这天从文化中心离开,她让司机先回半山捎上撒手没,自己再跟着去一趟。狗狗这几天肠胃不好,她得嘱托阿彩帮忙喂药。

　　许久没见面,阿彩和秉叔见到温静语都很是惊喜,忙里忙外又是泡茶又是盛甜汤。

　　温静语喝了一大碗生磨杏仁糊,见阿彩又要去端什么,立刻摆手道:"阿彩,不用麻烦了,拿完东西我就要走了。"

　　周容晔知道她回了深水湾,特意打电话让她帮忙取个U盘。

　　温静语按照他的提示进了三楼卧室,在衣帽间的最下层抽屉里找到了那个银色U盘。正想转身离去时,目光却被顶上那一排玻璃展示柜给吸引住了。

　　在泳池落水那次她就是来这里换的衣服,只是当时匆忙又不好意思,她还没仔细打量过这个房间。

　　因为温静语拉开了这一列方向的抽屉,展示柜里的灯也随之亮起。

　　应该是每天都有人来打扫,柜体的玻璃被擦得一尘不染,清晰通透,里面摆了一些模型类装饰品。

　　周容晔不常住这儿,温静语猜想这些应该都是他以前留下来的东西,除了精致的航模和船模,最左边还整齐有序地码放着各种限量版车模,也算是将男生对于模型的爱好发挥到了极致。

　　看完平视的这一排,温静语缓缓抬头。

　　这一瞥,却让她发现了一样眼熟的东西。

　　为避免是自己眼花看错,她还刻意往后撤了几步。确认完毕之后,她小心地打开了玻璃柜门,探手将那枚小小的金属徽章握在手里。

　　她的心脏突然漏跳了一拍,她不明白周容晔为什么会有这个东西。

　　温静语之所以对这枚徽章印象深刻,是因为这场音乐会对她来说意义非凡。

这是柏林乐团成立一百二十周年的纪念徽章。

当年场面盛大，音乐会采取邀请制，并不对外开放，到场嘉宾每人都能得到一份纪念礼品，其中就包括了纪念徽章。

乐团为了展现最高诚意，会在徽章后面刻上到场嘉宾的名字，就算在二手市场流通，背后的编码和姓名也不会改变。

好似揭开一本被遗忘许久的泛黄日历，温静语莫名紧张，手心也微微冒出了细汗。

她将徽章翻到背面，镌刻的痕迹很深，做旧的工艺让它看上去像是用时间精雕细琢出来的。

那是一串粤拼，温静语盯着那几个字瞬间出了神。

Chow Yung Yip

周容晔没骗她，从某种角度上来说，他们以前真的见过。

…………

从深水湾回到半山的时候，家政阿姨已经把晚餐准备好了。

"温小姐，那我先下班了。"

温静语点头微笑："辛苦您了。"

"您客气。"

临走前，家政阿姨又突然回过头问："先生今晚留在公司加班，不回来吃饭了，您知道吗？"

"我知道的。"

"好。那您快些用餐。"

晚饭四菜一汤，阿姨还做了她最拿手的金丝南澳龙虾球，温静语一个人根本吃不完。为了不浪费食物，她干脆连摆盘都没动，将那道龙虾完好无损地用餐盘盖封了回去。

收拾完餐桌后，温静语又给自己泡了一杯花茶，然后端着杯子来到了空中花园。

残阳如血，华灯初上。

从这儿望出去的绝景暮色她已欣赏过无数遍，明明就是同一片天、同一片海、同一轮日月，可是每回看都有不同的震撼。

茶水饮了过半的时候，温静语解锁了手机。

此刻，柏林的当地时间应该是正午十二点半。她从通讯录里拉出一串久未联系的电话号码，加了区号之后拨了过去。

提示音响了四五下，对面传来一道疑惑声音："哪位？"

温静语才意识到自己这个号码对方并没有存过，她故意打趣道："菲舍尔，现在你还经常喝醉吗？"

电话那头沉默一阵之后恍然大悟，提高了音调："温？是你吗？"

温静语抿嘴笑，这招果然百试不爽。

菲舍尔是柏林乐团的艺术策划总监，是位个性十足的小老头，最大特点就是爱喝酒，脾气偶尔阴晴不定，有点毒舌，团里挺多人都怵他。

但温静语不一样，以前她只要见到他，给出的最多评价就是：看来今天又喝醉了。

因为她知道，菲舍尔其实是个外冷内热的人。在异国他乡的时候，他帮过温静语不少忙。

"好久不见，感谢你还记得我。"

菲舍尔揶揄道："你的德语说得太有辨识度了，我想忘记都很难。"

温静语也不介意他的调侃，笑着寒暄了几句就切入正题。

"还记得一百二十周年的纪念音乐会吗？"

"当然，怎么可能忘，那是费了好多心血策划的。"

温静语握着杯子的手紧了紧，她问："如果我没记错的话，那个纪念徽章是只有到场嘉宾才能拿的吧？"

"是的。音乐会入场必须实名制，名单都是提前拿到手的，不然也没有时间刻徽章。"

"那有没有可能是朋友或者亲属到场代领的呢？"

菲舍尔听完就笑了："温，这么盛大的音乐会，受邀嘉宾亲自到场是最基本的礼仪，而且进场要看证件，不会存在代领或者误领。"

温静语听完这话，心里也有了底。

她目视远方，天边那抹橙红色的晚霞看起来好像更加耀眼了。

"谢谢你，菲舍尔。"

"客气什么，不过你干吗突然问这个？"

温静语握着手机，莞尔道："想寻找爱情最开始的地方。"

挂掉这通电话，她那片本就不太宁静的心海再次掀起了浪潮，颇有排山倒海的气势，要把她彻底淹没，要将她化为齑粉。

那些曾经被她忽略的细枝末节也随之袭来。

——"你拉的是中提琴。"

——"嗯，喜欢你很久了，只有你。"

——"早有所图我承认，至于是从什么时候开始的，你可以慢慢猜。"

——"如果我说见过的话，你还记得吗？"

…………

夜色深沉，周容晔回到半山的时候已接近十点半，刚推开大门，他就发现家里光线昏暗。

除了玄关留的一盏夜灯，走廊和客厅的大灯全都熄着。他换了鞋往里走，看见空中花园的景观灯是亮着的，厨房里好像还有电器运作的声音。

"温温？"

他喊了几声都没人应。

周容晔站在沙发旁，脱了外套，正想上二楼看看，一道飘逸身影就从楼梯上走了下来。

"你回来了？"

温静语刚洗完澡，穿着一身白色的蕾丝睡裙，锁骨清晰，肩线平直，一头长发吹得半干。她抬手拨了拨，发丝松懒地垂在肩上，显得整个人风情万种。

周容晔盯着她越靠越近的身影，挑眉问："怎么不开灯？"

温静语不回答，而是在离他两步开外的地方停下，朝他勾了勾手指。

周容晔不解，但还是顺从地走了过去。

温静语踮脚攀住他的脖子，低声道："周周，先去洗澡。"

她身上的浴液香味像疯狂生长的藤蔓，一点点缠上周容晔的心脏，结果接下来的话直接点燃了男人眼底的暗火。

"洗完澡，我们玩把大的。"

周容晔有片刻的愣怔，察觉到自己被她三言两语就撩拨起来的反应，有些哭笑不得。

"行啊。"他在她的腰上揉了一把，"等下别喊停。"

温静语笑得很有深意，留下一个兴味盎然的眼神，转身去了空中花园。

然而，等周容晔洗完澡再下来的时候，才发现温静语所谓的"玩把大的"，与他想象中的大相径庭。

温静语在花园露台支了两张躺椅，中间摆了个角桌，点了一个烛台，围着几罐啤酒。

她还把晚餐留下来的龙虾扔空气炸锅里回温了一遍，放了个小叉子在上面，这酒局布置得倒是有模有样。

"来，请坐。"

周容晔默默地将眼前状况消化了一遍，随后放下手里擦头发的毛巾，在空出来的那张躺椅上坐下。

"德国黑啤，能喝吗？"温静语给他递了一罐。

"可以。"

拉环启开的那一刻，浓郁的泡沫便泛了上来，温静语对嘴含了一口，还是被那醇厚味道激得打了个战。

"第一次喝黑啤是德国室友推荐的。那时候我就在想，怎么会有这么难喝的啤酒。"她转头看着周容晔，"你知道我前几年在柏林吧？"

"嗯，知道。"

温静语扬了扬眼尾，语气带点故意："是吗？我好像从来没对你提过，你是怎么知道的？"

摇曳的烛光下，周容晔眼底的情绪浮浮沉沉，可是他的表情却没有半丝紧张或者不自在。

绕来绕去，原来在这儿等着他。

"你觉得呢？"

都点到这里了，温静语没想到他还是这么淡定，于是放下啤酒罐，折身去了趟客厅，再回来的时候手里攥着什么。

"这是你要的东西。"

周容晔伸手去接，结果除了他要的那个银色 U 盘，手心里还躺着一枚金属徽章。

"对不起，没经过你的同意，我多拿了一样东西。"

话虽然这么说着，可在温静语的眼里找不到丝毫歉疚，她用一种探究且渴望的目光盯着周容晔。

"周周，你去过柏林，你在柏林见过我，对吗？"

证据就摆在眼前，周容晔没法否认。他弯了弯唇，很轻地"嗯"了一声。

"是在这场演奏会上见到的吗？"温静语心里有很多疑问，"你上次问我还记不记得是什么意思？难道我们说过话？"

"说过。"

温静语彻底震惊："那我为什么会一点印象都没有？"

周容晔将双手枕在脑后，若有所思地看着她。

"那得问你了。"

温静语坐回躺椅上，冥思苦想了好一阵。

毕竟过去这么些年，与那天有关的记忆都变成了片段式的，她确实想不起来自己什么时候跟周容晔搭过话。

这么大个帅哥，她不该没有印象。

自我斗争过后，温静语突然举起桌上的啤酒罐。

"周老板大人有大量，稍微提点一下，我以酒谢罪。"

说着她还真打算将那罐酒一饮而尽，周容晔立刻眼疾手快地夺了下来，顺势将人拉到自己身旁，再牢牢搂在腿上。

温静语趁机勾住他的脖子，放软了声音："我是真的想听，你从头说好不好？"

看周容晔的眼神，就知道他妥协了。

"当时铂宇在海外有业务，柏林的项目刚接手，所以我在那儿也住了小半个月。演奏会的邀请函是合作方的负责人给我的，他是个正宗的交响乐迷，盛情难却，我就应下了。"

"所以你以前不爱听交响乐？"

"也不是不爱听，就是没什么研究。但你们那场一百二十周年的演出确实不同凡响，现场氛围也好。"

温静语一想到他当时就坐在台下，还是觉得神奇。

"你在台下看见我了吗？我那会儿还不是首席。"

"看见了。"周容晔眸光微动,"整个乐团,你是唯一一张亚洲面孔。"

"就因为我是亚洲人?"温静语皱了皱眉,"难道不是因为我长得好看才看我?"

周容晔笑而不语。

温静语不知道的是,他盯着她看完了整场演出,整整四个小时,他居然觉得时长仓促。

"当时我也分不清小提琴和中提琴,觉得你拉得挺好的,后来问了别人才知道,你手里的是中提琴。"

"那我们是怎么说上话的?"

"演奏会结束,我并没有马上走,合作方负责人和你们乐团的音乐总监是旧识,留下来聊了很久。"周容晔看了她一眼,"等我出剧院的时候,看到某人蹲在角落痛哭。"

温静语愣住了。

周容晔观察着她的反应,继续道:"我当时不知道你怎么了,也不知道我自己是怎么回事。三月份的柏林挺冷的,我就站在那儿看着你哭了十多分钟。等你差不多了我才过去,因为不知道你是不是中国人,所以用英文打的招呼。"

"你等等……"

听了他这些话,温静语脑海中的画面突然像点连线一样串了起来,与此同时,一股难以言喻的震惊感涌上心头。

"不对,你还是继续说吧,我怕我的记忆有出入。"

她的表情很认真,周容晔笑了笑又继续:"我给了你一块手帕擦眼泪,你说被你弄脏了,到时候洗好再还我。"

周容晔顿了顿:"我本来想说不用还,但还是没说出口,后来给了你一张私人名片。"

说到这儿,他突然加重了语气:"结果你根本没有联系我。"

至此,温静语的记忆算是被完全唤醒了。

当时她眼睛都哭肿了,压根没注意到是谁给她递的手帕,接过来之后,抹得一把鼻涕一把泪的,也没好意思还给人家。

至于后来为什么没有联系上,理由就十分荒谬了。

谁知道这个给她递手帕的人居然是周容晔,她那会儿哭得头昏脑涨的,两人也没交流几句,又时隔这么多年,她怎么可能还记得他的样子。

"原来那个人是你啊。"温静语满脸的不可思议,又立刻解释,"我真的不是故意不联系你的,那张名片被我放在口袋里,结果洗衣服的时候,放在洗衣机里搅了……"

周容晔看着她。

"你后来不会一直在等我电话吧?"

周容晔不说话。

温静语盯着他看了一会儿,心脏突然被胀得很满,脸上的笑容渐渐扩大。

284

"周周。"她捧着他的脸,"你是不是那个时候就对我有想法了?"

他不答,她就不停问。

温静语没注意到的是,周容晔眼底的情绪在疯狂纠缠翻滚,像一团密云,随时都在酝酿激烈的雷暴。

他用力揽住了她的腰,低声道:"你觉得我的私人名片是随便给的吗?"

这是承认了。

没等温静语说话,他又问:"当时为什么哭?"

周容晔设想过无数种可能,也许是被领导批评了,也许是遇到什么困难了,或者失恋了。

结果温静语的答案出乎他的意料。

"因为崔老师。"

回想起当时的心境,温静语的笑容也慢慢收了起来。

"那会儿崔老师生病了,是严重到要做子宫摘除术的那种,但她和温院长不想让我担心,从确诊到手术一直都没有告诉我,直到术后住院,被去医院做体检的菲菲撞见了,就是我那个朋友张允菲。"她还解释了一下,"演奏会结束的时候,她和我通了个电话,我这才知道发生了什么。"

温静语想起这件事就鼻酸。

"菲菲说温院长也没有时间照顾人,崔老师身边只有一个护工在陪床。这么严重的病,我做女儿的居然是最后一个知道的。我当时就给他们打了个电话,结果你猜他们怎么说?"

"怎么说的?"周容晔摸了摸她的脑袋。

"伟大的崔老师居然说,现代医学这么发达,又不是不打麻药,还说我矫情。"

温静语边说边笑,笑着笑着,眼眶就热了。

"我当时好想回家,可是柏林到路海真的好远。崔老师这一病我想了很多,这次是手术成功了,可是下次呢?万一又有个头疼脑热的或者什么意外,我想立刻赶过去都没有办法,所以后来我决定回国了。"

"然后你就离开了柏林乐团。"

"对,虽然很舍不得,但我更想回来。"

周容晔意味深长道:"难怪。"

"什么难怪?"

"没什么。"

"你说。"温静语又去掐他的脸。

周容晔也由着她"胡作非为",只往简单了说:"难怪后来再也没见到你。"

"你后来又去看演奏会了?"温静语仿佛发现了新大陆,"我回国那也是下半年的事情了,你不会在柏林待了一整年吧?"

"没有。"

"那你是专程又去了柏林?"

周容晔就这么看着她,眼神里的专注已经说明了一切。

"周周。"温静语忍着嘴边的笑意,突然插了句题外话,"一个声部十几号人同时在演奏,你是怎么听出我拉得好的?"

周容晔知道她想听自己说什么,故意道:"你姿势不错。"

"得了吧你,不是那会儿连小提琴和中提琴都分不清楚吗?还扯上姿势了。"温静语毫不犹豫地戳穿他,"那茵茵呢?"

"茵茵怎么了?"

"她找我当提琴老师,不会也跟你有关系吧?"

周容晔的喉结滚了滚,看来今天不交代个底朝天,她是不会放过他的。

"茵茵偶尔会趁着假期来找我,她爱看演奏会,也请我去看了一次路海交响乐团的演出。"

温静语都会抢答了:"然后你又看见我了。"

"嗯。"

她的嘴角在上扬,周容晔也跟着她笑。

回答虽然简短,但只有他自己知道,在路海重遇的时候,那种类似于失而复得的喜悦差点将他淹没。

后来周皓茵提出想学中提琴,他是第一个投了赞成票的。

而在会所的那次相遇则完全不在周容晔的意料之中,以至于她和梁肖寒的关系在很长一段时间里差点熬成他的心病。

感情确实有先来后到,他就怕自己连机会都没有。

当然,这些话周容晔都不会说。

"你小提琴不是拉得挺好吗,怎么去当中提琴手了?"

他还记得在月央湖壹号的时候,她给周皓茵表演过。

温静语有些惊讶,其实很少人会问她这个问题,因为在很多人眼里,只有拉不好小提琴的人才会转中提琴。

"我的答案可能有点奇怪,也不是说小提琴不好听,但我总觉得音色太张扬,小时候都是埋头苦练的,也谈不上喜不喜欢。后来接触到中提琴,我一下子就被那个声音吸引了,低沉隐忍,柔美浑厚,不像小提那样尖细也不像大提那样沉得让人发颤,就是刚刚好的感觉。虽然没什么炫技的机会,在乐团里面不突出,但我很喜欢。"

提到自己热爱的东西,她的话也变多了。

"你有没有听过 Viola Joke?"

周容晔盯着她清亮的眼睛,弯唇道:"没有。"

"你知道中提琴和剪草机最大的区别在哪里吗?"

"在哪里?"

"剪草机不用调音。"

他轻笑了一下。

"还有还有,马善被人骑,人善拉中提……"

周容晔就这么抱着她,安静地听着她跟他说自己小时候练琴的趣事,听她说自己留学时遇到的奇葩，听她讲乐团里的生活，无论她说什么，他都觉得动听。

这是他曾经想象过的场景。

夜晚，爱人，拥抱，彼此熨帖的体温，以及毫无保留的倾诉。

本以为那些埋藏心底的情愫会永远不见天日，他也没有做好全盘托出的准备，谁又能想到她会主动击破。

就像一份准备已久的精美礼物，拿出来之前犹豫再三，因为不确定对方能不能接受，会不会喜欢。

但是对方却告诉他，她好奇，她想知道，而且反应惊喜。

"温温。"

周容晔突然打断她的话。

"嗯？怎么了？"温静语眨着眼。

热意胀满了心脏还不够，继续在胸腔内横冲直撞，到达沸点。

"我爱你。"

在脑海中想尽了一切辞藻，最后发现只有这三个字最好概括，最简单，最直接，也最容易理解。

上一秒温静语还在说铜锣湾街头的烤地瓜有多香，下一秒周容晔就突然来了句告白。

她缓冲了几秒，笑意在眼尾和嘴角绽开。

而且她发现周容晔的耳朵，正泛着可疑的红色。

原来他也会不好意思。

"周周，再说一遍。"

温静语轻轻揉了揉他的耳垂，发现越来越烫，越来越红，好像捏准了某个开关。

周容晔知道她是故意的，有些不太自然地撇开脸。其实这三个字对他来说还是挺肉麻的，正做着心理建设的时候，怀里的姑娘就凑了上来，贴着他的耳朵。

"你喜欢我这么久，我很开心。"

周容晔托着她的腰问："多开心？"

温静语沉思了一下，答道："鸡蛋敲开发现是个双黄蛋，彩票中奖了发现还是个头奖。"

周容晔失笑："我是双黄蛋，是头奖。"

"是。"温静语对着他脸啄了一口，"酒还喝吗？"

"想进去了？"

"不是。"温静语摇头，"不喝的话，我们开始吧。"

她神秘道："来玩大的。"

周容晔不信她的话："又玩什么？"

温静语微微俯身，轻声道："我里面什么都没有。"

理智犹如一个膨胀气球，而她这句话就像针尖一样，看似毫不经意的触碰，对于轻薄的气球来说却是致命的。

白色蕾丝薄如蝉翼，包裹着她玲珑有致的曲线，底下是令人无限遐想的春意，一阵微风拂过，惊动了枝头哑然的绿萤。

连烛光都跟着晃荡，影影绰绰，沉浮起落。

听着眼前男人越来越重的呼吸声，温静语换了个跨坐的姿势，扶着他的肩膀，腰肢如那柔软易折的杨柳，轻轻摇摆了一下。

周容晔喉咙发紧，伸手将人狠狠往上拎，咬牙道："你迟早把我折磨死。"

温静语低低地笑："没错。"

又是一夜春风入怀，月满园景，璧人成双。

…………

世上没有不透风的墙，周容晔在晚宴上公开恋情的视频早已在社交平台上传疯了。

而那位一直含糊其词的温姓女星也遭到了"反噬"，账号底下的评论全都变了风向，吓得她立刻发文公告，称自己目前还是单身，如果遇到良人会和大家分享喜悦。

评论里一句极具讽刺的话立刻成为最高赞：致恒大佬罕见出面认爱，东施效颦只能骑驴找马。

众人纷纷建议该层主应该立刻找一家港媒任职。

与此同时，温静语的生活也产生了变化。

新鲜劲过去了，记者跟拍的现象已经少了很多，但乱七八糟的声音也多了起来，还有网友把她的个人信息和照片挂到了网上。

虽然早有心理准备，但温静语一开始还是不太习惯，她从未试过在放大镜下生活，也没有同时承受过这么多的善意或者恶意。

到后来，她干脆把社交账号也全部关闭了，这种物理性屏蔽确实能收获一些平静。

可有两个人她是屏蔽不了的，那就是崔老师和温院长。

当初温静语没跟他们仔细说过周容晔的工作，所以当崔老师发来一张周容晔接受财经杂志采访的新闻图时，双方都有些慌乱。

直到崔老师弹来视频，温静语避无可避，还被他们注意到了画面背景并不是喜汇，于是同居的事自然也遮掩不住了。

当时周容晔刚好在家，他直接上楼换了一身平整熨帖的衬衫西裤，发型还摆弄过了，一副人模狗样正儿八经的样子，反倒衬得温静语不太正经。

她歪在沙发上，一头长发绾了个髻子用笔插着，身上是不成套的分体睡衣，嘴里还咬着半个周容晔给她洗好切好的苹果。

如果让崔老师来形容，这副样子就是好吃懒做的典范。

于是她旁边那位正气凛然，样貌端正的大好青年被疯狂加印象分。

前几次都是用温静语手机接的视频，也不知道周容晔使了什么招数，后来那二老想视频通话的时候居然都弹给了他，并且相聊甚欢，有时连温静语都插不上话。

但她心里是高兴的,说明父母接受周容晔,并且拉着他在渐渐融入他们这个家。

有适应的,自然也有不适应的。

周容晔把保镖阿中派给了她。

虽然只是日常出行跟随,顺便充当了她专属司机的角色,但温静语还是有些不习惯,毕竟被这么个人高马大的壮汉跟着,多少有些不自在。

可为了让周容晔安心,她就一直没反对。

然而,百密终有一疏。

温静语那段日子因为长时间扒乐谱导致用眼过度,结膜炎一直反复发作不堪其扰,但因为不是什么特别严重的病症,她就没选择去医院,而是在旺角弥敦道预约了一家私人眼科诊所。

诊所在一幢大厦里,看病的过程很快,拿完药之后,她打算去一趟卫生间。

男女有别,阿中便在过道上等候。

大厦建造年份有些久远,卫生间也略显老旧,但还算干净。温静语解决完,在外间洗手的时候,突然遇上了一个落单的小姑娘。

那小姑娘看起来也就六七岁的模样,有些消瘦,是个南亚面孔。

"阿姨,我找不到妈妈了,你能不能陪我去看一下?"

她的英文口音有些重,说第一遍的时候,温静语也没太听懂。理解了意思之后,她蹲下身问:"你有妈妈的电话号码吗?"

"没有。"小姑娘看起来快要哭的样子。

温静语连忙安慰:"你别急,你最后一次看到她是在哪里?"

小姑娘指了指外间左侧的一扇灰色木门。

"我们是从那里进来的。"

温静语这才发现外间居然还有个后门。

因为对方是个年幼的孩子,她当下便也没有多想,领着孩子往那木门走,这一开门才发现这是安全通道的口子,直接连着步行楼梯,并不通往过道。

她心生怪异感觉的同时,那个小姑娘突然撒开她的手跑了。

温静语心头一凉,正想转身,楼梯间突然走下来两个陌生男子挡住她的去路,面容不善。

"温小姐是吗?"

对方的普通话很蹩脚。

"跟我们走一趟吧。"

事情发展与温静语想象中的不太一样。

和电视剧里演的绑架案不同,他们既没有蒙住她的眼睛,也没有束缚她的手脚,甚至连运送车辆都不是破旧逼仄的面包车。

但温静语没经历过这样的状况,心脏跳得厉害,只能强迫自己至少要在表面上装得镇定。那两个大汉也不是好糊弄的,上车前就没收了她的手机,搞得她连个紧急电话都没来得及打。

黑色商务车在公路上急驰,沿途都是陌生风景,看看窗外偶尔掠过的路牌,这好像是去天水围的方向。

"现在这是要去哪里?"温静语状似不经意地问。

"到了你就知道了。"坐在她身旁的那个回了一嘴,但依然目不斜视。

"那我总得知道是谁想见我吧?"

那人终于瞥了她一眼,目光阴鸷。温静语还是乖乖选择了闭嘴。

车子最后停在天水围的天恩路附近,前方就是嘉海名都酒店,占地面积很大,外观瞧着富丽堂皇,金碧辉煌,但没什么设计美学可言。

两个壮汉一左一右,领着她往酒店大堂而去。

他们看得十分紧,脚步又飞快,不做片刻停留。大堂来来往往好些人,可温静语并没有搭话的机会。

进了客房部电梯,其中一人直接摁亮了顶层按键。

轿厢内寂静无声,温静语突然开口:"我想上个卫生间。"

"温小姐,好好配合对你我都有好处。"

最老套的办法都被堵死了。

看着飞速上升的楼层指示灯,温静语的心也提到了嗓子眼。

这里是酒店,又是客房部,她在心里做了最坏打算。

她消失了这么久,阿中应该急得冒火,说不定这会儿周容畦也知道了。

前路未卜,只能走一步看一步。

到达顶层后,那两人又带着她往长廊尽头走。拐过一道弯之后,温静语才发现这里居然是个会所。

和这个酒店的外观比起来,奢华程度简直有过之而无不及。

不知道是没到营业时间还是清场的缘故,一路走到包厢门口,连个接待的侍应生都没有,大灯倒是全都开着。

温静语盯着光可鉴人的暗纹大理石地面,紧张的感觉越来越强烈。她双手垂在身侧紧攥成拳,指甲掐着手心,试图用这样的方式刺激自己的神经。

做了软包的黑色大门被推开,身旁的壮汉提醒道:"温小姐,请吧。"

包厢里的温度更低,空气对流,一阵呛人烟味混合着浓郁的香水味扑面而来,温静语忍不住咳嗽了几声。

有人在她背上推了一把,温静语踉跄几步走了进去,接着身后大门又被重新合上。待她看清包厢里的景象时,更是一脸疑惑。

她一个人都不认识。

包厢很大,中间的扇形沙发坐了两男四女,两张圆形石料茶几并排而列,上面堆满了酒瓶,有开了的也有没喝过的,啤酒和洋酒混了一堆。

左边的牌桌还有五颜六色散落四周的筹码。

沙发正中央坐着一个蓄着口字胡的中年男子,穿着深色 Polo 衫,眉心的纹路很深,眼尾下垂,瞧着有些凶相。

他左右都拥着火辣美女,嘴里叼着一根快燃尽的烟,烟灰抖落在衣服上,身旁美女立刻眼疾手快地替他拂去。

感受到门口有动静,那中年男人立刻望了过来,见到温静语的时候,眼皮向上一掀,抬头纹更重了。

"哟,这是贵客来了。"

他推开两旁的美女,站起了身,笑着咧开一口因为常年吸烟而泛黄发黑的牙,看得温静语一阵恶寒。

她从来没见过这人。

"忠叔,这位靓女是?"

沙发上另一个男人也开了口,瞧着年纪也就三十出头的样子,长得一脸阴柔相,盯着温静语挑了挑眉,眼睛闪着兴味的光。

"阿Ken,你有眼不识泰山。"邱现忠朝温静语慢慢靠近,斜了斜嘴角,"这是周容晔的女人。"

叫阿Ken的男人听罢面露惊讶,随即放声大笑:"还是你玩得够劲!"

温静语听到了周容晔的名字,心里一紧,猜想这帮人估计是与他有什么恩怨。

"你好啊,温小姐。"邱现忠的普通话也是口音浓重,他朝她伸出了一只手,"来认识一下,我叫邱现忠,阿晔是我从小看着长大的,你可以随他喊我一声'忠叔'。"

他端出一副好好长辈的模样,但温静语不吃这套,她从来没听周容晔提起过这号人物。

而且正常人不会用这种方式把她带到这里。

"你找我有事吗?"她声音冰冷。

邱现忠伸出去的手悬在半空,见温静语不领情,只好重新放下,哂笑了一声:"挺有脾气。"

"靓女,忠叔的面子都不给,有点不懂事了。"阿Ken放下酒杯,插了句话。

"现在的年轻人多少都有点个性,不要紧。"

邱现忠折回先前的位置坐下,朝温静语抬了抬下巴:"坐吧,温小姐,站着多累。"

"不必。"温静语还是一脸的冷若冰霜。

阿Ken对左边的红唇美女使了个眼色。那女人立刻站了起来,踩着高跟鞋扭着腰,走到温静语身边之后,架起她的胳膊就要往沙发上扯。

"别碰我!"

温静语甩开她的手之后,另外几个女的作势也要站起来。

敌强我弱,她没有选择的余地,反抗可能还会吃亏,于是她皱着眉找了个离他们最远的位置坐了下来。

"喝点什么?"邱现忠拿了个干净的玻璃杯,"啤酒?威士忌?加不加冰?"

他这话问的还是温静语,后者干脆道:"我不会喝酒。"

"呵,还挺会扮纯情。"阿Ken拿起桌上的烟盒,磕了一根出来,咬在嘴里,"忠叔,对她这么客气做什么,不会真是请她来喝酒的吧?"

邱现忠倒了一杯洋酒，又往里加了几块冰，让人摆在温静语面前的茶几上，睨着她轻笑了一声："这你就不懂了，她不是重点，但只有把她弄过来了，那姓周的才会乖乖来见我。"

"你确定？"阿Ken将信将疑，"不就是个女人，周家那位有这么专情？"

"到时试试不就知道了。"邱现忠斜他一眼，"你不会是怕了吧？"

阿Ken冷笑："不用激我，我今天既然敢同你坐在这里，这场戏必然是要看到最后的。"

邱现忠笑得前仰后合，跟他碰了碰杯。

"要是致恒那帮老嘢同你一样有胆识，我又何至于此！"他脸上的表情逐渐变得狰狞，"我要是离开香港，查伍绝不会轻易放过我。那周容晔知道我身上还欠着一屁股赌债，他赶尽杀绝，我又岂能善罢甘休！"

"你准备要多少？"

"要钱有什么意思。"邱现忠眯眼道，"致恒随便吐个工地的材料供应链都够你我吃一阵，别说我没想着你，这就是今天喊你来的目的。"

阿Ken知道邱现忠是个老谋深算的，如今他失势，手里连个能谈判的筹码都没有，把自己喊上不过震一震气势罢了。

要是周家还肯卖这老头一个面子，那他也不算亏。

坐在边上的温静语一直在默默观察着这两人的你来我往，他们说话的语速很快，她只能听懂个别词汇，也没办法从对话中收集什么有效信息。

她仔细想过，从旺角到天水围，除了没收她的手机防止报警，这一路上他们都没采取其他措施，好像根本不在乎她是不是会记住路线。

到了会所之后，他们也没为难她，那杯酒摆在面前她到现在一口没喝，也没见他们强迫她。

这从头到尾的表现都让温静语觉得，她好像不是最终目标。

然而她不知道的是，在几十公里以外的致恒总部，六十三楼此时此刻的气压已经低到了临界点。

发现温静语不见的时候，阿中急得将整栋大楼从里到外都搜了个遍，寻人无果之后，他知道这样效率太慢，于是立刻驾车返回金钟。

当时周容晔正在开会，阿中顾不上汇报通知，直接闯进了会议厅。

他满头大汗的样子让所有人皆是一愣。

周容晔了解他平日的行事风格，从来不会如此毛糙，一颗心当即沉到了底。

来不及留下什么嘱咐，周容晔直接离开了会议桌。走到门口的时候，阿中的声音都在发颤。

"周生，温小姐不见了。"

周容晔的脸上是风雨欲来的灭顶寒意，他带着阿中转身进了私人电梯，压着情绪问："几时的事情？"

阿中看了看时间："一个小时前，温小姐去旺角的诊所看眼睛，中途上了个厕所。我在门口等了好久都不见她出来，等我闯进去时，才发现里面根本没有人。

后来找了大厦保安,整栋楼找遍了都没看到人,电话也是关机。"

他打量着周容晔阴沉的脸色,自责道:"是我失职。"

周容晔一言不发,到六十三楼后,他立刻回办公室打了个电话,不一会儿增派的人手便全部到齐。与此同时,那栋大楼的监控视频也在同步传输中。

时间哪怕过去一秒对他来说都是煎熬。

周容晔根本坐不住,他捡起车钥匙,正打算出办公室,兜里的手机就响了。

他不敢漏接任何一个电话。

"喂,阿致啊。"

听筒那端是邱现忠嚣张的笑声。

周容晔脑子里的弦"啪"的一声就断了,此刻他的心无比慌乱,声音沙哑,咬牙愤恨道:"我就知道是你。"

"想见你的女人吗?"

"邱现忠。"

周容晔双目赤红,气息紊乱。

"你要是敢动她一根头发,我让你抵命。"

周容晔狠厉的语气让邱现忠眼皮一跳:"现在这些后生仔的脾气真是一个比一个大。"

他灌下两大口酒,然后将杯子往桌上重重一放,对着电话那头说道:"我不过请她来喝杯酒,你就急了?看来我还真是请对了人。"

周容晔深深吸了一口气。

"你让她听电话。"

邱现忠不屑地嗤笑了一声,但也慢慢站了起来,走到温静语身旁,将手机递给她。

"给你男人报声平安,可千万别说我亏待了你。"

温静语警惕地看着他,然后接过手机。

"喂。"

"温温,是我。"

听到这声熟悉呼唤的时候,温静语的心瞬间揪了起来,从进门那刻忍到现在的伪装差点就要崩盘。她稳着嗓音,尽量不让自己发抖:"我没事,你别担心,他们没对我怎么样。"

都这个时候了,她还反过来安抚他。

周容晔也压着情绪:"别怕,我们马上就能见面。"

上次也是这样,他向来说到做到,温静语坚定地应了一声"好"。

"真是感天动地。"邱现忠一把夺过她手里的手机,"嘉海名都,给你二十分钟。"

说完,他直接掐断了通话。

"那姓周的应该在路上了,你打算怎么同他谈判?"阿Ken吐出一口烟雾,眉心紧锁,"看他反应好像很是上心,你敢带走他的女人,确定他还能好声好气地坐下来谈？"

邱现忠脸上的肌肉抖了抖，眼底闪过一丝阴狠，只是阿Ken没有看见。

"你不用操心我的办法，只需要让你的人做好准备，关键时刻别掉链子。"

说着，他就朝沙发上的两位美女打了个响指，指着温静语说："把她给我摁住。"

那两人依言照办，一人一边擒住了温静语的胳膊。

"你要干什么！"

恶人终于撕下了虚伪的面具，之前假模假式的客气荡然无存，她的恐慌也在此刻达到了顶点。

"好好配合就少受点苦。"

邱现忠朝她靠近，从兜里掏出了两颗药丸。

温静语拼命想挣开钳制，却没想到那两个美女的力气这么大，而且指甲又尖又长，抠得她生疼。

"张嘴。"

邱现忠一点都不怜香惜玉，他伸手箍住了温静语的下巴，指腹狠狠掐住她的脸颊，想以此逼迫她松口。

温静语的脸都被捏得变了形，但依然不肯顺从。

"还是个硬骨头。"

邱现忠又使了劲，剧烈的酸痛感从下颌骨传来，温静语忍不住叫了一声，那两颗药丸就这么顺势塞进了她的嘴里。

紧接着又是一口熏人烈酒强行灌入她的嘴里，辛辣液体裹着药丸像刀片一样刺过喉咙，温静语瞬间呛咳不止，刺激得泪眼迷蒙。

就连沙发上的阿Ken都看得皱眉。

"忠叔，你这是给她喂了什么？"

他就想求个顺水财路，可现在看来这邱现忠好像比他想象中的还要疯癫，如果是违禁品，到时千万别牵扯到他才好。

"慌什么。"邱现忠斜他一眼，"死不了人。"

阿Ken皮笑肉不笑地冷哼了一声，挥退了身旁服侍他的女人，捏着酒杯，狠狠吞了一口，暗中观察着温静语的状态。

那两颗药丸也不知是什么成分，刚咽下去的这会儿也显示不出什么反应。可是未知的恐惧更加折磨人，就像冰冷的蛇一样缠上温静语的心脏，让她呼吸急促，大脑空白。

她两只手都用力撑着沙发坐垫，只有这样才能勉强不让自己发软倒下。

不知过去了多久，就当她的脑袋开始变沉变闷的时候，包厢外头传来不小的动静，紧接着大门突然被人狠狠踹开，木板断裂的声音清晰可闻。

沙发上的人皆是一惊。

门口还有男人惨叫的声音。

温静语抬起略沉重的眼皮，只见一道熟悉的高大身影直直冲着她而来，带着她从未见过的震怒和冰冷戾气。

周容晔伸臂一把将她从沙发上拉了起来,下一秒温静语就跌入了那个温暖坚实的怀抱。

"温温。"耳边是他担忧痛心的声音。

温静语知道自己不用害怕了,她想抬手搂住他的腰,却发现自己根本没什么力气。

"周容晔,你终于来了,让我苦等啊。"

邱现忠好像并不意外他会直接闯进来,从沙发上站了起来,笑容诡异,眼尾颤抖。

"阿中!"

周容晔一声怒喝,门外五六个黑衣人立刻鱼贯而入,将出口牢牢堵住。

"周生。"阿中后脚跟了进来。

"你先带温小姐出去。"

"周周……"温静语艰难地抬头。

周容晔抚了抚她的后脑勺,柔声道:"听话,先跟阿中出去。"

看着温静语离开后,周容晔的眼眸重新覆上冰凌。

他脱了西装外套扔在地上,下一秒直接抬脚踹开了其中一张茶几。满桌的酒瓶"哗啦啦"倾倒,玻璃碎裂一地,各种颜色的酒液四处飞溅。

突然的动静吓得几个美女尖叫出声,作鸟兽散,邱现忠却"哈哈"大笑起来。

"阿晔,没必要发这么大的火,我不过是请温小姐喝口酒,又没对她……"

邱现忠话还没说完,周容晔就一拳挥了上去,直接打裂了他的嘴角。

"你这张嘴连提她的资格都没有!"

男人冷如寒霜的俊脸上是一片无法抵挡的肃杀之意。

邱现忠被摁在沙发角落里,鲜血糊了一嘴,凶恶笑容惨不忍睹。

"你有种就打死我!下次再让我遇见她……"

话音未落,周容晔的小臂青筋暴起,抓着他的衣领,将人从沙发上拎了起来,紧接着往地上一摔,出手又是一拳。

邱现忠句句都在惹怒周容晔,一旁的阿Ken觉得形势不对,瞧这邱现忠的反应,根本不像是准备谈判的。

再这样下去,自己也难免受到牵连。

他刚从沙发上站起来,邱现忠便喊起了他的名字:"阿Ken!你那些手下都是吃白饭的吗?"

阿Ken啐了一口,看来这老头执意要拉他下水。他转头朝室外吼了一声手下的名字,竟然迟迟等不到回应。

"卓公子。"

周容晔松开邱现忠的衣领,手背和衬衫都沾了血迹,寒凉的眼神扫了过来。

"他今天是走不了了,你打算留下来陪他吗?"

周容晔扯了扯脖子上的领带,接着道:"老卓总这些年拼了命做正经生意,就是不想和这种人再沾上关系，你确定要背道而行？"

阿Ken愣了愣。邱现忠见他动摇，立刻喊道："阿Ken！我可是为了你冒险！否则我干吗给那女人喂药！"

周容晔的瞳孔蓦地一缩，脸色更加阴沉，低哑地吼道："你给她喂了什么？"

邱现忠从地上爬了起来，一手插兜，一手立刻指着阿Ken，目眦欲裂："是他！是他！"

阿Ken没想到邱现忠留着这一手，震惊之余破口大骂："癫佬！敢利用我？"

趁着场面混乱，邱现忠插兜的那只手突然掏出一把匕首，直冲着周容晔而去。

"周容晔！你去死吧！"

门口几个黑衣男人反应迅速，以迅雷不及掩耳之势冲了过来。邱现忠的速度也快，被人飞踹开的时候，那把匕首还是划伤了周容晔的手臂。

他的衬衫被割开，皮肤上出现了一道又深又长的口子，冒出的鲜血顺着小臂直流而下，浸染半边衣袖。

"周生！"

"不用过来！"

邱现忠重重摔在地上，应该是骨折了，惨烈号叫响彻包厢。

而周容晔似乎感受不到痛意，他忽略正在流血的手臂，在另一个茶几上寻了个空啤酒瓶，拎起来之后往桌面上猛地一砸，半个瓶身瞬间进裂破碎。

他走到邱现忠身边，像拖着一个破布袋，把人拎起按在牌桌上，用破碎酒瓶尖利的那一端抵着邱现忠的咽喉，幽冷嗓音带着杀意。

"说，你给她喂了什么？"

邱现忠抖如筛糠，脸上全是绝望之色，笑容却狂乱："急了吗……你有本事杀了我啊，来啊……"

周容晔加重了力道，尖锐的刺痛感瞬间袭来，邱现忠抖得更厉害。

这时，门口突然有人大喊："周生！温小姐晕过去了！"

周容晔呼吸一滞，拽着邱现忠的那只手在发颤，眼尾猩红。

时间凝固了几秒，他突然将手中酒瓶砸了出去，抬腿往邱现忠身上又是一脚，伴随着男人的惨叫声，骨头撞击声闷响。

"你最好祈祷她没事。"

说罢，周容晔立刻转身向门口走去，离开前只吩咐了一句。

"这个房间里的人，一个都不许放出去。"

VIP病房内，温度恒定，湿度适宜。

周容晔正守在病床边，目光专注地看着病床上合眼昏睡、面容沉静的女人。

护士则在一旁替他处理手臂上的伤口，没打麻药就缝针，他却连眉头都不曾皱一下。

温静语的化验结果刚在十分钟前出炉，邱现忠给她喂的是唑仑类镇静催眠药物，剂量有点大，没那么快醒过来。

回忆起在嘉海名都的那一幕，周容晔此刻镇定下来才渐渐理顺思路。

那场车祸已经找到了证据，而邱现忠见报复不成，今日的目的或许就是为了激怒他，并让他犯下一些不可挽回的错误。

事实证明，邱现忠差点就得逞了。

"已经包扎好了，这几天伤口都不好碰水哦。这只手臂也尽量不要动，别让伤口裂开。"

"谢谢。"

等护士收拾好东西离开，Michael轻手轻脚地走了进来。

"周生，卓家来电话了，说要向您表示歉意。"

"不必。"周容晔眼皮都未抬一下，淡声道，"告诉他们地址，让他老豆亲自去领人。"

那卓公子天不怕地不怕，最怕就是他家那位曾经令人闻风丧胆的老卓总，Michael替他捏了把汗。

"是。"Michael顿了一下又问，"那邱现忠……"

"打电话给刘Sir。"

"好。"

临走前，Michael盯着他那脏污的衬衫，还是放不下心。

"周生，先去休息一下吧，医生都说了，温小姐可能没那么快醒。"

"我没事。"

"家里让人送了衣服过来，您换一下吧。温小姐醒来要是看到这一身，肯定会更担心。"

周容晔低头瞧了几眼，终于"嗯"了一声。

Michael总算松一口气，又叮嘱道："您好歹吃几口东西。"

"我不饿。"

Michael皱眉："要是温小姐醒来，我就告诉她……"

"我知道了，拿去热一下吧。"

Michael腹诽，拿准"温小姐"这三个字就是拿准了某人的命门。

换了一身干净衣物，又吃了几口热粥和点心，周容晔总算是恢复了一派神清气爽的模样。

他在病床前一刻不离，就这么一点点熬到了天黑。

温静语醒来的时候头痛欲裂，模糊视线中，看到周容晔就闭眼靠在她床边的躺椅上。

她以为他睡着了，就没出声叫他。

只是口干舌燥得实在难以忍受，温静语适应了一下光线，慢慢地半直起身子，结果这么细小的动静居然都能让周容晔瞬间睁开眼。

"温温。"

他立刻探身过来扶住她。

忘记了自己手臂上还有伤，大动作牵扯到伤口，撕裂的疼痛瞬间袭来，周容晔强忍着没出声。

"周周,我想喝水。"温静语声音沙哑。

"我给你倒。"

温静语一开始还没发现异常,接过杯子喝了口水后,正想说话,却发现周容晔的袖子有些不对劲。

好像有血渗出来。

"你手臂怎么了?"

周容晔偏头瞥了一眼,看来是伤口裂开了。

"没什么。"

他越是遮掩,温静语就越是着急。

"你坐下,给我看看。"

"没事,就是不小心撞到了。"

"坐下。"温静语态度坚决。

周容晔看了看她的脸色,只好坐在床边。

温静语按了床头的呼叫铃,护士进来重新包扎,袖子掀开的那一刻,纱布上都是星星点点的血迹。

她的眼泪一下就涌了上来。

那么深的伤口,她都不敢细看,他该有多痛。

"这回不要再动了!不然就要重新缝针了!"护士严厉地警告道。

"对不起,这次会注意。"温静语声音哽咽。

病房里又只剩下两个人。

温静语的眼泪根本止不住,她低声咒骂:"那狗东西在哪里,我要去砍了他!"

周容晔失笑,用没受伤的那只手揽住她。

"怎么还喊打喊杀了。"

温静语擦了擦泪,回抱住他,问道:"痛不痛?"

周容晔埋首在她颈窝里,半响没说话。

温静语以为他痛得不行,鼻腔内又泛起酸意,用手轻轻抚着他的脑袋,语气跟哄小孩似的:"周周,叫医生给你打个止痛针好不好?"

"温温。"

"嗯?"

"对不起。"

温静语心脏一阵抽痛,嗔骂道:"跟我说这个干吗?跟你有什么关系。"

"我到现在都后怕,如果今天你出了什么事,我该怎么办。"

周容晔的声音很闷,温静语将他搂得更紧,安慰道:"我不是好好的吗?别想了,没事了。"

又是良久的沉默。

直到温静语感觉自己的肩膀处传来湿意,她内心一颤,有些难以置信。
"周周。"
她推了推他的脑袋,却被周容晔按住了手。
"我们结婚吧。"
周容晔清了清哑涩的嗓子,依然将脸埋在她的颈窝里。
"跟我结婚吧,好不好?"
这不是一个心血来潮的决定。
他渴望与她产生更紧密的联结,渴望两人之间的关系能够有更加深刻的羁绊。
周容晔首先想到的就是婚姻。
他有这个念头已经不是一天两天了,只是此时此刻,他胸腔的胀意和冲动都达到了顶峰。
病房里,气氛安静得好像能听见时间缓缓流动的声音。
见温静语没有反应,周容晔终于从她的肩膀上离开。再抬头时,他的瞳仁已恢复清明,只是眼尾未来得及消散的一丝殷红还是出卖了他滚动的情绪。
温静语盯着周容晔的眼睛,突然想起了自己第一次在走廊上撞到他,当时她就觉得他看自己的眼神不寻常。
原来一切早就有迹可循。
前提是这份爱意得以窥见天日,只有心意相通,所有故事才能成立。
短短几秒钟的对视,周容晔的心绪千回百转,跌宕起伏,他甚至已经在反思这样的求婚是不是太过仓促,不够真诚。
"温温。"
他居然感到紧张。
"好,结婚。"
温静语的眼里渐渐浮起笑,闪动的眸光之下全是认真。
她一颗心被他眼睫未干的湿意泡得酸软。
"我们结婚。"
这回反应不过来的人变成了周容晔。
他以为她至少会来一句"给我时间考虑",没想到真这么干脆答应了。
温静语见他还愣着,抬手在他眼前晃了晃。
"傻了?"
周容晔捉住她的手,把人直接往怀里带,语气有些激动:"你答应了。"
温静语被他抱得更紧,目光一斜,才意识到他受伤的那只手臂又抬了起来,脸上笑容瞬间消失,大骇道:"你的手!快给我放下!"
周容晔顺从地放下那只胳膊,另一只手却依然不愿意松开。
温静语只好轻轻推开他,在他流连的目光中,身子往床的另一边挪,然后拍了拍那半张空出来的床。
"周周,躺上来。"
"会挤到你。"周容晔摇头。

VIP病房的床已经是最宽敞的尺寸,但跟家里还是不能比。

温静语觉得他简直就是本末倒置,自己昏睡了这一阵早已没有大碍,真正该养的病号是他。

"那你躺,我下去。"

下一秒,周容晔就翻身上来了。

他伤的是左手,温静语挪到了他的右侧躺着,扯起被子往两人身上盖好之后,她又不放心地看了一眼。

"今晚你只能平躺,千万别压到左胳膊。"

"好。"

被窝里,周容晔的右手与她十指紧扣。

"等你的伤好了,我们就找个时间一起回趟路海。"

男人的手掌宽厚温暖,温静语捏着他的手心,放轻了声音:"一起去见爸爸妈妈,然后……谈我们结婚的事情。"

病房的大灯已经熄灭,角落的夜灯散着静谧柔和的光。这一天漫长难熬,惊心动魄,此刻沉淀下来的安宁平静就显得有些不真实。

周容晔睁眼望着天花板,突然道:"你掐一下我。"

他的要求突兀荒谬,温静语"啊?"了一声。

"我看看我是不是在做梦?"

温静语嗤笑,探身在他的脸上亲了一口。

"够真实了吗?"

周容晔弯唇:"温温。"

"嗯。"

"我觉得我已经好了,明天就能去路海。"

"……别闹。"温静语脸微烫,"你好好养着,等伤口好了,我们就去。"

躺着没安静几分钟,那人就开始了:"温温,皮带有点硌人。"

"那你拿掉呀。"

"你帮我。"周容晔理由充分,"我得好好养着。"

温静语翻身,替他解开搭扣,抽掉了腰上的皮带。

"裤子也脱了吧,穿着睡觉总觉得不舒服。"

温静语忍着。

"背上有点痒,你帮我挠挠?"

"……周容晔!"温静语终于爆发,"还睡不睡!"

那人笑得发颤:"我真得好好养。"

就因为这句话,在接下来的日子里,周容晔仿佛打开了新世界的大门。

由于他的坚持,两人又在医院多住了一天。温静语还被要求做了一次全身体检,确定药物已经代谢完毕,某人才肯让她出院。

回家之后,她就向乐团续了病假。本想着可以安分照顾周容晔几天,谁知这人被公司事务缠身,每天起得比她还早,能按时下班就算不错了。

于是温静语每天的任务就发生了变化,那就是等 Michael 的信号。

这天阿姨照例煲好了汤,温静语刚拧好餐盒盖,Michael 的电话就呼了进来:"温小姐,需要你拯救世界。"

十分钟后,司机把车停到了致恒总部楼下。安保人员对温静语早已脸熟,主动打开了专属电梯的权限。

一路畅通来到六十三楼,Michael 就在办公室门外等着,身边还站着一个拎药箱的家庭医生。见到温静语来了,两人脸上立刻露出得救神情。

Michael 指了指紧闭的门板:"已经一个多小时了。"

温静语点点头,拎着保温盒,敲了敲门,第一下没动静,第二下才传来周容晔略显冰冷的声音。

"请进。"

温静语推开大门走了进去,只见两个挂着工作牌的主管站在办公桌前面面相觑,背影僵直。周容晔则低着头,手里捏着一沓文件,密布的乌云压了一脸。

气氛凝滞,她把保温盒往会客区的茶几上一放,清了清嗓。

周容晔终于抬起头,见到是她,沉闷的脸色稍霁。

"先吃饭?"温静语微笑。

周容晔朝那两人挥了挥手:"等下再说。"

像得到了特赦一般,两位主管肉眼可见地松了一口气,立刻离开了办公室。

温静语却不急着盛汤。在周容晔的注视下,她迈着步子走到门口,把家庭医生叫了进来。

趁着医生摆弄药箱的片刻,她朝周容晔挑了挑眉,眼神仿佛在说:还不识相点过来?

周容晔终于扯出一丝笑,认命般地点了点头,离开办公桌来到了会客区。

温静语环胸站在一旁,就这么盯着他换纱布、吃药。一套流程结束后,她笑着向医生道了声"谢谢"。

办公室里只剩下两个人。

温静语的表情立刻收了起来,一言不发地从保温盒里取出碗筷,盛汤布菜。

"温温。"

周容晔试探着喊了一声,却没人应他。

反正没外人,他又不知好歹地叫了一遍,这回温静语总算是扫了他一眼。

"这就是你说的好好养?我看路海之行怕是遥遥无期了。"

他百口莫辩,但还得想办法给自己留条活路。

"我这不是努力工作,争取给自己多放几天假嘛。"

温静语没再说什么,将勺子递了过去。

周容晔没接,突然痛苦地皱起了眉头。

"怎么了?"

"温温。"他看了看自己的胳膊,卖惨痕迹明显,"有点痛。"

温静语看着他。

301

"可能需要你喂。"

"周容晔，你别忘了你右手还能动。"

他果真抬了抬右臂，眉头依然锁着："不太行，右边幻痛。"

温静语无语。

"这回真好好养，你得配合我。"

温静语终于被他的无赖气笑，只能没好气地坐下来，捡起勺子一口一口地喂着。

周容晔一脸的享受，双手心安理得地摊着，她喂什么他就吃什么。

在办公室尚且如此，同样的情况在家里上演的时候就更加过分了。

因为伤口不能沾水，洗澡就成了最大难题。

周容晔进浴室之前，温静语都会用医用的防水绷带帮他把伤口缠一遍，然后再三叮嘱他缩短淋浴时间，差不多就出来。

结果周容晔每回都能制造新的情况。

要么说绷带断开了，要么说伤口痛，要么就是够不着沐浴露。

温静语甚至怀疑他伤的不是胳膊，而是脑子。

这天晚上果然又有新剧情。

"温温。"某人又在呼唤她。

门根本没关，他的声音十分清晰。温静语淡定地放下手里的护肤品，抓起桌上的发夹将长发盘了一圈，缓缓走向浴室。

"又怎么了？"

某人赤条条的，脸不红心不跳地站在玻璃幕门后头，甩了甩淋湿的头发。

"我够不着。"

"这次又是什么够不着？"

温静语走过去，想看看是沐浴露摆高了，还是洗发水没放好。

"我够不着头发。"周容晔笑得灿烂，"帮我搓搓？"

他的借口找得越来越不靠谱，温静语也懒得跟他计较，撸起袖子就走进了淋浴房。

她往手里挤了点洗发水，边泡沫边说："弯腰。"

周容晔听话地照做，只是人也越凑越近。

"好了好了。"温静语推着他的脑袋，"再过来泡沫就沾我身上了。"

周容晔的右手开始不安分起来，沉着嗓子问："你洗了吗？"

温静语一边躲着他，一边替他搓着头发，答道："明知故问呢你。"

"再洗一遍？"

睡裙被推到了腰上，温静语警告道："我刚换的衣服！你别给我弄湿了。"

"已经湿了。"

她咬牙："周容晔，我看你好得差不多了！"

"没有，挺疼的。"

话虽这么说着，他却丝毫不受影响，笑意爬上眼角，右手照样灵活。

302

温静语身上一凉，两只手又都是泡沫，狼狈至极。

"老婆……"

"……谁是你老婆？"

绵密的吻落了下来，周容晔头上的泡沫蹭得到处都是，浴室里的温度逐渐攀升，玻璃也起了雾气。

"周容晔……"温静语轻喘着，"你那胳膊给我放下……好不容易好点了，别又扯到……"

"你配合点，我就不会扯到。"

温静语背过身，两手压着玻璃，在雾气上留下掌印。

"你小心点……"

她还是担心他的手臂。

周容晔含着她的耳垂，低低笑着："我单手操作的能力强不强？"

温静语死死咬住嘴唇，不让自己出声。

"我想听你的声音。"他不肯罢休。

"……你给我安分点。"

"我得好好养。"

周容晔恬不知耻道："这也是养伤的一部分。"

浴室氤氲，暧昧朦胧了满室。

那一刻，温静语终于领悟了什么叫搬起石头砸自己的脚。

…………

周容晔的伤口恢复得挺快，只是拆线后手臂上还是不可避免地留下了一道细长疤痕。

家庭医生给他准备了好几支消痕药膏，周容晔却不以为意。如果不是温静语每天逮着他涂，他自己压根就想不起这回事。

"要不我找文身师设计个图样？"

温静语在棉签上蘸着药膏，听罢看了他一眼："想文身？"

"我看你好像挺在意这条疤。"周容晔低头端详着，"就文你的名字，怎么样？"

温静语笑了一声，继续替他擦药。

她之所以这么坚持，是因为这消痕药膏有清凉镇静的作用。新皮肤愈合总是伴随着瘙痒难忍，她已经瞧见好几次，生怕周容晔又抓伤自己。

"文对方名字这种事听上去……"温静语顿了顿，在脑子里搜索形容词，"有点像年轻气盛的中二少年干出来的事。"

"我不年轻吗？"周容晔挑眉。

"我说的是少年，周先生，你已经三十多了。"温静语无情地拆穿，话也没说完，"而且……"

周容晔好整以暇地盯着她，等待着她的后续。

"文胳膊有什么意思。"

温静语的目光从他的手臂开始，逐渐向下偏移，最后落在他的裤腰附近，笑得肆意。

"怎么着也得文个特别的地方才有诚意吧。"

周容晔一怔，而后脸上绽开无可奈何的笑容。

温静语以为文身的事情就此打住了。

时间恣意溜走，七月初，香港培声乐团本个音乐季的压轴节目正式搬上了舞台。

七月一日，也是香港特别行政区成立的纪念日，培声乐团特别邀请内地著名指挥家王旻阆先生，以及传奇的华裔小提琴家陈优优，在香港文化中心音乐厅举行了一场联合演奏会。

两个小时的演出以柴可夫斯基的《小提琴协奏曲》暖场，萧斯达高维契的《第十交响曲》为主题。

台下座无虚席，就连音乐会前的免费讲座都挤满了观众。

现场来了很多媒体，他们特别关注的还有另外一点，那就是今晚的Christopher中提琴首秀。

这把有着三百多年历史的中提琴依然保持着最完美的状态，而致恒主席为博佳人笑容一掷千金的事迹也为这把名琴增添了一丝罗曼蒂克的色彩。

两人的关系自公开以来，温静语的履历就已经被扒得一干二净。

年轻的富商和貌美的女艺术家，这样的组合总是避免不了几分有滤镜的猜想。

一开始的炮火猛烈而集中，紧接着大家渐渐发现，从家庭背景到学习经历，从获奖状况到现场演出，温静语都完美得无可指摘。

光是那个慕尼黑国际音乐大赛中提琴冠军的头衔就能让很多人闭嘴，哪怕被拿着放大镜审视，也找不出什么可以捏造是非的素材。

所以在镜头前，温静语也慢慢从紧张抗拒变成了坦荡从容。

反正躲不过，总有不分场合的媒体，每当他们好奇她和周容晔的关系，温静语都是微笑回应，声称他们和普通情侣没两样，别人谈恋爱会做的事情，他们也一样会做。

而周容晔也不会一味地把她护在身后，他觉得温静语不是那种需要用玻璃罩子包裹保护的性格，有些放到台面上的事情，她会更愿意自己冲锋陷阵。

事实也证明了他的判断。看着温静语的状态变得越来越大方，周容晔不但感到欣慰，到后面甚至演变成偶尔会心安理得做她"背后的男人"。

就像此刻，演奏会散场，在台下默默当了两个小时观众的周容晔还是被媒体堵到了。

"请问您今天是以私人身份出席吗，还是主办方有特别邀请？"

周容晔微笑："我今天就是普通观众。"

"是专程过来捧场的吗？"

"这场演奏会很特殊也很精彩，当然值得专程捧场。"

记者不依不饶,终于说出了温静语的名字。周容晔也不回避:"温静语小姐的自我要求向来很高,作为她的家属,自觉提升音乐素养是分内的事,不然我担心跟不上演奏家的步伐。毕竟在恋爱中和对方保持同频很重要,不是吗?"

此话一出,众人随即感慨周容晔的觉悟甚高,看来爱情是公平的,再优秀的人都会有焦虑和危机意识。

压轴演出圆满结束,乐季行程告一段落,温静语终于迎来了她为期一个月的休假。

去路海的前两天,她都窝在家里没出门,周容晔还有一些收尾工作没完成,每天八点多就不见了人影。

所以,当温静语早上醒来看到床边还有人的时候,她不免惊讶。

"你怎么还没走?"

她在被窝里伸了个懒腰,却不愿意把手探出来。

香港进入了夏季,火炉蒸笼的模式正式开启,温静语喜欢把房间温度打得很低,不然夜里根本睡不好觉。

"今天不用去。"

周容晔等她清醒几分,再把人从被子里捞起。

"今天带你出海,好不好?"

"出海?"

温静语的困意瞬间消失,她拿起手机看了看天气软件,苦笑道:"这个温度带我出海,你认真的吗?"

"怕什么,防晒用品都替你准备好了。"周容晔将她额前挡眼的碎发别到耳后,亲了亲她的额头,"不去很远,就去南丫岛逛逛。"

温静语这才来了兴趣,立刻翻身下床去洗漱。

"温温,早饭想吃什么?"周容晔靠着门板问道。

她咬着牙刷,思索了一会儿,眯眼笑:"港人醒神套餐。"

"这是什么?"

"沙爹牛肉公仔面和菠萝油,要求不高吧?"

周容晔点头,眼底笑意放纵:"确实。"

说完,他转身出了卧室,捡起车钥匙跑了趟湾仔,买了温静语最爱吃的廉记。

早餐饭毕,周容晔又给她喂了一颗晕浪丸,防晒帽、长袖衫,全副武装后才带着人出了门。

温静语以为他会带着自己从哪个公众码头登船,结果这一路的方向却是去往深水湾。直到那艘崭新的 Bavaria 游艇停在他们面前时,温静语才明白过来,他说的出海,是自己开船出海。

从香岛道的深水湾码头出发,到南丫岛的距离并不远,如果风浪不大,差不多三四十分钟就能到达榕树湾,那里有个轮渡码头,可以直接登岛。

"我真要对你刮目相看了。"温静语坐在二层甲板的副驾位,托了托脸上的墨镜,挤着瓶子里的防晒霜,"你怎么连游艇都会开啊?"

周容晔的技能总是在不经意间点亮,尤其是驾驶各种交通工具的本事,这让温静语艳羡不已。

"温温,晕不晕?"

周容晔关注的却是她上船之后的状态。

"还行。"

也许是晕浪丸起了效果,吹着海风看着远方,温静语觉得自己还能坚持。

"如果难受的话就去下层,让 Ruby 给你拿点冰水。"

Ruby 是随船的工作人员,一个菲律宾籍的年轻妹子,负责游艇上的所有杂务。

"Yes,Captain!"

看温静语还有玩笑的力气,周容晔才稍稍放下心来。

只是今天阳光实在毒辣,虽然拉起了遮阳板,但是游艇在移动,日照的方向也在变化,一不小心还是有晒伤风险。温静语挤完防晒霜就绕到了周容晔背后,替他抹着脖子后面的皮肤。

"我们一会儿登岛吃午饭吗?"

"对,岛上海鲜很多。"

他们这趟出行还跟了一艘事务艇。

到了榕树湾,事务艇先行靠岸,随行人员下船接手游艇,周容晔则直接牵着温静语登岛。

与香港的繁华高楼不同,南丫岛上风貌原始,景观质朴,中西融会,有好几个自然旧村落,远郊的游客也很多,大家骑着自行车来来往往,远离喧嚣,悠闲惬意。

沿着村道前行,附近有好几家海鲜排档。周容晔让温静语挑,有空调冷气的店当然是她的首选。

辣椒炒蟹、鲜椒鱿鱼、豉汁炒蚬,温静语居然觉得这岛上风味有种脱离粤式清淡的重口。

"周周,我们下午去干什么?"

周容晔剥着足有小臂那么大的濑虾皇,将完整的虾肉剔出后,放进了温静语的碗里,卖关子道:"去个好地方。"

南丫岛说大不大,但也绝对不小,除了在村落游玩,岛上爬山也是很多人的选择。但这样暴晒的天气,温静语觉得周容晔应该不会狠到带她去爬山。

果然午饭结束,他就牵着温静语原路返回了。

两人再次回到游艇上,这次继续沿着海岸线往南行驶。烈阳下,海水呈现出一种绿到发蓝的纯粹,海风轻拂,倒也不算燥热。

温静语望着那一片片路过的细沙海滩,越来越猜不准周容晔的目的地。

"我们到底要去哪里?"

"马上到了。"周容晔道,唇边泛起一丝令人难以捉摸的笑意。

温静语握着手机看导航,前方就是芦须城泳滩,游艇终于开始掉转方向,她看了半天,前面也没有可以停靠的码头,这样下去船很容易搁浅。

果然在距离沙滩还有几十米远的时候，游艇停了下来。

事务艇也逐渐靠近，Ruby站在下层甲板上，周容晔对她做了个手势，游艇开始放船锚。

温静语一脸迷惑，这是要直接悬停在海面上？

船锚触底，Ruby确认完状态后便一头扎进了海水。她水性很好，像一尾疾速的鱼，直接游向不远处的事务艇。

于是船上就只剩下温静语和周容晔两个人了。

她的心"怦怦"跳，突然有种要被人卖了的感觉。

"你不会要在这里杀人灭口吧？"

周容晔大笑，胸口震颤："觉悟挺高，确实是叫天天不应，叫地地不灵了。"

这个时间点海滩上空无一人，海水深不见底，求救都找不到方向。

"温温，我们去下层。"

下层有什么，温静语早就观察过了，船舱的两个房间里都有大床。

不等她思考反应，周容晔抓着她的手就往舷梯走，扶着她慢慢下了甲板。玻璃门隔绝了室外火热，下层船舱内很凉快。周容晔牵着人没放，在两扇门前停下脚步，弯唇看着她："去哪间？"

温静语脸颊发烫，嗔道："大白天的……"

"那我来选。"

周容晔直接推开其中一扇门，房间内温度更低。温静语被扯了进去，下一秒就被人抵在了门板上。

停在海上的游艇并不平稳，摇摇晃晃，随波荡漾。

温静语已经开始眩晕了。

只是她的唇被人堵着，新鲜氧气更难进来。

"周周……"她脑袋发蒙，"有点晕……"

"那就去床上。"

周容晔把她打横抱了起来，压在柔软蓬松的被子上，躺着确实好了很多，但也架不住这种飘浮的摇曳感。

"禽兽……"温静语低声骂。

换来的是更加凶猛的进攻。

最后的布料也不翼而飞，她泪眼蒙眬，紧抓着身下的被单，结果料想中的承受并没有立刻袭来。

"温温。"周容晔抓着她的手往身后放，"摸到了吗？"

温静语触到那片滚烫皮肤的时候愣了愣，然后意识逐渐恢复清晰，她又不敢相信地用指腹细细描绘了一遍。

在周容晔的后腰上，她居然摸到了自己的名字缩写。

"……你真去文了？"她难以置信，眼里有热意漫起。

周容晔眼尾扬起，眸子里的细碎光芒和这艘游艇一样，晃荡浮沉。

"我还年轻。"

307

"中二病……"温静语笑出声,不舍地在那片肌肤流连,"疼吗?"

周容晔摇了摇头,抓着她的手指轻轻捏着。温静语任由他摆弄,燥意升起的时候,突然觉得无名指上一凉,好像有个圆环套住了她。

还来不及去看那戒指的样子,周容晔就俯下身来,得逞的笑容展露无遗。

"这下跑不了了,周太太。"

…………

回路海的那天,温静语直接把周容晔带回了嘉和名苑。

原本崔老师和温院长是想一起来接机的,但人算不如天算,温院长偏就在那天接到了一个临时的手术任务。接机计划泡汤,请了半天假的崔老师干脆直接回家,从下午就开始准备晚饭食材。

飞机在下午三点落地路海国际机场,周容晔的司机早就把车备在了停车场。

温静语一开始不明白为什么要开两辆车来,当她发现其中一辆车的后座和后备厢都被各种礼盒塞满的时候,才恍然大悟,原来周容晔早就做好了准备。

只是这阵仗不像是要去丈母娘家吃饭,而是打算直接搬进这个家。

半年没回来,路海又冒出了很多新楼盘。车子拐进中山北路的时候,温静语发现嘉和名苑对面新造的小区貌似已经交房了。

这一带靠近市中心,本就是稀缺板块,而作为路海市目前最高的住宅楼,主体塔楼在设计之初就博尽了眼球,曲面玻璃和灰色金属条包边的外立面晶莹剔透,在阳光下呈现出一种流动性的水幕质感。

每平方米六位数的开盘价以及最小面积都有三百八十平方米的平层户型,使得这个小区也被戏称为"云端富豪俱乐部",光是看房验资这一步就设立了极高的门槛。

如果温静语没记错的话,这栋楼的建筑设计师和铂宇集团双子塔的设计师是同一个人。

"这项目的开发商好像也是香港的公司吧?"温静语望着那栋吸睛的主建筑感叹,"当初致恒怎么没争取一下,听说中山北路这一片的房价都被它带着涨了不少。"

周容晔打了一把方向盘,库里南平稳地拐进嘉和名苑。他目视前方,扬唇道:"怎么没争取,只是当初地块招标的时候就没好好上心,路海办事处这边有好几个负责人都因为这件事被开除了。"

最后项目是被他们的老对家晟和集团捡走的,只不过他们的话事人和周容晔还算有点交情,设计师 Jerrfy Kwong 就是他亲自介绍的。周启文当时气得冒烟,到现在提起来还会耿耿于怀。

"可惜了,可惜了。"温静语摇摇头。

周容晔用余光看了她一眼,不经意地问:"你喜欢吗?"

"什么?"

"那个小区。"

温静语撇了撇嘴，掐着手指数数："我是替你们可惜，那房子要是全卖完得赚多少钱啊……"

到了家门口，周容晔先把车上的行李箱抬了下来，接着和后车司机一起搬礼盒。这动静不小，好几个路过的邻居都停下脚步观望。

"静语，这是你男朋友啊？"

说话的是十八幢的王阿婆，她就住在斜对面，应该是刚从菜场回来，手里还拎着个装得满满当当的竹篮子。

"是的，阿婆。"

温静语礼貌地笑着，拍了拍周容晔的肩膀，示意他打个招呼。

"阿婆好，我叫周容晔。"

"哎呀哎呀，小伙子长得真俊啊！"

王阿婆脸上笑开了花，光是自己欣赏不够，还要拉着其他几幢的邻居一起聊。最夸张的是二十幢的谢叔叔，花园的水刚洒了一半，他拖着根皮管子就跑出来凑热闹了，被家里老婆好一通骂。

温静语一个个应付着，心想自己就是带了个男朋友回家，也没想到会变成众人围观的焦点。

再看身旁的周容晔，他好像还挺沉迷在这种邻里社交当中，哄得那几个阿姨婆婆心花怒放，直言让他有空就上自家喝口茶。

温静语腹诽，真是好一朵游刃有余的交际花。

"静语，小周！怎么回来了还在家门口杵着啊？"

崔老师的声音冷不防从后方院子里传来。温静语回头，看到妈妈手里正抓着一把刚剪下来的新鲜小葱。

周容晔先她一步迎了上去。

"阿姨好。"

"哎，小周，好久不见，欢迎欢迎。"崔老师难得露出这种笑眯眼的表情。

"我来帮您拿吧。"

"哪里用得到你，赶紧进屋休息休息，旅途辛苦了。"

院门外，王阿婆喊道："阿瑾，这回女婿上门了哈！"

崔老师也不扭捏，举着葱应道："是啊，回家包饺子了！等会儿给您送点过去！"

进了家门，温静语才发现对门的薛阿姨居然也在。崔老师说家政阿姨今天回乡下老家了，她一个人忙不过来，薛阿姨是来帮忙做饭打下手的。

温静语太了解崔老师这群老闺蜜，来帮忙是真的，想八卦也是真的。

"小周，你也太客气了，怎么拿那么多东西来啊？"

崔老师看着那一地堆成小山的名贵礼盒，有些瞠目结舌。

"不多，也不知道您和叔叔喜欢什么，就随便挑了一点。"

"阿瑾，剁猪肉馅儿的还是牛肉馅儿的？"薛阿姨也从厨房探出了头，好奇心显然抑制不住。

"老薛,你来喝口茶!"崔老师转头使唤温静语,"静语你去,剁猪肉的,料切好了我来拌。"

温静语刚起身,周容晔也跟着站了起来。

"我去帮忙吧。"

"不不,小周你坐。"崔老师把他摁回了沙发上,"咱喝茶。"

温静语无语。

她还记得崔老师当初知道自己谈恋爱时的反应,那会儿嘴上说着担心她会在感情上受伤,现在这副面孔,怎么看周容晔才更像亲儿子。

厨房的食材都备得差不多了,温静语的任务也不重,她拿着菜刀剁肉馅儿,这动静居然掩盖不住从客厅传来的阵阵笑声。

那三人聊得有些忘我,等温静语再走出去的时候,发现崔老师的脸都笑红了,薛阿姨也是捂着嘴一副乐翻天的模样。能把这两位逗成这样,实属不易。

等她们回了厨房,温静语立马拉着周容晔问:"都聊什么了?"

周容晔替她按摩着小臂上的肌肉,莞尔道:"聊提亲的事。"

"啊?"温静语有些不淡定了,"你这就直接说了?我妈什么反应?"

她还想着要过五关斩六将,然后再慢慢引出这件事。

怎么到了他这里,就说得跟吃饭一样简单。

"薛阿姨是不是有个女儿?"

温静语点点头,还是不明所以:"这跟薛阿姨的女儿有什么关系。"

"薛阿姨说她女儿跟那个外国男朋友分手了,问我身边有没有什么优质的单身男青年可以介绍介绍。"

"你怎么回的?"

"我说有。"周容晔掀起眸子看她,"但是挨个见面效率不太高。"

温静语不确定地问:"你不会说什么在我们婚礼上挑这种话吧……"

周容晔突然笑了,肩膀轻轻颤动。

"你快说呀。"

"看来你很了解薛阿姨,她就是这么提议的。"

温静语盯着他。

"然后我答应她,到时候可以找十个伴郎,让她女儿坐主桌。"

温静语愣了几秒,也跟着笑,探头看了眼厨房的方向,轻声道:"晚上记得给薛阿姨多夹几个饺子。"

温裕阳是在晚饭开餐前到家的。他还是第一次见到周容晔本人,因为手机视频通话打下的良好基础,两人虽是初次面对面聊天,但气氛一点都不冷场。

由于职业的特殊性,温院长平时是很少沾酒的,但今天兴头来了,他拉着周容晔添了好几次酒杯,两人都喝得有些多。

饭桌上的话题也渐渐引到了订婚的事情。

这事儿温静语还真得好好感谢薛阿姨,她是个热心肠,主动充当起媒人的角色，作为看着温静语长大的长辈，有些话经她的口说出来就特别自然。

一席饭毕，周容晔主动起身整理，却被崔老师赶去了客厅。温院长泡了两杯醒酒茶，拉着他又聊个没完。中途周容晔去阳台接了个电话，温静语这才有机会跟他单独相处。

"周周，你是不是有点醉了？"

温静语手里捧着一杯蜂蜜水，刚刚经过客厅的时候，她看见温院长已经靠着沙发睡着了。

温院长今晚的话尤其多，状态也热络，温静语知道他肯定要醉。

"我还好。"

周容晔身上也有酒气，但那眼神看着还算清醒。他瞥了眼客厅的方向，突然伸手把温静语揽进了怀里。

这还是在自己家里，温静语有些紧张，扯着周容晔尽量往阳台角落里靠。

蜂蜜水端在手里摇摇晃晃，不小心溢了出来，温静语将杯子捧到他面前，柔声细语道："喝点，醒醒酒。"

周容晔接过杯子直接搁在了她身后的洗水池里，低头时气息有些紊乱，贴着她的唇喃喃道："你来帮我醒醒。"

清淡的酒气混合着他身上的雪松香，温静语也有些把持不住，双手勾上男人的脖子吻得动情。

湿软的舌尖互相追逐、缠绕，两人的手都不知不觉探进了对方的衣服下摆，烈火烧身之前，互相都硬生生地打住了。

"温温。"周容晔的眸子覆上了一层浅浅水汽，"我感觉在做梦。"

"我就说你有点醉了吧。"温静语刮了刮他的鼻尖。

周容晔捉住她的手，唇瓣在她细嫩的手臂上轻轻摩挲。

"刚刚是大哥大嫂的电话，他们已经登机了。"

温静语惊讶："大哥大嫂要回来了？"

"嗯，直接来路海。"

长兄如父，当然要亲自上门拜访。

温静语没想到他会如此郑重，心里说不感动是假的。

"大哥身体不好，旅途一定很辛苦，其实不用这么麻烦的，我们……"

"一点都不麻烦。"周容晔搂住她，"温温，我想娶你，所有过程都不想省略。别人有的我们也要有，别人没有的我也要给你。"

温静语看着他，正想回应些什么的时候，崔老师的声音在客厅乍然响起。

"静语，让小周今晚别走了，就在家里歇下吧。"

温静语吓得一激灵，却发现面前这个男人怎么都推不开。他眼里是浓得化不开的笑意。

客厅和他们现在这个位置，只有一扇纱帘挡着。

"好的，妈。"温静语故意朝着客厅喊道，"就让他睡二楼客房吧。"

周容晔挑眉，用口型问："客房？"

温静语在他胳膊上掐了一把,挑衅道:"不然你还想睡哪儿?"

崔老师并没有走过来,隔着阳台移门,出声:"那我先扶你爸回房了啊,你们也早点休息!"

"好嘞。"

崔老师走远后,温静语就被人压在洗衣台旁狠狠报复了一番。

她双唇微肿,呼吸微喘,某人却越来越清醒。

室外夜色如水,月明星稀,周容晔盯着院门外那昏沉的路灯,突然提议道:"要不要出去走走?"

"大半夜的?"

"本来想等到明天,但是现在就想带你去看。"

"看什么?"

"我们的家。"

温静语睁着眼,露出了迷惑表情。

"现在去月央湖?你喝了酒得叫司机吧,我也不会开车。"

"不用开车,我们走过去。"

"从这儿走到月央湖?"

"不去月央湖。"

周容晔轻笑,眸光比今晚的月色还要柔和。

"就在对面。"

从嘉和名苑走到街对面,甚至都用不了五分钟。

直到温静语被人牵着进了入户大门,她才相信周容晔是真的把家搬到了这里。

一层一户,四点八米的挑高,顶楼上下两套直接打通,将近一千两百平方米的室内使用面积,还外带了一个私人停机坪。

室内装修由美国和香港的团队通力合作,设计图纸是 Jerrfy Kwong 亲自手绘的,鱼肚白大理石,黄花梨家具,真丝刺绣墙布,苛刻到连浴室里的台盆水龙头都要从德国定制,前卫与庄严在这里得到了顶级融合。

"喜欢吗?"

周容晔按下墙上的开关,客厅朝南的纱帘缓缓打开,从这儿望出去,城市夜景辉煌又渺小,万家灯火尽收眼底,还真有种踩在云端之上的浮华感。

"以后回路海,这里就是我们的家。"

温静语站在落地窗前,回头望他。

"为什么是这里?"

周容晔从背后轻轻拥住她,神色柔和。

"这一片是你最熟悉的街区,我也想感受一下。"他顿了顿,又继续道,"你要是想爸爸妈妈了,走到对面就能去找他们。"

这句话彻底捆住了温静语的心,酸软蔓延至四肢百骸,像一片泡进牛奶的面包,吸饱水分后再渐渐融化。

"他们愿意的话也可以随时住进来,上下层的功能都差不多,到时候让他们先选。"

"周周。"温静语的声音已经有些低哑,"我们结婚,就代表着多了一个爱你的小家庭。"

"也是爱你的家。"温静语捧着他的脸,认真道,"你还多了一对爱你的爸爸妈妈。"

周容晔微怔,弯唇抵着她的额头,眼睛里的光像是浸润的银河。

"嗯,我们的爸爸妈妈。"

两人拥抱着,气氛温馨且静谧。温静语伏在他怀里,打量着这套房子,突然轻笑。

"还是太夸张了,这个小家庭一点都不'小',你怎么想的,就算是四世同堂也绰绰有余了。"

"四世同堂?那我们从现在开始就要抓紧时间了。"周容晔搂着她的手突然一紧,"给BB的房间想去看看吗?还有卧室的床没试过,也不知道软不软……"

"真是正经不过五秒。"

温静语嗤他总能把话题带偏。

折腾到半夜还是回了嘉和名苑,客房被崔老师收拾得很干净,周容晔嘴上虽然贫,但毕竟是第一次住,该守的规矩依然会老老实实守着。

他去浴室洗漱的空当,温静语就留在客房没走。她在柜子里不停地翻翻找找,好像在找什么久远的物件,打开的储物箱摆了一地。

"找什么呢?"周容晔边擦着头发边问。

温静语见他来了,立马又把箱子盖了回去,不在意道:"没什么,找件衣服。"

"要我帮忙吗?"

"没事,不用。"

温静语说完就起了身,正打算回自己房间,那人又笑问:"真不一起睡?"

"还有力气?"温静语玩味地看着他,抬手点了点他小腹上坚硬的肌肉,"早点休息,养精蓄锐,小心明天起不来。"

调侃归调侃,第二天还是周容晔起得比温静语早,等她下楼的时候就发现家里只有崔老师一个人。

"周容晔呢?"她给自己倒了一杯水。

崔老师端着刚出锅的鸡汤小馄饨,应道:"和你爸爸去菜市场了。"

"啊?"

"惊讶什么?他比你勤快多了。"崔瑾指了指那碗里的馄饨,"喏,小周帮忙包的。"

温静语突然笑了,低头用勺子搅着碗里的馄饨,这回居然没散。

看来技术精进了不少。

她喝了口汤,又问:"妈,我从柏林带回来的那些行李收哪儿去了?有几件大衣。"

313

"柏林？那都是几年前的事了。"崔瑾回想，"肯定在你自己房间的柜子里呀。"

"找过了，没有，客房的柜子也找过了。"

"那就怪了，东西肯定是在的，你的衣服我也没丢过，就是得好好找找，到时候大扫除整理一下吧。"

然而崔老师的大扫除却是为了另一件更重要的事。

周启文和柯佩婷的航班顺利落地路海。来者是客，崔老师和温院长表达了十二万分的欢迎。

一家人聚餐的当天，温家热闹得像是过年。

不仅闵芝和姜莲到场，连姑姑温裕芬都来了。

场合正式，周启文和柯佩婷自然而然地提起了两家的亲事，他们不远万里上门拜访，诚意也是十足。

席间众人都喝了点酒，气氛瞬间就被推上来，说起周容晔小时候的遭遇以及周家父母的事，周启文不免动容，连柯佩婷都难得见到他这么感性的一面。

而另一旁的崔老师早已潸然泪下，母性大发，看着周容晔的眼神都多了无尽的爱怜。

倒是两位主角有点在状况之外，周容晔今晚兴致高涨，又喝得多了些。温静语一直在桌底下牵着他的手，时刻关注着他的情绪和状态。

她被唤回注意力的时候，是听到了他们的订婚日期。

周启文他们回趟国不容易，这次就是想将此事顺利定下。两家聊得投缘，温家父母也不是什么计较之人，他们只盼着小辈好，不需要太铺张的场面。

一来二去，订婚的日子就这么挑了出来，就在半个月后。

这动作迅速得简直让温静语毫无准备，她偏头看了身旁的男人，瞳仁晶亮，眼尾居然多了几抹绯色。

周容晔低头在她耳边说："半个月都嫌长，我恨不得现在就抓着你去领证。"

晚餐散场，周启文和柯佩婷被温家父母留宿，直言都是一家人了，不需要见外。

温静语又帮忙收拾了一间客房出来，将他们安顿好之后，刚想去看看周容晔的状态，兜里手机就开始振动了。

是一串陌生的路海本地号码。

温静语以为是什么垃圾广告，结果刚掐掉对方又打了过来。

"喂，哪位？"

对面沉默了几秒，男声有些哑："是我。"

是梁肖寒。

温静语看了看时间，十点多了，也不知道这人想干什么。

那头怕她拒绝，又立刻开口："见一面吧，我在你家楼下，给完东西，我保证就走。"

温静语下了楼，大家都回了房间，客厅大灯也熄了，只留着玄关一盏夜灯。

她给周容晔发了短信，然后换好鞋子走出庭院，一道高大身影果然在院门外驻足。

家门口就停着周容晔的车，醒目又张扬。

温静语站在车旁，平静地看着梁肖寒。那人瞧着有些疲倦，见她来了，低头掐灭了手里的烟。

"前些天在医院碰见温叔叔了。"梁肖寒停顿了一下，抬起眸子看她，"听说你们要结婚了。"

"是的。"

温静语坦荡地环着胸，就算是在昏暗光线下，她无名指上的那枚钻戒依然闪耀动人。

梁肖寒撇开脸，缓好情绪后，下一秒他的手就伸了过来，掂着两个厚重的红包。

"一个是我妈的，一个是我的，恭喜你……"

"谢谢……心意领了，红包我就不收了。"

"拿着吧。"梁肖寒不管不顾地塞给她，"我那份算是回你的份子钱，至于我妈那份……她说自己可能等不到你的婚礼，让你一定要收下。"

温静语微愣："肖阿姨最近身体怎么样？"

梁肖寒沉默了很久，再开口时先深呼吸了一下。

"她之前说想去云南生活，我打算带她去大理，在那边好好陪她一阵。"

温静语听懂了言外之意，这是打算放弃治疗了。

她轻轻叹了一口气："大理很美，空气也好，希望阿姨过得开心。"

"所以红包你就收下吧，没别的意思。"梁肖寒看着她，眼眶有些红，"希望你幸福。"

温静语垂眸看了看手里的红包，最终还是说了声"谢谢"。

"挺晚了，你回去吧，代我向阿姨问声好。"

"嗯。"

温静语转身，手刚推上庭院门的时候，心灵感应让她觉得二楼阳台有一道始终追随她的视线。

她抬头，周容晔正倚着栏杆看她。阳台的吊灯开着，他的面容在那香芒色的光线下影影绰绰，硬朗线条也多了几分柔和。

温静语冲他招了招手。

周容晔也笑着回应，抬手晃了晃。

"温温……"

身后梁肖寒的声音沙哑，像被粗粝砂石无情划过。

"我妈当初说我迟早要后悔，那时我不信……"

热泪滚过，男人的痛苦终于无法抑制。

这个夜晚很平静，平静到普通，却让他觉得这或许是他们之间的最后一面。

"我现在真的后悔了。"梁肖寒掩面，"我舍不得，真的舍不得……"

"梁肖寒。"

庭院门开了一半，温静语停下动作。

315

"其实你心里没我。年少时的情谊单纯可贵，你或许只是惋惜那段时光，又或许只是可惜一些没得到的感情。如果真的得到了你未必会珍惜，真的喜欢一个人，不是你这样的。"

"不是的，我……"

"不重要了。"

真正的释怀不是回头感慨，不是相见生厌，而是真的失去了波澜，哪怕此刻对方泪流满脸，痛哭忏悔，也勾不起内心的半点起伏。

像对待偶尔拂面的清风，像对待花草或者泥土，像对待一切无关紧要的东西。

"你回去吧，我现在就很幸福，也祝你幸福。"

院门被完全推开，发出"吱呀"声响，温静语一脚踏了进去。

"再见。"

然后她便不再回头。

上了二楼阳台，周容晔还靠着扶栏。温静语盯着那宽阔背影，喊了他一声。

"周周。"

周容晔转身，朝她张开了双臂。

温静语三步并作两步，毫不犹豫地抱了上去。

"宝贝。"他轻唤着她。

"嗯？"

"今晚想睡你的房间。"

温静语笑了，她摸了摸他的背，不知是不是喝酒的缘故，有些烫人。

"好。"

夜深人静，二楼也只有廊灯开着。

路过崔老师房间门口的时候，温静语还是下意识放轻了脚步。周容晔跟在身后，目光落在温静语紧紧抓着他的那只手上。

他故意闹她，时不时制造出一些动静，比如清嗓，果然换来她的一记瞪眼。

周容晔笑得无辜。

房间昏暗，进门后温静语就落了锁，打开床头的落地灯，然后将两个红包放在梳妆台上。

"你先去洗？"

温静语问着那个坐在飘窗上的男人。可能是错觉，今晚他看她的眼神格外炙热浓烈，像蛰伏在黑夜中的狼，散发着幽幽的光。

此刻在她的房间里，这种感觉更加强烈。

"你先去，我醒醒酒。"

温静语点点头，转身去柜子里拿了换洗衣服。进内置浴室前，她又不放心地看了周容晔一眼，问他："要不要喝点水？"

他颇有深意地盯着她，勾唇道："什么水？"

温静语装作听不懂，也不再理他，干脆地甩上了浴室的门。

从回路海的那天起，两人就是分房睡的，在家里周容晔也不能对她怎么样，有时候想得紧了，他就把她拽到角落亲一会儿，但也都是点到为止。

也正是这几天的相处，才让温静语发现周容晔的黏人属性，有时候她去厨房帮把手他都要跟着，宁愿站在她边上择菜、洗碗，虽然活干得一般般，但落在崔老师的眼里就变成了勤快。

只有她知道，长辈一转身，这人就会在她耳边说些没羞没臊的话。

"温温，想我了吗？"

"人就在边上，有什么好想的。"温静语不上他的当。

"我想。"

温静语一顿。

"我上次看到一篇科普文章，专家说了，不能憋太久，脾气也会变得暴躁。"

"那专家有没有告诉你，人不吃饭不喝水也能撑一个星期？"温静语把没剥完的豆子塞到他的手里，笑道，"小周同学，你这点意志力不行啊。"

要说影响，好像也不是一点都没有。

虽然人不在公司，但周容晔的工作停不下来，偶尔看到他开视频会议，听到不满意的汇报时，那脸色好像比往日黑沉，有时候还会蹦出一两句刺人的话。

等他关了画面，温静语才会走过去不冷不热地点评几句。

"脸这么臭，员工都要被你吓跑了。"

周容晔夺过她手里才咬了一口的苹果，没好气地往嘴里一塞，哼笑道："那要好好问问他们的老板娘了，究竟让老板受了什么委屈。"

两人在香港同居了这么久，其实分房睡也就是做做样子，崔老师他们更是无所谓，让他睡客房也是温静语故意提的，周容晔这么一抱怨，倒好像真是她委屈了他。

所以今晚可能要承受什么，温静语是在心里做了一些预设的。

她在浴室里磨蹭了许久，光是沐浴露就涂了两三遍，洗了冲，冲了再洗，花洒的水淋在身上也清醒不了神志，心跳很快，体温很烫。

难得的是周容晔也不催她，就在房间里安安静静地等着。

温静语的床不大，但是看上去很柔软，蓬松的枕头，碎花的长绒棉被套，是她惯来都追求的舒适质感。

角角落落都收拾得很干净，空气里都是她身上幽幽的香味，不管是梳妆台上的瓶瓶罐罐，还是置物架上的装饰品，一切都归置得很有条理。

周容晔突然想起了太源街的喜汇，那个五百呎不到的公寓，被她整理得很有家的感觉。

后来她搬到了半山，他的房间自然也多了她的气息。那是一种润物细无声的侵入，他从未与人如此亲密相处过，可只要对象是她，他就享受这种不分你我的感觉。

这个房间他是第一次来，仿佛一眼就能看到她以前的生活痕迹，陌生又熟悉。

周容晔发现自己的占有欲居然开始作祟，来得莫名其妙。

良久，浴室门终于打开。沐浴露的香味溢了出来，温静语拨弄着刚吹好的头发，睡裙很清凉，软软的缎面料子，吊带纤细脆弱。

"我好了，你去吧。"

她给他拿了一条新的浴巾，周容晔接过，直接当着她的面脱了上衣。

温静语的视线从那锋利的喉结逐渐往下移，遒劲的肌肉紧致匀称，看着很有弹性，摸过那么多次，她知道手感很好。

然后，周容晔的手搭在了皮带上。

她觉得血液都在沸腾，热意冲上脸颊。

"怎么了？"周容晔抽开皮带，继续解裤腰扣子，"又不是没看过。"

"快去吧。"

温静语把他推了进去，然后顺手关上门。

这人绝对是妖精变的，就这么几眼，她就感觉到自己正在陷入泥泞。

等周容晔洗完出来，温静语已经躺在了床上，不知道从哪儿找的一本书，心不在焉地翻着。

他只裹了一条浴巾，温静语没细看，只是余光看到那白色的毛巾被甩到了一旁，接着床边轻轻塌陷，和她一样的沐浴露花香袭来。

"《资治通鉴》？"周容晔半躺着，双手枕着后脑勺，盯着她手上的书封笑，"温老师真的好学。"

"睡前记忆好。"温静语目不转睛。

"是吗？"周容晔翻了个身，面对着她，"都看进去些什么了？"

温静语随意翻了个页，脱口而出："何谓君子？何谓小人？德大于才便是君子，才大于德便是小人。"

"你觉得我是君子还是小人？"

温静语终于瞥了他一眼："这个你该自省。"

周容晔的眼神越发深邃，突然一笑："那我不打算做人了。"

话音刚落，温静语就被一只大手捞进了怀中。他的体温居然比她还烫，胸膛暖得像一个火炉。

他是懂得技巧的，没一会儿就让她泛滥成灾了。

"……你真的不做人。"温静语如是评价。

周容晔低头亲着她，闷笑道："不做人才痛快。"

细白的腿架在他的手臂上，温静语觉得自己的意识和心脏都被狠狠拿捏住，人跌进了深潭，从头到尾都被打湿。

暖意突然离开，周容晔轻轻放下她，又翻身下床，往门口走去。那里有一个木质立架，恍惚间温静语看见他捡起了挂在上头的一条丝巾。

"你要干吗……"

周容晔也不回答，重新覆上来，扣住她的两只手腕压过头顶，然后用丝巾打了一个漂亮的结。

温静语动弹不得，眼里全是惊诧："这又是什么花样！"

"好好伺候你。"

哪里是伺候,温静语觉得自己陷入了一场没有止境的折磨。沉浮间,她觉得自己马上要溺毙而亡,只能不停用膝盖顶他。

"好了吗?"

"怎么能好。"周容晔的语气漫不经心,"这才半小时不到。"

"够了……"

"要不要?"

温静语觉得那个字太羞耻,憋着不肯说。

她不肯说,周容晔就继续。

"你故意的吧浑蛋……"她咬牙骂道。

"我怎么了?"

温静语扭着身子去踢他,脚踝却被周容晔牢牢擒住,抬得更高。

"你这个醋精!你就是故意的!"

"嗯,我就是醋精转世。"

周容晔把她提了起来,抱到了飘窗上。

接触到冰凉大理石台面的时候,温静语瑟缩了一下,终究是不忍,周容晔又扯过毯子铺在上面。

"看着别的男人为我老婆哭,我还不能醋?"

温静语嘴硬:"……谁是你老婆,我还没嫁给你。"

她说这句话的时候根本没考虑要承受的后果。

下一秒,眼泪就溢出了眼眶。

蛰伏已久的狼终于撕掉伪装的温柔,冲破黑夜,撞碎星河。

"他可是连红包都给了,那就当今晚是新婚夜。"

周容晔的嗓音也是低哑:"温温,该叫我什么?"

温静语咬着嘴唇不肯屈服,换来的却是更加激烈的震天撼地。她双肘撑着飘窗台面,颤声喊道:"……老公。"

"大声点。"

"老公……"

周容晔的理智也彻底丢失,把人抱到了身上,解开她腕上的束缚,逼着温静语看他的眼睛。

"温温,不够。"

温静语泪眼蒙眬,嗓子也哑了。她哪里还有力气,双手勾着他的脖子,软声在他耳边轻轻唤着。

什么老公、宝贝,什么好听说什么,只希望他能快点放过她。

只是这一夜太漫长,天边隐隐泛起鱼肚白的时候才宁息。

第二天从睡梦中醒来时间已接近正午,温静语又是一个人躺在床上,被子掩得很好。

她双腿酸软，穿好衣服磨磨蹭蹭挪到浴室的时候，还是被锁骨和脖子上那一片片暧昧红痕给惊到了。

她在心里把周容晔完整地骂了八百回，涂了遮瑕膏，还要再多裹一件半高领的外套。

怎么看都有些欲盖弥彰的味道。

一家人围在客厅喝茶，听到她下楼的动静，视线都飘了过来。

"饭给你留在厨房了，自己去热一热啊。"

崔老师手里抓着一把瓜子，说完又转过了头，继续着刚刚的话题。

坐在中间的那个人神清气爽，含笑看着她。

温静语剜了他一眼，抓着领子快速去了厨房。

饭吃到一半的时候，周容晔也走了过来，给温静语倒了一杯水。

"老婆，累吗，睡饱了吗？"

温静语吞着蛋羹，热意上涌，低骂了一声"闭嘴"。

可是这个称谓周容晔越喊越上瘾，一直到半个月后的订婚宴，他已经叫得十分顺口。

周家的效率高得可怕，半个月的准备时间简直绰绰有余。虽然说着简单弄弄，一点都不铺张，但是该有的环节一个不落下。

选了早上的吉时，一行人从月央湖出发，浩荡的阵仗引来了邻居的围观，光是那一列幻影车队就比别人家结婚还夸张。柯佩婷还备好了喜糖，见者有份，恭喜声连绵不绝。

依着路海本地的规矩，周家备的金器首饰只多不少，十八个沉甸甸的漆器木箱抬出来的时候，围观人群连拍照都来不及，掰着指头怎么都数不明白。

柯佩婷还郑重地交给温静语一个软锦木盒，里面是一颗三十多克拉的天然无烧皇家蓝钻戒，色浓质厚，光彩照人。

"这是阿晔妈妈留下来的，现在就交给你了。"

这种带有传家性质的物品向来自带灵气，周容晔替温静语套上的时候，发现戒圈大小刚刚好，完美契合。

柯佩婷惊讶地笑道："静语，非你莫属。"

晚宴在希阑酒店举行，只邀请了家属和关系最好的朋友，周皓茵因为课程问题没法及时赶来，只能通过视频的方式凑热闹。

她改口也是快，一声接着一声的小姆姆喊得温静语都不好意思。

而婚礼日期也在订婚宴后迅速选定。

在这件事上，作为科学领路人的崔老师也不得不传统一回，她拿着两人的生辰八字，驱车百余里，找了一位算了半辈子的老先生，挑中了明年十月十的好日子。

婚礼之前，两人就能先把证领了。

领证的日期没有硬性要求，随小两口的心意就好。周容晔当然恨不得第二天就往民政局跑，但他如果想在内地领证，还得回港补一份单身证明，必须本人出面。

温静语安慰他别着急，回香港领证也是一样。

她知道在这件事上周容晔是有点小情绪的。
"温温，感觉急的人只有我。"
温静语掐了掐他的脸调侃："你别太恨嫁。"

周容晔出来太久，公司的事务不能再拖，而温静语的假期还剩几天，她打算留下来多陪陪父母，于是假期的末尾，周容晔先动身返港。
送完机的这天晚上，温静语又把家里的衣橱里里外外翻了个遍，每一个房间都不放过，终于在阁楼的柜子里找到了她想要的东西。
时间从指缝中溜走，回到香港已有月余。这期间周容晔很少提起领证的事情，他的工作太忙，温静语也周旋于各种排练之中，这件事好像就被两人暂时搁置了下来。
某人心结未消，总是在夜里身体力行，温静语也任他索取，大不了最后讨饶。
但奇怪的是，周容晔发现自己的证件经常不见，最后都是从温静语的包里翻出来的。
答案是在一个午后揭晓的。
温静语难得没去排练厅，而是踩着高跟鞋，穿着一袭洁白连衣纱裙来到了周容晔的办公室。
她敲了敲桌面，微笑道："周先生，现在有空吗？"
周容晔抬眸，然后愣了愣。
温静语很少化这样妩媚的全妆，细眉红唇，瞳仁含水，一颦一笑都抓着他的呼吸。
他将人揽了过来，掐着她的腰问："今天是什么日子？"
温静语勾着他的脖子，唇瓣轻启："请你结婚的日子。"
她说的"请"也包含了字面上的意思。

两人从红棉路婚姻登记处走出来的时候，周容晔还有点蒙。
核实资料的时候那七百多港币的婚礼费用还真是温静语给的，连到场证婚的Michael和陈诗影都知道这件事，唯独他被蒙在鼓里。
"你别说我拖啊。香港领个证真的太麻烦了，还要递交拟结婚的通知书，还要公示半个月，我研究了好久，今天这个日期还是撞运排出来的……"
温静语话还没说完就被人搂进了怀里。
周容晔抱得很紧，也不管这里是不是公共场合，仿佛要将眼前人揉进自己的胸膛。
"温温。"他的声音不太平稳，"我们结婚了。"
温静语伏在他的肩上笑："对啊，结婚了。"
下一秒，她从包里掏出了一个深色礼盒，推了推周容晔的肩膀。
"结婚礼物。"
周容晔这才放开她，伸手接过那个盒子。

那条黑色的暗纹手帕重现天日,时光倒流,回到初始。
"周先生,我来晚了。"
温静语的眼里有泪。
"现在,物归原主。"
这一刻,柏林的三月越过了香港的夏日热风。
爱意没有被辜负,我们终将会相遇。

(正文完)

番外一
/ 他超爱

备婚的这段时间,温静语几乎没有怎么操过心。

周容晔把所有决定权都交给了她,还把陈诗影派给了她。从选婚纱到伴手礼,从喜糖种类到场地布置,他这个效率极高的秘书总能整理出最佳方案供她挑选。

整个过程漫长又琐碎,一开始温静语觉得这完全属于大材小用,也担心陈诗影为难,毕竟这不是人家的本职工作。

所以当陈诗影带着婚庆团队来给温静语过目效果图的时候,她打算找个机会跟陈诗影谈谈。

见面地点就在尖沙咀的K11购物中心,温静语趁着午休时间请整个团队吃了一餐饭。送走客人后,她和陈诗影找了家咖啡店坐着。

"周太,刚刚的效果图您觉得怎么样?"

自从两人做完结婚登记,大家对温静语的称呼也由"温小姐"变成了"周太"。

刚开始的时候,她总是反应不过来,但后来陪同周容晔出席正式场合的次数越来越多,她听着听着也就习惯了。

"挺好的,没什么大问题。"温静语肯定地点点头,喝了一口咖啡,"你做事我向来放心,找的团队审美很在线。"

陈诗影笑:"您过奖了,那我就让他们按照这版设计提供报价了。"

"好。"

温静语放下杯子,在心里斟酌了一下措辞。

"Fiona,这段时间真的辛苦你了。我知道这是先生的意思,不比公司的事务,让你来做这些工作,我总认为是屈才了,如果你觉得累一定要记得告诉我。"

陈诗影听懂了温静语的言外之意,她没想到对方会这么替她着想,不过脸上的讶异很快就被笑容取代。

"周太,跟您相处非常愉快。"她抬起手,伸出了两根手指,"而且周生自掏腰包,给我发了双倍奖金。"

温静语与她对视了一秒,也莞尔笑开。

晚上回家,温静语将设计稿存到了平板电脑里,打算给周容晔参考参考。

她去厨房现榨了一杯橙汁,再上二楼朝着书房而去。

"周周,我进来了。"温静语敲了敲门板。

里面的人应了声"好"。

最近不仅是致恒的业务繁忙，铂宇也有一宗并购案需要周容晔亲自盯着，他回家后泡在书房的时间也因此越来越久。

"今天又要忙到几点？"

温静语将橙汁和平板电脑一起放下，周容晔就朝她张开了双臂。

"温温，让我充会儿电。"

温静语弯唇，很自然地上前搂住了他。

周容晔把人抱到自己腿上，靠着她的颈窝，闭上了眼。温静语刚洗完澡，身上有沐浴露的清香。

"换味道了？"他贴着她的脖子，深吸了几下，"西柚味。"

"狗鼻子。"温静语替他轻轻揉着太阳穴，"喝点橙汁。"

周容晔依然闭着眼："你先喝。"

"我不要，果汁糖分太高了，婚礼越来越近了，我得减肥。"

周容晔这才睁眼，低头轻笑了一声，环着她腰的那双手摩挲了几下，又渐渐往上。

"本来就没几两肉，不用减。"

温静语摁住他不老实的手，不赞同道："上镜显胖，你知道吗？万一宾客的拍照技术很差怎么办，一辈子就一次的婚礼，我可不想留遗憾。"

周容晔不正经道："那就把他们相机和手机全都没收，通过你的检查之后再归还。"

温静语被逗笑，没好气地在他肩膀上拍了一下。

"给你看下现场布置的效果图。"温静语拿起平板电脑打开图片，捧到周容晔面前，"你觉得怎么样？"

婚礼仪式的场地选在海边户外，是位于印度洋上的一个法属岛屿，四季与北半球颠倒，十月份温和凉爽，气候宜人。

周容晔认真地看了几眼，点头表示认可。

"你有想要改动的地方吗？"

温静语盯着他征询意见，桌上开着台灯，将她的瞳仁照得很透亮。

"你喜欢的我都喜欢。"

周容晔忍不住在她的眉心落下一个吻。

接着他又强调："不过，我觉得我们还有一个更重要的问题。"

"什么？"

"我们那十个伴郎伴娘怎么办？"

薛阿姨是大功臣，当初那句口头戏言还真被两人放在了心上。周容晔的交际圈比较广，想凑出十个单身寡佬并不是难事，只是相对应的那十个伴娘就让温静语有些头疼了。

不过，她已经有了解决方案。

温静语又端起平板电脑，指了指晚宴场地的效果图。

"看到这片 U 形西餐桌了吗？"她神秘一笑，"单身人士专座。"

周容晔摸了摸她的脑袋，调侃道："温温，我发现你背后长出了一对翅膀。"
温静语挑眉："夸我是天使？"
周容晔憋着笑意："手里还有一把弓箭。"
温静语想象了一下那个画面，瞬间秒懂。
脑子里已经出现了一个丘比特。
她双手环胸，没好气地问："是不是还光着屁股？"
周容晔笑出声，将她抱得更紧。
"是我的小爱神。"
…………

婚礼这天到了不少宾客，全程包机接送，下榻酒店紧靠海边，阳光清风，沙滩美景，大家的兴致都很高。

户外仪式在下午举行，安保措施是前所未有的严苛，并且谢绝了一切媒体报道，只为让新人和亲友充分享受这场婚礼。

仪式开始前，温静语的每一套造型都是保密的，连周容晔都没有瞧见过。

蒋培南提醒他："等下记得控制情绪，你要是见到心爱的人穿着婚纱出来，肯定要落泪。"

周容晔这会儿的心态都还是放松的，他睨了蒋培南一眼，故意打趣道："确实让我想起了你结婚那天。"

蒋培南："什么？"

周容晔犀利地点评："某人似个大喊包。"

蒋培南："……行，你等着瞧吧。"

当日天公作美，连阳光照射的角度都刚刚好。温静语一袭拖尾缎面婚纱，挽着温院长在花海的尽头出现，那画面柔美和谐，所有人都激动地起立鼓掌。

这是婚礼的 First Look，放在周容晔身上的注意力自然也不会少，眼尖的人发现他已经红了眼眶。

蒋培南更是兴奋，拿着手机不停对着之前还在嘲笑他爱哭鬼的人一阵猛拍，嘴上也不饶人。

"阿晔，一定要忍住！"

此话一出，现场笑闹声此起彼伏，好在周容晔稳住了，眼眶虽红，但那张俊朗无双的脸依然端着笑容，灿烂晃眼。

温院长领着温静语缓缓向前，站到花路的中央。周容晔则从主舞台出发，朝两人靠近。

这时的气氛就有点不受控制了。

温裕阳先落的泪，他牵起女儿的手，郑重地放到了周容晔的手心，开口就是颤音："……我把她交给你了。"

周容晔和温静语对视了一眼，她咬着唇，泪水已经在眼眶打转，更不敢去看父亲的脸。

"您放心。"

他紧紧握着她的手。

温裕阳和周容晔拥抱,他拍了拍女婿的背,叮嘱道:"好好生活,爸爸希望你们未来每一天都是幸福的。"

最简单的话,却是一个父亲最真挚的祝愿。

台下的崔瑾已经哭成了泪人,张允菲一边流着泪,一边还要给她递纸巾。

温裕阳退场后,两位新人相拥,温静语的情绪已经收拾好了,但她发现周容晔却迟迟不肯抬头。

周皓茵是第一个起哄的,她双手拢成喇叭状,嘴里喊道:"他超爱!"

立刻又是一片热闹笑声。

到场宾客都是至亲挚友,也纷纷跟着喊。

"亲一个!亲一个!"

"法式热吻!"

连知子都学了几句中文:"永结同心,百年好合!"

仪式还没过半,所有人的情绪都已经高涨到新人不亲一个就难以收场的程度。

温静语歪头去看周容晔,替他拭了拭眼角的湿意,打趣道:"周周,大家都在起哄了,新郎是不是该吻新娘了?"

周容晔笑了几声,下一秒抬手扣住温静语的后脑勺,在她还没反应过来的时候就吻了下去。

时间点卡得正好,装着新鲜花瓣的彩球在他们头顶上绽开,混合着阳光和海风,伴随着祝福和掌声,连绵着幸福飘荡了一路。

…………

晚宴在酒店的露天花园里举行,精致法餐,烛光美酒,和温静语设想中的一样,这样的位置安排显然比十个伴郎十个伴娘更加有效果。

两人兑现了诺言,薛阿姨的女儿洪雪坐在了正中央最显眼的位置。

不管是廖家明还是张允菲,只要是单身适龄的,通通被赶到了那一桌。

晚餐氛围十分随性,大家端着酒杯自由攀谈。作为主角,周容晔和温静语自然不得闲,夫妻俩并肩而立,向每一位来宾都敬了酒。

一轮过后,两人才有时间坐下来吃点东西。

周容晔将盘子里的牛排切好,海鲜去壳,所有食物都处理到能直接下嘴才递给温静语。

"这个有花生酱,你别吃。"

温静语听他的话,乖乖地把其中一份甜品撤到旁边,往嘴里塞了一小块牛肉,眼神却飘向了不远处的单身专座。

这一看,才发现周皓茵居然也混了进去。

"茵茵怎么过去了?"温静语皱了皱眉,"不行,我得把她喊回来。"

周容晔摁住她,不以为意道:"她也过完成人礼了,随她去吧。"

"那也不行,茵茵这么小,那桌男的年纪都太大了。"

周容晔也斜了个眼风过去,笑道:"你没发现吗?她就是单纯凑热闹听八卦。"

温静语又坐正身子,瞄了几眼,确定小姑娘真的是在凑热闹之后,才舒了一口气。

她的反应落在周容晔的眼里,他给她递了一杯水,无名指上的婚戒泛着金属光泽。

"温温,想生BB吗?"

他的话题跳跃性太大,温静语愣了愣,还真仔细思考起来。

周容晔也不急,等着她慢慢想。

"说实话,我以前很少考虑这个问题,包括结婚,因为我觉得做父母的责任重大,生下宝宝只是第一步,把孩子养好教好才是难题,我很怕自己做不好。"

"没关系,如果你觉得没有准备好,我们就不生,按你自己的心意来。"

"周周。"温静语认真地看着他,"可是对象是你的话,我想试试。"

周容晔用餐布擦了擦手,然后握住她。

"那更要放宽心,你看茵茵你都这么紧张她。如果我们当了爸爸妈妈,你只会更加操心。"

温静语捏着他的手,突然道:"以后我们一个唱红脸,一个唱白脸,好好配合。"

"谁当红脸,谁当白脸?"

温静语不假思索:"红脸当然是你,我想做个温柔的妈妈。"

周容晔笑:"难说。"

温静语抬手就要去掐他,却被周容晔顺势擒住了手腕。

他低头靠近,目光比今晚的月色还要温柔。

"温温,我们生个女儿好不好?"

温静语轻掀眼皮,睫毛扇动,盯着他说:"性别取决于父亲,那要看你的本事了,周先生。"

"那我们走吧。"说着,他就要起身。

"……去哪儿?"

"回房间。"

"……不好吧。"

温静语打量着四周。夜很深,好多宾客已经回去休息了,剩下的都是些想要继续喝酒的年轻人。

廖家明他们那桌的气氛尤其热烈,周容晔也注意到了,再不走的话,他们很快就要过来拉他了,到时再想脱身就没那么简单了。

新婚夜,他可不想浪费。

温静语被他牵着站了起来,晚礼服的裙摆很长,她只能用空出来的手拽着,不然很容易踩到。

没想到下一秒周容晔直接将她打横抱了起来。
有人看到了这一幕,朝着他们吹口哨。
"早生贵子!"
周容晔居然笑着回了句"借你吉言"。
好像生怕别人不知道他们要去干什么。
温静语当下就羞赧地挡住半边脸,提醒道:"你走慢点……"
"慢不了。"
"急什么呢你。"
周容晔轻松地抱着她,长腿迈向花园出口。
他脸不红心不跳:"急着研究怎么生女儿。"

番外二
/ 确实很难顶

婚礼结束后,夫妻俩继续留在岛上度蜜月。

日子过得很随性,只是早起的人变成了温静语,周容晔难得有睡懒觉的机会,她自然不忍心吵醒他。

每天起床后她就自己先去吃早饭,回来给周容晔带一份或者干脆叫客房服务送餐。

岛上人口密集,移民来自世界各地,因此饮食文化也是丰富多元,除了传统法餐,当地菜还受了中餐和印度菜的影响,偏爱食用米饭和炒面,咖喱也非常正宗。

如果想吃中餐了,直接找当地华人开的饭馆就行,很对温静语的胃口。

短短几日,她就适应得跟原住民一样。

除了岛上的美食和风光,吸引温静语的还有一项运动。

他们住的酒店其实是个度假村,背面就是一整片公共沙滩,与其他酒店共享,游客虽多,但维护工作做得十分到位,沙子细软干净,海水湛蓝清澈,是个打发时间的好去处。

从酒店阳台望出去就能看见沙滩,温静语留意了好几次,有人在玩无动力滑翔伞。

她并没有恐高的毛病,看着彩色的滑翔伞在空中驰骋,心里居然也开始向往。

于是这天吃完早餐后温静语并没有立刻回房间,而是坐着酒店的摆渡车来到了公共沙滩,仔细一询问,这是个付费项目,教练跟飞,限时十三分钟,还包含了三百六十度的全景拍摄。

温静语没有犹豫,当场就支付了费用。

给她安排的教练是个当地人,叫 Rayan,高高瘦瘦的,留着一头金棕色的中长发,据说是最受欢迎的一位。

滑翔伞全靠空气动力和教练的技术控制,穿好安全衣之后,温静语在前面,教练贴着她在后面,扣好伞绳再找到逆风的位置。

海边风大,伞面被迅速撑开,很快就产生了一股向上拽的升力。

接到出发指令,旁边维稳的工作人员也慢慢松开手,滑翔伞立刻升了起来,朝着大海的方向笔直冲去。

Rayan 的技术很好,不出片刻两人就已经飘到了空中,距离海面越远,眼前的景色就越发壮观。

山海云间,心境也变得开阔。

"温,看这里!"

Rayan 手里拿着一个 GoPro 的随拍相机,温静语正对着镜头比"耶",Rayan 就带着她转了个一百八十度的半圈,接着又拐了方向,再转半圈。

这动作看上去不复杂,但在空中体验的时候着实是刺激。

温静语没忍住尖叫了几声。

"害怕吗?"Rayan 问。

温静语大声回应:"再来一次!"

才十三分钟的项目,她要玩得尽兴才够本。

然而温静语忽略了一件事情,她脚上穿的是拖鞋,起飞之前就有人提醒过她,可她没在意,此刻鞋子果然不见了踪影,多半是在中途掉进了海里。

下伞的时候,她只能赤着脚踩在沙滩上。

"视频和照片等等会直接传到你的手机上。"

"好的,谢谢。"

Rayan 帮她解开了安全衣的扣子,又问:"玩得开心吗?"

阳光下,他的笑容很是明朗,这会儿面对着面温静语才看清人家的五官。

果然是个帅哥。

"很开心,今天非常感谢你。"

"我也很高兴能够遇见你。"

明知是客套话,可下一秒 Rayan 就给了她一个热情的拥抱。

温静语目测他的身高最起码有一米九,这用力一抱差点把她整个人拎起来。

不知为何,她总觉得背后凉飕飕的。

和滑翔伞团队道别后,温静语打算离开沙滩,结果这一回头,就在不远处的遮阳区瞧见了一道熟悉身影。

男人的双手枕在脑后,慵懒地靠在躺椅上,黑超墨镜隐去了大半张脸,看不清他的表情。

发现温静语略带愕然的视线飘过来,他也从躺椅上站了起来,单手叉腰,气场十足,抬起另一只手推了推脸上的墨镜,无名指的素圈戒指很是显眼。

温静语冲他招了招手,脸上笑容有些心虚。

这沉着脸的男人不是周容晔还能是谁。

"你今天起这么早啊?"

沙子太软,温静语深一脚浅一脚地走得有些慢。

周容晔冷笑了一下:"我再不起来,老婆就要跟别的男人飞走了。"

话说着虽然酸,但他还是伸手扶了扶温静语,只不过等她站稳之后他又松开了。

温静语伸了个懒腰,刚想坐下来休息一会儿,周容晔就转了身,不疾不徐地朝着台阶平地走去,看样子是打算离开这里。

"你去哪儿?"

男人懒散答道:"吃饭,在房间等了半天,胃都饿痛了。"

温静语抚额,嗯,这醋精又开始了。

她站在原地不动,周容晔走得也很慢,还用余光观察了几眼,见她没有跟上来,这才回过头。

他挑眉:"还舍不得走了?"

温静语撇了撇嘴,一脸无辜样。

"老公。"她喊得很是顺口,"我鞋子掉了。"

末了,她又指着那石板平地,语气无奈:"好烫,我不敢踩上去。"

隔着那漆黑镜片,温静语照样能感觉到周容晔正在用眼神锁定她。

男人双手环胸,好像还挺期待她接下来的招数。

温静语忍着唇边笑意,又做作地捏着嗓子喊了一声:"老公。"

周容晔偏开脸,认命般地轻轻叹了一口气,终于朝着她靠近。

只见他蹲下身子,单膝抵在松软的沙子上,拍了拍宽阔的肩膀,说道:"上来。"

温静语毫不犹豫地扑了上去,双臂圈住他的脖子,将脸贴在他的耳畔。

周容晔起身,背着人离开了沙滩。

一路上温静语的话都很多,她蹭着周容晔的耳朵,语气和软:"老公,你洗过澡了吗,好香。"

某人的嘴角已经开始松动。

"老公,我们去吃什么?"

"你笑了吗?让我看看。"

"不气了?那我亲亲你。"

"亲哪里好呢,脸?还是嘴唇?要不然……你指定一个地方?"

温静语似乎开发出了一个全新的调戏模式,反正只要脸皮够厚,羞耻的话她也能张口就来。

周容晔哪还有吃醋的闲心,早就在那一声声的"老公"里面迷失了自己。

确实很难顶。

两人的早饭和午饭一起解决,就在酒店餐厅随便吃了一点,下午周容晔开车带着温静语沿海岸线逛了一圈,还去了附近镇上的集市,淘了些精致的手工艺品。

时间过得飞快,再回来的时候夜幕已经降临。

晚餐订了海滩烧烤,老板来自印度尼西亚,做的也是印尼菜,口味偏辣。光是那一大盆龙虾拼扇贝就够两人捣鼓一阵的,当然动手的都是周容晔,温静语只负责吃。

以及欣赏驻唱乐队的表演。

主唱是个华人小伙,年纪不大,肌肉却很发达,皮肤晒得黝黑,笑起来的时候那一口大白牙十分晃眼。

"周太太,眼睛不要老是盯着同一个方向,容易视力疲劳。"

温静语眯着眼笑:"好的,老公。"

周容晔失笑。

表演结束,乐队退场,两人的晚饭也吃得差不多了,又开始寻找新的玩乐项目。

因为附近水域经常有鲨鱼出没，往年袭击事件也是层出不穷，所以这一片海滩受到了当地政府的管制，命令禁止下海冲浪或者游泳。

想要玩水，就只能去度假村的泳池。

从餐厅到度假村也就十几分钟的步行路程，两人没开车，而是牵着手散步回去。

路过一家泳衣店的时候，温静语停下了脚步。

来之前她没想过要下水，所以就没带泳衣，既然要去泳池，那身上这件裙子肯定是不行的。

她看上了好几件花色比基尼，琳琅满目的款式中，周容晔却偏偏指了指一件荧光橙的连体式泳衣。

温静语嫌弃那个颜色，也疑惑周容晔的眼光为何呈断崖式下降。

他给的理由像是经过深思熟虑的："这个颜色显眼，大晚上的你要是掉进去了我也容易捞你。"

温静语最终还是照自己心意选了一套漂亮的分体式。

至于那件荧光橙泳衣，温静语翻到背面才发现是一整片连到尾椎骨的镂空，她看到周容晔在皱眉。

什么颜色显眼，绝对是这人瞎诌的鬼话。

露天泳池在度假村的南边，离温静语早上玩滑翔伞的那片沙滩特别近，如果不是高大的棕榈树挡着，还能直接看到海岸线。

因为温静语不会游泳，所以周容晔牵着她去了浅水区，这边人少，还有个氛围感十足的酒吧。

酒吧紧挨泳池，吧台部分的位置连接着池底，坐在椅子上水面可以直接没过膝盖。

温静语点了杯鸡尾酒坐着，让周容晔放心去游。

她咬着吸管，欣赏着周容晔在水中流畅的泳姿，微风拂面，酒精熏人，好不惬意。

"Madam，想试试这个吗？"

调酒师给她递了一杯蓝色渐变的鸡尾酒，表示这是他即兴发挥的，只赠送给有缘的客人。

温静语询问名字，他现编了一个，翻译成中文也很有意境，叫破碎银河。

见有人捧场，调酒师又接连露了几手，这一下就勾起了温静语的兴趣，她干脆把周容晔唤了过来，加入这场临时起意的品酒会。

"二位是来度蜜月的吗？"

"你看得出来？"温静语惊讶。

"我也是随便猜的。"调酒师耸了耸肩，"你们看彼此的表情很像热恋中的情侣。"

温静语下意识和周容晔对视了一眼，后者正盯着她笑。

有些东西确实遮掩不住，比如他们看对方的眼神。

"其实我们结婚已经一年多了,这次是来办婚礼的。"

调酒师连声道贺,又调了两小杯酒,一杯只有两三口的量,酒液晶莹,泛着魅惑的深红色。

他说这是他对两人的祝愿,叫作今夜温柔乡。

温静语被逗得大笑,尝了一口,甜蜜丝滑,酒精浓度却很高,绝对是容易上头的那种。

兴起之时,她又冒出了一个想法。

"周周。"

"怎么了?"

她笑得狡黠,周容晔觉得那眼里头全是不怀好意。

"我们来玩个老游戏好不好?"

周容晔扬了扬眼尾:"什么游戏?"

"真心话大冒险。"

温静语话锋一转:"但是这次只能大冒险。"

周容晔搁下酒杯,表情散漫,单手托腮望着她,另一只手伸到桌面下方,细细捏着她的手指。

"又打什么鬼主意呢。"

温静语心脏蓦地一跳,只觉得有一道电流从指尖开始,迅速窜过她的全身,感官开始苏醒。

她抬起一只脚蹭了蹭他的小腿。

水声沥沥,婉转荡漾。

"想看看,谁会先醉。"

番外三

这是一场盛大的冒险 /

温静语说这话的意思,明显就是想拼酒。

两人酒量都好,平时周容晔的应酬多,偶尔有喝醉的情况,但温静语还从来没在他的面前醉过。

所以这话也勾起了周容晔的兴趣。

"要怎么比?"

"石头剪刀布,输了的人大冒险,做不到就罚酒,任务成功的话对方罚酒,怎么样?"

温静语又是一副胜券在握的模样,周容晔笑着说了声好。

"展现你实力的机会来了。"

温静语屈指敲了敲桌面,调酒师耐心等待着她的后话。

"直接上最猛烈的。"

"确定?"

调酒师看看她,又看看周容晔,后者点了点头。

"没问题。"调酒师比了个"OK"的手势。

几分钟后,两排套在架子上的小杯装鸡尾酒就推了过来,一排六杯,颜色分层,是典型的Shooter,瞧着有点像B52轰炸机,但顶端并没有点火,光看样子感受不到什么威胁力。

温静语问这酒的名字,调酒师脱口而出:"Homeless!"

无家可归,境界一下就被提升了上来。

游戏开始,周容晔出了石头,而温静语是剪子。

输的人也不慌张,淡定从容地等着对方出招。

周容晔环视了一圈,泳池边的沙滩躺椅区聚着许多人,他朝着那方向随手一指,说道:"去找个人借一欧元。"

温静语:……借钱就算了,还一欧元,想想就好丢脸。

周容晔知道她脸皮薄,针对性简直不要太明显。

温静语眼珠子一瞥,伸手就抽了一小杯酒出来,给自己打圆场:"你别说,我还真挺想尝尝这酒的味道。"

周容晔嘴角噙着笑,看着她将那杯酒一饮而尽。

刚入口时是香醇的咖啡利口酒,作为基底的杜松子酒和伏特加泛起之后力道一下就袭来了,后味还带一点坚果香。

温静语朝调酒师竖了个大拇指。

第二把的赢家终于变成了她，于是她将周容晔提出的大冒险内容原封不动地还给了他。

谁知这人毫不犹豫地起身，上岸后径直朝着那个热闹的角落走去。温静语一瞬不动地盯着，有几个身材火辣的美女已经主动打起了招呼。

不知他们聊了什么，瞧着是相谈甚欢的模样，周容晔朝酒吧的方向指了指，然后就有人转身翻包。

显然是成功了。

等人拿着一欧元回来的时候，温静语环胸望着他。

"怎么，出卖色相换的？"

"我哪里敢。"周容晔一点都不心虚，"他们知道你是我的太太。"

温静语盯着那枚硬币，问道："就直接开口了？"

"我解释了，这是个大冒险游戏。"

"……你这是作弊。"

周容晔带着疑惑语气"嗯？"了一声，尾音拖得很长。

"刚刚的游戏规则里应该没有说不能提吧？"

温静语冷哼，仰头又是一杯。

所以说任何事情的开端都很重要，接下来的回合周容晔占尽优势，温静语也不知道自己是哪里来的勇气提出跟他玩大冒险，一排酒很快就被她消灭干净，而周容晔的面前只剩三杯存量。

这酒也确实对得起"无家可归"的称号，看似平平无奇，后劲却很强悍。

游戏前温静语已经喝过酒，又或许是她不常接触洋酒的缘故，这会儿的脑袋已经有些发沉了。

还有个醉酒前的明显信号，那就是她开始说一些离谱的胡话。

"那个美女看到了吗？"温静语指着对面一个穿了黄色比基尼的年轻女生，"你去，要她的号码。"

周容晔盯着她染了绯色的脸颊，挑眉道："你认真的？"

温静语抿着嘴，用力地点了一下头。

"让你老公去要其他女人的联系方式？"

"你不敢吗？"温静语揉了揉眼睛，"呵，胆小鬼。"

她这声嘲讽差点没把周容晔气笑，这局他当然认输，拾起杯子一口见底。

调酒师也注意到了这幕，提醒道："您太太好像有些醉了。"

周容晔点头赞同："我看也是。"

他起身，将温静语从位置上捞了起来。

"温温，你醉了，我们回房间。"

温静语也是执拗，甩开他的手："瞧不起谁？我没有，你别想要赖。"

周容晔耐心哄着："好，是我输了，我们回去休息。"

温静语低头又是一声冷哼，她瞥向那剩下的两杯酒，嗤道："周容晔，你养鱼呢？"

看来是不肯轻易配合了，周容晔压下想直接将人扛回去的冲动，问她："还要继续玩？"

温静语伸出一根手指，眯眼道："最后一把。"

周容晔只能纵着她："行。"

为了让这场游戏尽快结束，周容晔出得慢了点，故意让她赢。

"说吧，这次又要我去干什么？"

"你过来。"

温静语朝他勾了勾手，周容晔低头凑过去。

她身上带着微微酒气，灼热呼吸喷洒在他的耳郭，又用手指戳了戳他坚实的腹肌。

说出来的话也根本不考虑后果。

"我要在上面，你在下面……"

周容晔深吸了一口气，身上的肌肉紧绷，他盯着温静语略显得意的笑容，眸色渐深。

"这个好办。"

说完，他也不给温静语缓冲思考的机会，直接把人抱起扛到了肩上，在调酒师兴奋的口哨声中大跨步离开了泳池。

刷卡进房后，周容晔依然没放下她。

两人身上都是湿的，外面套着酒店浴袍，周容晔里头只有一条沙滩泳裤，温静语穿的则是她自己选的那套分体式绑带泳衣。

"先去洗洗？"

温静语闭眼趴在他的肩上，轻笑道："洗什么呢，洗水果？"

看来是真醉了。

撩火容易，撤火难，周容晔也不打算放过她，扛着人就往阳台走。

他们这个房型的阳台上就有大型浴缸，阳台带着弧度，又是面朝海洋，边上的住客也看不见，私密性足够高，但开放式的环境总归带着点大胆和刺激。

周容晔先把人放在沙发上，将浴缸冲过一遍之后开始蓄水。

温静语一直含笑望着他，眼神暧昧不清，瞳仁浮起了一层潋滟水光。

她头上的发圈早已掉落，长发披散，歪着身子靠在沙发上，浴袍也在不知不觉中滑到了腰侧。

那不经意间的媚态很是勾人，连眼尾都沾着几分春意，像桃树枝干上抽出的嫩芽，鲜活又蓬勃。

浴缸热水加到一半的时候，周容晔就抱着人踏了进去。

如她所愿，他让自己处于下风。

"周周。"温静语喊着他，嗓音黏糊。

"还知道我是谁吗？"

周容晔枕着浴缸边缘，抬手抚了抚她的长发，大掌慢慢移到了她的颈后，用

336

很小的力道轻柔捏着。

温静语觉得有点痒，下意识缩了缩脖子。

她笑道："洗水果吗？"

"嗯，先洗什么好呢。"

温静语觉得挂脖的绑带松了，瞬间失去束缚感，但她眼前是天旋地转，于是俯身趴在周容晔的胸口。

"先洗桃子？"男人的呼吸有点重。

"桃子在哪里……"

她既然问，那他当然要给她找。

"这里不是。"温静语想躲他。

周容晔吻着她耳后的肌肤，克制地问："那这是什么？"

温静语在颤抖，下巴搭着他的肩膀，她软声应道："是樱桃。"

周容晔怀疑这人在装醉，因为她折磨他的本事是只增不减。

"是吗？"

周容晔在水里抬膝，将人抱着举高了一点。

"那我来尝尝。"

漂在水面的浴盐球已经完全消融，氤氲热气升腾，带着水果的清爽，有点像温静语给家里新换的沐浴露香味。

出水口没关，浴缸里蓄的水已经超过了最高线。

表面并不平静，如同澎湃汹涌的波浪，一阵接着一阵翻卷拍打，不时有水漫溢出来，浸湿阳台的地面。

温静语双手抵着周容晔的肩膀，觉得自己体力不支，有点想放弃。

"现在酒醒了吗？"周容晔扣着人，不肯让她下去。

"嗯……醒，醒了。"

温静语没撒谎，她额头上都出了细密的汗珠，原来这是一件这么累人的事情，像漫长的马拉松，关键是中途还不能退出。

"下次还敢吗？"

温静语有点蒙："什么……"

"行，别想下来。"

…………

最后温静语又是被人抱着捞出浴缸的，酒醒得差不多了，她的体力也透支了，闭着双眼根本不想睁开。

从吹头发到换衣服，全程都是周容晔代劳，他担心她感冒，又去倒了一杯热水过来。

温静语靠着椅背，眼睫动了动。

"你喂我。"

周容晔也没有怨言，让她靠在自己怀里，试了试水温之后将杯子送到她嘴边，一口一口喂着。

"周周。"

"怎么了？"

"你会一直这样惯着我吗？"

周容晔没好气地哼笑一声："我什么时候不惯着你了？"

温静语喝着水，露出心满意足的表情。

…………

生活就像天气，不可能永远都是晴空万里，偶尔也会多云转阴，或者来一场不管不顾的大暴雨。

周容晔确实一直都惯着温静语，不管他在外面如何呼风唤雨，只要回到家里，说一不二的那个角色永远都是周太太。

可是再亲密的关系也会产生摩擦，周容晔不是会拌嘴的人，多数时候是温静语直接找上他，能讲通的事情就当场理顺，如果情绪上头了那就等彼此冷静下来再说。

两人约法三章过，吵架不能隔夜。

这个原则一直都保持得很好，有时候风雨还没过去，彩虹就已经冒头了。

但最近这段日子，温静语发现自己的脾气变得很是奇怪，她总会因为一些鸡毛蒜皮的小事闹心，有时烦闷起来也没什么耐性，经常弄得周容晔莫名其妙。

劲头过去之后她也会反思，可就是找不出原因，而且精力也没以前旺盛，到了午后老是犯困，在乐团排练的效率也变低了。

最后还是另外一个有切身经验的人提醒了她。

五一假期的时候，蒋培南带着他的太太来了香港，周容晔和温静语在深水湾设宴招待夫妻俩。

蒋培南的太太也姓蒋，叫蒋心茹。因为之前就见过好几次，温静语和她也算熟悉。

那两人结婚得早，蒋心茹也很年轻，小了蒋培南整整五岁，大眼睛白皮肤，温静语觉得她长得有点像某部青春偶像剧的女主角，瞧着很是灵动。

"也就半年多没见，小核桃都长这么大了。"温静语对着蒋心茹怀里的宝宝感慨。

"是啊，小孩子长很快的，一眨眼的事情。"

正是午间，蒋心茹抱着孩子在哄睡，两人说话的音量都很小。

周容晔和蒋培南去了隔壁的高尔夫球场，一时半会儿回不来。

阿彩收拾好了二楼客房就立刻下来通传，温静语对蒋心茹轻声道："去客房吧，那里有床。"

小核桃不是个爱睡午觉的宝宝，蒋心茹刚把他放下，他圆溜溜的大眼睛又睁开了。

温静语听见她叹了一口气："真是难搞，非得抱着才能睡。"

"我来吧,你歇一歇。"

"那怎么行,他很重的。"

"没事。"

温静语盯着小核桃弯了弯唇,结果孩子也在对着她笑。

"阿姨抱你好不好呀?"

小核桃点头,还伸出了双手,温静语弯腰抱起他,两岁半的孩子确实有些重量。

"真是个人精,就喜欢美女是吧。"蒋心茹刮了刮儿子的小鼻尖,"抱一会儿就行了啊,阿姨会累的。"

"妈妈。"小核桃稚气地叫了一声,手里摸着温静语的头发。

"怎么了?"蒋心茹问。

"阿姨有小宝宝吗?"

温静语莞尔:"阿姨还没有呢。"

小核桃搂着她的脖子,无缘无故来了一句:"有呀。"

"有什么?"

"阿姨也有小宝宝呀。"

温静语问他:"阿姨的小宝宝?在哪里?"

小核桃继续玩着她的头发,说道:"肚子里呀。"

蒋心茹被儿子弄得有些尴尬,在一旁皱眉:"别理他,总说些有的没的,上次对我另一个没结婚的朋友也是这么说的。"

温静语笑了:"没事,童言无忌嘛。"

好不容易把孩子哄睡着,两人换了保姆上楼,转到客厅去喝茶。

"带孩子真不容易。"

温静语挑了个茶盏,倒了杯茶递给蒋心茹。

"谢谢。"蒋心茹接过杯子,"谁说不是呢,怀胎十月还是刚开始,生下来之后才是万里长征的第一步。"

温静语点点头:"你们夫妻俩还是挺尽责的,好多人把孩子扔给保姆就不管了,我看你俩都是自己盯着。"

"还好蒋培南不是个甩手掌柜,他只要在家都会照看孩子,现在也算得心应手。"蒋心茹喝了口茶,"你和周容晔呢,打算什么时候要?"

"我们已经在备孕了,但这个事情得顺其自然。"

"确实要好好养身子。孕期又是一大考验,我那时候孕反很严重,脾气也不好,蒋培南三天两头就要被我骂,搞得他也是心理脆弱。"

蒋心茹想想觉得好笑。

"不过你别紧张啊,这些都是正常现象,怀孕以后体内激素会变化的。"

温静语突然沉默了几秒,又问:"你当时有什么感觉?"

"你说怀孕反应吗?"蒋心茹仔细回忆着,"我晕吐不算严重,但食欲是很明显下降了,还畏寒嗜睡,不过每个人的情况都不一样啊,看体质吧。"

自从备孕开始,温静语和周容晔就没有做过措施。

听完蒋心茹的话，温静语对标着自己近期的状态，她数了数例假时间，这个月的确超时了还没来，不过先前也有这种情况，她测过，单纯就是例假不准。

但这次不知怎么回事，她的预感有些强烈。

家里卫生间就备着验孕试纸，温静语趁着空当去了一次，测试结果很快就出来了，她才发现自己的手心都在冒汗。

晚餐是家宴，随性但丰盛，周容晔很自然地给温静语夹菜，却在第一步就遭到拒绝。

"这个你吃吧，我不要。"

她将盘子里的蟹肉都拨给了周容晔。

"蟹都不要了？那这个呢。"

温静语对着那碟新鲜的生鱼片也摇了摇头。

"你吃吧，我自己夹就行。"

甚至在添酒的时候她还悄悄挪开了杯子，转而喝起了鲜榨果汁。

周容晔看得云里雾里，下意识地怀疑自己是不是有什么地方惹到了她，但想破脑袋也没想明白。

送走客人之后，他终于忍不住问："晚饭不合胃口吗？喜欢的东西怎么一口没动？"

温静语一言不发地牵着人回了房间，然后把他按在沙发上，自己也坐到了他腿上。

"周周。"

周容晔被她揉着脸，说话也含糊："怎么了？"

"真正的大冒险来了。"

"……又来？"

温静语盯着他略显无助的眼神，终于憋不住笑。

在周容晔疑惑的凝视中，她凑到他耳边，丢下一句轻飘飘的话。

像蝴蝶扇动的翅膀，在周容晔的心里掀起了一场呼啸的龙卷风。

"恭喜你啊，要当爸爸了。"

番外四

/ 所谓生活，总是无常

试纸的结果也只能算一个参考。

周容晔比温静语还紧张，第二天就给她联系了医生做全面检查。验血报告单上的数据准确无疑，HCG 值飙升，她是真的怀孕了。

欣喜之余，温静语很快就注意到，相比于她这个孕妇，某位准爸爸操心的事情更多。

晚上她来到书房，瞧见周容晔一本正经地对着电脑研究着什么，连她靠近都没发现。

温静语以为他工作遇到了棘手问题，这一眼瞥过去，页面上的内容让她哭笑不得。

——十种孕妇绝对禁止食用的食物。

——学会这几招，让孕妇对你笑脸相迎。

——妊娠伴随综合征。

…………

见她过来，周容晔很快就关掉了网页，温静语虽然尽收眼底，但也没戳穿他。

"来喝点甜汤，阿姨熬了很久。"她将一碗陈皮红豆沙摆在他的面前。

"你喝了吗？"

"喝过了。"温静语看了眼时间，"我先去休息了，明天是产检日，得早起。"

周容晔搅着勺子，一碗红豆沙两三口就下了肚。温静语刚想问他为什么喝这么急，这人就迅速起了身。

"我们回房间。"

"你也这么早？工作都结束了？"

"不管了。"周容晔搂着她出了书房，"明天我和你一起去。"

温静语怀的这个宝宝还算让她省心，产检结果一直都很好，只是风平浪静维持得很短暂，到了第七周的时候，她开始反胃呕吐。

有一次她的反应比较剧烈，吐到最后连胃都隐隐抽痛。周容晔看着心里难受得紧，连说出来的话也不经思考。

他蹙眉道："还是别生了。"

"瞎说什么呢。"温静语嗔他。

"能听得见我们说话吗？"周容晔摸了摸她依然平坦的小腹。

"应该听不见吧。"温静语想了一会儿,用手指比画着长度,"医生说就这么点儿。"

周容晔盯着她的肚子,若有所思地点了点头:"才这么点大就知道折磨人了,出来就要被我揍。"

温静语失笑。

不过,她总算知道"妊娠伴随综合征"是个什么情况,接下来的日子里,周容晔跟着出现了食欲下降、恶心想吐的症状。不过,医生说这些都是心理作用,等温静语熬过了这阵,他自然也会好转。

孕反的这段时间,温静语的情绪起伏很大,乐团的工作自然只能暂停。

周容晔带着她搬回了深水湾,相比起半山,那边的环境贴近自然,静谧安逸,适合休养。

况且还有阿彩和秉叔他们在,周容晔外出的时候也能安下心。

阿彩是周家的老人了,当年柯佩婷怀着周皓茵的时候就是她全程照看的,轮到温静语这儿,她自然也是得心应手。

胃口最差的那段时间,温静语都是靠阿彩煮的甜汤熬下来的,栗子芋蓉露、腐竹莲子羹,每天都变着法儿换花样。天气热了,还有去燥的百合西米露等着她,只不过糖分控制得很好,点到为止。

崔瑾心疼女儿,隔几天就要打一个视频过来。

"我怎么感觉你还瘦了?"崔老师看着女儿的脸,微微皱起眉,"是不是吃不下东西?"

温静语老实地点点头,怕她担心,又举了举手里的瓷碗,里面盛着几颗麻心汤圆。

"点心还是吃得下,不知怎么回事,现在总想吃点甜的。"

口味是变了,以前她很少碰甜食。

崔瑾提醒道:"不能吃太多,小心血糖升太高。"

"记着呢。"

"我手里的项目快结束了,过段时间就来香港照顾你,想吃什么,妈给你做。"

"您别太惦记,家里一群人照顾着,我每天闲得都要长毛了。"

周容晔的安排太过细致,连她的衣服都安排了人专门清洗。

而他在家的时候,很多事情也不假手于人,有时跟着阿彩学点熬汤的本事,忙活了大半天,只为了能让温静语多吃一口。

"你也不能老在家里坐着,适当出门散散步。"

崔瑾话刚说完,就在镜头画面里发现了撒手没。当初她看见这只金毛的时候也立刻想起了圈圈,崔老师也是个热爱小动物的人,但现在女儿怀着孕,她的心思不免重了些。

"跟它玩的时候要小心,别磕着碰着,驱虫也要定期做。"

温静语摸了摸撒手没的脑袋。都说狗狗通人性,或许是知道温静语的肚子里怀着小宝宝,撒手没的性格比起以前温和了许多,没那么闹腾了,动作也很收敛。

"它很乖的，现在也是趁着周容晔不在家才能过来黏我一会儿，平时都不让它离我太近。"

那头崔瑾笑了："有阿晔在，我放心。"

不仅是周容晔，家里那么多双眼睛盯着，也出不了什么岔子。

前三个月是关键期，几乎没有人允许她遛狗，温静语的运动项目受到了限制，多数时间只能慢悠悠地散个步。

周容晔也尽量不留在公司加班，能不去的应酬就不去，六十三楼都知道，周先生满心记挂着要回家陪太太吃晚饭。

后来担心温静语闲着无聊心情会变差，周容晔还用心将办公室改造了一下，放了躺椅和音箱，架子上也多了温静语平时爱看的书。只要她愿意，随时都能去公司找他。

一开始温静语还有些别扭。

"你上班还带着我，这影响不太好吧。"

"有什么不好。"周容晔不以为然，"我黏老婆怎么了？"

温静语被他理直气壮的语气打败了。

不过他在身边，她的情绪倒是平静了很多，有时候两个人就在办公室里这么坐着，他处理他的事情，温静语看自己的书，一天下来就算聊不上几句话也觉得挺温馨。

除此之外，员工们也觉得放松了许多。

只要周太在，周先生这一天不管是表情还是说话语气都会比平时温和，汇报工作的时候连紧张感都消除了不少。

后来月份大了坐稳了胎，温静语也开始适当给自己找点事儿做。

她请了个普拉提私教来家里上课，还辟了个房间出来，专门放训练器材。

周容晔看着她们上过几节课。那时温静语的腹部已经隆起了，有些动作看得他心惊肉跳，碍着教练的面又不好直接上前制止，只能在课后有意无意地表达自己的担忧。

"你放心吧，现在孕产课很普遍了，人家教练是专业的，都多少年经验了。"

那时他们都躺在床上，温静语说着话，手里也没闲下来，只是动作有些笨拙，毛线棒老是顶到自己。

织毛衣的本事是闵芝教的，老太太为此还特意学着录了视频。

周容晔看着那团五彩斑斓的毛线团，挑眉道："这袖子是不是有点大了？"

"我故意织得大一点，能多穿几年。"温静语勾着线，头也不抬，"我这手艺，撑死了也只能织这么一件，能不能成功还另说。"

周容晔轻笑。

"那我的呢？"

"什么？"

"你不给我织一件？"

温静语瞟他一眼："再说吧。"

没了家庭地位的人急需证明自己的存在感，掖在被子下的手开始躁动不安。

他抚了抚温静语的孕肚后，逐渐往上游移。

"怎么感觉变大了。"

温静语："……别闹。"

"温温。"他凑近了些，想亲她的耳朵，"我问过了，医生说三个月之后就可以。"

温静语羞赧，又怕手里的毛线棒戳到他，抬手推了推人。

"你什么时候还问过这种事情了？"

周容晔的手没离开，掌心拢了拢。听到温静语娇颤地嘤咛了一声，他的喉结也跟着上下滚动。

"这挺重要的，还能调节你的情绪。"

"……怎么又扯到我身上来了？"温静语有些热，掀了掀被子。

"我都多久没碰你了。"周容晔把她手里的东西抽走，然后将人搂进怀里，"想不想我？"

温静语被他缠得没办法，算了算时间发现这人好像是憋了挺久的，虽然也帮他解决过，但感觉总归不一样。

她的内心有些动摇，以前没试过，担忧未消。

"我轻点。"

"等等……"

温静语感觉身下有东西硌着，不太舒服，她探手一拿，原来是周容晔的手机。

这时刚好有一条短信进来，锁屏界面上，文字只显示了部分内容。温静语看着不由得皱起眉头，直接解锁点了进去。

一溜儿繁体字，暧昧表情包还不少：您好，好抱歉阻您，如有打扰请见谅……

重点在后面几行：需要寻搵刺激嘅，全港均可上门，先生仲做得，妹就不限时，线上选线下约……

温静语冷哼了一声，一把推开埋在她身前的脑袋。

"怎么了？"周容晔突然被打断，有些愣。

温静语一言不发地开始回信息，他低头去看，随后失笑，一水儿"黐线""索嗨""on9 仔"等文字被她发过去。

她输入法敲得"啪啪"响。

"温温，这样对胎教不好。"

"你还帮他们这些人说话？"温静语气得将手机一甩，"难怪那么多男人偷腥不老实，我要是没发现，你是不是就心动了？"

周容晔突然被冤枉，表情有些无奈："我可是一眼都没看，这种垃圾短信都是直接删掉的。"

温静语斜了斜嘴角："躺过去点，别挨着我。"

周容晔哑然。

要不怎么说孕妇的心思不能猜，这无妄之灾来得实在是不明不白。

344

周容晔只能先等她气消，但他也是懂得怎么哄人的，到了后半夜，他直接无视温静语的警告，抱着一种势在必得的强硬，把人伺候得双眼迷离，云山雾绕。
一夜的温存，终于将这事儿给翻篇了。
找到了诀窍，意外的开关被启动之后，夫妻俩的生活也恢复了蜜里调油的状态。
六七个月的时候，温静语已经显怀了，但她的孕肚不算大，四肢又纤细，有时衣服宽松点也看不出来。
这期间张允菲也来香港看她，大包小包地拎了好多婴儿用品，就连奶瓶的款式都挑了四五个，但她还嫌不够。
"你可别买了，不知道的还以为我怀的是多胞胎。"
"反正我也没结婚的打算，到时你肚子里的宝贝出生，我也算无痛当妈了。"
张允菲研究着手里的棉柔纸巾，上面全是英文说明，她仔细看了好一阵。
"哎呀，我买的时候怎么没注意看，这怎么不是婴儿专用的啊。不行，到时候再重新买。"
温静语让她放下手里的东西，扯着人往客厅去。
"别捣鼓了，过来休息一下。"
张允菲轻轻摸了摸她的肚子，肚皮居然跳了跳。她立刻惊讶地捂住嘴："宝宝踢我了？"
温静语被她逗笑。
"看来很喜欢你这个干妈。"
张允菲激动得眼眶都红了，感慨道："生命真的好神奇！"
温静语让她喝口茶。
她接过杯子又问："知道是男孩子还是女孩子了吗？"
香港这边可以直接知道性别，但产检的时候温静语从来没有问过，她摇了摇头："开盲盒吧。"
张允菲知道她和周容晔想生个女儿，甚至连名字都提前取好了，所以买东西的时候也净挑着女孩子的款式买。
她握着好友的手，郑重道："会得偿所愿的。"
其实推进产房之前温静语都挺自信的。
好多人说怀女儿的时候妈妈会变漂亮，孕期她的皮肤确实一直都挺好的，鼻头没有变大，嗓子也没有发粗。
直到宝宝呱呱坠地，护士告诉她是个男孩的时候，温静语都有些反应不过来。她是顺产，那会儿用了太多力气有些虚脱，也想不了那么多。
脐带是周容晔剪的，连手都在发抖。他也顾不上去看孩子，温静语那满头大汗的虚弱模样让他心疼得不行。
两人第一次当父母，激动兴奋之余，更多是紧张。
孩子太小太软，温静语都不敢去碰，生怕弄疼了他。连周容晔都比她有经验，周皓茵出生的时候，他好歹还抱过一阵子。

病房宽敞安静，深夜里夫妻俩开始谈心。

温静语突然发笑，周容晔问她怎么了。

"怎么办，一直想着是个女儿，连名字都没给他取。"

就连宝宝身上包的被子都是粉色的。

"那就现取一个。"

"……怎么现取？"

周容晔掏出了手机，那会儿是一月份，他有关注京市的本地新闻，推送说京市刚刚下了一场大雪。

"瑞雪兆丰年，挺吉利。"他喃喃道，"就叫周家瑞吧。"

于是，周家瑞小朋友就这么草率地拥有了自己的名字。

他是个省心的孩子，能吃能睡，不太闹腾，夜醒的次数也少，温静语在月子里过得很惬意。

也应了他的名字，像柔和的瑞雪。

就连崔瑾都说，没见过这么好带的宝宝。

上了幼儿园之后，周家瑞也很懂事，有时候还会把课间发的点心带回来给爸爸妈妈，温静语总是被他搞得心软感动，夸赞声不停。

毕竟是第一个孩子，夫妻俩不可能不疼爱。温静语那时候总说，妈妈最爱家瑞了，这辈子最爱的就是你。

周家瑞交了不少朋友，很多小朋友都有弟弟妹妹，他也会反问："为什么我没有弟弟妹妹？"

直到某天周家瑞在他们的卧房里翻到了一张金箔红纸，用柔软的绸布裹得很好，上面好像写着一个名字。但那时他识字不多，只认得开头的姓氏，以及中间那个字，是妈妈的"语"字。

"这是什么？"

他拿着纸去问爸爸。

爸爸跟他说，这名字是他还在妈妈肚子里的时候就取好的。

周家瑞又问，那我现在为什么不叫这个名字？

爸爸揉了揉他的头顶，敷衍说这不符合他男子汉的气概。

后来温静语也看到了这张纸，关于女儿的执念一下就被勾了起来。

她问周容晔："周周，要不要再大冒险一次？"

周容晔没说不想，也没说想。

怀胎十月，一朝分娩，他只是不希望让温静语再受苦一次。

但看着那个名字，说不心动是不可能的。

两人对视，温静语也拎着红纸笑了。

于是，在周家瑞六岁这年，他有了一个妹妹，名字他早就知道了。

叫周语卿。

番外五

/ 你永远是我最大的宝贝

怀周语卿之前，温静语做过一个特别离谱的梦。

梦里，她去了观松山的闲云寺，路过送子观音殿的时候，停下了脚步。温静语往里走，高大的佛像庄严又慈悲，观音娘娘突然开了口，对她说你会心想事成。

温静语奉完香后拜别，下山的坡很陡，脚下都是碎石子路，前方是一片茂密松林，遒劲的枝干居然都长在坚硬的岩石上。

在一块巨石底下，有人迫切地喊住了她。梦里的声音分不清男女，温静语好奇，俯身窥探却发现什么都没有，她正想离开，那声音又响起。

"我压在山下五百年，什么时候放我出来？"

温静语诧异，想转回身一探究竟，却被一道震颤的闷雷惊醒。

六月的香港进入了雨季，每天都有一场在所难免的阵雨，或白天或黑夜，但不会缺席。

凌晨这场雨来势汹汹，劈头盖脸，还伴随着隆隆雷声。卧房窗帘没有合紧，可以看见闪电划破夜空。

周容晔也被雷声吵醒了，迷蒙之间睁开眼，发现房间的夜灯亮着，枕边没有人。

温静语再回到房间的时候，周容晔正半靠在床上，睡眼惺忪。

"去哪儿了？"他的声音透着沙哑。

"我怕家瑞被吓醒，去他房间看了一眼。"

温静语走到床边掀开被子，周容晔展臂，她钻进他的怀里，脸颊贴着他温热的胸膛。

周家瑞前不久刚和他们分房睡，就歇在隔壁卧房，夜里有保姆盯着，但温静语还是不太放心。

要说这事儿还是周容晔撺掇的，也不知道他跟儿子说了什么，周家瑞兴致勃勃地来找她，说男子汉要自己一个房间，不能再黏着妈妈睡觉了。

"Susie 不是在吗？肯定没事。"

Susie 是专业的育儿保姆，在周家瑞出生时聘请来的，一用就是好几年，认真负责。温静语也喜欢她的性格，中途没换过人。

"这么响的雷，我就怕他哭了要找我。"

"都这么大了，也该让他练练胆子了。"

温静语不满道："他才五岁。"

周容晔在她头顶落下一个吻，笑着说："我也怕打雷，怎么不见你管管我？"

温静语看着他。

"才三点,接着睡吧。"

周容晔熄了灯,躺下后把温静语搂进怀里。他喜欢这种肌肤相贴的温存,雨水拍打着玻璃,夜晚却更加静谧。

"周周。"

"嗯?"

温静语用鼻尖蹭了蹭他的脖子,喃喃道:"我刚刚做了一个特别离奇的梦。"

"什么梦?"

她还记得梦里的情境,从头到尾叙述了一遍。

周容晔听完就笑了:"压在山下五百年,这是梦见齐天大圣了?"

温静语也笑:"真的莫名其妙,可我最近也没看《西游记》啊。"

彼时的她不知道,这竟然是一个胎梦。

月底,温静语突然查出了怀孕。这回她是真的紧张,月份足够就直接去了医院,知道是个妹妹的时候,她激动得差点在走廊过道蹦起来。

从医院出来,温静语直接去了中环,从历山大厦逛到置地广场,买了一大堆女孩子的衣服鞋帽。

周容晔表面淡定,实际行动却很是夸张。

早前有朋友给他推荐了一座法国波尔多的私人庄园,周容晔一直没怎么上心,但这回他毫不犹豫地出价下手。朋友问他怎么这么突然,他说是送给女儿的出生礼物。

庄园地处著名的葡萄酒产区,连带着一整片广阔的葡萄种植园。周容晔为此还特意定制了一款红酒,命名简单粗暴,就用了周语卿的"卿",品控严格,产量稀少。

与友人相聚时,他会捎上几瓶,于是周语卿小朋友在还未出世之时,大名就已经在圈子里如雷贯耳了。

然而这位小公主的出生也十分戏剧化。

距离预产期还有一周的时候,温静语就住进了养和,待产期间她始终保持着听古典乐的习惯,也认为这对胎教特别有帮助。

这天是二十四节气中的雨水,舒适的私家病房里,温静语晨起后就打开了音箱,放到莫扎特 K626 曲目之时,她突然破了水。

后来想起这件事温静语就很服气,著名的《D 小调安魂曲》,她女儿居然是伴着这个音乐来到人间的。

周语卿也不负众望,打小就和别的孩子不一样。

和乖顺懂事的周家瑞不同,她出生起就特别爱哭,有时候哭得毫无预兆,一般办法还哄不好,得她哭得尽兴了才算数。

崔瑾安慰夫妻俩,说孩子小时候哭,以后长大了笑容会多。

当周语卿能简单开口说一些单字的时候,温静语总是和周容晔打赌,猜她先学会喊爸爸还是喊妈妈。

结果都不是,周语卿叫的第一声是哥哥,发音还十分清晰。

周家瑞也尤其疼爱这个妹妹。那时他刚上小学,每天回家第一件事就是去看看妹妹,再逗她一会儿。

最让温静语欣慰的一次,是她看见周家瑞垫了个小板凳,在卫生间的台盆里帮妹妹清洗弄脏的小衣服,动作虽然不熟练,表情却是一本正经。

夜里,她和周容晔提起这件事,不禁红了眼眶。

"我们最近的注意力都在妹妹身上,好像有点忽略哥哥了。"

周容晔宽慰她:"哥哥懂得照顾妹妹是好事,男人要有担当。"

不过,兄妹温情持续到周语卿三岁的时候,画风就急转直下了。

九岁的周家瑞已经有了自己的内心世界,身边玩伴也更多,男孩子精力旺盛,娱乐爱好多半是消耗体力的类型。

他钟爱马术和皮划艇,回家总是一身汗。当周语卿捧着她那堆布娃娃来寻人玩过家家的时候,周家瑞唯恐避之不及。

周语卿撇着嘴和妈妈倾诉了自己的苦恼。

"哥哥都不跟我玩了。"

温静语耐心地开导她:"你玩的那些东西哥哥不太感兴趣,别人不愿意做的事情,不能强迫人家去做。"

"强迫是什么意思?"

温静语思考着。

周语卿的眉眼像极了她爸,温静语盯着这个女版的"小号周容晔",给了一个非常真诚的建议:"你以后可以找爸爸玩,他绝对会陪你。"

这招很快奏了效,周家瑞获得了解脱,于是在家里总能看到周语卿给周容晔"精心打扮"的画面。

什么亮晶晶的贴纸、五彩缤纷的发卡、公主的头纱,周容晔端着一副视死如归的模样,彻底摆烂,任凭女儿发落。

某天,周语卿心血来潮给周容晔涂上了指甲油,还下令不允许他洗掉。讲完故事哄完睡,周容晔晃着那十根惨不忍睹的手指去了浴室。

温静语刚洗完澡,裹着浴巾在抹身体乳。

"温温。"周容晔一脸无奈,"这要用什么东西洗?"

温静语没忍住笑出了声,故意吓他:"我可没卸甲水啊,没办法了。"

周容晔正在心里盘算着,明天去公司是不是要戴一双手套。

温静语盯着他蹙眉沉思的模样,不忍心再逗他,憋笑喊了一声:"过来。"

她捏着周容晔的手指,拿了一片蘸水的化妆棉,三两下就搓掉了。

"这是小孩子的玩具指甲油,干了之后就是一层膜,看把你紧张的。"

周容晔眯了眯眼,目光落在她白皙的肩膀上,等手指擦干净了,又往那浴巾里探。

"干吗呀?"温静语拽着浴巾不肯松手。

"我是不是得讨点报酬回来？"他的眼神蓄满危险信号。

"什么报酬？"

"不是你让卿卿找我玩的吗？"

温静语不知道女儿早就把她出卖了。

"陪她玩你不开心吗？这可是增进父女感情的好机会。"

"有道理。"周容晔弯唇点了点头，又问，"那夫妻感情是不是也得巩固一下？"

温静语只觉得自己身子一轻，被人横抱了起来。

"周周……"

"嘘，我们去客房。"

周容晔推开浴室的门。女儿在床上睡得正香，他担心把人吵醒，动作放得极其轻缓。

过道里开着廊灯，周容晔抱着人往客房的方向走。

"万一妹妹醒了找我们怎么办……"温静语还是放不下心。

周容晔低头亲了亲她的额头，哄道："很快就好。"

然而他说的"很快"，与字面意思完全相悖。翻云覆雨过后，温静语倒在他怀里，愤愤道："我真是信了你的邪。"

周容晔的手还在她腰侧徘徊。

他笑："还满意吗？"

温静语才不遂他的愿，抿着嘴不肯承认。结果下一秒，他掌心的温热就覆了上来，她还放松着，泥泞之中很快就有了深入浅出。

"你说……我们是不是该……该让妹妹学点什么……"

温静语还在转移话题，只是声音也不断从唇间漫溢。

"学什么？"

"钢琴吗……"

"不如让她跟着哥哥学小提琴，怎么样？"

温静语没回应他，或者说是顾不上回应，她双眼迷离，颤动很快袭来，冲上颅顶。

最后她趴在周容晔的肩上轻轻喘着气，赞同了刚才的提议。

"那就试试吧。"

和两人想象中的不一样，温静语的音乐因子似乎根本没有遗传到周语卿的身上。

周家瑞是在四岁的时候接触的小提琴，现在已经拉得有模有样，还展现出了不小的天赋。温静语偶尔带他参加一些小规模的比赛，拿回了不少荣誉。

反观周语卿，第一堂课就把琴弓搞坏了。

温静语觉得可能是自己当老师的缘故，在孩子面前不够有威严，于是又在外面找了个启蒙老师，但收效甚微。

这么磕磕碰碰学了半年多,她宣布放弃。

都说兴趣才是学习最好的老师,温静语也向来尊重孩子的意见。有天她在浴室里给周语卿洗澡,顺道问了一句。

"卿卿,你长大以后想干什么呀?"

周语卿坐在浴盆里,手里捏着她那个戏水的黄色橡皮鸭子,嘟着嘴想了很久。

温静语也不急,洗净她身上的泡沫之后,接过了 Susie 手里的浴巾。

周语卿被裹着放在了护理台上,Susie 接着给她擦身子,温静语转身去拿她的小睡衣。

"妈咪。"周语卿喊了一声。

"怎么啦,想好了?"

周语卿点点头。

温静语期待地望向她,等着答案。

"我想当香港小姐。"

温静语有点呆了。

后来温静语问 Susie,她是怎么知道"香港小姐"这回事的,Susie 想了想,觉得只有一种可能。

"您和先生不在家的时候,卿卿会跟着哥哥看会儿电视,如果不给她看,她就跟哥哥闹。"

温静语摇头叹气:"真是古灵精怪。"

让她头疼的还不止这一件事。

周语卿上幼儿园之后,话变得更密,她的粤语和英语十分流畅,因为温静语和周容晔在家经常用普通话交流,所以她的普通话说得也还算不错。

问题是在上小学之后出现的,两个孩子上的都是私校,全英文教学,中文课不多,用的又都是繁体,周语卿写的中文字简直可以用"惨不忍睹"来形容。

"周容晔,你女儿这个字我真是服了。"温静语翻着她的中文课作业,越看越气,"还有这个遣词造句,基本乱来。"

两人在书房里,周容晔合上文件,凑过去看了几眼,被那歪七扭八的字逗笑。

"还挺有个性。"

温静语斜了他一眼:"你就惯着吧,都说字如其人,这印象分直接大打折扣。"

周容晔挑眉:"谁敢说我女儿不漂亮?"

温静语嗤道:"看吧,你也觉得这字磕碜。"

周容晔一噎。

于是到了晚上,趁着温静语去洗澡的空当,父女俩来了场走心交谈。

"卿卿,爸爸觉得你可以去学一学书法。"周容晔认真地建议。

周语卿搂着他的脖子问:"什么是书法?"

"就是学写字。"

周语卿立刻撇嘴:"我不要。"

周容晔捏了捏她的脸,软乎乎的,手感太好,他一时不舍得放下。

"为什么不要？"

"老豆，中文字好难写的啊。"

她说粤语的时候声音特别软糯，周容晔轻笑："你是中国人，中文字都写不好怎么行。"

周语卿纠结得五官都快扭在一起了。

周容晔又问："那你在学校里最喜欢什么课？"

周语卿不假思索道："数学！"

"为什么是数学？"

周语卿皱了皱鼻子，在周容晔脸上"吧唧"亲了一口，声音清脆："可以帮老豆数钱呀！"

周容晔听罢大笑，差点呛住。

温静语一出浴室就看到父女俩笑闹成一团，她也好奇："什么事情这么开心？"

周容晔抱着女儿，一脸骄傲神色："致恒以后就靠她了。"

温静语无语。

那阵子周家瑞特别痴迷《三国演义》，看了书又要看影视剧。为了加深周语卿对中国文化的兴趣，温静语也允许她跟着哥哥看会儿电视。

晚上吃好饭，两个小孩就坐在了客厅，温静语和周容晔坐在另外一组沙发上陪同。

今天这集刚好播到"长坂坡之战"。

"他们看得懂吗？"周容晔往温静语嘴里喂了一颗青提。

"看不懂也没事。"温静语心态很好，"重在熏陶。"

战况胶着，刘备被曹操击溃，好不容易冲出了包围圈，家小却困在了曹军的围堵之中。危难之际，赵云独自血战长坂坡，拼死从乱军中救出刘备之子阿斗。

"哇，赵子龙真的好劲啊！"周家瑞感叹。

周语卿这个跟屁虫也高兴地鼓了鼓掌。

赵云伤痕累累，怀中阿斗安然无恙。见到刘备之后，他将孩子双手奉上，刘备接过，却直接将襁褓中的孩子往地上一掷，双眼含泪，直言为了区区一个孺子，几乎损他一员爱将。

温静语也看得心潮澎湃，她觉得这段教育意义重大。

"等等他们就会称赞赵子龙忠诚英勇了。"她自信地对周容晔说道。

夫妻俩的眼神同时飘了过去。

周家瑞若有所思地自言自语："难怪，阿斗原来是被他老豆摔傻的啊。"

温静语、周容晔双双无语。

这时周语卿也抱住了哥哥，表情有些哀戚。

"怎么了？"周家瑞转头摸了摸她的脑袋。

"哥哥，以后你就是我最亲的人了。"

"那老豆和妈咪呢？"

"说不定他们也会摔小孩的。"

周语卿笃定,还强调了一句："你明唔明？"

也许是为了安抚妹妹,周家瑞温柔地回抱住她,点了点头。

真是好一出兄妹情深的戏码。

周容晔已经偏头开始笑,肩膀都在颤。温静语掐了他一把,无语地想去关电视。

后来温静语想了个招,不如把这小孩送到崔老师那儿去治治。

除了乐团工作,温静语现在还是路海音乐学院的特聘专家,偶尔会去开设几堂中提琴的特别课程。这次启程回路海刚好碰上香港的公休假日,她特意带上了周语卿。

千算万算,终究是没料到一件事,隔代亲这个现象,在崔老师和温院长的身上也体现得淋漓尽致。

二老见到外孙女来,恨不得拿出所有好吃好喝的伺候着。周语卿嘴巴又甜,哄得他们时时刻刻都是喜笑颜开。

"爸爸,我是让您教她写字,不是给她玩纸墨。"

温静语盯着书房那满地皱巴巴的宣纸,觉得头更疼了。

温裕阳抱着周语卿坐在紫檀椅上,不甚在意道："小孩子嘛,动手能力也很重要,我看卿卿就聪明得很。"

"公公。"周语卿嘴里咬着苹果,手上的毛笔被她戳得炸了毛,"你看我画了什么。"

温裕阳对着那团乌漆漆黑的东西瞥了一眼,捧场道："连绵不绝的青山？"

温静语腹诽,好家伙还连绵不绝,形容词都用上了。

周语卿摇了摇头,嘴里塞着东西,小脸也是鼓鼓囊囊的,她骄傲道："是撒手没拉的粑粑。"

温裕阳闻言大笑不止,温静语也跟着无奈地笑,眼眶有些热,心里庆幸女儿还记得这只陪她长大的老狗。

这回是带着任务来的,她自然不会让周语卿一直玩下去。

温静语给她报了个短期作文培训班,想借此提高一下她的中文能力。

这天培训班的老师布置了一个课后作业,写一篇小短文,主题是我的爸爸妈妈。

周语卿在书房握着铅笔冥思苦想,温静语也不去打扰她,磨蹭了半个多小时,她终于走了出来。

"写好了？"

周语卿一脸如释重负,乖巧地点头："写好了,妈咪,我能看动画片吗？"

"想看什么？"温静语帮她开电视。

"工藤新一。"

温静语知道这是她的男神,特地找了有新一出场的集数。

"卿卿,妈妈能看看你写的作文吗？"

"可以，就在桌子上。"周语卿的心思早就飘远了。

温静语进了书房，给周容晔拨了个视频过去。

那头很快接起，背景是他的办公室。

"今天不是不用去公司吗？"

"刚陪家瑞打完橄榄球比赛，回公司拿点东西。"

"家瑞呢？"

"在写作业。"

周容晔镜头一转，周家瑞正坐在会客区认真地做功课，一副两耳不闻窗外事的专注模样。

温静语欣慰，好在这个儿子从来不需要他们操心。

她放轻了声音说道："卿卿今天上培训班的作业是写自己爸爸妈妈，我想让你一起看看。"

周容晔来了兴趣："那你读给我听听。"

温静语抖开那张作文纸，自己先瞄了一眼，篇幅不长，一下就看完了。

她的表情有点精彩，半晌说不出话。

"温温？"周容晔唤了她一声。

温静语抚额，将镜头对准那张纸。

"你还是自己看吧。"

周语卿的字依然歪歪扭扭，但能看得出是下了些功夫的，她很努力地把字框定在作文格内。

开头就不同凡响。

> 我的爸爸妈妈很爱我，我的名字是他们名字合起来的，妈妈说卿是夫妻恩爱，所以我叫卿卿。我还有个哥哥叫家瑞，他的名字就很普通，我们学校有好多小朋友都叫这个名字，就是写起来不一样……

周语卿不懂拼音，遇到不会写的字直接用英文代替。即便如此，温静语觉得她还是有凑字数的嫌疑。

最炸裂的是后半段。

> 我爸爸很爱我妈妈，有一次他带我去游泳，我看到他屁股上文了我妈妈的名字，我觉得挺厉害的，但也有点傻……

"你有什么感想？"温静语哭笑不得。

周容晔的表情也是丰富多彩，他揉了揉眉心，无可奈何地笑道："这东西要交给老师？"

温静语点点头。

周容晔难得不站在女儿那一方："重写，必须重写。"

被告知要重写作文的时候，周语卿当场就哭了，眼泪像不要钱的珍珠一样串串掉落，好像受了什么天大的委屈。

"我要回香港，我要找老豆！"

温静语淡然道："就是你老豆让你重写的。"

周语卿愣了一下，哭得更凶了。

温静语知道，她更爱在自己面前耍小性子，单独跟周容晔在一起的时候，周语卿其实特别听话。

也应了周容晔当初那句话，现在唱红脸的人真的变成了她。

关于那父女俩，还有一张特别出圈的照片。

夏天来临的时候，温静语带着周家瑞去了趟巴黎，主要为了参加一项重要的国际音乐赛事。他现在的老师也是著名的小提琴演奏家，对周家瑞的评价特别高，也鼓励他往这条道路发展。

不负众望，周家瑞在那场比赛上拿了金奖。

回到酒店后，温静语给周容晔打电话，两人都给儿子送上了祝福。周容晔还提前准备了礼物，等着他回来拆。

香港那边是早上，温静语看了看时间，问道："卿卿要去学校了吧，今天是不是有家长活动？"

周容晔边换衣服边回答："是的。"

"谁陪她去呢，你有时间吗？"

周容晔笑："没时间也得有时间。"

雨季恼人，大清早就淅淅沥沥的。

周语卿没睡够，到了学校门口还是迷迷糊糊，司机下车撑开了伞，周容晔单手将女儿抱起，迈着长腿跨出车子。

男人穿着黑色衬衫，面容英俊，身材依旧保持得很好，抱着女儿的手臂肌肉硬朗，线条流畅。他接过大伞，撑在两人头顶，眼神余光时刻注意着有没有雨水淋到怀里的女儿。

周语卿不愿睁眼，懒懒地趴在周容晔肩上，细软的发丝垂下，隐隐挡住软萌白皙的侧脸。

学校活动请了专业摄影师，这一幕恰好被镜头捕捉，照片上传到了官方 IG 账号，点赞数瞬间破万。

从巴黎回香港，温静语的航班在夜里落地。

周容晔亲自开车去了机场，意外地只瞧见了温静语一个人。

"家瑞呢？"

温静语将手中行李箱递给他，回道："茵茵也在巴黎，家瑞跟着她去美国玩一阵子再回来。"

周容晔点点头，两人走到停车场，轮到温静语问了："卿卿呢，睡了吗？"

"八点不到就睡下了，Susie 看着她。"

安静的车厢里，音乐静静流淌，是松司马拓的 *Passacalle In Barcelona*，温静语最近在循环播放的曲子。

车子往港岛方向开，周围景物渐渐变得熟悉。

"这是，去湾仔？"温静语望着窗外。

前方红灯，周容晔踩下刹车后，握住了她的手，放在唇边轻轻落下一个吻。

"嗯，去太源街。"

温静语盯着他笑："这么突然？"

"不想跟我过一过二人世界？"

"当然想。"温静语回握住他。

自从有了孩子，多数时间都是围着他们转，两人已经很久没有这么清静地独处过了。

车子停在喜汇五座楼下，谁也没着急下去。

"周周。"

温静语微微探身，掌心抚上周容晔的脸颊，借着外头的光线观察，他的眼尾也有了浅浅细纹。

"照片我看到了，很帅。"

"那真人呢？"

"更帅。"

两人相视一笑，不知怎么的，温静语的眼眶中有热泪在打转。

"怎么了？"周容晔捏了捏她的手心。

"没怎么，想你。"

"在身边还想？"

"嗯，在身边还想。"

周容晔莞尔，俯身贴上她的唇瓣，吻得缠绵、轻柔、认真。

"周周。"

温静语被他堵着，声音不太清晰。

"嗯，我在。"

温静语捧起他的脸，两人的鼻尖挨着，眼里只有彼此。

"同样的话我对家瑞和卿卿都说过。"她扬起嘴角，"但其实，我最爱的还是你。"

周容晔笑开了："哄我呢？"

"没哄，真的。"

周容晔的大手覆上她的后脑勺，然后揽着轻轻一扣，这次的吻来得迅猛热烈。恍惚间，温静语听到他低沉的声音在耳畔响起。

"同样的话我也对他们说过。"

车窗外路灯影绰，清辉柔和，有细雨悄无声息地落下，在爱人心间泛起层层涟漪。

"但你永远是我最大的宝贝。"

番外六
/ 独家记忆

三月的柏林还带着料峭寒意。

晚上十点，剧院门口除了三两结伴离开的观众，就只剩昏黄路灯还在站岗。

夜间气温逼近零度，冷风凛冽，行人脚步匆匆，唯独右侧角落的石柱旁还站着一道孤单身影。

"温，你还不走吗？"

温静语正盯着手机屏幕发怔，听到声音才缓缓抬眸，跟她搭话的是位乐团同事。

"我还有点事情。"温静语晃了晃手机，扯出一丝心不在焉的微笑。

同事点点头又问："等会儿要一起来喝一杯吗？不过位置有点远，在新克尔恩那边。"

温静语婉拒了，同事也没勉强，叮嘱她回去路上小心。

墙上那块挂着柏林乐团一百二十周年纪念海报的灯牌还亮着。距离演出结束才过去半个多小时，温静语的喜悦却被几分钟前的一通电话给搅散了。

来电对象是好友张允菲，除了祝贺乐团演出成功，她还讲了一件让温静语到现在都难以消化的事情。

"温温，我今天在医院遇到崔老师了。"

张允菲是去路海附一医院做自费体检的，项目种类繁多复杂，有些检查需要在住院部进行，也就是那会儿她遇上了从病房出来的温裕阳。

本以为温院长是例行查房，张允菲想凑过去打声招呼，谁知往病房里无意瞄的一眼让她发现了卧病在床的崔瑾。崔老师还在手术恢复期，人瞧着有些虚弱，大事小事都要依赖别人，身旁只有一个护工陪着。

张允菲仔细询问才知道崔老师生病这事还瞒着温静语，她推己及人了一下，觉得很有告知好友的必要性。

温静语被这消息冲得脑瓜子"嗡嗡"响，走出剧院吹了会儿冷风，才稍稍平静下来。

她做了很久的心理建设，拿起手机给崔瑾打了个电话。

"喂，妈。"

"静语啊，演奏会结束了？还顺利吗？"

崔瑾的语气平常，但细听还是能发现声音里带着点微弱无力。母女俩唠了会儿家常，都是些无关紧要的琐碎小事，直到温静语戳破她生病的事实。

"哎，没什么，就是长了肌瘤，切掉就好了，一点事都没有。"

"要不是被菲菲撞见，你们还想瞒我多久？"温静语的语速也急了，酸意冲上鼻腔，"说得轻飘飘，什么叫一点事都没有，子宫都全切了，这么大的手术你们怎么能从头到尾都不跟我说一声？"

"本来就没什么事嘛，我在你爸医院，你还不放心？现在技术这么发达，又不是不打麻药。"

崔老师还在用玩笑缓和气氛，温静语的热泪却已经在眼眶里打转。

因为深爱彼此，所以报喜不报忧成了常态，她是如此，温院长和崔老师亦是如此。

她理解却自责，心情也是五味杂陈。异国他乡，隔着千里万里，她心急如焚却无能为力，甚至难以想象在她漂泊异国追逐梦想的这几年里，父母瞒下了多少辛酸苦楚。

角落昏暗，隐忍的啜泣声匿在阴影里，而与此同时，几步开外的剧院门口又多了两道并立身影。

"演出很完美，感谢您今晚的邀请，就送到这儿吧。"

说话的是其中一位男士，极富磁性的嗓音，醇厚深沉，如丝缎般在空气中流动。

"周先生客气了，要不坐我的车一起走？"

"您上车吧，我的司机也快到了。有时间可以来路海或者香港转转，给我个做东的机会。"

周容晔目送着友人的车离去，此刻兜里的手机也振了振，是司机的电话。

"我就在正门，你往这边开。"

降至冰点的温度，说话的同时能呵出白雾。男人身上那件挺括的黑色大衣似乎不足以抵挡这样的寒流，但他神色自若，连个打战的动作都没有，颀长身姿被路灯昏黄的光晕笼罩着，与这个寂冷深夜融洽相处。

周容晔收起手机，注意力被右侧角落吸引。

好像有人在哭。

他视线一掠而过，很快定格在某处。那姑娘抱膝蹲着，肩膀微微颤动，看得出她很想隐藏存在感，身子都快贴到墙根了，也能看出她哭得很投入，琴盒随意摆在脚边，围巾垂到了地上都没察觉。

周容晔眸光微动，心口毫无缘由地紧缩了一下，连带着呼吸微窒。

是她，方才那场演奏会上的中提琴手。

司机已经到了，车子亮着双闪，他下车欲将后排车门打开，却被周容晔一个手势中止了动作。

老板显然还不想走，虽不知原因，但他也只能将车门关回去，背过身在原地等候。

时间流速变缓，周容晔的耐心更是没有尽头，他慢慢等着，等那场宣泄进入尾声。

温静语的情绪终于收拾得差不多了，泪痕满面，风一吹又是凉意激人，她刚想翻包找纸巾,头顶却传来一道陌生男声。

"请问需要帮忙吗?"

很纯正的英伦腔,比夜风悠扬。温静语下意识抬头,毫无防备地与一双深邃眼眸撞上。

旋即她又想起自己此刻的狼狈模样,略不自然地偏开脸,也用英文回应他:"谢谢,我没事。"

蹲着哭难免会让头脑变得昏沉,起身时温静语有些眼冒金星,腿也不自觉发软。周容晔见状想去搀扶,可下一秒她已经站直身子。

他只能不着痕迹地收起还没来得及伸出去的手。

温静语胡乱蹭着脸上的泪渍,这时一方精致的菱格暗纹手帕递了过来。

"擦一擦吧。"

温静语微愣:"不用了,会弄脏的。"

"没关系。"

帕子质地丝滑柔软,带着一丝清冷缥缈的雪松香气,提神醒脑,在无形中抚慰不宁心绪。

萍水相逢,温静语感谢他温柔的关切,神志清醒后,又浮起一丝对陌生人的警惕。她悄悄拉开两人的距离,也始终没与这方帕子的主人对视。

但手帕已经被她弄脏了。

"接过来干吗呢……"

她低喃的一句中文却被对方捕捉,周容晔微讶:"中国人?"

温静语终于抬头,光线太昏暗,对方的五官不甚清晰,但看得出是一张东方面孔。她哭得双眼红肿,视线还是有些犯糊,望了几眼又垂眸。

"您也是中国人?"

"对。"

温静语的戒备稍松,捏着手帕说:"真的不好意思,我洗干净再还给您吧。"她想了想又道:"您留一个地址吧,我寄过去。"

一条手帕而已,周容晔刚想说不用还,心中却突然冒出一个蠢蠢欲动的念头,如燎原的星火势不可当,让他在下一秒直接拿出了自己的私人名片。

"这上面有我的联系方式,到时打这个号码就行。"

温静语接过那张烫金名片,没怎么仔细看就塞进了裤兜。

"到时联系。"

本以为是故事的开端,却不料这四个字竟成了两人在柏林的最后一句对话。

塞在裤兜里的任何东西都容易被遗忘,待温静语想起时那名片已被洗衣机卷成废纸。然而等待的人更加煎熬,周容晔的私人号码二十四小时在线,却始终没等到他想要的那个电话。

不甘心在作祟,再次来到柏林已是深秋的末尾,周容晔挑了一场日期最近的演奏会,全神贯注的表情之下,理智其实已经裂开一道口子。

她不见了。

周容晔甚至怀疑之前的邂逅只是南柯一梦,她蜻蜓点水的出现却在他的心底掀起滔天巨浪。

这是前所未有的人生体验,是来势汹汹,不可理喻,让他的行为变得轻狂可笑,也是辗转反侧,寤寐思服,成为时不时撩拨神经的暗涌。

他以为两人是没有缘分的,强求不来的缘分。

直到周皓茵软磨硬泡拉着他去听了一次交响乐。

路海的冬季虽没有柏林那么昏昧漫长,但最冷的月份也是雪窖冰天。周皓茵过腻了香港那种没有攻击性的暖冬,于是趁着圣诞假抱着她的小提琴就来路海投奔她最可敬可爱的小叔。

"小叔,想不想去听圣诞音乐会?"

周容晔知道她那九曲十八弯的小心思,应道:"我让 Michael 给你订票。"

"要两张。"周皓茵眨眨眼,"一起去吧,放你一个人在家太孤独。"

对于交响乐,周容晔谈不上喜欢或者不喜欢,只是这个东西太容易触发某些深埋心底的念想和遐思。

演出的节目单是在开场前拿到手的,周容晔没仔细翻看,对路海交响乐团也没那么大兴趣,甚至因为一通越洋的工作电话错过了上半场演出。

他是在中场休息时间走进音乐厅的,周皓茵心生不满,非监督着他把手机调成了勿扰模式。

下半场演出开始,各声部准备就绪,雷动的掌声响起又落下,周容晔终于抬起头。

目光扫过半圈,当某道倩丽身影闯进眼底的时候,那一刻该用如梦似幻来形容。

周容晔用极缓的呼吸调整好胸腔内乱序的心跳,再次捡起膝上的演出手册,翻找到乐团成员简介。

温静语,中提琴首席。

那是他第一次知道她的名字,也是第一次体会失而复得带来的冲击。

周皓茵没有发现他的异常,只是奇怪小叔为何会突然对交响乐投入着迷般的热情。

周容晔成了演奏会的常客,甚至对车里播放的音乐也有了要求。周皓茵当他是艺术细胞觉醒,也愿意和他分享管弦乐生的日常。

"小叔,我想换个乐器学一学了。"

小提琴对周皓茵已没了吸引力,但跨专业从头开始的挑战性让她望而却步。

她赖在周容晔的书房思考人生,而桌后,周容晔盯着股市大盘那些起伏不定的曲线,不经意脱口而出:"中提琴呢?"

小提琴转中提琴,有难度,但可行。

自那以后,周皓茵的重点也偏移了。在路海看演出的时候,她的视线也落到了温静语身上:"生得咁靓,技术仲好,真系赏心悦目。"

叔侄俩相伴听演奏会的频率越来越高,直到某天温静语再次消失。

周容晔不再追求什么顺其自然，他很快查到了温静语的去向，以及她离开乐团的原因。

那位游戏人间的梁家公子肯为了她动手打人，这是周容晔最在意也最好奇的事，以至于蒋培南找上门想给他和风林集团牵线的时候，周容晔没有拒绝。

温静语成了周皓茵的老师。

去机构报课的那天周容晔其实也陪同前往了，但他没有下车，盯着佑禾大厦那座人行天桥的时候，他思绪万千。

她还记得他吗？

若说"记得"二字太奢侈，那她对他还有印象吗？

后来，在那个私人会所的走廊上，周容晔得到了答案。

她不记得他了，撞到他身上的瞬间，温静语的眼神里蓄满了尴尬、诧异，还有陌生。

但这次，周容晔伸出了自己的手，他扶住了她的肩膀。

不记得没关系，那就从这一刻开始，他会成为她心中永远无法磨灭的唯一。

（全文完）

太源街

我真系好钟意你。